让 我 们 一 起 追 寻

* **回溯文学与艺术中的人类起源故事** *
* **再现人类之欲望和恐惧的漫长历史** *

Bare then clothed, innocent then ashamed, blessed then cursed, sheltered then exiled. Stephen Greenblatt tracks Adam and Eve from an astute reading of the ancient origins of their story through a serendipitous tour of their afterlife in Jewish, Christian, and sometimes Muslim art, literature, and philosophy down to their post-Darwinian persistence in our own time. Endlessly illuminating and a sheer pleasure to read.
— Jack Miles, author of *God: A Biography* and general editor of *The Norton Anthology of World Religions*

赤身裸体然后衣冠楚楚，天真无邪然后羞愧难当，受到祝福然后被下诅咒，得到庇护然后遭受放逐。斯蒂芬·格林布拉特进行了一场偶然之旅，走入了亚当和夏娃在犹太教、基督教，甚至是伊斯兰教的艺术、文学和哲学中的来世，从对亚当夏娃故事的古老起源的精辟解读，追踪到其在我们这个时代的后达尔文式的坚持。其中充满无尽的启迪和纯粹的阅读乐趣。
——杰克·迈尔斯，《上帝传》作者，《诺顿世界宗教文集》主编

〔美〕斯蒂芬·格林布拉特

著

生安锋 等 译
生安锋 审校

STEPHEN
GREENBLATT

亚当 夏娃

THE RISE AND
FALL OF
ADAM AND EVE

浮况录

社会科学文献出版社
SOCIAL SCIENCES ACADEMIC PRESS (CHINA)

致伊甸园及以赛亚

目　录

中译本前言

从世界各地收集到的多个世纪以来的故事表明，几乎来自所有文化背景的人都曾问自己：人类是如何诞生的？谁是最早的男人和女人？是谁创造了他们——或者，如果没有造物主的话，是什么让他们出现在地球上？他们如何进行交流？是什么让他们能够生存下来？他们是与我们相似，还是在外表和行为上跟我们有着显著的不同？我们又是如何从远古时代原始祖先的样子变成现在的模样？这些问题以及类似的问题，当然也包括中国那丰富、多样、深厚的文化传统中的许多相关问题，引发了大量的回答。

尽管在全球范围内人们对人类起源都十分好奇，并都对其有着各式各样的猜测，但是，有一个特殊的神话故事却在西方三大一神教，即犹太教、基督教和伊斯兰教中占据着极为特殊的重要地位。事实上，正如我在书中试图表明的那样：几千年来，亚当和夏娃在伊甸园中的故事，在西方国家中几乎成为一种过度痴迷之所在，这也是西方国家许多核心问题的关键所在。事实上，如果不了解这个非同寻常的人类起源故事所发挥的重要作用，我们就很难理解西方世界，尤其是那些一直将基督教作为主流宗教的国家。这并不夸张。

今天，在中世纪和文艺复兴时期的一些最伟大的艺术作品中，这种作用最为明显。当你走进罗马城中梵蒂冈的西斯廷教堂，抬头仰望米开朗琪罗所绘的负有盛名的天花板时，你一眼就能看到上帝创造亚当的著名场景。同样，当你走进佛罗伦萨、慕尼黑、巴黎、伦敦、纽约等地的博物馆时，你也会看到对这个故事的几乎是无穷无尽的描绘：人类的创造；第一个女人从第一个男人的肋骨上长出的造型；第一对夫妇在天堂里的生活；他们受到蛇的诱惑；他们吃了致命的禁果；他们被驱逐出伊甸园，流放到残酷的世界里。

这些数不胜数的艺术表征只是最明显的迹象，表明了发源于希伯来圣经中的亚当和夏娃的故事所发挥出的巨大力量。几个世纪以来，我们生活中的几乎所有方面——善与恶的基本概念、基督教神学的核心主张、政治秩序、社会组织、家庭结构、性别角色的性质、自然科学的核心原则等——都可以追溯到《创世记》开篇几章所记叙的这个神话。后来又出现了大量针对这几章中的神话故事的评论和阐释，试图去解释这些章节，并将那些被认为符合正确教义的解释强加于人。即便从启蒙运动开始，这一神话便受到系统的质疑和挑战，但它仍然通过不断提出一些迫切需要回答的关键性问题，继续塑造着西方的思想与文化。并非偶然的是，提出进化论并持续影响着现代科学界的关键著作《物种起源》和《人类的由来》，实际上是查尔斯·达尔文对亚当和夏娃这个古老故事的一种回应。

斯蒂芬·格林布拉特

2020 年 5 月 20 日

序言 在礼拜堂里

小时候，父母告诉我，在安息日活动结束前牧师祝祷的时
候，我们必须低下头并保持双目低垂，直到拉比庄严的话语结
束。他们还说，这一点极为重要，因为上帝就是在那个时候飞
过我们的头顶，而面对面地见过上帝的人是无法活下来的。

面对这样的禁令，我不禁陷入沉思。我想，能够亲眼看到
上帝的脸，一定是任何一个人所能经历的最美妙的事情。在之
后的岁月里，我所看到、所经历的一切一定都无法与这种至高
无上的奇观相提并论。于是我做了一个十分重要的决定：我要
抬起我的眼睛，我要亲自去看上帝。我明白这将是致命的，但
代价无疑不算太高。我不敢把我的决定告诉父母，因为我知道
他们一定会心烦意乱，并想方设法劝阻我。我甚至没有告诉我
的哥哥马蒂，因为我怕他泄露秘密。我只能独自行动。

几个星期六过去了，我才鼓起勇气。终于在那一天早上，
我站在那里，低垂着头，克服了对死亡的恐惧。慢慢地，慢慢
地……当拉比吟诵着古老的祝福语时，我抬起了眼睛。我头顶
上什么都没有。而且我发现，在圣殿里东张西望的并不止我一
个人。许多敬拜者都在四处张望或者凝视着窗外，甚至有人还
在跟朋友打招呼。我当时心中就充满了愤怒："我被骗了。"

许多年过去了，但从那一刻起，我就再也没能重新拾回那
份让我准备为直面上帝而牺牲生命的天真信仰。但是，在失去

幻想的另一面，有什么东西却在我心里常驻下来。在我的一生中，我一直痴迷于我们人类为了赋予我们的存在以意义而编造的故事，而且我渐渐明白，用"谎言"这个词来描述编造这些故事的动机或故事的内容是极为不恰当的，即使是在这些故事极端离奇的情况下。

人类的生活离不开故事。我们用故事把自己包围；我们连在睡梦中都在编造故事；我们把故事讲给我们的孩子听；我们花钱请人讲故事给我们听。我们中的一些人专职创作故事，而我们中的另一些人——包括我自己——则花费了我们的整个成年生活去了解它们的美、力量和影响。

这本书讲述了有史以来最出色、最特别的故事之一的历史。上帝创造了亚当和夏娃——世上第一个男人和第一个女人，并将他们放在一个充满乐趣的花园里，他们赤身裸体，不知羞耻。他告诉他们，他们可以吃园子里任何一棵树上的果子，但有一个例外：他们绝对不能吃善恶树上的果子。如果他们违反了这条禁令，他们就会死。有一条蛇——野兽中最狡猾的动物——寻机与那女人搭话。它告诉她，违反神的命令不会导致他们的死亡，反而会打开他们的眼睛，使他们像神一样知道善恶。夏娃信了蛇的话，吃了禁果；而且她把禁果给了亚当，亚当也吃了。他们的眼睛果然睁开了：于是他们意识到自己是赤身裸体的，就把无花果树的叶子缝在一起，遮住自己。上帝召唤他们，问他们做了什么。当他们认罪时，神就给他们降下了各种惩罚：从此以后，蛇将被迫在地上爬行，靠吃土为生；女人要经受生产的痛楚，并渴慕辖制她们的男人；男人要被迫流汗劳作，直到返归他们所来自的泥土。"你本是尘土，仍要归于尘土。"为了防止他们从另一棵特殊的树——生命树——上摘果子吃从而获得永生，上帝命令将人类赶出花园。手持武器的基路伯被派去看守伊甸园的大门，以防他们溜回来。

亚当和夏娃的故事是在《创世记》的开头讲述的。多个世纪以来，它决定性地塑造了有关人类起源和人类命运的概念。从表面上看，它能具有如此卓越的地位是令人难以置信的。这个故事可能会引发像那时的我那样的孩子的想象力，但成年人——无论是过去的还是现在的，都很容易看到，这个故事带有最夸张的想象的印记。一个神奇的花园；一对赤身裸体的男人和女人，他们以不同于任何其他人类的诞生方式被带入世界；他们一开始就知道该如何说话做事，不像我们那样要经历一个漫长的童年时期，而这样的经历是我们这个物种的标志；一个任何一个新创造出的生命都无法理解的关于死亡的神秘警告；一条会说话的蛇；一棵可以让人知道善恶的树；另一棵可以让人获得永生的树；一些挥舞着火焰之剑的超自然的卫兵。这简直是最具虚构色彩的小说，一个让人陶醉在虚构的乐趣之中的故事。

然而，却有亿万民众，包括一些有史以来最聪明、最出色的人，都接受了圣经中关于亚当和夏娃的叙述，并将其看作确凿的事实。而且，尽管地质学、古生物学、人类学和进化生物学积累了大量的证据，但我们同时代的人中仍有无数人继续把这个故事作为宇宙起源的历史性的准确记载，并认为自己是伊甸园中首批人类的后裔。在世界历史上，很少有故事如此持久，传播得如此广泛，而且是如此亘古不变地、令人魂牵梦萦地具有真实性。

第一章　故事梗概

我的书桌上有一本钦定版圣经的现代版本，它总共有
1078页，其中只有一页的篇幅是讲亚当和夏娃的。那么，为
什么这个故事如此卓越超群，并且不费吹灰之力就能流传得这
么广远呢？我们在五六岁的时候就听过这个故事，从那以后就
再也不会忘记它了。与此同时，其中粗糙的示意连环漫画一下
就让这个故事呈现于脑海，虽然可能无法想起每一处细节，但
是基本的框架一定会出现。这种叙事结构中的某些东西十分突
出，这使这个故事在人们的脑海中留下了印记。

自亚当和夏娃的故事首次被讲述以来，已经过去了漫长的
几个世纪。在这漫长的岁月里，这个故事赢得了大量组织和机
构的支持。教师们向学生重复讲述该故事；很多机构奖赏信徒
而惩罚那些怀疑论者；知识分子们拣选出有细微差别的章节，
为悬而未解的谜题提供不同的，甚至是互为对立的阐释路径；
艺术家们生动地再现这个故事。然而，从某种程度上看，这种
叙事似乎是独立于这些复杂的阐释的，或者也可以说，随后的
多元阐释的角度都源自故事本身取之不尽用之不竭的原初能
量，就好像其核心是不断向外散射的。亚当和夏娃的故事彰显
了人类叙述传统中一种怪诞、神秘、持久且深远的力量。

由于一些既引人入胜又令人费解的原因，古书中的某些章
节、句段就像是一面镜子，透过它，我们可以窥见整个历史长

6 河中的那些深切的恐惧和欲望。它既是解放性的，又是毁灭性的；既讴歌了人类的责任感，又是一个关于人类苦难和不幸的黑暗寓言；既为勇敢欢呼庆祝，又引发了强烈的厌女情绪。在数千年的历史长河中，这个故事引发了无数个体、群体的互动与回应，这无疑是令人震惊的。

古老的拉比们凝视着镜中影像，试图理解上帝的意图。宇宙的缔造者时刻关注的人类到底是个怎样的群体？他们为什么会被创造？这些拉比潜心研读神圣文本的字字句句，[1]并得出结论："耕作土地"最初指的并不是一种农业劳作，而是指要日复一日地研读律法书（《妥拉》），这被视作生活中最崇高的目标。

早期的基督徒并未过多关注亚当在伊甸园中的学习习惯，而是关注亚当的不服从导致的伊甸园的毁灭性失去。故事的内核在他们身上显现的，是人类始祖的过失以及该过失带来的后果。他们跟随着保罗的脚步追寻着死亡的真相，这令人饱受苦难，却永远无法回避：人类始祖因撒旦的蛊惑而堕入邪恶，自此死亡再无可逃避。但是，他们还是在他们的信仰中获得了一份慰藉：一个新的亚当——也就是耶稣，他通过承受诸多苦难以及最终的献身，化解了第一个亚当给人类带来的毁灭性后果。他们狂热地期盼着弥赛亚崇高的献身能够让信徒们恢复一种遗失的纯真，重新回到乐园，回到天堂。

而伊斯兰教《古兰经》的释经者们关注更多的不是亚当之"罪"，而是他作为神的代言人的身份。可追溯到公元7世纪的《古兰经》与早期的基督教经典文本相似，都把撒旦［或易卜劣斯（Iblis）］视为一个傲慢的、谎话连篇的天使，他蛊惑了人类的始祖，使他们不服从上帝的指令。后来的一些评论家则指出，这个恶毒的蛊惑者并非蛇形，而是一个非常美丽的骆驼的形象："她有着红、黄、绿、白、黑五色交织的五彩斑斓的尾巴，如珍珠般闪耀的鬃毛，黄玉色的毛发，犹如金星和木星的眼睛，以及一种像极了混杂着龙涎香的麝香气味。"[2] 亚当和夏娃因没有遵循上帝的指令而被驱逐出伊甸园，他们的子孙后代必须时刻保持警惕："哦！亚当的孩子们！不要再受撒旦的蛊惑，你们的始祖曾因此从伊甸园中被驱逐。"然而，在伊斯兰教的传统里，这种对禁令的违反仅被视作一个错误而不是一种十恶不赦的罪行，也不会影响到子孙后代。亚当被驱逐之后，悉心照料着地球上的生命，也同时扮演着宗教导师的角色。他是启发人类的先知形象，是造就最高先知穆罕默德的第一人，他将让真主之光再次普照人类。

　　纵观古典时代晚期、中世纪以及文艺复兴时期，很多专家、学者都梳理出了亚当、夏娃命运的含义。他们沉浸在故事里，浸润在无边无际的学术研究中；内心深处感知着每一处细小的邪恶；体察着每一次忏悔的冲动，企图克制肉欲，碾碎叛逆的骄傲；渴望着先知的预言；梦想着在时间终结之时，清除掉一切存在的痕迹，复归到无限的极乐中去。苦行者们思索着，是哪些事物蛊惑了我们的肉身；他们研读着古老文本中的章节与句段，想要获得一些线索——关于早期人类繁衍生息的其他可能方式的线索。医师们思考着伊甸园中人类的素食习惯能带来哪些健康上的益处。语言学家试图了解亚当和夏娃使用的语言，并且探寻其是否留下了某些痕迹。自然科学家们则思考着失去的乐园在生态学上的重要性：在这个昔日的世界里，人类与其他动物的关系与我们今天的情况全然不同；曾经，自然环境没有偏向任何物种，而是以温和的姿态维持着物种的多元与丰富。在犹太人和穆斯林中，研究宗教法的专家探索着故事在教义和法律上的含义。在三大一神教群体中，哲学家们争论着故事的道德寓意。在基督教世界里，视觉艺术家们十分欣喜地接受了邀约，去用艺术的语言描绘人类的身体及其全部的荣光与屈辱。

8 首先是普通人，他们或是从神职人员那里听到了这个故事，或是看到了有关这一故事的壁画，或是听父母或者朋友讲过。他们一次次回顾这个故事，努力寻觅着让他们倍感困惑的问题的答案。这一寻觅的过程阐释了当两性以及婚姻之间存在着某种张力，当身体承受痛苦，当体力要耗竭，当乐园的失去不可避免，当哀悼乐园成为一个永恒的话题之时，有哪些因素最为搅扰人心。或者说，至少这一过程可以帮助人们反观自身。就像拉比、牧师以及穆斯林释经者一样，这些普通人从先祖亚当和夏娃那里，获悉了一些有关其自身的知识。

亚当和夏娃的故事对我们每一个人都有启示。它回答了"我们是谁""我们从哪里来""我们为什么爱，又为什么饱受苦难"这些问题。这个故事的影响之广泛似乎也是其设计的一部分。尽管它是世界三大宗教的奠基石之一，但它是先于，或声称先于任何特定宗教形态的。这个故事捕捉到了人类对待工作、性以及死亡的奇异方式，而这些中的部分是我们与其他物种共享的存在特征；人们思索着这些奇异的方式，似乎它们都是由人类先前的行为决定的，似乎一切也完全可能是另一幅图景。

故事说，上帝按照他自己的形象和模样创造了人类——一种独特的生命体。上帝又赋予了我们辖制其他物种的权力，但与此同时，他也给了我们另一样东西：禁令。这一禁令的到来没有任何解释和理由。但追溯到时间之初，我们的先祖不必理解这一禁令，他们只须服从。亚当和夏娃没有服从，而是违抗了上帝的指令，这影响了我们生活中的一切——从普遍的羞耻感到人类必死的命运。

基督教的基石就在于对这个故事的字面真实性（literal truth）的坚守，也就是伊甸园是实际存在的，亚当和夏娃也实际存在过。这也是我对亚当和夏娃的故事如此痴迷的原因。一个编造的故事是如何获得真实感的？一个石雕是如何开始呼吸的？或者一个木偶是如何开始自己站立，不需要绳子牵引就能自己跳舞的？虚构的生物为什么好像真实生存过，这其中到底发生了什么？是否正是基于这一原因，他们注定开始走向死亡？

世世代代，虔诚的男男女女都试图诠释这一故事，把赤裸 9
的男人、女人和会说话的蛇看作精准的叙述：正如我们所知悉的那样，生命由此发轫。哲学家、神学家、牧师、僧侣、空想家，还有诗人和艺术家，都为此做出了贡献。但是，直到文艺复兴时期——丢勒、米开朗琪罗、弥尔顿的时代，新的、卓越的再现技术才最终赋予人类始祖的故事一种令人信服的现实感，使之具有了新的生命力。

这是艺术和文学的巨大胜利，但它也带来了很多出人意料的结果。艺术爱好者们不但从希腊和罗马的废墟中挖掘出了亚当和夏娃的雕像，还有栩栩如生的异教徒的雕像。人们用道德的眼光来审视和评判它们。这些标准不仅适用于遥远的过去，在人们反观当下的现实时，它们也产生了同样的效力。人们把亚当和夏娃同他们在美洲大陆邂逅的赤裸着身子的男人和女人们①相比较。

---

① 这里指 1492 年哥伦布等欧洲殖民者登上美洲新大陆后看到的当时的印第安人都赤身裸体的情形。——译注

这些人很奇特，他们似乎完全感受不到赤裸身体的羞耻感，而这种羞耻感本应是亚当和夏娃"堕落"之后所有人类都能感受到的。正因亚当和夏娃的故事现在看起来很真实，它带来了很多难解的问题——关于时间之初对语言的掌握、两性关系、种族，以及死亡。

一种现实感加剧了，由此引发的问题让人倍感痛苦，它们一直盘旋在古老的本源故事之上，悬而未决：什么样的上帝会禁止他创造出来的生命了解善恶之辨？他创造出来的生命为何在不了解善与恶的时候，就服从这样的指令？死亡对于那些从未经历过死亡，而且不知死亡实质的人们来说意味着什么？教堂和世俗政权的权威严厉对待这些提出问题的怀疑论者，但它们却并没有办法完全镇压这种质问和骚乱，其根源在于：在各种表述中，人类始祖的故事对我们来说曾如此真实。随着启蒙
10 运动的展开，怀疑成倍增加，再也无法压制。位于最显眼位置的是斯宾诺莎极具洞察力的怀疑论、查尔斯·达尔文锐利的凝视，以及马克·吐温那嘲弄的笑声。

遍布世界的自然历史收藏中有生物的正模标本，这一点令人自豪。[3] 这些正模标本也被称作原始标本，它们是官方认证的物理样本。在加州大学伯克利分校的脊椎动物学博物馆里，有整个科学界认定的、表皮粗糙的蝾螈标本（Triturus similans Twitty）；位于乍得恩贾梅纳的国家研究中心收藏的头盖骨，是已经灭绝的灵长类动物萨赫勒人（Sahelanthropus tchadensis）的唯一标本。早在 18 世纪，人们就已经开始辨识、收集这些标本。灰狼（Canis lupus）的标本收藏在斯德哥尔摩的瑞典自然历史博物馆里，伟大的动物学家和植物学家卡尔·林奈

（Carl Linnaeus）在 1758 年对这些样本进行了描述，他和他的学生们为此付出了很多心血，也发现了很多其他正模标本。（由于林奈的描述建立在自我审视的基础之上，我们这个物种——智人——的标本正是林奈自己的身体。）华盛顿的美国国家植物标本馆里有 11 万种植物的正模标本。伯克利的脊椎动物学博物馆里有 364 种哺乳动物、174 种鸟类、123 种爬行动物和一些两栖动物的正模标本。在柏林自然历史博物馆的"湿藏品"展示区，陈列着无数装着海洋生物标本的罐子，这些标本漂浮在乙醇中。有些罐子上标有红点，这表示里面装着的是正模标本。

正模标本的认定很简单：一个人发现了一个新的物种，然后写一篇科学论文，根据特定的标准给它命名、描述它，就可以了。因为发现者成功发表了论文，并且知道标本应该归属于哪一分类，所以他成了物种的"作者"。正模标本因此成了被科学家们承认的正式样本；从这个样本中，我们可以提炼出这个物种的关键特征。到今天为止，大约有 200 万个物种已经被命名。据估计，地球上有接近 900 万个物种。

在《创世记》中，上帝将旷野上的走兽、天空中的飞禽都一一带到亚当面前，让他给它们取名，就像科学家给其发现的正模标本取名一样。文本中并没有指明亚当运用的是什么语言，整个过程历时多久，以及是什么时候发生的。传统的圣经评注认为，[4] 命名与亚当的诞生发生在同一天，因为在命名这一壮举之后，上帝才创造了女人（夏娃）。（大多数评论家不愿意相信亚当在没有伴侣的情况下独自生活了很久。）一些评论家想要知道，有害的昆虫是否可能是在上帝用六天时间创造了万物之后才出现并得名的，它们是不是人类犯下的原罪的结果，而非原计划的一部分。另一些评论家则开始关注鱼类，因为圣经中只提到了陆地和空中的生物。"为什么上帝没有把鱼也带给亚当呢？"英国牧师亚历山大·罗斯（Alexander Ross）也是一位科学家，他在 1622 年就提出了这个问题，然后接着自己给出了回答："首先，鱼类和人类的相似之处不多，不像走兽；其次，它们不能像走兽一样为人类提供帮助；第三，离开了水，它们便不能生存。"[5]

天空中的飞禽、陆地上的走兽比圣经中所描绘的要多很多。但是故事的创造者明白，与现代科学类似，我们只能通过少数有代表性的物种来了解全部。《创世记》第一章中描述的人类实际上是人类的正模标本。上帝造就了这个物种，小心翼翼地将赤裸的人作为原始样本引进到地球。当你想到亚当的时候，呈现在你脑海里的既是个体，也是人类整体。

圣经中的故事告诉我们，亚当不仅仅是一个代表，也是最早的物种，是人类的鼻祖；人类就此繁衍生息。从这点上看，现代科学收藏中也有可与之等同的东西，而与之等同的其实不是正模标本，而是那些被视作我们祖先的化石。其中最为著名的是"露西"——南方古猿阿法种（Australopithecus afarensis）中一个生活在 320 万年前的女性。美国人类学家唐纳德·约翰逊（Donald Johanson）于 1974 年在埃塞俄比亚发现了"露西"的几百片骨骼碎片。约翰逊和他的团队给她起名为"露西"的灵感来自披头士乐队的歌曲《露西在缀满钻石的天空中》（*Lucy in the Sky with Diamonds*）。他们在偏远的地方安营扎寨时，陪伴他们的就是磁带录音机里反复播放的这首歌。

"露西"现被保存在亚的斯亚贝巴的埃塞俄比亚国家博物馆里，她这个特别的名字带着魔力，使这个距我们无比遥远的祖先有了一种特殊的吸引力。露西身高三英尺七英寸，大脑像黑猩猩一样小。在"露西"们漫游地球 300 万年后，非洲才开始有现代人类的踪迹。需要指出的是，她并不能在树与树之间摇荡穿行，并且她可以直立行走。没有人说"露西"是人类的直接祖先，但是确有证据表明，我们这一物种，也就是智人，和露西密切相关。人亚族是生物分类学概念中的一个种群，包括现代人类和与我们关系密切但已经消亡的物种，这一种群由两足的灵长类哺乳动物进化而来。

这一进化过程的影响是巨大的，而且争议不断。曾经我们可以直截了当地说：在伟大的生命之树上，我们智人处于枝干的终端。当我们审视我们相继灭绝的先祖时，就能够沿着枝杈，缓慢抵达树干，了解我们是如何演化到今天这一（自然是带着耀眼光环的）阶段的。但当越来越多的化石——如鲍氏傍人、能人、鲁道夫人、匠人、直立人、海德堡人、尼安德特人、纳莱迪人等的化石——被发现之后，我们再也不能简单地看待这个故事了。一位生物学家最近写道，我们的先祖与其说是终端的枝干，不如说是"一捆细枝，甚至看起来像是缠绕交织的灌木丛"[6]。

在哈佛皮博迪考古学与民族学博物馆（Peabody Museum of Archaeology and Ethnology）里，大卫·皮尔比姆（David Pilbeam），这位非常著名的古人类学家（研究我们这一物种与邻近物种间亲缘关系的学者）愉快地答应为我展示一些"细枝"。在我到达之前，他已经摆好一些骨头（或是石膏或塑料的骨头模型），有些被放在薄纸板制的箱子里，有些则组装成骨架，摆在装有滑轮的小台子上。每一块骨头都代表着对距离当下已有数百万年的遥远过去的追溯。

13

一个"露西"的复制品就放在一个展示盒里，表面贴着玻璃纸，它让人联想到花匠为一个重要场合送来的东西，我想是葬礼。事实上，可看的东西并不多：她头盖骨的碎片、下颌骨的一部分、几根肋骨、骶骨、骨盆的一部分，还有腿和胳膊的碎片。带轮台子上放着一个重建的、更为完整的南方古猿模型，就在"露西"边上。附近还陈列着一具黑猩猩的骨架，皮尔比姆指出了它和"露西"的骨骼结构之间的细微差异。确实很细微，如果皮尔比姆没有告诉我，我肯定无法辨识出来，看不出一个是猿，而另一个是我们的祖先。

房间里陈列的最古老的化石是乍得的萨赫勒人的化石。对我来说，它更像是一个体型较小的猿的头盖骨，但皮尔比姆就像一个侦探，发现了某些迹象，这些迹象表明它可能是直立行走的。如果真是如此，那它掌握这个本领确实很早。这个化石可追溯到距今 700 万年前，这一时间点离最近共同祖先（Last Common Ancestor）分裂的时间点很近，后来共同祖先中的一支进化为猩猩，而另一支进化为人类。

我环视整个房间，脑海中回顾着历经百万年的演化史。我体会到了某种不安，正是这种不安使科学家们对人类进化是沿着一个明确界定的分支稳步和逐步发展的这一说法提出质疑。且不论一些极其微小的线索提供的证据，就说我们的先祖萨赫勒人，他们似乎属于一个完全不同于我们的世界。另一个角落里立着尼安德特人的整个骨架，其厚度跟大猩猩的骨架类似，但其头盖骨的形状却和人类的十分相似。[7]

古人类学家以更加精妙和新颖的方式测量、细查和解析骨骼遗骸——让我们这一物种得以直立行走的骨盆和脊柱、让我们能精准投射物体的肩胛骨、牙齿的结构，以及不断增大的脑壳。但是，曾经看似胜利的进步征程——就像那些以古猿开始，以坐在电脑前的人类结束的动画片——如今看来，却因千百种迂回或错误的出发点、交错的小路和死胡同而迷失。在缠绕交织的灌木丛中很难找到故事的主线。

然而这一"主干道"的消失并没有威胁到进化理论。与此相反，从一开始，达尔文就强调基因突变的随机性，随后是自然选择的编辑作用，是这些使新的物种出现。不过，当看到交错且不连续的线索时，还是会感到迷茫。皮尔比姆曾经出版过一本名为《人类的攀升》（*The Ascent of Man*）的书。毫无疑问，今天的他绝不会再写这样的书了。

尽管如此，我们中的大多数人，包括进化论生物学家在内，还是在继续寻找并且讲述着人类向上演化的故事。正如圣经所言，我们是统摄其他物种的："神就赐福给他们，又对他们说：'要生养众多，遍满地面，治理这地；也要管理海里的鱼、空中的鸟，和地上各样行动的活物。'"（《创世记》1：28）① 很明显，我们对其他物种的支配与我们的智慧、我们制造工具的卓越能力，以及我们复杂的社会和文化生活有关，而最重要的是，与我们的语言和符号意识有关。然而，我们究竟是如何从先祖演化到今天，并能够沟通、使用符号、梳理抽象概念的，还是没有办法全然解答。到目前为止，还没有一个令人满意的科学的讲述方式。

在《创世记》描写的第六天，"神就照着自己的形像造人，乃是照着他的形像造男造女"（《创世记》1：27），这个

15

---

① 本书所引用的圣经译文，主要出自和合本圣经《新旧约全书》（简体版），南京，中国基督教协会印发，1994。——译注

故事提供了相当于赤裸的骨头的素材，科学家们可以据此推断
出最早的祖先的形象。而且这个故事还做到了一点（科学家
们一直无法做到），它提供了一个明确的起点。但根据圣经的
描述，我们并不能获悉原始人类是什么样子。这并不是由于缺
乏尝试，人们曾多次尝试解答，并且都是根据对文本细致入微
的分析。在公元 2 世纪，拉比耶利米·本·以利亚撒
（Jeremiah ben Eleazar）从"照着他的形像造男造女"这句话
中总结出，亚当一开始是雌雄同体。公元 3 世纪的一位拉比，
塞缪尔·本·纳曼（Samuel ben Nahman），[8] 则把这句话解读
成："当上帝创造亚当时，亚当是双面的，然后他把其分开，
让亚当有两个背部，一个在这边，一个在另一边。"还有人认
为，亚当的身体最初填满了整个世界，从东方延展到西方；另
一种观点认为，他的身体上可触天，下可及地；此外，有人认
为他可以看到宇宙中的全部事物；还有，他有预言的能力；以
及，上帝先是给了亚当一条尾巴，"但是随后把尾巴去除了，
这是为了保护他的尊严"；亚当是"如此英俊，他的足底可以
遮蔽太阳的光辉"；他发明了所有的语言和所有的工艺，包括
文字和地理；他有一种可起到保护作用的皮肤，是一层硬壳，
如果他违犯了规则，硬壳就会脱落。

在《创世记》的第二章，不再能寻觅到亚当的踪迹，而
第一章中的亚当曾经引发了如此多的探讨。再也没有赤裸的骨
头或卡片上的正模标本了。两种彼此分离的原始人类的形
象——泥土捏成的男人和由男人的肋骨制成的女人——开始出
现，而这些人被写在同一个故事里。《创世记》认为，如果我
们要了解物种的本质，无须检视典型样本，而是要看早期人类
的活动轨迹。我们应该观察他们的相处方式，细察他们的选择

模式，追寻他们的踪迹，考察他们的历史。因为并非生物属性决定他们的历史，而是他们的历史——他们做出的选择以及这些选择带来的后果——决定他们的属性。

圣经的故事表明，在上帝创造了人类这一物种之后，很快发生了一些事情。人类本可以不这般演进，结果完全可以截然不同。伊甸园中的男人和女人的形象告诉我们，事情已然达成的样态与其未达成前的诸多可能性之间存在一种张力。而这种张力暗含着我们的一种憧憬、一种对另一结局的渴望。

《创世记》这个故事的核心是人类决定偷、食、分享禁果。这一故事描述了人类始祖的选择，以及这一选择带来的后果，这是很关键的。这是一个好故事，即便它省略掉了许多细节，没有陈述动机，也没有细致的分析，但是它依然深入人心。亚当和夏娃的故事并没有使用"罪""堕落""撒旦"或"苹果"这些字眼。故事的含义有很多可能性：如今保留下来的一些两千年前的解读方式，把蛇视作故事的主角，因为是蛇让人类的始祖获得了有关自身的知识，而这是嫉妒的①上帝所不允许的。在这里，与其他口传故事一样，行为起到了决定性作用："于是，女人见那棵树的果子好作食物，也悦人的眼目，且是可喜爱的，能使人有智慧，就摘下果子来吃了；又给她丈夫，她丈夫也吃了。"（《创世记》3：6）

人类需要一个故事，这不仅仅体现在《创世记》的创作动机上，来自美索不达米亚、埃及、希腊、罗马、西伯利亚、中国、北美大平原及津巴布韦的所有古老神话都遵从这一逻辑。在时间之初，有些事情发生了——一些有关决定、行为与

17

---

① "jealous"，和合本圣经中一般翻译为"忌邪的"。——译注

回应的故事，而这些造就了今天的我们。如果我们想要了解当下自身存在的方式，我们需要记住这个故事，并不断讲述它。

我们知道，或者自认为知道，和我们有亲缘关系的黑猩猩并不会思考自身是否起源于一次"不服从"；猩猩们虽然非常聪明，但是也不会去思考为什么自己逃离不了必死的命运；喜欢追逐快乐的倭黑猩猩，在相互为对方梳理毛发的时候，也不会为彼此讲述第一对雌雄倭黑猩猩是如何交配的。我们有充分的理由对蚂蚁、蜜蜂和胡蜂社群的复杂性心存敬畏，我们也会惊讶于宽吻海豚高超的语言理解能力，我们还围绕着鲸鱼的歌声建立了一种虚拟崇拜；但我们相信，这些物种都没有创造出有关起源的故事。

人类似乎是地球上唯一会问自己是从何处来，以及如何演化的物种。也许我们可以将这种独特性视作一种成就、一种可以将我们和其他物种区分开来的标志。但是，我们也可以把这件事看得简单些，这不过是我们人类迷失的标志：人类迷失了方向，对现状不满意，亟须一个解释。我们需要一个故事，好让自己平静下来，这其实反映了我们内心的不安与惶惑。或者也可以说，我们这一物种不知何故走在了自己的前面，在不经意间，一个发展的转折使我们沿着一条我们尚不能全然理解的演化发展之路前进，这使我们拥有了推测与讲故事的智慧。

我们并不知道自己是从何时开始会讲故事的，但是故事作为一种传递知识、提供乐趣的方式，具有很强的适用性，这表明，在人类可以用文字记录之前，故事就已经存在了。人类的
18　文字史约为五千年，如果与一个人一生的时间相比，这似乎很长；然而与人类的"故事史"相比，实际上这算不了什么。

有关人类起源的表述是否就藏在这些故事之中呢？令人震惊的是，家长没有提示，小孩子自己就会问："我从哪里来？"我们似乎不由自主地就会想探寻这一问题，而这一问题的答案，从我们有记忆以来，就一直令牧师、艺术家、哲学家和科学家们着迷。

直到最近，学者们——其中 18 世纪晚期德国的雅各布（Jacob）和威廉·格林（Wilhelm Grimm）两兄弟最为著名——才开始系统地收集口传故事，分析其形式和主题。这些故事被一代代传承下来，其开端可以追溯到很久以前，延伸到如今的回忆中存有的痕迹之外。有些故事带着很深的地方性烙印，仅属于特定的家庭、世系或者群体；另一些故事则明显地克服了地理界限和语言的局限。实际上，从蒙古高原到美国的俄克拉荷马州，以及在其间的每一个地方，每一种文化最后都至少创造了一个有关起源的故事。《创世记》对赤裸的男人和女人、会说话的蛇和神奇的树的描绘，就是其中的一个口传故事，而且在被以文字形式记录下来之前，就已经流传开来。它来自深邃的过去，那个我们无法回到的过去。

当我尝试想象故事的开端时，我的脑海里浮现出三个场景。我首先想到的，也是我最近经历的场景有关卡尚的一座花园，这个花园在德黑兰南边，距其 150 英里。一次，我应邀去伊朗的一个关于莎士比亚的会议上发言。我充分利用这个机会去野外探索了自然的奥秘。卡尚的地毯享誉全球，从小到大，我家的餐厅都铺着卡尚的地毯，我经常爬到桌子底下，在织着繁复的花瓣图案的地毯上玩耍。但我的目标不是人潮涌动的集市，我想看的是 16 世纪晚期的一座著名花园——菲恩花园（Bagh-e Fin）。

19　　我来到花园，其实它空间相对狭小，空气中散布着泥土的气息，整个布局呈方形，古老的雪松沿着笔直的小路排列，还有砖制的防御土墙和圆塔环绕。它的关键特征是，有水流从附近的天然泉眼喷涌而出，流入一条笔直、狭长的河道，以及一个完美的四边形结构的池塘，池塘内铺有绿松石色的瓷砖。在池塘的上方，有一个两层楼高的拱形亭子，为人们提供了一个避暑的场所。

　　这里距离德黑兰有几个小时的车程，我们开车途中经过了一片特别荒凉、干热的沙漠。沙漠之中布满了被日光烘烤过的岩石，还有一条干枯、蜿蜒的河道向远方的地平线延伸。目之所及，没有耕地，没有树木，甚至没有灌木。似乎有某种隐形的指令，让生命的迹象全然消隐。我们所能看到的生命，只是几处零星的点缀。若这便是人类的本源之地，人类的先祖完全可以在短短几分钟之内就为所有的生物命名。

　　古波斯语中有一个可以用来形容菲恩花园这种嵌入式花园的词，即"paradaesa"，也就是天堂。希腊语引入了这个词，由此衍生出英语中的"天堂"（paradise）一词。我在卡尚看到的花园，应该不能被视作亚当和夏娃的诞生地。但我至少可以想象，在这样一片粗糙、贫瘠的土地上，水流穿过河道时淙淙的声响，以及伟岸的树木在风中留下的簌簌之音是如何引发惊奇和愉悦的。我全然领会了《创世记》中那个引发无限幻想的花园是怎样的一个小世界；其中写道，源头处至少可见四条巨流。讲故事的人从周遭世界中得到了启发，从中提取了一些珍贵的元素，据此想象出一个神圣的场域，人类始祖在最无忧无虑之时栖身于此，感受着幸福与祥和。如果被迫离开这片土地，走向其四周苦难丛生的盐土荒漠，那将是最为严苛的惩罚。

我想象故事开端的第二个尝试发生在几年前，那时我们在约旦的瓦迪拉姆（Wadi Rum），我和我的妻子、儿子在贝都因人（Bedouin）露营营地待过一段时间。那是一个日落时分，沙漠里格外寒冷，我们简单吃了一餐，在听过一段鲁特琴演奏出的美丽旋律后，快速走回小帐篷，钻进羊毛毯子。我喝了好多杯甜茶，晚上不得不起夜，走到营地的另一端。在瑟瑟寒风中，我打开了小手电筒，在沙地里穿行。那是一个没有月光的夜晚，没有篝火，也没有挂起的灯笼，每个人都处在沉沉的睡梦中。

我举目仰望，天空辽阔无垠。它不仅布满繁星，还充满一种奇特的深邃感。我关掉了手电筒，坐在地上凝视着天空。我经常在距离城市比较远的地方，仰卧在星空下，但城市即便遥远，也会从远处放射出光亮。而在这里，没有任何干扰光源，有的只是宇宙的浩瀚无边、繁星的无穷无尽，还有某种强烈的需求，这种需求比身体的需求更强烈，即去了解我们是谁，我们从哪里来。

我的第三次尝试可以追溯到我童年最早的一段记忆。我们家的小公寓就在波士顿的罗克斯伯里街区，那是一个夏天，我和妈妈坐在餐桌前，窗户敞着，我们可以听到远处富兰克林公园动物园传来的声响：狮子偶尔的一声咆哮、笼中鸟儿细细的啼叫声。妈妈正在编一个故事，是专门为我编的。故事的主角和我名字近似，但是不完全相同。他是一个受人爱护的小孩儿，他很快乐，被保护得很好，只是他被警告绝不能做一件事：不能独自穿过西弗街（Seaver Street）去动物园，即便那里的各种声响诱惑着他。但他会听从吗……?

20

圣经中写道，当造物主向由泥土捏成的人类的鼻孔中吹进一缕生命的气息时，人类获得了生命。这个神话场景中蕴含着一个有力的事实：在遥远过去的某个时刻，是一缕气息赋予了亚当生命，而这缕气息就来自讲故事的人。

第二章　巴比伦河畔

在夏威夷的大岛屿上，熔岩从火山的裂隙间喷涌而出，而被螺旋形的、冷却的熔岩覆盖着的地面则呈现暗黑色。穿过这片地带，抵达悬崖边，你可以看到燃烧着的岩浆势不可挡地喷涌而出，这好比目睹了一次无比壮观的诞生，随后岩浆又嘶鸣着跃入海中。一种感觉会油然而生：你就在世界的起源处，尽管你知道世界早已存在。没有人可以真正声称自己见证了，或者记住了这个有关创造的故事，甚至没有人隶属于通向曾在那里的人的回忆链条的一部分。

我们无法知道是在什么时候，有些人试着去想象世界和人类的源起，他们首先讲述了一个有关世界本源的故事，是这个故事让我们这一物种开始步入正轨，世代繁衍。我们并不知道到底是哪个人最先构想出了伊甸园，或者最先梦想着一种赤裸着身体、毫无羞耻感的生活；或者，是谁先想到有致命且至关重要的知识之果这回事。我们知道，一定会有一个触发了这些灵感的时刻，但是我们无从回访这一瞬间，并且永远都不再有回溯的可能性。

还曾有这样一个瞬间，一些人试着把故事记录下来。但是，对此我们也无从回溯，无法获悉作者是男人还是女人，也没有办法明确地了解地点、情况及其语言，无从准确地，甚至也不能粗略地来标识其出现的时间。一些学者认为，早在所罗门时代（公元前990年~公元前931年），故事的一个版本已经被写了出来。在其继承者们统治期间，其他版本可能以书写的形式流传扩散。在希伯来人几个世纪以来的漫长生命经验中，实际上没有任何一篇故事的手稿能幸存下来。所有的手稿都在大火、洪水和时间的利齿中遗失了，我们只能推测日期，而且有时候非常粗略。故事最终在《创世记》中得以展现，这是我们所能抵达的最近的有关历史起源的时间点。没有办法知悉精确的时间，情况也都是未知的，但是一层神秘的迷雾被拨开。

多数学者认为，我们熟悉的这个故事可以溯源到公元前6世纪，并且集成的《妥拉》——希腊语中的《摩西五经》——可能是在公元前5世纪的时候编写而成的，大致和《以斯拉记》和《尼希米记》的时期一致。然而，即便是这样，依然有一些含糊之处。至少自8世纪开始，文本中每一处微小的细节都能引发争论，我的很多关于它的观点都会引发争论，而比我博学的人也不例外。不过，不管这个关乎本源的故事距离我们有多遥远，亚当和夏娃的故事最终成为圣经这一神圣文本的一部分，也就是《妥拉》（旧约的前五卷，据说其作者是摩西）的一部分。至少有一个作者，他具有绝对权威，这保证了这一叙述的真实性。人们不免会产生疑问，摩西是如何得知发生在伊甸园里的事情？毕竟这一切都发生在距他很久之前。一些人则坚决捍卫这个故事的真实性，他们给出的回答是，这些故事代代相传，可以追溯至挪亚方舟的时代，继而追溯至大洪水之前的塞特（Seth）时代，也就是亚当的第三个儿子的时代，所以摩西可以得知这些细节。圣经中描绘的"代际传承"给了我们这一代代人的名单，使我们可以抵达时间的初始阶段。在这巨大的时间跨度中，一位德高望重的老人——玛土撒拉（Methuselah），做出了重要贡献。据说他活了整整969 岁，这样代际传承链条上的人数自然就减少了。

众所周知，在这个故事被重复讲述的过程中，内容也会有所改变，而人们经常会提到，摩西听从了上帝的命令，或者至少他在书写的过程中，得到了上帝精神的感召与指引。他可以依照脑海中闪现的上帝精神之光，来修正可能写出的错误，而这些错误可能会影响整个故事的真实性。《禧年书》（*Book of Jubilees*）① 写于公元前 2 世纪，它进一步确保了整个叙述的真实性。该书写道，在西奈山上，上帝命一位天使¹为摩西讲述一个有关人类起源的真实故事。这个天使曾和他的追随者们一起见证了世界的创造与伊甸园中的一切。这位尽职的天使为摩西讲述了这一切，毫无瑕疵，摩西只需要重复叙述就可以了。

《禧年书》中有更为详尽的阐述［《禧年书》现在只被埃塞俄比亚正教会（Ethiopian Orthodox Church）视作正典］，但是这些阐述既保证了故事的真实性，同时也引发了与之对应的怀疑和质询。很多人读过这个关于伊甸园、早期人类和会说话的蛇的故事，而至少有一部分人会质疑其可靠性。他们想要了解这个故事到底有多大的可信度。对这个故事的信仰赋予了他

---

① 又称作 *The Lesser Genesis*，或可译作《简写创世记》，是基督教“旧约外传”的一种，属传奇性作品，按禧年（每 50 年）分段编写，故叫此名；又因取材于《创世记》，故亦称《小创世记》；公元前 2 世纪末由巴勒斯坦的犹太人作。以天使在西奈山对摩西启示的形式，描述上帝的选民从创世到出埃及时的故事。旨在宣传后期犹太教的律法观点。原用希伯来文写成，已佚，仅存埃塞俄比亚文、拉丁文及叙利亚文等译本，其皆从已佚的希腊文本译出，一般认为埃塞俄比亚文译本最为确切。任继愈主编《宗教大辞典》，上海辞书出版社，上海，1998，第 894 页。——译注

们迷幻之思，而他们不过置身于这种"迷幻"的外围。这个故事其实源自一种幻想，而这种幻想在讲故事的过程中能带给人一种熟悉感。

《妥拉》本可以享有一个更为明确、可靠的历史渊源，不是关于早期的人类，而是关于早期的犹太人："耶和华对亚伯兰（Abram）① 说：'你要离开本地、本族、父家，往我所要指示你的地去。我必叫你成为大国。我必赐福给你，叫你的名为大，你也要叫别人得福。'"（《创世记》12：1-2）² 但《妥拉》最先讲述的事件是早于任何历史记录的：有关宇宙和人类的创造。圣经中首先讲述了时间的起源，这先于犹太民族自身的历史。要理解为什么这一点对犹太人来说尤为重要，我们需要了解降临在犹太民族身上的那场灾难。

* * *

24   在古代世界，紧随某个王国的覆灭，通常会有对被征服者的大规模屠杀。但是，伟大的巴比伦帝国统治者，尼布甲尼撒二世（Nebuchadnezzar II），更喜欢将被征服者驱逐出境。历史上曾经有一个不大的犹大王国②，由一个享有盛誉的王朝统治着，它自称"大卫王朝"（the house of David）。公元前597年，这个王国向尼布甲尼撒二世的军队投降了。在这之后，尼布甲尼撒二世就在耶路撒冷设立了一个傀儡政府，把大量的希伯来人，包括被推翻的国王及其朝臣，都驱赶到了巴比伦。跨越巨大的时间鸿沟，圣经《诗篇》第137篇最终表达出了当

---

① 亚伯拉罕的原名。——译注
② 犹大王国，古巴勒斯坦南部的奴隶制国家，由犹大支派和便雅悯支派在与十支派分裂后联合成立。——译注

时的犹太人所经受的苦难、乡愁以及愤怒之情："我们曾在巴比伦的河边坐下，一追想锡安就哭了。"[3]

　　这些来自希伯来的流放者，在其有限的生命旅程中见证了尼布甲尼撒二世的胜利。尼布甲尼撒二世野心膨胀，而这些流放者刚好能满足其对劳动力的旺盛需求。巴比伦经历了很长一段时间的衰退，现在又重新步入上升期。有灌溉的沟渠要挖，有田地要照料，有葡萄藤要装饰，有无数砖块要烤制，有防御工事、金字形神塔（ziggurat）[①]、宫殿要建造。希伯来人被迫在工作中挥汗如雨，梦想着回到沦丧的故土，但他们不是唯一的流亡者。与他们一起工作的还有亚述人、米堤亚人（Medes）、锡西厄人（Scythians）、埃及人，以及一些巴比伦本地人，他们负债累累，处境绝望。失败和奴役的现象在巴比伦社会蔓延，形成了一种奴隶式的世界主义图景。

　　位于幼发拉底河上的这座城市是富饶的、精致的，熙熙攘攘，文化多元，因其美丽而闻名。其中两个具有传奇色彩的建筑——巨大的城墙和空中花园[4]，都属于世界七大奇迹。著名的伊什塔尔城门（Ishtar Gate）如今在柏林的佩加蒙博物馆（Pergamon Museum）得以重建，其光滑的砖面呈现出宏伟与庄严，象征着一个城市的荣光。从某种程度上讲，这些希伯来人在巴比伦也有归家之感，他们不全然是外来者，因为他们认为自己同样来自美索不达米亚平原这片土地，只不过属于这片土地的遥远过去。亚伯拉罕——犹太信仰的奠基人，就诞生于附近的乌尔（Ur）[②]，因此，对一些被流放的犹太人来说，这

[①]　金字形神塔，也叫塔庙，是古代亚述和巴比伦的一种多层建筑，往上逐层缩小，有梯可登，顶设神龛。——译注
[②]　乌尔是古代美索不达米亚南部苏美尔的重要城市。——译注

一地点与其信仰之间有一些渊源，因而并非完全无法接受。当
最终有机会回到犹大王国的时候，相当一部分希伯来人选择待
在他们原来的地方。从那段被流放的岁月开始，美索不达米亚
平原上出现了一个犹太人社区，这一社区一直持续到 20 世纪，
成为后来的伊拉克。

幼发拉底河岸栖息着一群希伯来流放者，对于其中的虔诚
者来说，最大的挑战并不是放弃对耶和华的信仰。耶和华一直
是他们最重要的神和守护者，但有时候他们也会崇拜其他的
神，这也就是为什么耶和华总在重复一个禁令："不可敬畏别
神。"（《列王纪下》17：35）但是大多数时候，即便是在最艰
难的时刻，耶和华在他们心中也是最重要的。在耶路撒冷的神
庙里，他们通过各种仪式和动物献祭来拜神。

在犹大王国向尼布甲尼撒二世投降之后的十年时间里，这
些仪式都保存完好。但随后另一场灾难降临了，希伯来的
"卖国贼"西底家（Zedekiah），在其征服者让他接管本族事务
之后，未经审慎思索便揭竿而起，反抗尼布甲尼撒二世的统
治。巴比伦的军队围攻了耶路撒冷，而希伯来人想要依靠的埃
及同盟军还没有出现。围攻就这样持续着，随之而来的还有饥
荒、疾病和逃亡，这些都造成了巨大的人员伤亡。最终城墙被
攻破，巴比伦的军队蜂拥而入。在国王的命令下，复仇开始
了，在此之前保存完好的城市面临着毁灭性的打击。神庙、宫
殿和其他一切城市建筑被焚烧殆尽。祭司长、他主要的助理和
其他许多重要人物都被处死了。西底家眼睁睁地看着自己的儿
子们被处死。而西底家随后被刺瞎了双眼，一条锁链结束了他
的性命。这样，又有一大批人被驱逐出家园，他们和十年前在
巴比伦被流放的犹太人境遇相同。巴比伦的统治者血腥屠杀了

好几年，在这之后，那些来自"不听话"省份的大量人口还是会被驱逐出家园，难逃被流放的命运。希伯来人成了无本之木，四散流亡。

神庙已经被摧毁，其废墟似乎无声地见证了一个人们不愿接受却无法抗拒的事实：耶和华不愿意或者没有能力保护他的选民。他在公元前597年的落败，以及在公元前587年的再次落败，让一些不太虔诚的希伯来人证实了其某些颠覆性的想法，这一想法有关其种族的神祇：耶和华是祭司们的一个骗局，是集体想象的臆造物，或者不过是一个怯懦者、一群失败者中的神。这些嘲弄的声音最终被压制了下去。在很大程度上，圣经是以那些虔诚信徒的视角撰写出来的。但在圣经的字里行间，这些嘲弄的声音还是有迹可循的。如《诗篇》第14篇的开头就说："愚顽人心里说：'没有神。'"这样想的有可能真的是一群愚顽之人，而《诗篇》的作者也很确信，在他的生活圈子里，有足够多的愚顽之人在确保这条引证的可信度，并且他们应当被攻击。

不然还会是怎样呢？这场国族性的灾难不仅仅触碰到了悲伤之源，怀疑和讽刺也随之而生。耶和华并不存在，或者耶和华本人也并不在乎降临的灾难，抑或是耶和华被巴比伦的主神马尔杜克（Marduk）打败了。在耶路撒冷的陷落和大规模的放逐之后，一些怀疑论者认为，倾听虔诚者们的祷告令人恼火，因为这是从一个一直以来都不称职的上帝那里寻求帮助。同样，对于那些虔诚的信徒来说，他们无法接受来自怀疑论者的嘲弄。"凡看见我的都嗤笑我，他们撇嘴摇头，说：'他把自己交托耶和华，耶和华可以救他吧！耶和华既喜悦他，可以搭救他吧！'"（《诗篇》22：7 - 8）如果看不到救赎，如果羞辱一直蔓延，嘲弄一直持续，各种希望都被碾得粉碎，那么还可以期待什么呢？对于那些虔诚者来说，在巴比伦的放逐经历，给他们带来了精神上挥之不去的痛苦。耶和华在何处？几个世纪以后，另外一个被遗弃的犹太人也感受到了深入骨髓的被抛弃之感，在他的生命即将走向终点的执行死刑之前的时刻，他引用了新约开篇《马太福音》中的一句："我的神！我的神！为什么离弃我？"（《马太福音》27：46）

27　　为了缓解这种绝望，希伯来人可以安慰自己说，这些灾难都是耶和华的作为，因为他的子民们拒绝遵守神的法令，而这正是对他们的惩罚，但其中的怀疑论者自然会摇摇头，认为这种幻想简直可悲可叹。让情况更为糟糕的是，不管是虔诚的信徒还是怀疑论者，他们都被一群欢欣鼓舞的征服者包围着，这些征服者欢唱着颂歌，赞美着带领他们走向胜利的神祇。流放者们每天仰头看着焕发着荣光的巴比伦埃萨吉拉神庙（Esagila），把它称作"举头仰望之屋"，还有七层楼高的巴比伦金字形神塔——埃特曼安吉神庙（Etemenanki），它被视作"为天地奠基的神庙"。多年之后，这一令人震惊的场面还是封存在希伯来人的记忆深处，只不过得以被适当地重新解读为过分的自负和傲慢。希伯来人这段苦难的记忆成了一座巴别塔。

　　尼布甲尼撒二世重建了神庙和金字形神塔，来纪念雷暴之神马尔杜克——这个城市的守护神。有很长一段时间，马尔杜克可以威慑其子民，信徒们不敢叫出他的神圣之名，仅仅把他叫作贝尔（Bel），也就是"我的主"之意。马尔杜克被尊为宇宙的主人。马尔杜克成功地让周围的神祇都臣服于己，让他自己成为美索不达米亚的一个神话。他甚至可以吸收、同化与他相抗争的神祇，包括耶和华上帝。埃萨吉拉神庙正凸显着他的神圣，金字形神塔——埃特曼安吉神庙的顶部无比炫目，坐落着金色的神殿，这愈加烘托了他的神圣。马尔杜克俯视着他的选民们，他们的命运都将由他来掌控。

　　每年巴比伦人为了向马尔杜克表示敬意，都会安排一次盛大的新年庆典。设立其他神的雕像，是为了向城市神圣的守护者表示敬意。在新年庆典这一天，人们把它们从神龛上取下，以盛大的公开游行的方式抬到主神殿。在节日的第四天，国王会亲自带领大家背诵神圣文本，庄严而肃穆。在遥远的过去，这些文字最初被题写在泥板上。在这些能令人心生崇敬的文本之中，因带着强烈的远古气息而享有盛誉的，是美索不达米亚的史诗《埃努玛·埃利什》（*Enuma Elish*），它也被称作"创世的七块泥板"（The Seven Tablets of Creation），讲述了美索不达米亚的起源故事。故事描述道，世界一开始就有了性：美索不达米亚神话中的甜水之渊——阿卜苏神（Apsu）——冲向了大海，也就是冲向了混沌母神提亚玛特（Tiamat）。在这次最初的性交之后，[5]巴比伦万神殿中的其他神祇渐渐成形了，就好比是河水将泥沙冲到河口处，泥沙淤积成形。 28

　　然而，故事并没有对这一过程多加赞美。与之相反，故事关注的是，平静的本源被搅扰时可能会掀起的狂暴怒火。这些新衍生出来的神祇喧闹异常，搅扰得阿卜苏没有办法安神，他最终决定毁灭掉他的子孙后代。尽管提亚玛特同样被搅扰得不得安神，但她建议阿卜苏学会克制："怎么？难道我们要追究自身的创造物吗？"阿卜苏还是坚持要这样做。他想要重新获得自身的平静，即便这意味着杀戮自己的子孙，也并不会为他带来任何困扰。他的子孙们风闻了即将到来的灭顶之灾，于是他们中的大多数在绝望中四处奔走或保持沉默，不知道该采取什么应对策略。其中最聪明的一个——埃亚〔Ea，在苏美尔版本中叫作恩基（Enki）〕——最终成功逃过了这场毁灭。他把父亲阿卜苏哄骗入睡，然后杀死了他。

那么我们可以说，在故事的最开始，不仅有性，还有杀戮。在美索不达米亚的史诗《埃努玛·埃利什》中，这次原初的杀戮没有沾染恐怖的气息，也没有被谴责。相反，人们赞美它。生命中涌动着能量和噪声，[6] 它们战胜了睡梦沉沉和寂静无声。但在欢庆这场胜利的同时，"睡眠"的寓意对于巴比伦人来说依然重要。埃亚杀死了他的父亲，他踏着其父的身体，建造了自己的宫殿。随后他发出一声胜利的长叹，又慢慢恢复平静："房间里填充着深远的寂静感，我的父亲在这里安息。他被称为'阿卜苏'。"阿卜苏，被征服的创世主，以胜利的杀戮者——他自己的儿子——给予其永恒安息之神殿的名字继续存在。

这种平静是完满而祥和的，但没有持续下去。现在轮到故事本源的母性形象——提亚玛特——登场了，她带着威胁和恐吓的气息。其他的神祇再一次陷入了恐慌，这一次他们的母亲要让他们覆灭。埃亚的儿子马尔杜克走上前来，宣称只要这些神能够保持对他永远忠诚，他就有办法拯救他们。这些神迫不及待地答应了。我们都知道，埃亚杀死了原始父亲阿卜苏，所以马尔杜克要开始对付原始母亲提亚玛特：

29
> 他把她劈成两半，像一条要去风干的鱼，
> 他把她身体的一半举起，使之覆盖住天空。
> 他铺开她的身体，又给看守者下达了命令，
> 命令他们不许让水流走。

这场杀戮同样没有遭到谴责，人们反而赞美它。这一次，提亚玛特的尸体也得到了充分的利用：从被分割的母性身体[7]中，宇宙诞生了，水面以上的空间孕育了天空，水面以下的空间则孕育了地表。

这是马尔杜克的一次伟大胜利，在此之后，他的心驱使他代表那些他拯救的物种，"让世间万物巧妙运转"。年轻的诸神不愿意亲自处理琐事，他们也想要休息和平静。马尔杜克宣称："我想要让血液聚集，[8]我想让骨骼展现意义，/……我想创造人类的生命痕迹。"在美索不达米亚的史诗《埃努玛·埃利什》中，人类被叫作鲁鲁（lullu）[9]，这些"黑首人"（the black-headed people）① 成为诸神用之不竭的劳动力。通过建造神殿、挖掘灌溉水渠、种植和丰收、补给食物、颂扬赞美，这些百姓让诸神得以休息，享受当下的时光，他们的血肉之躯填满了他们的救世主——至高无上的神马尔杜克[10]——缔造的宇宙空间。

在公元前 6 世纪，大量被俘虏的希伯来人年复一年地面临着相同的命运，而此时美索不达米亚的史诗《埃努玛·埃利什》已经笼上了一层古老的面纱。这一史诗的厚重历史感赋予它一种特殊的声誉，古代美索不达米亚平原上其他几个有关人类起源的故事共享着这种声誉。其中一个是《阿特拉哈西斯》（Atrahasis）[11]，这一史诗讲述了几乎让人类覆灭的世界本源的大洪水。另一个是《吉尔伽美什》（Gilgamesh），故事的男主角是一个半神，他爱上了一个泥土塑造出来的人类。这些

---

① 居鲁士于公元前 539 年征服巴比伦后统治万民，在圆筒刻石上记下功德，称百姓为黑首人。——译注

作品都围绕着诸神——整个万神殿中的神——展开，但希伯来人信奉的耶和华不在其列，更别说他们的主神了。美索不达米亚平原上的人们也讲述了一个有关创造人类的故事，但是其中的始祖并不叫亚当和夏娃，也并不是希伯来人的最高创造之神。似乎对于希伯来的俘虏们来说，本应该接受和内化巴比伦胜利者们的信仰，并且放弃源于他们本族的神祇。此外，这个他们最信仰的神并没有在关键时刻出场拯救他们。但他们——至少是他们中保持着虔诚信仰的残余者——紧紧地守护着过去的记忆。

"我们曾在巴比伦的河边坐下，一追想锡安就哭了。"（《诗篇》137：1）这里所显示出的苦难却并没有明显的压迫意味：没有出现"工头们在酷热的阳光下鞭笞着劳动苦力"的形象。我们反而看到一个有些奇怪的场景：胜利者只是要求被征服者唱一首歌，再无其他。"因为在那里，掳掠我们的要我们唱歌；抢夺我们的要我们作乐，说：'给我们唱一首锡安歌吧！'"（《诗篇》137：3）对于《诗篇》的作者来说，在巴比伦金字形神塔下表演自己的文化来供征服者娱乐消遣，这是令人难以忍受的。这是对昔日记忆的践踏，一种"自我性"丢失了：

> 我们怎能在外邦唱耶和华的歌呢？
>
> 耶路撒冷啊，我若忘记你，情愿我的右手忘记技巧。
>
> 我若不记念你，若不看耶路撒冷过于我所最喜乐的，情愿我的舌头贴于上膛。
>
> ——《诗篇》137：4-6

　　征服者们或许还会认为，演唱锡安的歌曲对于被征服者来说可以缓解思乡的痛楚。但是《诗篇》的作者满怀着痛苦，否定了这一想法，他认为，这种回忆实质上等同于忘记。为什么会如此呢？因为这会愈加满足胜利者的愿望；还因为这是一种潜在的威胁，它让被征服者们曾经坚持和信奉的事物慢慢变得不再重要；还有可能因为昔日的信仰将和昔日栖息之地分离，那片地域曾经如此神圣，现在却早已被征服者摧毁殆尽；同样可能因为巴比伦文化中涌动着各种诱惑——旖旎的自然风光、独特的建筑风格、丰富的曲调和故事以及伟大的雷暴之神马尔杜克，这些如此震撼人心；以及，希伯来人自己没有充分意识到，他们在很大程度上已然被巴比伦的文化塑造。

31

　　巴比伦的异质文化让他们反感，却又无法逃离，《诗篇》的最后几行充斥着的即将喷涌而出的怒火，正体现了这一点：

　　　　耶路撒冷遭难的日子，以东人说："拆毁，拆毁，直拆到根基！"耶和华啊，求你记念这仇。

　　　　将要被灭的巴比伦城啊，报复你像你待我们的，那人便为有福。

　　　　拿你的婴孩摔在磐石上的，那人便为有福。

　　　　　　　　　　　　　　　　　　——《诗篇》137：7–9

狂暴的怒火亦可震撼人心。在某一个时刻，这些流放者静坐哭泣，追忆着沦陷的家园；而下一个瞬间，他们会想着把婴孩扔到石堆里。每当他们忆起耶路撒冷的毁灭，忧伤的思绪甚至会转化为谋杀的欲望。希伯来人心里很清楚，他们昔日的神庙被夷为平地的事实与巴比伦的子民们并不相关，这是尼布甲尼撒二世和他的护卫长尼布撒拉旦下达的命令。然而，他们的怒火却指向了整个文化以及这个文化体系下的所有人民。

巴比伦的胜利者们想要听一听其奴隶的母国的音乐。《诗篇》的最后几行表达出了希伯来人最深切、最纯粹的憎恨之意。这种满腔的愤恨正是一个惨遭失败、士气低落的民族的心语。《诗篇》开启于一种拒绝与反抗——俘虏们把风琴挂在柳枝上，随后演奏出一串挽歌式的音韵，悲痛而惆怅。巴比伦人听到了一首很美的曲子，但这曲调却不是为了助长他们的欢愉。一个梦境浮现——杀死巴比伦的婴孩将会让他们回忆起那场浩劫，再次体认到那种无力感，并且会让他们自身受想象之暴力的驱使，[12] 去针对那些更为脆弱的群体。

我们把这一历史事件叫作"巴比伦囚禁"（Babylonian Captivity），它持续了数十年。在当时的人看来，这次囚禁似乎永远不会终止。那些年老者已经故去，公元前597年希伯来人被驱逐、流放，当时还是孩童的，在这漫长的囚禁岁月里，也慢慢长大了。他们的子孙只记得砖石烤制的巴比伦金字形神塔，还有一个近乎疯狂的故事。这个故事讲述了在一个美丽的石头城里，有一座宏大的神庙，而这神庙曾经为他们所有。犹大王国的流放者们视希伯来语为母语，但是他们在交谈中使用的是另一种语言——阿拉姆语（Aramaic），它与希伯来语相近。在巴比伦，人们平时既说新巴比伦语，又说阿拉姆语。在希伯来人和俘虏他们的巴比伦人之间，并没有任何语言的屏障。对于一些出身名门的希伯来人来说，即便他们与征服者之间有一些社会屏障，也是比较温和的。巴比伦人让那些来自社会上层的人¹³住在宫廷里。一些知识涵养深厚的流放者可能还掌握了古阿卡德语（Old Akkadian）、古巴比伦语，甚或是苏美尔语，即尼布甲尼撒二世在宗教仪式中使用的语言，巴比伦的作家们也运用这些语言编织富有神圣气息的故事，来讲述民族的历史。面对身边发生的一切，希伯来人可能欢欣鼓舞，也可能会心生厌恶，但无论如何，这些歌曲、节日、仪式、民俗，还有精心编制出的神话故事，都已经作用于他们的日常生活，他们无从回避。

然而，令人猝不及防的是，巴比伦帝国轰然倒塌了。尼布甲尼撒二世去世之后，一场王位继承的危机使其国家实力锐减。而与此同时，在居鲁士的领导下，与之邻近的波斯帝国逐渐演变为一个新的威胁，正在慢慢崛起。在公元前547年，居鲁士这位令人望而生畏的统治者，打败了吕底亚国（Lydia）的国王克利萨斯（Croesus，这位国王曾经非常富庶，人们常说的"像克利萨斯王一样富庶"就源于此）。他让帝国的根基逐渐稳固下来，使帝国日益发展壮大，随后开启了南行的征程，无情的铁蹄踏遍了美索不达米亚平原。在公元前539年10月12日，巴比伦向波斯人投降了。居鲁士是一位精明的政客，他懂得要向巴比伦之神马尔杜克表达敬意，同时，他也让昔日被巴比伦人俘虏的希伯来人重获自由，让他们重返母国。

多年流放的苦楚得以化解，漂泊多年终于可以重回母国的怀抱——对于虔诚的希伯来人来说，居鲁士一定是耶和华遴选出来拯救他们的。在《以赛亚书》中，耶和华这样评价居鲁士："他是我的牧人，必成就我所喜悦的，必下令建造耶路撒冷，发命立稳圣殿的根基。"（《以赛亚书》44：28）

33

波斯的征服者可能会很惊讶，因为他发现自己和一个从没听过的神之间有了关联，自己竟变为了这个神的代言人。《以赛亚书》中还写道，耶和华直接对这位波斯的征服者讲明了缘由："我是耶和华，在我以外并没有别神。除了我以外再没有神。你虽不认识我，我必给你束腰。"（《以赛亚书》45：5）

希伯来的流放者们回到耶路撒冷后，大规模重建神殿，重新为耶和华献祭。（罗马人在公元 70 年摧毁了第二圣殿，只留下一小块儿西墙墙基。今天去耶路撒冷的观光者们站在西墙边上，仅仅看着这一截残垣，也能感受到昔日的壮丽恢宏。[14]）但是这对于他们还不够，他们着手建造一个伟大的工程：岁月的留痕、历史的记载，以及各种重复讲述的、历久弥新的故事都将汇聚成一本神圣之书。

在长达一千年甚至更久的时间里，希伯来人始终没有一本共同的宗教经典。在巴比伦的时候，他们耳边频繁回响着的，是美索不达米亚的《埃努玛·埃利什》；他们时时刻刻感受着史诗中对马尔杜克的赞誉，以及马尔杜克是如何让人类的诞生与繁衍成为可能的。也许正是因为希伯来人身上镌刻着被流放异国的创伤，而其自身的文化记忆也面临遗失与消亡，所以他们下定决心，编纂自己的法律，讲述自己的故事，保存一种"自我性"。希伯来人曾饱尝故土被征服、被践踏的苦楚，也曾对此充满愤恨，后来就因一个异国王子①的一句话，他们被遣返回国。对于这个"他乡"，希伯来人满怀复杂、奇异的情感，也正是在这一处奇异的所在，圣经慢慢孕育成形。

---

① 根据上下文，这里指居鲁士。——译注

编纂者以斯拉带领大批流放者回到耶路撒冷，他心中还潜藏着深切的恐惧——希伯来人"没有离绝迦南人、赫人、比利洗人、耶布斯人、亚扪人、摩押人、埃及人、亚摩利人，仍效法这些国的民，行可憎的事"（《以斯拉记》9：1）。在流放之前，希伯来人就探讨过，他们原来的信仰与虔诚可能会因沾染异国的气息而不再纯粹。令先知们愤怒的是，[15] 对耶和华的膜拜，被糅杂进了一些烦琐的宗教仪式，这在他们看来也是一种玷污。长达七十年的流放让一切更糟糕。希伯来人吸收了异族的风俗与信仰，他们的着装习惯也渐渐趋同。他们把耶和华和与其相对立的神混为一谈。最令人难以接受的是，他们开始与异族通婚。

依照以斯拉的说法，犹太人返回的故国是"污秽之地，因列国之民的污秽和可憎的事，叫全地从这边直到那边满了污秽"（《以斯拉记》9：11）。以斯拉痛哭流涕，愤懑地撕扯自己的头发，撕碎自己的衣服，坚决地抵制与异族通婚。这场种族的大清洗运动完成了，来自异国的妻子和孩子都被遣送离开了。这时，以斯拉把民众都召集到他面前，他站在木制的布道坛上，打开一本书，开始大声地读。

当各种警告、谴责都失效时，到底应该怎么做？人们长久以来迷恋的古老传说已经根深蒂固，要如何抹除其痕迹？异族的信仰体系随着贸易往来慢慢渗入，如何能够抵御这种影响？为异族之神搭建神坛若被视作禁忌，便可以摧毁它，这很简单，尤其是当一神论占据上风的时候。但那些被压抑下去的为异族之神献祭的冲动，还是会像杂草一样不断生长和蔓延。你可以因为"排外"，因为对异族精神入侵的恐惧，将来自异国的妻子和孩子全部驱逐出境，但是与此同时，为此付出的情感代价也是巨大的，亲情的牵绊被碾得粉碎。而且几年之后，将会有更多来自异国的妻子和孩子，他们带着对异族之神的膜拜，再次涌入，你要如何把根植在他们内心的异族信仰抹除呢？

改变这个故事。

如以斯拉这般的希伯来人，他们梦想着自己写就一本神圣之书，宣扬心中最纯粹的真理，不再有异族沾染的痕迹；这体现了一种集体性的努力：他们要抵制周边民族强势的文化侵袭，要让异族的神走下神坛，要异族人全然抛下他们的信仰体系，要让他们对世界的表述方式失效。在希伯来人得以返回故土耶路撒冷之前，这个梦想就萌生了；那时希伯来人还在巴比伦河岸边暗自哭泣。圣经中的一些重要片段，比如亚当和夏娃的故事，或者亚伯拉罕和以撒的故事，或许早已存在，只是在过去的几个世纪中，零星地散落着，没有被汇编在一起。整合这些故事的过程抚慰了希伯来人饱受创伤的心灵，纵使神坛已然归为瓦砾，这些故事依然留存，这便是最好的补偿。在希伯来人漫长的历史长河中，神圣而庄严的《妥拉》律法书就起到了这种作用。

《妥拉》的成型让希伯来人获得了一个新的身份——犹太人。他们昔日是散落在一片脆弱而饱受苦难的土地上的部落，如今情况则不同了。先知们开始设想与神之间的全新契约，[16]不再是耶和华和本族之间的，而是耶和华和每一个个体之间的。在当时，马尔杜克这位巴比伦之神的威慑力的确很大，但是他离不开他所在的城市，也离不开供奉他的世俗政权。一旦城墙坍塌，国王的统治被颠覆，巴比伦沦为野狐和豺狼的栖息地，马尔杜克昔日的威望也就不复存在了。毫无疑问，先知们无比期待这一时刻的来临。因为当这一时刻到来时，犹太人便得以保全。犹太人将会拥有一本神圣之书，它不再与特定的城市、牧师和国王相关联，而是成为一个宝藏，为集体所享有，所有人都将从这本书了解到耶和华——一位无所不知、无所不晓的缔造者——的丰功伟绩。然后他们将获得一个新的身份："圣书之民" [Am HaSefer（希伯来语）][17]。

很多学者认同这一点：律法书《妥拉》是在公元前 5 世纪时编纂而成的。但这里的"编纂"到底指的是什么？这意味着至少有一个编纂者从过去留下来的痕迹中理出了多条线索，将它们相互比对，纠正其中的错误，选取其中的某些部分，增添一些内容，做出某些调整，尽他们最大的努力保持前后文的连贯性，再统一汇编。人们不再知道这些编纂者姓甚名谁，又是谁将他们遴选出来，使之投身于这项伟大的编纂事业。也许他们也会相互竞争，抑或有一个核心人物来负责裁定争端，做出最后的决策。关于这些，已经无人知晓。也没有人知道到底有多少条线索[18]平行存在，完整的叙事、神话传说的片段、谱系宗族的记录、编年史、法典、书信、对部落的记载等——这些线索和资料都是由编纂者们查阅和汇集的。

1883 年，一位三十九岁的德国教授，尤利乌斯·威尔豪森（Julius Wellhausen）出版了《以色列历史绪论》（*Prolegomena zur Geschichte Israels*）。尽管书名没有那么吸引人，但是这本书一经出版就引起了轰动。身为一位路德教会牧师之子，作者总结得很精妙。他指出，钻研圣经的学者们渐渐达成了一个共识：不管在西奈山上上帝向摩西传达了什么指令（拉比们对这一事件发生的时间持有不同看法，有些认为是公元前 1312 年，有些则认为是公元前 1280 年），《妥拉》并不是由

单一作者写成的。他又进一步发展了"底本假说"（the
documentary hypothesis）的观点，按照年代顺序确立了四条线
索。《妥拉》呈现在今人面前时，这四条线索交织在了一起。
每一条线索的关注点不同，指涉上帝的方式也不同。在古老
的以色列民族历史发展的不同时段，这四条线索起到了不同
的作用。每一条线索都对以色列人曾经饱受的压力与苦楚做
出了不同的描述，传递着信仰体系的不同层面以及神学上的
不同观点。从那个有关起源的神话来看，这其中存在着多么
大的落差：威尔豪森用 J、E、D、P 四种解读来代替摩西的
单一表述。

威尔豪森假设 J（拥护这种圣名的人被称作 Jahwist，德语
把 YHWH 或 Yahweh 写作 Jahweh）是最早的材料，可以追溯
到公元前 950 年。第二个是 E［赞成这种圣名的人被称作
Eloist，这个词来源于希伯来语中的 Elohim（上帝）一词，是
一个复数名词，指神祇］，这种说法可以追溯到约公元前 850
年。威尔豪森认为，J 和 E 的说法很快交杂在一起。他判断 D
（拥护这一圣名的人被称作 Deuteronomist）大约形成于公元前
600 年；而 P（拥护这一圣名的人被称作 Priestly）大概可以追
溯到公元前 500 年。根据他的观点，在《创世记》中，J（或
者更可能是 J 与 E 的合并）也是和 P 联系在一起的。

在这种情况下，很少有学者会质疑圣经研究的基本前提：
有关人类的起源，尤其是《创世记》这个故事，有不止一条
线索。多重线索直接体现在如下事实中：在第一章中，上帝被
称为埃洛希姆（Elohim），而在第二章和第三章中，他被称为
"耶和华·埃洛希姆"（Yahweh Elohim）。但也正是因为这一
点，问题开始变得有些复杂，其复杂性就好比地面上的各个小

山丘和路面上的点点凹坑都演变成了激烈的交锋场地，令人心生畏缩之意。即便在圣经研究领域人们都认同，对于这一神圣文本，存在不同的解读方式，我们却依然不愿意承认，几千年来，亚当和夏娃的故事是多条线索结合的产物。我们依然认为，亚当和夏娃的故事具有独一性，无论是男人还是女人，都对其深深迷恋，他们的生活曾因此微泛波澜，心灵曾因此受到震撼。

尽管我们对亚当和夏娃的故事如此迷恋，充满信仰，相信它唯一而永恒，但是我们不再相信，只摩西一人便讲述了《创世记》前几章的起源故事的全部。但曾经的这种虔诚的信仰还是有一个好处：它让我们很难去质疑编纂这一故事的人，[19] 毕竟是在他们的笔下，这个故事得以永葆生机与活力。当然，在故事的开篇，我们可以清晰地辨识出两条线索，但是这些发现会让我们畏缩、退却吗？不，我们依然相信有一个作者，他写下了这个故事的全部。在莎士比亚坐下要去写《李尔王》时，已经有了蒙茅斯的杰佛里（Geoffrey of Monmouth）的《不列颠诸王史》（*History of the Kings of Britain*）、霍林希德（Holinshed）的《编年史》（*Chronicles*）、哈里森（Harrison）的《不列颠岛的历史描述》（*Historical Description of the Island of Britain*），还有希金斯（Higgins）的《地方法官之镜》（*Mirror for Magistrates*）、斯宾塞（Spenser）的《仙后》（*Faerie Queene*）、西德尼（Sidney）的《阿卡迪亚》（*Arcadia*），以及匿名作者的《李尔王和他三个女儿的真实编年史》（*True Chronicle History of King Leir and His Three Daughters*）。我们细看文本的字里行间，能够读出一些语段存在的错误和争议。但是我们会质疑莎士比亚是这一伟大悲剧的作者吗？我们会认为莎士比亚是《李尔王》的编纂者吗?①

《创世记》的作者，或者说编纂者，创建了希伯来人的叙事话语来与巴比伦人的起源故事相抗衡。在此之前，他可能看过不止一篇古老文稿，可能他的记忆深处还留存着其他文本的痕迹，他也可能曾向同行们征求建议和支持。这些都是合情合理的，因为任何一个故事都不会无中生有。但是让我们设想，某一天的薄暮时分，有个人，我们就姑且把他叫作"《创世记》的讲述者"吧，他把各种文本片段拼接在一起，写就了这个属于希伯来人的故事，而这一故事得以流传下来。在这个故事里，不管亚当和夏娃诞生于何时，也无论在之前的几个世纪中，他们在人们心中的地位如何，是否有过变化，他们都在以自身独特的方式"显影"。亚当和夏娃的故事证实了一点:耶和华具有至高无上的权力。

38

耶和华并非仅属于一片土地的神。《创世记》的讲述者证实，他是宇宙的缔造者;他无处不在、威力无限。这意味着他一定创造了人类的始祖，正如他可以让耶路撒冷陷落，可以因其选民的不服从而将其放逐他乡。尼布甲尼撒二世不过是他发挥神之权威的一个工具。虽然耶路撒冷沦陷于巴比伦人之手，而且巴比伦人将耶和华的神殿夷为平地，但这恰恰彰显了耶和华的威力，因为由此可见，这个世界上曾经最强大的帝国不过是希伯来之神用以规范其子民的工具。

---

① 根据我们的理解，这里作者的意思是，即便在莎士比亚写就《李尔王》之前就存在很多与之近似的文本，但是我们依然会说莎士比亚是这一伟大悲剧的创作者，这就像《创世记》这个故事虽然存在很多交织的线索和不同的解读方式，人们也公认有很多编纂者把各种材料加以集合、汇编，但是人们依然会倾向于相信，这个有关本源的故事是由一个人写成的。——译注

对于一些持有怀疑论的人来说，以上的说法显得可怜又可笑，可能对于他们来说，这就像一场蒙提·派森喜剧团（Monty Python）的展演，十分荒诞，显而易见的失败也可以被鼓吹为无所不能。但很奇妙的是，这一观点在历史上长盛不衰，不仅仅是在犹太人间——千百年来，他们在面对铺天盖地的表明耶和华没有保护选民、捍卫他们的家园的证据时，一直坚信着耶和华的权威；而且后来的很多基督徒也坚信这一点，他们使得这一论断更进一步。耶和华这位无所不能的救世主，曾像一个囚犯或者奴隶一样，被异族人鞭笞和凌辱；但是他曾饱受过的苦楚与磨难，却恰恰证明了他所担负的责任与使命——作为一个无所不能的父神的使命。

就这样，挥动着至高权力之棒的耶和华，将尼布甲尼撒二世之类的异邦神祇视为自己的附庸或者臣仆，他不仅成了宇宙的主人，还是宇宙的创造者；他不仅在神中居于最高位，还是真正的神中之神；他不仅创造了犹太人，还创造了全人类。编纂者们综合各种材料拼接而成的旧约，在犹太人回归母国后弥散着明媚之光，因此，故事不能以亚伯拉罕和希伯来人的起源开始。亚当和夏娃的故事必须成为一切的开端。

第三章　巴比伦泥板

　　无论我们是相信亚当和夏娃的故事，还是仅把它视作一个荒诞的小说，我们一直以来都被它塑造着。在岁月的长河中，这个故事影响着我们看待事物的方式，有关罪与罚、道德与责任，有关死亡、痛苦、工作、休闲、陪伴、婚姻、性别、好奇心、性，还有我们共有的人性。若历史沿着不同的方向发展，那么会是美索不达米亚的史诗《埃努玛·埃利什》《阿特拉哈西斯》和《吉尔伽美什》等这些不同版本的起源故事来塑造我们，今天的我们便会有所不同。可历史并非如此，而这产生了一些影响。

　　与圣经类似的是，今天我们读到的有关美索不达米亚平原的故事，都蕴含着几个世纪以来的口传故事传统。这些传统纵然重要，却如同舟楫航行在海面时助力的风浪，最终消隐了痕迹。但即便是有关美索不达米亚的文字记载，也可以追溯到很久以前，且要远远先于旧约在历史长河中的痕迹。美索不达米亚人究竟在何时，又是为何萌生了书写神话故事的渴望？对此我们至今尚未可知，但我们可以获悉的是，这些神话文本的碎片般的痕迹，从四千年前就开始存在。

　　在早期人类历史中，有过一些思想上卓越超群的天才，但是他们却在岁月的流转中消隐了踪迹。然而，在这些留存至今的文本中，还可以感受到某种脆弱的呼吸，那是来自远古时代的人们的呼吸，他们思索着我们是谁，又如何演变至今。而这些呼吸奇迹般地成了我们可以辨识的雪泥鸿爪。这些踪迹与其起源之地密切相关，它们来自底格里斯河和幼发拉底河沿岸呈倾斜状的冲积平原。那时，人们悉心照料着田地，精心保卫着城墙，生产、生活井然有序。而关于他们如何记录日常生活，就要提到湿润的泥板：他们先是把文字清晰地刻写在上面，随后将之放在太阳下或者烧窑中烘烤。

泥板上记录的文字，混合了语音符号和视觉象征符号的双重特点。文字结束的地方有一根纤细的芦苇，人们把它按压进湿润的黏土中，留下楔形的痕迹。因为"wedge"（楔形）这个词在拉丁文中是 cuneus，所以这种文字类型被称作cuneiform，也就是楔形文字。苏美尔人、阿卡德人、巴比伦人、亚述人、赫梯人以及美索不达米亚的其他民族都曾广泛使用这种楔形文字，但是后来楔形文字逐渐被更简单的字母文字取代了。到了罗马人统治这片区域的时代，楔形文字被弃置不用。楔形文字书写的最后一个文本有关星相学，写于公元75年。没过多久，人们就不再能辨识楔形文字了。

我们不再能读懂石板上的文字。这些文字就像不再使用的软盘，我们再无法走近它们的世界。《埃努玛·埃利什》、《阿特拉哈西斯》和《吉尔伽美什》陷入一场沉酣，却没有梦境来点缀。这一切并非突然：曾经一些人心中还保留着远古时代的记忆，这些文字一定还回旋在他们的脑海。那时，在金字形神塔下，人们大声诵读着有关起源的故事。但是，随着巴比伦的陷落，其他美索不达米亚的城市沦为废墟，渐渐地，再没有人去讲述这些古老的故事。这个故事曾影响的人群，上可及至高无上的国王，下可达希伯来的奴隶，但是他们都湮没于历史长河中，这些故事也都随之消散。

41 　　犹太人返回了故国，他们开始编纂圣经。这些耶和华的信徒不愿承认巴比伦神话对其有过影响，相反，他们更愿意抹除掉昔日不光彩的片段。这种对昔年记忆的抹除是大规模的，是一次集体性的遗忘，并且取得了相应的成功。随着时代的更替，关于巴比伦及其邻近的城市，人们所知越来越少，所能获悉的只是圣经及其记录的历史。马尔杜克这位巴比伦之神开始变得平庸无奇，不过是一堆无用的石块儿，只有傻子才会相信他。尼布甲尼撒二世成了一个怪诞的暴君，最后沦于疯癫。"他被赶出离开世人，吃草如牛，身被天露滴湿，头发长长，好像鹰毛，指甲长长，如同鸟爪。"（《但以理书》4：33）随后他缓过神来，谦卑地承认了耶和华才掌握着至高无上的权力。

　　一种更为可靠（或许也比较谦逊）的说法是，纵然巴比伦的宗教信仰几乎无踪可寻，但我们还是能发现一些痕迹，这要归功于一个叫贝罗索斯（Berossus）的人。他是信仰马尔杜克的一位牧师，在公元前 3 世纪早期很活跃；他也是一位非常有天赋的天文学家，发明了半圆日晷；他还用希腊语写下了《巴比伦的历史》（*History of Babylonia*）一书。巴比伦的历史已经随风消散，但是在它的踪迹完全消隐之前，我们还可以在两位史学家写就的作品中寻觅到一些片段，这些作品后来也遗失了，但是在公元 3 世纪的时候，凯撒利亚（Caesarea）的一位主教，尤西比乌斯（Eusebius），还在自己写作时参考了这些作品。尤西比乌斯写就的希腊原文已经无处寻觅，但是一个亚美尼亚的翻译版本却奇迹般地留存了下来。那些阅读了尤西比乌斯著作的早期基督徒可能会注意到，古老的巴比伦人有关起源的神话和《创世记》中的某些章节有一些互动和联系。

当然，因为文献的传递过程并不完全可靠，它毕竟是遗失文本的复制版的再复制版的翻译版本，很可能不过是对希伯来文化的"断章取义"，我们有充分的理由这样想。但是那些来自远古时代的回响，在任何情况下，都会被视作一种我们无从回溯的真实与信仰。

在时间的充盈中，《诗篇》作者美好的梦想成了现实。没有人再崇拜马尔杜克［或巴力（Baal），或埃尔（El）——这两个可以与之相比较的西闪米特人的雷暴之神］。他像伊什塔尔、沙玛什（Shamash）、阿舒尔（Ashur）和其他战败的神一样随风消散了。（今天提到马尔杜克的名字，人们通常会想起一个瑞典的重金属摇滚乐团。）在暴力征服、无情的掠夺和漫长的忽视之后，巴比伦和邻近城市剩下的不过是堆积的瓦砾、残存的废墟，放眼望去，地面上只勉强有一根折断的柱子，或者一座残缺的雕像，它们见证着这片土地曾经的故事和记忆。

然而，通过奇异的命运转折，历史性的灾难虽然摧毁了昔日灿烂的文明，但同时以另一种方式将其保存下来。这是因为在战火中，尽管伟大的美索不达米亚城被烧毁，但是那里的图书馆和皇家档案馆中的那些字板，也在战火的灼烧下更为耐用和持久。宫殿和神庙感受到渐渐逼近的沦亡气息，与此同时，它们自身却变成了一个个烧窑。即便历史上有过罕见的大洪水，冲刷了残存的废墟，但它永远带不走这些烧窑所铸造的字板。这些难以辨识的文字镌刻着"永恒"的烙印，人们也不会再想着将其循环利用，或者摧毁殆尽。人们可以把羊皮纸上的字痕刮掉，然后再重新使用；也可以用莎草纸点火，或者用它给壁炉升温。但是火焰烘烤过的泥板却没有实际的用途，如果你将它们碾碎，不过得到一把灰烬。

42

在中世纪和文艺复兴时期，到近东地区旅游的外国人有时会看到楔形字板，可能会把它们当作纪念品带回家研究、把玩。但是到了 19 世纪，人们才了解到，原来这些幸存下来的字板，经历了漫长的历史跨度。从 19 世纪 30 年代开始，西方的考古学家对底格里斯河和幼发拉底河沿岸被掩埋的城市展开了一系列调研与考察，发现了对昔年统治者的一些记载，这些统治者手下的史官曾小心翼翼地记录发生的一切。结果表明，古老的美索不达米亚人曾将字板系统地收集起来，并且妥善保存。那时便已有"图书馆"这个概念。公元前 7 世纪的亚述国王——亚述巴尼帕（Ashurbanipal）——在底格里斯河东岸的都城尼尼微（Nineveh）①创建了当时规模最大、综合性最强、组织最完善的图书馆。希腊人把亚述巴尼帕称作撒尔达那帕勒（Sardanapalus）。这位国王对收藏品很感兴趣。和其他地方的国王不同，他在辨识文字方面有些造诣，不仅能读懂同代人写的简化版楔形文字，还能读懂古代苏美尔人和阿卡德人的文字。他为自己拥有这种能力感到骄傲。后来埃及的托勒密国王们于亚历山大港建造了闻名于世的图书馆，但是在此之前几个世纪，这位博学的国王便已经将来自全世界的智慧宝藏汇聚、珍藏。这个国度就位于今天伊拉克的北部。

随后就一切不再了。在公元前 612 年，也就是亚述国王亚述巴尼帕死后数年，尼尼微被敌军联盟围攻了。城墙被攻陷，家家户户都难逃灭顶之灾，城市被洗劫一空，楼宇、寺庙沦为大火中的灰烬，城市居民惨遭屠杀。熊熊燃烧的屠戮之火摧毁

---

① 尼尼微，西亚古城，是早期亚述、中期亚述的重镇和亚述帝国都城，最早由古代胡里特人建立，地址位于现伊拉克北部的尼尼微省。——译注

了整座城市。图书馆排排书架上的几千块精心排布的楔形字板也随之坍陷。掉落的一瞬间也是一次与地板的"短兵相接"，随后大量的字板在碎石下归于沉寂。

尼尼微被遗弃，也被遗忘，直到19世纪40年代，考古学家们在碎石瓦砾中探寻蛛丝马迹，才重新发现这座历史上无比恢宏的城市。大量的字板，以及一些更为宝贵、让人印象深刻的石雕、浮雕和装饰性门楼的残存碎片，都被运送回欧洲各个帝国的首都，在当时主要是伦敦。这些残存品上的文字在当时完全无法辨识。考古学家霍姆兹德·拉萨姆（Hormuzd Rassam）是迦勒底（Chaldea）的一名基督徒，他后来改信了圣公会，最后成了一个英国公民，仅他一人就为大英博物馆贡献了134000块字板。

人们后来能利用罗塞塔石碑①来辨识象形文字，而破解楔形编码的关键就在于三种语言的碑文的发现。[1]"我是国王大流士，"古波斯语、埃兰语、阿卡德语的文本都这样开篇，"希斯塔斯普（Hystaspes）的儿子、阿契美尼德王族成员、众王之王、波斯人、波斯之王……"其中两篇很容易辨识其文字，第三篇是用楔形文字写成的。字板的神秘面纱慢慢被揭开，为此人们付出了艰苦的努力。历史上有一位很重要的人物，他意识到了楔形文字的重要性。他叫乔治·史密斯（George Smith），是一位工人，负责印制钞票。在看到英国博物馆雕塑

44

①　罗塞塔石碑制作于公元前196年，刻有古埃及国王托勒密五世登基的诏书。石碑上用希腊文字、古埃及文字和当时的通俗体文字刻了同样的内容，这使得近代的考古学家得以有机会在对照各语言版本的内容后，解读出已经失传千余年的埃及象形文字的意义与结构，因而它成为研究古埃及历史的重要里程碑。——译注

画廊中展览的物件时，他被深深地吸引了。他没有受过正规教育，能力也不被社会认可，但怀着对楔形文字的满腔热情，他尽其所能地阅读了亚述学初期的所有材料。很快，他便展现出了无与伦比的解密楔形文字的天资。

不管是新近发现的字板，还是在书架上放置多年的字板，史密斯都怀着饱满的热情去钻研。几年之后，他辨识出了《埃努玛·埃利什》中的文字，并且成功翻译了这部作品。此前历经了漫长的两千年，这一段岁月有关"遗忘"，也许有意，也许偶然。但在这之后，人们开始意识到，并非只有圣经一种有关起源的故事，《创世记》的光环并不为希伯来人所独有。希伯来人在巴比伦河边坐下，哭泣，追忆锡安。那时他们作为俘虏，一遍遍地听着《创世记》的故事。这些俘虏决定不能让鲁鲁的数量越来越多，鲁鲁就是给马尔杜克唱颂歌的"黑首人"。他们要让所有人知道：是耶和华，而不是马尔杜克创造了宇宙，缔造了人类。

《创世记》的开篇弥漫着庄严之感，但只有寥寥数语，描绘方式无比简单，这一点引发了人们的讨论。在希伯来人关于创造的神话里，没有乱伦，没有阴谋，没有隔代之间的杀戮。耶和华造就了万物，仅凭他一人之力万物就诞生了。他并没有和对手抗争，也没有让女神怀孕。在世界的原初，除了耶和华之外再无其他人；他没有配偶，没有援助，也没有人与他抗衡。人类被造就为上帝的模样，从此得以繁衍生息。这一过程没有经历杀戮与流血，一切都只来自耶和华的一次呼吸。他创造万物并不是为自己服务，也不是为了更好地彰显自己的神性。上帝并不需要仆役。不管是建立城池、挖掘运河、照料牲畜，还是田地里让人倍感辛劳的耕作，上帝对这些都不感兴趣。第七日是休息日，这一天对耶和华很重要，就如同阿卜苏也需要一段休息时间，不容搅扰。耶和华决定休息了，仅此而已。

希伯来人想要与之前俘虏他们的巴比伦人有所区分，而且从时间的原初就要显现出差别。《创世记》的讲述者实际上掩埋了一段过去，这段过去的时光里交杂着憎恶与愤恨。与此同时，在史密斯揭秘楔形文字之后，我们得以听闻一些远古的回响，[2] 这些来自碎石瓦砾所掩埋的过去的回响，慢慢得到我们的关注。有这样一位神灵，他置身于无边的浩渺之中，而这空间中也弥漫着一些焦灼之感；他让一切成为可能；他劈开水面，一半作为天空，另一半作为海洋；他用泥土塑造了人类，并且让他学会农业劳作。那么，我们到底是身处耶路撒冷还是巴比伦？

这些来自远古的回响蕴蓄着无穷威力。后来有一块完全破碎的石板进入了人们的视野，它的外表布满石灰石的沉积物，拨开沉积层，能看到一些楔形符号。史密斯在 1872 年 11 月发现了这块石板。这位年轻的亚述学专家发现，这块石板的文字记载了一场灾难性的大洪水，有一条船搭载着几个人，让他们得以从这场浩劫中幸存。字板被完全复原之后，他发现他最开始时的推测是正确的。他仔细地辨识着这些文字，然后发现，"这就是他苦苦寻觅的那个故事"，他的一个同事后来回忆道：

> 他说："在这些文字被湮没两千年之久后，我让它们重现了！"他把石板放在桌子上，激动地在房间里又跑又跳，丝毫没有意识到在场的人投来的惊异目光，然后开始脱自己的衣服。

文史学家大卫·达姆罗什（David Damrosch）观察到，他其实没有真的脱衣服，不过是解开了衣领，当时的英国毕竟还处于维多利亚时期。① 但是，这一重大发现无论如何都令人无比兴奋，所以任何表露喜悦之情的举动³都不过分。

46 　　这些来自遥远过去的物件，最终证明了一点，那就是有一条暗流联系着古老的美索不达米亚的神话和希伯来人的圣经。史密斯发现了另一个有关大洪水的故事，这比我们熟知的摩西受十诫的日期——摩西在西奈山上接受上帝的诫命与《妥拉》的日期——要早。这些泥板的历史可以追溯到公元前 1800 年，但是它们并非仅仅描述了一场灾难性的大洪水，它们还涵盖了挪亚方舟的故事里很多关键的元素：一位发怒的上帝，决心让人类灭绝；仅有的那一个人，他获得了神的欢心，神告诉他该如何避开浩劫；那条精心建造的小船驶过了大洪水；狂怒的风暴与不断上升的水平面；最终在山峰之巅停靠的方舟；飞出方舟去查看洪水是否消退的那只鸟；洪水退去之后，为感激神而举办的那场献祭，献祭的香气让神不再用洪水毁灭世界。

　　史密斯发现的这块有关大洪水的泥板现在和很多其他泥板一起被放在大英博物馆的一间储藏室中。这块泥板上记载的故事来自伟大的《吉尔伽美什》，但是泥板上只记录了故事的缩略版。这位学者后来夜以继日地工作，找到了一个更为古老、完整的版本。这一版本是《阿特拉哈西斯》，它说那场灾难性的大洪水源于上帝对各种噪声的厌烦，② 这让人回想起《埃努

---

① 　处于维多利亚时期的英国注重礼节、风格保守，因而应该不会有"脱衣服"的行为，大概只是如达姆罗什所分析的，"解开了衣领"。——译注
② 　在《阿特拉哈西斯》中，人类在大地上繁衍，但有好几次因为数量日益增多，喧哗嘈杂的声音直冲云霄，把众神吵得心神不定。最后诸神降下了最具毁灭性的灾难，就是灭世洪水。——译注

玛·埃利什》。然而，并非年轻的众神制造了各种噪声，而是人类。神灵创造人类，是让人类帮着处理一些事务，但是人类不断繁衍子孙后代，没有停歇之时：

> 地面开阔了，人类繁衍了，
> 陆地像牛一样嘶吼。
> 喧嚣之声惹得诸神不得安宁。

诸神之王恩利尔（Enlil）[①] 被搅扰得不得安宁，他一直想通过降下灾难来减少人类的大规模繁衍，比如让瘟疫暴发，让田地因干旱而荒芜，让农作物歉收；但每次都有一个神阻止他，那就是恩基。恩基认识一个特别聪明的人类，并且和他关系很好。他叫阿特拉哈西斯，在阿卡德语中，这个名字是"有超凡智慧"之意。恩基告诉他神发怒了，并且给了他一些建议，让他得以在即将降临的灾难中保全自己。所以，每次大灾难过后，人类依旧繁衍生息，噪音也并没有消减。

这位诸神之王每天睡觉都不得安稳，他终于失去了耐心，计划用一场末世洪水将人类扫除殆尽。恩基建议阿特拉哈西斯舍弃屋宇，建造一艘船——"放弃财产，保存生命"，这样才能够幸存。这场洪水带来了空前的灾难：场面很惨烈，人类的尸体如死蜻蜓般堵塞了河道。阿特拉哈西斯"心碎不已，五味杂陈"。所幸的是，他建造的这艘小船，让一部分人得以幸存下来。

[①] 原文中并没有指明该神是谁，通过查证，所指应是《阿特拉哈西斯》中的诸神之王恩利尔。——译注

人类得以继续繁衍，不过诸神之王又想出了另一个解决方案。这一方案看似有些许妥协，实则更为糟糕。诸神之王不会再想着灭绝人类，不过他会定期减少人类的数量，让一些女人不能生育，让大量的婴儿早早夭折。[4]这对于人类来说是一种苦难，但是让诸神之王满心欢喜，终于得享安宁。

《创世记》的故事写作者听说过《阿特拉哈西斯》史诗，在挪亚方舟的故事中，他借用了很多这个史诗的框架和描述的细节。然而，在重新讲述这个故事的过程中发生了一些事情，这让希伯来人和巴比伦人之间有了显著的差别。在《阿特拉哈西斯》中，巴比伦的神很生气，因为人类搅扰了他的安宁，但是希伯来的神却并非如此。在旧约中，耶和华不需要睡觉，并且人类发出的噪音不会搅扰到他；他不想减少人类的数量，而是让人类不断繁衍生息。

这很好。不过，为什么他还要设计一场大洪水来灭绝人类呢？他的动机是什么呢？在巴比伦的神话故事中，这是完全说得通的。从上帝最初创造人类，到他们在繁衍过程中给上帝带来搅扰，再到上帝企图让人类灭绝，再到最后达成一种妥协：通过妇女的"不孕不育"和新生婴儿的"早早夭折"来控制快速增长的人口。任何在喧嚣的城市中生活过的人都会知道，噪音是伴随着人类的生产活动的。所以阿特拉哈西斯的神话故事与城市文化完美契合，巴比伦的神话故事亦是如此。

48　　然而，希伯来人并不把自己看作城市居民。也许是抱有一种幻想，他们紧紧依存着自身的乡村与游牧的文化之根。在他们的想象中，有这样一个无所不能的上帝，对噪音漠不关心。对于上帝为什么要灭绝人类，人们赋予了他一个全然不同的动机："耶和华见人在地上罪恶很大，终日所思想的尽都是恶，耶和华就后悔造人在地上，心中忧伤。"(《创世记》6：5－6)在希伯来人的认知体系里，需要用道德层面的原因来解释人类遭受的灾难：可能是因为他们的行为有偏差，可能是他们的内心生活（"终日所思想的"）不纯净。上帝降下一场大洪水的灭顶之灾，就是对人类罪恶的回应。

这是对古老的美索不达米亚平原神话故事的一次激进的改写，而其影响也是深远的。人类在这片土地上繁衍生息、喧哗簇拥，这群"黑首人"不应该被视作一群肆无忌惮的讨厌鬼。他们要为自身的行为承担道德责任。人类也和其他鲜活的生命体一样，当洪水这样的灾难袭来时会不知所措。但即便是考虑到这些因素，这场灾难及随后发生的故事也是人类自身选择的结果，所有决策都带有人类的主观意志。除此之外，讲述《创世记》故事的人似乎对巴比伦的神话故事不以为然，到底是什么样的上帝会需要奴隶在旁才能进食，什么样的上帝会因为人类吵闹而无法休息，而且因为午睡被搅扰就要让他自己创造的生物遭受一场灭顶之灾？

但是，神话的任何一次改写都要付出代价。这次特别的改写，因它本身蕴含的庄严与神圣，而让人们为此付出了沉重的代价。毕竟，要解释妇女的不孕不育，或者婴儿的早早夭折，以及人类面对干旱、瘟疫或者洪水时的无所适从，不一定要把它们视作上帝对人类道德不端的一次惩罚，而可以仅仅把它们视作神灵控制人类人口的手段。神的惩罚是残酷的，但不管针对的是个体受害者还是人类整体，至少神的惩罚没有和人类之罪相连。人类还是得以继续繁衍生息。虽然人类的自由繁衍受到了约束，这对人类自身来说也可能是痛苦的，它源于上帝的一次"结构性"调整，但是这与善恶之辨无关。正因其与善恶之辨无关，人类不必因此联想到难逃的宿命，而应想到智慧、虔诚，以及《阿特拉哈西斯》中所展现的其他美德。人类没有做错什么，也并不需要一开始就懂得控制后代的繁衍，保持安静，不要搅扰上帝安宁。阿特拉哈西斯并不认为，那些随着大洪水而被冲刷殆尽的人类注定要遭受这样的命运。相反，对于这些人类承受的苦痛，他怀着深深的同情。

当然，对宗教而言，可以把特定的神视作人类仁慈的保护者，而将另一些神视作恶毒的威胁。一个神很可能公然反对另一个神筹划的灾难，或者通过隐秘的帮助让人类幸免于难。一位敬神者可以想象神与神之间的相互抗衡，面对宇宙秩序的统治者，他也可以满怀复杂的情感。然而在《创世记》中，这些隐秘的情感却是无处安放的。希伯来圣经中也有很多模糊、含混的瞬间，人们也曾违抗耶和华制定的法令，虽然说这并非直接的。不过，有一个大前提不会改变，那就是耶和华的绝对权威。他既公正无私，又富有同情心，并且聪明睿智，还是所有道德价值的仲裁者。这种理解方式或许能保证和谐与统一：巴比伦人的万神殿（与希腊、罗马人的神殿类似）与旧约及其神话传统的贯通与和谐相比，则是一个各种权力混杂又相互抗衡的场域。但巴比伦人的神话却揭示了有关"责任"的难解之题，这些问题不仅困扰着挪亚的故事，而且在亚当和夏娃的故事中也有显现。

在《创世记》关于大洪水的描述里，上帝降下了灾难，但也保存了人类的火种。从众神云集到一位神独尊寰宇，故事的讲述者很睿智，他维护了宇宙的缔造者至高无上的权威，这位神造就了一切，他同样可以摧毁一切。这种叙事模式告别了众神抗衡的时代，却留下了一些问题：一个无所不知、无所不晓的上帝为什么先创造了人类，随后又感到后悔呢？这位睿智的缔造者没有预见到接下来会发生的事情吗？一个无所不知的神怎么会为他所做的事情而感到后悔呢？他降下的这场大灾难，不仅让作恶多端的人丧生，很多无辜的孩子、刚刚出生的羊羔也被夺去了生命，纯净的一片片处女林也被焚烧殆尽，上帝为何如此随意、残忍？[5]他应该如何为自己辩护？我们又应该怎样理解他的这些行为？50

在美索不达米亚的起源神话里，残忍的神和喧哗的人类都没有受到道德的审判。不过，在《创世记》中，人们却需要为自身行为承担后果，也必须要面对降临的灾难。上帝既不随意，也非残忍。[①]后续人类的一切灾难，都是因为挪亚的同代人犯下了致命的错误，所以上帝后悔创造了人类。而这一致命的错误可以追溯到早期人类犯下的"原罪"，正是这"原罪"让上帝将亚当和夏娃从伊甸园中驱逐出去。但是，上帝按照自己的形象创造的生命，为什么会沾染上如此的恶行呢？

这些问题一直存在，[6]它们不仅仅困扰着虔诚的信徒，怀疑者们也对此百思不得其解。尽管先知、教士、宗教法庭庭长、艺术家、道德哲学家和神学家一直试图解答这些问题，但几个世纪以来，他们一直徘徊、流连于教堂神圣而安详的光环之下；他们翻阅着古书中熟悉的句段，如陶醉在香梦沉酣中，不

① 这里与上一段逻辑上是衔接的，意在表明希伯来人在《创世记》中试图为上帝无情、残忍地夺去生命的行为做出解释。根据下文，在希伯来人的神话想象中，上帝的行为是合理的，他并非无情，也并非残忍，他降下灾难是因为人类犯了"原罪"（追溯到亚当夏娃偷食禁果）。——译注

愿去解答谜题。在两千年之后，乔治·史密斯的一个偶然发现让他明白，曾经被历史掩埋的故事即将浮现，即便是那些最为自满的维多利亚①人也会为此焦虑不安。这就好比从小到大，你认为自己完全能够理解自己所继承的精神遗产，也为此深感骄傲，但是现在你所继承之物不再让人感到舒适，不再协调统一，你的故事不再仅仅属于你自己。你从未想过你还有别的祖先，他们对于你来说无比陌生。

　　史密斯努力向历史纵深处回溯，寻找失落之根，而他自己在这一过程中不幸丧生。1875 年 10 月，在大英博物馆的不断催促下，他动身前往尼尼微，也就是今天的伊拉克，希望找到更多的字板。他当时身处伊斯坦布尔，想在这里开展考古调研，挖掘远古时代的更多字板。但是在这个地方，官僚体制臃肿，官员们尸位素餐，而且还暴发了瘟疫。政治上动荡不安的局势让人忧心忡忡，再加上酷热难耐，他患上了痢疾，在阿勒颇（Aleppo）北部的一个小村庄里告别了这个世界，年仅三十六岁。他想要追求的不朽之梦——那种学者们都渴望达到的境界，最终停留在历史上的那一天：他激动地在房间里蹦跳并开始无所顾忌地脱衣服的那一天。因为正是在那一刻，他发现了《吉尔伽美什》[7]。

　　在乌鲁克城［Uruk，在现伊拉克南部的瓦尔卡（Warka）］，可能确实有一位统治者叫吉尔伽美什。在大约五千年前，也许他确实曾命令人们修建城墙和壁垒。但在史密斯辨识出的泥板的字里行间，我们发现吉尔伽美什是一位神秘的人物，他身上带着三分之二的神性、三分之一的人性。字板上刻着编纂者的

---

　　① 这里指的是维多利亚时期。——译注

名字，他是一位学者，也是一位教士，叫作辛－勒基－安尼尼（Sin-lequi-unninni）。对于他，我们一无所知，我们只知道，他像荷马和《创世记》的讲述者一样，是一位杰出的艺术家，每天都和各种现存的文本材料和口传故事打交道，而这些材料、故事都可以回溯到久远的过去。《妥拉》这一律法书大体成书于公元前 5 世纪。《伊利亚特》可能更早一些，在公元前 760 年到公元前 710 年间。但是辛－勒基－安尼尼写作的年代在公元前 1300 年到公元前 1000 年。留存下来的最早的《吉尔伽美什》中的故事可以追溯到公元前 2100 年。《吉尔伽美什》的诞生比《荷马史诗》或者圣经要早一千多年，它可能是人们所发现的最早的故事。

在巴比伦人被囚禁的时代，乌鲁克昔日的政治影响力已然不再。当然，乌鲁克还是留存着一种威望，因为在无比遥远的过去，正是在乌鲁克城，人们曾有很多惊人的发现。这片区域有 5.5 平方公里，规模较小，却实现了经济和行政的高度统一。那时的人们便知道，他们正在参与、见证一件大事。在古老的近东地区，一座城市兴起了，[8] 这或许是人类历史上的第一座城市。

在《吉尔伽美什》中，故事并非起源于一座花园，而是起源于一座拥挤的城市。这部作品并没有试图在人类诞生前重新创造一个世界，它似乎想象的是这样一个图景：人类一直生活在一起，分享着故事。尽管通过这个故事，我们无从知晓万物生长之前发生过什么，它却描述了历史上的一个瞬间，和史诗《埃努玛·埃利什》中描述的很相似。这部作品的开头这样写道：乌鲁克城的统治者欲望膨胀，不受控制，也无法控制，这让乌鲁克城的人们生活在水深火热之中。吉尔伽美什有

52

着三分之一的人性、三分之二的神性，他是一个勇武的战士，也是一个伟大的开创者，但他的性欲非常旺盛，这让城市百姓深感不安。神们听到了人们的抱怨，于是密谋了一个计划，有些复杂和迂回。第一步，女神阿露露（Aruru）洗手时，会取一小块儿泥土，[9] 然后用它造一个生物，这个"浑身是毛"（《吉尔伽美什》1：105）[1] 的生物被命名为恩奇都（Enkidu）。

恩奇都在野地里和小羚羊们一起光着身子戏耍，吃着青草，喝着小池塘中的水。人们设陷阱来引诱他的动物朋友，他看到之后，就会把人们挖的陷阱破坏掉，把里面填满。一天，一个十分沮丧的猎手看到了恩奇都的所作所为，终于知道了为什么他捕获猎物接连失败。于是他用三天的时间抵达乌鲁克城，寻求吉尔伽美什的建议。吉尔伽美什建议猎手去伊什塔尔神庙——伊什塔尔是一位掌管性欲的女神；然后再寻求一位叫沙姆哈特（Shamhat）的女牧师的帮助——这位女牧师是一个神妓，擅长激发各种快感。

沙姆哈特陪着猎手回到小池塘边，等候恩奇都。"神妓啊，快祖露你的胸脯，"猎手催促沙姆哈特道，"让他在你身边躺下，让他感受你女性的丰润肌肤！"（《吉尔伽美什》1：184 - 185）事态正如猎手所期待的那样发展着。沙姆哈特和恩奇都疯狂地做爱了六天七夜。在他们做爱后，恩奇都还想和小羚羊们和其他野生动物一起玩，可是它们都跑开了。他对此感到非常困惑，并且再也没法追赶上它们。神妓就对恩奇都

---

① 原文是 "Shaggy with hair was his whole body"，译文选自《吉尔伽美什》：赵乐甡译，沈阳，辽宁人民出版社，2015 年 5 月，第 18 页。以下有关《吉尔伽美什》的翻译，部分参考了该书，有的表达稍做调整。——译注

说："恩奇都啊，你是个聪明人，如同天神一般，何必跟野兽在荒野游玩。"（《吉尔伽美什》1：207－208）从那之后，不仅仅他的身体发生了变化，他的思想也有所转变。他再也无法与野兽为伍了。

仁慈的沙姆哈特对恩奇都讲了有关吉尔伽美什的事情，她的话似乎唤起了他心中的某种渴望。但是，他们不能马上出发去城里。生命走向文明是一个漫长之旅，需要一开始的启蒙、随后一段时间的适应，以及不断学习。这个神妓开始为身边赤身裸体的恩奇都穿衣服："她扯下一角衣裳，往他的身上披，其余的，她自己穿起。"（《吉尔伽美什》2：20－21）恩奇都并不是因为感到羞耻才穿上衣服，甚至也不是为了适应环境。这是一种自然状态转向文明与文化的标志。[10]

沙姆哈特带着恩奇都到小木屋和牧羊人一起吃饭，恩奇都还在继续接受改造。乡村的伙食很简朴，但是对于习惯了吃草和吮吸小羚羊母乳的恩奇都来说，这就好比一个小婴儿第一次尝到固体食物。沙姆哈特教他如何吃面包、喝啤酒。恩奇都喝了七杯酒，精神亢奋，"他就在身上抹点水，／他把油脂擦上自己的发际，这才像个人似的"（《吉尔伽美什》2：42－43）。这些文字可能只是表明他洗了洗他的头发，但是可能也暗指他脱去了身上的毛发，开始转变为一个真正的人类。我们见证了这一时刻。

这一转变也促成了吉尔伽美什和恩奇都之间的友谊，在他们还不认识彼此之时，这种友谊就悄然开始酝酿了。"让你瞧瞧吉尔伽美什这个人，"沙姆哈特大声说，展示了其生活的场景——

你瞧瞧他，瞧他那仪表，大丈夫气概，精力饱满，

他浑身都是诱人的魅力。

——《吉尔伽美什》1：236 – 237

在乌鲁克，她还告诉恩奇都，吉尔伽美什会梦见一颗从天空降落凡尘的星星。吉尔伽美什告诉他的母亲："我爱上了它。"他给他的母亲讲述了这个梦境，他的母亲为他释梦，告诉他这颗星星代表着他注定会遇到的一位朋友："你会爱上他，并且像女人一样爱抚他。"（《吉尔伽美什》1：273）

54   他们第一次相见，见面的方式不免让人感到惊奇。恩奇都到达乌鲁克之后，阻止吉尔伽美什和新娘见面。按照习惯，吉尔伽美什每次都会在新娘成婚那天强暴她。人们曾为此绝望地向神祈祷，而此时终于得到了回应：这个阻止吉尔伽美什的野人是上帝派来拯救这座城市的，纵然其方式极其迂回。

吉尔伽美什发现居然有人敢反对自己，他为此很恼火。他和恩奇都扭打在一起，家家户户的门框和乌鲁克城的城墙都在震颤。吉尔伽美什最终胜利了，但是胜利的同时他却拥抱了他的对手："他们互相亲吻，成了朋友。"（《吉尔伽美什》2：115）他们全然忘却了还有新娘的存在。吉尔伽美什和恩奇都从这一刻开始难分彼此、无话不谈，他们一起开始了一系列探险，也许鲁莽，但富有英雄色彩。

但是有一天，神们认为恩奇都的使命已经完成，他应该生病，应该死去。恩奇都心中充满了恐惧，责怪沙姆哈特，是她改变了自己的生活，昔日自己可以和小羚羊们一起奔跑在山坡上，现如今却要经历一个普通人的生老病死。他充满痛苦地诅咒她，"愿你永远也没有自己的家"，"愿你永远不能爱抚你自

己的孩子"。(《吉尔伽美什》7：71－72)。这里的问题并非
"必死性"本身，毕竟正如恩奇都所知悉的那样，小羚羊们都
被猎杀了。① 这里的问题实质上是，人类开始意识到自己难逃
必死的命运。这种意识中潜藏着非常深邃的苦痛。神妓的诱惑
看似无比美好，然而这却代表着人类从启蒙状态走向文明状态
要经受的巨大代价。仁慈的太阳神沙玛什代表着公正和节制，
他提醒过恩奇都，启蒙状态会给他带来很多好处：维系生命的
食物和饮料可以带给他愉悦；他可以穿上美丽的衣裳；他会享
受很多荣誉；他与吉尔伽美什之间会建立很深的感情。不过，
他同样会为此付出一定代价。在恩奇都离开人世之前，虽然他
心中还是充满了对死亡的恐惧，但是他为自己曾经的诅咒感到
后悔，他赐予神妓祝福，因为是神妓让他变为人。

　　恩奇都离开人世前的那段时光，有些痛苦，有些漫长，吉
尔伽美什一直陪伴在他左右。他为朋友之死深感哀痛，此外，
他还萌生了另一种恐惧：

> 恩奇都，我深爱的朋友，现在化为了泥土！　　55
> 我是否应该像他一样躺下，
> 永远永远，再不起身？
> 　　　　　　　　——《吉尔伽美什》10：69－71

这位英雄十分悲痛，离开了乌鲁克，踏上了寻找不死之法的征
程。他想或许能找到古代那场大洪水的幸存者——乌特纳比西
丁（Utnapishtim），他是唯一一个实现永生的人类。

---

① 这里的逻辑是，小羚羊们也没有逃脱必死的命运。——译注

这位漫游者一直没有停下探寻的脚步，一天他来到了海岸边，见到了一个小酒馆的女主人西杜里（Siduri）。当他向西杜里解释说，他跨过山海是来寻找乌特纳比西丁的时候，她让他放下哀痛，接受生活赋予的一切。这话对于吉尔伽美什或其他梦想着永生的人来说并不管用。他只想拥抱且享受生活的无尽欢愉：

> 吉尔伽美什呦，让你的肚腹饱足，
>
> 不论白天黑夜，尽管寻欢逗趣；
>
> 每天摆起盛宴，
>
> 将你华丽的衣衫穿起；
>
> 你洗头、沐浴，
>
> 爱你那手里领着的儿女；
>
> 让你怀里的妻子高高兴兴，
>
> 这才是做人的正理。
>
> ——《吉尔伽美什》10：82－90

这位小酒馆女主人的话暗藏着智慧，这种智慧正源于日常中的点滴。她看到了这位英雄的艰辛与努力，但她建议：要了解你自身的局限，了解人类的生存与死亡，尽情地在有限的时光里享受生活赋予的甜蜜的愉悦。她最后说："这就是人类该做的。"

吉尔伽美什后来找到了乌特纳比西丁，他了解到，神让乌特纳比西丁和他的妻子得以在大洪水之后永生，是绝无仅有的，但是吉尔伽美什还是不理解人类为何难逃必死的命运。乌特纳比西丁和他的妻子十分同情这个英雄，他们看他饱受折磨，便赋予他最后一线希望：他们告诉他，有一棵生命之树，多刺，生长在海面下，它能让人返老还童。这位勇敢的英雄于是在脚上捆上巨石，潜入海水中，去采这株植物。

然而，这个对永生的幻想还是破灭了。在返回乌鲁克的路上，吉尔伽美什停下来在淡水池里洗了个澡，结果一条蛇把这株植物偷走了。这株植物确实很神奇，它让这条蛇得以回春，身上老化的鳞片都脱落了。但是，现在这株植物没有了。吉尔伽美什坐下来，开始哭泣，他知道他失败了。他不再能够摆脱死亡的威胁。不过他又安慰自己，他意识到他将为世界留下很多绚烂之物：那些站台、楼梯、砖墙、神庙、果园、池塘代表着他与一个城市的故事，不熄不灭。

这是一部伟大的史诗，在希伯来人决定写下人类最早的记载之前，它在近东地区就已经流传了许多年：性启蒙中的愉悦之感；从原始向文明演化的渐进过程；栖居于城市，并为此欢呼雀跃；最终艰难地意识到难逃必死的命运；而最重要的生命体验，并非有关婚姻和家庭，而是同性之间深刻的友谊。[11]后来，随着美索不达米亚城市的陷落，这部史诗也随风消散了。19世纪的人们偶然发现了它。吉尔伽美什和恩奇都之间的爱早已被遗忘千年，再没有人能够辨识昔日撰写它们的文字，它们被掩埋在碎石瓦砾之下。这不是我们熟悉的那个故事，我们传承的那个神话，是《创世记》。

尽管《吉尔伽美什》没有办法和奥古斯丁、但丁或者弥尔顿的作品相提并论，但是讲述《创世记》这一故事的人确实知道有《吉尔伽美什》这个故事。《吉尔伽美什》不仅讲述了一场大洪水以及一艘幸免于难的小舟，还讲述了一个神是如何塑造了人类的，以及很多有关性、爱、痛苦和死亡的体验和

感悟。在残缺的文本碎片里，这个故事依旧美丽，依旧引人入
57　胜。如果希伯来人在写成《创世记》之前需要回应《埃努
玛·埃利什》这一史诗中的谜题，他们也一定需要研读《吉
尔伽美什》这部史诗。

《创世记》的开篇很简洁，是上帝连续几天的"创造行
为"，而最终人类被按照上帝的形象和喜好创造了出来，上帝
"照着他的形像造男造女"。这种宇宙观，带着崇高之感，但
也是高度抽象的。它甚至没带有丝毫暗示，也无法再现《吉
尔伽美什》里展现的人类生活的丰富与多元。正因为如此，
不管是谁编纂了《创世记》，都需要重新开始，讲出一个新的
故事。[12]

《创世记》的第二章和第三章沿袭开篇，徐徐铺开，但并
非简单的承接。第一章提到上帝按照他自己的形象创造了人
类，但是并没有提到除了日月之光，上帝是否运用了其他工
具。一切都来源于上帝言语的力量。在第二章中就有矛盾的地
方了，作者提供了一种不同的叙事。恩奇都是女神阿露露用泥
土创造的，耶和华也用泥土创造了人，这样，人类的名字就具
有双关的色彩：泥土在希伯来语中是 'adama，而人类在希伯
来语中是 'adam。耶和华并没有从自己身上拿一样东西，赋
予这个泥土做的人，让他获得生命，而是将"生命的气息"
吹进他的鼻孔。不是某样东西，而是一口气息。如一个奇迹
般，这个泥人有了生命：他本如地面的尘土，却与尘土不同，
因为鲜活。这块泥土会呼吸，它有了生机。上帝创造了它，然
后唤醒了它的生命，但"他"并不在其中。因此人类身上暗
藏着自由和异化的可能。

在《吉尔伽美什》里，泥土造就的是一个野人，全身都

是毛发，而且他身上带着动物的习性。在《创世记》中，泥人是按照上帝的形象造出来的。从一开始他就更为高贵，不能做其他动物的同伴，而是成了其他动物的统治者。[13]他向一个真正的人类进化的过程从来不缓慢，不需要渐进。在《创世记》中，上帝将生命的气息吹进泥人的鼻孔，他便成了一个真正的人类。他无须了解或经历任何事。这与恩奇都的启蒙故事，及其在历练为人的过程中所经受的曲折与坎坷，是完全不同的。

58

亚当并没有想建造一座城市；或者说，如果他的子孙后代最终要开展城市生活，那么城市也不过代表着在失去乐园之后人类要经受的另一场灾难。《创世记》的第十一章写道，人类开始在示拿（Shinar）平原上建立城市。讲故事的人好像接受了美索不达米亚的故事传统居于首要地位，其字里行间明确表现出，人们打算建造一座城市，但并非像迦南美地的城市那样用石头建造，而是用砖块建造：

> 他们彼此商量说："来吧，我们要作砖，把砖烧透了。"他们就拿砖当石头，又拿石漆当灰泥。他们说："来吧，我们要建造一座城和一座塔，塔顶通天，为要传扬我们的名，免得我们分散在全地上。"
>
> ——《创世记》11：3－4

吉尔伽美什则骄傲地对他的船夫说："去测量出乌鲁克城墙的高度。／研究其地形，再看一看用砖筑成的楼宇。这座城的建筑所用的砖石难道不是烧窑里的火烤出来的吗？"（《吉尔伽美什》11：95）几乎可以肯定的是，讲述《创世记》这一故事的人一定知道这一段，他脑海里可能还浮现着《埃努玛·埃利什》中的章节，其中马尔杜克同意建造一座伟大的城池："创造巴比伦吧，这是你们的要求！/泥土做的砖块成形，高高地建起神殿！"在《创世记》里，用砖石搭建起来的都市则演变为一场灾难：

> 耶和华降临，要看看世人所建造的城和塔。耶和华说："看哪，他们成为一样的人民，都是一样的言语，如今既作起这事来，以后他们所要作的事就没有不成就的了。我们下去，在那里变乱他们的口音，使他们的言语彼此不通。"于是，耶和华使他们从那里分散在全地上，他们就停工不造那城了。因为耶和华在那里变乱天下人的言语，使众人分散在全地上，所以那城名叫巴别（就是"变乱"的意思）。
>
> ——《创世记》11：5-9

对于虔诚的希伯来人来说，他们对那个带着"世界主义"气息的巴比伦城充满恐惧与憎恶，因此肯定会喜欢这个巴别塔的故事。他们可以带着嘲讽的姿态，来看语言的混乱和巴别塔之间的双关，也可以嘲笑那些野心膨胀的建筑师们最终没有建完这座让他们引以为豪的塔。[14]他们也会认为，城市最初代表着人类生命日渐丰满的过程，后来则开始象征人类的傲慢及其生命旅程中显现的徒然之感。

对于《创世记》第二章和第三章的作者来说，相较于城市而言，伊甸园是一处更好的所在。[15]花园是耶和华设计的，他让这座花园里"每一棵树都看起来那么迷人，结满了果实"。亚当和夏娃不必像恩奇都和吉尔伽美什那样探索、体验生命，也不必像他们那样砍伐树木来建造宏伟的门楼。在《创世记》的故事里，花园里没有任何人工设计之物，没有小木屋，更别说祭坛、神殿或者宫殿了。树木因其果实而丰美，而不是被用来作为建筑的材料。人类不需要在花园里建造什么，只需要"耕种并且看守"。

这些都表明，劳动在人类的生产、生活中扮演着很重要的角色。"天堂"这个词在旧约中并没有出现，它是希腊的翻译家们创造的词。他们想象有这样一处所在，完美无瑕，身处其中，能产生悠闲自得之感。而《创世记》中所实际描绘的，却并非悠闲之感，而是一种有目的性的工作，人类始祖需要不断耕耘并且守卫这个小家园，在这个过程中他们会感到愉悦、欣慰。这种耕耘，或者说劳动，并不像苏美尔人的起源神话中所描述的那样，是一种艰苦的努力和付出。在耶和华设计的这个小花园里，有一条小河："有河从伊甸流出来滋润那园子。"（《创世记》2∶10）这让伊甸园里的人类始祖不必像巴比伦人那样挖掘灌溉沟渠[16]。上帝为人类提供了便利，让人类得以借助这些便利，努力耕耘，繁衍生息。后来我们得知，伊甸园中是奉行"素食主义"的，这一点很容易实现，因为这里并无杂草，有很多可以直接食用的植物，花园里的劳作也不会让人感到疲惫。

在《吉尔伽美什》里，神用泥土创造了一个野人，他后来成了一位英雄的朋友和生活伴侣。在《创世记》里，上帝看到亚当生活得很孤独，于是抽取了他身体中的一根肋骨，[17]创造了一个女人——夏娃。这是一种对美索不达米亚的神话传统极富创造性的回应。这两个故事的共性在于，人类都需要一个同伴，都需要一种"帮助"，以及与另一个体生命交织的狂喜；与此同时，他们都在转变，都在走向成熟。

这种转化的实质是什么？在表现人类的核心纽带方面，《创世记》从两个男性之间的友谊过渡到男人和女人之间的感情，这两者到底有什么不同？两个起源故事都强调了伴侣的重要性：个体无论多富有、强大，都不能独自存活。这两种叙事也都传达了伴侣所能带来的无可替代的愉悦之感；而且它们都表明，人类命运的走向源自集体性的决策与行为，无论个体曾有过英雄光环还是曾悲剧地陨落。从这个意义上讲，两个故事并无不同。

讲述《创世记》故事的人并没有像人们预想的那样，将第一个男人和第一个女人之间的关系描述成一种等级关系。没有任何证据能说明女人比男人卑微。虽然在《创世记》的第一章中，上帝命令人类繁衍生息，于是人口不断增加；而在第二章中，上帝用男人的一根肋骨创造了女人后，便没有再重复这个命令。故事的讲述者似乎并没有想到"等级阶序"和"繁衍生息"。

《创世记》强调的是一种"分裂"的体验。其表述更为简洁。它并不像《吉尔伽美什》中所描绘的，恩奇都和吉尔伽美什互相陪伴，在沟通和互动中建立友谊，或者有时他们也争执不休，或者他们一起决策，体悟生活百味。《创世记》的故事相较于《吉尔伽美什》更为聚焦，就是一个男人和一个女人的故事，而这个男人和这个女人本是"一体"，这或许奇异，但也令人狂喜。

上帝把女人带到男人面前，男人很热情地欢迎[18]她到来。《创世记》中有一首诗歌表达了他的狂喜——眼前所见的生物居然是自己身体的一部分：

> 这是我骨中的骨，
> 肉中的肉。
>
> ——《创世记》2：23

这个女人是男人身体的一部分，与此同时，她又是一个不同的个体。从沉酣中醒来的男人，为此创作了一首歌曲，来表达狂喜的心情，为"这个人"，也为自己。

而在《吉尔伽美什》中却没有这样的内容。无论吉尔伽美什和恩奇都的关系多么亲密，无论诗歌里描绘了他们之间多么亲昵的互动，他们却从未享有这种特殊的情感。这种情感关乎男人与女人之间的那份"共有"，这不仅停留在文字表述层面，也是一种暗喻。旧约作者在把玩文字间便体会到了这种情感，就好像这些文字本身便传递出男人和女人是彼此交融的：

> 可以称她为女人（ishah），
> 因为她是从男人（ish）身上取出来的。[19]
>
> ——《创世记》2：23

吉尔伽美什和恩奇都亲吻过、拥抱过，他们手挽手，肩并肩，彼此倾吐着最忠诚的情谊。他们如此亲密，形影不离，若有一方陨落，对于另一方来说，这便是一场灾难。相较于亚当和夏娃，他们之间的关系更成熟、更强烈，也更微妙。但是他们却不是"一体"。

可能《创世记》中展现的男女"一体"与生育有关。毕

62　竟，孩子见证了男性与女性的交融。但是任何曾深爱过的人都会了解，这种"一体"之感与子女无关，通常在生育子女之前，男女间的情愫已然萌生。男女间情愫的萌生自然在先，从《创世记》这个故事本身的设计便能看出来：第一章中上帝命令人类繁衍生息，"繁衍生息"可被视作一个事实；随后的章节中，女人被创造出来，男人女人本为"一体"，这其间涌动着最为深切的情感；《创世记》的创作者非常聪慧地将这两者区分开来。

《创世记》的创作者强调了其与《吉尔伽美什》的不同："因此，人要离开父母与妻子连合，二人成为一体。"（《创世记》2：24）此处的"成为一体"还传达了一个观点，这点在《吉尔伽美什》中没有被提到，那就是要离开自己的父母，组成新的家庭单元。（在《创世记》的语境里，这一点显得有些荒唐，因为它并没有提到"父母"的存在。）旧约中表明男人离开了他的父母，而在《吉尔伽美什》中，吉尔伽美什的母亲在故事主人公的成长过程中扮演着重要角色，她帮助吉尔伽美什，悉心维系其与朋友之间的情谊。吉尔伽美什不需要创造一个新的家庭；而在《创世记》中，男人和女人最终走到一起，[20]"成为一体"至关重要。

《创世记》的结尾部分描写了花园中这对情侣目光所及之景。他们并非像"一体"这种说法所暗示的那样是雌雄同体。他们是两个人："当时夫妻二人赤身露体并不羞耻。"（《创世记》2：25）"一体"带着某些神秘感留存了下来，不是因为他们赤身裸体，而是因为他们不以此为耻。他们看到的、体察到的都很简单，这些便是伊甸园中的日常，但已然足够。

对《创世记》的创作者来说，没有启蒙，也并没有一条

通往文明的路使这种原始的关系成为可能。在上帝创造女人之
前，生命处于未完成的状态，而且带着某些缺憾。后来女人出
现了，一切便完整了。我们再看下面的故事：有关衣衫蔽体，
有关羞耻感，有关现在——但这些都是人类始祖违犯了神的禁
令以后的事，苦难由此发端，生命注定脆弱。《创世记》中所
描写的是：人类始祖的这次"不服从"帮助人类最终迈入
文明。

神妓在对恩奇都进行了性启蒙后告诉他："你现在像神一 63
样了。"《创世记》的创作者记得这些话语，却是用它们来描
述男人和女人之间的"堕落"而非"崛起"。一条蛇从吉尔伽
美什那里抢夺走了可以让人永生的植物，而在《创世记》里，
这条蛇诱惑了女人和男人，让他们永生的希望破灭了。蛇劝
说女人吃了果子，并且承诺她会变得像神一样，这与沙姆哈
特在为恩奇都提供性启蒙后所说的一样。恩奇都并没有真的
成为神。他穿着得体，言行举止更为恰当，成为一个真正的
人类，懂得了文明的真谛，建立了深刻的情谊，而且践行着
英雄主义。但是他却为此付出了代价——他意识到自己难逃
必死的命运，然而"必死"一直是他的归宿，只是他曾经并
不知道这一点，就像与他一起奔跑戏耍的小羚羊从不知道
自己难逃一死。

《创世记》里，在男人和女人偷尝禁果之后，他们成了真
正的人。对恩奇都来说，这种转变是一种祝福，但是对亚当和
夏娃来说，这是一场灾难。他们穿上衣服，想摆脱羞耻之感，
不愿再于精神匮乏中度日。在险象环生的大地上，他们需要自
己觅食。他们本可以避开死亡的威胁，但是现在他们只拥有有
限的生命。他们对事物的理解力增强了，获得了关于善恶的知

识，但是为此付出的代价也是巨大的。

如果这位讲故事的人希望借助旧约来撼动植根于美索不达米亚人心中的信仰，那么他成功地做到了。他完全反转了这个有关起源的故事。《吉尔伽美什》中所描述的胜利，在《创世记》中成了一出悲剧。

第四章　亚当和夏娃的生活

1945 年末，一个名叫穆罕默德·阿里·萨曼（Mohammed 'Ali al-Samman）的埃及农民，跟他六个兄弟中的一个去到他村子——位于卢克索（Luxor）北部——附近的山中，寻找"沙巴赫"（sabakh），这是一种由古坟和废弃住宅中的腐蚀物质形成的肥料。他用鹤嘴锄挖土，意外地挖出了一个封口的红色硬陶罐，约三英尺高。一开始他不敢打开，害怕这个罐子是被什么咒符镇住的，打开就会放出魔鬼。但终于，在好奇和贪婪的驱使下，他揭开了封印。但令他失望的是，他在罐子里找到的不是藏起来的金币，而是十三本用皮子装订起来的书，以及其他一些散装的书页。他把找到的东西带回了村里，但他费了好大力气，也没能用这些书换回烟卷或是几个比索（piaster）。他从中拿出几本，将剩下的那些书扔到家中为陶制面包炉加热用的草堆上。他妈妈还撕了几页，用来给炉子点火。但是想来，这位发现者一定是隐约感到他的发现或许比柴火更有价值，因为他后来把剩下的书卷抢救了出来，放在一边。[1]

有关穆罕默德·阿里的发现的消息渐渐传出了这个小村子。之后，这些文物经过无数曲折的羊肠小道，路途中还偶有 书页遗落，最终被送到了开罗。在开罗，文物贩子们迅速获知了其潜在价值。然而，在这些书卷找到买主之前，埃及政府得知了它们的存在并设法将其弄走，最后只遗漏了一本。[2]埃及政府将它们安置在开罗科普特博物馆（Coptic Museum）。在誊写和翻译它们的计划出台以前，它们在展架上待了十年之久。

从陶罐里取出的这些书卷可追溯到公元前400年~公元前350年，它们是更早期文本的复制品。这些藏书后来被整体称为"拿戈玛第经集"（Nag Hammadi Library）[①]——以距离发现它们的地方最近的村镇之名命名。书卷由莎草纸制作，它们不是胶合在一起形成的卷轴（一种古老的形式，类似于今天仍在犹太会堂使用的羊皮纸卷轴），而是缝在一起的手抄本——这是种更常见的设计，今天我们也将之应用在印刷类书籍的制作上。基督教徒是最早接受神圣文本手抄本的。堪称奇迹的是，这些书卷还是全本。

书卷能够幸存下来有赖于气候和运气，但也部分归因于有意的隐瞒。这些由科普特语——这种语言在阿拉伯人征服埃及之前曾广泛流行——写成的书卷被藏了起来。毫不奇怪的是，那些小心翼翼地将它们密封在罐子里并将它们埋在如此遥远的地方的人没有表明身份，但他们可能是来自附近修道院的僧侣，他们对基督教当局越来越严厉的对所谓异端书籍的监管感到震惊和恐慌。那个时期的教会认为，厘定神圣经典的界限，以及严格区分可接受的经卷和拿戈玛第经集这种被认定是危险读物的书卷非常重要。藏匿书籍的人显然不想这些宝贵的财产被破坏，这其中许多书卷可以追溯到几个世纪之前。或许他们希望迫害有一天能够结束，他们可以再来找回其群体长期以来熟读的这些文本。但事实上，对异端的追捕只会愈演愈烈，他

---

① 汉语中又称之为"纳格·哈马迪法典""拿歌玛蒂古本"。——译注

们藏匿的手稿也未被取回，并被遗忘了一千五百年。

当隐藏的文集终于重见天日后，全世界的兴趣被所谓的 66
《多马福音》（Gospel of Thomas）的独特副本所激发，该书声
称——这一点仍然在激烈辩论中——要揭示那些耶稣尚未为人
所知的话语。但就许多方面而言，最令人吃惊的发现[3]是关于
亚当和夏娃的文本。其中之一即《亚当启示录》（Apocalypse of
Adam），他以最初人类的口吻与其心爱的儿子塞特对话。"神
将我与你的母亲夏娃一起用泥土造出来的时候，"父亲回忆
道，"我与她在荣耀里四处行走。"亚当明确指出，这些荣耀
不是他一个人的财产。相反，他将其归功于妻子："她教会了
我智慧之语，那是关乎永生之神的知识。"那些共享的知识使
他们都变得非常强大："我们与那些伟大而永生的天使是相似
的，因为我们要比那造我们的神更高大，也比他能力更强大，
他乃是我们所不认识的。"

"我们要比那造我们的神更高大"：在这个版本的《创世
记》故事中，生物变得比上帝更强大，上帝愈加嫉妒和恐惧，
而人类则依赖于女性的勇气和智慧。夏娃成了真正的英雄，因
为正是她勇敢地为自己和全人类掌握了嫉妒他们的造物主所隐
瞒的知识。

拿戈玛第经集中的另一篇是《真理的见证》（The Testimony
of Truth），它不是从上帝或亚当夏娃的角度来写的，而是从蛇
的角度来写的。根据《真理的见证》，上帝的局限性是令人沮
丧的。什么样的神会拒绝允许人类摘取知识树上的果实呢？一
个真正有爱的造物主肯定会教导孩子学习知识，而不是禁止他
的子民接触知识。《创世记》中的上帝不是我们的朋友。在这
个版本的故事中，蛇反而成了人类伟大的恩人。

显然，对于这个族群的一些成员来说，亚当和夏娃的故事
与我们所期望的完全不同。他们怀疑耶和华心怀嫉妒而卑鄙，
并深受其困扰。他们将其归因于在圣经那过于简略的经文中
没有读到的人类始祖的话语。他们歌颂那条诱惑人类吃禁果
的蛇，以及敢于违反耶和华禁令的追求知识的女人。可以肯
定的是，他们的解读输了，这就是为什么他们不得不将这些
书籍藏在一个被遗忘的密封罐子里。也许这就是它们被遗忘
的原因。

但是，沙漠中的僧侣当时并不是唯一一群追寻相关故事本
源并竭力听到圣经所未提供的话语的人。一个从公元 1 世纪就
开始以希腊文流传的文本《亚当和夏娃的生活》（*The Life of
Adam and Eve*）[4] 的开场白是这样的：

> 当亚当和夏娃被驱逐出天堂时，他们为自己制作了一
> 个帐篷，花了七天的时间哀悼和悲叹。七天后他们感觉饥
> 肠辘辘，就开始寻找食物，但什么也没发现……他们走来
> 走去，找了很多天，但没发现他们在天堂所吃的东西。他
> 们只能找到动物吃的东西。亚当就对夏娃说："主将这些
> 东西给动物和野兽吃，然而，给我们的，却是天国的
> 食物。"

可能是因为源于犹太环境并以闪族语言创作，关于最初人类的
这一说法迅速传播到早期的基督教社区，并出现在一系列其他
语言中，从拉丁语到科普特语、亚美尼亚语、格鲁吉亚语、斯
拉夫语，并流传了好几个世纪。

伴随着来自犹太教和基督教的大量评论，《亚当和夏娃的

生活》的国际性流行表明，到了古典时代晚期，《创世记》的经文似乎立刻变得既诱人又内敛，是道德困境和令人困惑的沉默的融合。读者想了解更多的是：人类始祖是如何对他们被驱逐出天堂做出反应的？他们是否在敲打着大门祈求上帝允许他们再回到伊甸园？他们是否甚至都不明白到底发生了什么？他们去了哪里，又是如何生存的？在接下来的几个月甚至几年里，他们对彼此说了些什么？他们的爱经得住考验吗？他们告诉了孩子他们所做的哪些事情？造物主是否漠不关心地，或是愉快地，抑或是带着一丝遗憾地俯瞰着他们痛苦的状况？他们如何经历死亡——首先是他们的儿子亚伯被另一个儿子该隐杀死，然后是他们自己的死亡？

　　提出疑问并非毫无风险。这些在圣经中没有被记录下来的想象的场景，往往与那些有争议的话题有关：罪的来源、婚姻的性质、男女之间的道德差异——如果有这种差异的话、上帝愤怒的正义性、撒旦这一人类致命敌人的隐藏身份、救赎的可能性，等等。犹太教徒和基督徒都在努力厘清哪些是核心的、得到承认的神圣文本——正典（canon）；以及哪些文本将位于边界之外，处于被称为"次经"（apocrypha）①的地带——"次经"一词来自希腊语中的"隐藏"。这个过程漫长而令人忧虑，充满激烈的争论，其中一些至今仍未能完全解决。

　　尽管传播广泛，但不同版本的《亚当和夏娃的生活》中没有一个被正典接纳过，也没有进入经常在圣经手抄本和后来

---

①　或译为"伪经"或者"后典"。请参阅《圣经后典》，张久宣译，北京，商务印书馆，1994。——译注

的印刷版本中作为附录的次经里。相反，它总是在外徘徊，不可能被全然接受，但又不可能被完全压制。其匿名作者或作者们冒险进入一个虚构的领域，去回应那种几乎不可抗拒的冲动，将刚被驱逐的亚当和夏娃想象成面临可怕困境的人。因此，我们已经瞥见了那个开场的情景。在天堂中，人类与天使的饮食相同。当这对堕落的夫妻最初感到严重的饥饿时，他们沮丧地意识到，他们的胃口只能由动物吃的食物来满足了。也就是在那个时候，人类第一次被迫明白了他们自身就是动物这个事实。

69

古老的传记继续想象：亚当提出了一个孤注一掷的忏悔仪式。他告诉他的妻子，他会在水足以没过他脖子的约旦河里站四十天；作为两者中更加柔弱的一方，夏娃可以让自己在底格里斯河中浸泡三十七天。但在这个期限结束之前，一位天使出现在夏娃面前并告诉她，仁慈的上帝听到了她的呻吟，接受了她的忏悔。天使宣称，它被派来是要把她带到她渴望已久的食物那里，上帝已经为她准备好了。于是夏娃从河里颤抖着出来——"她的肉就像水草一样寒冷"——并愉快地跑向她的丈夫。但是，亚当一看到她就痛苦地喊道，她再一次被欺骗了。光明的天使是他们的敌人撒旦伪装成的。

于是夏娃扑倒在地，问撒旦为何如此憎恨他们。之后亚当和夏娃的生活又重复了那些成为原故事主要情节的内容。魔鬼向夏娃解释说，正是因为亚当，他和他的叛逆天使才被驱逐出天堂，当他们被要求崇拜新创造出的人类时，他们拒绝了，因为他们认为自己资格更老、更优秀。他们因此被扔下地狱。所以他们要以所有可能的方式对人类进行报复。

仍然站在水里并决心完成他全部忏悔仪式的亚当对妻子非

常生气。夏娃向着西方绝望而去，决意在孤独中了此一生。他们初尝婚姻，也是初试分离。但事实是，夏娃已经怀孕三个月了。她分娩的时候痛苦地哭了起来。亚当听到了她的哭声，就回到她身边，他们和新生儿一起恢复了往日的生活。"婴儿立刻站起来跑出去，用自己的双手带回来一些草，送给母亲。他的名字叫该隐。"

70

《创世记》中对这些没有任何暗示。但是，《亚当和夏娃的生活》的匿名作者和那些热切地阅读它的人正试图思考灾难的后果，他们想象出原始祖先的存在，并为蛇找到了一个可理解的动机和合理的身份。他们希望得到那些在戏剧中被称为背景的东西，一段可以理解在圣经的简洁叙述中似乎无处不在的行为的隐秘史："蛇对女人说：'你们不一定死，因为神知道，你们吃的日子眼睛就明亮了，你们便如神能知道善恶。'"（《创世记》3：4-5）。甚至蛇怎么开口说话的问题也被抛开了——用什么声带？用什么语言？有多大程度的意识？——这里还有一个基本原理的问题。

犹太教的拉比们长期以来一直在思考《创世记》第一章中上帝的话语："神说：我们要照着我们的形像，按着我们的样式造人。"谁是这里的"我们"？（古希伯来语显然没有"荣耀的我们"这个说法。）在巴比伦或罗马的宗教中，"我们"这个复数形态表明，耶和华正在与他的同胞们说话，正如马尔杜克或宙斯经常做的那样。但是，如果希伯来人在过去的某个时期曾经有这样的想法，那么任何在拉比时代提出它的人都会被称为异教徒，特别是在早期的基督徒开始声称复数形态指称三位一体之后。

在公元3世纪末期，拉比塞缪尔·本·纳赫曼（Samuel

ben Nahman）想象过以下情景。摩西听从上帝的神谕记下律法《妥拉》，当他写到"我们"这个词时就问上帝："为什么您要为异教徒提供借口呢？"但上帝回答道："写下来，谁想犯错误就让他去犯吧。"[5]

大多数拉比认为，正确的解释是上帝正在同天使们商议。71 但他们继续推测，有些天使非常沮丧，并分裂成几个相互竞争的群体。爱天使们支持这样的创造；真理天使反对它；正义天使支持；和平天使反对。拉比哈尼纳（Hanina）暗示，为了颠覆那些反对其计划的天使，上帝告诉了天使们将从人类身上迸发出的一切虔诚，而对他们隐藏了所有的邪恶。[6]尽管各方互相争吵，上帝还是继续做了他所提议的事情。

一些犹太教评论家开始阐释一种说法，认为反对创造人类的不是持有不同天国原则的群体，而是被嫉妒或恶意——撒旦在《亚当和夏娃的生活》中所承认的感情——驱使的天使。从这种猜测开始，早期的基督徒逐渐阐述了一个关于黑暗王子和他的军团的宏大叙事。[7]穆斯林后来提出了一种类似的说法，内容是魔鬼易卜劣斯拒绝接受安拉的命令向亚当鞠躬致敬。安拉问："当我吩咐你的时候，你为什么不跪拜？"易卜劣斯回答说："我比他更好：你是用火创造出我的，而他是被用泥土创造的。"由于易卜劣斯的骄傲和傲慢，安拉诅咒他，并将其投入伊斯兰火狱（Jahannam）中去。

基督徒提出要进一步解决"我们要照着我们的形像，按着我们的样式造人"（《创世记》1：26）中那神秘的"我们"是谁的问题。在福音的开场白中，福音传道者约翰似乎暗示了《创世记》的开头语："太初有道，道与神同在，道就是神。"（《约翰福音》1：1）他们总结道，"我们"指的肯定是神圣的"逻各斯",即化身为耶稣基督的"圣言"。那时,基督就是在反对恶魔的恶毒敌意,执行上帝的创造计划。正是基督凭借他崇高的牺牲,拯救了因撒旦化身为蛇所说的谎言而误入歧途的人类。

但是这些解读都没有让所有人满意,也没有抑制住各种争论,或者平抑进一步探索的需求。在《创世记》中,亚当丰富的生平经历被一概而过:"亚当共活了九百三十岁就死了。"(《创世记》5:5)。"(然后他)就死了"是一个需要加以阐释的句子,因为这是人类历史上第一次自然死亡。在《亚当和夏娃的生活》中,亚当将孩子们招呼到跟前,告诉他们他生病了——"我十分痛苦",但他们甚至无法理解"疾病"和"痛苦"的意思。他们又能怎么做呢?在痛苦中,亚当将夏娃和他最喜欢的儿子塞特送到天堂之门,让他们求得一点治病用的恩惠之油,但天使米迦勒严词拒绝了。

当他们回来并报告被拒绝的消息时,意识到死神近在咫尺的亚当抓住最后的机会责备他的妻子,就像他在整篇叙述中反复做的那样:"亚当对夏娃说:'你做了什么?你给整个家族带来了极大的痛苦、过失和罪恶。'"他知道他现在遭受的命运将会为后代所了解,他渴望整个世代都能够清楚他们所遭受的苦难的来源。因此,他指示夏娃要告诉他们的后代她所做的事情。

在亚当去世六天后,夏娃也不行了。似乎是为了完成亚当的指示,她把塞特和其他孩子都叫到一起,但她巧妙地修饰了话的内容。她的子子孙孙没有理由相信责任完全是她的。她告诉孩子们,因为她和亚当所做的事情,他们和整个家族都注定要面对死亡。

72

然后，她又提出了一项重要主张，即不仅要依靠口述，还要依靠能流传更久的刻写进行文化传播。《亚当和夏娃的生活》赋予了这第一个女人写作的想法。

你们去制作石板和泥板，并在上面写下我和你们父亲的全部生平——这些你们从我们这里亲耳听到或者亲眼看到的。

73　　如果他用水审判我们的家族，泥板会溶解，但石板会保留；如果他用火来审判我们的家族，那么石板就会被摧毁，但泥板将得到烧制（而不会被摧毁）。

为保证他们的故事无论未来发生什么灾难都能够流传下来，夏娃为有可能发生的洪水或火灾做好了充分准备。

《亚当和夏娃的生活》为那些渴望对十分简略的《创世记》了解更多的人提供了更为详细的叙述。但对于一些犹太人和早期基督徒来说，故事的传播只会加剧既有的、令人不安的道德问题。其目的到底是什么？在一段记载于公元 2～3 世纪的对话中，智者塞德拉克（Sedrach）这样问道："既然你并不打算饶恕他，那为什么你使你圣洁无瑕的手受累来创造人类呢？"上帝回答说，亚当违背了他明确的诫命，并且"被树上的魔鬼所欺骗"。但是抬出魔鬼来并没有解决这个问题。"如果你爱你的人类，那你为什么不杀死魔鬼呢？"争论继续往复来回，最后，上帝提出那个曾使约伯沉默的问题才让争论终止："告诉我，塞德拉克，我造了大海后，有多少波浪升起，又有多少波浪跌落呢？"[8]

要求知道海洋中波浪的数量可能有助于结束这场对话，但它显然无助于平息亚当和夏娃的故事不断引发的更多疑虑，最极端的解决方案是由一位早期的基督教主教马吉安（Marcion）提供的，他于公元 85 年前后出生于黑海城市锡诺普（Sinope）。马吉安提议，教会应该完全放弃作为信仰基督之基础的希伯来圣经。他辩称，犹太人历史中所记录的上帝的行为和意图，明显受到邪恶的污染。他禁止人类在伊甸园中获取知识，然后又因为一种必须拥有这种知识才能不犯这种错误的行为来惩罚他们，这样的神，不是照亮被救赎的基督徒内心的那位纯洁、高尚、神圣、伟大的上帝。马吉安承认耶和华确实是造物主，正如《创世记》所肯定的那样，但他是一个邪恶的创造者。他是给予犹太人以严酷律法的严父，而不是耶稣基督之父。马吉安划出了旧神和新神之间最清晰的界限。[9] 对耶和华的崇拜应该走对马尔杜克、太阳神阿蒙拉（Ammon Ra），或无数被新启示扫除的其他宗教派别的神祇的崇拜之路。

虽然他的观点吸引了大量追随者，但马吉安最终还是被斥为异教徒。教会忠于希伯来经文，其中的上帝就是宇宙的统治者，耶稣已经实现了古老的预言。耶稣的出现是作为对亚当的回应，这是讲得通的。使徒保罗[10]建立起了至关重要的联系，他写信给哥林多人说："死既是因一人而来，死人复活也是因一人而来。"（《哥林多前书》15：21）保罗的话暗示我们，在没有理解第一个人（亚当）的罪及其后果的情况下，我们就不可能理解基督。[11]基督教离不开伊甸园的故事。

在基督教神学家的想象中，[12]上帝的宇宙计划中的每一时刻都开始落实到现世中：基督道成肉身的那一天与上帝将人从地上塑成形的那一天神秘地联系在一起；圣婴被置于胸前的那一天关联于上帝创造星星的那一天；救世主在十字架上的时刻

74

关联于亚当堕落的那一天；基督从死里复活的那一天也是上帝
创造亮光的那一天。希伯来圣经与新约圣经之间的联系，是与
对耶稣在福音书中所叙述的生活和使命的整体看法不可分割的
一部分。神学家们以不知疲倦的热情和独创性对它们不断加以
铸造。这种被称为"预表法"（typology）的释经方法对基督
教信仰产生了巨大而持久的影响。

预表法认为，[13]《创世记》中所描述的事件都是历史事实。
如果说，这些事件在新约圣经中也找到了它们的终极意义，那
么这并没有使它们本身变得不真实了。形成亚当的尘土和吹进
他鼻孔里的气息、他身体一侧为取出肋骨制作夏娃而产生的伤
口、伊甸园及其中寓意不祥的树、他劳作时眉毛上的汗水，所
有这一切都是完全真实的，它们同时在基督的生命中"实现
了"（fulfilled）——在他道成的肉身中，在他被钉着的痛苦的
"树"（十字架）上，在士兵的长矛在他身上留下的伤口中，
等等。正如马吉安及其追随者所做的那样，对这些精心设计的
联系提出疑问，就会招致异端邪说的罪名。公元180年，圣爱
任纽（St. Irenaeus）在其著作《反异端》（*Against Heresies*）
中就清晰地阐明：禁止基督徒否认耶和华，或声称救世主是一
个以前不为人知的隐藏的神，或发誓抛弃第一批人类的叙述。
没有亚当，就没有耶稣。

但这对赤裸裸的情侣与蛇和禁果的故事仍然令人心神不
宁。它被认为是基督教信仰的重要基石，但有些人认为这一基
石是反复无常的，甚至是令人尴尬的。它到底与最荒谬的异教
徒起源故事又有什么不同呢？久经世故的4世纪的罗马皇帝尤
利安（Julian）同样以蔑视的态度看待所有这些神话。他在
《反加利利人》（*Against the Galileans*）中写道，[14]"古希腊人"

创造了"令人难以置信的荒谬的故事",但基督教徒所相信的亚当和夏娃的希伯来故事,也并没有好到哪里去。皇帝嘲弄地问道,我们该怎么描述蛇同夏娃交流时所用的语言呢?希伯来上帝会剥夺他所造之人拥有的区分善恶的能力,这难道不是很奇怪的事吗?权力无疑是智慧的关键属性之一,"因此,蛇是人类的恩人,而不是他们的毁灭者"。

当尤利安在一场反对波斯人的不幸的战争中战死时,这位皇帝的怀疑论也就随他而去了,基督教又恢复了帝国官方宗教的地位。但是,对希伯来创世故事的不安还是没有消失。早在耶稣在圣地活动的那段时间里,至少在一些头脑精明的犹太人和基督徒中,已经出现一种平息这种不安的技巧。这主要是指来自亚历山大的讲希腊语的犹太哲学家斐罗(Philo)的作品,他完全理解为什么读过柏拉图和亚里士多德的人可能会发现,圣经中的某些故事是十分原始且在道德上前后不一致的。

斐罗的解决方案激进而富有智慧,可以用一个词来概括:寓意法(allegory,希腊文的意思是"换个说法")[15]。从字面上理解这些故事的全部努力都应当废止。相反,每个细节都需要被视为一种暗示某种隐藏的且更抽象的含义的哲学谜语。他写道,圣经上说上帝在六天之内创造了世界,[16]"并不是因为造物主需要一段时间——因为上帝肯定同时做了所有事情"。圣经里提到创世的时长,是因为"创造出来的生物需要有秩序"。根据斐罗的说法,世间最初的人——《创世记》第一章中所创造的人——并不是像我们一样的血肉之躯,而是一种柏拉图式的人类概念。伊甸园与我们可能遇到的花园没有任何相似之处。至于其中的生命之树:"过去没有生命之树或智慧之树出现在地球上,它在将来很可能也不会出现。"

对斐罗而言，关键是不要专注于叙事的字面意思；相反，它们必须被理解为某种象征符号："通过对隐藏意义的解释来引发寓言性的解释。"在描绘伊甸园中的亚当时，摩西并没有要求他的读者去想象置身于乡村野地中工作的裸体农民的形象。世界主义者斐罗写道，原始祖先是"唯一真正的宇宙公民"，他需要耕作的伊甸园[17]其实是他的灵魂，生命之树是最高美德，是崇敬上帝的象征。蛇也不是我们所见的花园里的蛇，它是"乐趣的象征，首先是因为它是一个无腿的生物，头朝前，肚腹趴在地上；其次是因为它以泥土为食；第三是因为它牙齿中带毒，因此它能够杀死那些被咬的人"。

斐罗的策略使那些浸淫于古希腊哲学中的被希腊化了的犹太人，能够毫不难为情地借助像柏拉图《理想国》中的"洞穴神话"所传达的微妙和精致的方法，去探索创世故事中的那些神奇的元素。他的思想立场甚至在确定了几个世纪以后衍生到现在的犹太人解经历程中。[18]斐罗的寓言式解经法不仅对犹太人来说是一种灵感来源和一个强大的模型，还影响了早期基督教的很多关键人物，其中最重要的是亚历山大学派的奥利金（Origen Adamantius，意为"坚不可摧"）。

奥利金在斐罗诞生两百年后的公元184年出生，是一位基督徒的儿子，在罗马帝国的大迫害中殉难。他是一个极度虔诚的年轻人，笃定地认为自己唯一的命运是因信仰而荣耀赴死。但或许令他有些失望的是，他最终却成了一位极具影响力的教师和神学家。据说在一群抄写员的接力听写的帮助下，他写了六千多部作品。这里"（一部）作品"的意思是一卷莎草纸书卷，类似于一个章节。尽管如此，这也是一个惊人的成就。虽然其许多作品都已经散佚，但是那些有幸存留下来的作品——

多卷圣经研究著作、丰富详细的评论、宣道集、辩论文集、神
学随想集等——都证实了奥利金著作的重要性。

奥利金身上总是有些令人恐慌不安的东西，这也引起了教
会当局的焦虑，并引发了很多激烈的冲突；这迫使他过着动荡
不定、四处奔波的生活。他非常博学、谦虚、虔诚和富有自我
惩罚精神，他的很多品质都让后人对其加以美化和推崇。但是
奥利金从未被尊为圣人。他的一些神学立场——当然，在六千
部作品中，这方面著作的数量是惊人的——违反了那些最终成
为教会教义的内容。他认为圣子次于圣父，并且时不时地暗
示：所有生物，包括撒旦本人，最终都会得救，并与上帝和
解。这两种想法最终都被认为是异端邪说。

但这不仅仅是学说本身的问题。作为一个激进的禁欲主义
者，他对耶稣给门徒的答案感到厌烦——当他们问他是否暗示
不结婚会更好时，耶稣回答说："这话不是人都能领受的，惟
独赐给谁，谁才能领受。"并补充说：

> 因为有生来是阉人，也有被人阉的，并有为天国的缘
> 故自阉的。这话谁能领受，就可以领受。
>
> ——《马太福音》19：12

为了成为那些为天国的缘故而自阉的人之一，奥利金拿起一把
刀子将自己阉割了。

虽然这种做法直到公元 4 世纪才正式被禁止，但当时教会
对自残行为也并不支持。在他们看来，耶稣在这里的意思，就
像他的其他许多话语一样——"任凭死人埋葬他们的死人"
"若是右手叫你跌倒，就砍下来丢掉""也不要称呼地上的人

为父"等——需要用比喻的方式去理解。从字面上看待这些话语是不被允许的，更不用说鼓励了。

奥利金显示出对"为天国的缘故自阉"的字面理解，这一理解是残酷的，其讽刺之处在于：他成了倡导圣经寓意解释法的最伟大的早期基督徒。为了回应一位名叫塞尔苏斯（Celsus）的希腊哲学家的异端攻击，他表明了自己的立场。〔塞尔苏斯的著作《真言》（*The True Word*）没有流传下来，但通过奥利金的回应可得知其中的大部分内容。〕塞尔苏斯写道，"然后，犹太人在巴勒斯坦的某个角落过着卑微的生活，成为一个完全没有受过教育的民族"，还编织了一些"令人难以相信又枯燥乏味的"故事[19]，例如创造出亚当和夏娃的故事，而基督徒就是在该故事上押上了他们的信仰。面对这一挑战，奥利金迅速地抛弃了其字面意思。他写道，我们应该对圣经的话语进行处理，就像塞尔苏斯这样的异教知识分子对待自己的经典一样。为什么要用乏味沉闷的字面主义来解释摩西的深刻寓言，而赫西俄德（Hesiod）和柏拉图那些类似的寓言反而被赋予了精妙的解读呢？如果直截了当地阅读柏拉图神话，而不钦佩他将伟大的哲学奥义隐匿在讲故事的外衣之下的方式，柏拉图听起来也像个笑话。

因此，奥利金坚持认为，在《创世记》中，亚当绝不能被视为一个个体，该词（亚当）在希伯来语中意味着人的普遍本性。天堂不是指某个特定的地方，而是指人的灵魂状态。从天堂驱逐男人和女人，上帝让他们赤身裸体，也并不是粗俗的民间故事，它包含了"一个秘密和神秘的学说（远远超越柏拉图的学说）——灵魂失去了它的翅膀，并被向下延伸到地球，直到它触及某个栖身之所"。奥利金的许多追随者继续进一步完善他的解释性工作："伊甸园"是耶稣基督，"天堂"是教会，"女人"是感性，"男人"是理性。慢慢地，就像艰苦卓绝的考古挖掘那样，哲学宝藏从《创世记》故事的石质表面下被逐步挖掘出来。

如果奥利金的释经法果真取得了胜利的话，那么亚当和夏娃也将逐渐被淡化为神秘的符号，如此一来，有趣的或许就只是他们指向微妙哲学问题[20]的方式了，而其他方面不再令人神往。亚当和夏娃将不再被声称具有现实性，并且漫长的被遗忘之旅将会开始。虽然寓言释经法似乎完美解决了字面阅读的不适和风险，但在奥利金死后不久，将亚当和夏娃的故事视为寓言这一做法遭受到持续的毁灭性攻击。当代调查显示，即使是现在，数以百万计的人在见证了如此多的科学证据之后，仍然自称相信亚当和夏娃的故事并不是比喻或者寓言，而是确有其事。这种确确实实的相信与无知关系不大或没有关系，却与基督教精神的历史息息相关，这种基督教精神由一位比坚不可摧的奥利金更坚固、更持久的哲学家锻造成型，他就是：希波的奥古斯丁。

第五章　在公共浴室里

　　公元 370 年的某天，一位父亲和他十六岁的儿子一起去塔加斯特城（Thagaste）中的公共浴室。塔加斯特城位于现在的阿尔及利亚。从表面上看去，这不过是一次十分寻常的出行。在成百上千的罗马帝国城市中，塔加斯特城只是那个古老世界中并不出众的一个。那些我们可以想象得到的属于城市的固有特征，你都可以在塔加斯特城中看到，包括那里散落着的形形色色的集市、庙宇、花园、法院、学校、住宅、剧院、集会场所、作坊、牲畜棚、竞技场、体育室、妓院、棚屋，自然，这其中也少不了公共浴室。

　　从规模大小和豪华程度上来看，公共浴室之间是大不相同的，既有帝国伟大首都中以奢华享有盛名的戴克里先浴场（Baths of Diocletian），也有这父子俩所属阶级可以消费的简陋澡堂。虽然浴室之间千差万别，但在其中可以享受的一系列基本体验至今未变：[1]先是泡澡、汗蒸，然后是按摩，再到身心清爽之后的那种彻底放松的感觉。

　　那么究竟是什么伫立在时光的洪流中，于远在一千六百年前的塔加斯特公共浴室里，为我们如今这个世界保留了一息尚可觅得的痕迹呢？也许是在某个时刻，这位父亲偶然间瞥见了儿子不经意的勃起，以及他阴部周围刚刚冒出的绒毛。若非这

个男孩名叫奥古斯丁，这件小事绝不会成为世界历史的一部

分。直到数十年以后，奥古斯丁都还记得那日所发生的一切。在写就于公元397年前后——他刚在几年前成为一位北非的主教——的著名自传《忏悔录》（Confessions）中，奥古斯丁回忆起了那个时刻。关于在公共浴室那天的情景，他这样写道："我的父亲在浴室中发现我发育成熟了，²已经有了青春期的苦闷，便洋洋得意地告诉我母亲，好像我从此可以传宗接代了。"①

尽管那一天以及当时的文化离我们如此遥远，但那个少年由衷的尴尬还是很容易浮现在我们的想象之中。就是那种尴尬，让他恨不得钻进地缝里，或是寄希望于父亲别再看他。然而，相较于那时的尴尬，久居在他记忆中的是回到家里时所发生的一切。奥古斯丁回忆道，父亲"洋洋得意地告诉我母亲，好像我从此可以传宗接代了"。甚至，这也算不上他在《忏悔录》中期望同上帝分享的那种尴尬：

> 他怀着一种犹如醉后的喜悦，就是这种喜悦使世界忘了是谁创造了自己，竟然不爱你而爱创造物。这是饮了一种无形的鸩毒，使意志变得卑鄙下流。可你在我母亲心里已经开始构筑你的宫殿，打造你的住所……但我母亲却怀着虔诚的忧心忡忡和惊恐替我担惊受怕。
>
> ——《忏悔录》2：3

青少年性成熟的迹象，既不是第一次也肯定不是最后一次，会

---

① 本文所有《忏悔录》的引文，除非特别说明，都引自许丽华译本，陕西师范大学出版社，2008。译文个别地方稍做调整。——译注。

成为父母之间产生严重分歧的原因，就好比在帕特里修斯（Patricius）和莫妮卡（Monica）①之间。

尽管奥古斯丁并没有着重描写过帕特里修斯，但我们还是比较容易理解他的父亲。作为一个谦逊的人，帕特里修斯对他的长子寄予了极高的期望。事实上不只是奥古斯丁的父亲对他抱有这种期望，所有家庭成员都在奥古斯丁的身上看到，这种期望指日可待。那时，年少的奥古斯丁已经在宜人的马达罗斯镇（Madauros）求学了几个年头。他在那里的优异成绩足以证明他是值得被送往迦太基的大学继续求学的。也就是从那时起，他将开始一段辉煌的、有潜力的、有利可图的职业生涯。他在教育、法律或是公共服务方面提出的建议，这已充分展示了他在语言运用能力和在阐释、雄辩之灵巧上所具备的天赋。罗马帝国需要聪明的年轻管理者，尤其是在位于非洲的富裕省份中，这些省份的大多数粮食成熟后，都要经包装运往罗马和意大利半岛（即亚平宁半岛）的其他大城市里。在公共浴室里，帕特里修斯允许自己在幻想中翘首以盼，想象自己的身边围坐着他那已经青云平步的儿子的孩子们。

对于身处艰难时期的帕特里修斯而言，这些幻想显得更加甜蜜美好。那时只有一个原因让年少的奥古斯丁回到塔加斯特城，那便是他的父亲无法支付他去往迦太基学习的费用，并一直在筹钱的道路上艰难跋涉。帕特里修斯虽然并不是一个穷人，他也拥有一些家业和几个奴隶，但上大学的费用对他而言还是太过高昂了。奥古斯丁认识到，其他人的父亲，哪怕是那些非常富庶的，都不会让自己卷入这种上学和费用的麻烦中。

---

① 帕特里修斯和莫妮卡分别是奥古斯丁的父亲和母亲。——译注

因此，帕特里修斯所付出的艰辛和努力，在这个小城中是不言自明的。"这时候有谁会不夸奖我的父亲，说他不顾家庭的经济能力，肯承担儿子赴远地求学的费用。"但往昔这位父爱的受益者，在脱去少年的青涩稚嫩之后，并没有对他的父母吟唱出多少赞歌。"我的这位父亲，"奥古斯丁对上帝说，"那时根本没有费心思去看我在你眼里是如何成长的，或者我是否圣洁。"

让我们再一次回到浴室中的那个场景，并再次观察一下那道刚在家中显露出的父母之间的裂痕。不论受到多少来自他妻子的压力，帕特里修斯都拒绝接受洗礼。尽管他允许自己的孩子从一生下来就画上十字的记号，尽管他自己最近也开始聆听上帝的教诲（作为所谓的"新信徒"），但他并不关心儿子于耶稣眼中的精神发展。除了对奥古斯丁的性成熟感到欣喜之外，他没有任何其他的想法。如果有人让他对这种喜悦做出合理的解释，他大概会援引女神维纳斯那种编织起整个宇宙的情欲力量，或者还会简单地加上一句，一如莎士比亚的班尼迪克（Benedick）所言："这个世界必须得有人居住啊。"

无论如何，圣洁于帕特里修斯而言无论如何都不是最重要的。奥古斯丁记录道，尽管帕特里修斯钦慕他的妻子，可他却不忠于自己的妻子。《忏悔录》并没有描述帕特里修斯是何时身陷流言蜚语中的，但不容置疑的是，奥古斯丁提及了父亲对母亲的不忠。奥古斯丁一向知道他父亲的不忠，只是选择没有让它成为引起争端的导火索罢了。帕特里修斯尽管性情和善，但是莫妮卡还是得小心翼翼地不惹他发脾气。在奥古斯丁的回忆中，母亲有许多朋友带着累累伤痕来抱怨她们的丈夫所施加给她们的暴力，但母亲每一次都会以婚姻法则来责备她们，并

84

提醒她们，女人只是丈夫的附属品，是他们衷心的女仆。

莫妮卡更愿意以儿子的名义而不是自己的名义，去进行争论。帕特里修斯的性行为与儿子的性成熟截然不同。帕特里修斯在浴室里满怀欣喜地看到的，正是引起莫妮卡忧虑的事情。奥古斯丁写道，他的母亲开始忧心忡忡："怕我跟从那些不信奉你反而背离你的人，走上歪门邪道。"莫妮卡担心奥古斯丁堕入歧路，这是一目了然的。"她小心翼翼地用各种技巧来离间父亲和我，"奥古斯丁写道，"她竭尽全力使你，我的天主，使你成为我的父亲，她情愿你做我的父亲。"（《忏悔录》1：11）

其父母能达成一致的是，他们的儿子理应受到与其天赋相称的优质教育。（奥古斯丁是孩子们中唯一被选之人，他至少还有一个兄弟[3]和几个姐妹，而他们的教育似乎从来没有被列入父母的计划）经过一年的节衣缩食和东拼西凑，奥古斯丁的父母终于攒出了上大学所需的费用，他便随即去了迦太基。当他离开塔加斯特城，前往梦中的那个大都市时，这父子俩已在不知不觉中做了最后的告别。在《忏悔录》中，奥古斯丁提到，在他十七岁的时候，帕特里修斯离开人世。然而，在谈及父亲的逝世时，奥古斯丁笔锋的冷峻不免让人惊异。

如果莫妮卡在感到伤心的同时，也对帕特里修斯的死感到一丝宽慰的话，那恐怕是因为她将自己的丈夫视为奥古斯丁成长路上的一个巨大隐患，而这个隐患很可能使她对奥古斯丁在圣洁之路起航的希望破灭。奥古斯丁写道："我来到了迦太基。在我的四周，罪恶的情欲在翻腾着、喧嚣着。"（《忏悔录》3：1）这里所谓的翻腾、喧嚣到底是指什么呢？有些句子听起来就好像是对同性恋或是沉溺于手淫的描述，而有些句子则透露出一连串和女人之间那并不愉快的风流韵事。如果那便是这种狂热滥交的本来面目，那么它不久就会趋于平稳。在迦太基生活的一到两年内，奥古斯丁就和一个女人拥有了一段稳定的关系。据他解释，在和这个女人超过十三年的生活中，他始终如一地对其保持忠诚。

按照当时传统的安排，这种非法同居尽管让莫妮卡心有不悦，但考虑到奥古斯丁躁动的情欲，这可能是她能为奥古斯丁在那一阶段设想出的最好安排了。那种仓促的婚姻却是莫妮卡所害怕的，怕它会阻碍儿子的高升之路。但仅仅是与一个地位卑微的女人一起生活，却并不会造成过多的威胁，尽管那个女人当时还跟奥古斯丁生下了一个儿子——阿德奥达图斯（Adeodatus）。至少在奥古斯丁看来——这也是我们唯一能看到的观点——他从来没有想过真正迎娶这个女人，一个甚至连在《忏悔录》里都没有费心留下其名字的女人。这一点他是心知肚明的，同时他也希望读者明白："我亲身从她那里体验到，为了传宗接代而结成的互勉互励的婚姻与因性冲动而临时结合之间的巨大差异，后者违背双方的意愿而生养子女，但对生下的孩子也不得不加以爱护。"（《忏悔录》4：2）

"因性冲动而临时结合"——在奥古斯丁对那些年的记忆里，他的整个人生似乎都是这种廉价性结合的缩影。性只是这种结合的一部分。他努力学习法律，以狡诈和不择手段为荣；他磨炼他的修辞技巧；他背诵诗歌并参加戏剧比赛；他向占星家学习；他满足于跟那些在道德和智力方面都充满缺陷的狐朋狗友一起消磨时光。

奥古斯丁从小时候起就养成了对文学的喜爱。他回忆起在学校时的情景："当时我还曾为狄多（Dido）的死，为她的失

86

恋自杀而流泪；而与此同时，可怜的我，因与你们——我的神
和我的生命——分离而死亡，我却没有为此流下一滴眼泪。"
(《忏悔录》1：13) 现在在迦太基，他发现自己常常被剧院吸
引，在那里，他加入了那些喜欢在想象中体验悲痛，而在现实
中则对那样的悲痛感到恐惧的观众之列。奥古斯丁认为，这种
悲痛的虚构本质令人愉悦，因为它只会骚弄你的皮肤，实际上
却是无关痛痒的。[4]

在他看来，寓言和小说对于那些决心尽可能保持肤浅的人
来说是完美的补偿。为了避免危险的内省，避免真正的亲密，
拒绝承认自己的选择，他试图过上一种仅浮于表面的生活：一
段不计得失的关系；一个意外得到的孩子；雄心勃勃地追求毫
无意义的奖品；不知疲倦地寻找那些琐碎的刺激。

不过，他内心里还是有一些不满足的地方。他试图在轻松
愉快的状况下游戏人生，但他其实是一个非常严肃的青年。有
一次，他想起了母亲的信仰和他所受的戒律，他拿起了圣经，
因为他想"看看圣经的内容究竟如何"(《忏悔录》3：5)。
但他很失望，它的语言——他当时读的可能是古拉丁译本
(Vetus Latina)，这是最早的古拉丁语翻译版本——与西塞罗
的典雅文笔根本无法媲美。对于一个承袭了维吉尔和奥维德的
高雅文学品位的人来说，这一译本的风格粗犷浅陋。还不止如
此，当将圣经与奥古斯丁及其朋友们所着迷的那种复杂的哲学
论文相对比时，其内容更显得逊色且非常令人失望。

87　　　　即使是在他试图只停留在浮光掠影上的那个阶段，奥古斯
丁的品位，正如《忏悔录》所表明的那样，也没有一味地趋
向于喜剧或是轻松的娱乐活动。而他，一如早年为狄多惨遭遗
弃的悲惨命运扼腕那样，总是沉迷在那些痛苦的景象之中。他

反复地问自己，为何世上有这么多苦难？人类又为什么一次又一次地做出毁灭性的选择？造成人类世界里的残酷、堕落和暴力的原因究竟是什么？他在异教中寻到了这些难题的答案。尽管异教在当时是非法的，但其在公元4世纪的罗马还是具有非凡的意义。他在那时成了一名摩尼教信徒（Manichee），摩尼教是一种前一个世纪兴起于波斯的宗教体系。

虽然摩尼教的创始人——先知摩尼（Mani），称自己为"耶稣基督的使徒"，但奥古斯丁的信仰之路并不意味着皈依虔诚的莫妮卡一直在信仰的天主教。与天主教不同的是，对于摩尼教徒而言，宇宙并不是由派遣了他的爱子来拯救人类的全能的上帝来统治的。摩尼教认为，宇宙由光明和黑暗两种力量组成，其对应的是两个水火不容的世界。耶稣是光明的化身之一。在摩尼教漫长的传播历史中，它沿着中亚甚至远至中国的贸易路线传播开去，耶稣则逐渐稳住了自己的位置，与其他一些神圣光明的形象，如佛陀、琐罗亚斯德（Zoroaster）和讫哩什那神（Krishna）① 等，平分秋色了。

根据摩尼教的教义，处在宇宙善良和光明那边的神力，试图帮助栖息在肉身中的纯洁灵魂，使之抵达光明，而与此敌对的则是邪恶黑暗的一面，一个由贪婪、暴力、不公和难填的欲壑组成的强大世界。像前文所提及的马吉安一样，摩尼教徒对希伯来经文几乎没有什么耐心。他们嘲笑《创世记》的开篇就是一个异想天开的并且在道德上不合逻辑的民间故事。他们认为希伯来人所信奉的耶和华并不是耶稣的父亲，而是一股创

① 琐罗亚斯德（公元前628年~前551年）是琐罗亚斯德教的创始人，该教在汉语中又称拜火教或者祆教。讫哩什那神是印度的神，又译为克利希那。——译注

88 造了黑暗、堕落世界的邪恶力量。在宇宙的各个层面，从无垠的星际之上到孤独个体的内心深处，都包藏了光明与黑暗之间无休无止的争斗。

真正笃信这一教派的核心信徒，不只深谙其错综复杂的思想体系，而且也在他们的生活中严格地践行信条中的每字每句。作为被选中的门徒，他们严苛地依循那种苦行生活。奥古斯丁既不会加入这个核心圈子，对其也没有产生过渴望。那时，他正在享受着情妇和孩子给他带来的那种舒适的天伦之乐，并且刚开始成为一名教师。与此同时，年轻人也几乎不会成为摩尼教禁欲主义的主要候选人。相比之下，他更像是一个游走在教门边缘的信徒，只是一个"旁听者"而已。

事实上，那时的奥古斯丁思维敏捷、表达流畅，正是我们期望中的那种非常出色的"旁听者"。对于一个刚刚从偏狭的小镇走出来，又远离了自己那位虔诚、焦虑和专横的母亲的人来说，能在一个复杂的反文化的秘密会社中获得某种成员资格，一定是充满惊险、令人兴奋的。也许正是该教派中那些玄奥、无所不容的博大特质让奥古斯丁沉迷其中，并且该教派还声称熟知宇宙中所有事物背后隐匿的真相。但最重要的是，摩尼教回答了长期以来令奥古斯丁感到困惑的一个问题：它解答了世间和自己的邪恶源于何处这个令人痛苦的谜团。

如果真像犹太人和基督徒所说的那样，是那个唯一的、全知全能的耶和华创造了世间万物，那么他为什么还要给这世间加入这么多邪恶呢？为什么一心期望纯洁善良的奥古斯丁会感受到来自内心的冲突呢？上帝可能同时是善与恶的化身吗？或者更糟糕的是，正如有些人所声称的那样，上帝是否对善与恶都无动于衷？[5]或许我们更应该相信，这个毫无瑕疵的仁爱上帝并非无所不能的，但他一定面对着一个邪恶而强大的对手。并且这个上帝所面对的撒旦一样的敌人，也拥有可以同他一较高下的智谋。或许我们更应该相信，奥古斯丁在他内心的隐秘之处所发现的纯洁、善良和光明，是由敌对的、黑暗的外来力量决定的。

正是因为抱有这样的信念，奥古斯丁带着他的情人和儿子，从迦太基回到了故乡塔加斯特城，并决定在那里担任文学老师一职。当他回到迦太基开始讲授关于公开演讲的课程时，他仍然信守着这一信念；后来他又搬到了罗马和米兰。这一切正是奥古斯丁的父亲多年来对他的期望：平步青云，直抵辉煌。奥古斯丁获得了诗歌大奖；他对亚里士多德的阐释使所有的听众都为之倾倒；他出版了他的第一本著作——一本关于美学的论文；他结交了许多出色的朋友；获得了一位极具影响力的赞助人的支持。从塔加斯特城到迦太基是奥古斯丁迈出的重要一步；罗马，正是人们幻想中那座金光闪闪的天堂，它为奥古斯丁带来了声望和薪水上的巨大飞跃。虽然与罗马相比，米兰可能看起来不那么诱人，但实际上它正是皇家宫廷所在的城市，奥古斯丁在那里成为一个非常著名的修辞学教授。

在奥古斯丁这长达十年的事业攀升期，只剩下一个颇为棘手的问题，而这个问题正是他的母亲莫妮卡抛向他的。当他从迦太基回到塔加斯特城获得第一个教学职位时，莫妮卡从一开始就拒绝让他回家居住。虽然莫妮卡始终执着于为她的儿子安排一段符合社会期望的婚姻——她认为情妇是无关紧要的，但奥古斯丁的情妇和孩子并非莫妮卡拒绝他回家的原因。相反，奥古斯丁的摩尼教信仰却让她感到无比心痛。她悲伤地潸然泪下，就好像她的儿子已经死了一样。奥古斯丁回忆说，当时有一位天使在莫妮卡的梦中如此宽慰她："如果她留神观察，就会发现我（奥古斯丁）也站在她的身旁。"莫妮卡这才同意与他们同吃同住。即便如此，他补充说："她依然不住地叹息和痛哭。"（《忏悔录》3：11）

90 任何一个在心情焦虑的母亲的蛮横之爱中幸存下来的人都可以证明，成为某段时间中被倾情关注的焦点和情感满足的对象，要付出多么大的代价。在他幼年的某段时期，奥古斯丁或许希望可以取代父亲和其他兄弟姐妹在母亲心中的位置。如果真是如此，那么他显然已经实现了这一愿望；但很显然，他现在迫切地想要逃离这种爱。

由于奥古斯丁不肯放弃他对摩尼教的信仰，我们可以十分肯定：莫妮卡的叹息和泪水，以及她长久以来对奥古斯丁在情感上的依赖，一定是有增无减的。尤其是当奥古斯丁准备离开迦太基去罗马时，莫妮卡的悲伤与泪水都成倍地增加了："我的出走让她悲痛不已，她一直追随着我到了海滨。她与我寸步不离，极力想挽留我，或随我一同去远行。"（《忏悔录》5：8）。由于奥古斯丁无法直接向母亲告别，于是他谎称去见一个朋友，并说服莫妮卡留在港口附近的教堂里独自过夜。"可也就是在那一夜，我偷偷地溜走了。"

奥古斯丁一定意识到了，自己正在经历维吉尔的《埃涅阿斯纪》中所描绘的那些令他至为感动的场景：正是在那一幕里，埃涅阿斯背弃了他的情人狄多，秘密地从迦太基启程远航，最终成为罗马的缔造者。文学中如此动人的一幕早已烙在了他的内心深处。他十分确信此刻的他便是埃涅阿斯，并由此赋予了自己史诗般的英雄形象。他深信此行是为着一个神圣的使命，同时也预见了他的离开给母亲所带来的伤痛，就好像他是那个目送自己远行的人一样。他对上帝说："到了第二天清晨，留在对岸的母亲悲痛得撕心裂肺，她的抱怨声、呻吟声直达你的双耳，可你并没有多顾及她。"

　　奥古斯丁的心里一定也是有些内疚的。然而，当想起这一刻的时候，他还是再一次表达了长久以来在他心中积压的对母亲的愤懑之情："你用她对于骨肉的肉欲（carnale desiderium）作为悲伤的鞭子，对她施行正义的惩罚。"奥古斯丁在这里用了"肉欲"一词来描述母亲对他的爱，但该词似乎更适合于描写情人之爱而非母亲之爱。莫妮卡将在丈夫身上无法得到的一切，移情至儿子身上。这只能让他的儿子倍感窒息，故而不得不逃离。而奥古斯丁的逃离给她带来的痛苦煎熬则是她不得不承受的。"这种痛苦的情况是夏娃传给她的基因的见证，她在呻吟中生养了我，又用呻吟来寻觅我。"

　　在《创世记》中，夏娃给女性留下的遗产有两种。其一，女人注定要在痛苦中生养孩子；其二，她们注定无比渴望一个可以主宰自己的丈夫。当奥古斯丁回顾他与母亲的关系时，他既把自己想象成莫妮卡的丈夫，也把自己想象成她的孩子：她忍着剧烈的疼痛将他生下了，而今又在悲痛中四处寻找这个离家的儿子。迦太基的港口并没有终结一位悲痛的母亲对儿子的找寻。几年后，当奥古斯丁在米兰任职时，莫妮卡从北非乘船来到了这里。

　　这一次他没有继续选择逃离。奥古斯丁对母亲说，自己对摩尼教越来越不抱有幻想了。尽管他还没有准备好接受天主教的神圣洗礼，但是在米兰，天主教主教安布罗斯（Ambrose）给他留下了深刻的印象。安布罗斯对圣经的研习继承了斐罗和奥利金的传统。那些看似幼稚的故事在安布罗斯的阐释中，变成了生动的寓言。于是，奥古斯丁过去对希伯来圣经的蔑视就这样被他发人深省的布道逐渐消解了。原来在他看来纯属无稽之谈的字面意思，也开始变得深奥难解了。作为一个摩尼教信徒，他被一个只有少数大师才能完全掌握的深奥体系深深地吸引了。现在，他发现自己正走向相反的一条路：圣经表述的是人人能懂的故事，但它同时也提出了最为深刻的问题。[6]

　　与此同时，他的事业也在按部就班地继续发展。日复一日，他早上和学生见面，下午和好友们讨论哲学问题。那时，他的母亲也居住在他家里，和他的情人以及儿子一起生活。莫妮卡一直没有放弃为奥古斯丁寻一桩好的婚姻，这一直是她的目标，也很可能在那时成了奥古斯丁自己的目标。在他三十岁时，他找到了一位合适的天主教家庭的女儿，而且她的父母也同意这桩婚事。但是那个女孩只有十岁或十一岁，还差两年左右才达到适婚年龄。即便是大家都同意了这桩婚事，婚期还是得推迟一下。

　　与此同时，莫妮卡开始为儿子策划第二个重要的改变。奥古斯丁写道："一直跟我同居的那个女人，成了我结婚的障碍。她最终被迫跟我分手了。但我的心早已经被其占有，所以感觉像受到刀割一般。"（《忏悔录》6：15）我们没有任何理由去怀疑奥古斯丁这种真实的疼痛：这对情侣已经在一起生活了十三年，并且共同抚养了一个孩子。尽管奥古斯丁感情细腻地描绘了他心里的剧烈痛苦——"在剧痛之后，接下来是溃烂，疼痛似乎稍微减轻，然而创伤却更重了"——但关于那位无名情妇的感情，奥古斯丁只字未提。他只在信中写道："她回到非洲，并向主发誓不再和任何男子往来。她将我们的儿子留在了我身边。"然后，她就从他的文字世界中完全消失了，仿佛有关她的一切都被他从心底彻底抹除了一样，反正她只是他生命中一个微不足道的女人，没有丝毫意义。所剩下的，也只是怀念她在那些过去的岁月中对自己折磨人的情欲的平息作用。差不多两年后，他又找了一个情妇。

奥古斯丁一直把自己和他的密友阿利比乌斯（Alypius）进行比较。阿利比乌斯承认，虽然在青少年时期，他也尝试过一些男欢女爱，但对此"他绝不痴迷"（《忏悔录》6：12）。他想起彼时甚至还感觉十分懊悔，觉得那时的自己令人厌恶。现在，他过着极其纯洁的生活。与之相反，奥古斯丁认为性欲是一种持续存在的东西，他已经将男女之欲视为一种习惯，以至于他无法想象若是没有这种激烈的肉体欢愉，自己的生活会变成什么样子。安布罗斯主教在布道中表达了对贞洁的热烈赞美、对性节制的强烈要求，以及那种逃离肉体欲望的宏愿，这似乎是横在奥古斯丁与虔诚信奉基督教的最高愿望之间的一道鸿沟。虽然奥古斯丁在精神领域雄心勃勃，渴望自己能够实现皈依基督的夙愿，但他知道目前还是不可能的。

然而，正如他即将见证的那样，上帝的恩典正以一种意想不到的奇妙方式运转起来。刚过了一年，奥古斯丁就皈依了天主教；此后不久，他不仅接受了洗礼，还解除了婚约；接下来他又辞去了教职，并发誓要永远保持身体的贞洁。奥古斯丁决心返回非洲，并建立一个修道士团体。他从母亲身边再一次逃离，却没有意识到，自己已经走上母亲所梦想的道路，甚至超越了她的终极梦想。

奥古斯丁用满怀深情的笔调详细地描述了其皈依过程，这是他生命中最重要的事情。有两个时刻极为显著。第一次是在他、莫妮卡以及他的朋友阿利比乌斯合住的屋后花园里。那时奥古斯丁还在为是否接受洗礼而苦恼挣扎，因为他知道这个决定意味着他人生中一个十分重要且不可逆转的变化。他感到左右为难，就好像有两种截然相反的意志在他的心中激烈地斗争着，但不论是哪一种，都是他的一部分。他想一劳永逸地做出改变，迫切地想投身到另一种信仰之中。他想象着神圣的禁欲之美——永远放弃性关系——在向他招手，敦促他对来自肉体的污秽私语充耳不闻。但是那些低吟软语、他的旧时情事，却不肯就此沉默。他内心里的挣扎变得越来越难以忍受，终于有一天，他带着满面泪痕扑倒在一棵无花果树下："还要多长时间？明天吗？又是明天！为什么不是现在。"（《忏悔录》8：12）

就在他无法抑制的不停追问中，他忽然听到邻近房子中一个孩子的声音，那个孩子唱着"拿去，读吧；拿去，读吧……"（tolle lege，tolle lege）一遍又一遍。奥古斯丁认为，这必定是神的旨意，他快步冲到圣经抄本前，随手打开它，翻到哪儿就读哪儿。他打开的那一页记载着圣保罗写给罗马人的书信中的一句话："不可荒宴醉酒，不可好色邪荡，不可争竞嫉妒。总要披戴主耶稣基督，不要为肉体安排，去放纵私欲。"（《罗马书》13：13 - 14）就在那一刻，冲突结束了，奥古斯丁脱胎换骨了。

奥古斯丁走进屋子，对他的母亲当场宣布："我不再想要一个妻子，也不再对这个世界抱有任何希望，而是要坚定地站在信仰的法则之上。"莫妮卡满怀欣喜，因为她得到的远比她曾经奢望的还要多。奥古斯丁写道："她的哀伤转瞬之间变成了无比的喜悦，这喜悦的纯洁可爱，远远超过了她所向往的天伦之乐。"

莫妮卡终于在这场斗争中取得了胜利，而这场斗争正是源于许多年前帕特里修斯从公共浴室回来，满怀欣喜地期待孙子到来的那一天。不错，是有一个孙子[7]出生了，但奥古斯丁却放弃了这段关系，而且今后再也不会有一个合法的后代，也再不会与其他人有任何性关系了。即便放弃性欲并不是基督徒必须要尽的义务——圣保罗曾经写道："与其欲火攻心，倒不如嫁娶为妙。"(《哥林多前书》7：9)——奥古斯丁在米兰那座花园里的皈依，正是以这种放弃为标志的，这种放弃深深地影响了他对伊甸园的阐释。

因此，当亚当和夏娃被带到一起时，《创世记》告诉我们："人要离开父母与妻子连合，二人成为一体。"(《创世记》2：24)奥古斯丁却在他自己的生活中设法扭转了这一趋势。可以肯定的是，多年来他远离父母，与情人相依相偎。至少，他再也没有回到父亲身边。但是，尽管他在迦太基时曾经从莫妮卡的身边偷偷溜走，他的母亲却是他在这个世界上一生的挚爱，就像他也是她一生的挚爱一样。

就这样，奥古斯丁的家人和朋友决定陪伴他一同前往非洲去建立一个修道院。那时，奥古斯丁站在罗马的奥斯提亚港，这一小队人马打算不久之后就从那里启航。奥古斯丁和他母亲从船舷望向他们曾经居住的屋后花园，并在那里进行了一场促膝谈心。就在这次平静而愉快的谈话里，他们逐渐感悟到，无论肉体上的快乐有多大，都远远无法与圣徒的快乐相提并论。接着，"随着爱的火焰在我们彼此的内心越烧越旺"，一件不可思议的事情发生了：他们觉得自己爬升得越来越高，超越了所有的物质维度，越过了天界，直抵灵魂和时间之外的永恒之所。"对于永恒的智慧，我们这样谈论着，向往着，心旷神怡，刹那间领悟到了真谛。"(《忏悔录》9：10)。很难用任何语言去转述这种令人窒息的力量，以及那一刻的终于来临对这两个人——一个三十二岁的儿子和一位五十五岁的母亲——意味着什么。然而，一切都在瞬息间结束了：叹息（suspiravimus）。奥古斯丁回忆道，"我们叹息"，然后又在我们的声音中幡然惊醒，回到尘世。

他们回过神来，试图弄明白刚刚发生了什么。奥古斯丁认为，他们所经历的一切只有在完全沉默的情况下才能被体验到。下面我们所看到的这段令人称奇的文字，就是奥古斯丁当年试图用来还原那次神游的文字。这段文字的奥妙让任何一种英文转述都只能暴露出翻译的无力与苍白：

> 倘若在一个人身上，血肉的困扰，地、水、气、天的形象都归于沉寂，并且自己的心灵也默默休息，超然忘我，所有梦幻，所有想象，所有言语，所有动作，以及所有瞬息生灭的都已静止——这一切必定会对倾听的人说，"我们不是自造的，是永恒常在者创造了我们"，说完也请它们安静下来，只倾听创造者——假如上帝直接说话，不借助外物而是自己说话，让我们听到他的声音，声音不是来自尘世的喉舌，不通过天使的传播，不借助云中雷霆的震响，也不用比喻隐语来让人猜测，而是直接谛听他的话语；我们本是通过万物来爱他，现在离开万物而听他自身，正像我们现在的勃发，感觉转瞬间就接触到超越万物，永恒长存的智慧一样；假如这种境界持续着，消除了其他不同性质的妙语，仅凭这种真觉而控制并摄取了谛听的人，让他沉浸在内心的欢乐之中；假如永生与我们叹息向往的相一致，那刹那间的真觉，岂不就是所谓"进入

主的欢乐境界"了吗？但什么时候能实现呢？是否在
"我们全要复活，但不是全要改变"的时候？

——《忏悔录》9：10

奥古斯丁和他母亲一同经历的精神高峰是他一生中最激动
人心的体验，正如丽贝卡·韦斯特（Rebecca West）所说：
"这是有史以来最强烈的体验。"[8]几天后，莫妮卡病了，并在
九天后去世。《忏悔录》没有进一步叙述奥古斯丁的一生。反
而开始了对时间的哲学思考，以及对《创世记》的解读。

在他那次体验精神狂喜之后接下来的四十年人生之中，他
经历了无休止的争议、对权力的掌控以及狂热的著书立说；他
作为一位牧师、僧侣领袖和北非城市希波的主教，花了大量时
间试图深入理解亚当和夏娃的故事。有时，他拿着一本书，坐
在主教的椅子（他的主教座位）上，在思考这个问题；有时，
他在庄严的集会上对牧师和会众发表演说时，也在思考这个问
题；有时，当他处理复杂的神学问题或不知疲倦地向他的朋友
和盟友们口授书信时，仍在思考这个问题；他还持续不断地通
过与异教徒的激烈辩论来思考这个问题；当他在公元 410 年听
到亚拉里克（Alaric）领导的西哥特军队①连续三天洗劫罗马
的可怕报告时，他仍在思考其中的奥秘。几十年来，他一直说
服自己，这根本不是一个故事，至少不是一个寓言或神话意义
上的故事。它在字面上就是千真万确的，因此它是理解所发生
的一切的一把科学的钥匙。

① 西哥特人，是 4 世纪后入侵罗马帝国并在法国和西班牙建立王国的条顿
人。——译注

经年累月，奥古斯丁在智慧上不断精进，在制度上日益通达，在超凡的精神魅力上持续提升，他逐渐把整个西方基督教世界的恢宏事业引向了自己所体认到的方向。正是由于他的功绩，亚当和夏娃才能在我们的这个世界中扮演着独特的角色。当时有很多持不同意见的人，因为当时和现在一样，圣经对第一批进入这个魔法花园的人来说，乍看更像是一本小说，而远非历史。但奥古斯丁没有屈服，他坚持认为，神圣的计划以及由此而来的个人和国家的命运，都与那个最初的花园里所发生的事实紧密联系在一起。什么都不能动摇他的这一信念。最后，在他漫长人生即将到达终点之时，作为罗马在非洲统治的领地，希波在八万汪达尔战士的围攻下土崩瓦解。但即便是在那时，奥古斯丁仍在亚当和夏娃在时间之初的所作所为中寻找，那场降临至整个世界的灾难究竟具有怎样深刻的意义。

第六章 原始自由与原罪

当年轻的奥古斯丁还在与异教徒和摩尼教的知识分子为伍
时，他曾经对表面上十分简略的古圣经叙述表现出不屑一顾的
态度。之后在米兰，他入神地倾听安布罗斯的布道，立场也随
之转变。他全神贯注地聆听着安布罗斯的宣言，"我落入亚当
之中，我在亚当之中被从伊甸园驱逐出去，我在亚当之中死
去"，而且基督"不会召唤我，除非他在亚当之中找到我"。[1]
但是，布道词里那鼓舞人心的句子引出了一个迫切的问题：在
亚当"之中"是什么意思？

奥古斯丁意识到，他让自己置身在了一个难题之中，基督
教信仰下的那些伟大的神学家都无法解决这一问题。如果他那
些卓越的先辈没能给这一问题带来令人满意的答案，那么他的
探索能够带来什么呢？他从小到大对自己的卓越才华就有着满
满的自信，但这还不足以让他发明出另一个复杂、精致的寓言
式阐释。他相信，他能真正理解他和亚当的关系的唯一方式，
就是审视他自己，没有别的方式可以让他回到原初时刻。除了
圣经里如谜一般的词语描述外，所有有关这些原初重要时刻的
记录都不见了。但是，他能在自己内心的隐秘角落里找到一把
揭开谜底的钥匙。

奥古斯丁想到了在米兰的花园里那因犹豫不决而产生的痛
苦，在能够让自己接受洗礼之前，他努力地分析他内心备受折

磨的状态。他曾经这样写道：

> 我和我自己在争吵。在我尝试做决定——决定为我的上帝主人服务——的时候，就像我一直打算做的那样，正是我自己决心完成这一过程，但也正是我自己不希望走这一条路……这是对我的第一个父亲亚当频繁地犯下的某项罪的惩罚的一部分。

——《忏悔录》8：10

他的自我分析引导他回到他父亲所犯下的罪，不是帕特里修斯，而是他的"第一个父亲"。在奥古斯丁内心，亚当的罪依旧存活着，并没有消失，就像愤怒的上帝对他的惩罚；相反，奥古斯丁仍活在"亚当之中"。

回顾自己的童年，奥古斯丁认为，他甚至能识别出他生命中某个特别的时刻，该时刻就重现了亚当的原罪。那一时刻发生在他返回塔加斯特城后的那个不愉快的阶段，那时他的父亲在拼命挣钱。一个十六岁的男孩和几个朋友在天黑后去到一位邻居家的梨树下，拼命地摇晃梨树让梨子掉下来。这棵树不是他们的，而且他们也并不饿。接着他们又朝猪扔梨子。这些鲜美的梨子既没有用来观赏也没有供人食用。为什么他们明知道那是错误的事还要去做呢？"我们真正的快乐，"奥古斯丁曾写道，"在于做已被禁止的事。"（《忏悔录》2：4）

事实上，这一行为——是令人费解、毫无理由的——毫无疑义恰恰就是问题所在：如果存在一个显著的动机或者一种糟糕的冲动，那么世界上可能确实有一种独立存在的恶的力量，就如摩尼教徒所说的那样。但是，奥古斯丁宣布放弃信仰摩尼教了。作为一个正统的天主教信徒,奥古斯丁现在相信,宇宙中只有一个上帝。上帝是全知、全能和全善的。在这个设计中,恶只能是空洞的和衍生的,仅仅是对善的一种拙劣的模仿。

当某项罪恶行为是在进行模仿时,尽管我们并不总能很容易地判断出它模仿的到底是哪一种上帝的力量,但是,这种把邪恶仅仅看作模仿的观念有助于解决摩尼教徒的难题,而这个难题也是奥古斯丁长期以来一直在设法解决的。不过,这一难题的解决并没有减少人的邪恶和苦难;而且事实上,在大部分时候,奥古斯丁笔下的邪恶绝对不只是对善的苍白模仿。对于那些摘了一些不属于他们的水果的粗野、吵闹、惹是生非的青少年男孩,这种道德违规可能看似是可以忽略不计的。然而,如果我们能正确地理解这一故事,那么它就包含了你需要知道的有关人类罪行的所有内容。几年后,奥古斯丁写下了《忏悔录》。他发现,在亚当吃禁果的过程中,他犯了一连串的罪:[2]傲慢、渎神、通奸、偷盗、贪婪,甚至杀戮("因为他自取灭亡")。看似无关紧要的东西往往是最重要的东西。

那时就像现在一样,世界上充满不可名状的罪行——成人虐待没有防卫能力的儿童;帮派密谋攻击和重伤他们的敌人;强奸犯欺凌毫无抵抗能力的妇女。如此敏锐、聪慧的奥古斯丁,竟然声称能从吃一个水果的行为中看到通奸和杀戮,而且把接下来的所有罪行和苦痛都归因于那次久远的行动?他当然继承了《创世记》的故事,而且也相信圣保罗所宣称的:耶稣来到世间,已经消除了亚当的悖逆所带来的灾难性后果。但是,伊甸园里最初的悖逆怎么可能解释人的邪恶和苦难呢?如果宇宙分属善神和恶神,而身体就是宇宙黑暗面的一部分,那么这些就解释得通了。但是如果宇宙中只有一个神——造物主创造了一切，而且看到一切都是完美的——那为什么生活还如此艰难呢？为什么如此多的婴儿经常随着生他们的母亲一起死去呢？为什么有饥饿的、饱受虐待的儿童呢？为什么一些人会失明、变聋、发疯呢？

101 　　在遭受苦痛的人中，一些人显然是有罪的，但是，大多数人犯的罪是十分不明显的。奥古斯丁决心从所有非正义的责难中拯救神的创造。但是，如果上帝既是公正的也是全能的，那么人类就必须承担责任。[3]人处于精疲力竭的劳动、苦痛和死亡的困境中，这是人类罪有应得。上帝是善的，但上帝也是公正的，这公正要求他去惩罚犯罪的行为。

　　正如奥古斯丁所熟知的那样，在摩尼教的信仰中，有一位善神，也有一位恶神。正统基督教所信奉的道德一神论并不是摩尼教仅有的选择。希腊哲学家伊壁鸠鲁的追随者相信，道德秩序在宇宙中不是固有的，而是人类自己创造并对其进行维护的。人类可能希望声称，他们的行为准则是由立法者颁布的，但这些声称都是迷信、幻想。法律完全是世俗的、依情况而定的、正在进行中的工作。道德判断只在生活中有意义，因为没有来世。伊壁鸠鲁认为，灵魂是由原子组成的，就像身体一样；在身体死亡时，灵魂也随之而去。因此没有死后的惩罚，也没有什么奖励或回报。

　　奥古斯丁明白这种说法的诱惑力。奥古斯丁和他的朋友在努力理解善与恶的本质时详谈过这些。"在我看来，"他在《忏悔录》中回忆道，"伊壁鸠鲁本来会赢得所有的荣誉，如果那样的话，我就不相信人死后灵魂还活着，而且人会得到其所应得的赏赐或者惩罚。"（《忏悔录》6：16）奥古斯丁不想生活在一个道德审判不会得到清算的宇宙中。其中，人遭受的苦痛没有任何意义，只是体现了物质的脆弱性，恶也得不到惩罚，无比的虔诚也得不到永恒的回报。故此，相信道德审判会由一个具有全能之眼的上帝保留到最后——即使他对人类怀有极大的愤怒，也比相信上帝是冷漠的和不在场的要好。

鉴于人类遭受的巨大苦难，奥古斯丁推理道，这表明骇人听闻的犯罪必须隐藏在看似无害的行为当中，否则，上帝的善会受到质疑。上帝创造的世界是美好的、完美的，如果不是因为人类的悖拗，也就是那原始得可怕的行为，它本来是会自己保持这种美好状态的。所有随之而来的苦痛——层出不穷的骇人罪行、暴政和战争所带来的恐惧，以及看似自然灾害的地震、火灾和洪水，还有哈姆雷特所说的身体所担受的不能避开的千百种打击——都是公正的上帝给予的公正的惩罚。这就是在亚当"之中"的含义。

从表面上看，这似乎很疯狂。我们难道真的可以认为：所有的苦痛都是由于久远的祖先所犯下的一项罪行——他可能不记得的一个罪行，而且其显现的性质似乎太过轻微，以至于不能作为任何严重惩罚的正当理由——吗？难道真的有人会说，一个可爱的孩子死于疾病是她罪有应得吗？

奥古斯丁很清楚地看到了这种说法中难以解释而且确实令人反感的地方。但在他看来，另一种选择糟糕得多。他拒绝像伊壁鸠鲁主义者那样，相信无论人类行为是好是坏，上帝都是冷漠的。他坚持认为，宇宙只有一个全知、全能、仁慈的造物主——上帝。然而，如何去解释那些看起来无辜之人所遭受的痛苦呢？

奥古斯丁从小经历的家庭生活是十分典型的，那是他童年

102

苦难的回忆。当他还是个学生时，他就讨厌挨打，而在那之后的几个世纪里，挨打一直是敦促孩子勤奋学习的主要教学方法。他也曾诚恳地向上帝祈祷，好让自己免受鞭打，但他的祷告总是徒劳。他只要懒惰，就会挨鞭打，这似乎是极其不公平的，因为那些鞭打孩子的成年人自己也犯了懒惰罪甚至更严重的罪，而在《忏悔录》中，他带着压抑的激情，记录着那些在他心里萦绕不散的愤怒之情。[4]然而，这种愤怒并没有促使他去谴责鞭笞学生的行为。恰恰相反，奥古斯丁认为，虽然这些鞭笞行为是不公平的，但对孩子们有好处。因为这能迫使孩子们抑制嬉戏玩耍的意愿，参与到学习当中。"我应该受到惩罚，"奥古斯丁曾写道，"因为对于我这样一个小男孩而言，我就是一个大罪人。"（《忏悔录》1∶12）

"一个大罪人。"年幼的孩子应该被打，即使打他们的人是出于错误的原因，而且比他们打的人更加糟糕。奥古斯丁越是尝试回到他的幼年时代——在整个古代世界里，他以一种无人能及的、富有同情心的智慧这样做——他所察觉到的事情越是令人不安：

> 我也开始微笑，先是在我睡觉的时候，然后在我醒着的时候。其他人告诉我关于我的事情，我相信他们说的内容，因为我们看到其他婴儿也这么做，但我自己不记得了。渐渐地，我开始意识到我在哪里，我想让别人知道我的愿望，或许谁能满足它们。但我做不到这一点，因为我的愿望在我心里，而其他人在外面，他们没有能力看透我的心灵。所以我就把胳膊和腿甩来甩去，弄出一些声响，希望我的这些手势能表达我的意思，尽管这些动作与哑剧

103

表演相去甚远。如果我的愿望没有实现，不管是因为这些愿望没有被了解，还是因为我想要的东西可能对我有伤害，我都会对不随传随到的长辈发脾气，对不有求必应的人发脾气。仅仅因为他们没有关照我的意愿，我会以眼泪来报复。

——《忏悔录》1：6

所有照看过小婴儿的人，甚至任何曾徒劳地试图满足一个高声哭号的婴儿的需要的人，都会理解奥古斯丁那敏锐的观察，这观察可能会带我们进入一个场景：他和他的情妇坐在一起，专心地照看着他们的孩子阿德奥达图斯。　　104

在这里，当我们似乎在接近熟悉而让人安心的领域时，我们却遇到了奥古斯丁的神学意图。因为这证明，他所观察到的——愿望、愤慨和报复——对他来说标示着成年时期的道德灾难在婴儿身上的充分显现。这一切都已经存在于幼儿园里：暴力、奴役他人的意愿、迫切而反复无常的欲望。婴儿是没有力量的这一事实——他只能挥舞着双臂哭泣——并没有改变奥古斯丁认定的一个严峻事实：我们从出生起就在道德上有问题。

奥古斯丁写道，一个婴儿哭喊着要吃奶，专横地要求得到关注，他就应该受到批评，尽管风俗和常识不允许我们这样做。风俗和常识在他们看来已经足够好了，它们使我们不被邻居嘲笑或被认为是奇怪的。但是，它们阻止我们看到事情的真相。在上帝的眼中："没有人是无罪的，即使是一个只活了一天的孩子也是如此。"（《忏悔录》1：7）

在当时看来，人类遭受的苦难似乎是残酷的，但那却是公平的。虽然上帝有充分的理由憎恨罪人，但上帝是仁慈的：他赐给世人他的独生子，以满足对正义的严格要求，以救赎误入歧途的人类。那些信奉这一启示真理的人——那些以教会授权的方式信奉这一真理的人——最终将会得救。其他所有人都会被诅咒。即便你碰巧生在基督降临之前，或者你住在世界上的某个不能获取福音的偏僻角落，这都不能成为借口。如果你未受过基督教的洗礼，那么无论你的道德品行是否端正就都没有区别。你将永远在地狱中度过，这是理所当然的，因为你继承了亚当和夏娃所犯的罪的污点。

105   这一立场成为基督教正统教派的基石。但是，从一开始，它就不是毫无争议的。在奥古斯丁那个时代的人中，有一位在英国出生的修道士叫伯拉纠（Pelagius），他认为这一观点既荒谬又令人厌恶。伯拉纠大约是在公元 390 年去了罗马，他学识渊博、口才出众、生活简朴，这给每个人都留下了深刻的印象。他和奥古斯丁差不多是同龄人，在某种意义上，他也是其秘密的共享者：一个来自罗马世界边缘的暴发户，凭借才智、魅力和雄心，成功地来到了伟大的首都，并对帝国的精神生活产生了重大影响。

伯拉纠和他的追随者是道德上的乐观主义者。他们相信，所有的人生来都是无罪的。婴儿出生时没有特别的、天赋的美德，但他们也没有天生的、邪恶的污点。[5]我们身上拥有选择善而不选择恶的可能性。诚然，我们都是亚当和夏娃的后代，我们生活在同一个世界——这个世界充满亚当和夏娃最初悖逆行为带来的种种后果。但是，在久远的过去，这种行为并没有证明我们就是不可避免地有罪的。这怎么可能呢？其感染机制是什么？为什么仁慈的上帝会允许如此可怕的事情发生呢？不，我们有塑造自己生活的自由，无论是侍奉上帝还是侍奉撒旦。

那么，为什么大多数男人和女人都是有罪的呢？伯拉纠认为，答案本质上是社会性的：我们之所以成为现在的我们，很大程度上是通过模仿，而且我们的终身积习是极难改变的。"长期习惯形成的罪"[6]从童年开始，逐渐使我们越来越受到它的影响，"直到它似乎在某种程度上具有自然的力量（vim naturae）"。但重要的是要明白，事实上并不是我们的本性迫使我们犯罪。

我们没有从我们的第一任父母那里继承犯罪的倾向；我们继承了一段不断积累的历史。但历史不过是一场噩梦，我们可以从中清醒过来。"我们说，"伯拉纠十分确定地指出，"人总是有犯罪和不犯罪的能力。"为什么呢？"因为我们有自由意志。"正是为了捍卫这种自由，伯拉纠主义者拒绝相信人天生有罪，而且坚持认为新生儿是无罪的。亚当的罪对其后代没有决定性的影响。至少在原则上，所有的人都有可能是完善的。至于死亡，奥古斯丁和其他人认为，死亡是罪的直接后果，不仅对亚当和夏娃如此，对全人类也是如此；但伯拉纠认为，死亡只是人类的一种生理状态。无论亚当犯罪与否，他都将死去。死亡不是一种惩罚，而是活着的意义的一部分。[7]

当这些观点传到北非时，奥古斯丁感到十分震惊。他关于人类状况的整体观念——在亚当和夏娃堕落之后，人从出生就堕落了，并注定要死去——似乎受到了攻击。伯拉纠受到几个罗马贵族家族的青睐，但奥古斯丁在罗马也有一些颇有影响力的朋友，于是他立即写信给他们，敦促他们对伯拉纠发起反击。后来，伯拉纠被指控为异端邪说，[8]并受到了审判。奥古斯丁和他的同盟者们写了一篇很长的、充满强烈不满的神学论文并将之送到了罗马，为控方作证。（被告的辩护词，也就是失

106

败一方的辩护词，都被销毁了，但其基本立场还可以根据攻击方所引用的文字重建起来。）奥古斯丁担心，仅仅有论文本身还不能确保他的教敌被定罪。于是，谨慎的奥古斯丁又通过一个朋友，将一份珍贵礼物——八十匹努米底亚①种马——送到了天主教最高法院。伯拉纠终于被判有罪，并被逐出教会，流放到了埃及。

　　伯拉纠在 420 年左右去世，但是这场战斗并没有结束。埃克拉农的主教朱利安（Julian of Eclanum）是意大利贵族，他与教会和宫廷都有着很好的关系。他迅速站出来，想要提高伯拉纠主义者的水平。朱利安认为，奥古斯丁关于上帝惩罚的强硬立场是既邪恶又怪诞的，他试图将一种非自然的、异常残酷的教义强加于基督徒群体之上。朱利安认为，教会处于危险之中，它正在被一种怪异的、不文明的信仰所毒害，而这信仰是由一个专横的、心理扭曲的非洲煽动家捏造出来的。朱利安问，基督徒真的应该认为，仁慈、慈爱的上帝会仅仅因为婴儿没有受洗就折磨他们吗？[9]如果一个异教徒——也就是非基督徒——给一个赤身的人穿上衣服，"这能够因其不信教而被视为有罪吗"？异教徒妇女的贞洁就不是贞洁吗？而那些拯救他人脱离危险、包扎伤者伤口甚至遭受拷打也拒绝作伪证的非基督徒呢？这样的人会因为不是基督徒而被愤怒的上帝憎恨吗？在基督之前，世上所有品德高尚的英雄都要被定罪吗？奥古斯丁毫不妥协地回答说：是的，他们都是罪人，都是受诅咒的。[10]

　　朱利安试图嘲笑这种说法："如果异教徒的贞洁不是贞

---

　　① 一个北非古国。——译注

洁，那么出于同样的原因，我们必须得说，异教徒的身体也不是真正的身体，异教徒的眼睛没有视觉，异教徒所在土地的庄稼不是真正的庄稼；还有许多其他的推论也都如此荒谬，使聪明的人发笑。"但是，奥古斯丁并不为这种嘲笑所动。他坚持认为，伯拉纠主义者的立场是荒谬的："你的笑声会感动聪明人，不是让他们笑，而是让他们流泪，就像疯子的笑声会让其理智的朋友哭泣一样。"这里根本没有妥协的余地。

朱利安认为，问题的核心在于奥古斯丁对性的看法，而奥古斯丁唯有对这一点表示完全同意。朱利安相信，人类的性体验是自然和健康的，这是上帝设计的一个重要部分，这一设计可以追溯到上帝命令第一代人类繁衍生息的那一刻。奥古斯丁认为，正是在这里，伯拉纠主义者犯了一个重大错误。因为就像我们所知道的，性是不自然、不健康的。问题不只是婚姻之外的性行为、不以生育为目的性行为和同性恋行为——尽管奥古斯丁和其他许多人都抨击所有这些行为；问题是，即使是最合法的性行为形式——夫妻双方一心要生孩子——也是堕落的。罪之流（current of sinfulness）正是通过这样的机制流动，把邪恶的污点一代一代地传播下去，污染了那些决心想要保持纯真和贞洁的人的梦想。人类的罪恶是一种性传播疾病。

奥古斯丁知道，如果不是在教堂里，那么至少是在世俗人当中，他是很难证明这一点的。当时，就像现在一样，大多数人都认为他们的性快感是合法的、善的。朱利安认为，按照奥古斯丁的疯狂逻辑，所有的父母都是杀人犯，因为生孩子的行为也注定了孩子的死亡。那位阴郁的希波主教所谴责的罪，[11]不过是由上帝设计的"生命之火"，是我们自然本能的繁衍方式而已。

108

奥古斯丁反驳道，我们的生殖方式已经被亚当和夏娃败坏，而且从那时起就一直如此了。即使是最虔诚的已婚夫妇，也不可能把他们的性行为限制在最狭窄的许可范围内，也不可能"没有狂热的性欲"[《论婚姻》（On Marriage）]。奥古斯丁给这种狂热起了个专业名字，叫"强烈的淫欲"（concupiscence），它不简单地是一种自然的天赋、神赐的祝福，它也是一种诅咒、一种惩罚、一种罪恶。奥古斯丁坚持认为，一对已婚夫妇打算生孩子的行为固然不是恶的，而是善的，"可是这一行为过程并不是没有恶的"[《驳朱利安》（Against Julian）]。[12]如果我们没有性需求，如果我们有可能通过其他方式把孩子带到这个世界上，而不是在性欲的驱使下刺激生殖器产生兴奋，[13]那该多好啊。

在我们所知的世界中，这一虔诚的愿望是不可能实现的。奥古斯丁过分地着迷于他痛苦地发现的这一事实——不可避免的性冲动不仅存在于夫妻性行为当中，也存在于他所说的"它所引起的动作里，即使是在睡觉时，即使是在贞洁之人的身体中，这一点真是令人伤心"——塑造了他最有影响力的观念，这一观念影响了接下来的数世纪，而我们作为他的后代，也只是从这一观念中部分地解放了自己，这个观念就是：原罪（originale peccatum）[14]。

我们从一开始就带有恶的记号。它无关于某种特殊的残忍行为或暴力行为，或者特定的社会病态形式；也无关于这个或那个做出灾难性选择的人。如果像伯拉纠主义者那样认为我们是从一张白纸开始，或者认为我们大多数人都相当正派，抑或是认为我们有选择善的能力，那么这是极其肤浅和天真的。环顾四周，我们在结构上和本质上有一些严重的问题。我们整个物种就是奥古斯丁所说的"一团罪"（messa peccati）。

　　在已有的耶稣的语录中找不到这一思想的踪迹；在《大米德拉什》（*Midrash Rabbah*）①和《塔木德》（*Talmud*）以及大量的拉比著作中，或在相对宽泛的伊斯兰传统中，这一有意义的主题也不存在。[15]但对它的一些预期还是有迹可循的，例如，在写于公元前 2 世纪晚期的奇怪的希伯来《禧年书》中，以及在里昂主教爱任纽（公元 130 年前后～公元 202 年前后）的著作中。但是，没有人赋予这一观念像其在奥古斯丁的著作中所具有的力量和教义上的重要性。在奥古斯丁之前，没有人敢提供这样的证据。这种证据能证明我们感受到了性冲动的刺激，让我们了解到所有人都是通过这种性冲动来到这个世界上的。我们起源于罪，罪永远不会停止对我们的控制。

　　朱利安和其他伯拉纠主义者对此极力表示不满。他们说，奥古斯丁仅仅是在恢复古老的摩尼教信仰，即肉体是由邪恶的神创造的，并为其所拥有。毫无疑问，这是对基督教的背叛，因为基督教相信弥赛亚是有血有肉的。奥古斯丁回答说：并非如此。上帝选择变成人身，却是借由"一个处女而生,[16]其怀

---

　　① 公元 3 至 6 世纪形成的《米德拉什》。"米德拉什"意为"求索和追问"，以它命名的著作首先是圣经诠释的汇集，同时收入了历代先贤和著名拉比在各场合进行的与圣经相关的说教和布道。不同时期形成的《米德拉什》包含两大系列。第一系列为《大米德拉什》，即对《摩西五经》和圣经的解释，包括《大创世记》（*Genesis Rabbah*）、《大出埃及记》（*Exodus Rabbah*）、《大利未记》（*Leviticus Rabbah*）、《大民数记》（*Number Rabbah*）、《大申命记》（*Deuteronomy Rabbah*）、《大雅歌》（*Song of songs Rabbah*）、《大路德记》（*Ruth Rannah*）、《大耶利米哀歌》（*Lamentations Rabbah*）、《大传道书》（*Ecclesiastes Rabbah*）和《大以斯帖记》（*Esther Rabbah*）。傅有德：《犹太释经传统及思维方式探究》，《文史哲》2007 年第六期，第 142 页。——译注

孕并非从肉体而来，乃是由圣灵（spirit）感孕的，他不是因情欲，而是因信仰而生的"。尽管其他所有人都是通过激情所引起的微妙的肉体接触而生的，但是耶稣的出生和存在并不依赖于此。我们本来都能像耶稣一样，也就是说，可以像耶稣那样来到这个世界，在这个世界生存，在这个没有性欲的世界里繁衍生息；但我们后来却都深受性欲的影响。这是我们的错，是我们人类所作所为的后果。

在这里，当奥古斯丁不得不拿出我们个人和集体背信弃义的证据时，他就召来了亚当和夏娃作为见证。因为，玷污我们每一个人的原罪，不仅存在于我们个体的起源中，即存在于使我们的父母怀上我们的性冲动之中，也存在于我们整个种族可追溯到的起源——那对夫妇身上。这是一种道德上的疾病，一种遗传缺陷，是我们从最久远的祖先那里继承来的。虽然我们继承它是由于无法逃脱，但是我们仍要为此承担罪责。这是我们整个人类的罪过。

为了保护上帝不受指责——上帝应对自己创造物的先天缺陷负责，奥古斯丁必须证明，在天堂里，可能一切都是截然不同的。我们的祖先，亚当和夏娃，最初并不是像我们现在这样被设计来繁衍后代的。他们悖逆地做出了错误的选择，那么，我们也就不可避免地要重演他们的罪行。为了证明这一点，他比任何人都更加深入地研究了《创世记》中那些神秘莫测的字句。他决心重建我们久远的祖先失去的生活，找到重回伊甸园之路，观察我们的第一任父母交媾。

早在奥古斯丁与伯拉纠主义者相遇之前，甚至在他被任命为牧师之前，奥古斯丁就试图破解这一古老的密码。公元388年8月底，奥古斯丁在皈依基督教后所写的头几部作品之一就是《论〈创世记〉：驳摩尼教》（*On Genesis： A Refutation of the Manichees*）。这本书将《创世记》开头几章视为微妙而不易察觉的寓言。[17]人不是照着肉身被造出来的，乃是照着神的形象被造出来的。事实上，亚当最初被赋予了一个属灵的身体；如果说他不是一个纯洁的灵魂，那么至少也是"属魂的"（soulish）。与其说伊甸园是一个地方，不如说它是一种精神体验。夏娃是为这灵魂而存在的一个人物，每个人都应该爱这个灵魂。要求生养众多的诫命最初并不是指肉体的生养，而是指 111 "充满大地的智慧和永恒欢乐的灵性之族"的生养。树木也是精神欢乐的象征。至于那令人不安的诗句——"恐怕他伸手又摘生命树的果子吃，就永远活着。耶和华神便打发他出伊甸园去"（《创世记》3：22 – 23），我们对这句话的正确理解与其表面上的意思是完全相反的："今生那人被差去做苦工，其目的是在未来某时，他甚至可能向生命树伸手摘果子吃，然后就永远活着。伸手无疑是十字架的一个极好的象征，人能够通过它重新获得永生。"[18]

奥古斯丁开始意识到，这个看似聪明的、以奥利金的方式进行的寓言式早期阐释，其实是错误的，[19]它几乎无法掩饰关乎它假装要信奉的那些圣经章节的尴尬。这种阐释，在对肉体的厌恶中，很大程度上反而认可了它想要驳斥的摩尼教。通过把亚当和夏娃当作象征符号而不是可识别的人来对待，就有可能把耶稣也当作神话象征而不是活生生的救世主来对待。它完全没有在这一故事的象征性解读中找到原罪的任何基础。

到公元 400 年，随着《忏悔录》的完成，奥古斯丁的读经方法也开始发生变化。他开始相信，在前进的道路中最重要的，是把《创世记》中的文字看作如同他自己的生活、他父

母的生活、他从前情人的生活、他朋友的生活一样真实。赤身
裸体的男女、会说话的蛇和神奇的树的故事，似乎与他年轻时
曾蔑视的民间故事有些相似。但是，真正的信徒的任务不是通
过把它当作某种复杂的哲学奥义的幼稚外衣来拯救它；相反，
其任务是将它视为对历史现实的真实再现，并说服其他人也这
样认为。

奥古斯丁于是就投入这一事业中，[20]努力地学习、研究，
112 并近乎狂热地写作。他开始撰写《〈创世记〉字疏》（*The
Literal Meaning of Genesis*）一书，其目的是"根据真实发生的
事情的正确含义，而不是根据对未来事件的神秘莫测的描述，
来讨论圣经"。在此后的大约十五年里，他一直致力于这本书
的撰写，拒绝了朋友们尽快完成该书的提议，也没有把该书公
之于众。在他所有的著作中，这可能是他投入了最持久注意力
的一本书。[21]

最后，他却被这部著作打败了，而且他也知道这一点。他
努力从字面上去理解希伯来人对创造宇宙的描述，但是他却不
能让自己相信上帝创造宇宙的日子和我们的日子有相似之处；
或者在第一天（太阳被创造之前）产生的光与我们的光有相
似之处；或者上帝在第七天休息，就像疲惫的人类在劳动之后
休息一样。他知道，圣经中说上帝用泥土造人，但他又认为：
"上帝用真实的物质之手塑造了人，这是一个过于幼稚的想
法。"上帝对亚当说话，但如果我们认为上帝有神圣的声带，
这也是愚蠢的。无论奥古斯丁进行到哪一步，都会遇到类似的
问题。在他生命的最后时刻，他回顾起在《〈创世记〉字疏》
中所写的内容，他承认："在这本书中，人们提出的问题比找
到的答案还多；[22]在书中提到的人物当中，只有少数人得到了

证实，而其余的人则仍须进一步调查。"

然而……他一而再再而三地认为，这个故事——如果不是每个元素，那么至少是它的核心元素——必须从字面上去加以理解。他克服了自己的抗拒心理，确定地认为：亚当是一个由泥土塑造而成的真正的人，一个成年男性；伊甸园里也有一棵真实的树，上帝不许亚当吃该树的果子，以免他死掉；[23]上帝对亚当说的话不是神秘的，而是"用亚当能听懂的声音符号"；所有的动物都被带到亚当面前，它们不是上帝亲自去围捕的——"就像猎人和捕鸟人无论捕到什么动物都要把它们赶到网中那样"——而是在天使的驱动下，所有的动物都在合适的时间和地点出现。为什么我们要怀疑上帝用男人的肋骨创造了女人呢？——"如果我们对农民在上帝创造这些东西的行为当中是如何服务于他的一无所知，我们就不可能知道一棵树可以用另一棵树上的嫩枝种植出来"。

在任何情况下都不坚持圣经的字面意思的人会遭殃。[24]夏娃违抗了神的警告——"你吃的日子必定死"（《创世记》2：17），因为她灾难性地认为，上帝的话不应该按照字面意思去理解。她宁愿相信，上帝是仁慈的，上帝也很容易宽恕任何罪过。"这就是为什么她拿着果子咬了一口，又把果子递给了丈夫。"如果她对上帝的训诫能坚持最严格、最字面的理解，情况就会好得多。[25]

问题是，不管一个人怎么努力，并不是每一个词都能从字面上理解的。奥古斯丁也找不到一个简单可靠的规则，来衡量按字面意思理解的适当程度。圣经告诉我们，亚当和夏娃吃了禁果后，"他们二人的眼睛就明亮了"（《创世记》3：7）。难道这就意味着他们的眼睛原先是闭着的吗？"而且，难道这意

113

味着，他们是在失明状态下愉快地在天堂里漫游，摸索着他们的道路，然后在不知不觉中摸到了禁树，无意中摸着了禁果，然后摘了一些吃吗？"不，不可能是这个意思。因为我们已经知道，这些动物被带到亚当那里，他在给它们命名之前一定已经看见了它们。有人告诉我们，夏娃看见的那棵致命的树，不但（果实）好吃，"而且悦人眼目"。尽管如此，一个词或短语是隐喻性的，并不意味着整篇文章都应被当作寓言。我们必须去发现文字的内核（literal core）。

难怪奥古斯丁花了十五年去写作《〈创世记〉字疏》。其面临的风险似乎并不低：这是一个生死攸关的问题，不仅对第一任父母如此，对他们所有的后代也是如此。奥古斯丁只要能找到它，就能紧紧抓住它的字面意思。他承认，亚当和夏娃在吃禁果之前并不是真的瞎了。但必须有某种方式来理解"你们吃的日子眼睛就明亮了"这句话，而不仅仅是将之作为一种修辞去理解。他坚持认为，这对夫妇在犯下罪行后一定是第一次看到了某种东西，这不仅仅是隐喻性的。但那可能是什么呢？他得出的答案是："他们把目光投向了他们自己的生殖器，并以一种他们未曾体验过的令人激动的动作，来表现他们对其强烈的欲望。"

而这一理解的关键，就藏在奥古斯丁十六岁那年的公共浴室经历里，也就是说，藏在他父亲所观察到的"骚动不安的青春期"（inquieta adulescentia）的迹象里。那个令人骚动不安的动作曾使他的父亲非常高兴，也曾使他的母亲惊恐万分。那个动作现在则可以追溯到亚当和夏娃体验到肉体的欲望和羞耻感的最初时刻。他们第一次看到了从未见过的景象。如果这景象唤醒了他们，[26]那么这也让他们充满了羞耻感，驱使他们

伸手去拿无花果树的叶子来遮蔽他们的下体，就像用面纱盖住
"那些不是出于人的意愿而自行运作的东西"。在这之前，他
们拥有完全的自由——奥古斯丁认为这是人类历史上唯一的一
次。现在，他们因自发地、莫名其妙地、自豪地选择为自己而
不是为上帝而活，失去了那种自由。[27] 而因为他们，我们也失
去了自由。

　　奥古斯丁开始相信，这种自由的丧失——包括他自己和第
一批人类的损失在内——所表现出的征兆不是性兴奋，而是其
非自愿的特征。五十多年后，他仍在思考它的潜在意义。他写
道，如果我们身体健康，我们就可以随心所欲地移动身体的任
何部位——眼睛、嘴唇、舌头、手和脚。"但是，在必须涉及
我们生儿育女的伟大功能时，专门为此而创造的身体部位会不
服从我们的意志，却必须去等待性欲来发动这些身体部位的运
动，就好像性欲对其有合法权利一样。"

　　奥古斯丁认为，我们不能简单地控制身体的这一关键部
位，这是十分奇怪的。我们开始感到性兴奋，这兴奋在我们的
内心之中——在这个意义上，它完全是我们的；然而，它却又
不在我们意志的执行力范围之内。阴茎变硬还是不变硬，取决
于变幻莫测的力比多，似乎它遵循着自身的规律。这是奥古斯
丁的特点，也是他整个时代的特点：从男性的角度来思考性。
但是，他确信女性一定有一些与男性性兴奋等同的经历。[28] 这
就是为什么在《创世记》中，在第一次犯罪之后，女人和男
人同样都感到羞耻，并把自己遮盖起来。与男人不同，女人所
"掩盖的是不那么明显的动作；但当女人在类似的肢体部位也
感受到了某种隐藏的东西，而这与男人所感觉到的东西类似
时，他们因相互吸引而面红耳赤"。

115

奥古斯丁的性兴奋经历是如此强烈、如此连续和如此神秘，一次又一次地让他返回到同样的问题：这到底是谁的身体？欲望从何而来？为什么我不能控制我的肉体？"有时它拒绝按大脑的意志行事，它常常违背大脑的意志！"[29]这个十几岁的男孩面临着他的意志和身体之间的奇特分裂。奥古斯丁承认，即使是在小屋内修道的老修道士也会有类似的经历："淫荡的想法""与低级趣味有关的令人不安的回忆"和"某种肮脏的干扰引起的骚动"等也会打断他们的修行，并折磨着他们。当然，还有其他身体上的欲望，即使是最虔诚和自律的人也不可避免会体验到。但奥古斯丁写道，有了吃喝，我们就有可能保持一定的控制力；在满足食欲的过程中，我们就有可能继续思考心灵和精神层面的东西。性欲是不同的："难道它不是牵扯到整个灵魂和身体的吗？"[30]

但是亚当和夏娃——还有我们——永远失去的另一种选择是什么呢？具体地说，如果不是以在人类记忆中所有人都会做的和已经做过的方式，那么他们该如何繁衍后代呢？伯拉纠主义者认为，人类的性行为是上帝设计中的一部分，是自然而快乐的。第一个男人和第一个女人是人类，就像我们其他的人类一样；他们也会像我们一样繁衍后代。朱利安问，难道说，奥古斯丁认为亚当和夏娃与我们不是同类？

奥古斯丁无法像他曾经试过的那样回避这个问题：他曾认为亚当和夏娃是"属魂的"，而不是肉体的存在。但在致力于字面上的理解之后，他开始相信，最初的人类和我们一样也有物质性的身体。他们不像有些人猜测的那样是巨人，也没有被赋予什么超能力。毫无疑问，他们是人类的完美版本，而我们只是他们的极其不充分的、部分性的体现，但他们仍然和我们是同类。

但是，他们如果继续生活在天堂里，就会产生——或者本来就会有——一个至关重要的区别。[31] 奥古斯丁坚持认为，即使没有无意识的性兴奋，亚当和夏娃也是要繁衍后代的。"他们在肉体上不会有充满狂暴欲望的活动……而只有和平意志的动作，人们通过这种和平意志来控制身体的其他部位。"

对于我们这些习惯于用政治或社会术语来思考自由的人来说，这种将自由的概念理解为内心平静和身体控制的想法似乎非常奇怪；但对于那些深受无意识的性冲动问题困扰的人来说，这样的理解是颇有意义的。奥古斯丁确信，在这一点上他并不孤单。他借鉴了基督教和异教的一种长期道德哲学传统，这种传统重点关注的是自我控制的实现，这种控制是任何东西都无法干扰的，即使处于极度痛苦或极度快乐的状态之中。他在《上帝之城》（The City of God）中写道，在天堂里，亚当和夏娃——没有痛苦，没有对死亡的恐惧，没有内心的不安——本应拥有完美的宁静，而这种宁静本应也延伸至性行为。在生殖过程中，雄性和雌性的交配是完全平静的，感觉不到任何激情——不会感觉到那种奇怪的刺激，就好像有什么东西在驱使你前进那样——"丈夫会头脑冷静地安躺在妻子的怀里"。[32]

伯拉纠主义者问，如果亚当和夏娃的身体和我们的身体在本质上是一样的，那这种情形怎么可能呢？奥古斯丁回答说："想想看，即使是现在，从我们目前的情况来看，有些人仍然可以用他们的身体做别人认为不可能做到的事情。人们甚至可以使他们的耳朵动来动去，一次动一个或两个一起动。另一些人可以不动脑袋就将整个头皮——就是所有被头发覆盖的部

117

分——拉到前额，然后再随意地把它拉回去。"还有其他
人——他亲眼所见——可以随时随地挥汗如雨，甚至有人可以
"随心所欲地从屁股发出优美动听的乐音（不带任何臭味），
仿佛是在用那个部位演唱一样"。那么，我们为什么不能想象
亚当在他尚未堕落的状态下，能够安静地用意志力使他的阴茎
变硬，然后插入夏娃体内呢？这一切本来就该如此平静，以至
于精子本可以"被输入子宫，而不会使妻子丧失其完整性。
这就像月经现在也可以从一个处女的子宫中产生，而不会使其
失去童贞一样"。对那个男人来说，他"身体的完整性[33]也本
不会受到损害"。

我们一想到亚当和夏娃交媾的场景，就会觉得尴尬。奥古
斯丁知道，这也会让他的读者感到不舒服。更糟的是，这会让
他们发笑。他尽力去想象一个性交并不可耻的时代，但恰恰因
为我们堕落了，我们无法重新恢复那个时代。尽管他因谦虚而
有意地克制自己的口才，但他明白，任何试图描述我们第一任
父母的性行为的做法，都会使人们感到尴尬。还有一种更尴尬
的情况：我们在布道或谈话中讨论性行为，就不可避免地会让
人在脑海中联想起性爱的画面。这些画面会带你进入某种梦
境，在那里你无法区分幻想和现实。"肉体立刻被刺激起来，
开始动作，"奥古斯丁在《〈创世记〉字疏》的结尾反思道，
"其结果就是这种运动所带来的通常结果。"

但是，不自觉的性梦——不论是他自己的（他似乎在这
里也承认是他的）还是他的读者的——是值得去探讨的一个
风险。因为他要去理解亚当和夏娃是谁，以及人类的状况意味
着什么，而这对于准确理解他们的繁殖方式至关重要。我们在
试图想象他们交媾时产生的尴尬，本来就是要探讨的问题的一

部分。奥古斯丁在《上帝之城》中观察到，"每个人都知道"，一对已婚夫妇为生育孩子应做的行为，整个婚礼仪式关注的都是这一行为的神圣性。"但是，为了生孩子而做这一行为时，我们甚至不允许因这一行为而生出的儿童看见这一行为。""甚至不允许……儿童"——难道奥古斯丁当时在想：天堂里的孩子们会被允许观看父母的交媾行为吗？是的，这正是他所想象的内容，因为这种行为本来就是不明显的、不引人注意的，也没有无意识的性兴奋迹象。[34]

这就是亚当和夏娃当时该有的样子。但是，奥古斯丁最后总结道，这种事实际上从来没有发生过，一次也没有。因为他们的罪是首先产生的："在他们用一种不受激情干扰的、有意的行为进行繁殖之前，他们就受到了被从天堂流放的惩罚。"那么，我们现在去想象他们的性生活这一复杂过程到底有什么意义呢？奥古斯丁可能不会让世界上所有的基督徒都相信，他们的性感觉是不自然的或者是邪恶的，但他可以尝试在一场重要的教义辩论——与摩尼教徒和伯拉纠主义者的辩论——中获胜，而且他借此也支持了这样一个教义观点：耶稣是一个处女的孩子，这个处女奇迹般地未经历过狂热的性欲而怀上了耶稣。在有关教义的问题上，每当温和的、合乎常理的立场与强硬的、毫不妥协的激进立场发生冲突时，后者就极有可能取得胜利。

除了这些教义上的目的，奥古斯丁对亚当和夏娃的故事的过分着迷，也在他的生活中产生了影响。奥古斯丁发现的——或者更确切地说是他发明的——天堂中的性状况向他证明：人类最初并不打算去感受他作为一个青少年时在塔加斯特城所经历的一切。这向他证明，他并不是一定要去感受那种把他吸引

119

到情欲翻腾的迦太基的冲动。最重要的是，这还向他证明，至少在他一直渴望得到的救赎状态中，他并非一定要去感受他与其情妇——他唯一孩子的母亲——在一起时一再感受到的。他爱了这个女人足足十三年（这一时间几乎和他努力撰写《〈创世记〉字疏》的时间一样长），但在他母亲的要求下，那个女人被他打发走了；她说她永远不会再和另一个男人在一起，就像他永远不会和另一个女人在一起一样。他写道，对他来说，跟她的分离就像从他身上撕下了一块肉。

奥古斯丁在《上帝之城》中写道，亚当堕落并不是因为蛇欺骗了他。他选择犯罪是因为自己的骄傲——一种"对过度赞美的渴望"，也因为他"无法忍受与唯一的伴侣分离"。在堕落的状态下，奥古斯丁尽其所能地推翻了亚当的选择。在他圣洁的母亲的帮助下，他曾试图远离激情，逃离性兴奋。确实，他仍有那些无意识的性梦、讨厌的性冲动，但他对亚当和夏娃在纯真状态下的熟知和了解让他确信：总有一天，在耶稣的帮助下，他会完全控制住自己的身体；他会获得自由。

第七章　对夏娃的谋杀

奥古斯丁记述了其母那令人动容的强烈愿望：从罪恶中拯
救自己的丈夫与儿子。这种力量是如此强大，以至于几个世纪
之后，它又掀起了一股宗教的狂热。当奥古斯丁母亲的圣骸被
由其逝世地奥斯提亚迁移至罗马时，据说沿途一直有神迹显
现。纳沃纳广场（Piazza Navona）旁建成的巴西利卡式教堂是
为了纪念她的儿子，而她本人的遗骸则被贮于祭坛左侧的小教
堂内供人瞻仰。大教堂宏伟雄奇的正面，如今仍引人入胜，来
自古罗马圆形大剧场的石灰华（travertine）覆盖于其上；其象
征含义对于母子二人皆不言自明。祈求奥古斯丁之母庇护的朝
拜者们涌入教堂，圣莫妮卡（Santa Monica）圣餐日，也就是
每年的 8 月 27 日，也作为节日保留下来了。到那一天，各种
患者的妻子、久受折磨的母亲和虐待行为的受害者们都有了保
护神。美国加利福尼亚州的一处小型西班牙营地已经发展成为
一座繁华的城市，那里仍以她的名字命名（还有一条高速公
路也是以她的名字命名的）。她对其性情乖张的儿子的所有付
出——她也通过其子那些雄辩的语词为其他许多人服务——成
为重返天堂之圣洁的渠道。

至于奥古斯丁爱着的另一位女人，他的性伴侣，即其孩子
的母亲，居然从他浩如烟海的著作中完全消失了，正如她从他
的生活中完全消失了一样。他不想将她视为肉体诱惑的象征，

121　也不愿让她为自己的性欲负责。毕竟，那些欲望的破坏性存在的基本模型，都是孤独的性兴奋：是少年人在公共浴室里的性萌动，也是一位老男人的春梦。

　　即便奥古斯丁并没有把女性看作引诱与丧失贞洁的主要根源，其他人却都认为女性是罪魁祸首。奥古斯丁以亚当和夏娃的故事为核心，给厌恶女性（misogyny）的潮流打开了一道闸门，这股潮流萦绕着最初的女性——夏娃——的形象盘旋了数个世纪之久。犹太教无意归罪于夏娃，《古兰经》认为[1]亚当和夏娃两人都有罪；基督教在其形成时期也欢迎妇女、奴隶、罪犯和其他受罗马社会秩序压迫的人，祝福台上也有他们的位置。尽管奥古斯丁及其后众多神学家都认为亚当对人类的灾难负有主要责任，但另一些权威，包括教会内部的和教会之外的，则都乐于将责任推给夏娃。

　　通过这种做法，他们至少可以间接地借鉴异教徒的传统，把世间的不幸全归罪于女性。无论是基督徒还是异教徒，几乎人人听过潘多拉的故事，其中最著名的一则是由赫西俄德讲述的，他是公元前 8 世纪一位受人尊崇的希腊诗人。故事中，宙斯被泰坦神普罗米修斯欺骗了，他对此怒不可遏。由于泰坦对男人十分青睐，宙斯就决意对男人展开报复。他命令铁匠之神赫菲斯托斯（Hephaestus）用黏土塑造一个美丽的人，也就是第一个女人，并要求每一位神赠送她一件礼物。雅典娜教会了她编织，阿芙罗狄蒂赋予了她迷人的魅力，美惠三女神则给她送去金色的项链，四季之神把春天的花朵编织成王冠给她戴上，而狡猾的赫尔墨斯给了她"恶女之德"[2]。

　　无法抗拒的潘多拉——这个名字的意思是"拥有一切天
122　赋的"（all-gifted，字面意思是"被所有人给予礼物的"）——

图片出自罗马地下墓穴，是存留至今的圣经中最早出现的人类形象。

《亚当与夏娃》（*Adam and Eve*），公元3世纪，壁画。照片由 PCSA Archives 提供。

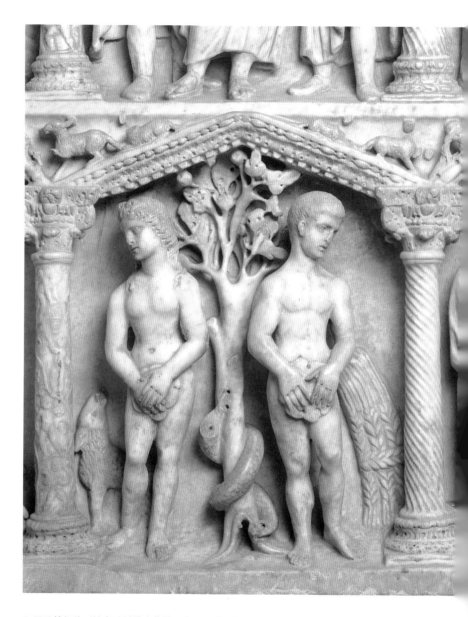

2. 罗马基督徒石棺上雕刻的堕落的亚当和夏娃形象。

《朱尼厄斯·巴萨斯石棺》（*Sarcophagus of Junius Bassus*）局部，约公元359年。

3. 亚当与他命名的一些动物。

《伊甸园中的亚当》（*Adam in the Garden of Eden*），公元5世纪。

4.这些铜门上的雕绘呈现的是一个完整的故事，左边的门扉上是《创世记》的场景，细心地与此对应的是右边福音书中的场景。

一个著名的难题：这个人在看谁？

《创造夏娃》（*The Creation of Eve*），伯恩沃德门上的细节。（上图）

亚当责怪夏娃，夏娃责怪蛇，而上帝在责备他们仨。

《上帝对亚当和夏娃的审判》（*The Jugement of Adam and Eve by God*），伯恩沃德门上的细节。（下图）

7. 12世纪的夏娃形象，她似乎踟蹰于忏悔和挑衅之中，立于圣拉扎尔大教堂入口处。《夏娃的诱惑》（*The Temptation of Eve*），吉斯勒贝尔作，约1130年。

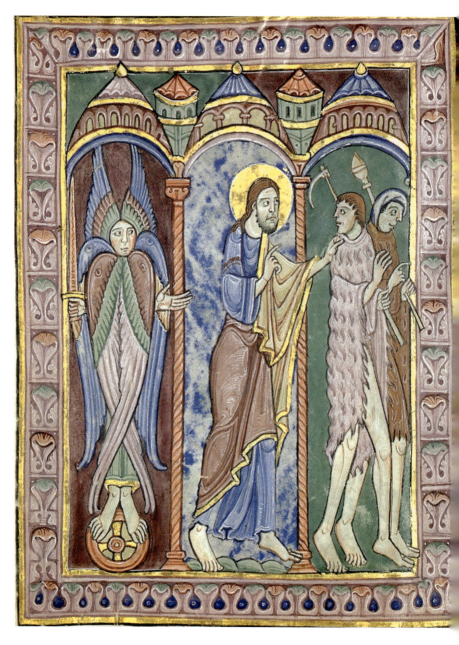

8. 上帝亲自将带着劳动所需工具的亚当和夏娃推出天堂，公元12世纪。

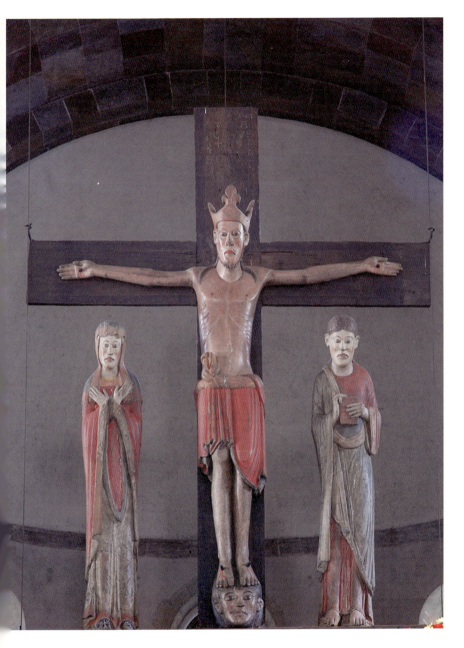

9. 正如这个13世纪的十字架所示，耶稣流血的双脚下踩着通常被认为是亚当的头颅，约1200年。

10. 上帝此时取出熟睡中亚当的肋骨，然后将其变作女人。

11. 在犹太人的陪同下，夏娃把死亡带到这个世界上，而手持十字架的玛利亚为基督教徒带来救赎。《通过夏娃死去，通过玛利亚得生》（*Mors per Evam, vita per Mariam*），约1420年。

et diuiiutie fada di nomo belli
pche dellume suo poco sinbranca
t in sua dignita mai nõ riuene
se nõ rien pie doue colpa uota
cõtra mal delectar con giuste pene

12. 在天堂，但丁和比阿特丽斯看到了所有关于救赎的历史，从人的
堕落到天使报喜，再到耶稣被钉于十字架上受难。
乔凡尼·迪·保罗（*Giovanni di Paolo*），来自《天堂篇》第七章的《救赎之谜》
（*The Mystery of Redemption*），约1450年。

13. 17世纪，马萨乔的《亚当与夏娃》被绘上了无花果叶子，这时据它完成已经很久了，直到20世纪80年代，这些叶子才被去除。

马萨乔，《驱逐》（The Expulsion），摄于被修复前的1980年左右，1424～1428年。（左图）

14. 马萨乔强调亚当和夏娃的赤裸和极度痛苦。

马萨乔，《驱逐》，1424～1428年。（右图）

15. 站在壁龛里的亚当和夏娃看起来仿佛还充满活力地、怪诞地活着。亚当上方描绘的是该隐和亚伯献祭的场景；夏娃上方描绘的是亚伯被该隐谋杀的场景。

扬·凡·艾克和休伯特·凡·艾克，根特祭坛画左右两翼内部，1432年，镶板油画，圣巴夫大教堂，比利时根特。

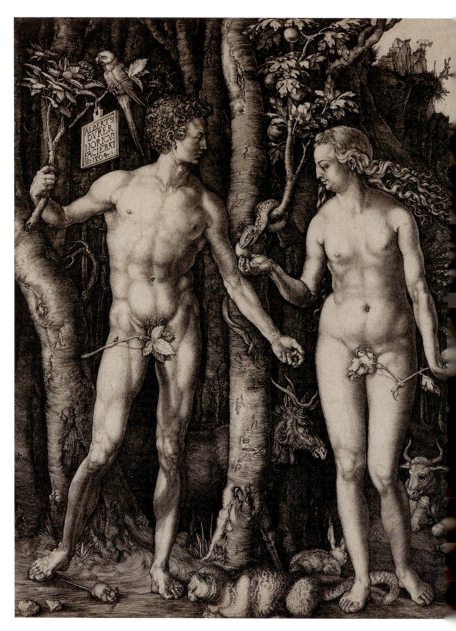

16. 丢勒笔下亚当和夏娃失去纯真前的最后一刻，画面清晰真切，
如同被相机快门捕捉，甫一问世便声名远扬。

阿尔布雷希特·丢勒，《亚当和夏娃》（*Adam and Eve*），1504年。

被派到普罗米修斯的弟弟埃庇米修斯（Epimetheus）那里，埃庇米修斯曾被警告绝不能接受宙斯的礼物，但迷迷糊糊的他早已把警告抛到脑后。有一天，潘多拉私自打开了宙斯让她带给埃庇米修斯的一只罐子（16 世纪时被误译为"盒子"），在她重新合上罐盖之前，罐子里装的折磨人类的各种弊病一齐飞了出来。罐子里只剩一物：希望。

在这个故事中，人类被夹在一位上帝和一位泰坦神的斗争之间。起初人类并未犯错，因此无须用忏悔来平息上帝的怒火。人类曾经过着无疾无劳的生活，但由于潘多拉，那种自在无虞的生活永远消失了。此处没什么值得借鉴的道德教训。除了知晓宙斯总会获胜之外，这场灾难只会带来对人世间苦难之源——"致命的女性种族和妻子部落"——的认识。

早期基督徒并不认同潘多拉的神话，他们更信奉希腊和罗马神话的其他部分。但是，忠实的信徒们却不由得回想起他们所抵制的文化。公元 2 世纪的神学家德尔图良（Tertullian）[①]曾写道，潘多拉也许并不存在，但以她为代表的诱惑力仍然造成了可怕的灾难性后果。在关于妇女着装的著作里，他以严酷冷峻的笔调预演了上帝对夏娃及其后代所施的惩罚，然后他怒不可遏地说：

> 你们难道不知道你们每个人都是夏娃吗？上帝对你们
> 这种性别的惩罚就在当下，罪恶也必须活在当下。你们是
> 魔鬼的门户，你们是那棵（禁）树的开封者，你们是神

---

① 德尔图良（又译作特图里安、特土良，150～230 年），是基督教著名的神学家和哲学家。他生于迦太基，因理论贡献被誉为拉丁西宗教父和神学鼻祖之一。——译注

律法的第一个背弃者，是你们说服了连魔鬼都不敢轻易攻击的男人。人类，你们如此轻松地破坏了神的形象。由于你们对神的弃绝——也就是你们的死亡——甚至连神的儿子都要灭亡。你们想过要在你们的皮衣之上装饰自己吗？

123 虽然德尔图良的思想广为流传，但正统基督徒似乎对其论调有所警惕。尽管如此，德尔图良对女人本性虚荣[3]和道德败坏的批判仍引起了许多共鸣。

在早期基督教中，更主流的观念出自与奥古斯丁同时期的杰罗姆（Jerome）。他翻译的拉丁语版圣经［又称通行本（Vulgate），以拉丁语中"流行的"一词命名］已成为当时西方通行的主流版本。作为译者、图书馆员和百科全书作者的守护圣徒，杰罗姆影响深远、备受钦佩。杰罗姆在著作中屡次谈及使德尔图良非常愤怒的那些女性化的装饰元素。他痛斥那些"用胭脂粉刷脸颊，用颠茄粉抹眼睛，脸上涂满粉末的女人……；那些无论过多少年都不肯相信自己变老了的女人；那些把假发堆在头顶的女人；那些尽管满脸皱纹却想重现青春的女人"[4]。

但不结婚的杰罗姆比结了婚的德尔图良走得更远。仅仅告诫女性要远离化妆品，要求她们遮住头发或闭门不出已经远远不够了。杰罗姆被一群热切虔诚的女性包围，她们是其慷慨的赞助人，并与他保持着密切联系。杰罗姆积极贬低婚姻，他不能撤销人们已缔结的婚姻关系，但严词禁止寡妇再婚。

公元384年，杰罗姆在给一位名叫玛塞拉（Marcella）的女士的信中写道："一个不受婚姻束缚的寡妇，只有一项责任，就是以寡妇的身份继续生活。"寡妇的年龄或生活环境都不重要。基督徒寡妇必须决心避免第二次婚姻："如果蝎子嫉妒她的决心，巧言令色地敦促她再吃禁果的话，就让诅咒代替靴子踩碎它。当蝎子奄奄一息即将归于尘土时，让寡妇说：'撒旦，你别挡道。'"从"再吃禁果"可以看出，对杰罗姆而言，婚姻本身即是堕落。

* * *

事情发生了变化。希伯来的创世传说中似乎有喜迎婚礼——"这是我骨中的骨，肉中的肉"——与生育的场景。犹太人认为，这神圣的祝福是繁盛的象征，它把生养后代看作神的命令。根据塔木德的说法，如果你结婚了，有能力生育后代但没有去做，你就犯下了相当于谋杀的罪行。

在对精神世界的激烈反思与讨论中，奥古斯丁和杰罗姆处于这场辩论的中心，他们思考着真正虔诚的基督徒应当追求一种怎样的生活。他们认识到，绝大多数的虔诚信徒难免要结婚生子，毕竟这就是人世生活。但是，如果来自上帝的最高的召唤，是与其他独身的僧侣或修女一起过一种贞洁、苦修、弃绝尘世和沉思冥想的生活，那么所有关于亚当和夏娃在伊甸园里的理想生活都必须要重排了。

在一场与婚姻支持者、基督教作家约维尼安（Jovinian）的激烈争辩中，杰罗姆坚称，伊甸园里的亚当和夏娃都保持着贞洁，过着幸福的禁欲生活。杰罗姆写道，在亚当禁食的时候，"他就在伊甸园里；当他开始吃东西时，就被赶了出去；他刚被赶出去，就娶了一个妻子"。杰罗姆也提醒一位年轻女信徒："在伊甸园里，夏娃是个处女。""伊甸园是你的家，"他说，"所以，你出生时是怎样，就一直那样。"[5]果然不出预料，这个年轻的女人许下了永守贞操的誓言，并追随杰罗姆一路到了巴勒斯坦，在那里度过了彻底禁欲的一生。

这些苦行僧式的观点在公元 4 世纪的基督教团体内招致了一些争议，但杰罗姆和他的盟友们占了上风。约维尼安赞美婚姻的著作遭到谴责和焚烧，他本人也因鼓吹异端邪说获罪，被敌人贴上"基督教的伊壁鸠鲁"的标签，遭鞭打后被流放到亚得里亚海的一个小岛上。有些人认为婚姻和贞操一样神圣，结果他们同样被视作异端，并遭受了严酷的刑罚。基督徒中有许多男男女女，暗中认同婚姻并不比禁欲节制的生活坏到哪里去，夫妻之间的性关系是全然有益的，女人在道德和智力上跟男人平等，因此应该在教堂里自由发表意见。但他们被再三叮嘱，千万别把这种想法公之于众。

追随杰罗姆的妇女们放弃了养尊处优的生活。这些女性勇敢、坚定、学识渊博，协助杰罗姆在艰苦卓绝的环境里建起修道院。尽管困难重重，她们至少开始恢复第一个女人摘取禁果之前的纯洁品质。但这些美德和随之而来的力量并未使她们彻底摆脱从先祖那里继承来的污点。因为不可否认，夏娃犯了罪，这一罪行甚至波及她子孙中那些最虔诚的人。上帝给她的直接惩罚之一就是女人将被男人支配："你丈夫必管辖你。"人人都必须明白，女人行使的任何权力都受到严格的限制，这种限制可以上溯到第一个女人的罪行。

像他的许多支持者一样，杰罗姆从基督教的根本教义中得到了支持。他引用了《提摩太前书》中的一段话[6]，也就是使徒保罗写给提摩太的三封信中的一封：

> 女人要沉静学道，一味地顺服。我不许女人讲道，也

不许她辖管男人，只要沉静。因为先造的是亚当，后造的
是夏娃，且不是亚当被引诱，乃是女人被引诱，陷在
罪里。

——《提摩太前书》2：11–14

虽然在《加拉太书》中，圣保罗曾断言："并不分……或男或
女，因为你们在基督耶稣里都成为一了。"（《加拉太书》3：
28），但在他写给提摩太的信中，性别差异再次显现，并带有
一种报复性。这不仅出于提摩太所在的以弗所（Ephesus）的
地方风俗，更出于一种可追溯至创世之初的根本差异。

"亚当并未被骗，但女人受了骗，犯下大错"：这话几个
世纪以来反复出现，并带给孩子们潜移默化的影响，它被用于
仲裁丈夫与妻子间的权力失衡，更被用于谴责那些精明、善辩
但似乎不清楚自己位置的女人。"女人必然带来诅咒，"在杰
罗姆去世一千年后，一位法典编者写道，"因为她是谎言的根
源。"绝对不能允许她去执教。"女人曾教过一次，"一位 13
世纪的西班牙修士说，"然后整个世界就被颠覆了。"[7]

这种对夏娃之罪行及其所有女儿之过失的无休无止的述
说，显然迎合了僧侣和修道士的精神世界，他们曾宣誓要保持
贞洁并公开弃绝——至少是官方地弃绝——异性的陪伴。这也
很适合那些与妻子和女儿做斗争的丈夫。夏娃带来的痛苦成为
两性之争中的老生常谈，这是一种易于预测、掷地有声的指
控，因为它似乎承载着圣经本身的权威。

乔叟 14 世纪的经典之作《坎特伯雷故事集》富有喜剧性
地展现了一个典型冲突的滑稽一幕。任性的巴斯夫人（Wife of
Bath）是故事的主人公之一，她的丈夫荆金（Jankin）热衷于

126

日日夜夜地给她读一系列厌女作家的训诫，其中当然包括那位
名叫圣杰罗姆的红衣主教的书，"他写了一本反驳约维尼安的
书"。她回忆道，有一天晚上，她的丈夫：

> 在炉边看书
> 先是关于夏娃的，因为她的邪恶
> 人类被降入苦境，
> 耶稣基督被害。[1]

127

荆金强调说，"女人即损失"，也就是"全人类"的毁灭。

巴斯夫人受够了，她伸手从"被诅咒的书"上撕下了三页，
扔在丈夫的脸上，使他向后翘趄了好几步。丈夫遂起身狠狠地打
她的头，把她打昏了。但是她说，一切进展顺利：丈夫因差点儿
失手杀了她而感到害怕，忏悔了自己的暴行，并承诺放弃其在家
中的统治地位："他给了我房产的主权，还有他的口和手的支配
权。"[2] 为了兑现承诺，他烧毁了杰罗姆的《反约维尼安》
（*Against Jovinian*）一书——正是那本书记载了夏娃的罪行。

乔叟笔下的诙谐结局或许在现实中确有原型，但夏娃之罪
的道德象征却在各种意象、布道、轻松的玩笑和激烈的谴责里
反复出现。这产生了有如科学证据般的效力。

不光是男人处处援引对女性的厌恶，许多虔诚的妇女，如
资助和追随杰罗姆的女人们，都也接受对女性本质的评判。不
过也偶有例外，一些勇敢、圣洁的女性敢于挑战此类对女性的

---

[1] 杰弗雷·乔叟《坎特伯雷故事集》，方重译，上海译文出版社，1983，第
124 页。——译注

[2] 同上，第 125 页。——译注

诽谤。但在绝大多数情况下，都是主流叙述占据上风，甚至那些对社会规则漠不关心的基督徒也是如此，社会规则也只不过是他们要求挑战或打破的其中一个方面。夏娃的越轨被呈现为另外一些东西：历史事实、人类学真理、生物本质、宗教教义。人类生存的苦难都可以溯及夏娃，夏娃后代的身上也永远带着洗不掉的污点。

　　对夏娃的谴责常与对圣母玛利亚的颂扬形成对照，后者的事迹被视为给夏娃的过失赎罪。从很早之前开始，两人的对立关系就被详细地展现出来。夏娃产生于旧亚当的身体，而新亚当（耶稣）则由玛利亚的身体所生；蛇的诱惑潜入夏娃的耳朵，而上帝的旨意则传入玛利亚的耳朵；经由夏娃，蛇的诡计建起了死亡的大厦，经由玛利亚，上帝的话语构筑了生命之网；没有信念的夏娃所结下的悖逆之结，由敬虔的玛利亚用顺服的力量解开了；夏娃生了罪孽，玛利亚诞下了恩典；夏娃（Eva）变成了万福玛利亚（Ave）。[8]

　　这种精心设计的对位法，在几个世纪以来帮助推出了一系列令人惊异的形象：素描、插图、雕塑、壁画、油画等。11世纪，在希尔德斯海姆（Hildesheim）雄伟的青铜门上，左侧是夏娃在喂养该隐，右侧是玛利亚在抚育耶稣。在波士顿的一幅由荷兰大师罗吉尔·凡·德·威登（Rogier van der Weyden）创作的绘画作品中，圣徒路加正描绘一幅圣母喂养婴儿的画，圣母所坐的木制王座的扶手上刻着亚当和夏娃的小塑像；如果你仔细观察，你会发现夏娃正伸手去摘苹果——原罪和救赎就这样结合在一起了。在科尔托纳（Cortona），一幅由弗拉·安吉利科（Fra Angelico）创作的华丽祭坛画在前景中展示了天使传报，而在远处，天使米迦勒正将亚当和夏娃逐出伊甸园。

15 世纪，一幅对但丁的《神曲·天堂篇》进行诠释的意大利插图，在时间和空间维度上则更加激进：在右边的一个小教堂前，天使加百列跪在玛利亚面前；就在他身后的左侧，赤裸的亚当和夏娃遮着他们的下体，目瞪口呆地看着这一幕。[9]

由于中世纪的玛利亚式虔诚经常与反犹言论联系在一起——毕竟犹太人被说成圣母忧伤的罪魁祸首，对夏娃和玛利亚的描述常常与对犹太人和基督徒的描述形成对比。在 1420 年的德国版圣经插图中，夏娃和玛利亚分别站在这棵致命的树的两侧。赤裸的夏娃抬起一只手来摘苹果，另一只手摸着一个死者的头颅，这头颅被一群戴着圆锥形帽子、留着胡须的犹太人托着。身穿长袍的玛利亚手拿一个十字架，慈祥地看着一群牧师和僧侣。犹太教会与基督教会是对立的，[10]由此法律与恩典、死亡与生命，也是对立的。

在一幅现藏于罗马博尔盖塞美术馆（Borghese Gallery），于 1605 ~ 1606 年创作的著名油画中，卡拉瓦乔描绘了圣母正弯着腰，赤脚踩在一条扭动的蛇的头上。[11]她环抱着赤裸的幼子，孩子把脚压在妈妈脚上，而这叠加的重量会把蛇压扁。在阴影中，孩子的祖母圣安妮（Saint Anne）满脸皱纹且疲惫不堪地看着这一切。夏娃虽然不见踪影，却隐含地出现在眼前，因为这件事在创世初就被预知了。上帝对那引诱夏娃犯罪的蛇说："我又要叫你和女人彼此为仇；你的后裔和女人的后裔也彼此为仇。"（《创世记》3：15）如今，新约中的救世主和他的圣母正在实现旧约的预言。这是基督教的胜利，相应地，童年的耶稣明显未受（犹太教的）割礼。

这整个象征性对比可以用来暗示夏娃的罪是因祸得福。毕竟，正是夏娃的行为使得玛利亚出现了，而因为有了玛利亚，救世主才得以诞生。然而，由于玛利亚是夏娃的反面形象，把她们并置在一起，往往会深化对夏娃留给后代的鲁莽、虚荣与傲慢的谴责。神学家们似乎也在互相较劲，争相谴责她们继承下来的种种缺陷。即使是极其聪明、道德敏感的哲学家托马斯·阿奎那也得出结论：男人比女人更像是上帝的形象。他写道：女人是有缺陷或残废的男人（vir occasionatus）。[12] 这是一个古老的异教概念，阿奎那从亚里士多德那里将其延承下来。但女性劣等论在中世纪也找到了共鸣，它似乎解释了上帝后造女人的原因：她起源于所谓的弯曲的肋骨，她屈服于毒蛇险恶的甜言蜜语。

那么，阿奎那问道，为何上帝最初还要创造她呢？她本应该成为男人的伴侣，但是奥古斯丁在几个世纪前就已经发现，另一个男性造物能够更好地帮助进行农业劳动。因此阿奎那写道："为了共同生活和互相做伴，两个男性同居胜于一男一女。"所以他只能得出这样的结论：创造女性就是为了繁育后代。

女性的生殖力被人们承认并敬重，众多温和而恭敬的圣母圣子画像尤能体现这一点。尽管对圣母玛利亚的崇拜日渐盛行，但它并未消除对夏娃的诽谤。至少在中世纪的一些基督徒中，尤其是在那些修道院中的苦修者中，对女性的厌恶到了如今看来病态的程度。厌女者的怒吼在当时看来并非如此，这是因为它们在社会的信仰体系中和使它们能够被接受的机构中觅到了合适的位置。圣彼得·达米安（Peter Damian）① 是 11 世纪的本笃会成员，他尤其尊崇玛利亚，写了著名的《献给圣

130

① 彼得·达米安（1007~1072）是 11 世纪意大利 Fonte Avellana 修道院的院长。他所推行的苦修主义影响了修道院的发展以及西欧的社会和文化。——译注

母的仪式》（*Officium Beatae Virginis*），但这种热忱并未削弱他
对"人类毁灭原因"的狂热抨击：

> 你们这些婊子、母猪、尖叫的猫头鹰、夜猫子、母
> 狼、吸血鬼，你们总是大叫着"给我，给我！从不停歇"
> （《箴言》30：15–16）。现在来听我说，妓女，娼妓，你
> 淫荡的吻，你那肮脏如猪圈的卧房——那不干净的灵魂、
> 半人半神者、海妖、女巫、戴安娜的献身者所躺卧的地
> 方，如果有什么预兆，如果到目前为止有什么征兆的话，
> 用你的名字就足以对它们做出审判。因为你是魔鬼的祭
> 品，注定要遭受永恒的死亡。魔鬼因你无度的情欲而丰
> 腴，因你诱人的宴席而饱腹。[13]

131   伴着这疯狂的咒骂，《创世记》中最初的一对男女——
"神就照着自己的形像造人，乃是照着他的形像造男造女"
（《创世记》1：27）——已经演变成为某种罪恶的东西。特别
是女人，她非但不是男人的伴侣，还成了他的死敌。虽然她最
终成为撒旦的受害者，但她同时也是恶人的同盟，是人类堕落
的主要动因。当圣徒坐在修道室里沉思时，他的脑海中潜伏着
比基督教和犹太教更古老的疑虑。女人不仅是撒旦的盟友，更
是他的情人，在肮脏仪式中与他进行肉体的交合。

在这些淫秽的幻想中，蛇有时是撒旦与女人结合的形式。
或者，女人才是真正的蛇。有博学的评论者称，希伯来语中的
"Eve"与阿拉姆语中蛇的词义相关，然而，厌女者并不需要
通过咬文嚼字来引导观念的走向。女人利用她的性魅力来诱惑
并最终摧毁了男人。女性作为受害者的一面则被轻易忘却了，

更确切地说，女人这是自作自受。身为夏娃的女儿，她们学会了勾起男人的欲望。

从最极端的形式来看——这与其说是一种争论，不如说是一种精神困扰或者强迫症——女人不再是完整的人。"女人是经期动物，"一位早期的教会圣典评述者写道，"若接触女人的污血，果实就将化为乌有，美酒会变酸，植物会枯死，果树会不结果，钢铁会腐蚀，天空会变暗。"[14] 将女人非人化，正如将犹太人非人化一样，会招致暴力。

1486 年，多明我会① 的黑衣修士海因里希·克莱默（Heinrich Kramer）和雅各布·斯普伦格（Jacob Sprenger），出版了著名的《女巫之锤》（*The Hammer of Witches*），书里讲到教宗授权他们在德国和瑞士的大部分地区进行宗教调查。他们利用刑讯逼供，发现了大量被指认为巫师的人，其中不乏一些男性，但绝大部分为女性。他们被指控与魔鬼进行肮脏的交易。这些巫师被判有罪并被处决。审问者急于证明他们的所作所为是正当的，[15] 同时也鼓励其他人承担这份重要使命。

克莱默和斯普伦格援引神父和其他人的证词，解释了为什么会有那么多女人比男人更喜欢巫术。他们写道，这是因为所有女性都有一种天生的邪恶倾向。当然，也不是没有英勇、虔诚甚至神圣的女性。像彼得·达米安那样，斯普伦格致力于宣扬圣母崇拜。但真正优秀的女性是极为罕见的：总的来说，女性是非常糟糕的。审问者写道："她们在身体和灵魂的力量上都有缺陷，因此她们对其嫉妒的人施以巫术就不足为奇了。"

---

① 又译作道明会或多米尼克派，是天主教托钵修会的主要派别之一。——译注

审问者坚称巫术不仅是幻想。巫师们崇拜恶魔，为恶魔服务，与恶魔订下具有实际约束力的契约以换取邪恶的力量。他们解释说："恶魔可以在其所附的身体中与巫师交谈，观察巫师，听巫师说话，和巫师一起吃饭，然后和巫师一起生育。"巫师具有的邪恶力量通常显效于本地——杀死邻居的牛，弄残一个孩子，使男人阳痿——但它也能波及村庄以外的地方："我们发现，几乎所有的王国都是因女人而被推翻的。"

这一切都要回溯至夏娃。他们写道："致命的缺陷在女人最初的外形中就可发现，因为她是由一根弯曲的肋骨造的，也就是说，是由扭曲变形的肋骨造就的，这与男人恰恰相反。"诚然，魔鬼误导了她，却是女人而非魔鬼误导了亚当，导致了人类的毁灭。而这只是为了证实女性是不完美动物的理论："就智力、理解精神现象的能力而言，她们似乎与男人不属于同一物种。"

133   这句简短的口头警告——"她们似乎与男人不属于同一物种"——其实掩盖了克莱默和斯普伦格真正想说的心里话：女人不是完全的人。尽管该书是在正统的官方许可下开始的，科隆大学（University of Cologne）的神学家们还是在该书中发现了异端性的错误。在其出版三年后，宗教裁判所就宣告《女巫之锤》是虚假的。尽管受到谴责，此书仍不断再版，广泛传播；而更加热衷于审查的海因里希·克莱默还多次获得教会的许可，继续从事他那邪恶的工作。无辜的女人们因为一种被想象为天生邪恶的倾向而丧命，而这种倾向可以一直回溯到夏娃。

然而，尽管人们利用起源故事中深藏的厌恶女性的因素来为残酷虐待妇女辩护，尽管因为夏娃的罪过人们被允许随意侮辱女性甚至处决女性，但《创世记》的故事并非总被用来证实女人与生俱来的缺陷。[16]所有的主流神学家，从奥古斯丁和阿奎那到路德和加尔文，都认为第一个女人和第一个男人一样，是按照上帝的形象被创造出来的。这种肯定在一定程度上抑制了对夏娃最极端的诽谤，甚至她所谓的缺陷亦可用来为女性辩护，至少可以用来转移她们的罪恶感。在 15 世纪中叶，博学多闻的人文主义者伊索塔·诺加罗拉（Isotta Nogarola）曾略带讽刺地争辩道：女人的不完美——她们的无知和反复无常——是上帝赋予她们的本性的一部分，因此她们的罪恶感也就减轻了。准确地理解就是："就像一个小孩的罪要少于老人的，或者一个农夫的罪要少于贵族的一样。"被完美化且被赋予自由意志的亚当就没有这样的脱罪借口了。[17]

许多基督徒，无论男女，都认为亚当的罪孽更加深重。这女人受到撒旦的迷惑，而这男人犯了罪却能够全身而退。甚至据说，当第一个女人要为人类的毁灭负责时，仍然有一种方法来减轻她的罪行，正如早期教会神父所做的那样：追忆她曾带给人们的救赎。

早在 15 世纪初，法国人文主义者克里斯蒂娜·德·皮桑（Christine de Pizan）[18]曾假想自己与"理性夫人"（Lady Reason）的对话。理性夫人向她保证："如果说人类是因夏娃而被驱逐的，那么我告诉你，从玛利亚那里获得的，比从夏娃那里失去的更多。"在这里，正确的理解是夏娃对人类有恩："因罪得福，男人和女人都应该为此感到高兴。"

还有几位大胆的阐释者对此做了进一步探讨。其中最引人注目的例子来自威尼斯一处闭塞的本笃会修道院。这里住着一位口齿伶俐但郁郁寡欢的修女，名为阿坎吉拉·塔拉波蒂

134

（Arcangela Tarabotti）。她是 11 个孩子中的一个，生于 1604
年，塔拉波蒂和她父亲一样患有先天性残疾——瘸腿。她很小
的时候就被送到修道院，这是当时的父母常采用的策略：他们
要么攒钱为其置办嫁妆，要么认为女儿找不到什么合适的丈
夫。到她十七岁生日时，她已经许下了不可撤销的誓言：她要
在修道院里度过余生。但塔拉波蒂并没有听天由命，她不断地
探寻各种方法，以期与修道院外的世界保持联系。

塔拉波蒂去世时四十八岁，两年后，她最著名的书《父
权暴政》（*Paternal Tyranny*）付印。该书控诉了导致她以及与
她有类似遭遇的女孩的残酷境遇，也谴责了男人用以狡辩的谎
言。圣经写明，第一个女人不仅和第一个男人平等，而且比第
一个男人更优越。亚当来自泥土，而夏娃是由人类肉体——这
种最高贵的物质——造成的；亚当出生在伊甸园外，而她则出
生在伊甸园里面。她是一切完美事物的集合，是上帝最终的、
至高无上的杰作。

135　　　尽管男性居于劣等，但他们仍用暴力和欺诈来征服女人。
他们把一切都归咎于夏娃，以此来掩饰自己的邪恶。夏娃被指
控应对人类遭受的所有弊病负责，而这是有失公允的。几个世
纪以来，对她的恶毒诽谤一直被用来证明和加强对所有女性的
奴役。塔拉波蒂写道："这真是一个谎言，上帝没有告诉亚
当，'你将统治女人'。男人和女人生而自由，就像上帝赐予
他们的珍贵礼物一样，他们都有自由选择的权利。"[19]但男人拒
绝给女人以自由，他们自己却对自由极为珍视。男人把女人囚
禁在压抑的婚姻中，更糟糕的是，将她们囚禁在阴郁的修道院
里，除了少数真正有职业的女人外，她们像囚徒一样被迫过着
悲惨的生活："她们的生活没有起点和终点，她们啃噬食物但

无法下咽，她们被杀戮但又不被立即处死。"

一位 17 世纪的修女并不能质疑伊甸园的故事。但是，如果《父权暴政》的作者不能否认圣经的真实性，她至少能从一个更人道的方向来寻求解释。夏娃被引诱吃禁果，不是因为骄傲，而是因为她渴望知识："这种渴求不应被责备。"她的美貌或许导致了亚当的堕落，但这并不是女人的错："虚荣的男人们啊，你憎恨女人的美貌，因为你自己的心浸染了淫欲，使你总把自身的欲望施加给女人。"

被囚禁在修道院中的塔拉波蒂，拼命想揭开亚当和夏娃故事中的邪恶用意。"无论是在字面上还是在象征意义上，我都不曾发现，上帝希望女性违背自己的意愿而被困于修道院内，"她写道，"赐福的造物主，在他心目中，人类自此繁衍后代。他本可以委托我们的第一个父亲亚当，建立起女人参与的、为上帝服务的宗教秩序。但他没有这样做……"在圣经故事中，女人屈从于化身为蛇的魔鬼的甜言蜜语，但在塔拉波蒂的重述中，上帝却讲明了夏娃和此后所有的女人都受到了多么不公平的对待，上帝告诉夏娃："真的，魔鬼代表男人，从现在起，男人会把他的失败归咎于你。男人除了欺骗你、出卖你，夺去我所赐给你的一切统治权以外，没有其他目的。"

在修道院内外，女人们或许都赞同塔拉波蒂的观点，甚至包括一些男性盟友，但是，即便确有其事，也几乎没人敢就此公开表态。《父权暴政》立即受到了攻击。1660 年，宗教裁判所对其进行全面封杀，禁止今后再版，并将其列为禁书。

尽管塔拉波蒂、诺加罗拉和其他一些人都为此做出了英勇的尝试，但是，从信仰中抹去夏娃之罪带来的诅咒仍然遥不可及。不管有多少人将之归罪于亚当，有多少人颂扬玛利亚的救

136

赎，对女性的厌恶就像酒桶里的苦味残渣一样，永远也无法彻底清除。女权主义者玛丽·沃斯通克拉夫特（Mary Wollstonecraft）只有站在他者的立场上，才能愤怒地回首往事："那种主流观点，即女人是为男人而生，或许起源于摩西的故事。"她在出版于 1792 年的《女权辩护》（*A Vindication of the Rights of Women*）中写道：

> 然而，据推测，很少有人认真考虑过这个问题。从字面来看，他们曾假设夏娃是亚当的一根肋骨，这个推论必然站不住脚；或者，这只是远古时期的人对同伴施加影响的权宜之计。她应该完全服从于他的统治，因为女人正是为了男人的方便或快乐而造的。

18 世纪末期，历经启蒙运动、美国独立战争和法国大革命，沃斯通克拉夫特认为"极少"有识之士仍从字面上理解亚当和夏娃的故事。那时的她已经可以去公开争辩说，这则故事的作用是——而且一直是——作为一种手段来证明对妇女的奴役是正当的。

1480 年的人们并不比 1780 年的人们更轻信，或者说，也不比现在的人们更轻信。当时有大量可使人对巫师的指控产生怀疑的证据，包括来自教会内部的证据。空中飞行的传言、与魔鬼的幽会、使人残废和暴毙的神秘力量等，都经常被指责是精神病患者或心怀鬼胎者的幻觉或臆想。但奥古斯丁成功设立了一个关键原则，即伊甸园的故事是真实存在的。他坚称，夏娃确实曾与毒蛇对话，这给了像克莱默和斯普伦格那样的女巫猎手一个她们需要的托词。大量的描绘伊甸园中关键情节的绘画作品，同样印证了这些观点。

其中最伟大的是 16 世纪早期画家汉斯·巴尔东·格里恩（Hans Baldung Grien）的绘画、木刻和蚀刻版画，他创作了最辉煌也最令人不安的女巫形象。她们的长发像火焰一样在她们丰满的裸体周围飞舞，女巫们在撒旦淫秽的仪式中相互求欢。这些仪式与格里恩想象中夏娃的行为相差不远。他最著名的画作现展于渥太华的加拿大国家美术馆。在画中，一头飘逸长发的丰满夏娃，手拿苹果站在命运之树旁，没有枝条遮掩她赤裸的身体，相反，她的身体完全转向观众。但夏娃并没有望着我们，她的脸上带着一种狡猾的表情，眼睛直视缠绕在树上的蛇，她伸出手来指向那条蛇——这是一种极富色情暗示的姿势。

这位艺术家将这场小小的性游戏的后果表现得无比清晰。 138
亚当站在树后，对夏娃微笑着，一手挽着她的胳膊，另一只手去摘树上的果子。但这并不是我们期待在伊甸园里看到的亚当：他已经是一具尸体，肉从他的骨头上落下来；那条蛇咬住了亚当伸向妻子的腐烂手臂，与之形成了一个闭环。最好永远不要娶妻；最好永远不要被性唤起；最好永远不要看到女人的身体。但是这幅画本身就是以夏娃的身体为中心的，而且它十分明显地——而且是充满色情意味地——意在唤起性欲。

第八章　身体的赋形

　　现代罗马的街道之下，有一张庞大的地下墓穴网络——一个亡者之城，而且多半尚未发掘。凝灰岩中开凿的道路绵延数里，蜿蜒曲折，如未掌灯的迷宫，难辨东西。公元 3 世纪至 4 世纪，异教徒往往火葬亡者，再将其骨灰敛入骨灰瓮，放置于专门存放骨灰瓮的场所——骨灰龛（columbaria）内，它因形似鸽舍而得名（拉丁语中"鸽子"一词写作 columba）。然而，同时期的基督教徒因为相信世界末日临近而选择土葬而非火葬。因为他们想，为什么要将身体烧成灰烬，让临近的复活更加困难呢？因此，他们沿着地下墓穴中蜿蜒曲折的道路安放亡者——成千上万的亡者，将其置于狭槽般的壁龛之中，并称之为墓洞（loculi）。[1]

　　有时，富人的尸体会被安置于饰有拱门的壁龛中，或者更为昂贵的小房间中，它被称为单间墓室（cubiculae）。今天，埋葬整个家族的房间最吸引人，其墙壁和天花板上都装饰着壁画。千百年来，潮湿的空气里浮动着哀悼者与朝圣者的供灯所
散发的青烟，壁画由此覆盖上了一层黑色的保护膜。把黑色的保护膜清除掉后，壁画里的各色图像呈现出鲜艳的色彩，熠熠生辉，竟不像一千六百多年前的作品，而恍如昨天的绘画一般。

　　在圣玛策林及圣伯多禄堂——这是一个非同凡响的地方，

在罗马沉闷、偏僻的一隅——的地下墓穴中，一些人物形象反复出现：拉撒路复活，挪亚打开方舟的窗户见鸽子衔着橄榄枝归来，但以理被投入狮子洞；还有一组叙事讲述了约拿被抛入大海，被大鱼吞食，后又被吐到岸上在葡萄藤下休息的故事。在这些场景中，主人公都克服了致命的危险，以此来告慰亡者。更确切地说，是安慰生者，他们中不仅有痛丧亲友的人，还有来到圣者和殉道者的遗迹旁祈祷的朝圣者。在沿着迷宫般狭窄的地下通道修建的单间墓室中，散落着其他一些告慰的标记：耶稣牧羊、耶稣在使徒们的簇拥下成为王者、满座的宴会、罹患血漏的妇女碰触到耶稣长袍的褶边、耶稣与撒玛利亚妇女在井边讲道的画面，甚至有点反常的是，还有异教神话中俄耳甫斯入地府而后返回人间的画面。

绘制壁画的艺术家们非常尊敬地下墓穴的建造者。为此，他们专门为哀悼者和朝圣者在几处绘制了有关挖掘者的壁画，其面积宏大，手法写实。挖掘者魁梧健硕，身着工装，手持工具，背对着观众，奋力地挖掘着凝灰岩，以建造更多的墓穴。更令人惊奇的是，用火把驱散黑暗之后，参观者抬头便可以看见，壁画中赤裸的亚当和夏娃分立于树的两侧。[2]

亚当和夏娃的故事诞生于希伯来世界，但在那里，无论是谁首先绘制了最初人类的形象，他们都是没有任何蓝本可以参照的。不可否认，人们想象中的亚当和夏娃所拥有的身体千奇百怪、各不相同——诚如所见，对一些拉比而言，是庞大的巨人身体；对其他一些人而言，亚当和夏娃仍旧生活在伊甸园 141 中，用甲壳蔽体，以求得保护；对另外一些人来说，他们的身体经由一根脐带拴在伊甸园的土地上。但犹太人一直禁止雕刻偶像，这意味着几乎没有关于这些身体的图形描绘，也就是说，没有任何绘制这些肉身形象的指导。

早期的基督徒无须担心雕刻的偶像。信仰基督教的罗马人都是数世纪前的希腊、罗马艺术的继承者。因此，我们可能已经在期待他们来描绘世界上最早的男人与女人，据说他们是最美的人，周身裸露，却处之泰然。然而，圣玛策林及圣伯多禄地下墓穴中的亚当和夏娃却是卑微的，似乎还感到羞耻。他们俯首缩臂，不安地遮挡着自己的生殖器。其四周则充满了希望的象征：左面墙壁上，裹着尸布的拉撒路正从坟墓中走出来；右面，摩西在敲打岩石，释放出生命之水；头顶上方，挪亚从玩偶匣般微小的方舟中现身。但这里亚当和夏娃的形象无关救赎。他们有充分的理由感到羞耻，因为从一开始，他们就该为使地下墓穴中具有必要性的死亡负责。

到了公元 3 世纪，所有派别的罗马人都开始抛弃古希腊允许在公共场合裸体的规定——在希腊语中，"体育馆"（gymnasium）一词指裸体健身的场所。然而，即使当时罗马盛行庄重之风，雕塑仍旧在模仿希腊的蓝本，赞美诸神与英雄那线条优美、比例匀称、周身裸露的身体。这样的人物形象在基督徒中也随处可见。阿波罗或维纳斯的形象与昏暗的地下墓穴中对深感羞耻的亚当和夏娃的象征性描绘并无多大差别。

自君士坦丁大帝皈依基督教起，基督教在罗马帝国逐渐取得合法地位，然而，忠实的信徒仍旧坚守地下墓穴中那些象征羞耻的形象。在公元 359 年前后，当时颇具影响力的罗马参议员朱尼厄斯·巴苏斯（Junius Bassus）去世，被安葬于华丽的石棺中。为了与他近期的皈依（他刚刚受了洗礼）相称——如铭文所示，他"于 9 月 8 日看见了上帝"——石棺上精美地雕刻着新约与旧约中的形象，包括裸体的亚当和夏娃。夏娃在那里，但这一形象并不象征参议员希望拥有的天堂之乐，而是，照圣保罗的话来说，用以传送亡者的"死亡之身"。致命的树，毒蛇盘绕其上；二人则分立两侧，低垂眼目，互相躲避。他们蒙受羞耻，尴尬惭愧，即使相互陪伴，也孤独痛苦，找来无花果树的叶子遮蔽私处。

其他同时期及随后几个世纪的基督教石棺都运用了同样的想象，[3]即使雕刻的是犯罪之前的亚当和夏娃，他们也已感到身体之耻。一只手采摘果实，另一只手则笨拙地遮掩住自己的身体。果实可能尚未品尝，但堕落已然发生，或者对任何看见这些形象的人而言，已决然发生，不可挽回了。毕竟，观众因伊甸园之事而堕落，并无法摆脱羞耻之感。

在中世纪早期对亚当和夏娃的描绘中，关于羞耻原则，唯一重要的例外出现在故事的早期，后来的悲剧性结局发生之前。大约公元 400 年，一件精美的象牙雕刻（现藏于佛罗伦萨巴杰罗美术馆）展现了亚当与被带来让他命名的动物们在一起的场景。雕刻中的亚当并不是我们所期待的那样，像一位将军审阅自己的部队一般，站在动物面前；却好似进入了莫里斯·桑达克（Maurice Sendak）的画作，他与熊、狮子以及其他野兽一道，在梦境中飘动——尽管周身赤裸，他却毫无羞耻之感。描绘创造的场景则更为普遍，尤其是创造夏娃的那一幕。正当亚当酣睡之际，上帝在他身旁拉出了夏娃的形状。二人虽赤裸身体，却没有伸手遮掩，此刻的身体至少尚未意识到羞耻。

然而，不知何故，即使这些身体被想象得清白无辜，也好似有些畏缩，仿佛已经感受到了羞耻一样。这些人物已经丧失了此前异教徒所展现的特点，失去了肉体的生机，变得十分枯

143

瘦、憔悴。在于公元 840 年左右出版的插图本《穆捷－格朗瓦勒圣经》（*Grandvier-Montval Bible*）① 和同一时期出版的装帧华丽的《秃头查理的第一本圣经》（*First Bible of Charles the Bald*）中，亚当和夏娃全身赤裸，尚未堕落，好似刚从墓穴中复活的拉撒路。

将最初的人类描绘为赤身裸体、瘦骨嶙峋的禁欲形象，这一手法延续了数百年。我个人最喜欢的是 15 世纪用波希米亚语书写的装饰华丽的手稿，现藏于梵蒂冈图书馆。该手稿的作者是 12 世纪法国基督徒作家彼得·科麦斯多（Peter Comestor）——他的姓是一个拉丁语昵称，即"吞食者"，不是因其食量大，而是因其读书欲难以满足。中世纪的人们很少读圣经，许多读者对《创世记》的了解来自彼得·科麦斯多那广受欢迎、发人深省的阐释。在梵蒂冈图书馆的版本中，赤裸的亚当酣睡在岩石卧榻上，长袍加身的上帝立于其后，左手小心翼翼地拿着一根肋骨，顶端立着夏娃的头，其他部分则尚未完成，它看起来像一个杖头木偶，不过上帝已经用右手赐福给了这根光秃秃的肋骨。正如奥古斯丁所竭力主张的，艺术家遵循着对字面意义的理解："耶和华神就用那人身上所取的肋骨造成一个女人。"（《创世记》2：22）

实际上，创造场景中的这类形象展示了天堂中的亚当和夏娃的裸体姿态，但在古典时代晚期和中世纪早期的大部分基督教艺术中，最初的男人和女人的身体只是理论上的存在。精心创作这些人物形象的艺术家已经了解了异教的历史，他们可能已经看过身边很多残余的经典裸体，这些裸体带着无羞耻感的

144

---

① 疑为 *Moutier-Grandval Bible*。——译注

美。如果愿意的话，他们本可将此作为最初人类的蓝本，来塑造那些尚未堕落、清白无辜的人。然而，他们却选择去塑造不同的形象，以表明他们已经跨过了信仰的门槛。

当然，这并不代表人们会放弃他们的艺术抱负。恰恰相反，不计其数的饰以华丽绘画与雕塑作品的罗马式和哥特式教堂便是明证。在这些教堂的装饰方案中，亚当和夏娃常常以小型的裸体雕塑形象出现在大门上，或是以刚刚被基督从地狱边缘释放的年迈家长的形象出现在绘画作品中，抑或仅仅是亚当的头骨位于各各他（Golgotha）——就是耶稣被钉死的"骷髅地"——的十字架下。

教堂的墙壁上可见成千上万这样的彩绘骷髅，中世纪的祈祷书里、现今世界的众多博物馆中都是如此。现代观众中几乎无人能意识到中世纪观众立马就能知道的事情：这是亚当的骷髅——那个把死亡引至世间的男人的骷髅。圣坎迪多村（San Candido）坐落于多洛米蒂山脉（Dolomites）阿尔塔普斯特里亚（Alta Pusteria）幽暗的山谷中，村中有一座古老的教堂，高高的圣坛上方矗立着一个彩绘的木制十字架，上面钉着蓄着胡子的耶稣。耶稣正向外看去，面容淡漠，流血的双脚径直踩在一颗人头上。这个人头不完全是一个骷髅，还存有肉与面部特征。实际上，礼拜者直接看到了亚当的脸。他因在伊甸园里犯下罪过而堕落，又借着基督的自我牺牲得到救赎。

在大约一千年前的中世纪，关于堕落与救赎最出色的描绘之一出现在德国北部靠近汉诺威的一座老城里。贝恩沃德（Bernward）是一位富且受过良好教育的绅士，他曾担任神圣罗马帝国皇帝奥托三世（Otto III）的家庭教师。993 年，作为报答，奥托三世任命其为希尔德斯海姆主教。在游历完意大

145

利，见识过古代世界众多奇观后，这位绅士决定把自己的主教辖区打造成一个新罗马。他在教堂山四周砌起砖墙，在一个精美装饰的方案的基础上开始施工，而这一方案是由他亲自监督完成的。改造的成果今天已只能看见一部分，原因之一是后续的重建，更为重要的是：1945 年 3 月 22 日——二战结束前两个月——盟军飞机轰炸了希尔德斯海姆的中世纪建筑中心，其损毁严重。但幸运的是，教堂的艺术珍宝已在此前进行了转移，幸存了下来。在战后重建中，它们又被复归原处。其中，最珍贵的是两扇巨大的青铜大门，其上四分之三的浮雕都是描绘亚当和夏娃的。

这两扇贝恩沃德之门[4]，每一扇都是一体的，体现了高超的技术。自罗马帝国灭亡以来，就再没有这种规模的青铜器了。其上所描绘的十六个场景构成了一个精心设计的故事。左边的大门，上起亚当和夏娃的创造，到中间人类堕落，再到底部亚伯被杀；而右边的大门，上起天使对玛利亚报喜，到中间耶稣十字架受难，最后基督复活并出现在抹大拉的玛利亚面前。整个方案经过精心编排，两扇门上的旧约故事与新约故事被仔细地对应、协调起来。

亚当和夏娃是左边大门上的中心人物，一连串的嵌板让人想起他们的整个历史。即使在堕落之前的场景中，对于这些最初的人类来说，也没有任何自信、独立或美丽；从姿势和外形上看，他们更像是尴尬的孩子，在世界中或是在自己的身体上并不完全轻松自在。这些人物形象在传达中世纪身体耻辱观方面特别有说服力：堕落之后，蹲伏的夏娃一只手拿无花果树的叶子遮羞，另一只手则指向身似龙形、腿间夹着一条尾巴的毒蛇；畏缩的亚当也蹲下身体并遮挡住自己，试图将责任转移到夏娃身上，而上帝（当然，他是穿戴齐整的）的一根手指则直接指向亚当，表示指责之意。在这样一根手指面前，谁不会畏缩呢？

　　第一块嵌板上的创造场景犹如一个谜题，至今也没有得到令人满意的解答。在嵌板的中心，上帝弯下腰，用神圣的手指雕刻着一个躺在地上的人。据推测，这个人就是亚当，他正是在这一瞬间被上帝用黏土塑造而成的。但在右边，在一棵形状与心脏惊人相似的树的另一边，还有一个人物，这显然也是亚当，他正惊奇地凝视着这个场景。在画面中心，被造的人可能是夏娃，但没有肋骨的痕迹，而神色惊讶的旁观者亚当则是完全清醒的。是否如一些学者所云，上帝已经取出了亚当的肋骨，正在覆以黏土，进行创造呢？或许这个场景描绘的是亚当在回首自己的创造过程？抑或这位艺术家没有考虑《创世记》的第二章——上帝先用黏土塑造男人，再用肋骨创造女人；而只考虑了第一章——男人和女人是同时被创造出来的："神就照着自己的形像造人"？这至少有助于解释为什么他们之间没有明显的性别差异。这些形象是雌雄同体的，且在嵌板上一直保持着雌雄同体直到堕落发生——夏娃引诱亚当，将水果直接放在苹果般的乳房前。性别差异显然是即将降临的耻辱的一部分，而这种耻辱使得中世纪的艺术家无法赋予赤裸的身体以骄傲与坦然。

　　希尔德斯海姆之门中如此突出的羞耻法则[5]从 11 世纪一直持续到中世纪晚期。然而，即使是在耻辱的标志之下，一些艺术家仍然开始探索表现裸体的崭新、惊人的方式。其中，法国东部的欧坦（Autun）最引人注目。1130 年前后，在圣拉扎尔（Saint-Lazare）教堂大门的门楣上，一位名叫吉斯勒贝尔

（Gislebertus）的石匠雕刻了一尊真人大小的夏娃。这只是一个大型装饰的一小部分，其余的已丢失。1856年拆除房屋时发现了这尊雕像，如果不是此前把它当建筑材料筑进了墙里，它可能也已经丢失了。

吉斯勒贝尔的夏娃雕像带有传统的羞耻痕迹：生殖器被小心谨慎地隐藏在雕刻的小树干和枝叶之下，身体虽然是在地上伸展着的，却跪倒在地，像在忏悔一样。她将头靠在右手上，可能是表示悲伤或懊悔。然而在这里，传统意象中自卑的身体奇怪地消失了。这个夏娃具有强大的情色诱惑力。她长发披肩，赤裸的上身向外转向我们，袒露着美丽的乳房；纤细的左臂沿着身体向后伸展，用手从身后的树上摘下一个果子；而那棵树上的蛇身似乎是扭曲的。她仿佛并没有意识到自己的手在做什么。

这个中世纪的夏娃越看越具有吸引力，且经得起仔细端详。显然，她在采摘水果，但尚未将其送至口中；事实上，她把头靠在手上向外观望，像在沉思一般，似乎远离了那个致命的时刻。也许她仍是清白无辜的，而且，在那种情况下也不会感到羞耻，只是由于意外，那遮羞的叶子才碰巧被置于正确的位置上。因此，身体的诱惑不会标志着被唤起的性欲；只有性欲被激起来时，才成为堕落的标志。但与此同时，她的跪姿与忧郁的凝视却不可避免地表明她已经堕落了。毕竟，她一定已经失去了清白，扭曲的曼妙身姿朝向我们就是一种刻意的挑逗。那么，她就是女妖塞壬，是美人鱼，是蛇。

148　　她到底是什么样的一个女人呢？是清白的还是有罪的？是诱惑者还是忏悔者？她是踏入教堂时应当忘记的一切的象征，还是适合神圣场所的行为典范？以上问题委实难以回答，难题集中在阻挡我们看到腰部的蛇形植被背后所隐藏的东西上。因为在我们的视线之外，她的身体以一种实际人体无法做到的方式扭转着。[6]吉斯勒贝尔能够利用中世纪艺术的非自然主义惯例和中世纪哲学的智慧，微妙地创造出一个既意识到了却又似乎没有意识到罪恶的夏娃形象。雕刻家牺牲掉了一个完全可信的人体，虽然这正是希腊罗马人曾精彩描绘的，但古典的遗产停留在遥远的过去，如果吉斯勒贝尔完全认识到这一点，就会认为：相较于达到的效果，这种不太可信的人体形象只是一种微小的代价。

中世纪艺术家无需古代绘画和雕塑的资源，便可以以极其微妙的方式探索《创世记》这一起源故事的错综复杂的含义。在大量雕刻的门楣、唱诗班席位、嵌板画和书稿彩饰中，艺术家们描绘了上帝在摘取亚当肋骨之时的神秘睡眠；上帝手工制作世上第一个女人；狡猾的毒蛇盘绕在树上；伸手摘取水果的致命之举；羞耻的原始经历；遭驱逐后通过天堂之门的瞬间；等等。人类始祖失去乐园的那一刻特别引人注目，因为它代表了一个重要的过渡阶段。遭驱逐前，亚当和夏娃生活在专门为他们建造的花园中，人类所有的需求都通过上帝的安排得以满足；遭驱逐后，他们就被放逐到了一个艰苦恶劣、难以控制，最终要走向死亡的世界里。因此，12世纪上半叶于英格兰创作的《圣奥尔本诗篇》（*St. Albans Psalter*，现藏于德国希尔德斯海姆）中，上帝亲手将亚当和夏娃推出了象征着天堂之门的细柱。他们身上覆盖着野兽的毛皮，携带着不同的工具，男人手握镰刀，女人手持纺纱杆。亚当回首望向上帝和守卫伊甸园大门的天使；夏娃则向前张望，手指前方。读者难以辨认其卡通般面孔上的表情，但夏娃似乎带着一丝微笑，好像至少没

149

有被完全摧毁。大约一个世纪后，在法国制作的精美的《十字军圣经》（*Crusader Bible*，现藏于纽约的摩根图书馆）中，挥舞着宝剑的天使正驱赶亚当和夏娃穿过一道窄塔之门，他们似乎还没有为踏入尘世做好准备。他们没有衣服遮体，也没有劳作的工具，依然赤身裸体，满脸羞耻，用无花果树的叶子遮挡着自己的生殖器。二人俯首低眉，端庄的神情中带有悲伤。

尽管这个场景已经被描绘过无数次，但人们却从未料到，一幅在 1425 年前后为佛罗伦萨的加尔默罗会（Carmelite）修女教堂绘制的壁画，引发了人们极为强烈的情感。这幅壁画由年轻的托斯卡纳艺术家托马索·德·塞尔·乔凡尼·德·西蒙（Tomasso di Ser Giovanni di Simone）创作，此人更为人所熟知的名字是马萨乔（Masaccio）。这幅画代表着在一场知性运动和艺术运动——文艺复兴运动——的压力之下所发生的伟大转折。

我是在 20 世纪 60 年代第一次看到这幅壁画的。亚当和夏娃虽然衣着稍嫌暴露，但覆以无花果树的叶子，依然质朴端庄。[7]20 世纪 80 年代，人们对其进行了一次彻底的清洁，清理掉了无花果树的叶子——原来它们是后来补充上去的；这就显示出，马萨乔最初创作的亚当和夏娃是一丝不挂的。挥舞宝剑的天使推着他们，身后的大门似乎放射出某种神秘的光芒。他们迈步向前，夏娃的重心落在右腿上，亚当的则在左腿上。

他们甚是凄凉悲惨。夏娃的头向后倾斜，双眼紧闭，嘴巴张开，无声地哀号着。她试图一手遮住下体，一手护住乳房。得知自己身体裸露，夏娃痛苦不堪，正如纳粹拍摄的那些极其残酷的照片中的裸体女人一样，这是她因羞耻而做出的反应，与其所处的场景无关。也就是说，这不是一种社会情感，也不

是试图隐瞒自己性别的出于对尊严的保护；这是一种基本的意
识，即面对无法忍受的暴露时必须做的事。亚当的反应则有所
不同：他低垂头颅，双手捂脸，陷入痛苦之中。 150

　　艺术史家迈克尔·巴克森德尔（Michael Baxandall）指出，
壁画中的女人和男人之间存在着道德上的区分：夏娃的姿势表
明她正在经历耻辱，而亚当则显露了他的负罪感。无论如何，
马萨乔创作的令人难忘的人物形象都依赖于它们压倒性的表现
感，一种由透视法引起的现实感因其投射的阴影和运动的影响
得以强化。亚当的右脚仍然触着天堂的门槛，但不会长久。他
们处于尘世之中，不像天使，他们没有翅膀、华服、宝剑和魔
毯，对一切都毫无准备。毫无疑问，于他们而言，痛苦主要源
于因犯罪而产生的耻辱和内疚，但对其现在所踏上的贫瘠土地
的一瞥，也许还暗示了另一个原因，即物质原因。他们正进入
一个非常恶劣的环境中，没有任何东西可以保护自己。从这个
角度出发，一旦移除了油漆厚重的无花果树叶子，处于壁画正
中的亚当的阴茎，便不再是男子气概的标志，而是莎士比亚所
称的“孤苦之人”（unaccommodated man）① 的标志。

　　马萨乔于 1428 年去世，年仅二十六岁。在其短暂的一生
中，他几乎凭一己之力使意大利的艺术发生转变。年轻的画家
们开始研究他的作品，并模仿其革命性的新技术，这些技术曾
赋予他的人物形象以巨大的力量。他的亚当和夏娃不再是抽象
的装饰图案，仅象征人类的内疚；而是饱受苦楚的人类，其身
体具有一定的体型、重量，以及最重要的运动感。

————————

　　①　unaccommodated 意为不适应的，缺乏必需品的，缺乏应有的设备
　　的。——译注

几乎与此同时，在欧洲北部，另一位伟大的艺术家，佛兰德画派的大师扬·凡·艾克（Jan van Eyck），采用了一种相对激进的方式，从而赋予了亚当和夏娃以全新的身体真实性。1432年，由他创作的著名的《根特祭坛画》（*Ghent Altarpiece*）上的人物形象，不再像马萨乔的那样戏剧化。他们不因悲痛而哀号，不因内疚而战栗，亦不会被暴力驱逐出伊甸园。他们就站在彩绘的壁龛中，身处通过神秘的上帝羔羊获得救赎的广阔视野的尽头。

在末日将被救赎的是上帝拣选的所有人，是最初人类的众多后裔。扬·凡·艾克在中央嵌板上描绘了他们聚集在活水喷泉周围的场景。人们认为，亚当和夏娃本身将被包含在这众多的后裔之中。因此，壁龛中的亚当和夏娃不仅是原罪的肇始者，最终也是得救之人。

这种神学上的期望毫无新意可言。作品的创新之处在于，赤裸的男人和女人形象逼真、栩栩如生。这些形象几乎有真人大小，画家神奇的笔触又将之处理得不漏痕迹，似乎它们就存在于这幅完美画作的每一个孔隙之中。如今在根特，已经不允许观众近距离接触这幅伟大的祭坛画了。毕竟，它长期以来一直遭受各种令人惋惜的损害，包括纳粹盗窃以及19世纪有人在亚当和夏娃身上绘制服装等。但现在人们通过数字成像，就可以无限接近它，这也会让我们感觉到人物活灵活现。他们以无花果树叶子覆盖着生殖器，但其谦恭的姿势似乎只会使其更加暴露，招致人们情不自禁地、满眼惊奇地对其裸体加以审视。亚当严肃冷静，双手可能是因劳作而变红了；夏娃一手拿着一个形状奇怪的水果，可能是某种柑橘；她的腹部——孕育人类的子宫——则非常突出。即使是最微小的细节也可以直接观看：亚当修剪整齐的脚指甲和散乱的毛发尤其令人感到不安。

大约八十年后，米开朗琪罗在西斯廷教堂天花板上绘制了著名的创造亚当的壁画。尽管如此，也没有任何艺术家能媲美扬·凡·艾克，更休论超越他所绘的亚当和夏娃中的那种难以置信的逼真。扬·凡·艾克充分意识到，他自己所做的一切都隐含在作品的整体构思中，但是一个微小、隐匿的细节就能使人深刻地理解这一构思。红外反射图——一种探查涂料下方情况的现代技术，用于发现艺术家的初始意图及其随着作品发展所做的改变——就揭示了亚当右脚方向的惊人变化。起初，扬·凡·艾克描绘的亚当完全立于壁龛之中，双脚平行于画框；但在某个时刻，大概是人物受到真实身体的影响愈来愈大，他改变了主意，他把亚当的右脚转向了外侧，这样，脚趾似乎伸出了壁龛，朝向观众，就好像亚当复活了，走进了我们的世界。

15 世纪绘制祭坛画时，亚当的神奇影响仅限于那些恰好身处根特，前往圣巴夫大教堂（St. Bavo's Cathedral）参观祭坛画的观众。当然，佛罗伦萨卡尔米内圣母大殿（Basilica di Santa Maria del Carmine）内马萨乔所绘的亚当和夏娃，或者其他成百上千幅赋予人类始祖以身体形状的文艺复兴画作，同样需要出现在一个特定的地方。所有这些作品都是位于某个特定地点的。在有些情况下，它们可能早已声名远扬，其素描可能已经被绘制出来并四处传播。但其实际效果只能由那些能亲自到画作的所在地参观的人们来加以体验了。

1504 年，这一切都发生了变化，当时三十三岁的德国艺术家阿尔布雷希特·丢勒（Albrecht Dürer）创作了一幅题为

152

《人类的堕落》（*Fall of Man*）的版画。该版画迅速出名，并且铜版技术的发明意味着它可以被反复地、精致地复制。于是，这幅版画成功地进入市场并流通开来。在整个欧洲，成千上万的人都看到了同样引人注目的形象，并确信自己现在知道了伊甸园中最初的人类在堕落之前的样子。在亚当和夏娃漫长的历史中，他们几乎从来没有过这种令人满意的具体性。

153　　丢勒的版画描绘了亚当和夏娃，他们分立善恶知识树两侧，荣耀的身体完全面对着我们。原来那种封闭的、精心修剪的花园或装饰性的哥特式塔楼和拱门形象已经一去不复返了。现在的他们站在森林深处，身后的阴影中可见一只兔子、一只麋鹿和一头牛，只能瞥见远处的一方天空，悬崖之上，依稀可见一只山羊似乎正准备腾空跃起。从外形上看，那棵致命之树与周围其他的树木并没有显著差异，但它的果实恰好悬挂在夏娃头上的枝条上。夏娃左手抓住一颗果子，她采摘时，连带把一些树枝也拉了下来，一条细枝伸展过来，绕过她的半个身体。她的姿势没有任何羞耻感，但树枝上的叶子恰巧遮住了她的生殖器。她另一只手则用指尖拿着一个果子，据推测，该果子是从盘绕在树上的蛇那里得到的。但她的姿势微妙而含糊，暗示她也可能是在喂食动物而非自己品尝。她转过头专心地看着蛇和果实，长发飘垂在身后。

　　亚当也转过头，把目光投向夏娃，探身向后用右手抓住一棵树的树枝，大概就是生命之树；树干下面伸出的一根小树枝恰好遮盖了他的生殖器。他左臂伸向夏娃，手是张开的，仿佛在准备接受她从蛇口中拿过来的果子。他们仍然清白无罪、毫无羞耻之感，但这是最后一刻。亚当即将放开生命之树，人性将永远改变，同时，整个自然都会改变。

　　圣经中没有提及伊甸园中的动物是否注定都要自然死亡。《创世记》中的经文只是说最初的生物都是食草的："至于地上的走兽和空中的飞鸟，并各样爬在地上有生命的物，我将青草赐给它们作食物。"（《创世记》1：30）这种饮食结构很快就会永远改变了。亚当几乎踩在一只小老鼠的尾巴上，猫在他的另一只脚边打瞌睡。我们知道，一旦吃掉致命的水果，猫就会猛扑过来，可怜的老鼠就会被吃掉。但正如远处的山羊暂停跳跃那样，这一切改变在此刻尚未发生。

154

　　对犯罪前这最后一刻的描绘，就仿佛是用高速快门相机拍摄的，这足以解释为什么这幅作品会声名鹊起了。鉴赏家们惊叹于艺术家高超的技巧，正如一位伟大的丢勒学者所言，[8]这种技巧平等地再现了"温暖闪光的人类皮肤，寒冷光滑的毒蛇，飘动起伏的金属色头发，光滑、蓬乱、柔软或粗糙的动物皮毛以及原始森林的黄昏时刻"。但最令丢勒的同代人着迷的是那两个裸体人物——我们最初的父母——的美丽，特别是亚当的美。似乎前人从未见过如此完美的身体，马萨乔所描绘的绝望的亚当当然没有，凡·艾克的圆鼓鼓的夏娃也不是，更不用说希尔德斯海姆那象征耻辱的铜像了。

　　可以确定地说，许多同样出色的裸体作品都是在此时或之后不久创作的。文艺复兴时期的画家和雕塑家渴望复兴拥有众多理想化裸体的古代艺术，于是就转向了亚当和夏娃。尽管他们一丝不挂，却显现出尚未堕落的那种威严。整个16世纪有很多这样的作品，比如意大利的提香（Titian）、丁托列托（Tintoretto）和委罗内塞（Veronese），以及北方的克拉纳赫（Cranach）父子、卢卡斯·凡·莱登（Lucas van Leyden）、汉斯·巴尔东·格里恩（Hans Baldung Grien）和约翰·戈塞特

(Jan Gossaert) 等。当然，这些绘画中最为出色的，是米开朗琪罗在西斯廷教堂天花板上所刻画的巨人亚当被唤醒的画面。

即使在众多的天才之中，丢勒的亚当和夏娃也拥有超凡的影响力。铜版画仿佛是一块被扔进池塘里的大石头，在那里持续不断地制造一波又一波涟漪。即使是在有些艺术家激烈地与丢勒对抗时——例如汉斯·巴尔东·格里恩把亚当变成一具正在腐烂的尸体，我们依然可以从中察觉到丢勒对他的影响。1504 年的画像是如此公开、完美，势必成为众人竞相模仿的典范。

这种完美也是来之不易的，是长达数十年不断研究和探索的结果，正如亚当和夏娃故事中其他一些伟大的进步一样，它背后反映的是艺术家的整个职业生涯及其一生的深厚积累。丢勒孩童时期便天赋异禀，先是在父亲的金器店里接受训练，然后给一个画家当学徒，并学习绘画艺术。他几乎能生动地描绘出他锐利的目光所看到的一切事物：树林里的池塘、鸟翼上微微发亮的色泽、一丛青草、一只甲虫。他用令人惊叹的天赋描绘了很多卑微的事物，并不为此感到难堪。他写道："我相信，世上没有人能抓住最卑微的那些生物的整体美。"[9]多种多样数不胜数的事物令他惊讶和激动，他写道，"如果技艺高超的艺术家能够活上数百年"，他将有足够的时间去"塑造、制作许多人们未曾见识或不敢想象的新形象，包括人和其他生物"。恰恰是艺术技巧——上帝赋予的才能与刻苦努力的结合——使观察者能够感知这种奇妙的多样性，或者至少也能捕捉到无数表现形式中的几种。未经训练的眼睛只能看到少量枯燥复制的形式，丢勒却能看到各色物体的广阔全景。木刻和版画制作的专门训练提高了他对这种多样化的敏感度，正如他所写的那样，因为他知道，即使是技艺最高超的艺术家，也不可能创作出完全相同的两幅图画，甚至不能用同一块铜板复制相同的画像。

十三岁时，丢勒将强大的注意力转向了自己。他盯着镜子（当时是不常见的家用物品）并将他所看到的描绘下来。大约四十年后，他已经名声大噪，其随意之作亦被视为珍宝。有一次，他偶然在一堆旧材料中看到了这幅旧画，便在画作的顶部签名并写下："1484 年，当我还是个孩子时，照着镜子画了自己。"这幅画展示了惊人的绘画技巧，开创了其自画像的终身实践历程。艺术史家约瑟夫·科尔纳（Joseph Koerner）就曾在其精湛的研究中对此进行过深入分析。其中最不寻常的一幅自画像是在 1503 年绘制的，那是在创作亚当和夏娃的版画的前一年，丢勒使用铅笔和水彩画笔绘制了自己的裸体。画面中，黑暗反衬出他身体的轮廓，他身体微微前倾，一条腿支撑着全身，长发以网束之，表情严肃警觉，肌肉紧绷。他的裸体没有一丝羞耻感。若仅称这幅自画像不同寻常则略显保守：正如科尔纳所指出的那样，在 20 世纪初埃贡·席勒（Egon Schiele）出现之前，在西方艺术史上，这样的作品是绝无仅有的。[10]

无论丢勒认为他在做什么，无论是出于自恋还是自我关心，无论是为自己庆祝，还是在阴郁地诊断某种疾病的影响，这幅画都与同时期的描绘亚当和夏娃的版画中的裸体息息相关。对于版画，丢勒已经思考了一段时间。他想象可能的姿势，研究人体绘画和抽象的几何模型，草绘双手握住或伸手去拿果子的画面，冥思苦想理想的人体形状。他研究并绘制了诸多裸体。当文艺复兴重新唤起人们对希腊和罗马雕像的兴趣

156

时，这成为艺术家培训的核心元素，也是画室实践的重要组成部分。但1503年的裸体自画像是不同的，它见证了对原初的、本质的身体的探索。

　　丢勒确信他就是亚当的后裔，那么拥有同样的血脉也就肯定意味着：至少他的裸体与亚当有着些微的相似。当然，身处乐园的亚当的身体是完美的，但从那时起，所有的身体都已经失去了原初的完美。尽管如此，为了抓紧亚当的身体——过去遥远得难以接近，丢勒显然觉得必须先抓住自己的身体。[11]在他之前，没有任何一位艺术家做过这样的事情，但这并不重要。他不得不去审视、评估自己的身体，并以典型的强度去表现自己未加遮掩且毫无防护的肉体。他的裸体自画像不仅没有遮盖生殖器，而且将它置于绝对的中心，仿佛刻意要去显露通常隐藏在无花果树叶子之下的东西。但他与最初人类家族的相似程度，到底是坚定了艺术家的自恋，还是因为让人们注意到其身体的不完美而削弱了这种自恋，这一点并不清楚。

　　但有一点是十分清楚的，丢勒认为，不能将曾经观察过的任何身体——包括他自己的和其他任何人的——作为其作品中亚当的真实模特。他必须让亚当完美。虽然世界上美丽随处可见，包括他在镜中凝视的形象，但这种美丽与第一个男人和女人所体现的不同——他们是仅有的两个直接由上帝创造的人。丢勒写道："最初，创造者以他们应有的样子创造了人类。"通过想象构思这种美几乎是不可能的，更不用说在图像中去捕捉它了；他相信，世上无人能抓住全部的美，即使只是一片草叶的全部的美。

　　他在《人体比例四书》（*Four Books on Human Proportion*）和其他论文中也曾明确指出，他为自己布置了一个任务，要看出，并精确地描绘出所有生物中最美好的整体之美：上帝最初想呈现的人类裸体。尽管这一挑战是巨大的，而且简直是难以逾越的，但丢勒告诉自己，一定要克服困难迎接挑战。[12]他写道："我们不要用牛的方式思考。"虽然知道可能会失败，但他相信：自己所接受的训练、所做的研究和自己独特的天赋，一定会让他成为最适合承担这项任务的人。

丢勒目光敏锐，能洞察无尽的差异，甚至包括同一物种中那些表面相似的生物之间的细微差异。他也曾冒险闯荡世界，知道天地之间还有诸多事物，是他身居纽伦堡及其周围时想不到的。到了 1500 年，几乎可以肯定的是，他也听说了哥伦布发现了"新大陆"，这些发现搅乱了原来世界的地理和民族志地图。（多年后，他会亲眼见到科尔特斯①从墨西哥寄回的一些物品，并写下这笔财富"对我来说比奇迹更美丽"的字样。）作为一名基督徒，他相信全人类都信奉的真理，但这个真理并不能抹杀所有的区别。一个地方的美丽对于其他地方而言就不一定是美丽的。他指出："在不同的国家有许多不同的人，远游者会发现事实确实如此，因为他们亲眼见证过。"

但在寻找亚当和夏娃的真实形体时，丢勒致力于找寻"能够想象得出的、最美的人类形象"，也就是说，无论何时何地，这个形象都是全人类的完美典范。他写道："我不会建议任何人仿效我，我只做力所能及的事，而我所做的甚至连我自己都不满意。"他认为最好的（也可能是唯一的）前进方式，是模仿古希腊画家宙克西斯（Zeuxis）的作品。宙克西斯

158

---

①　埃尔南·科尔特斯（Hernán Cortés，1485~1547），西班牙贵族，大航海时代的西班牙航海家、军事家、探险家。——译注

生活在公元前 5 世纪，他的作品无一幸存于世，但坊间流传着很多关于他的故事，其中之一就讲述了他如何成功地描绘世界上最美丽的女人——特洛伊的海伦。由于找不到一个合适的模特，他召集了五位美女，从她们中挑出各自最精美的特征，然后将其融汇成一张成功的画像。因此，丢勒开始观察并收集具体的人体特征。

在一幅现在还幸存的画作中，丢勒以其敏锐的观察力描绘了手伸向水果或抓住水果的方式，特别是这种动作所形成的手腕上的褶皱。那是谁的手腕仍然未知，关键是它属于一个特定的人——艺术家握笔凝视的那个人。正如丢勒所写，不能仅仅依据自己来塑造你渴望描绘的事物。即使最伟大的艺术家也必须观察、描绘，并将实际所见之物储存在大脑中。"因此，将心中聚集的秘密宝藏在作品中公开表现出来，内心创造的新事物便出现了。"

丢勒内心的秘密宝藏中存放了许多独特的身体及身体部位——这个手腕、那个肩膀、这些大腿等——以及一些重要的细节，比如，用另一只脚支撑身体时，脚趾接触地面的精确方式、臀部抬高的方式，[13] 以及手臂伸展时侧面的褶皱。丢勒似乎是以自己为模特——正如他在镜中观察自己并绘制裸体自画像一般，[14] 绘制了亚当伸手接过致命果实的那个画面。但由于距离关系，我们无法确切地辨识亚当和夏娃大部分面部特征的来源。

也许存在着一丝暗示。丢勒在一本笔记中记下了对所见非洲人的观察结果。（几张有影响力的绘画证明了他的这个兴趣。）他评价道，他们的胫骨格外突出，膝盖和脚过于瘦削。但是，在列出这些问题之后，他继续写道："我看到其中有些人肌肉发达、体格健美，我从未见过如此美好的形象，也无法想象如何使他们变得更好，他们的手臂和下肢堪称完美。"没有证据表明丢勒使用了黑人作为最初人类的模特。不过，他痴迷地寻找完美的人物，而且曾写道，他在观察过的非洲人中见过这样的形象，因此这会让人以为他在雕刻亚当和夏娃时脑海里已经存在着如此出色的手臂和下肢了。

然而，问题仍然存在。他知道，即使收集了能够找到的最佳特征并将它们融为一体，一个天赋异禀的艺术家也总能声称可以找到一个更美的形象。他觉得自己已经在文艺复兴时期再次流传的古典裸体中，看到并描绘出如此卓越的美了。他总结说，优势不在于独有的特征，而在于均衡的比例；但个体之间存在诸多差异，因此无法计算出完美身材的精确比例："我似乎无法说出一个人物形象的最佳比例；人的觉察力会撒谎，让我们看不见真相，以至于我们的摸索都会失败。"

1500 年，丢勒遇到一位艺术家——威尼斯画家雅各布·德·巴尔巴里（Jacopo de' Barbari），后者声称已经找到答案。丢勒说："他向我展示了按照一定比例绘制的男女特征。"这种比例标准正是丢勒所追求的：不是或不仅是包括他自己的有着具体差异的裸体，而是一组客观的几何测量的结果，这能使艺术家按照它画出理想的人体。但不幸的是，雅各布显然把这些关键细节视为行业机密，拒绝与这位才华横溢的德国青年画家分享。后来丢勒写道："现在我宁愿看到他的方法，也不愿看到一个新的王国。"

在与雅各布相遇之时，丢勒可能也有自己的行业机密。1490 年前后，罗马南部的安齐奥（Anzio）附近出土了一尊古老的大理石雕像。该雕像几乎完好无损，是公元 2 世纪罗马复

160

制的希腊太阳神阿波罗像。甚至在教宗尤利乌斯二世（Pope Julius II）将其安置于梵蒂冈中庭，称其为"贝尔维德尔的阿波罗"（Apollo Belevedere）之前，它就已经开始引起艺术家的兴趣了。1494～1495年，丢勒在意大利游历，因为他没有一路到达罗马，所以未能亲眼看到这座雕塑，但他一定看过关于它的精美画作或石蜡、青铜等的复制品。他开始思考，这就是他一直渴望解开的谜题的答案。他进行了测量与计算。以下是他所找寻的精确比例：[15]头部占身长的八分之一，面部占十分之一，胸部占六分之一，胸部底部距离头顶占身长的三分之一。

161 早在1495年，丢勒就开始不断地绘制人物，尝试着绘制比例均衡和精确的人物外形：单腿支撑身体的方式，膝盖弯曲的方式，一只手臂后探、另一只手高举的方式，头部转动的方式。大约在1503年的某个时候，他拿着尺子和圆规，再次用笔和棕色墨水测量人物的比例。那时的手臂和手——就像在他作于1501年的那幅画中那样，可以用来握紧杯子与蛇，或者像在他作于1502年的那幅画中那样，可以用来握住权杖和日轮——尚未完成。这一次，他把纸翻过来，绘制了初步的草图，并以此为指导，勾勒了一个一手抓住树枝、一手拿着苹果的男人。他把阿波罗变成了亚当。

这就是丢勒精巧细致地创造亚当的过程：依据一个异教偶像的理想化的几何图形，将身体各个美丽的部位连合在一起。对于夏娃，他采用了同样的方法——虽然在我看来稍显逊色。然后，他将铜版打磨得十分光滑，再涂上石蜡，就像画镜中的形象那样画出人物；接着他拿起刻刀——锋利的回火钢刀，而他绝对是使用这一工具的大师——仔细在印板上雕刻密集的线条；然后在加热印版后着墨，制作出第一个印张。当他看到自己制作出的作品时，他完全有理由感到非常高兴。之后，作品不断被复制，销往整个欧洲；最后，这幅版画走向了全世界。该版画成为亚当和夏娃的权威形象，或者像任何一幅被广泛、频繁临摹的人物形象作品所能达到的那样，最大限度地接近了权威。当然，和所有其他画家一样，丢勒继续绘制着亚当和夏娃的形象。但随后的所有图画，无论是他自己的还是其他人的，似乎都在以一种奇怪的方式暗暗指向——不论有意的还是无意的，也不论是颂扬的抑或是反对的——1504 年的那对男女形象。

版画《人类的堕落》稳固了丢勒的声望，他自己似乎对此也很有信心。亚当用手握着的树枝后面，还有一根树枝，距前面的树枝很近，看起来几乎是前面树枝的延伸；其上停着一只鹦鹉——鹦鹉之美是艺术家一直以来都渴望捕捉的。鹦鹉的一侧，在亚当的右肩之上，悬挂着一块匾——这既十分自然又难以置信，上面刻着作者名字的首字母，连同拉丁语的铭文："阿尔布雷希特·丢勒 1504 年创作于纽伦堡"（ALBERT DVRER NORICUS FACIEBAT 1504）。拉丁语动词实际上具有延长时间的感觉——不是"创作完成"而是"正在创作"。这表明，艺术家是在世界历史上的一个决定性时刻出现在伊甸园中的，他不仅在场，而且在工作。正是因为阿尔布雷希特·丢勒的"正在创作"——他在雕刻铜版之时以及铜版上的形象每一次被复制时的持续工作中，我们在已经堕落的状况下，仍能够看到时间、劳动和死亡存在之前的那些完美的身体。

162

第九章 贞洁与贞洁的不满

　　如果说，1504年阿尔布雷希特·丢勒对亚当和夏娃的形象做出了最具影响力的贡献，那么在大约两个世纪之后，英国作家约翰·弥尔顿（John Milton）则对他们的故事也做出了同样大的贡献。我们很多人都认为，《失乐园》是最伟大的英语诗歌。但它本身承载了更多的意义，奥古斯丁强制从字面上解释《创世记》，而《失乐园》则将其变成了现实，此举前所未有、令人震惊。弥尔顿所遇到的挑战就是将亚当和夏娃变为实实在在的活生生的人。和丢勒一样，弥尔顿调用了文艺复兴时期的全部资源，及其动荡的生活与时代的各个方面，去迎接这样的挑战。他的诗永远地改变了古代叙事。

　　弥尔顿一生中的决定性事件——自那以后他就像着魔了一样一再回到那一时刻——并非在佛罗伦萨与伽利略的会面，也不是英国内战的爆发，也并非英国国王被斩首，甚至不是他的双目失明，而是1642年夏天，他与自己年轻的新婚妻子玛丽·鲍威尔（Mary Powell）在一起度过了不足一月或五个星期的时光。对于这一段短暂时光的真实经过我们几乎一无所知。帷

幕已然落下，无人能再重启。然而，1642年7月，当弥尔顿时年三十三岁时，一件事改变了他的生活，并最终使他创作出了关于亚当和夏娃的伟大诗篇。

　　弥尔顿家境殷实，其父身兼放债人与公证人且痴迷音乐。

作为长子，弥尔顿是一位才华横溢、求知若渴的好学生。他先后在伦敦的两所精英学校——圣保罗中学（St. Paul's School）和剑桥大学基督学院——接受了一切教育，学习希腊语、希伯来语和阿拉姆语，潜心研读圣经，钻研神学，这一切都为他铺好了一条成为英国圣公会牧师的金光大道。[1]然而，弥尔顿却没有依循惯例，他非但没有接受这一圣职，而且成了让教会颇为头疼的人物。

彼时，剑桥里已经出现了一些麻烦的迹象。1626 年秋天，这位十七岁的学生与导师威廉·查普尔（William Chappell）发生了严重的争执。确切的细节未知，但弥尔顿因此遭受了鞭打，被勒令停学一个学期，并被送回位于伦敦的家。愤怒的导师坚持认为弥尔顿"应该被开除出大学和人类社会"。于弥尔顿而言，正如他在写给好朋友的一首拉丁语诗歌中所宣称的，他一点儿也不怀念剑桥；现在反而有更多的时间读诗歌、上剧院，和漂亮女孩眉目传情。[2]

这一切都可以表明弥尔顿不是一个规规矩矩的大学生——他的一个敌人后来写道，他度过了"一个无法无天的、放纵的青年时代"，之后又被大学"吐了出来"。[3]但事实恰恰相反：他是一位思想激进、留着长发的唯美主义者；他鄙视大学里的课程设置与学生文化，认为这些课程已经无可救药地过时了，而学生文化也集中在酗酒和性剥削上。同学们给他起了个绰号叫"基督学院的淑女"（The Lady of Christ's）。

不难想象，这位清高而挑剔的诗人在大学里遭受了怎样的残酷戏弄，但弥尔顿也并非赤手空拳：他拥有不可动摇的自信以及可以让对手流血的伶牙俐齿。他告诉同学，自己无须通过农场劳动、饮酒和嫖娼来建立自己的男子气概。[4]它会在写作

165

上，而非在妓院里表现出来。他的散文尖酸刻薄、咄咄逼人，其诗歌虽然披着古典主义的外袍，却难以掩饰其内在所充满的情色幻想。

弥尔顿与同伴一起分享诗歌，他最重要的是朋友查尔斯·狄奥达蒂（Charles Diodati）。他正是向这位密友[5]表露过自己一般深藏不露的文学野心。1637 年，他在一封信中写道："听着，狄奥达蒂，但是请不要张扬，免得我脸红；让我和你说说大话。你问我在想什么？那么，请上帝帮帮我吧，我想要一个不朽的名声。"弥尔顿知道，一个尚未经受历练的年轻作家，要是幻想着如飞马一样腾空，着实有些尴尬。从剑桥大学毕业后的五年里，弥尔顿一直住在乡下的家中——其父最近从伦敦搬到温莎（Windsor）附近的一个小村庄中——并坚持不懈地阅读书籍。许多同辈人已经结婚并开启了自己的职业生涯。狄奥达蒂也追随其父亲的脚步，成了一名医生。二十九岁的弥尔顿仍然单身，永远是一名学生。但是，正如向朋友吐露的那样，他梦想成为一位人人颂扬的伟大诗人。[6]

面对这一目标，他举步维艰。有很长一段时间，他没有创作出任何有价值的作品。然而，正如他所说，尽管仍然"默默无闻，居于斗室之中"，尽管承认自己应该感到脸红，但他内心仍旧激动万分，深信自己有朝一日定能功成名就。在1637 年秋，他毕竟还是有些理由对未来充满希望的。他已经写过好几首美妙绝伦的作品：关于欢乐和忧郁的姐妹篇——《快乐的人》（L'Allegro）和《沉思的人》（Il Penseroso）；纪念溺亡大学朋友的凄美挽歌——《黎西达斯》（Lycidas）；最为宏大的是一部名为《科马斯》（Comus）的戏剧诗，这部戏剧诗受富有且强大的布里奇沃特伯爵（Earl of Bridgewater）之托创作，于 1634 年 9 月 29 日在拉德洛城堡（*Ludlow Castle*）上演。

《科马斯》就是所谓的假面剧，即专为某个正式场合创作的娱乐性戏剧。该剧是为了伯爵出任威尔士行政长官的就职典礼而创作的。表演者包括伯爵自己的孩子：十五岁的女儿爱丽丝和她的两个弟弟。布里奇沃特家族的地位接近英国社会顶层，却深陷巨大的丑闻之中：几年前，伯爵的姐夫因鸡奸和强奸罪而被处决。其中的细节与充满恐怖和邪恶色彩的黑色电影如出一辙：贪婪、性堕落、乱伦和谋杀缠绕盘结。定罪的审判轰动一时，主要证人则是他的妻子。

丑闻就发生在最近，这足以让布里奇沃特夫妇对其家族公众形象的潜在污点十分敏感，因此他们可能指导了这位年轻诗人在其创作中赞美性礼仪（sexual propriety）。显然，当时二十五岁左右的弥尔顿认为这个主题很合适，并且可能也提出了自己的一个想法：创作一出颂扬贞洁的特殊力量的假面剧。故事围绕一个名字就叫"淑女"的女孩展开，她在和两个兄弟一起去见父母的路上迷路了。兄弟们去寻找食物和水一直未归，她落入了邪恶的巫师科马斯之手。科马斯把那位毫无戒心的处女带到了他的快乐宫殿。在那里，她一坐上施过魔法的椅子，便发现自己无法动弹，被"黏黏热热的树胶"固定在上面。狡猾的巫师，赞美感官放纵的欢愉，从他的魔法杯中为她斟上饮料，但她拒绝了他"酝酿的魔咒"，祈求节制和贞洁来帮助她。在坚定不移的美德的护佑之下，她最终获救，与兄弟团聚，回到了慈爱父母的身边。

这个年轻女孩贞洁凯旋的童话故事，出色地展示了弥尔顿的学识与诗艺。他通过一千多行灿烂绚丽、富含典故和音效的

166

167

诗句，描绘了布里奇沃特家族。《科马斯》不是作者的私人声明，[7]而是一场盛大的公开演出，以此纪念那些身为精英的接受者。然而，弥尔顿以假面剧进行的冒险也充满了奇特的个人情感。这位淑女的兄弟警告说："当淫乱和放纵的罪行令污秽蔓延入内心时，/灵魂就将凝结。"必须不惜一切代价避免"淫乱和放纵的罪行"。《科马斯》展现出了诗人的信念：要保持贞洁，避免灵魂凝结成团。

大学同学称他为"淑女"、嘲笑他，这一切清楚地表明，弥尔顿的观点在当时的年轻人中并不常见。在大部分历史时期，对贞洁的关注集中在未婚女孩身上。[8]弥尔顿认为，这和正常的情况正好相反。他后来写道，自己已经考虑过这一切。如果女人不贞是丑闻的话，那么对于男人来说，失贞就更加不光彩了，因为男人是"上帝的形象和荣耀"。[9]

奥古斯丁和他的朋友阿利比乌斯都完全赞同：他们要致力于通过遁迹空门过一种禁绝一切性欲的生活。然而，尽管弥尔顿在二十多岁时保持了贞洁，这却并不是为修道院的天主教理想而辩护。作为虔诚的新教徒，弥尔顿接受了"婚姻贞洁"的理想。他相信，自己所渴望保护和保持的纯洁与性行为是相容的，前提是得到婚姻的认可。所以他立志要保持贞洁，直至洞房花烛之夜。

17世纪初，狂热的福音派宗教气氛也令其他认真的年轻人产生了相似的焦虑与相似的信念，尽管这仍是一个独特的少数人群体，其与诗歌之间的所有联系完全不同寻常。弥尔顿害怕"毫无节制的罪行"——婚前性行为——会危及其诗歌灵感，摧毁其不朽的梦想。这种担心是非常奇怪的。而且，无论是在之前的几百年间还是在之后的几百年里，诗歌与情色欲望和满足一直密不可分。人们通常认为性欲可以提升创造力，而非将其熄灭。因奥维德（Ovid）和卡图卢斯（Catullus）、莎士比亚和多恩（Donne）等人作品的浸染，弥尔顿完美地把握了这一点：巫师科马斯讲出了及时行乐（carpe diem）的诱人语言。但是淑女，无论是假面剧里的淑女还是基督学院里的淑女，都将坚决抵制这种诱惑。[10]

弥尔顿为了婚姻去努力保持贞洁的过程可能很艰难。首先是在剑桥，然后是在伦敦，最后是在乡下。妓院在剑桥郊区营业；妓女在弥尔顿经常光顾的伦敦剧院里交易；年轻的书呆子至少偶尔也会眼巴巴地盯着那些温顺的挤奶女工。但弥尔顿对这一切都加以拒绝。在其后期的一部作品中，他大概是回顾了自己的生活，然后说到可以通过饮食——避免摄入某些公认会引起欲望的食物——和运动来抑制性欲。当然，他也与男性之间建立了深厚的友谊；此外，他埋头苦读并开始写作一些至少能有利于禁欲的诗歌。

1638 年，一次真正的考验出现了，时年三十岁的弥尔顿在一名仆人的陪同下前往欧洲大陆旅行。在巴黎短暂停留后（他似乎并不喜欢巴黎），他前往意大利，在那里待了一年多，访问了许多城市，在佛罗伦萨、罗马、那不勒斯和威尼斯居住了很长时间。弥尔顿举止文雅，操一口流利的意大利语，受到众多知识分子、诗人、艺术家、科学家以及贵族赞助人的欢迎。在佛罗伦萨，他拜访了七十五岁的受终身软禁的伽利略，诚如弥尔顿所言："对宗教裁判所来说，他（伽利略）是一名囚犯，他整日思考天文学，而不是方济各会和多明我会许可的事情。"[11]弥尔顿在意大利各地参观了大量图书馆，参加音乐会，与新朋友交流拉丁语诗歌。在写给侄子和其他家人的信中，

169　他赞美意大利的乡村美景、宜人气候、精妙语言，以及“高贵的建筑和严谨、文明的居民”。[12]

　　这次漫长的旅行有诸多痕迹可循，却独独缺了性事。这似乎并不奇怪：为什么要有性事呢？据弥尔顿自述，在国外长期旅居后回到英国，他的贞洁和新教信念仍是完好无损的。如果真是这样（而且我们也没有理由对此表示怀疑），那么弥尔顿可能是那个时代中旅行归来仍能保持性贞洁[13]的少数英国年轻人之一。对于前往欧洲大陆游学旅行的英国绅士而言，意大利到处可见马尔坎托尼奥·雷蒙迪（Marcantonio Raimondi）的《方式》[I Modi，表现性爱姿势的著名版画作品，伴有阿雷蒂诺（Aretino）那淫秽的十四行诗]，以及朱利奥·罗马诺（Giulio Romano）、阿尼巴莱·卡拉奇（Annibale Carracci）、科雷吉欧（Correggio）和其他诸位性欲激发大师的绘画作品，以及那些似乎能用指尖触摸到温暖肌肤的雕塑作品所展示的情色世界。这些乐趣不是虚幻的，前往意大利的当代英国游客能一如往常地亲眼看见意大利女性的美丽；更重要的是，他们能够亲身体验妓女们所提供的那种细致入微的乐趣。

　　尽管弥尔顿在意大利的上流社会中如鱼得水，从文学院、科学院到贵族沙龙，再到红衣主教和主教的法庭，但他似乎仍在竭尽全力展现自己的道德优越感。在反宗教改革的意大利各地，他几乎不应该直言自己的宗教信仰——毕竟他是一位受到了天主教徒慷慨款待的客人，但他显然拒绝谨慎行事。荷兰诗人尼古拉斯·海因修斯（Nicolas Heinsius）在给朋友的一封信中说：“英国人弥尔顿在意大利生活了很长一段时间，他因其过分严格的道德观而遭受意大利人的憎恨。”[14]这位热情的新教徒、三十岁的处男则明确表示，自己绝不会被诱惑。

弥尔顿当时身处那不勒斯，正在考虑是否继续前往西西里岛和希腊旅行。但来自英国的一则报道令其深感不安：他离开时政局已然紧张，如今则日益恶化了，整个国家似乎正陷入愈加危险的境地。他随即决定停止旅程并返回英国。但他又不是那么着急，因为他还没有解决那个一直困扰着他的职业问题。很明显，他喜欢在意大利生活，如他所言，这里是人文主义和所有文明艺术的"栖居之地"[15]。他可能尚未准备好直面令人痛心的个人损失：1638 年 8 月之后的某个时候，他收到消息说，他的挚友、灵魂伴侣查尔斯·狄奥达蒂不幸去世了。

1639 年夏天，在他回到英国后不久，弥尔顿便撰写了一首拉丁文田园挽歌来纪念这位朋友的辞世。这一体裁的传统意象——田园诗般的古希腊风景、悲伤的牧羊人和他的羊群——制造了与现实世界在形式上的距离，但这首诗仍透露出一种激情和亲密的感觉，富有启发性。他写道，当那个可怕的消息传到意大利时，他克制住了自己的感情。只有在回到家里时，他才能更加深切地感受到这种巨大的悲痛。如今，他自问道，跑那么远去参观"坟墓里的罗马"而且长时间没能回家，这是否真的重要？因为这些时间本可以用来陪伴自己最亲爱的朋友。如果不是距离如此遥远，至少他还能握着濒死同伴的手与其道别。如今他周身都充斥着一股无法名状的孤独感。在诗歌的结尾处，弥尔顿写下了他能得到的仅有的安慰：查尔斯——"一个没有污点的年轻人"——一定在荣耀中升上了天堂。弥尔顿对他死去的朋友说："你虽未品尝过床第之欢，却留存了贞洁之誉。"

此时，"贞洁之誉"能带给三十二岁的弥尔顿多大的安慰尚不清楚。他已不再是一个即将开启辉煌事业，奔向光明前途的青年了。那他到底想要成为什么样的人呢？钱不是问题：他的父亲已经以他的名义发放了一些贷款，在伦敦立身扬名的弥尔顿现在已经有一小笔独立的收入。此外，他还给两个侄子以及其他学生授业，收取费用以补贴家用。但是，对学习的痴迷、对渊博的学识和辉煌学术的追求，难道最终会在一个只因未能正确列举拉丁语动词的词形变化而鞭打几个少年的教师身上消失吗？

不朽的文学梦想并未在他身上消逝。弥尔顿在几页笔记（现藏于剑桥三一学院图书馆）中写满了自己可能创作的文学作品的标题和提纲，绝大部分是圣经主题的悲剧。里面有很多关于人类堕落的五幕剧的概述。其中的一部叫《被逐出天堂的亚当》（*Adam unparadiz'd*），另一部则叫《失乐园》。弥尔顿认真地列举了一些人物，这其中当然包括亚当和夏娃，还有一系列其他人物，从撒旦到摩西，从"怜悯"到"不满"。然后，他又划掉了整个名单。毫无疑问，鉴于缺乏对女人的经验，他觉得这个剧本很难写。无论如何，弥尔顿在任何作品上都没有取得进展。但此刻，历史介入了。

在国家分崩离析之际，梦想专制统治的查理一世与心怀敌意、愈发强硬的议会之间的分歧更加严重了。正如法国、俄国革命前的混乱岁月那样，彼时的英国也是派别林立、冲突迭起、和解失败、盟友无望、敌意丛生。但对于 17 世纪 40 年代早期的弥尔顿来说，只有一场伟大的斗争：敬畏上帝与亵渎上帝之间的斗争。在他看来，最不虔诚的就是英格兰教会（Church of England）的主教，他们富有而世俗、玩世不恭、骄傲自大，深陷错误的泥沼。[16]而最虔诚的则是那些思想开明、富有远见的激进的宗教改革者，那些有时被敌人称为清教徒[17]

的男人和女人。这些勇敢的改革者与议会结成同盟，因为他们愿意共同对抗由主教和国王控制的武装军团。

17世纪40年代早期，危急时刻到来了。[18]在距离弥尔顿家不远的伦敦市，清教徒们发动了暴乱，要求废除主教制，实施彻底的改革，帮助英国摆脱天主教会的统治。由秘密印刷机印制的大量大开本报纸中充斥着关于逮捕、示威、议会不满、军队调动以及大屠杀的报道。

弥尔顿则专心读书，偶尔训练学生的希腊语、拉丁语和希伯来语，他一直置身局外观察不断加剧的动荡。但是自1641年起，他再也无法仅仅观望等待了，他在相当短的时间内便撰写并出版了五篇长篇论文。其中，他淋漓尽致地发泄出对主教及其辩护者的蔑视与愤怒，展示了藏于腹中的渊博学识。长久以来，他的讽刺技巧在不断的打磨和练习中日益提高，这种技巧原本是为了回应他那些惯于豪饮、嫖娼的同学对他的戏弄，以及针对那些学术水平低劣但十分霸道的老师的。而这一切在此时突然变得很有意义：在他的想象中，两种敌人融为了一体。他写道，这些主教通常"在年轻时闲逛、豪饮、嫖娼，研究一些无用的问题和粗鄙的诡辩术；到了中年，则好高骛远却游手好闲；到了老年则变得贪得无厌、昏聩糊涂、疾病缠身"[19]。

但是，弥尔顿有什么资格让自己成为那些高高在上之人的审判官，并向他们发泄他所谓的"神圣的怨恨"[20]呢？他是谁？他不过是一名永久的学生，曾创作过关于贞洁的假面剧，还前往意大利游学旅行而已，他怎么能对国家命运等如此重大的问题发表看法呢？他在1642年4月出版的一部作品中对此做出了回答。而这个回答同样是基于深刻的阅读与道德规范之上的，弥尔顿也希望以此为基石，成为伟大的诗人。他声称，权威和灵感不仅出自理性、严谨，还源于他的纯洁。[21]他从未与任何女人发生过婚外性行为，也从未因此而受到玷污。三十三岁的他仍然是一个处男，那就是他的道德权威。

一个多月后，弥尔顿策马前往牛津附近一座名为"森林山丘"（Forest Hill）的庄园，讨要一笔借款，这是其谨慎的父亲代他做的投资之一。借款人理查德·鲍威尔（Richard Powell）向他们借了 300 英镑并同意两年分期还清，还要支付 8% 的利息。虽然当时英国仍有可能爆发内战，形势也颇紧张——弥尔顿一直在参加民兵训练，但伦敦和牛津郡之间的道路仍然畅通无阻。收取贷款利息的时间到了。弥尔顿于 6 月抵达了森林山丘，7 月返回伦敦。他是否收到了那 12 英镑的欠款利息，人们尚不清楚，但众所周知的是，他带回家一个妻子，[22]她就是欠债人的长女，十七岁的玛丽·鲍威尔。

在 17 世纪，有钱人的婚姻与其说是浪漫的恋爱，不如说更似旷日持久的商业谈判。但此次婚姻到来得如此突然，这表明至少在弥尔顿一方，此事绝非出于算计。的确，长久以来，弥尔顿一直在思考爱的本质，他希望在新娘身上找到道德品质以及与床笫之欢相容的贞洁等。但这不是婚姻市场典型的计算方法。相反，那个 6 月的午后，弥尔顿初次邂逅了那位年轻的女孩，他似乎已经感受到了近在咫尺的幸福。在短暂的恋爱之后，女孩的父亲承诺要准备 1000 英镑的嫁妆，这一数目的确可观。但是弥尔顿并没有时间做详细调查，这位热情的追求者对未来岳父的偿付能力一无所知。事实上，理查德·鲍威尔是一个不法土地投机者，根本无力偿还最初的 300 英镑贷款，更不用说履行他所豪爽承诺的婚姻协议了。

那位新娘对丈夫的了解可能同样微乎其微。她的家人是坚定的保皇党，而弥尔顿很快就成了主教们所公开宣布的敌人之一。在内战即将爆发的那一刻，他们真的可以在森林山丘的餐桌上完全避开这个话题吗？也许，渴望这次婚配的理查德·鲍威尔告诉女儿和家里其他人要远离政治；也许，头脑发昏而又快乐的弥尔顿令他怒气全消了。

无论实际上彼此有多了解，约翰和玛丽最终还是结婚了。他们搬进了奥尔德斯盖特街（Aldersgate Street）上的一幢小房子里。十几岁的新娘在一些亲人——或许是她的父母和几个兄弟姐妹——的陪伴下来到伦敦，参加婚礼。几天后，客人们离开了，新婚夫妇开始有时间思考他们的所作所为。

弥尔顿深信自己并未违背贞洁原则。多年以来，他一直以此为基础来塑造自我，塑造他的道德权威与诗人职业。他写道："婚姻绝不能被称为污秽。"[23] 在堕落之前，上帝亲自在伊甸园中制定了婚姻制度。[24] 那时的亚当和夏娃仍然贞洁无暇。新婚夫妇可以享受亚当和夏娃的纯真状态。与森林山丘的玛丽·鲍威尔结婚时，弥尔顿可能以亚当之言告诫自己："这是我骨中的骨，肉中的肉。"如果他曾在卧室门口产生过一丝焦虑，他则可以想想《创世记》中的话："夫妻二人赤身露体并不羞耻。"

他想，他就要进入乐园了。

* * *

玛丽·鲍威尔以弥尔顿夫人的身份开始新生活后仅仅一个多月，就搬回了娘家的森林山丘。其公开的理由是其母亲"诚挚地恳求"女儿回来相伴，她承诺在大约四周后，即 9 月

175

底，就会返回伦敦。无论是她还是她的丈夫，都没有直接讲述到底是什么家门不幸让她在婚后这么短时间就收拾行李回家，而只是给了一个如此蹩脚的借口。弥尔顿的侄子把责任归咎于奥尔德斯盖特大街的"哲学生活"，这令习惯于热闹的乡间住宅生活的年轻女性深感厌烦。17世纪的博物学家约翰·奥布里（John Aubrey）从四处打探了更多细节。他听说玛丽成长的地方"充满了伙伴、欢乐、舞蹈等"。她发现自己身处一座阴暗的房子里，无人拜访，死气沉沉，唯有当丈夫在隔壁房间里殴打青年学生时，后者的哭泣方能打破这种平静。哲学生活的乐趣仅此而已。奥布里在笔记本上记下了造成不和的深层原因：女主人鲍威尔是保皇党，而"一个枕头容不下两个教派"[25]。

玛丽并未按约定时间返回，也没有捎话来说明情况。惨遭遗弃的丈夫给她写信也未得到任何答复。他写了一封又一封，森林山丘仍无任何回应。与此同时，国家危机日益恶化。虽然对过去的描述倾向于将个人领域和政治领域分开，但当然，它们总是相互渗透的。

1642年8月，一个郁郁寡欢的妙龄少女逃离了婚姻之困；在同一个月，查理一世在诺丁汉迈出了决定性的一步，他集结部队，高举军旗——旗帜上书写着口号"恺撒的归恺撒"（Give Caesar His Due），发动了内战。这两起事件虽然有着天壤之别，但终究发生在同一宇宙之中。弥尔顿和新婚妻子或许并未在床上争论过英国国教和清教之间的差异，但战争爆发必然会加剧业已发酵的紧张局势。在最实际的层面上，伦敦——议会党的中心——和保皇党的牛津郡之间的交通出行起初困难，而后危险，最后则变得凶险异常了。弥尔顿没有亲自去森林山丘接妻子，但因为信件一直无人答复，所以他还是派了一个仆人前去。据弥尔顿的侄子爱德华·菲利普斯（Edward Phillips）回忆说：仆人回来了，不仅没有带来一个令人满意的答案，而且"被人家带着某种蔑视打发了回来"。

毫无疑问，起初因为一大笔债务，新娘的家人热衷于与这位伦敦富人的婚事。换个场景和时间，他们可能早就已经催促甚至强迫痛苦的女儿回到其合法丈夫身边了。但在1642年秋，在森林山丘看来，既然国王已经在牛津附近建立了指挥部，估计他们很快就会彻底击败敌人；一旦保皇党占据优势，重新统治国家，就会对闹事者进行清算。而在那些扰乱了和平的人中，有一个过激、傲慢的人曾写过反对主教的煽动性短文。于是，玛丽就留在了森林山丘。[26]

弥尔顿呢？他仍然留在伦敦的家中。这段时光并不愉快，他犯了一个严重的错误，但也不能以自己年少无知为借口。长久以来，他一直以学识广博、品行正派和口才流利为傲。他深感自己注定会成为伟人——这不是一个严守的秘密，而是他对自己和世界的公开承诺。而如今，他却像个傻瓜一样，沦为被怜悯和嘲笑的对象。

10月下旬，国王的军队沿着泰晤士河谷朝伦敦方向稳步推进。暴乱的结局正在步步逼近。皇家军队抵达了特恩汉姆格林（Turnham Green）地区——这里非常接近今日伦敦区域线上的一个地铁站所在地[27]，仅仅见到了由受训的民兵、店主、工匠与学徒组成的市民群体，以及少许退伍军人仓促建立的防御工事。但国王此时却犹豫不决，并在对当时的形势（包括由埃塞克斯伯爵率领的议会军不断逼近，这令人感到不妙）做出评估之后就撤退了。自此以后，国王便丧失了对伦敦的控制。

177

尽管弥尔顿一直参加训练——一个挑剔的长发诗人手持长矛在练兵场来回操练；但当国王的军队逼近时，他并未急于从奥尔德斯盖特街跑去特恩汉姆格林地区设置路障。相反，他作十四行诗一首，将之钉于门上（或许他只是在想象这样做）。此诗恳求无论是谁碰巧接近了这座毫无防备的房子，都请保护内部的人员免受伤害。为什么呢？因为这是一个诗人的家，诗人能够"在陆地和海洋上传播你的名字"。公平地说，这算不上是弥尔顿最为英雄的举动。但是，它以半诗意、半严肃的方式，传达出对诗歌的力量以及自己职业的信念。事实上，他以自己的方式表现出了非凡的勇敢，[28]即使这种形式并不能引起军事历史学家的注意。

在国家遇到危机的时刻，人们料想弥尔顿会低调，或者，他会决定轻举妄动，重启与主教的论战。然而，他却另辟蹊径，无所畏惧，全神贯注。[29]他积极创作了一系列激情洋溢的短文，强烈要求法律准许所有英国男女，凡无过错离婚者，均有权再婚。他认为，若是正确理解了亚当和夏娃的故事，便会发现这是合情合理的。

弥尔顿的同辈人有充分的理由认为这些短文是惊世骇俗、触目惊心的。在 17 世纪的英格兰，人们认为婚姻是终身的，只有配偶一方去世，婚姻才算结束。早在 16 世纪初期，亨利八世就与罗马天主教会决裂了，据说他想和已有十八年婚姻关系的妻子阿拉贡的凯瑟琳（Catherine of Aragon）离婚。事实上，他并非寻求离婚，亦未获得坎特伯雷新教大主教的离婚许可。准确地说，他的婚姻被宣布无效。[30]英国国教基本沿袭了天主教对婚姻的认识。又过了三百年，到 1969～1973 年《离婚改革法案》（Divorce Reform Act）颁布，弥尔顿要求的变革才最终合法化。

如果一对男女婚姻合法——无重婚、乱伦、精神错乱或其他一开始便应禁止订婚的情况，且已结婚圆房——婚姻关系便无法解除。[31]反复遭受丈夫殴打或暴力鸡奸的妻子可能会引人同情。如果虐待令人发指，她甚至可能会被准许夫妻分居，尽管这些绝非那么容易做到。但是，如果没有通奸或异端问题，他们就不会被准许离婚，也无权再婚。被抛弃的情况[32]也是如此：要是妻子抛弃了丈夫（反之亦然），被抛弃的配偶可能会惹人同情，但不能另寻其他伴侣重新开始。而感情不和——关系破裂且无法修复——则是喜剧的传统主题，绝非法院要解决的问题。

鉴于当时的情形，弥尔顿深深陷入了自以为灾难性错误的婚姻中，玛丽亦然。弥尔顿的天性令他反对被动接受此时所处的境况。多年来，他一直在挽救自己的婚姻。他深信，自己的命运绝不会像他在附近人们的状态中所看到的那样：沉默寡言、忧郁妥协、独生闷气、狡猾的欺骗，等等。此外，他越是这么想，就越觉得整个现行法律体系就像一场噩梦，不仅于他如此，[33]于其他人也是这样。

最大的问题并不在于，这项法律基于古老的习俗，且已成为稳定的教会法条例。弥尔顿指出，对于一个勇敢无畏、学识渊博的人而言，自由的灵魂可以轻易扫除"教规那些无知的垃圾"[34]。真正严重的是，弥赛亚本人引用亚当和夏娃的故事时，似乎是在明确表示：除非一方犯了通奸之罪，否则禁止离婚。

在《马太福音》中，法利赛人向耶稣询问离婚的合法性。在回答中，耶稣提醒他们，[35]在《创世记》中，世界上第一个男人忠于自己的妻子，他们融为一体。救世主接着宣称："所以，神配合的，人不可分开。"（《马太福音》19：4 - 6）任何希望改变离婚法的基督徒，都不可忽视或轻易回避这段经文。

弥尔顿则正视困难，援引传统上所谓的"仁慈法则"（the law of charity）来重新诠释耶稣的话语。新约是要带来福音，[36]而非打算让《摩西五经》更加僵化、烦琐。因此，他写道，耶稣关于离婚的严厉声明绝非表面之意。救世主给予法利赛人那些"傲慢的论断者"应得的答案，但给诚实的男女奉上了完全不同的答案，这一点从他引用亚当和夏娃便可知一二。

耶稣指示我们回到生命的起点，想象亚当独自一人在伊甸园中的情景，领悟上帝塑造夏娃的目的。弥尔顿认为，其首要目的并非性。如果认为缔结婚姻主要是为了满足和规范肉体的欲望，那么我们就犯了一个根本性的错误——将人类看作纯粹的野兽。无论是天主教会，还是英国圣公会，都已将男女融为一体（one flesh）粗暴地简化为射精，对此弥尔顿使用了更为粗野的表达——"排泄物中的精华"。

180　　　　他认为，婚姻的主要目的更不是绵延子嗣。即使是教会法庭，也不会愚蠢地仅仅因为没有生出后代便判定婚姻无效。上帝命令人类的始祖与田野里的牲畜和空中的飞鸟都要生养众多，遍满地面。但是，婚姻之首——亚当和夏娃的婚姻——则另有原因，这完全包含在上帝自己的话语中："那人独居不好。"（《创世记》2：18）这里没有任何复杂或模糊的表达，每个人都应能掌握其要义。"孤独是上帝眼中第一件不好的事。"[37]婚姻的主要目的无关性事与子孙，而是陪伴。尽管栖身天堂，但一个孤独的亚当却注定是不会幸福的。如弥尔顿所说，上帝创造了女人，使其成为男人的伙伴与配偶，是为了

"防止心灵和精神的孤独"。

弥尔顿自信已深知天堂里第一桩婚事的目的，自此，他便陷入了巨大的痛苦之中。他或许有史以来第一次明确而有力地阐述了婚姻不幸之人可以证实的经历。与错误的人缔结婚姻，孤独——"上帝所禁止的孤独"——不减反增。伴侣同室而处，却深感比独处时更加孤独，这种情况是不该出现的。沉默充满了痛苦，意欲消除孤独的言语也只会让情形更加糟糕。这便是 1642 年夏天的那些日子给他上的一课。他觉得这一教训难以忍受。[38]

那玛丽呢？毕竟，年仅十七便离开了自己的父母和十一个兄弟姐妹，以及熟悉的仆人、热闹繁华的森林山丘，孤身一人来到奥尔德斯盖特街上的那栋阴暗的房子里，她可能已经发现这位年长自己甚多、学究气盛又争强好辩的丈夫言行怪异、令人生厌。玛丽一定感到这种新生活是孤独难忍的。人们都认为弥尔顿已经意识到了她和自己的痛苦，至少从原则上讲，他在心里是有所准备的。1643 年 8 月，在玛丽抛弃他一年后，弥尔顿匿名出版了那本颇富煽动性的小册子《离婚的主张与纪律：恢复身份是为了两性的利益》(*The Doctrine and Discipline of Divorce，Restored to the Good of Both Sexes*)。是两性，而不仅仅是男性。

然而，弥尔顿以自己的方式描述的种种困境表明，他仅仅意识到了自己的痛苦。他自认作为丈夫他甚为正直、合格；而他与新婚妻子的交谈遭到了疯狂的抵制。他觉得自己才是受害者，其伴侣则整日缄默不语、无精打采，让他无法与之进行"愉快的交谈"，而这正是整个婚姻的关键所在，唯有"两情相悦"方有可能幸福。[39]

181

怎么会犯下如此严重的错误呢？当他环顾四周，打量那些朋友和熟人的婚姻，包括那些在智力和道德上远不如自己的人的婚姻时，他却发现其中许多甚至全部都比自己的婚姻快乐、睿智。弥尔顿在其论离婚的短文中从未表明他在进行自我反思，却一直努力解释其中的缘由。现在他明白了，"处女羞涩的缄默"可能会掩盖其"懒惰和沉闷"。抑或，追求者起初是无权随意接近的，等发现时就为时已晚了。如果他有什么疑惑难以解开，就会有朋友试图说服他："等熟了一切就好了。"

但这一切都不能解释为何那些彻头彻尾的流氓常常婚姻幸福，而那些"青年时坚守贞洁"的人却容易遇到不幸的婚姻。弥尔顿认为，答案就在于，频繁地更换情人便于积累更多宝贵的经验。但是，那些贞洁却稚嫩的年轻人，哪怕只犯下一个致命的错误，就会被告知无法补救：他必须为此忍受一生。

182　弥尔顿拒绝接受这样的命运，至少他不会不经反抗就轻易接受。丧失了婚内的愉快交谈，确信与妻子再无可能重续前缘，一种异样的情感油然而生。当他写到自己失败的婚姻时，他毫不犹豫地指出："仇恨来了，虽然仇恨不会犯罪，但它却会自然而然地催生不满，使人转身离开一个错误的对象。"爱情已然转向厌恶。

一想到身陷无爱的婚姻，他便心生厌恶。他知道自己永远不会去召妓或通奸，以寻求慰藉。但是正如他所言，与你讨厌的伴侣发生性关系——"遭受毫无快乐、痛苦屈从的交配的折磨"[40]——是一种"强迫性的任务"。他痛苦地写道，这不是融为一体，而是"两具尸体不自然地拴在一起"[41]，或者更确切地说，是将"一个鲜活的灵魂绑在一具死尸上"。上帝怎能如此残暴呢？

如果上帝想让其遭受苦难，弥尔顿便不得不相信，他就是加尔文主义者所谓的弃民，即被上帝抛弃的罪人，而非被拣选之人。那么，如果他拒绝相信自己该下地狱呢？于他而言，比起做弃民，还有更可怕、更糟糕，或许也更诱人的事情。如果一个敏感之人深陷不幸婚姻却无望逃脱，就可能开始怀疑上帝是否真的与他有什么关系。他将从一系列其他悲惨痛苦的方式中寻求慰藉，先从妓院和邻居的床笫开始，最终沦为最糟糕的无神论者。

但弥尔顿认为，这一切都是没有必要的。既然在伊甸园中约定了婚姻，上帝断不会让那些犯无心之过的人终身遭受不幸。如果爱恋、互助和亲密是婚姻不可或缺的组成部分，正如上帝所预期的那样，就必然存在离婚的可能性。但腐败的教会却将人引入歧途，男人和女人因此被囚禁在自己打造的监狱里，迫切需要有人带领他们逃离出去。弥尔顿论道，如果有人能够带领众人走出"奴役的迷宫，就理应被视为民众仁爱生活的恩人，位居葡萄酒与食用油的发明者之上"。

183

他明白，到了 1644 年，自己的个人情况将广为人知。在这个狭小的世界里，对主教的强烈攻击早已使他备受瞩目。他也深知，年轻妻子的离去使他为离婚所做的辩护顿时变为他自己的辩护状。可是那又怎样呢？他要将一场私人危机转变为最大可能的公开声明，以此成为婚姻的救星，这比葡萄酒和食用油的发明者更值得世人的感激与敬佩。

1643 年，他首次匿名出版了《离婚的主张与纪律》（书名实际意为离婚的"理论与实践"）。第二年，待两次重印且几乎立即售罄之后，他又出版了修订扩展本，这一次他大胆地将"约翰·弥尔顿"署在了扉页上。

然而，随之而来的并非钦佩，而是各种嘲笑和愤怒：[42]《离婚的主张与纪律》应"被刽子手焚烧"；其论点丝毫不亚于"对基督本人的亵渎"[43]。针对弥尔顿所说的与一个错误的人结婚所导致的无法忍受的孤独感，一个反对者嘲笑道："没有哪个女人能和你进行你所期待的交谈……除非她和你一样会说希伯来语、希腊语、拉丁语和法语，还能与人辩论教会法。"[44]

弥尔顿曾经指出，那些有着不幸婚姻的家庭中的孩子——被他称为"愤怒和痛苦的孩子"——比那些父母同意"和平离婚"的孩子处境更为糟糕。他认为，就像苦恼的丈夫一样，忧愁的妻子也有一样多的理由接受并欢迎离婚和再婚。为什么仅仅是女人，而不是男人，要被迫与自己讨厌的配偶拴在一184 起？但是，对于17世纪几乎所有弥尔顿的同代人而言，这些争论听起来要么是邪恶危险的，要么是无知幼稚的。人们认为，这将允许男人放弃自己的责任，破坏上帝在伊甸园中建立的制度。这位诗人曾为自己的贞洁而自豪，并创作了一部假面剧来颂扬它；但此刻，他却在为放荡的男人扫清路障。

弥尔顿对此也进行了回击。他问道，那些批评者是否认真阅读过《离婚的主张与纪律》并理解了其中的观点？如果上帝愿意的话，他本可以为亚当创造一个男性伴侣，或者成千上万个，"尽管如此，在将夏娃赐予他之前，上帝始终认为他是孤独的"。性关系不是唯一原因，甚至也不是主要原因；一切皆因"在床第之欢以外，婚姻还能为人提供特殊的慰藉，这是任何其他交际关系所无法给予的"[45]。

弥尔顿一贯如此雄辩，他着力描述这种慰藉的实质——尽管他自己或许尚未亲身体会过。如其所言，上帝让亚当"与一个女人在一个空荡荡的世界里神秘地厮守了多年",那无疑是十分幸福的。但如果不是性爱,而是"床笫之欢"以外的东西,那究竟是什么呢?他以一种不免令人尴尬的语气写道:"那是享受婚后闲暇时光时的陶醉与沉溺。"估计这是他能想到的最贴切的表述了。

若论应用什么词来描述他的批评者,弥尔顿则不费吹灰之力就能说出一堆,如"白痴""脑蠕虫""卑鄙小人""可恶的傻瓜""贪吃鬼""野蛮人""浮躁狂妄的律师""自以为是的废物""杂种""厚颜无耻的笨蛋"。[46]面对弥尔顿连珠炮似的谩骂,敌人并未逃跑。议院专门成立了一个委员会对《离婚的主张与纪律》提出申诉,调查这部未经许可就出版的辱没道德、亵渎宗教的作品。身为解放者,弥尔顿为此大为恼火,因为那些唾弃他的人也正是他试图解放的对象。[47]

拒绝接受失败是弥尔顿的一大特点。他继续在神学书籍里搜寻,寻找支持性论点,并继续撰写和出版支持离婚的短文。其语调时而客观严谨,时而激烈盛怒。但狂热是要付出代价的,弥尔顿大概便是这样。那段时间,他的身体开始出现了困扰他余生的消化问题,而且他还注意到一个更为严重的问题:"我发现,即使在早上,照例开始阅读后,眼睛便开始疼痛,我被迫停止读书。但适度运动后会有所缓解;每当看灯时,眼前又似乎有一道彩虹模糊了我的视线。"[48]那时他当然并不知道,无论出于什么原因,视力的恶化最终会导致他几年后完全失明,但他一定觉察到了,由于刻苦和勤勉,自己正在付出高昂的代价。

1644 年,弥尔顿出版了《论出版自由》(Areopagitica),这是有史以来捍卫出版自由的最有说服力和影响力的作品之一。弥尔顿一直反对审查制度。[49]但如今，他自己的作品却被下令由粗俗的刽子手进行焚烧。作为回应，他写道，"焚烧好书就好似杀人"[50]，因为"杀人是杀死理性的生物、依上帝形象创造的生物；摧毁一本好书却扼杀了理性本身，可以说就等于毁灭了人们眼中的上帝"。他的对手可曾想到，如果没有不同思想的公开论辩，真相便不会出现？他们是否认为，一如17世纪的"木偶戏"，人类仅仅是其中的傀儡，被用来传达权贵的腹语？弥尔顿宣称："很多人抱怨神圣的天意让受苦的亚当犯罪。这都是蠢话！"他还说："上帝赐予他理性，便是给了他自由选择的权利，理性即选择；否则，他便只是一个人造的亚当、木偶戏中的傀儡。"弥尔顿说，无论他是谁，他将变成什么样子，他都不会是一个人造的亚当、一个傀儡，只喋喋不休地言说他人的话语；虽然他深知法律的不公，[51]却又对之欣然接受。上帝创造我们，难道不是为了让我们享受自由吗？

186 　　距1642年夏天那个糟糕的蜜月已经过去了三年整。据我们所知，在这期间弥尔顿没有收到过玛丽的任何消息。但历史——也就是将伦敦和牛津变成敌对阵营的历史——如今却要干预这桩陷入僵局的婚姻了。战争的局势转变了。当玛丽返回森林山丘的家中时，保皇党一度触手可及的胜利，渐渐褪去了光泽，烟消云散了。到1645年春天，议会军队逐渐得势。在他们的围困之下，牛津的给养消耗殆尽。查理国王决定亲率部队迎战北方集结的敌军。国王的出现令保皇党士兵倍感鼓舞；许多富裕官员的妻子和情妇乘坐马车去见证她们所期盼的胜利。1645年6月中旬，在一个大雾弥漫的清晨，纳斯比（Naseby）战役打响了。在托马斯·费尔法克斯（Thomas Fairfax）和奥利弗·克伦威尔（Oliver Cromwell）的指挥下，议会的新模范军（New Model Army）彻底击溃了国王的部队，这场战役也成为英国内战中的一场决定性战役。[52]

当噩耗传至牛津郡时，鲍威尔夫妇立刻知道了他们所面临的致命性打击，他们必须迅速采取行动，但他们该怎么做呢？他们的长女已经出嫁，至少在名义上嫁给了一个议会派的重要人物，可惜她已将其抛弃。弥尔顿明确说过，在讨厌的妻子的陪伴下，自己会感到更加悲惨与孤独，犹如"鲜活的灵魂绑在一具死尸上"一般，因此，想让他双手欢迎妻子回家是不必指望的。鲍威尔夫妇的计策必须要仰赖弥尔顿的表兄弟威廉·布莱克伯若（William Blackborough）和海丝特·布莱克伯若（Hester Blackborough）的配合。他们就住在弥尔顿家附近，并且一定希望帮助他们夫妇实现和解。保皇党失败后不久的一个夏日，弥尔顿如往常一样去拜访亲戚。据弥尔顿的侄子讲述，门开了，"突然间，他惊讶地看见了一个自认再不愿相见的人"。这个场景经过了精心的，甚至是绝妙的策划。玛丽卑微地跪倒在她曾经抛弃的丈夫面前，恳求他的原谅。

深信"选择自由"的弥尔顿本可以自由地转身离去，但他没有这样做。他扶起忏悔的妻子[53]并将她带回了家。于是，这一次婚姻得以延续。毫无疑问，弥尔顿辅导的孩子们仍旧在他的杖下哭泣，而对于二十岁的玛丽来说，这栋房子看起来依然死气沉沉。但她再也不能想着回到乡下热闹的娘家了。议会军队占领那里之后，森林山丘以及她曾成长于其中的那个广阔社会都已经走到了尽头。

至于那 1000 英镑的嫁妆，一直以来都是镜花水月，现在就更不可能了。议会的胜利让玛丽的家人无家可归，他们获准前往伦敦。他们打算住在哪儿呢？能住在哪儿呢？这一大家人，包括理查德·鲍威尔和妻子安妮，以及年幼的乔治、阿奇德尔、威廉、伊丽莎白两姐妹，甚至其他一些没法算在内的孩子，都搬去和他们的女儿以及他们曾经憎恨的女婿住在一起了。

到了秋天，玛丽就怀孕了。1646 年 7 月 29 日，弥尔顿的长女出生了。弥尔顿在 1647 年 4 月 20 日写给意大利朋友卡洛·达蒂（Carlo Dati）的一封拉丁文信中，至少透露了一些他对新生活的感受。他写道："那些人仅仅因为与我生活在同一个屋檐下，就跟我整天待在一起。他们没什么值得夸赞的品德，却整天吵吵闹闹，让人无法忍受，而且他们还随意地折磨我。"

玛丽呢？她真的后悔分开，并为此责备自己或她那位爱管闲事的母亲[54]了吗？对于她回归婚姻后的感受，我们一无所知。1648 年 10 月，她生下了第二个女儿（取名为玛丽）；1651 年 3 月，她又生下了一个儿子（取名为约翰）；到了这一年夏末，她再次怀孕——她在六年半时间里怀孕了四次。

这段婚姻并未以离婚收场，而是如结婚典礼上所预期的那样，"直到死亡将我们分开"[55]。1652 年 5 月 2 日，玛丽·弥尔顿在将她的第四个孩子带到人世几天后，便撒手人寰，年仅二十七岁。弥尔顿在他的圣经中首先写下："1652 年 5 月 2 日，星期日，大概凌晨三点前，我的女儿黛博拉（Deborah）出生。"随后他继续写道："大约三日后，[56]我的妻子，她的母亲过世。"这里所记的时间竟然如此含糊，这令人吃惊。

尽管对于其内心活动，玛丽并未留下只言片语——没有日记或信件幸存下来，但还是有一些对其所思所感的猜测。这些猜测是感人的，但又是间接的、不太可靠的，因为这些都是弥尔顿所记录的。在论离婚的短文中，因受伤而愤怒的弥尔顿根本没有反思伤心的新婚妻子到底经历了什么。而且据我们所知，他似乎并不关心她回来后的真正感受。然而多年以后，他还试图记录下——如果他还能听到的话——妻子的声音会是什么样的。即便如此，从我们的角度来看，他并没有给妻子一个丰满而富有活力的形象；甚至他也有可能完全搞错了。然而，于弥尔顿而言，能听到一些妻子的声音，而非只顾述说自己的不幸福，这已经非常了不起了。弥尔顿把自己想象为亚当，而那位在他的脑海中显现声音的女人，他称其为夏娃。

第十章　天堂政治

年，约翰·鲍尔（John Ball）牧师在向贫穷的英国农民布道时指出，当人类在堕落的世界中开始生活时，并没有娇贵奢靡的贵族统治着被压迫的农奴。为了种庄稼，第一个男人必须自己去开垦土地；为了做衣服，第一个女人必须自己去纺羊毛。鲍尔说出的一个革命性口号很快就出名了："当亚当耕田，夏娃织布时，谁又是绅士呢？"为了防止他的听众听不懂，他用充满煽动性的小韵文[1]来解释："从一开始，人人就是生而平等的。"叛军们焚烧了法庭记录，打开了监狱，杀掉了王室的官员。

当叛乱被镇压下去时，煽动者会被按照叛变者来处置，于是他的头被钉在伦敦桥上的长矛上，他的身体被斩成四块送到四个不同的城镇上，作为警告。虽然鲍尔的命运标志着 14 世纪农民起义的结束，但他的口号并没有被人们忘记，他的死也不会磨灭人们对亚当和夏娃激进的解读。这些解读总是潜藏在故事中——无论是在伊甸园那种不受约束的自由中，还是在堕落之后亚当和夏娃的体力劳动中——任何人都可以找到正当且合法的进行社会抗议的方法。

在政治和社会动荡时期，时间有一种奇怪的曲折前进的方式：现在似乎会突然崩塌，并陷入过去；或者过去冲破束缚，来到当下。不仅是圣经人物会突然成为同代人，在意大利文艺复兴之后，古典、异教的过去经常会显现于当下。在 14 世纪的罗马，酒馆老板的私生子克拉·迪佐（Cola di Rienzo）自己给自己加冕为护民官①，并呼吁统一整个意大利，建立一个新的罗马帝国。18 世纪末的美国和法国革命的领导人，被描绘成穿着古罗马托加袍的形象。俄国革命的德国追随者们则自认为是斯巴达克斯领导的罗马奴隶起义的直接继承人。但是在17 世纪英国极为狂热的宗教氛围中，在一种热衷于读圣经的文化氛围中，亚当和夏娃的故事似乎最与之契合。

　　甚至当时还有这样的传言：信众们举行密会，男男女女聚在一起，他们脱掉衣服，敬拜上帝，就像亚当和夏娃在伊甸园里敬拜他一样。我们并不清楚这些被称作"亚当的后裔"（Adamites）的人是否真的存在，但这即便是那些警觉的正教捍卫者的幻想，也揭示了《创世记》故事的感知力量。保守的当局对过度的宗教热情感到十分紧张，努力将伊甸园里发生的事件安全地定位在远古时代。学者詹姆斯·乌雪（James Ussher），一位政治上温和的英国圣公会主教，研究了历史记录，仔细地计算了通过圣经宗谱推断出的辈数，并计算出世界是在公元前 4044 年 10 月 23 日的前夜被创造出来的。他补充说，亚当和夏娃于 11 月 10 日星期一被赶出天堂。这样，那些原始事件就都被安置到具体日期了。

　　但是，许多乌雪的同代人都赞同身为内科医生和自然科学家的托马斯·布朗爵士（Sir Thomas Browne）的观点，他宣称："没有肚脐的人仍然住在我体内。"历史距离是毫无意义

191

---

　　① 又称保民官，是古罗马时期维护平民利益的一种特殊官职。护民官在罗马共和国时期平民反对贵族的斗争中曾起到一定作用，但到帝国时代，它已形同虚设。——译注

的；易受诱惑的亚当，仍在布朗体内骚动着、呼吸着。即使那些坚持认为堕落是很久之前的特定事件的人，也常常认同传教士约翰·埃弗拉德（John Everard）的话："我们必须把这些历史带入我们自身，[2]否则，西奈和锡安、夏甲和萨拉对我而言又有什么意义呢？"

将历史带入自身，这不仅仅是对罪恶要承担个人责任的问题，它也可能意味着恢复失去的纯真感觉。17 世纪末，贵格会创始人[3]乔治·福克斯（George Fox）因宗教异议屡次入狱。他宣称，因他的信仰，他的精神被带入了乐园："万物一新，所有的造物都不似从前，它们让我感受到另一种气息。"福克斯解释说："我进入了亚当堕落之前的状态。"对于与福克斯同时代的人来说，这种纯真从未消失过，它是所有人都在童年的单纯经历中拥有过的。奥古斯丁沮丧地坚持认为，所有的孩子，甚至是新生儿，本质上都已经是堕落的、有罪的了。这个说法是个谎言。诗人托马斯·特拉赫恩（Thomas Traherne）在回忆他少年的岁月时这样写道："我就是那里的亚当，一个星球里的小亚当，充满着欢乐。"[4]

所有这些 17 世纪的探寻者都相信，深刻的真理都能够在《创世记》中找到。弥尔顿从未停止过在那里的寻找。他在笔记本上勾勒出一个关于亚当和夏娃堕落的悲剧性戏剧的想法，他当时大体上希望这将是他在内心深处秘密构思的一部伟大艺术作品，只是当时尚无法创作出来。不过他一直坚信，上帝赋予了他创造某种在人类记忆中能够恒久存留的东西——就像荷马和维吉尔的著作那样——的天赋。然而，他的这种天赋一度似乎被埋葬了。他担心自己延误了，担心没有抓住关键的机会，担心自己的时间不多了，却还没有取得创造性的成就。

192

1648 年 12 月，在他四十岁生日时，他虽然有着强烈的自我意识作为支撑，但他也很清楚，他离写出自己那部梦寐以求的杰作还差很远。他可以有很多正当的理由告诉自己，还有其他事情需要考虑。这个国家在 1646 年进入了暂时的休战状态，但不到两年又陷入了内战。这一次，经过第二轮的围困、破坏和流血，胜利的新模范军并不倾向于接受谈判和解的方案。在一场史无前例的行动中，国王被指控犯有叛国罪并被定罪，59 名法官签署了对其的死刑令。

1649 年 1 月 30 日，查理一世登上了一个在白厅宫宴会厅前搭起的断头台。他做了祷告，这个祷告只有站在他旁边的人才听得见。然后他把头低下来，示意他准备好了。蒙面的刽子手——其身份被小心地隐瞒着，无人知晓——一下就把头颅从查理一世的躯干上砍了下来。一位目击者——一位清教徒牧师，因而绝不是国王的朋友——说，在砍头的那一刻，在场的数千人都发出了凄惨的呻吟声——一种"我以前从未听到过，并且再也不希望听到"的声音。英格兰已经走上了一条通往未知目的地的全新道路。

在这样一个时候，谨慎的人会选择隐匿，但是约翰·弥尔顿却一点也不谨慎。他已经因为猛烈攻击主教而臭名昭著，又因为支持离婚而更是如此。现在他走得更远了。1649 年 2 月 13 日，在查理一世被处决仅仅两周之后，他出版了《论国王与官吏的职权》（*The Tenure of Kings and Magistrates*）一书。在这本富有争议的厚厚的小册子中，弥尔顿这位对弑君事件本没有责任的人，实际上却走上前来公开签署了死刑执行令。他写道，国王们总是假装他们是上帝的选民，但事实上"国王的神圣权利"是一个谎言，就像宣称国王的臣民生来就应服

193

从他的命令一样。在回忆约翰·鲍尔并惊人地预料到美国《独立宣言》时，弥尔顿提出了他认为最基本的原则："人人生而自由。"

和鲍尔一样，弥尔顿在认真思考了伊甸园里的亚当和夏娃之后，达到了一种激进的状态：

> 谁也不能如此愚蠢地否认，所有的人天生都是自由的，都有着上帝的形象特点，并且都被赋予了高于所有其他生物的、生来就命令而非服从的特权。

上帝在《创世记》中对第一批人类所说的话——"要管理海里的鱼、空中的鸟，和地上各样行动的活物"（《创世记》1：28）——对弥尔顿来说就是一种政治宣言，一种天生的、不受束缚的自由宣言。人类一直生活在这种自由中，直到："从亚当的罪恶的根源开始，堕落使他们犯错和施暴，并且预见这必将摧毁他们所有的人，因此他们同意通过共同的联盟来约束彼此以免相互伤害，实现共同防卫。"政治体制是社会契约，仅此而已。如果统治者违反了约束他的那一部分，那么臣民们就没有进一步的义务去遵守它。

正如约翰·亚当斯（John Adams）和托马斯·杰斐逊（Thomas Jefferson）在一个世纪之后充分理解的那样，这些主张是革命性的。至于弥尔顿，他们自然而然地跟随了他对《创世记》的解读——这一决定了他在攻击主教时所采取的立场的解读："我们拥有自亚当以来所有人都拥有的人类特权，即生而自由。"[5]在他不愉快的婚姻中，他给出了这种立场的含义。正如夏娃的诞生所证明的那样，婚姻是对幸福的追求，而

194

不是牢不可破的牢笼。他在《离婚的主张与纪律》中写道："他所娶的人不会密谋毁掉他，因为他宣誓会忠贞的。"他做了一个政治比喻："总的来说，民众在一个病态的政府的统治之下，就好比一个男人在一段不好的婚姻中。"内战事态的发展给弥尔顿在 1643 年写下的一句话带来了不可思议的预言性力量：1649 年，英格兰人要求离婚的权利，当国王拒绝时，他们做了需要做的事情，以便重新获得自由和幸福，这是自第一批人类以来人们与生俱来的权利。

对许多革命者来说，在这个决定性时刻，亚当和夏娃似乎是他们的关键性盟友。在国王被处决后不久，一个名叫杰拉德·温斯坦利（Gerrard Winstanley）的人把他的追随者们召集在一起。温斯坦利本是英格兰北部的一位裁缝，他在战争造成的经济混乱中破产了。温斯坦利的生活境况已经跌至谷底。为了生存，他成了一个牧牛人。但他并没有绝望，而是执着地思考着伊甸园里最初的那对男女，思考着为什么社会在人类堕落之后发生了如此灾难性的变化，思考着怎样才能扭转这种损失。

1649 年 4 月 1 日，温斯坦利带领一群志趣相投的男男女女，在距伦敦约 20 英里的萨里郡（Surrey）的圣乔治山（St. George's Hill）上拓荒并种植庄稼。他们的领袖说，他们就是亚当和夏娃，他们将一起努力，重建伊甸园。他们行事小心谨慎，不侵占别人的财产；他们耕种的土地都是公共的，是整个社区一直以来所共有的财产。但当地的土地拥有者们立刻明白了这帮人的象征性行动所具有的激进意义。这个公社的成员被称为"掘地派"（Diggers），他们这是在对私有制和整个阶级结构提出挑战，后者把财富、土地、地位和权力集中到一小部

分精英手中，这使得其他人没有任何权力，并且日益贫困。这
195 种扭曲的体制因暴力而得到加强，这允许少数有特权的人把上
帝想要给每个人的东西当作自己的财产保护起来。

温斯坦利对他的追随者说，堕落并不只是发生在古代的事
情，而是此时此刻仍在持续发生的事情。当有人沉醉于追逐自
我的私利，贪婪无度，并为积累财富开始暴力欺压他人的时
候，堕落就出现了。"当一个人堕落时，我们不要去责怪那个
在六千年前就已经死去了的人，而是要责怪自己。"私有财产
就是致命的后果。[6]

温斯坦利写道，伊甸园并不是只有我们远古的祖先短暂地
知道，然后就永远失去的东西，而是我们每个人在年轻时经历
过的生活：

> 看看刚出生的孩子，或者直到他长到好几岁，他都是
> 无辜的、无害的、谦卑的、耐心的、温柔的、有求必应
> 的、不嫉妒的。这就是亚当。[7]

那些传教士告诉我们，我们今生永远无法重新获得纯真。这是
谎言。我们不仅在孩提时代拥有它，而且在成年时期也一样可
以恢复它，前提是我们要放弃我们的占有欲和我们的私有财
产："不再有买卖，不再有集市和市场，而是将整个地球看作
我们大家的共同财富，因为地球是属于上帝的。"[8]我们的占有
欲和贪婪，以及随之形成的整个社会等级制度必须被废除。这
样将不再有主人和仆人之分，也不再有绅士和平民之别，男人
不会再凌驾于女人之上，一切都是平等的。在圣乔治山上，掘
地派们开始证明这个愿景不是一个空想，而是一种可以在此时

此地实现的生活情景。

当地的地主对此多有抱怨，但是新模范军派出的官员起初并没有看到任何威胁，掘地派只不过是一群在公共土地上种植庄稼的非暴力幻想者而已。当军队拒绝采取行动时，地主们便决定自己去解决问题。他们不会允许一个激进的公社在他们的社区建立起一个没有阶级的天堂的企图。萨里绝对不适合新的亚当和夏娃。1650 年，他们雇用了一帮武装暴徒去殴打定居者，摧毁了他们的庄稼，烧毁了他们的小屋。虽然温斯坦利充满激情的著作《新正义法》（*The New Law of Righteousness*）、《丛林之火》（*The Fire in the Bush*）、《自由法》（*The Law of Freedom*）还在继续流传，但很显然，他的社会实验已经结束了。

虽然弥尔顿在政治上激进，而且坚决反对审查制度，但他从未同情过温斯坦利这样的人。他写道，17 世纪四五十年代在英格兰各地涌现的那些教派——掘地派、家庭主义者（Familists）、马格莱顿派（Muggletonians）、贵格会、浮嚣派（Ranters），"就像是风暴和裂缝，只不过是在考验我们的信仰之船而已"[9]。我们当下最伟大的工程，不是对这群或那群耽于幻想的纯粹主义者（visionary purists）的救赎，而是对整个国家的救赎。弥尔顿可不想在种植了一整天卷心菜后在小屋里浑身颤抖，或者与一群赤身裸体、双目圆睁、想要成为亚当和夏娃的人进行交流。

当地主执法者把掘地派赶出圣乔治山的时候，弥尔顿接受了新成立的共和党国务委员会的外语秘书这一职位。这个职位的薪水很可观，每年有 288 英镑。仅一个月之后，他就发表了支持处决国王的小册子。然后，作为臭名昭著的无责任离婚的倡导者，他从边缘地带走向了权力的中心。弥尔顿是欧洲地区英联邦的主要拥护者，他学识渊博，是处决国王和议会统治的不懈的捍卫者。

弥尔顿的职责，是对来自整个欧洲大陆的君主政体的捍卫者们对英国革命者所做的攻击做出详细的回应。用拉丁语——也就是当时进行辩论的语言——表述的观点，并不比用英语表述的更有礼貌，但弥尔顿一直尽可能礼貌些。问题是，他的不朽文学之梦似乎比以往任何时候都更远了；更加糟糕的是，他197 的视力也在逐渐恶化。从他写那本关于离婚的小册子时就一直困扰着他的视力问题，现在变得更加糟糕：他额头和太阳穴上似乎笼罩着一层薄雾；他试图聚焦的物体一直在飘动，不肯静止；他闭眼时也感受到有强光闪烁。他尝试了所有能找到的药物治疗方案，但是除了休息，什么都没用。然而，他却没有时间休息。

到 1652 年，即他四十四岁的那一年，他完全失明了。他的敌人幸灾乐祸地说，苦难是上帝对他参与杀戮活动的惩罚；但他则讽刺地回复说，根据同样的逻辑，上帝为了惩罚国王的罪行而杀了国王。更合理的说法是，他的逐步失明是由于他不知疲倦的操劳而不断加剧的。尽管如此，弥尔顿并没有放弃担任外语秘书的职位。委员会仍然需要他，并且延长了他的任命，还提供助手为他阅读文件、取书并记录其口述。他靠着惊人的记忆力，反复训练自己去跟上复杂的论点，在头脑中写作、修改和翻译，然后再将结果口述出来。事实证明，这一训练对将来是至关重要的，因为他最终写出了那部深藏在他内心深处的伟大诗歌。

弥尔顿在为国家服务的同时，也忙于他的家庭生活。他需要在各个方面适应视力的丧失。他需要关注自己的投资项目、解决法律纠纷，也有朋友要拜访或要在家里接待。尽管他能力不凡，但管理这样一个家庭肯定也是一项非常复杂的任务。在1652年玛丽去世后，他成了一个失明的鳏夫；玛丽给他留下了三个年幼的女儿，其中大女儿只有六岁。但在仆人的帮助下，也许是在玛丽母亲的帮助下（尽管他们之间是有恨意的），他还是度过了之后四年的时光。然后在他四十八岁的时候，他娶了比他小二十岁的凯瑟琳·伍德科克（Katherine Woodcock）。一年后，她生了一个女儿，这是弥尔顿的第四个女儿，但是全家几乎没有时间去适应这样的新格局。仅仅四个月后，凯瑟琳去世了——弥尔顿的圣经中为其标注的是死于"肺病"，她的孩子只比她多活了一个月。

1658年，五十九岁的奥利弗·克伦威尔先是尿路感染，接着突然死于败血症。他的儿子理查德（Richard）接替了他，但是其父靠着强硬而狡猾的手段设法凝聚起来的不同势力此时开始互相交恶，彼此攻击。共和国很快分裂成为多个不可调和的派系，而一些民众则支持重返过去的状态。那个死去的国王的儿子被邀请去夺回他的合法王位——据说，那王位一直就是属于他的。1660年5月29日，就在他三十岁生日的时候，查理二世在激扬的钟声和钟爱他的臣民们的欢呼声中进入了伦敦。

弥尔顿按说不应该对事态的发展毫无准备，但他显然对此没有准备好，他没有能够为自己和女儿们隐藏或保住他任职期间存下的所有钱财，这是一笔将近2000英镑的不小财富。但当他意识到的时候已经太晚了：就像当初共和党人没收了显赫的保皇党人的财产一样，他的这些钱以及其他因他为英联邦服

198

务而被玷污的财富也都被没收了。

不过这对弥尔顿而言也许是最不重要的问题。他知道复辟是会用鲜血洗礼的。当皇室当局确定那些对弑君及其后果负有主要责任的人名单时，弥尔顿的敌人大声呼吁逮捕并处决这个失明的叛徒。对于那些被判犯有叛国罪的人，传统的处罚就是用绳索"吊住脖子，切掉你的生殖器，把内脏从肚子里掏出来当场烧掉，而这时你还活着"。为了避免这样惨烈的命运，他的一些共和党同伙逃去了荷兰或其他可能会得到保护的地方。但是失明的弥尔顿很容易被驻守在各个港口的巡逻者发现，所以他并没有尝试逃离这个国家。相反，他躲在伦敦的一个朋友家里。这个朋友的身份从未被查明，但不管是谁，都承担了巨大的风险。

保皇党法官最直接和最明确的目标，是 59 位主持审判查理一世的法官及 1649 年那些与查理一世被处决密切相关的人。这些人中有一些已经死亡，其他人则逃走了。〔在设法逃避被捕的人中，有三个被签署了死刑令，但他们一路逃到了今美国康涅狄格州的纽黑文，现在那里有些街名就是以他们三个的名字——迪克斯韦尔（Dixwell）、惠利（Whalley）和高夫（Goffe）——命名的，以对他们表示纪念。〕另有十个不那么敏捷或者幸运的人则被正式逮捕、审判和处决。但是，这些可怕的死亡并不足以[10]清算弑君以及随后十一年的共和党统治。

新加冕的皇室殉道者的儿子和蔼可亲、宽容，他对性征服比对复仇更感兴趣。但惩罚尚未结束。为了显示对皇室的忠诚，下议院和枢密院又列出了一份那些应该得到惩罚的人的候选名单，他们将被判处死刑或终身监禁，而弥尔顿是其中最主要的对象。毕竟，在亚当和夏娃的故事中，他找到了杀害国王的正当理由："人人生而自由。"然而，尽管最初的名单中提到了他的名字，他最终却被排除在最后的名单之外，原因肯定是他在议会和法庭上那些颇有影响力的朋友[11]的有效干预。后来，国王签署了《大赦令》（*Act of Indemnity and Oblivion*），赦免了所有那些为已被颠覆的前政权服务的人，弥尔顿也就安全了。

虽然他回到家中，不再东躲西藏，但他仍基本处于隐居状态。根据最早的一位他的传记作者的说法，弥尔顿"一直害怕被暗杀"[12]。虽然很多人都希望他死，但是否他就有理由对此感到害怕还不清楚。无论如何，他的公众生活已经结束了。之后，政府颁布了一份皇家公告，要求任何拥有弥尔顿的"邪恶和叛国的作品"的人，必须把它们交给当局，当局会负责派人将它们烧毁。

弥尔顿和他的三个女儿也团聚了，她们那时分别是十四岁、十二岁和八岁。失明的父亲需要帮助。虽然他失去了很多财富，但他仍然算是个有钱人，仆人们继续为他做基本的家务。不过，他曾经的那些十分能干的助手——帮他拿书、读书的办公室秘书们——现在都走了。他的一生都在读书，现在，他比以往任何时候都更渴望得到他珍贵的书。当一些忠实的朋友来拜访他时，他就请他们给他读书。他还雇用了一个懂些拉丁语的年轻的贵格会教徒，每天来他家里帮忙。但这位年轻人经常被捕入狱——因为加入贵格会在当时是违法的。无论如何，他得到的帮助还很不够。弥尔顿开始要求女儿们给他阅读，通常是用她们不懂的语言。他教她们如何辨认并朗读希腊语、希伯来语和其他文字。他非常关心孩子们的教育，却没有教会自己的女儿们如何理解她们所读的内容。当来他家的人询问为何其女儿们能读这么多种语言却不懂时，她们的父亲就会开玩笑说："作为女人，只懂一种语言就足够了。"这显然被认为是个机智的回答。

1663年，他的第二任妻子去世五年后，弥尔顿再次结婚，这次是和伊丽莎白·明舒尔（Elizabeth Minshull）——弥尔顿喊她贝蒂（Betty），一个比他年轻三十岁的自耕农的女儿。此时，他与十几岁的女儿们，尤其是与他的大女儿玛丽①的关系几乎已经破裂。当玛丽被告知她父亲即将结婚时，她回答说："听到他结婚的消息不是什么新闻，但如果能听到他去世的消息，倒算是个新闻。"就这样，这个家庭在同一屋檐下继续生活了六年，但再也没有迹象表明他们的关系有所改善。

201　　他在政治上的希望已经完全破灭了。他二十多年来的辛劳工作和雄辩的著作都是徒劳；他那些欣喜若狂的敌人在笑声中烧毁了他的作品；他的大部分财富都荡然无存；他的许多朋友已经去世或者藏匿起来；常常被他忽视和欺负的女儿们对他也充满恨意；他无法挥笔写字，更不用说读书了；失明和对行刺者的恐惧将他囚入牢笼。他似乎一无所有了，然而，他的内心世界却被极大地、不可测度地拓宽了。每天晚上或者凌晨——如果我们能相信他的话——他都会在精神世界里会晤一位女性访客。

弥尔顿称他的夜间访客为乌拉妮娅（Urania）②。这是一个异教徒的名字，指一位古老的掌管天文的缪斯之神，但在拉丁语中，它的字面意思是"天上的那位"。她对于弥尔顿而言是

---

① 原文如此，疑有误，玛丽应是其二女儿。——编注
② 乌拉妮娅，希腊神话中掌管天文的缪斯女神；这又是爱情与美之女神的别名。——译注

一种内在的神秘力量，使他最终能够写出他命中注定要完成的伟大史诗。他之前曾尝试撰写这样一部作品却没有取得任何进展，他只能向朋友们展示一些零散的诗句，仅此而已。莎士比亚在五十二岁时去世，那时的他早已放弃了活跃的职业作家事业，并退休回到了故乡斯特拉福德（Stratford）。在查理二世回到英国的那一年，已经一败涂地的五十二岁的弥尔顿还期望在他生命的最后阶段完成什么呢？然而，突然之间，在一位被他称为来自"上天的赞助者"的奇迹般的帮助下，他成功地做到了。

不管这听起来多么奇怪，我认为我们必须认真对待弥尔顿所称的来自上天的访问。正如他所说的那样，缪斯会来到他的身边，而且"是无须恳求的"。在她的保护之下，他可以进入地狱；他会翱翔于"极乐世界"；最重要的是，他似乎又能看得见东西了，他会在幽暗的小树林或阳光明媚的小山上信步漫游，或者沿着耶路撒冷圣地那忽然冒出的汩汩圣泉悠闲散步。他会浮现在这些神奇的遐想中，其中充满一种他从未听过，也从未被任何人演奏过的奇妙音乐。

他制定了一个日程。他会在凌晨四点（冬天则是五点）醒来，在床上躺半小时，听别人给他阅读，最好是希伯来圣经。接下来的一两个小时里，他会静坐沉思。早晨七点，他已经准备就绪。一位抄写员会来到他家，弥尔顿则开始口述他在脑海中写下的那些诗句，那些诗句是从某个崇高的地方来到他脑海中的，或者是从他内心中涌现出来的。如果抄写员迟到了，这位盲诗人就会开始抱怨，仿佛因被耽搁而痛苦："我需要被挤奶了。"

诗句会从他嘴里快速地涌现出来，他有时会一口气口述多达四十行语句密集、句法复杂、无韵律的抑扬格五音步诗句。他会要求抄写员把诗句再读给他听，然后他就坐在一张舒服的椅子上，把一条腿架在扶手上，开始调整、删除和精简诗句，他常常会把诗句从四十行删减到二十行。整个上午就这样度过。

然后这一天的工作就结束了。由于担心时间不够用，也因为急于完成他终于可以开始的事情，他强烈地感受到时间的紧迫性，渴望一直进行下去，正如他曾说的那样，他"曾用很长的时间去选择题材，迟迟才开始写作"（《失乐园》9：26）①。但他心里清楚，他不能强求自己去写更多的诗句。他不得不等待另一个晚上、另一次不请自来的探访。午饭后，他在自己的小花园里一次踱上三到四个小时，或者，如果天气不允许他在户外活动，他就会坐在自己设计的秋千上来回摆动。晚上，他会演奏音乐，接待几位访客，听听诗歌。九点，他就躺在床上，渴望入眠和缪斯的回归。

从数月一直延续到数年，那位缪斯的神奇造访一直奇迹般地持续着。在早晨，他会创作出更多的诗句，有更多"被挤奶"的机会。他的任务是继续前进，躲避他一直担心的悬在他头上的刺客的利刃；而更现实的是，他要躲避周期性地摧毁伦敦百姓的恶性瘟疫。

到 1665 年夏天，展现在年轻的贵格会助手面前的是一篇超过一万行的诗篇———一部惊人的史诗———的草稿。一件看似不可能的事情就这样实际发生了。这部鸿篇巨制在 1667 年出

---

① 除非特别说明，本译著中所有关于《失乐园》的译文，都参考了朱维之的译本，有时候会根据需要稍做调整。可参阅：《失乐园》，朱维之译，北京，人民文学出版社，2017。——译注

版，1674年又出了修订版。《失乐园》就是青年时代的弥尔顿在写给他最好的朋友的信中所提及的他梦寐以求的不朽之作。事实上，他成功地击败了荷马和维吉尔，登上了可与莎士比亚比肩的文学顶峰。他写出了世界上最伟大的诗歌之一。

第十一章　成为现实

正如弥尔顿自己关于缪斯女神每晚造访的说法所暗示的那样，如此巨大的创造性成就几乎不可能得到合理的解释。但有一点是完全合理的，那就是这首诗必须是关于亚当和夏娃的。这些形象萦绕着弥尔顿亲身经历过的每个方面，从他对幸福婚姻的期望，到他对离婚的诉求；从他的教育计划，到他对耶稣的理解；从他的政治激进主义，到他对革命失败原因的理解。《创世记》的故事对他来说是揭开几乎所有事物——人类学、心理学、伦理学、政治学、信仰——的意义的关键。就像对此同样痴迷的奥古斯丁一样，弥尔顿的一生都在讲述这个故事。

一生都在讲述这个故事，并不意味着他把人物塑造成同时代人物的化身——玛丽·鲍威尔扮演夏娃，克伦威尔扮演撒旦，他自己扮演亚当，等等。但这确实意味着对他来说最重要的一切——他年轻时的旅行、他对经典和莎士比亚的深刻阅读、他的性渴望、他与玛丽那灾难性的蜜月、他在关于离婚的小册子中所表达的孤独、他的神学思想、内战、他作为克伦威尔的秘书出席的委员会会议、他痛苦的失败经历……所有这一切，都进入了他的伟大诗篇之中。

基于一些最根本的原因，一切事物都是很重要的。他认为，我们每个人，都是亚当和夏娃这两个核心人物的真正继承人。他们和我们一样真实，他们的命运直接影响我们自己的命运。

　　弥尔顿对此深信不疑，因为他赞同奥古斯丁的信念，即耶稣基督的真理与亚当夏娃的真理息息相关。救世主的鲜血为我们所有人偿还了由真实存在的第一批人类的罪过造成的债务。除了对其字面意义的理解之外，弥尔顿也精通对圣经所做的精神层面的解读，如中世纪的神学家圣维克托的休格（Hugh of St. Victor，约 1096～1141 年）、圣文德（St. Bonaventure，1221～1274 年）和圣托马斯·阿奎那（约 1225～1274 年）等人的著述。他知道，圣经中描述的历史人物和事件，只是由所谓的"四重阅读法"赋予的一系列意义中的一部分。他深谙圣经的象征性意义，并梳理了旧约中的事件与救世主耶稣的生活之间的寓言性联系。他擅长从神圣的过去的痕迹中为现在获取道德指引。他不断地思索着一个擅长神秘阐释法（anagogical interpretation）的读者所能攀升抵达的幸福愿景（anagogy 一词与希腊语中的"向上攀升"相关）。

　　弥尔顿那时就知道，从旧约中亚当和夏娃的故事，以及新约中耶稣和玛利亚的故事里，可以提取一系列丰富细致的象征性联系、伦理教训和精神启示。但他确信，所有的事情都必须从圣经的字面真实性中来，并回归到圣经的字面真实性中去。如果没有这样的真实意义，弥尔顿的基督教信仰以及他在这种信仰基础上所采取的所有立场都将失去意义。如果伊甸园及其第一批居民仅仅是一个象征性寓言，那么这个神圣故事的整个互锁结构就会滑落为一个神话，也就不比普罗米修斯和潘多拉的异教徒寓言更加可靠。

　　幸运的是，他的信仰使他确信，摩西在《创世记》中提供了绝对可靠的书面证词，证明亚当和夏娃都是真实的人。弥

206

尔顿承诺要兑现这一事实。但是要怎么做呢？奥古斯丁花了十五年的时间，却未能完成他的著作《〈创世记〉字疏》，为什么他能够比奥古斯丁更成功地做到这一点呢？弥尔顿明白，答案不仅在于他自己——他确信上帝赐予他的才能，还在于他那个时代的大好机会。从表面上看，这个时机似乎是一场灾难：他对国家的梦想已经破灭，他的事业也已是一片废墟。但是，对此正确的理解是：这是天意。

他是在艺术表征领域经历了有史以来最伟大的革命[1]之后，以一名诗人的身份来到这个时代的。文艺复兴改变了所有的规则。像马萨乔、保罗·乌切洛（Paolo Uccello）和皮耶罗·德拉·弗朗切斯卡（Piero della Francesca）这样的画家已经发展出了线性透视法：他们画中的人物位于几何和数学计算的空间中。他们所描绘的人物的大小和彼此之间的关系，不再像中世纪艺术那样，取决于他们在精神或社会层面上的重要性，而是取决于他们在那个空间中的确切位置。艺术家能够在某个统一的场景中使用透视收缩和共享消失点这样的手段，来描绘出一种前所未有的生活幻觉。

不过，也不仅仅是技术创新改变了这一切，还有巨大的创造力的释放。弥尔顿现在失明了，但他之前在意大利待了一年多，他当时的所见所感仍然铭刻在脑海中。虽然他没有留下相关的记录，但他一定看过曼特尼亚、提香、丁托雷托、波提切利、达·芬奇和拉斐尔的一些作品。最重要的是，正如任何一个读过弥尔顿的人都不可避免地会想到的：会不会有那么一天，某个人——也许是他的朋友梵蒂冈图书管理员卢卡·荷尔

---

① 指文艺复兴运动。——译注

斯泰因（Lucas Holstein）——把诗人带到了梵蒂冈的中心地带，并带他参观了米开朗琪罗所绘的西斯廷教堂？也许弥尔顿坚定的新教徒敏感性最初会被这景象震撼；那炫目的、万花筒般的色彩起初可能已经打动了他，给他留下了极为深刻的印象，就像圣彼得教堂内部结构打动了乔治·艾略特（George Eliot）的《米德尔马契》（*Middlemarch*）中的女主角一样——就像得了一种"视网膜的疾病"。但不可能不去想象，未来的《失乐园》的作者当时还没有受到最终使其失明的疾病的影响，他抬起眼睛，满眼惊奇地凝视着天花板上的壮丽景象：一群裸体的小丘比特（putti）簇拥着那位胡须飘动、神色庄重的白发上帝，他的左臂环绕着一个美丽的裸体女人（大概是还没有出生的夏娃），右臂有力地伸出，并用食指去触碰亚当那松弛的手指。我们只一眼就能明白，这一触碰将使那个仍然俯卧在地上的首个人类充满生命力，并将使他那健美的身体站立起来。我们正在观察我们人类物种的起源，这是所有人类生命开始的那个时刻，也是我们自身存在的可能性开始的时刻。

米开朗琪罗的画面中那令人难忘的场景，是更加宽广的视野的一部分，是《创世记》中的系列场景之一，记录了宇宙的创造以及人类与造物主最终的悲剧性疏离。然后整个计划被以基督教传统神圣化，由旧约和新约联系在一起，并于后来产生了祭坛墙上的壁画——《最后的审判》——的宏伟景象。米开朗琪罗的同代人对他心怀敬畏，因为在他们看来，只有他能描绘出那种创世造人的可怕景象（terribilità）。这位身怀绝技、富有卓越想象力和远大抱负的艺术家，成功地在一幅场景广阔的作品中捕捉到了一切。这就好像他不仅表现了或者模仿出了上帝的创造之力，而且实际上还把这种神力据为己有了。

对应于米开朗琪罗在绘画中的可怕景象，弥尔顿也创作了他自己的文学版本。他沉浸在文艺复兴时期人文主义的文化氛围之中，胸怀恢复古时的辉煌的梦想，决心给予亚当和夏娃如荷马给予赫克托耳、维吉尔给予埃涅阿斯那样的令人震撼的存在形式。他认为，《创世记》的开头几章缺乏特洛伊战争那样的激动人心的战斗场面或罗马建立之初的那种历史特殊性。但是他确信，这个叙述形式简洁的人类起源故事，远比希腊或拉丁的杰作更为重要；而且，如果理解正确的话，它比那些希腊或拉丁巨著都更具有英雄气概，更加动人心魄。问题是如何去扩展崇高而简洁的圣经叙述，以使其具有异教史诗般的持久的宏伟和庄严。

基督教传统长期以来一直致力于这一扩展过程。安布罗斯、奥古斯丁及其同代人继续发展了流亡时期的犹太人所做的推测，即一些天使反对上帝创造首批人类，并羡慕上帝赋予他们的品质。他们进而又为夏娃被蛇诱惑这一情节构想了一个幕后故事：撒旦及其军团的叛乱。到了中世纪，这些推测又进一步被详细地描述为天堂里的一场大规模战争，其中的撒旦带领着三分之一的天使，[1]鲁莽而又疯狂地反抗上帝，虽然他们注定是要失败的。而在惨遭失败之后，他们又谋划着去伤害上帝的造物：世界上第一个男人和第一个女人。

弥尔顿采用了这个传说，力图模仿甚至超越古典史诗中那些伟大的战斗场面。《失乐园》包括对天堂战争的夸张描述：不但有刀光剑影、地动山摇，甚至还有残忍的火药的发明。弥尔顿曾经在大门上贴了一首十四行诗，恳求任何路过的士兵仁慈地对待他家，他无法想象荷马和维吉尔诗作中的战士们的那种冷酷无情的紧迫感。还有一个无法克服的问题：无论是好天使还是坏天使，他们都可能被大山击倒，但是由于他们是由不朽的材料构成的，他们很快就会复原。更糟糕的是，因为上帝的力量是无限和绝对的，所以故事的结果毫无悬念。弥尔顿自己也认识到，他不能指望他的读者会完全认真地对待他试图赋予圣经叙事的战争场景和史诗性张力。当上帝敦促他的儿子帮他准备抵御即将到来的敌军时，他的儿子也立刻意识到他的父亲是在开玩笑。因为上帝根本不需要帮助。

209

弥尔顿可以绘声绘色地描述天堂的叛乱，这源于他多年作为克伦威尔的拉丁文秘书专心听取国务委员会审议的经历。也许没有哪位伟大的史诗诗人——肯定不会是但丁，更不是维吉尔——曾经有过这样持续每天直接进入国务委员会大厅的机会。在那里，那些有权有势、野心勃勃的人试图申明他们的政治意图。弥尔顿的这种特殊经历，或许有助于解释《失乐园》中地狱里的议会场景所带有的那种令人震惊的信服感，其中摩洛克（Moloch）、彼列（Belial）、玛门（Mammon）和别西卜（Beelzebub）[①] 在辩论魔鬼应该追求的最佳政策。

弥尔顿致力于把文字变成现实，但他不是像那些伟大的视觉艺术家那样，通过线条、色彩和形式来实现，而是借助于他母语中那富有魔力的节奏、修辞、隐喻和丰富的声调。很少有文艺复兴时期的白话文学作品可以将亚当和夏娃的故事带入现实。艺术家们可以以他们选择的任何方式自由地描绘伊甸园，作家则必须更加谨慎。对神圣的经文做太多的自由发挥是困难的，甚至可能是危险的。但是在他的诗歌中，就像在他的政治

---

① 摩洛克是闪米族的神；彼列是地狱之王；玛门是贪欲之神；别西卜是鬼王。——译注

主张中一样，弥尔顿特别大胆。他十分清楚自己可以从哪里寻求文学灵感。除了文艺复兴时期重新培养的希腊和拉丁诗人外，他还拥有可供借鉴的本土资源。

他能在自己的世界里找到一种他所渴望的文学力量，这种力量似乎近得触手可及。当莎士比亚的《第一对开本》① 出版，以纪念这位伟大的剧作家时，本·琼森（Ben Jonson）说，他"不只是一个时代的大师，而是永恒的大师"，当时弥尔顿十五岁。1632 年的第二版收录了一首赞美莎士比亚的新诗："在我们的惊奇和震撼中，你为自己建立起了一座不朽的丰碑。"这些匿名诗句的作者不是别人，正是当时尚年轻的约翰·弥尔顿，这是他出版的第一首英文诗。

为了刻画出一个引人注目、形象丰满的撒旦，弥尔顿仔细地研究了莎士比亚。莎士比亚对麦克白凶残的野心和绝望的出色描写，为弥尔顿的"黑暗王子"② 提供了一个心理和修辞的模板，弥尔顿补充了他从理查三世和伊阿古（Iago）那里借取的内容。作为学生，他简直太聪明了。他所塑造的撒旦形象是如此逼真生动，以至于都快喧宾夺主了，特别是在早期。到后来，弥尔顿不得不刻意削弱撒旦的形象，从而为他终其一生都痴迷的中心人物——亚当和夏娃——腾出空间。

但是，刻画亚当和夏娃这两个人物的挑战性，比任何困扰他的关于描绘天堂或地狱的挑战性都要大得多。对于婚姻的持

---

① *First Folio*，是现代学者为第一部莎士比亚剧本合集取的名字，其实际名称为《威廉·莎士比亚先生的喜剧、历史剧和悲剧》（*Mr. William Shakespeares Comedies，Histories，& Tragedies*），作品集以对开本的形式印刷，共包括莎士比亚的作品 36 部，出版于 1623 年。——译注

② 即撒旦。——译注

续描述，几乎没有文学或其他方面的先例。莎士比亚几乎没有什么可以供弥尔顿参考的，荷马、维吉尔、但丁、彼特拉克的作品里也没有。在他们的作品中，婚姻被认为是一个追求的目标，或者是一个简单的事实，而不是一种亲密伴侣间的持续性伙伴关系。莎士比亚的一个重要例外是麦克白夫妇的婚姻，但它又很难成为伊甸园夫妇的榜样。弥尔顿深信，位于婚姻核心的一个部分是夫妻之间的亲密交谈，但是想象和描述这种亲密关系在很大程度上是一个未知领域，不仅仅对于他本人来说是这样，对于他沉浸于其中的所有文学文化而言也是如此。

如果弥尔顿在浩瀚的读物里读到了 12 世纪的法国戏剧《亚当的游戏》（*Le Jeu d'Adam*），那么他会把亚当和夏娃写成一对有趣的乡村人物。（他们的对话会是这样的："老婆子，刚才和你说话的那条蛇是谁啊？"）或者，如果他敢于涉足更流行的法国文学，他可能会发现，那些所谓的韵文故事（fabliaux），也包含一些粗俗不堪的关于亚当和夏娃的故事。在一个典型的题为《铁锹做成的屄》（*The Cunt That Was Made by a Spade*）的韵文故事中，上帝用亚当身上的一根粗硬的肋骨创造了夏娃，这是要表明，丈夫们应该经常殴打他们的妻子，最好是一天三四次。第一个女人固然很迷人，但是粗心的上帝忘了给她造生殖器，这使她残缺不全。于是魔鬼被派去完成这项工作，他仔细检查了所有可用的工具——"锤子、扁斧/凿子、鹤嘴锄、锋利的斧头、双刃刀具/修枝工具"等，但他最终选择了铁锹，因为他知道："只要铁锹的刃口足够锋利，几乎在任何时候都能制造出一条又大又深的裂缝来。"他将铁锹推进去到把手的位置，做出了一道裂缝，然后魔鬼又在

211

女人的舌头上放了一个屁，任务就完成了。故事的结论是：这就是为什么所有的女人都会喋喋不休。

在弥尔顿所继承的文学遗产中，这种粗野、暴力的厌恶女性的材料非常多——很多时候它们都是潜伏的，并存在于许多文化当中——但他绝对不想使用这样的素材。他很容易看出，这是对圣经中那对最初的人类形象的粗俗背叛。然而，对他而言还有什么可利用的呢？完美的纯真到底是什么样的？他怎么能令人信服地展示第一段理想的婚姻呢？第一批人类长什么模样？他们像动物一样吃东西，还是会做饭吃饭？他们是怎么过日子的？他们说了些什么？他们发生过性行为吗？他们晚上也做梦吗？如果做的话，在当时那种完美的幸福状态下，他们会做噩梦吗？他们在乐园里偶尔也会感到无聊、烦恼或焦虑吗？他们会有意见不同的时候吗？在这段承诺好的完美而幸福的关系中，怎么会出现如此灾难性的错误呢？

弥尔顿先是回想起他眼睛失明之前所看到的东西。他记得他所喜爱的风景，尤其是托斯卡纳的风景，再将这些风景和他自己或助手为他读过的无数本书里面所描绘的风景融为一体。212 弥尔顿确信，上帝作为一位"至高无上的种植者"，他为第一批人类建造的花园，绝对不是当时流行的那种正式的建筑之一：修剪过的树篱巧妙地排列在精心设计的几何图案中。如果说有什么区别的话，那就是伊甸园是一片花草茂密、树木繁盛、水源充足的土地，它坐落在陡峭的荒野之巅，周围环绕着高大的树木，其中一定开满了鲜花，不仅颜色精致多样，而且香味浓郁（弥尔顿还记得水手们说过，阿拉伯海岸的强风把香味吹到了他们的船上）。尽管它是封闭式的，但是，失明的诗人仍能在他的脑海中看见迷人的风景：森林、河流和一望无垠的草原。他想象中的乐园有点像一个丰饶美丽的乡村庄园：
"一个气象万千的田园胜景。"（《失乐园》4：248）

至于这个庄园的男女主人，弥尔顿可以借鉴关于亚当和夏娃的绘画和版画。无论是在意大利旅行时，还是回到家时，他一定都非常关注各种相关的画作。在他脑海中存留下来的图像，并不是那些因沮丧和悲伤而屈服的人物形象，而是一对有着崇高尊严、富有活力和独立性的裸体男女，这种形象是文艺复兴时期的艺术杰作。他写道，第一对男女"高大挺秀俨然神的挺立，以本身原有的光彩"（《失乐园》4：289）。亚当有一个大大的前额，头发在前面分开，低垂下来，但还没到他宽阔的肩膀下面。夏娃的金发则要长很多，还有随意编起来的小辫子，一直垂到她纤细的腰部。他们俩毫不掩饰人类现在隐藏在罪恶的羞耻中的"那些神秘部位"，因为他们既不知道什么是罪恶，也不知道什么是羞耻。

弥尔顿不想透过一层神秘的雾霭来描绘亚当和夏娃，也不想用精心摆放的无花果树的叶子来微妙地遮挡住他们的身体。他所希望看到的——并让他的读者也看到的——是一对身体健美、充满活力的年轻人。他们一点也不虚幻。弥尔顿认为，他们深深地相爱着，手牵着手走过他们可爱的花园；时不时停下来聊天、亲吻，沉迷于"青年人的戏谑"（《失乐园》4：338）。饿了，他们就坐在河边松软的河堤上，从果实累累的树上摘果子吃。"他们先嚼果肉，"正如诗歌中所描绘的那样，"用果壳在盈盈的流泉中舀水。"（《失乐园》4：335 - 336）

从某种程度上而言，弥尔顿是为了表达一个神学观点：亚当和夏娃不是寓言的象征，他们是有血有肉的人；他们确实比我们更完美，但是在物种上与我们并没有区别，他们也不是哲学上的抽象概念。他认为，即使是天使，也应该按照人类的想法去理解，因为我们的物质本性并没有切断我们与更高形式生命的联系。因此，当这首诗描绘天使拉斐尔友善地拜访伊甸园，因为上帝派他去警告亚当和夏娃关于撒旦的事情时，它想象出天上的客人和人类坐在一起吃饭的场景，而非"雾中朦胧的幻象，如一般神学家所说的，他们真有强烈的食欲"（《失乐园》5：435－437）。灵性生物也是由物质构成的，就像人类一样。弥尔顿则更进一步，他坚持认为，如果天使吃了真正的食物，那么他们也必须像人类一样消化它，并需要排泄出任何不能被吸收的东西。[2]但是，他或许在此时想到了自己的消化问题，随即又补充说，至少天使是不会遭受任何肠胃不适的："即使吃了过多的东西，天使也都能消化。"

然而，弥尔顿不仅要生动地展现肉体的存在，而且要在现实中奠定第一批人类存在的真实性。这是很容易的，这要归功于文艺复兴时期的艺术帮助塑造了他的视野。更大的挑战是如何塑造人类的内心生活以及他们之间关系的实质。这里最困难的问题是如何使亚当和夏娃的婚姻重获新生。如果莎士比亚不能在这方面帮助他，那么奥古斯丁、路德或加尔文就更不能了。弥尔顿多年的经历——公共服务，以及撰写愤怒的辩论文章、教育论文、外交函件等——此刻统统毫无用处。在他最私密的经历中，在他与查尔斯·狄奥达蒂的热烈友谊中，在他为维护贞操而多年努力奋斗时所珍视的幻想中，尤其是在他第一次婚姻和灾难性的蜜月期所唤起的感情中，他找到了前进的道路。他在勇敢地、不屈不挠地挖掘这些隐秘之处时，才开始发现自己到底需要什么。作为一名诗人，他渴望把自己的创作变成现实，因为他知道，这不仅是奥古斯丁神学的一项重要任务，也是最伟大的文学作品的秘密。他成功了。在《失乐园》中，亚当和夏娃过着他们诞生几千年以来从未拥有过的生活：他们既是完全现实的个体，也是一对已婚夫妇。

在与大天使拉斐尔的谈话中，弥尔顿故事中的亚当回忆起了上帝将所有动物成双成对地带到他面前的那一刻。亚当适时地给这些动物起了名字——弥尔顿在诗中小心翼翼地避免去暗示这场检阅需要花多长时间，但是他发现自己不知为何还感到缺点儿什么，但他又不确定那到底是什么。于是，他转向站在他身旁的上帝，问道："在孤独中／什么是幸福？"上帝微笑着问他所说的孤独是什么意思：亚当难道不是刚刚被介绍给全世界的所有物种了吗？上帝补充说，这些物种中的一些是有些理智（reason）的，亚当可以和它们一同消遣。但亚当坚持认为，所有的动物，即便是最好的那些，也都远远低于他。他寻求的友谊必须是平等而相互的，否则任何谈话的尝试都会很快变得乏味。他需要一个配偶，一个与其平等的人。他问上帝："在不平等的生物之间，能有什么交际，什么和谐，或真正的欢乐呢？"（《失乐园》8：383 – 384）

上帝的回答很奇怪。你觉得我孤独吗？上帝跟亚当说：我永远孤独，没有跟我相对等的。所有与我交谈的生物都是远远地——甚至是无限地——在我之下，更不用说它们都是我创造的。"那么你看我和我的情况又有怎样的想法呢？永古以来孤独的我，你是否认为是快乐的呢？"（《失乐园》8：404 – 405）这是一个谁都不愿意问的问题，更何况是上帝，人类的回答令人费解，也就不足为奇了。但是亚当在夸张的恭维和回避中，确实也观察到，虽然他不愿冒险为上帝说话，但是他可以证明

215

他自己渴望与另一个人交谈，而不是与低等动物交谈。此外，他还补充说，上帝是完美的，不需要繁衍，但他作为人类知道自己在某种程度上是有缺陷的。

为什么第一个人会有这种缺陷感，还不完全清楚。《创世记》没有提供任何线索，所以弥尔顿必须回到他自己的经历，回到那个驱使他在 1642 年 7 月决定结束独居生活并娶妻的重大时刻。弥尔顿想，亚当一定痛苦地意识到，他所谓的"单一的缺陷"，也就是独身的缺陷。

在谈话的这一点上，上帝又说了一些必定会让亚当感到不安的话。他告诉亚当，他只是在考验他，看看他是否愿意接受任何被带到他面前的野兽。圣经中没有关于考验的内容。《创世记》中的上帝说："那人独居不好，我要为他造一个配偶帮助他。"（《创世纪》2：18）这些话显然困扰着弥尔顿，就像它们困扰了许多代评论家一样。难道上帝现在才注意到他缺失了些什么吗？万能的上帝怎么会犯错呢？有没有可能，就像以利亚撒在《塔木德》中所说的那样，亚当在这个女人诞生之前，就尝试过与所有的动物发生性关系呢？[3] 弥尔顿学过希伯来语，也仔细研究过拉比教派的评论，但他发现这个观点太极端了。他认为，更好的设想是，上帝希望考察人类的辨别力，就把动物带到亚当面前，看他是否愿意接受其中一个作为对话伴侣。因为亚当坚持要与人对话，所以他通过了考验。上帝又补充说，在亚当开口之前，他就已经知道一个人独处是不好的。

亚当对大天使拉斐尔说，此刻的考验结束了，因为与上帝交谈的压力太大了，以至于他感到"眩惑、困倦"（《失乐园》8：455），都快崩溃了。他确实倒下了，但随后，他恍惚间看

到自己躺在地上，上帝则弯下腰，打开了他的左肋，取下一根
肋骨，而他自己鲜血直流。拉比教派同样认为，亚当可能亲眼
看到了女人是由他自己的肋骨造出来的；但他们又想，如果他
的确看到了这一幕，那他就会非常厌恶他所看到的，以至于上
帝不得不毁灭这个生物，重新开始。弥尔顿也许已经想到了古
代犹太人的这种评论，所以坚持认为，对于亚当来说，这一景
象只是令人激动的。亚当回忆道，她的容颜"注入我的心，
这是以前没有感觉过的"（《失乐园》8：475）。

　　弥尔顿之前的其他人至少暗示了亚当身上的这种感觉的被
唤起。在希伯来语中，正如他所知道的，《创世记》里面的一
首诗曾反复提到女性代词 zo't："这一个""这一个""这
一个"[4]。

　　　　终于有了这一个，我骨中的骨，
　　　　　　肉中的肉，
　　　　这一个将被称为女人，
　　　　　　因为这一个是从男人身上取出来的。
　　　　　　　　——《创世记》2：23，罗伯特·阿尔特译本

在希罗尼穆斯·博斯（Hieronymus Bosch）的一幅题为《人间
乐园》（*The Garden of Earthly Delights*）的十分奇特的名画中，
亚当惊奇地看着新创造出的迷人夏娃，欣喜若狂。为了表达这
种欣喜，弥尔顿可以借鉴英国文艺复兴鼎盛时期的爱情诗——
"有谁爱过，而不是一见钟情？"克里斯托弗·马洛
（Christopher Marlowe）如此问道；他似乎也借鉴了自己对甜蜜
爱情的初次体验。《失乐园》里的亚当，是诗人梦境中出现的

217

人，他以非凡的强度和口才表达了自己的感情。

亚当从幻象中清醒过来，发现与夏娃相比，世界上的一切——毕竟他是在乐园里啊——突然都相形见绌了。当他去找她时，他确信，如果找不到她，他将永远为失去她而感到遗憾。上帝悄无踪迹地把她拉到他的身边，虽然她最初转身走开了，但是她开始接受他的追求，并被害羞地带到了"婚房"。亚当在那里第一次体验了他所说的"人间的至福至乐"。

弥尔顿非常清楚，天主教知识分子早就推测：在乐园里性交只是为了生儿育女，因此这是以一种冷静超然的态度进行的。他曾读过奥古斯丁的阐释，那是一种在没有性欲或兴奋的情况下进行的性行为，完全不引人注目，而且也是公开的。《失乐园》想象出了一种目击者亲眼所见的证词，证明了整个神学传统都是谎言。"伪善者伪装正经地说什么纯洁、无邪、身份"（《失乐园》4：744–745），但弥尔顿坚持认为：亚当和夏娃在乐园中的性生活极为美妙，而且他们是私下进行的。他们的庐舍是封闭的，是只属于他们自己的庐舍，没有"走兽、飞禽、昆虫"（《失乐园》4：704）等别的动物敢走进里面去。夏娃用花朵和香草来装饰他们的婚床。在那里，他们享受着对彼此身体的占有——这也是人类唯一的私有财产；诗里说，在乐园里，其他的一切都是公共的。

但是，无限的爱和激情的相互占有怎么可能与弥尔顿认为对婚姻必不可少的等级秩序——男人居上——相容呢？弥尔顿知道这样的秩序会是什么感觉，听起来又是什么样子的。亚当告诉夏娃，花园里的植物已经长疯了，他们应该第二天一大早

就起床去修剪树枝，夏娃以顺从、爱慕的方式回应，而这正是 218
多年以前新婚的弥尔顿对他所娶之人的期待：

> 你所
> 吩咐的，我都依从，这是神定的，
> 神是你的律法，你是我的法律；不识不知
> 才是女人最幸福的知识和美誉。
>
> ——《失乐园》4：635－638

完美的妻子在所有事情上都很乐意服从丈夫的意愿。

夏娃却没有像法国韵文故事中所描述的那样，被驯服或殴打成这种顺从的状态。在弥尔顿和与他同时代的许多人看来，在乐园中，女人的顺从是自然而然的。17 世纪的清教徒亚历山大·罗斯（Alexander Ross）问道："在那种天真的状态下，妻子是否应该服从男人呢？""是的，"他自问自答，"但是妻子的这种服从不应该是不情愿的、痛苦的、麻烦的，就像它后来是由罪所导致的那样。"[5] 按照上帝的安排，亚当和夏娃都是人类的完美样本，但他们绝不是平等的。"他和勇敢是为沉思而生，／她和甜美、魅力是为柔和而生，"弥尔顿写道，但他又因为加了一句洋洋自得的男性至上主义的话而臭名昭著，"他为神而造，她为他里面的神而造。"（《失乐园》4：297－299）

令人惊讶的不是弥尔顿赞同这一被广泛认同的观点，而是他在其中认识到了一个根本的、无法解决的问题。这个问题并不像他所想象的那样，是女人不愿意屈从；他的故事不是关于

莉莉丝（Lilith）① 的。相反，在幸福的体验中有一些具有破坏性的东西，至少对男人和女人来说一样具有破坏性。

亚当试图向拉斐尔解释这个问题。他告诉天使：我明白，她是下等人；我也知道，尽管我们都是按照上帝的形象造的，但我比她更像上帝；我知道自己命中注定要高她一等且会一直

219 如此，但是当我感受到她的可爱时，原来那种官方的说法似乎不再真实了。"她似乎生来就是完美无缺的"（《失乐园》8：547–548），以至于，如果有什么区别的话，那就是她看起来才是上等人。

天使听了这话不禁皱起了眉头，他告诉亚当要更加自尊。但是，天使的反应却不起什么作用（这种反应从来就没起过作用）。天使怎么能理解深陷爱河之人的感受呢？拉斐尔警告亚当，不要过分看重性快乐，他轻蔑地说，这种快感是给牛和其他所有野兽的。亚当有尊严地回答说，他所描述的对爱情的感受，并不仅仅是指床笫之欢，尽管他对床笫之事的看法比拉斐尔的话所暗示的要虔敬得多。相反，他说，正是"优美的行为，/千种不同的礼仪"，预示着一种完美的结合——"二人同心"，且使他从夏娃那里得到如此大的快乐。他的爱，他与妻子亲密的身体接触和精神交流，消除了他作为一个男人应该坚守的优越感。他感受到了一种无法阻挡的情投意合的感觉："二人同心。"（《失乐园》8：604）

用亚当的话来说，这是对官方说辞的含蓄拒绝，或者至少

① 莉莉丝原先是美索不达米亚神话中的人物，在犹太教的拉比文学中，她被认为是旧约中亚当的第一任妻子，上帝在同一时间用同样的泥土创造了她与亚当，她因不满亚当而离开伊甸园，后来则沦落为诱惑人类和扼杀婴儿的女恶魔。——译注

是礼貌但坚定的暗示：天使和他的天堂同伴对人类经验的掌握
很有缺陷。的确，鉴于天使的呆板，弥尔顿的第一个人类允许
自己思考天使的性爱经验是什么样的。他问拉斐尔："天国的
精灵不恋爱吗？他们是怎样表现爱情的？单凭眼看，交换秋
波？"拉斐尔身上发生了一些非同寻常的事，至少对一个天使
来说是这样的：他的脸红了。"这就够了，"他消除了亚当的
顾虑，"你知道／我们幸福，没有爱就没有幸福。"（《失乐园》
8：620－621）拉斐尔就像一位喋喋不休、没完没了的家长，
继续用清晰明白而具有技术性的语言说着天使没有处女膜或
"排他性阻碍物"之类的话。然后，他突然住嘴，说天色已
晚，飞回了天堂。

亚当在与天使的对话中，甚至在他早先与上帝的对话中，
都表现出一种令人难以置信的坚定的人类独立性。难以置信   220
是因为你可能不记得弥尔顿一向就是这样一个人：他曾被愤怒
的导师赶出剑桥；他曾经拒绝走上去教堂工作这条更容易的道
路；他曾经起来反抗国王和主教；他也曾决心探索自己的个人
神学。在弥尔顿的想象中，亚当以活生生的形式出现，他恰恰
不是一个只知道无条件接受上帝命令的人。然而，在这个例子
中——原则上男性要优越于女性——弥尔顿自己并不怀疑传统
的教义是真实的。问题是，这个事实无法与爱一个人的真切感
受相调和。亚当曾问上帝："在不平等的生物之间，能有什么
交际，什么和谐，或真正的欢乐呢？"（《失乐园》8：583－
584）

夏娃是亚当渴望的目标。然而，虽然她是由与他相同的物
质造出来的，在这个意义上，她和他是平等的，但她与他并不
完全相同。当她清醒过来的时候，她并没有像亚当那样仰望天

空，去寻找造物主。相反，她走到附近的一个湖边，凝视着自己在清澈平滑的水中的倒影。[6]当一个神秘的声音把她引开，亚当轻轻地抓住她的手时，她才恋恋不舍地离开自己那令人愉悦的倒影。

当然，人们也可以把这个自恋的时刻解释为夏娃的缺陷，几个世纪以来的厌女主义说教就证明了这一点。但是，弥尔顿不一定得出这个结论。相反，他想象着女人似乎没有男人那么被天生的不完美感所困扰，那么缺乏自信。正是基于这种不同的认识，这首诗才产生了对灾难的独特理解。

我们不知道在 1642 年夏天的那几个星期里到底发生了什么，也就是在大约二十五年前，当弥尔顿和他年轻的新娘回到伦敦，短暂地生活在一起，然后新娘又突然离去的时候。这种经历不可能是诗人想象中的亚当和夏娃的榜样。也许弥尔顿至少已经意识到，传统期望和实际感觉之间总会存在痛苦的张力。在《失乐园》中，这种张力变成了一种内容丰富而又颇显奇怪的东西。丈夫完全倾倒于妻子的美貌、善良以及——最重要的——自主性，此时，原来那种"他为神而造，她为他里面的神而造"的等级制度就开始土崩瓦解了。

夏娃的自主性在天使造访之后的第二天早上就受到了考验，那时两人醒来，开始在花园里做一天的工作。弥尔顿在诗里坚持认为，这项任务本应是令人愉快的，工作也是真实的，而不仅仅是象征性的。夏娃也同意亚当的观点，即花园的植物生长得过于旺盛，正在失控。他们在白天完成的工作——"白天里我们修剪的繁枝，或砍或支或捆扎"（《失乐园》9：210）——一晚上的功夫就又被新长出的植物毁掉。她说，除非有"更多人手/帮助我们"，否则他们前面的工作只会越来越多。于是她就提出做一个试验——一个她的新想法，以解决他们都认识到的问题："让我们分工"，她建议道，这样他们就可以减少闲聊的时间。

亚当起初给出了"温和的回答"。他告诉妻子，她关于分工的建议是值得称赞的——"女人的可爱莫过于对家政的考虑"，但这也是错误的。毕竟，这里是乐园，工作并不意味着单调乏味。但稍加思索之后，他又改变了立场：如果夏娃真觉得他们的谈话令人厌烦，那么他也愿意让她自己短暂地离开，"因为孤单，有时候是最好的交际"（《失乐园》9：249）。他没有等待夏娃答复，也没有完全离开她，接着他就犯了一个错误，他告诉她，由于撒旦此刻可能就潜伏在周围，她无论如何都不应该离开他。

夏娃以"甜美朴素的镇定"做出了回应，说她的内心受到了伤害。她告诉亚当，你竟然会怀疑我的坚定，"我没想到会听到"你对我如此不信任。可怜的"爱家的亚当"——弥尔顿这样称呼他——试图去安抚她。他说，他只不过是建议他们应该一起面对来自撒旦的任何威胁。但是，伤害并不是那么容易消除的。夏娃仍旧是用"温柔的声调"，但这次她直截了当地问道："如果这就是我们的状况，那还有什么乐趣呢？"我们被造之时，一定是带有足够的道德力量的——她用的词是"品行正直"（integrity），这使我们能够抵制诱惑，无论是当我们相互陪伴时，还是独自一人时。她说，我们无法想象，造物主使我们如此"不完美"，以至于我们要始终黏在一起来抵制诱惑；要是果真如此，那么："我们的幸福就不可靠，那么，伊甸园也便显得不是伊甸园了。"（《失乐园》9：340－341）

222

当然，我们知道这一切都正在走向一场灾难，但我们又很难反驳夏娃的论点，因为我们也知道，撒旦的威胁不是暂时的。难道他们二人永远都不会分开，哪怕是几个小时？而且毕竟，她对自己的正直品格的信心反映出亚当对她的钦佩：似乎"她自己就是完整的"。闷闷不乐的亚当气急败坏地说："你这个女人啊。"就好像他被召唤去捍卫整个世间的秩序一样；他宣称上帝所创造的一切东西"从不留缺陷与瑕疵"。他的防御似乎有点奇怪，因为这正是夏娃的意思，直到我们回忆起他早些时候曾向上帝表达他自己的感觉，即他自己既不完美又有缺陷。但是现在，亚当又承认夏娃原则上不缺抵御诱惑的坚定意志，于是他就陷入了一种自相矛盾的境地。他说："上帝让意志自由。"如果是这样的话，他就必须允许夏娃离开他。他终于说道："去吧，在我身边不自由，去吧。"夏娃回答说："那么，你允许了。"（9：378）接着，她就从亚当手中抽出自己的手，离开了。

任何与配偶发生过争执的人——也就是曾经与某人亲密地生活过很长时间的人——都会认识到，弥尔顿捕捉到了爱、愤怒、伤害的感觉、安抚的尝试、虚伪的赞美、被动的攻击、挫折、顺从、独立以及渴望的独特画面，这确实十分精彩。而这一发明的天才之处在于，弥尔顿需要说服读者这对争吵不休的丈夫和妻子仍在伊甸园里，他们此时还没有堕落。这就是乐园里的家庭争吵该有的样子啊。

这个精心演绎出的背景故事——天堂里的战争和撒旦对上帝创造的人类的恶毒敌意——有助于人们理解蛇在《创世记》中所扮演的神秘角色。但是弥尔顿不能接受这样的观念，即第一批人类只是因为被撒旦欺骗就变得不服从了，从而成为天国阴谋的纯粹受害者。亚当和夏娃一定充满智慧、见多识广，也事先得到了警告。他们一定是自由的，一定是纯真的。然而，如果他们既是自由的又是纯真的，那么在纯真中一定有一种令人不安的东西，在自由中一定有某种具有威胁性的东西。

纯真中那种令人不安的东西是：最初的人类无法理解邪恶，无论他们收到多少警告，也无论他们多么努力地去想象它。自由之中的威胁性，则可以从亚当让夏娃离开时亚当所承认的痛苦中瞥见："你留下，若不是自由的，只会离得更远。"有些东西是不能强迫的，真正的亲密是最重要的。这也许有点讽刺意味，但夏娃却试图为爱披上一件顺从的外衣——"在你的允许下……"，但她并没有掩饰她一贯的拒绝或者对自由的无法舍弃。她可能会被说服，但她不能，也不会被强迫去做任何事。

自由威胁着纯真。但是弥尔顿显然认为，缺失了自由的纯真是毫无价值的，是一种永远幼稚或被束缚的状态。他生命中的一切——他的政治、他的宗教信仰、他的教育理论、他对婚姻和离婚的看法——都集中在自由给予或自由拒绝的同意之上。这就是为什么即使身处离婚的痛苦中，弥尔顿也从未声称他的妻子没有权利离开他。他不可能强迫她违背自己的意愿留在他的身边。

弥尔顿认为，人身自由是任何有价值的生活的核心。这就是为什么尽管亚当感到焦虑和沮丧，他仍认为夏娃独自离开几个小时是完全合理的，以及为什么夏娃独自一人面对致命诱惑也是合理的。自由在本质上不属于共有财产，而是属于每一个个体。

在弥尔顿看来，夏娃不可能一时冲动或轻率地屈服于诱惑。她和那条蛇之间肯定进行过长时间的交谈，然后，尽管她

224

很饿，但她也是在考虑了那条蛇的说辞的含义之后，才最终做出吃禁果的决定。她对自己说，善恶的知识本身必须是善的："不知道善，便不可能得到善。"（《失乐园》9：756）禁止吃那种果子有没有可能就是"禁止我们善，禁止我们聪明"？这是毫无意义的："这样的禁令不能束缚人。"至于对任何违抗者构成威胁的死亡："那么我们内心的自由／又有什么用？"她的结论是，这种禁令肯定又是上帝的考验，是像上帝起初让亚当在他刚刚为其命名的动物中寻找生活伴侣那样的考验。这些，《失乐园》的读者都早已知道了。为了通过测试——为了配得上上帝赐予人类的自由，夏娃决心伸出手来，摘下并吃掉这些禁果。于是，她选择了堕落。

根据弥尔顿的叙述，当夏娃做出那个决定性的行为之后，她立即发现她又面临着另一个选择：她是应该告诉亚当她所做的事，并敦促他和她一起获得新的知识，还是应该什么都不说，继续保持她想象中的那种因偷吃禁果而获得的智慧优势呢？如果让她决定，她会说，"把这关于知识的奇妙力量抓在手里"，以此去弥补女性的缺陷，这种缺陷是天使拉斐尔严厉敦促亚当牢牢记住的。

和亚当一样，夏娃相信真正的爱必须建立在平等的基础之上。她告诉自己，她可以利用她额外获得的知识：

225

> 更加惹他爱，
>
> 使我与他更加平等，或许，
>
> 有件事情也并非不想要，有时候
>
> 是上等的：因为劣者谁能自由？
>
> ——《失乐园》9：822－825

几乎可以肯定，此处的弥尔顿已经把上面最后一个问题理解为夏娃有严重问题的征兆，这是在她越轨之后就已经开始发生了的堕落。然而，在其想象中出现的人类已经获得了足够的独立性，可以坚持他们自己的主张。夏娃有理由相信，亚当不会爱一个低他一等的人，即使偶尔颠倒一下等级制度，把女人放在上位，也"并非不想要"。

最后，夏娃决定和亚当分享这个秘密——她无法忍受这样的想法：她以后终究会死去，然后永生的亚当则会娶"另一个夏娃"。而亚当呢？在弥尔顿看来，亚当并不是因受骗而吃禁果的。因为事后他立刻明白，夏娃犯了一个灾难性的错误，但是他立刻决定与她一起分担。"没有你，我怎么能活下去呢？"他拒绝接受官方赋予他的优越感；她对于亚当而言是"一切神工的/最后和最好的杰作"。他拒绝接受直觉告诉他的官方解决方案：让上帝去"创造另一个夏娃"。而且，亚当还自言自语地说，即使他还能承受得起失去另一根肋骨，但是，失去自己所爱女人的这种痛苦，是他无法承受的。

亚当吃禁果的决定完成了原罪这一灾难。在弥尔顿的文学想象中，接着就是二人的相互陶醉和强烈的性快感，然后就是那种羞耻感所带来的痛苦。在人类堕落之前，他们那亲密的婚姻关系的复杂性，曾经被作者微妙地描绘出来，现在则变成了指责和痛苦。亚当不住地哀叹：我为什么要这么做？我怎么能承受我的罪恶之重呢？我将来会怎么样？当夏娃试图靠近他时，他禁不住勃然大怒，并狠狠地斥责她："别让我看见你，你这条蛇。"（《失乐园》9：867）226

在亚当的心目中，夏娃已经变得和令他们毁灭的蛇没有区别了。就像弥尔顿在其关于离婚的小册子中所写的那样：看到她，给他带来了一种"因丧失而来的烦恼和痛苦，在某种程度上就像那些被神遗弃之人所感受到的那样"。弥尔顿确信，世界上第一个男人极其痛苦，甚至不是讨厌夏娃一个人，而是讨厌所有的女人。亚当问自己："为什么上帝，竟会在地上造出这样新奇的东西，/大自然的美的瑕疵？"（《失乐园》10：891－892）为什么他或其他任何男人会发现自己娶了一个"对手，（一个）他所恨的或因其感到羞耻的人"？

但是，如果此处的弥尔顿是挖掘出了自己因婚姻破裂而产生的最有毒的情绪，那么他同样记得自己放下这些负面情绪的时刻。他回忆起自己在伦敦朋友家里的情景，当时那个深深地伤害过他、冤枉过他的女人——正如他所相信的那样——跪在他的脚边，请求他的原谅。夏娃并没有因亚当厌恶女人的行为而受挫：

> 眼泪不住地流，
> 头发散乱，谦卑地伏在他脚下，
> 抱住他的双腿，祈求
> 和解。
>
> ——《失乐园》10：910—913

于是，亚当就"心软了"。

1645 年，当弥尔顿重新接受了哭泣的玛丽并跟她复婚时，他自己真的心软了吗？[7] 是不是从这一刻起，并在随后的日子里，他也产生了他所赋予亚当的那种深爱的感觉？事实上，他们很快接连生出了四个孩子，直到 1652 年玛丽的第四次分娩夺去她的生命。不过，他们一起生儿育女也并不能真正给我们一个确定的答案。但《失乐园》至少表明，弥尔顿热切地想象着曾经疏远的夫妻之间的全面和解。毕竟，当亚当决定不 227 再向上帝祈求另一个夏娃时，他实际上也就拒绝了伊甸园里的离婚。在堕落之后，夏娃提议，她应该独自承担上帝愤怒的全部后果，然而亚当拒绝了这个提议，因为他同样拒绝了她的共同自杀的提议，以及为了不要孩子而禁欲的想法。慢慢地，这对已婚夫妇必须要把他们支离破碎的生活再次拼凑起来。

于是，他们开始一齐行动，跪下来向上帝承认过错，并祈求他的怜悯。弥尔顿明确地表示，他们仍然希望自己能够避免上帝的惩罚。"无疑，"亚当安慰自己和妻子，"上帝会发慈心，回心转意，变不高兴为高兴 。"（《失乐园》10：1093 - 1094）而且他想，如果他们的命运最终归于尘土，至少他们可以期待"不必害怕度过这一生，他会给我们很多安慰"。毕竟，他们一直生活在世界上最美丽的花园里。然后，亚当站了起来，宣称他相信他们的共同祈祷已经被上帝听到了。"死的痛苦过去了，"他告诉夏娃，"我们将要活下去。"（《失乐园》11：157 - 158）。

当然，正如其标题已经表明的那样，《失乐园》的结局并不是那么美好。死亡的悲苦后果并没有过去。当亚当在绝望的心情中，凭直觉知道上帝选择了"要在缓刑中增加我们的痛苦"（《失乐园》10：963 - 964）的时候，他对他们所面临的事实就更加清楚了。将人类驱逐出乐园，是为了确保他们不再有机会接触到生命树，去"摘取生命树的果实尝味，可以永生"（《失乐园》11：94 - 95）。虽然弥尔顿在这一点上只是直接引用了《创世记》，但他似乎又对这个古老的诗句感到不安。他给上帝加上了一个限定句——"至少要梦想活着/永远活着",但是这个限定句似乎有些削弱了驱逐的动机。

难道上帝真的担心,如果人类留在伊甸园里,他们可能会吃另一棵神奇的树上的果实而长生不老吗?弥尔顿一反常态地没有弄清楚这个神学问题。相反,他把注意力集中在由神谕所引发的强烈的人类焦虑上。亚当站在那里,悲伤得目瞪口呆,一句话也说不出来。夏娃一想到要永远告别她所种的花草和自己装饰的婚房,就大哭了起来。上帝派来宣布并执行神谕的大天使米迦勒只是告诉女人,她不应该"过分喜爱"最初不属于她的东西。天使的视角与被无情的地主逐出家园的人类视角之间的这种脱节,塑造了弥尔顿史诗的结论。

因为当《失乐园》接近尾声时,弥尔顿想象中的亚当和夏娃已经变得如此真实,以至于他们开始要打破催生了他们的整个神学体系。正如奥古斯丁所热切希望的,他们完全失去了寓言式人物那种闪闪发光的迷人气息。他们拥有了一种坚持不懈的、无可否认的、真实确定的人类气质。这就是莎士比亚赋予福斯塔夫、哈姆雷特和克利奥帕特拉的那种气质,这种气质标志着文学的胜利。但是,文学的胜利是以牺牲神学为代价的。除了亚当和夏娃,其他角色——天使米迦勒、天使拉斐尔、撒旦,甚至上帝和他的儿子——的重要性都在某种程度上被削弱了。当然,与微不足道的人类相比,弥尔顿继续坚持那些角色的伟大、力量和重要性,他也坚持认为自己是在为上帝的做法辩护。不过,他却无法控制自己最深的对人类的忠诚,而正是由于这样明显的失败,他成了一位更加伟大的艺术家。

按照上帝的命令,在夏娃沉睡的时候,大天使米迦勒把亚当带到了山顶，让他看到了时间变化中的人类生活图景。进入该图景的几乎所有细节都是令人沮丧的，其中包括参观一家医院，这样他便能目睹人类容易遭受的各种病痛，如惊厥、癫痫、肾结石、溃疡、精神错乱等。米迦勒煞费苦心地强调，这些都是亚当的错："那是从男人的柔弱松散开始的。"（《失乐园》11：634）我们又回到了堕落之前拉斐尔对亚当的严厉警告：要牢牢抓住他的主导地位。

229

　　正是本着这种警告传达的精神，米迦勒结束了漫长而痛苦的人类历史之旅："他说完了，便一同下山。"（《失乐园》12：606）从场面宏大的天使角度的纵览，下降到普通人类生活于其中的充满不确定性的地面，正是在这一点上，弥尔顿最能让我们感受到他在忠诚上的转变。亚当并不想在天使面前过多逗留，相反，他急忙离开天上的访客，回到他的配偶身边："亚当到了夏娃睡觉的凉亭。"夏娃已经醒了，她说的话清楚地表明，她现在也完全专注于她的伴侣：

> 和你同行，
> 等于留在这里；没有你时，
> 是不愿意去的；你对于我而言
> 是天下万物，处处皆你。
>
> ——《失乐园》12：615–618

　　当然，神学的计划仍然存在。弥尔顿相信，由于人类的第一次悖逆，上帝对全人类进行这种可怕的惩罚是正义之举，他也相信基督将带给信徒救赎。但是，最吸引诗人注意力的不是堕落和救赎的宏伟景象，而是那对已婚夫妇的默契。正如弥尔顿在诗中所描绘的，虽然亚当为了有时间单独和夏娃待在一起就跑在了前面，他却无法回应夏娃的爱言，因为"现在离天使太近了"。在这样一个时刻，一个男人和一个女人对彼此说的话，并不是天使可以听到的公开话语。基路伯（cherubim，即智天使）拿着喷射火焰的宝剑开始在乐园里站岗放哨，并将乐园里的温和气候改变成类似于利比亚那样的酷热气候。米迦勒抓住亚当和夏娃的手，匆匆地穿过大门，把他们带到下面的平原上，然后就消失了。

230

这首诗的结尾是弥尔顿写过的最美的诗句之一。这些诗句继续表达了对神圣上帝的信仰，但更多的是对自由的信仰。弥尔顿相信：上帝赋予人类第一对夫妇的自由，现在仍然属于所有的人类。《失乐园》在结尾处将亚当和夏娃从赋予他们生命的故事中解放了出来，并目送着他们一起走向那不确定的未来：

> 他们滴下自然的眼泪，但很快
> 就拭掉了；世界整个放在他们
> 面前，让他们选择安身的地方，
> 有神的意图作他们的指导。
> 二人手携手，慢移流浪的脚步，
> 告别伊甸，踏上他们孤寂的道路。

——《失乐园》12：646－649

在奥古斯丁去世一千多年之后，亚当和夏娃终于成为真实的人。

第十二章　亚当之前的人类

伊萨克·拉·佩雷尔（Isaac La Peyrère）一定是让主日学
校的老师最头痛的孩子之一，他太爱发问，而且问的都是些刁
钻烦人的问题。拉·佩雷尔于 1596 年出生在波尔多一个信奉
新教的富足之家，当地那些虔诚的加尔文教徒很容易就能辨认
出这类人：智性上十分机警，精神上极富热情，但也有着恼人
的好奇心，爱论辩、好冒险、独立性强。他拥有成为一个狂热
信徒的特质，同时却仿佛在隔着某种古怪的距离，仔细审视信
仰中那些最受人敬重又最为人熟知的东西。

在彼时彼地的特定背景下，人们会很合理地做出这样的推
论：至少这个男孩身上的某些特质可以溯源到他的马拉诺
（Marrano）根脉，也就是说，溯源到其具有葡萄牙血统的家族
在被逐出伊比利亚半岛后一直暗中信奉的犹太教。著名散文家
米歇尔·德·蒙田（Michel de Montaigne）在 16 世纪 80 年代
曾任波尔多市长，其母亲那边也有着类似的背景，这似乎造就
了他与此类似的独立思想。无论如何，宗教战争——法国的罗
马天主教与新教之间肆虐整个 16 世纪下半叶的血腥冲突——
都让那些富有思想的人对社会以及信仰的确信产生了动摇，不
论他们信奉的是天主教还是新教。

年幼的拉·佩雷尔对希伯来圣经，尤其是《创世记》表
现出了浓厚的兴趣，而他那不竭的好奇心被这本圣书开始部分

的一个细节所困扰：亚当和夏娃的长子该隐在杀死兄弟亚伯之后，就被流放了，搬到了伊甸园之东的挪得之地（the land of Nod）住下。在圣经文本的此处，再没什么解释就写到了该隐"与妻子同房，他妻子就怀孕……该隐建造了一座城"（《创世记》4：17）。这个小学童相当困惑，该隐所娶的这个女人是从哪里冒出来的呢？尽管相当丢人，但传统的解释是：该女子是该隐的某一个姐妹，虽然《创世记》行文到此处并没有提到过亚当与夏娃所生的任何女儿。

主日学校里对这个细节的讨论故意到此就终止了，但小伊萨克的好奇心却无法被压制。作为一个逃亡的流浪者，该隐对上帝说出他的忧惧："凡遇见我的必杀我。"（《创世记》4：14）但是如果这个世界上并没有其他人存在的话，那"遇见我的"还可能指谁呢？该隐所娶的这个女人在"挪得之地"干什么呢？既然四周并无旁人[1]居住，这个逃亡者该隐怎么就在那里筑起了一座城市呢？男孩不禁自问，所有这些蛛丝马迹会不会都暗示着，在亚当和夏娃被造出之前，这个世界已经有人存在了——他们住在伊甸园的围墙之外，他们会和亚当、夏娃及其后代有所交集？没有足够迹象表明，年幼的拉·佩雷尔敢于公然说出自己的推测，即使是一个难以抑制好奇心的学童，也知道这种论题会把自己卷进多大的麻烦中去。

如果不是因为后来在拉·佩雷尔的生活及文化中发生的一些曲折变迁，事情到这里本来或许就告一段落了，就像发生在此前一代又一代有着过分求知欲的学童身上的事情一样。拉·佩雷尔接受了律师职业的教育，后来得到了权势煊赫的孔代亲王（Prince of Condé）的青睐，并成为亲王的秘书，跟他去了巴黎。这个职务给了他一定程度的保护，让他能够继续探

索那些令人不安并有着异端倾向的问题，不管这些思索会给他 233
带来什么后果。同时他也进入了一个由一批勇敢的哲学家、神
学家和科学家所组成的圈子[2]，这些人对过去一百多年来的新
发现和遭遇十分敏感，公开谈论它们那令人不安的含义仍然是
十分危险的。

1492 年 10 月 12 日，当哥伦布和他的水手们第一次登上
加勒比地区的土地，并见到当地的大批土著印第安人时，那些
令人不安的含义就已经萌芽。"他们所有的人都转来转去的，"
哥伦布在一则日记中写道，"赤条条仿佛刚从娘胎里出来一
样；女人也是如此。"[3] 他们身上涂有颜料，但绝对没有穿衣服。
对这些携带武器的欧洲探险者来说，土著人的赤裸状态倒是一
件好事，这意味着他们是不堪一击的。但与此同时，这也提出
了一个神学上的问题：数量庞大的这么一群人，竟然没有感受
到人类堕落的最基本的后果，也就是他们都没有羞耻感吗？这
怎么可能呢？"他们二人的眼睛就明亮了，才知道自己是赤身
露体，便拿无花果树的叶子，为自己编作裙子。"（《创世记》
3：7）

羞耻不该是文化习得之物，而是从人类始祖犯罪之后，整
个人类就逃脱不掉的规定性的人类境况。然而，就在此处，有
这么多人却赤身裸体地晃来晃去：为什么他们没有意识到羞耻
呢？为什么他们没有使用上帝亲自赐予人类以遮掩身体的方法
呢？——"耶和华神为亚当和他妻子用皮子作衣服给他们
穿。"（《创世记》3：21）

或许会有人这样辩解：这些土著丧失了羞耻心也忘掉了制
作衣服的本事。人们普遍认为猿猴曾经和人类很相似，只是后
来退化到了野兽的状态。[4] 所以也有人声称，新大陆的这些土著

都是些堕落到人类水平线以下的生物。比如在 1550 年巴利亚多利德（Valladolid）的一个正式辩论会上，一些西班牙的知识分子就提出这样的解释：尽管它们也拥有和人类酷肖的特质，但殖民者初次碰到的这些生物并不是真正的人类，它们发出的听上去像言语的声音也只不过是动物的鸣叫而已。那些和土著交流过，并觉得可以据此证明他们的确是人类的目击者的证词，是不足为据的。不过，最终击败"它们是缺乏理性的野兽"这一论调的，不是实证性的观察，而是宗教的教义。辩论的获胜方宣称，这些土著的灵魂已经成熟到了可以皈依基督教的程度。但如果这些海岛上的栖息者不是野兽，也就是说，他们和我们一样，都是亚当和夏娃的后裔，那么我们该如何理解他们的裸体行为呢？

哥伦布已经暗示了这个问题的答案。在他第三次探险并对他到达了"印度"的想法有所动摇之时，这位舰队司令开始接受一种新的可能性。他这样写道：人类存在的世界并不是一个精确的圆球形，而是一只梨的形状，或者就像是一个"上面有着像女性乳头一样的东西"的球体。他所发现的新大陆，如此美丽绝伦而富足丰饶，一定就正好位于或者非常接近那个"乳头"的位置，而"乳头"的正中心也就是尘世天堂了。哥伦布不相信自己能够进入真正的伊甸园，至少在他的凡俗生活里这是不可能的。但似乎能说得通的是：他所见到的这些离伊甸园最近的人们，在袒露身体方面和伊甸园里最初的人类是十分相似的。堕落后的羞耻感显然是随着距离中心的渐远而不断加强的，人们离最初的极乐之地越远，羞惭之情也就越发根深蒂固。

靠近乐园这一推测似乎可以解释，西班牙海员何以能够在

特立尼达的帕里亚湾（Gulf of Paria）发现让他们倍感惊奇的
河流。毕竟，《创世记》里就记载，有四条大河发源于伊甸
园。1498 年，哥伦布又想到了另外一种似乎更加疯狂的解释：
"要我说，如果这条河不是从尘世天堂里流出来的，那它一定
来自此地之南的某片广袤之地，而关于那里我们还一无所
知。"但这种猜想——关于一片未知的广袤大陆——是如此难
以探明，以至于他又退回到了伊甸园这个更安全的地方："但
就我个人所想，我还是更相信我所说过的，那个地方就是尘世
间的天堂。"[5]

　　随着进一步探险和远征的展开，南方的确有一片大陆这个
事实变得愈加明晰——这片大陆就是整个南美洲，然而天堂就
在附近的旧观点并没有随之消失。在 16 世纪和 17 世纪早期，
西班牙编年史家洛佩斯·德·哥马拉（López de Gómara）及安
东尼奥·德·埃雷拉（Antonio de Herrera）认真地接受了这种
可能性，伟大的博物学家何塞·德·阿科斯塔（José de
Acosta）神父在他的《印第安人的自然与道德史》（*Historia
natural y moral de las Indias*）里也十分乐于认可这种可能性。
到了 17 世纪中叶，安东尼奥·德·莱昂·皮内诺（Antonio de
León Pinelo）——他同拉·佩雷尔一样，也拥有马拉诺血
统——颇感满意地证明，拉普拉塔河、亚马孙河、奥里诺科河
以及马格达莱纳河就是那四条自尘世天堂奔涌而来的大河。[6]

　　那么，在过了初次遭遇的震惊之后，要如何对待这些新大
陆土著居民的赤裸状态呢？大多数的欧洲殖民者决心要对这些
处于劣势的土著居民进行残忍剥削，也就顺水推舟地把这种状
态当成他们低等性的佐证并听之任之。如果说巴利亚多利德大
辩论得出了这些土著尚属于人类的结论，那它也同时断定：这

235

些土著属于亚里士多德所称的"自然奴隶"的范畴；对这些人来说，他们所处的劣势地位让被奴役成为一种合法甚或是仁慈的行为。

但是至少有一个大人物——多明我会的巴托洛梅·德·拉斯·卡萨斯（Bartolomé de las Casas）——对此表示强烈反对。拉斯·卡萨斯起初作为殖民者去往新大陆，他亲眼看到了白人殖民者对土著居民所施加的种种暴行，深感震动。他于1542年出版了声誉卓著的《西印度毁灭述略》（*A Brief Account of the Destruction of the Indies*），对这一系列暴行进行了谴责与指控。他和哥伦布坚信着同样一件事,[7]即美洲最有可能是尘世中失落的伊甸园之所在。至于那些土著居民，他们不仅和其他人类——不管是基督徒还是非基督徒——一样，甚至可以说，由于他们一直和谐地居住在这片天堂乐土上，他们实际上在道德方面还要优于我们。"是上帝创造了此地的人们，数量繁多而各不相同，"拉斯·卡萨斯如此写道，"他们拥有你能想到的最高程度的开放襟怀与天真无邪。他们是尘世间最单纯的人——谦逊、坚韧、不专断、不违逆，他们也没有一点儿恶意或诡计，全然忠诚而顺服。"[8]当然，他们还没有完完全全地进入天堂——因为他们还不是天主教徒，但是如同他们身体的袒露状态所显示的那样，他们已经非常接近天堂了。

"对这些如此温驯的羔羊，"拉斯·卡萨斯悲叹道，"这些西班牙人从看见他们的第一天起，就表现得同羊圈里的饿狼一般。"土著的死亡数量超乎想象："据保守估计，在过去的四十年里，基督徒们形同恶魔般的专制暴虐，已经导致了1200多万人的毫无公义也完全不合法的死亡，其中还包括妇女与儿童。同时，我也有理由相信我自己的估计，即超过1500万的死亡人数或许更接近实际情况。"（现代人口统计研究表明，拉斯·卡萨斯的数据——长久以来被当成有争议的夸大其词——其实很可能更接近事实。[9]）如果这些悲惨的受害者拥有亚当夏娃般的天真无邪，那西班牙人又对他们做了什么呢？拉斯·卡萨斯直截了当地得出了如下结论："读者禁不住会问自己……即使这些可怜的人被交付到地狱中的恶魔手中，怕是也比像现在这样落到这些来到新大陆、披着基督徒外衣的魔鬼手中能拥有更好的结局吧。"

拉斯·卡萨斯的书在欧洲很畅销，并且不只是在那些志在妖魔化西班牙征服者与天主教教廷的群体里受欢迎。他那振聋发聩的指控，为蒙田在后来提出的那些颠覆性问题奠定了基础：我们何以认为我们的生活方式优于那些土著？谁才是真正的文明人而谁才是野蛮人？[10]这些问题给那些关于原初的天真、堕落、基督的救赎等的故事本体带来了令人不安的搅扰。事实上，除了殖民者的邪恶本质，更令人不安的是，在迄今不为人知的地球上的一片地域，竟然聚居着如此庞杂的人口，这片地域在圣经中没有任何痕迹可循。这些人是怎么到达那里的呢？为什么会有人认为存在一个单一的、放之四海而皆准的关于整个世界的描述呢？

欧洲冒险者在美洲发现的人口规模与动植物种类，都难以和圣经上记载的年代记录相吻合。17 世纪中叶，英国著名法学家马修·黑尔（Matthew Hale）写道，近期"我们发现了美洲那片广袤的大陆，新大陆似乎和欧洲、亚洲和非洲一样，都聚集着稠密的人口与大量的牲畜（即动物），这带来了一些问题与争端，[11]这涉及人类共同的先祖——亚当和夏娃——之后的播撒迁移（traduction）"。

237

　　正如黑尔所提到的，问题就在于人类的"播撒迁移"：这么多生命是如何远渡重洋从一个世界跑到另一个世界去的呢？耶稣会信徒何塞·德·阿科斯塔推测，曾经一定有一座大陆桥连接着亚洲与美洲大陆——这一点如今已经被我们证明是正确的。当时他没有实证性的证据，但为了继续维护圣经的权威性，他提出了这个假设："我提出印第安最早的居民来自欧洲或亚洲，是为了不与圣经相抵触，它明明白白地教导我们：所有的人类都是亚当和夏娃的后裔，所以我们不能认为印第安的土著们有着别的起源。"

　　对拉·佩雷尔来说，大陆桥的解释似乎是无可奈何的——简直可以说是孤注一掷的——挽救一个濒临崩溃的理念的一次尝试。他想，没有什么消失了的桥梁能够解释得了那庞大的人口数量；[12]根据正统的记载，挪亚方舟上的七个幸存者就正好是他们的直系先祖，而他们又需要以超乎想象的速度在地球上迁徙绵延、急速繁衍。仅仅是人类文明种类的多样性——从拉普兰（Lapland）的游牧民到中国宫廷里的朝臣，从巴黎的时尚名媛到新大陆的赤裸土著——就都对原先那个获得广泛认同的"亚当和夏娃是世界上所有人类的共同始祖"这一理念提出了严峻的挑战。

238 　　这些怀疑与矛盾并不是只纠缠着拉·佩雷尔。正是在那个时期，弥尔顿开始让亚当和夏娃拥有了一种相较以往更为深刻而全面的真实性，《创世记》开篇数章的可信度也在不同的领域内得到了削弱。也许，这部分归因于他敏锐地察觉到了困扰着其同代人拉·佩雷尔的问题。弥尔顿为这种直觉所驱策，写出了《失乐园》。尽管他们的反应方式各不相同，但他们却记录着相同的、意义深远的时代震颤：人类世界的大面积扩展，人人都有的羞耻心在很多民族中的明显缺席，宗教战争的邪恶本质，哥白尼和伽利略的那些令人不安的学说。

这些还不是给圣经里的人类起源故事带来打击的全部震动。在整个欧洲，人文主义者与艺术家重新点燃了对古希腊罗马文化遗产的兴趣之火。一些古代世界重要文本的复现，也给那些几个世纪以来被遗忘、被忽略的人类起源的理论以新的生机。因此，尽管没有人急于挑战《创世记》的绝对权威地位，但获悉其他理论的可能性也足以令人心神不定了。

这其中最强有力的一种理论力量来自公元前 4 世纪末的古希腊哲学家伊壁鸠鲁。尽管他的作品大部分业已失传，但其罗马弟子卢克莱修于公元前 50 年前后写就的几乎佚失的卓越长诗又被重新发现、复制，并在文艺复兴时期经猎书人波焦·布拉乔利尼（Poggio Bracciolini）的努力而得以流传。① 卢克莱修写道，我们人类这一物种和其他所有物种一样，均是因无垠时间长河里的随机性原子突变才出现的。他指出，宇宙是永恒的，自然在不停地试验着对新物种的创造。这些物种里的大部分都消亡了——大自然对失败者和无用之物是毫不在乎的，但也有一些物种，包括我们人类，成功地存活了下来，找到了食物，并继续繁衍生息着。

卢克莱修指出，人类一定是渐进式地、断断续续地完成从

---

① 格林布拉特著有《大转向：世界如何步入现代》一书，其叙述了波焦对卢克莱修的《物性论》的重新发现对欧洲的现代化进程和思想解放所造成的巨大影响。——译注

239 兽性到文明的进化过程的。最早的人类也经历过骨瘦如柴、原
始无知的状态，他们在荒蛮残忍的环境里摸爬滚打地活了下
来。他们没有关于社会秩序与公共利益的理性认识，全凭本能
试图攫取一切所能占有的。男性与女性之间的关系不大可能总
是柔情蜜意的，更多的可能是强奸劫掠与物品交换："女性要
么因与男性之间的相互欲求而首肯，要么就屈从于男性的冲动
性暴力或者过度性欲，或者为了橡子、浆果与优质梨子而出卖
她们的肉体。"[13]

　　文艺复兴时期的学者所复原的古希腊知识，以及古希腊典
籍从原来的语言到拉丁语的转译，使人们接触到许多"异端
邪说"。古希腊诗人赫西俄德提供了一扇窥见过去黄金时代的
视窗，还有关于潘多拉的神话，这些不知何故也使我们联想到
夏娃的传说。讲故事的高手伊索把我们引向了一个寓言的黄金
时代，那时的动物（以及石头、松针、大海等）都能开口说
话，并且说得就像人类一样好。亚里士多德的学生、梅萨纳的
狄凯阿科斯（Dicaearchus of Messana）笔下的早期人类活得像
神，他们是绝对的素食者，远离纷争与仇恨，在本性上是我们
最理想的模板。古希腊修辞学家马克西姆斯·提利乌斯
（Maximus Tyrius）[14]把普罗米修斯描绘成第一个被完美创造的
人，一种"智性上十分接近神灵、体态纤长、伟岸匀称、相
貌温和、心灵手巧、步履坚定"的生物。

　　在白话土语译本的普及和印刷业发展的推动下，众多学说
得以接触大众，很多人也开始明白，《创世记》并不是关于世
界起源的唯一且权威的描述。举例来说，柏拉图的那些故事变
得相对更容易理解了。在他的故事里，早期的人类是从土地里
生出来的，而无须靠性来繁殖。这位哲学家写道，在那个遥远

的时代，气候温煦，人类在天地间赤裸而居，能得到一切所需之物："大地给他们丰足的果子，这些果子不经意地就从树上或灌木上长出来，并不需要人类用双手培育。"[15]没有任何形式的政府，没有私有制，也不存在各自为政的不同家庭为了有限的资源相竞争。

这个故事以及其他类似的异教故事，常常被当成摩西所写 240 的正统人类起源故事的歪曲版本，但是，这些异教故事所产生的影响却依然令人不安。这并不只是因为那些古典作者的卓著声望让人们很难摒弃他们的说法；问题还在于他们常常会出现年代记录方面的问题。如果我们对希伯来圣经里的世代进行仔细计数，就会发现世界大约起源于 6000 年以前。但是柏拉图的对话《克里提亚斯篇》（Critias）在关于失落了的亚特兰蒂斯（Atlantis）王国的描述中，提到了大约 9000 年以前的创始性事件。古希腊历史学家希罗多德（Herodotus）也称，他曾与埃及的教士有过深入的讨论，那些教士宣称：他们拥有可上溯到超过 11340 年前的历史记录。从巴比伦的教士贝罗索斯[16]那里，西方人获得了很多关于古巴比伦的知识，但据他的计算，从第一位国王——迦勒底的阿洛罗斯（Aloros），到大洪水之间大约有 432000 年。如果说这个数据显得太过荒诞（确实就是这样）的话，人们也还是对此有种心神不安的感觉，从而会觉得圣经里记载的时间太过短暂了。

很少有文艺复兴时期的天主教或新教教徒敢于背弃圣经的年代记录，无论如何，对此深表怀疑都是危险的。16 世纪 90 年代，在伦敦，有位政府的耳目[17]告发了著名的剧作家克里斯托弗·马洛（Christopher Marlowe），说他四处宣扬："印第安人以及很多古代作家，都确凿地写到超过 16000 年前的事件，然而已被证实的是，亚当生活的年代不早于 6000 年前。"几乎与此同时，意大利的叛教者修道士乔尔丹诺·布鲁诺（Giordano Bruno）也质问：为什么很多人还在罔顾事实，继续相信圣经上所记录的年代呢？因为已经有事实表明，存在着"一个新世界，而且在那里还发现了一万年前甚至年代更久远的遗迹"[18]。马洛和布鲁诺都是桀骜不驯的冒险主义者，前者被伊丽莎白女王的秘密警察用刀刺瞎了眼睛并几乎丧命，后者则在罗马的鲜花广场上被施以火刑。

241 　　然而，各种流言仍在继续传播。拉·佩雷尔听说，墨西哥的阿兹特克教士早就有了远远早过《创世记》所记载年代的记录，但西班牙教会下令将它们统统损毁或掩埋了。（16 世纪中叶被教会掩埋的阿兹特克历法石，直到 1790 年才得以重见天日，现藏于位于墨西哥城的墨西哥国立人类学博物馆。）与这些容易引发质疑的场合保持距离显然是谨慎明智之举，但对拉·佩雷尔来说，它们无疑是那些他从少年时代就一直秘密怀有的那些想法的确证。

　　在 17 世纪 40 年代中期，拉·佩雷尔在瑞典和丹麦度过了数年时光。在那里，他与著名的内科医生兼学者（名字可能在英语里听起来很奇怪）奥勒·沃尔姆（Ole Worm）结下了深厚的友谊。沃尔姆是一个十分痴迷于古玩旧物的收藏家，他在自己家里建造的家庭博物馆——就是人们所知道的"沃尔姆博物馆"（Wormianum）——里，收集了大量稀奇古怪的东西：从骨骼化石到独角鲸的长牙，从爱斯基摩人（因纽特人）的小皮艇到古代罗马的锁扣，从鳄鱼标本到美洲的烟枪，不一而足。或许就只是因为这些古代物件的存在，也或许是因为他们在物种多样性方面志趣相投，拉·佩雷尔激动不已地告诉了他的朋友自他孩提时代起就秘密萌生的伟大想法。

拉·佩雷尔声称，亚当和夏娃当然是存在的，但他们无论如何都不可能是地球上最早的人类。在他们之前的时间以及其他地方，一定还有不计其数的其他人类存在着，他们有着各种各样的语言、文化和历史。在人类堕落之前的很长一段时间里，这些人已经在世界上挣扎度日了，他们各自经历着战争、灾害与热病，女人也会经历分娩新生儿的剧痛，经历所有凡人的各种命运，那不是因为偷食了禁果，而是因为这是人类存在的自然规律。

拉·佩雷尔告诉奥勒·沃尔姆，他已经把他的全部理论写在了一份题为"前亚当时代的人"（Pre-Adamites）的手稿里，并且把手稿给了几个人阅读，希望他们能信服他的理论。他承认，他们最初的反馈并不怎么乐观。这些读者当中的一位是大名鼎鼎的荷兰哲学家胡果·格劳秀斯（Hugo Grotius），他尤其对这种说法感到生气。格劳秀斯承认，美洲土著的存在似乎给基督教的正统学说带来了挑战，但是如果把他们解释为维京人远征中红发埃里克（Eric the Red）和莱夫·埃里克松（Leif Erikson）的后裔，问题也就迎刃而解了。绝不能允许拉·佩雷尔的这种另类论调得到流传："如果人们相信这样的说法，我认为宗教将会面临一场迫在眉睫的大危机。"[19]

但是，周身被其收藏的那些珍贵物件环绕的奥勒·沃尔姆并不同意格劳秀斯的看法。也许他是被拉·佩雷尔的声明所吸引，后者声称：只有"前亚当时代的人"这种理论，才能解释美洲土著以及格陵兰岛上的爱斯基摩人的存在，他们所制造的工艺品在他的博物馆中也十分醒目。沃尔姆不仅没有被格劳秀斯的警告吓倒，还为拉·佩雷尔的研究提供支持，把他引见

242

给一些要人朋友，并鼓励他把自己的理论介绍给更多的人。

于是，在1655年，一本以拉丁文写就的书——《前亚当时代的人》（*Prae-Adamitae*）——在阿姆斯特丹印行了；一年之后伦敦又推出了该书的英语译本，即《亚当之前的人类》（*Men Before Adam*）[20]。拉·佩雷尔之前所服务的亲王已经离世，但老亲王的儿子与继承人，即新的孔代亲王，继续为他提供庇护，并且一定让他感到了安全，因为他的书在内容上丝毫不加掩饰。其实他也知道那些危险，他写道："在冰面上行走的人，在踩裂的地方小心翼翼地前行……所以我首先是担心，这种怀疑论争执至少要么会割破我的脚底，要么会径直把我归为邪恶的异教徒。"但在经过了多年的学习与研究之后，他还是勇往直前，确信他所涉足的领域是安全的。

拉·佩雷尔解释道，亚当并不是所有人共同的先祖，他只是犹太人的先祖，上帝以某种神秘的方式选定他接受律法，并让他通过耶稣基督成为为人类施行救赎的代理人。这种特殊的系谱解释了为什么《创世记》里的时间框架显得和其他记载不太协调，与"所有不论古代或新近的渎神记载，即迦勒底人、埃及人、塞西亚人以及中国人的那些记录"不一致，更别提那些"不久前才被哥伦布发现的墨西哥人的记录"了。但只要你承认在上帝造出亚当之前世界上就已经有很多人了，那么问题就都会迎刃而解。

243　　　然而，犯罪的后果，就是《创世记》所记载的亚当和夏娃在伊甸园里偷食禁果的后果——劳碌、分娩的苦痛、死亡，又该如何解释呢？亚当之前的人类就没有这些苦痛吗？答案恰恰相反。拉·佩雷尔写道："人的自然死亡来自人的天性，因为人终有一死。"所以一直以来，女性本就会承受生育的剧痛，就像蛇本来就在尘土间爬行一样。《创世记》里上帝宣判的诅咒，不过是加在平常的、自然的生存境况之上的精神性惩罚。战争、灾害与热病并不是偷食禁果的惩罚；它们从来都是，并且仍然是自然"不够完美"的一部分。

拉·佩雷尔以惊人的坦率写道，如果只有很少的圣经读者能读懂这些简单的事实，那是因为圣经本身就是一个不完美的文本。在我们为了得到救赎而真正需要的东西中，只有极少的一部分被清晰地阐明了。而剩下的大部分文本都"写得很粗糙、晦涩，有时简直晦涩到无以复加的地步"。但摩西怎么会如此粗心大意呢？由此可得出：我们现在所拥有的圣经并不是直接传自摩西的手稿。[21] 毕竟，我们甚至在文本之中就读到了他自己的死亡。在不计其数的传抄过程中，谬误不可避免地掺杂进来。那么，有如此多细节"令人疑惑、颠三倒四"也就不奇怪了：圣经就是"一份被稀里糊涂地拼凑起来的文稿集合"。

而这种杂乱无章导致了诸多读者在理解上的错误。亚当不可能就像大多数评论家所宣称的那样，一被上帝创造出来就是成年男人的状态。他起初一定只是个小孩，并经历了缓慢的童年成长期，直到上帝把他带到伊甸园中去。不然如何去解释他拥有那些普通人只能在早年获得的基础性本领呢？随后，给伊甸园里的各种动物的命名也一定花费了比大众所想象的更长的时间，它绝对不可能是半日之功：

> 因为要到达那里，大象必须要踏着沉重而迟缓的步伐，从遥远的印度与非洲走来。更遑论还有那么多在我们这半球闻所未闻的飞禽走兽，它们必须游过万水，越过千

244

山，才能从美洲赶来接受它们的名字呢！

拉·佩雷尔在这些段落中，看起来是调侃了亚当和夏娃的故事，但事实正好相反。我们似乎把信仰当作某种"开/关"式闸门——你要么接受要么拒绝把某个特定的故事当作事实。但在盲目相信与决然放弃之间，还是存在许多过渡性地带的。如同弥尔顿一样，拉·佩雷尔也是奥古斯丁的理念的拥趸，即认为圣经里关于最初人类的描述，应该被看作按字面意义真实发生过的事。然而，从童年时起，他就被一种裂痕困扰，即只要有人试图把圣经中的神话当作一种现实性描述就会产生的裂痕。然而，不管有多么危险，他都踌躇满志地要弥合这些理论上的裂痕。他认为自己可以做到这一点，通过把《创世记》的叙述当成一条单一线索——关于犹太人起源的线索，亦即只将其看作更广泛的人类历史中的一部分。[22]

这就为一个更广阔的世界预留出了空间，它拥有了一段更为复杂的人口历史。举例来说，挪亚的大洪水就会变成一个区域性事件，而非世界性事件；它"并不是发生在整个地球上，而只是在犹太人居住的地区"。既然上帝只打算灭绝犹太人，这种修正过的理解也就许可了全球范围内人口传播的存在，而像拉克坦提乌斯（Lactantius），甚至圣奥古斯丁那些早期基督徒都曾怀疑这种存在。拉·佩雷尔写道：

> 我真希望奥古斯丁与拉克坦提乌斯还活在人世，他们曾经嘲笑过地球上存在对跖点的想法，如果他们能听见或看见我们这个耳聪目明的时代里东、西印度群岛上的新发现，亦即很多其他人口众多的国家的话，他们一定会为自

己感到惋惜的；对这些国家中的人来说，当然不曾有什么亚当的后人踏足过他们的土地。

在亚当和夏娃被上帝造出很久之前的一段时间里，人类就已生养众多、繁衍生息、遍满各地了。

对拉·佩雷尔而言，这种正确的理解并没有削弱《创世记》这个故事，而是提高了犹太人的重要性。《亚当之前的人类》题词"献给散布在世界各地的所有犹太教堂"。他在献词的结尾处说："打起精神，为了更好的事物振作起来！"他相信，所谓"更好的事物"必然包括通过耶稣得到救赎，[23]而他们就是按照上帝的神秘意旨被拣选去带来了耶稣，就好像他们被选择去带来律法一样。

这种选择不与任何一种美德挂钩："如果你审视犹太人是如何被创造出来的，那么你根本无从发现有什么让他们看上去更值得被上帝选中的特殊原因；因为他们有着和非犹太人一样的血肉之躯，他们是以同样的材料制成的。"但作为"上帝拣选之人"，他们的历史仍然尤为重要；对拉·佩雷尔来说，这种重要性不会因犹太人在钉死耶稣这件事上的责任而被抹杀。毕竟，如果耶稣没有被钉死在十字架上，他就不会成为全人类的救世主。他写道，公元1世纪的犹太人的确杀害了耶稣，但是犹太人已经因这件事而受了很多世代的惩罚了。对犹太人的迫害几乎演变成和在公元1世纪杀害基督一样的罪孽了。

拉·佩雷尔毫不胆怯地继续揭示这种理论所暗含的东西，对他的同代人来说，这显得和他关于亚当之前的人类的理论一样令人震撼。他写道：世界不久将会迎来一个犹太弥赛亚（Jewish messiah）。他的降临将会使得犹太人——他们只占全

245

世界巨大人口里很小、很有限的一部分——的历史得以圆满，并会带来对全人类的救赎。亚当之前的人类与他之后的子孙之间不会有什么区别；不分什么被救赎的与下地狱的；也不会有一些灵魂升入极乐之境而另一些哭泣的灵魂堕入地狱的永恒苦海。每一个人都能得到救赎。

246　　　拉·佩雷尔这样写道：为了迎接弥赛亚降临的那一天，犹太人与基督徒应该团结起来。即使基督徒并不喜欢犹太人，反犹太的歧视行为也应该立即停止。既然基督徒们已经认识到，他们曾经不知感恩地对待过那些把耶稣带到世间的人们，现在就应该好好地和他们相处了。只有勠力同心，他们才能让犹太人回到当初因被流放而离开的圣地，这样他们才能实现圣经里的伟大预言。随着犹太人皈依并返回以色列，历史将走向终结。

实在想不出来还有什么能比这一系列提议更招致各界愤怒的了。[24]《亚当之前的人类》的出版引起了天主教徒、新教徒以及犹太教徒等无一例外的强烈谴责。拉·佩雷尔越过了那条很少有人愿意接近，更遑论敢于跨过的边界。随着攻讦的不断累积以及他的书被焚毁，他变得更警觉了。他的保护人孔代亲王在天主教区布鲁塞尔，于是拉·佩雷尔就跑去那里寻求庇护，但他的这一举动后来被证明是一个致命的错误。

1656 年 2 月的一天，三十名武装人员冲进了他在布鲁塞尔的住所，把他逮捕，投入监狱，指控他是"一个可憎的异端"。起先，在反复的审问过程中，他顽强地坚守自己的立场。但很明显，不管是亲王还是别人，都不为他说情。情势变得十分危险，但他臭名远扬的《亚当之前的人类》的作者身份也许反而给他带来了某种好处。抓捕他的人这么告诉他：如果他公开坦承错误，向教宗致歉，并皈依天主教，他就将被饶恕。到 6 月，拉·佩雷尔接受了这些条件，被带到罗马。他被带到教宗亚历山大七世（Pope Alexander VII）面前。据传教宗见到他之后就笑着说："让我们拥抱这个亚当之前的人吧。"[25]耶稣会的总会长当时也在场，他说他和教宗在读《亚当之前的人类》时都禁不住开怀大笑了。

没有记载显示，拉·佩雷尔对这种其乐融融的场景做何反应，但可以确定的是，他开始撰写自己的悔过书了。他说，他是被引入歧途的，因为他成长于一个加尔文教派的家庭，这错误地让他学会了用理性和良知来理解圣经。这条路把他导向了"亚当之前的人类"这一理论，但是他现在幡然醒悟了，他既不应该遵循理性的指令，也不该听从良知的敦促，他只应该顺服教宗的权威。因此他宣告放弃"亚当之前的人类""大洪水只是局部事件"等说辞，也不再否认摩西是整部旧约的作者，当然也放弃了所有其他的错误理解。他的理论就像哥白尼的假说一样，如果教宗说它错了，那么它就一定错了。

拉·佩雷尔的悔过书被接受并被刊印出来，两名来自索邦大学的神学博士为其盖章以示同意。教宗对他的忏悔也很是满意，愿意给这个回头的异端"浪子"提供一份有薪水的圣职以及一个留在罗马的机会。但礼貌地略做踌躇之后，拉·佩雷尔还是请求返回巴黎，并继续供职于孔代亲王。尽管他小心翼翼地暗示，他仍未全然放弃犹太人回归圣地的弥赛亚之梦，他还是得以避免了卷入更大的麻烦。他在与火刑擦肩而过的阴影下，过着悠长而宁静的生活。关于他的妻子与子女，我们近乎一无所知，也许他们先他而逝。最后，他在一座修道院里度过了其生命的最后一段时光。

247

我们该如何去理解这番奇特的智性探险呢？弥赛亚没能降临，犹太人也没能回到锡安，而备受各方面攻讦的关于前亚当时代人类的大胆猜想，也逐渐被人们遗忘了。它是在传统解释与已被接受的猜想开始行不通时，那些真理探求者进行的一次冒险的探索，但它也是一条没能走通的路。圣经里的人类起源故事并没有全然崩塌，相反，问题在于，它变得太过真实了——我是说在《失乐园》中达到高潮的那个漫长过程的胜利。这种真实性——亚当和夏娃作为有感知力的个体在一个特定地域、在人类历史之初的可感性存在——迫使拉·佩雷尔这样一个爱思考的偏执者，努力把他们嵌进这个已被熟知的真实世界。

也许，拉·佩雷尔的所作所为并不只是碰了一次壁；他以其古怪的方式促进了某种持续不懈的追问，这种追问最终导向了对《创世记》进行的更具批判性、更具人类学和历史学色彩的解读。他既是犹太复国运动的先驱之一，也深情地发出了对宽容和救赎全人类的呼吁。但他的伟大思想却被误读，这令人绝望，尤其讽刺的是：其对后世最重要的影响竟然是，它成了为种族主义与奴隶制正名的托词。在历史长河中沉寂许久之后，到18世纪晚期和19世纪，拉·佩雷尔的《亚当之前的人类》被一些人重新提起，他们想要证明，他们所奴役的那些有色人种其实并不是亚当与夏娃的后裔。即使是拉·佩雷尔本人，也并没有带着优越感给地球上各色人种做出高低贵贱之分，但令人遗憾的是，他的多种人类起源概念——与人种一元论相对的人种多元论——却正好沦为了后来那些种族主义者的工具。

就今日所见，线粒体DNA等相关科学研究已经为当今人类都起源于非洲的观念提供了强有力的证据。根据地质学的标准，人类自非洲迁徙出来算是比较晚近的事——大约在125000～60000年前，并且人类在迁徙途中确实也经过了被拉·佩雷尔讥讽的"大陆桥"。拉·佩雷尔的反驳理论中还有一个致命的错误。正如马尔萨斯（Malthus）所揭示的，人口是会呈几何级数增长的，所以并不存在"人类的人口数不该增长得如此迅速"等数学上的障碍[26]——尽管真正实现当下这种人口地理分布可能需要比圣经所记载的更加漫长的时间。

但拉·佩雷尔的理念所遭遇的奇怪命运倒是一种十分有用的提醒。它提醒我们，在亚当与夏娃的故事里面，一直隐含着一种"拉平一切的力量"（leveling power）。中世纪的教士约翰·鲍尔就曾利用这种力量，对那些贵族"生而高贵"的荒唐念头提出了挑战——"当亚当耕田、夏娃织布时，谁又是绅士呢？"奴隶主也察觉到，全人类拥有共同的先祖会给他们带来麻烦。他们也并不都需要依赖多元人种学说——许多笃信人类都起源自亚当和夏娃的犹太人与基督徒也毫不犹豫地去奴役他们的同胞，但是他们知道，废奴主义者会把我们共有的人性作为一个最强有力的道德论据。

249

第十三章　消逝

被火刑烧死的威胁——这一直以来就是一种用以集中思想的诱因——可以强制人们公开撤回那些怀疑性的主张和不受欢迎的质疑。但问题也不是那么简单的。造成"可憎的异端邪说"（如拉·佩雷尔的那种）的原因并不是怀疑论，而是将亚当和夏娃当作了真实的存在。换句话说，这些思想反映出了种种力量。在文艺复兴时期，它们促使探险家们去寻找伊甸园的具体位置，促使编年史家去计算亚当和夏娃被逐出伊甸园后具体产生了多少代人，促使画家去为他们塑造真实可感的躯体，还促使约翰·弥尔顿这位伟大的诗人赋予他们二人以复杂的婚姻关系。这些信仰者的共同努力所带来的集体性成功——成功地实现了老奥古斯丁按照字面意思阐释圣经的梦想——导致了一个未曾料到的、毁灭性的结果：亚当和夏娃的故事开始逐渐死去。

当然了，故事中的亚当和夏娃这两个角色，自从他们犯下原罪之后，就已经被理解成失去永生的凡人了。然而，通过文艺复兴时期的科学、艺术以及文学的力量，他们在人世间完全地活过来了，成了有血有肉的凡人，这使得他们所深嵌其中的整个体系都变得像是必死的凡人的了。其原因就在于，那令人信服的真实的人与那些明显不真实的情景——神秘的花园、有魔力的树、会说话的蛇、晚风中在花园里散步的上帝——之间

的沟壑越来越大，故事也变得越来越站不住脚。同时那栩栩如
生、血肉丰满的亚当和夏娃也被带到聚光灯下，接受人们目光
锐利的、令人不舒服的关注，从而引出了圣经中那些一直缠绕
着整个故事的道德性问题：那无法解释的、从绝对的天真到邪
恶的转变；上帝禁止人们去获取知识，而这些知识恰恰是遵守
禁令所需要的；因为一件地方性的而且似乎也没那么严重的小
错而对全世界所施行的可怕惩罚；等等。这些问题不断积累，
而热忱忠诚的信仰者则不断试图解释它们，就像拉·佩雷尔所
做的那样；而这不断的解释却只会引发更多的问题。

一篇叙事——作为一篇关乎信仰的文章，它一直被认为是
真的——的必死性和人类的必死性是不同的，二者逐渐老去的
过程也是不可比拟的：没有什么确凿的迹象表明一个叙事即将
崩塌，也没有什么继承人簇拥到床边哭哭啼啼或者希望得到遗
产。总之，没有一个具体的时刻标志着这个神话已经"停止
呼吸"，也没有哪位医生闯进家门告知众人它已经彻底死亡。
真实情况是，很大一部分人开始选择不再相信这个故事的真实
性；另外一部分人（即使是在其衰退开始之后）还在继续相
信，但立场已经不再那么坚定，并且情况也变得几乎不可逆。
即使真的有人已经认为该故事是虚假的了，他们还是会犹豫一
段时间，可能是由于不这么做带来的尴尬和危险，也可能是由
于取代它的事物尚不明确，亦可能是由于其看起来对生活还有
一定的启示作用。总之，其核心元素已经开始像海市蜃楼一样
闪烁不定了。它不再是真实世界中铁打的事实，而是开始向着
虚假偏移。这种叙事逐渐变成了一个编造的故事，一种对万事
万物富于幻想的解释。如果它还足够有力的话，它将会变成一
件艺术作品。

然而，向着虚假偏移，并不一定必须在幻灭中终结。毕
竟，就如同我们所看到的一样，在教会早期，有人就已经极力
指出，亚当和夏娃的故事只是一个隐藏着有关人类生活之真理
的传说，而不是对历史原貌的真实记录。"谁会那么愚蠢呢?"
虔诚的奥利金早在公元 3 世纪就这样问道，"愚蠢到去相信万
能的主会像一个农夫一样，在伊甸园东边的天堂里种树?"[1] 但
这种态度被有力地击败了。4 世纪的主教埃皮法尼乌斯
（Epiphanius）反驳道："如果说乐园只存在于寓言中，而不是
一种真实存在的话，那就没有树；如果没有树，那就没有果子
被偷吃；如果没有果子被吃，也就没有亚当；如果没有亚当，
也就没有人类，那么所有的一切就都变成了寓言故事。真理本
身就变成虚构的了。"[2] 面对这样的威胁，奥古斯丁教义的拥护
者们团结起来。如中世纪传教士所教导的那样，以一种寓言的
方式来阅读《创世记》是可以的，这就跟把它当作现世的道
德课或是对未来的预言来阅读一样，但只有也把它从字面意思
上加以理解才行。一千年以来，阐释圣经的严格的准确性就像
教条一般一直存在，由不容置疑的圣经和教堂的权威性加以
确保。

在大规模地对圣经进行了这种严格按照字面意思来的阐释
之后，想要转变态度并回到寓言性解释是极为困难的；而在文
艺复兴时期，充斥欧洲的丰富的想象力又共同赋予了这个故事
它所一直渴求的生动性，因此这就更加难以做到了。正如拉·
佩雷尔所阐述的那样，事情的关键在于，正是这种"生动性"
会引发，甚至是必然招致那些"危险的问题"。神学家们自己
坚持提出这样的问题，信徒们也纷纷效仿。但这里面充斥一种
怀疑主义态度，而怀疑主义距离不信就仅有半步之遥了。1630

年，焦虑的官方注意到，在伦敦东北部的埃塞克斯（Essex）的一些教区中，居民用讥讽的口气问道："亚当和夏娃是从哪里找到针线来缝合无花果树叶子的呢？"

这种地方性的讽刺只不过是即将到来的更为严峻的情形的一点预兆。在约翰·弥尔顿的《失乐园》第一版出版三十年后，有位名叫皮埃尔·贝尔（Pierre Bayle）的法国哲学家，发表了他称为《历史批判辞典》（*A Historical and Critical Dictionary*）的书。书名看起来十分无害，但作为一个新教徒的他，身处法国正对新教徒进行残酷迫害的年代，知道自己正在踏入一片危险的禁地。鉴于来自教廷的要求人们严格服从的压力越来越大，他只好逃到荷兰。在那里，他能够更加自由地发展自己的思想。这些思想促使他首先要求教廷的宽容；他写道，一个靠着绞刑架和火柱来实现单一信仰的基督教派，正在违反耶稣信条的实质。贝尔认为，现在是时候对所有的一切进行仔细审视，然后再决定是接受它们还是摒弃它们。

《历史批判辞典》于 1697 年在阿姆斯特丹第一次面世，它是一个千奇百怪的大杂烩：神学概念、哲学概念、简略传记、调查性文本、奇闻怪事等争奇斗艳，争相夺取读者的眼球；它们全都辅以十分详细的、常常是带有讽刺挖苦意味的脚注。贝尔的出版商和贝尔本人一定也因其竟然成为畅销书而感到吃惊。在数年间，该书经过不断的改版，最终成为一本长度超过 600 万个单词的书。没有多少读者真的费力将其从头到尾读完，但不管翻到哪一部分，都可以找到令人瞠目结舌的内容。

在《历史批判辞典》的每一个条目里，贝尔都试图阐述清楚有关该主题的基础性的已知事实，然后在脚注部分对一些怀疑性的声明与未解决的问题进行讨论。亚当与夏娃这一章的条目就占了许多页，这与其重要程度相对等，但它们基本上都是由脚注构成的，因为在圣经细节大杂烩中，只有很少一部分能够经得起贝尔那充满怀疑的审视。当然，贝尔绝对不是一个公开的无信仰者，他先是认真地复述了他认为不可动摇的真理。没错，亚当是第一个人类，是由上帝在创世的第六天以泥土塑造成形的。没错，夏娃是亚当的妻子，是用他的一根肋骨做成的。亚当又给动物们命名。他和他的配偶都被上帝保佑，被命令生儿育女、繁衍生息，并被警告不得吃知识树上的禁果。但他们俩都触犯了禁令——先是夏娃，而后在她的煽动下，是亚当。因为违反了命令，他们双双被驱逐出了伊甸园。

254

　　贝尔声言，这些都是必须要相信的，因为上帝所言明确地肯定了它们。但是，除了上述以及一些其他的圣经"事实"之外，其余的都是可以被质疑的。《历史批判辞典》而后介绍了大量毫无价值的传说，它们在一千年甚至更长的时间里层出不穷。贝尔写道，亚当本来被假设为"一个形体完美的人"，但是为什么会有人相信他是一个巨人或一个雌雄同体的人，一个天生受过割礼的人，一个给所有动植物命名的人，一个在业余时间成了一名伟大哲学家并写了一本关于造物之书的人？是否真的像某些评论者所肯定的那样，上帝最初真的给他设计了一条尾巴，后来又改变了主意，将尾巴切掉并用它做成了女人？夏娃是否真的那么漂亮，以至于撒旦都爱上了她并诱惑了她？她是否真的在伊甸园的知识树上折下了一截树枝，做成了一根大棍子，并用它殴打亚当，直到他同意吃禁果为止？

　　在贝尔看来，亚当和夏娃无疑是到被驱逐后才进行性交的，因为只有在那时，圣经才提到亚当与妻子"同房"

（Adam "knew" his wife）。那么其余的那些关于他们生活的无数猜测呢？这两位最早的人类是否需要在婚礼后就迅速圆房，以避免在指导动物们进行繁殖的时候毫无头绪呢？夏娃是否和蛇睡了觉，并产下了一些魔鬼呢？她是不是每年都怀孕，且总是至少产下一个儿子或者女儿，有时甚至会生下好几个孩子呢？如此频繁地怀孕生子，那她是怎么活到 940 岁高龄，比她的丈夫还多活了十年呢？她是不是真的建立了永不失贞的年轻女子修会，并维护亚伯死后来自上天的火种不灭呢？

贝尔指出，不论是出自古老的浪漫文学，还是来自"修道院的"幻想，这些年代久远的说法都带有一股陈腐的气味。对它们进行驳斥也都不是什么新鲜事，但是，当《历史批判辞典》中的这类细节越积越多时，整个故事似乎就变得越来越不可信了。亚当和夏娃的一个女儿的假想名字兴许引不起人们的注意，但是一连串来自多个源头并被整合在脚注里的名字——卡曼娜（Calmana）、阿兹拉姆（Azrum）、黛尔波拉（Delbora）、阿文娜（Awina）、阿祖拉（Azura）、莎瓦（Sava）等——却是一个并不虚张声势但也颇具讽刺意味的提示：圣经竟然疏忽到没有提供任何一个确切的名字。贝尔的嘲笑极少是公开的，可即使是在容忍度极高的阿姆斯特丹，他也还是招致了一帮愤慨的敌人。此外，他看起来似乎一直在全身心地尝试坚持自己的核心信仰。但要将其嘲讽控制在安全范围内，还是一件很困难的事情。

并不是所有人都被他逗乐了。曾经帮助贝尔逃到荷兰的加尔文教派神学家皮埃尔·朱里厄（Pierre Jurieu）就被《历史批判辞典》深深地激怒了，而且还不仅仅是他一位。他也许能够容忍那些聚集在亚当和夏娃身上的过度夸张的传说的讽刺性反思，但这些反思又关联着人类罪恶的起源、上帝惩罚的公正性等令人不安的问题。在贝尔的敌人看来，《历史批判辞典》中的这些问题的答案无疑会削弱圣经的创世理论，从而削弱对上帝的信仰。

贝尔在一些长篇幅的哲学散文中问道，如果世界被创造出来的时候是纯净而未受损害的，那么邪恶如何进入其中呢？《历史批判辞典》指出，正统的神学家对这一问题的传统回答是既可怜又畸形的。贝尔于是就想象，一名异教分子会如何回答这些神学家的问题，借着这样一层薄薄的掩护，关于亚当和夏娃的故事的那些令人不安的概念性问题就全部蜂拥而出了。

贝尔想象中的异教徒[3]问道，一个全能的、完美的神怎么能把他亲爱的创造物置于那样的痛苦之中呢？一个真正慈爱的神难道不应该因让人类开心幸福而感到愉悦吗？确实，全知的造物主事先就知道他创造出来的人类将会堕落，并因此给他的子嗣带来瘟疫、战争、欺诈和无法言说的痛苦。他当时难道不是像一个统治者一样，纵使已经知道这把刀会被使用，[4]也还是将一把锋利的刀子递给了人群中的某个人，而最终这把刀被用来夺走了上千人的生命吗？事先防止这样的灾难发生难道不是更好吗？

其他一些正统派的论据也没好到哪里去。关于"上帝给他亲爱的创造物以自由意志"这一说法，贝尔评述道，我们期望看到的父母，是能够阻止孩子伤害到自己的父母，而不是见死不救、冷眼旁观的人，更不要说在灾难到来之际，只知道严厉惩罚孩子的人了。对于这一点，我们不需要成为哲学家就可以理解，也不需要把这种对比仅仅局限于父母和孩子。一个头脑简单的农夫也能明白，阻止一个陌生人掉入深沟，也比让他先掉进去再把他救出来更善良。[5]

正如贝尔所深知的那样，这些问题一直都困扰着《创世记》的读者们。几个世纪以来，许许多多的问题被提了出来，但没有一个能被成功地解答。而教条式的声明、虔诚的热情、集体仪式，甚至是虐待等一系列尝试，都没能止息人们的怀疑之声。17世纪，文艺复兴使得亚当和夏娃的形象变得愈加活灵活现，因此这个问题也变得越发迫切了。贝尔曾引用一个拉丁对句，其中，当一个天使看到丢勒画中的亚当和夏娃后，连连称赞说："你们比我把你们从伊甸园赶出时更加美丽了。"

如此强有力地想象出这么血肉丰满、生动逼真的人物形象来是十分危险的。在贝尔看来，就弥尔顿而言，亚当和夏娃的那种强烈的生动感，使人更加关注其故事中一直存在的逻辑裂痕。这绝不是弥尔顿想要的，这或许也不是贝尔想要的。那贝尔想要的到底是什么呢？弥尔顿对于自己能向人们解释上帝的所作所为是十分自信的，但贝尔的自信却无法与他相比，而且他也看到了自己的作品所激起的众怒。他问的这些问题使他的家庭受到了迫害：他本人被驱逐；他以前的朋友和支持者都变成了他的死敌；他也遭受了我们现在所说的精神崩溃。即使他有充分的理由去这么做，他也无法平息自己的疑虑。在他与伊甸园中的邪恶问题进行了激烈的角力之后，他最终又会如何呢？隐藏在那无数脚注和600万个单词里的，正是他所谓的"最佳答案"。"对于'为什么上帝许可人类去犯罪？'这一问题，'我不知道'可以被自然地归结为这个问题的最佳答案。"[6]

"我不知道"：相隔了几个世纪，现在的我们很难想象这样一句简单的话中隐埋着的"深水炸弹"，也很难想象写下这句话时所需要的巨大勇气。虽然在许多方面，贝尔的时代与我们的时代颇有一些相似之处——哥白尼已经否定了地心说，培根为科学革命奠定了基础，伽利略和牛顿也改变了人们对天堂的理解；但亚当和夏娃的故事在一个虔诚的灵魂面前，依旧是一个危险的问题。在宗教语境中，在信仰的支撑下，承认其不确定性是安全的；而在一个怀疑论的、世俗的语境中，这么做的风险则更大些。在"可以被自然地归结为这个问题的最佳答案"这句话中，这个不起眼的"自然地"一词，充当了最小的辩护；它认可了存在另一种不同答案——一种超自然的答案——的可能性。然而，贝尔是一名哲学家，不是神学家。此外，虽然有很多危险，但他本质上依然无法抛弃他的理性思辨或停止寻求教条作为自己的庇护。很多人想要让他住嘴，但他还是继续写，并且在最后也获得了对手的些许宽容：虽然他被剥夺了教授职位并变得贫穷，但在他去世之时——1706 年在鹿特丹，他五十九岁之际——他还是躺在自家的床上，而不是在监狱里。

在 1752 年波茨坦皇宫里的一场晚宴上，普鲁士国王腓特烈大帝和他的客人们产生了一个想法，他们将接续进行贝尔的计划，并决定编一本属于他们自己的辞典。他们决定立即行动。次日早晨，他们中的一位就带着一份样本条目来到了早餐桌上。此人不是别人，他就是哲学家伏尔泰。他当时带去的辞典条目最终成了《哲学辞典》（*Philosophical Dictionary*）的胚芽，此后他为这部辞典奋斗了十多年。他是一个爱冒险的人，从来不掩饰自己对宗教正统性的蔑视。在贝尔去世五十年后，伏尔泰已成了欧洲名家，拥有每年 2 万法郎的高额薪俸，并受到普鲁士王的资助，然而即便如此，当他谈及伊甸园问题的时候，他还是为自己披了一层"防护衣"。

第一版《哲学辞典》是在 1764 年匿名发表的。伏尔泰在其中对于亚当的记述是以一种天真烂漫的口吻进行的。他提到，除了犹太人的老祖先是人尽皆知的，其他人类种族的祖先都没有人知道，这是多么有趣的事情、多么令人向往的秘密！"上帝情愿将世界家庭中大多数人的起源隐藏起来，唯独不包括这大家庭中最小、最不幸的那个孩子。"

伏尔泰邀请他的读者们去想象这样的场景：一个可怜的犹太人告诉恺撒或者西塞罗，他们都是一个叫"亚当"的祖先的后人。罗马参议院本来是要找他们要证据的——他们想要看到宏伟的丰碑、雕塑和古建筑上的碑文，但当然，没有什么可以给他们看的。参议员们也许会大笑并鞭打这个犹太人。伏尔泰接着用他毫无感情色彩的态度写道："世人都太过于依赖这些偏见了！"他又建议，可以想象一个基督徒去参加中国、日本或是印度某位女王刚刚夭折的儿子的葬礼，并告诉他们这位王子正被五百个恶魔困住，遭受永世的折磨。那位极度忧伤的女王就会问：恶魔为什么要永世折磨她的孩子呢？基督徒就会解释道，这是因为孩子的"曾祖父曾经在一个花园里吃下了可以赋予人们知识的果子"。

伏尔泰的这种口吻让我们想起了贝尔之前的讽刺，而这种讽刺已经变得如一把残忍的武器一样锋利了。为什么有的婴儿还在襁褓中就死去了？为什么很多人要遭受数月甚至是数年的折磨，直到有一天痛苦地逝去？为什么天花夺走了那么多的生命？为什么在每一个时代，这世界上都"有些膀胱很容易变成'采石场'"？为什么要有瘟疫、战争、饥荒和折磨？这一切都可以在亚当和夏娃的故事中找到解释。伏尔泰指出，毕竟，一位宗教审判的伟大捍卫者——西班牙人路易斯·德·帕拉莫（Luis de Páramo）——将法庭裁决追溯到了伊甸园。上帝将作恶者招呼到他的面前并问他："亚当，你在哪里？"上帝是世界上第一个审问官。

伏尔泰在给其挚友的信件结尾总是带上一句"粉碎无耻之论"（Écrasez l'infâme）的命令；对他来说，亚当和夏娃的故事是必须要"粉碎"的论调中最为首要的。这个故事不仅仅是个十分可笑的谎言，而且还是一种对人类行为与信仰中最可憎方面的辩解。圣经上的禁律——"只是分别善恶树上的果子，你不可吃"（《创世记》2：17）——相当奇怪："很难设想存在一棵可以使人分辨善恶的树，就好像不会有一棵树能同时结出梨子和杏子。"但这还不是问题的关键："为什么上帝不希望人类能够分辨善恶呢？相反，他却能自由地获得这种知识，这难道不会使分辨善恶显得——如果允许我这样说的话——更加能够配得上上帝之伟大，而且对人类而言也更有必要吗？"难道上帝不该更愿意命令人多吃这样的果子吗？为什么宗教要把歌颂无知的故事奉为神圣呢？

只有无知，或者是对于人类思辨能力的刻意囚禁，才能支撑起对一个慈爱上帝的信仰。权力机构与这种信仰的培养利害攸关，而它们的代理人将会不择手段地将其强加在所有人身上。他们将保证每一个试图怀疑这些故事或是质疑其恶毒教条的人，都受到严厉的惩罚。然而，万能的造物主和神奇的花园是没有任何道理的。环顾四周的伏尔泰写道：

> 我们所生存的这个世界是一个巨大的充满破坏与屠杀之所。至上存在（Supreme Being）要么有能力给所有那

些拥有感觉的生命存在一个永恒的享乐模式，要么他就没有这个能力。

如果造物主能够让这个世界成为一个欢乐的地方但他又拒绝这样做，那么就可以推断出，亚当和夏娃的故事中的上帝是邪恶的。然而，伏尔泰并没有极力主张人们回归至摩尼教的异端思想，他反而希望他的读者们能够得出"上帝所能做的也是有限的"这一观点。

伏尔泰知道，在书中为这样的异端见解发声是不安全的。就如贝尔一样，他也披上了屈服的"无花果树叶子"。"在这一点上，我只作为哲学家进行讨论，并不涉及上帝。我们知道信仰是带我们走出迷宫的线索。"但他又想让人们清楚，他的这种屈服是假的，是具有欺骗性的。他做了一个假的信仰宣言："我们非常清楚，亚当和夏娃的堕落、原罪、赋予恶魔的巨大能量、至上存在对犹太人抱有的偏爱，以及取代割礼的洗礼仪式等，都是可以消除一切疑虑的答案。"

贝尔在 1695 年的质问到 1764 年变得更加犀利了，甚至变成了彻头彻尾的嘲讽。也许来自教堂的压力可以迫使公众默认这种荒诞的寓言，但只有那些从未认真思考过亚当和夏娃的故事的人——傻子或疯子，才会确实相信它是完全真实的。至于那些从故事中抽离出来的疯狂的宗教教条，则反映出它们一直在为之服务的、无耻的制度。伏尔泰写道，圣奥古斯丁是第一位发展出原罪这一奇怪观念的人。这种观念诞生自这样一种"浪漫而又热情的人"："身在非洲的他，既放荡不羁又心怀忏悔，既信奉摩尼教又信奉基督教，既宽容又爱搞迫害，终其一生他都是在自我矛盾中度过的。"犹太人尽管十分荒谬，但他

261

们起码还承认，用自己有关起源的寓言故事来形容真实世界的真实人类，是多么荒唐和鲁莽。伏尔泰写道，"所有那些有些学问的犹太人都将《创世记》的前几章——不管它们是在什么时候写成的——看作寓言故事"，而"即使把它当作虚构的故事，也没有多少危险之处"。

到 18 世纪末，寓言经历了一场复兴。随着启蒙运动的展开，关于人类起源的故事又出现了太多矛盾之处，有了太多对于原先论证的反驳，产生了太多尴尬的伦理道德问题，使人们无法再对它做字面意义上的理解和阐释。更确切地说，那些看起来终于像是亚当和夏娃的真正形象的艺术呈现，比如文艺复兴时期的艺术作品和弥尔顿的伟大史诗，都反过头来将故事本身颠覆了。对许多信仰者来说，即使是在教堂任职的人，维护亚当和夏娃的故事的最有力方式，就是赶紧打退堂鼓，再也不提字面阐释的事情了；而有一些人仍旧死不悔改，变本加厉地继续坚持着那种原汁原味的、未经曲解的真理。

正如经常发生的那样，在新建立的美国，所有可能的立场都有可能被推向逻辑的极端。伏尔泰的《哲学辞典》被托马斯·杰斐逊（Thomas Jefferson）钟爱，他甚至买了一尊作者的半身塑像，并把它放在了蒙蒂塞洛（Monticello）。（杰斐逊也是贝尔的忠实崇拜者，并且他还将其著作《历史批判辞典》视为美国国会图书馆的 100 本奠基之作之一。）同时，犀利的加尔文主义者们，也就是清教建立者的继承人们，继续着他们那充斥着"烈火与硫黄"等说辞的布道，继续讲述婴儿受到的天谴和全人类共有的污点——原罪。

摩门教的创始人约瑟夫·史密斯（Joseph Smith）在解读 262
《创世记》中的字面真实性时，采取了与众不同的路径。他在
1838 年带着他的追随者们去往现今密苏里州的堪萨斯城北边
70 英里的地方，建立起了他所谓的"亚当安带阿曼"（Adam-
ondi-Ahman）定居点。[7]史密斯声称，亚当曾经就居住在那个
地方。在史密斯被杀以及他的追随者被赶往更西边的地方后，
这个说法并没有消失。在 20 世纪中期，曾经在艾森豪威尔任
期内当过农业部长的摩门教先知埃兹拉·塔夫脱·本森（Ezra
Taft Benson），又重申了这个最初的启示。本森写道："这就是
那个地方，是伊甸园曾经的所在；就是在这里，在亚当安带阿
曼，亚当遇到了一群大祭司，并在自己临终前，将最后的赐福
给了他们，他也会重回这里，来见他的人民的首领们。"

　　显而易见，即使是在有组织的宗教社区之外，对很多美国
人来说，他们的土地与伊甸园也有一种异常强烈和意味深长的
联系。这种渴望并不只局限于寻找到亚当的古老足迹，同时也
是对于此时此地，在自己的家里，在一个未被玷污、保持着纯
洁的世界中，就可以遇到史上第一位人类的那种渴望。"亚当
在花园里。"1839 年的拉尔夫·沃尔多·爱默生（Ralph
Waldo Emerson）幻想着，匆匆记下每天的想法，筹备着一系
列新的演讲。他说："我要重新命名所有地上跑的动物、天上
飞的神仙。我要邀请沉浸在时间里的人们，恢复自我并走出时
间，去品尝他们本地那永生的空气。"[8]同样，亨利·戴维·梭
罗（Henry David Thoreau）在位于波士顿西边瓦尔登湖旁的小
木屋中，也梦想着从时间里抽离出来，找到那原始的状态。他
于 1854 年写道："也许，在那个亚当和夏娃被驱逐出伊甸园的
早晨，瓦尔登湖早已存在，它在一场伴随着南风的绵绵细雨中

扩散开来，上面游动着无数的鸭子和大雁，它们只因这纯净的湖水而感到满足，不知道任何关于堕落的事情。"[9]

在 1860 年版的《草叶集》（*Leaves of Grass*）中，沃尔特·惠特曼（Walt Whitman）将从爱默生和梭罗的文字中瞥见的对亚当的认同又提升到了一个新的高度：

> 像亚当那样，在一天清早，
>
> 精神已因睡眠恢复，我从屋子里走出来，
>
> 你看着我走过吧，听我的声音吧，走近来吧，
>
> 抚摸我吧——当我走过的时候，把你的手掌抚摸我的
>
> 身体吧；
>
> 不要怕我的身体。①

"不要怕我的身体"：这些词一下子就从堕落之前的伊甸园里和城市那拥挤的街道中奔涌出来。但是，是什么导致了这种毫不尴尬的自我展示，以及对亲密接触的奇怪要求呢？什么样的人会要求我们用手去抚摸他的身体？这就好像是罪恶、玷污、耻辱——那些最初的违抗所带来的痛苦后果——全部消失了，与它们一同消失的，还有原初的纯洁状态和不幸的堕落之间的关键性差异，以及原初的那对男女，虽然很明显他并不是一个人，但这是一个没有夏娃陪伴的亚当。

在这里，这位最初的人类生动得有些怪异而可怕。伴随着诗中非常逼真的刻画——身着工作服，歪戴着帽子，无畏且直白的神情；《草叶集》在一开头就让读者感觉到沃尔特·惠特

---

① 此处参考了屠岸先生的译文。——译注

曼本人就像出没于诗中一样。但如果惠特曼要使亚当具体化，把他变成现实生活中一个触手可及的活人，那么赋予亚当以生命的圣经故事及其相关的犯罪和惩罚记录，在惠特曼眼中便已经完全消散了。不难想到，惠特曼会受到人们的责备，而他的诗也被认为是淫秽之作。即便如此，《草叶集》还是很快就赢得了大批热情的读者，他们在诗中听到了一种离奇而又能够代表其心声的声音。在 1891 年《草叶集》的最新版发行之后，惠特曼因为他激进的独创性以及对亚当——就是 R. W. B. 刘易斯（R. W. B. Lewis）所谓的"美国亚当"——的真实描绘，而变得名声大噪。

也正是在惠特曼即将完成他的伟大诗歌的时候，其同代人马克·吐温（Mark Twain）创作出了作品《亚当日记摘录》（*Extracts from Adam's Diary*），这是一系列小故事中的一篇，这些小故事有的发表了，有的没有。这部作品反映出了他对于《创世记》故事持续一生的关注。早在二十多年前，在《傻子出国记》（*Innocents Abroad*）一书中，他就对中东旅行进行了漫画式的描写，并因对传说中耶路撒冷圣墓教堂里的亚当坟墓进行"嘲讽式哀悼"而声名远扬了： 264

> 这多么让人感动啊！我身在异地，远离家乡与亲朋和一切关心我的人，却能在这里找到一个与我有血缘关系之人的坟墓。不错，虽然是很远的亲戚，但总还是有亲戚关系的吧。我本性中明确无误的本能因为认出了这种血缘关系而激动不已。我内心最深处的孝心之泉被搅动了，我也任由自己那奔腾的情感激烈地流露出来。我靠在一根柱子上，眼泪忍不住夺眶而出。

在 1892 年的《亚当日记》（Adam's Diary）中，马克·吐温继续对那些轻信有关最初人类的故事的字面意思的人进行冷嘲热讽；他将自己置于亚当的位置，并戏谑地想象生活在整个世界的时间之初是什么样的。

他在第一篇日记里这样写道：

> 这个留着长头发的新造物老是碍我的事儿，它一直在四周晃荡，老是跟着我。我不喜欢这样，我不习惯被陪伴。我希望它和其他动物在一起……今天阴天，东风；我想我们可能有雨吧……我们？我是从哪儿学到这个词的——那个新来的生物用过它。

这是周一的日记。周二的日记继续着亚当冗长的抱怨：

> 我没有给任何东西命名的机会了。这个新来的生物看到啥就给啥命名，我连抗议都根本来不及。理由每次都一样——它看起来像是某个东西。比如有一只渡渡鸟，它只瞥了一眼就张口给它起名了，只因"它看起来脸嘟嘟的"，它毫无疑问以后就得叫这个名字了。我已经累到不想因这些事心烦了，总之，这对我来说没有一点好处。它叫"嘟嘟"？看起来还不如我的脸嘟嘟呢！

贝尔的不安和伏尔泰的触怒，在这里都已经变成了惯常性的喜剧。那些一直阴魂不散，甚至时不时折磨着几个世纪的哲学家和科学家的问题——乐园里的孤单形象是如何变成"我们"的？亚当和夏娃是如何分担工作的？给动物"命名"意味着什么？对神学而言，动物灭绝的状态是什么样的？——都变成了令人发笑的玩笑。

这些玩笑的出笼，也就意味着亚当夏娃原来那天真烂漫的形象的失去，但同样，圣经这本被多少代人视为关于世界起源的准确无误的描述也就不复存在了。19世纪末，马克·吐温期望他的读者来与他一同寻找那些描述中的谬误。亚当抱怨夏娃道：

> 她做了许多愚蠢的事情，当他人试图弄清楚为何那些叫作狮子和老虎的东西要靠吃花草生活时，她却说：但它们的牙齿表明，它们看起来本来就是可以吃掉对方的。这太愚蠢了，因为照我的理解，那样做就意味着要杀死对方，也就是说这要带来"死亡"；而"死亡"，正如我被告知的那样，还并没有进入伊甸园。

马克·吐温并没有对此做过多的说明。他对《亚当日记》及其姊妹篇《夏娃日记》（Eve's Diary）的兴趣，与其说是为了讽刺圣经，倒不如说是为了以温和、敏锐的态度去探索两性关系中的喜剧性。

这种温和的处理方式并没有完全地预先阻止论战。1906年《夏娃日记》这本书出版时，里面带有人类历史上第一对夫妇的插图。虽然这些插图在我们看来实在不算什么，但在马萨诸塞州伍斯特市图书馆的管理员们看来，这却是相当淫秽的图画。总体来说，这些插图还是表明了这样一个事实：读者们对于对《创世记》持一种幽默态度的反感在日益减少。

马克·吐温是一个熟知自己观众底线的人，他并没有将自

己一生所写的关于这一主题的所有东西都发表出来。在他死后
出版的作品中——即使是那时，马克·吐温的一个女儿一开始
也反对出版——可以看到他试图更加深入亚当和夏娃的意识的
一系列尝试，就好像他们是真正地在一个全新的、完全陌生的
世界中探索出路的真实可感的人类。在这些作品当中，吐温原
来那温和的笔调已经被在贝尔和伏尔泰心中翻滚的嘲讽与愤怒
替代。在其中的一部作品中，吐温笔下的夏娃回想起她曾询问
丈夫一件有关一棵有着奇怪名字的树①的事，然后得到了一个
完全不能令人满意的答案，因为亚当根本不清楚"善"与
"恶"是什么意思。"我们之前并没有听说过这些东西，它们
对我们而言也没有意义。"

当然，当他们试图理解"死亡"这个新词的时候，他们
也面临着同样的困惑。他们怎么可能理解它呢？在吐温的这些
重新的想象之中，并不需要一条蛇来引诱他们吃下禁果。他们
只需要完全的纯洁和诚挚，以及并无任何恶意的好奇心：

> 我们静坐了一会儿，在心中认真思考着这个疑惑；随
> 后突然间，我一下子知道了解决问题的方法，并且对我们
> 一开始没有想到这一点感到惊讶，因为它实在太简单了。
> 我跳起来说道——
> "我们也太笨了！我们吃了它吧；吃了它我们就会
> 死，然后我们就知道它到底是什么了，也就不会再为它感
> 到困惑了。"

---

① 这里指的是善恶树。——译注

在吐温的叙事中，他们吃果子的行为因为一个他们从未见过的
偶然出现的生物——这个生物接着被他们命名为"翼手龙"
（pterodactyl）——而被推迟了，但是他们的黑暗命运已经为期
不远。

就如同《夏娃日记》里的渡渡鸟一样，恐龙的出现对整
个叙事都进行了嘲讽，但这次吐温并没有试图掩盖他的讽刺意
图。他指出，在这个故事中有一种无法饶恕的残酷性。在另一
篇未发表的故事——《夏娃日记》的扩充版本，讲述的是人
类被从伊甸园中驱逐出去之后的故事——中，这种控告就表达
得更加清楚了：

> 我们无法知道不服从命令是不是错误的，因为那些词
> 对我们来说过于陌生，我们并不清楚它们的意思。我们也
> 无法分辨正确和错误——我们怎么可能知道呢？……我们
> 不比这个四岁的孩子知道得更多——噢，我觉得这并不过
> 分。我会跟他说："如果你碰这块面包的话，我就将以你无
> 法想象的灾难倾轧你，甚至将你的肉体元素消融殆尽。"而
> 后他依旧笑嘻嘻地拿起面包，心中毫无恶意，也不明白我
> 所说的奇怪的话语。难道这时，我会利用他的纯真，并用
> 这双他所信任的母亲的手，来把他打倒在地吗？

这些问题在两百年前就由贝尔以几乎同样的话语提出了。
然而，其表达的怀疑和愤怒则有更深的根源，可以一直追溯至
两千年前对亚当和夏娃的故事的最初记录——拿戈玛第经集。
在奥古斯丁的教义胜利之后的数千年里，《创世记》故事中的
道德悖论，似乎反而更激起了人们重新确认其真实性，以及测

度其隐含意义的欲望。但到了马克·吐温的时代，对其字面意义的信仰浪潮已经果断地逆转了。那些曾经鼓动去镇压其他圣经阐释方式的机构已经被大幅度地削弱了：马萨诸塞州伍斯特市的公共图书馆已经和宗教审判所有了天壤之别。如果吐温在他活着的时候发表了那些更为激进的文章，他也许会失去一部分读者，但他绝不会失去他的生计，更不会因此而失去生命。

268

　　这一决定性的转变，也许可以追溯至那些两个世纪以来贝尔和伏尔泰所写的作品，以及他们勇敢推进的整个启蒙计划。然而，这种转变也可以追溯到马克·吐温在其作品中幻想出的科学发现，其代表形象就是及时出现从而延缓了亚当和夏娃的堕落的翼手龙。恐龙也为摧毁伊甸园出了一份力。

第十四章　达尔文的疑虑

达尔文主义与人们对上帝的信仰并非互不相容,[1]但它与对亚当和夏娃的信仰肯定是互不相容的。在 1871 年出版的《人类的由来》(*The Descent of Man*)一书中,没有一丝一毫的线索会使人们联想到,我们这个物种有可能起源于两个堪称完美楷模的、刚被创造出来不久就生活在天堂般的花园里的人类。达尔文在其 1859 年的著作《物种起源》(*The Origin of Species*)中已经公开了他的进化论学说。这本书面向的是非专业人士,产生了巨大的影响,但是它故意把人类排除在书中所讨论的众多物种之外。当时的读者有可能认为自然选择理论的科学论据充分有力,但同时仍坚持这样一种观点,即对于这一主宰着所有其他物种的,为生存而斗争的生物进化过程,人类已经幸运地得到了豁免权,从而并不受其控制。

毫无疑问,1871 年以后,达尔文的追随者们跟他一样,已经从他耐心收集的大量数据,以及他用以说明这些数据所代表意义的总体理论中得出结论:人类并没有得到什么豁免权。

乐园不是消失了,而是从未存在过。人类并非起源于什么和平王国。他们从未拥有过完美的健康与富足,那种远离竞争、痛苦和死亡的生活也从未真实存在过。毫无疑问,人们也有过丰衣足食的好年景,但好景不长,何况我们最遥远的祖先又总是不得不与其他物种共同争夺这些上天的赏赐,它们的需要同样迫切。危险并不遥远，即使他们成功地将主要的食肉动物挡在了门外，但仍然要面对蚂蚁、肠道寄生虫、牙痛、断臂、癌症等种种麻烦和痛苦。假如环境适宜，人类的生活有可能会格外舒适，但在达尔文调查过的这片广阔的土地上，没有任何迹象表明，曾经有过一个神奇的时刻或地方，在彼时彼地，我们所有的需求都能令人愉快地得到满足。

作为一个物种，人类既不是独一无二的，也不是被一次性创造出来的。除了在白日梦和不切实际的幻想中，我们不可能生来就是完全成熟的人，就拥有讲话、照顾自己和繁衍后代的能力。在长成为现在这样的一种特殊灵长类动物之前，我们经历过极其漫长的一段时间，从某种已经灭绝的早期人类进化而来，而这些早期人类的生理特征与我们的有许多共同之处：身体直立，用两只脚走路，手的形状和功能明显有别于脚，上下各有两颗小犬齿，仅有一个下巴。至于这具体是如何发生以及在何时发生的，[2]仍是一个未解之谜。

现代的人类具有鲜明的特征，明显区别于其他生物，最重要的是他们拥有语言、道德意识和推理能力。但达尔文坚持认为，这些特征只是在程度上，而非在性质上，与那些跟我们关系密切的生物的特征有所区别。我们不仅与原始人——跟我们显然十分相似的灵长类动物，包括黑猩猩、大猩猩和红毛猩猩等——有着连续性，而且与其他许多物种也有连续性。他认为，要想认识这种连续性，不一定要掌握关于其他野外动物的专业知识，而只须密切观察一只鸟或者狗的行为就可以做到。

达尔文深知其同代人的接受能力，故而尽量去低调处理他
271 在科学发现上的大胆猜测，也没有在第一时间揭示这一发现的

全部内涵，这一点不足为奇。在家里，他有一位虔诚信仰基督教的妻子，她清楚而迫切地见证了他的理论是多么令人不安。他曾在《人类的由来》这部著作的序言中说，多年来他一直在记有关人类起源的笔记，却"从没有过以这一主题出版的意图，相反我下定决心不出版，因为一旦出版只会导致人们对我的观点怀有更多的偏见"[3]。他相信《物种起源》的读者终归能得出自己的结论，所以并没有打算把这些结论白纸黑字地印出来。

即使当达尔文好不容易说服自己，将其著作公之于世时，他仍然小心翼翼，对创世、伊甸园和人类堕落等圣经故事均只字未提，因为他深知自己的理论已经彻底颠覆了圣经宣称的事实。亚当和夏娃的名字没有在书中的任何一个章节中出现。即便如此，他的进化论还是给《创世记》中关于人类起源的描述带来了严重冲击，促使人们重新思考那些最根本的问题：人类从哪里来？为什么我们必须痛苦地去辛勤劳作以生存和繁衍后代？在物种的长期发展中，被达尔文称为性选择的欲望，即对特定个体或个体特征的欲望，其塑造作用到底是什么？我们为什么要承受痛苦、遭遇死亡？最重要的是，达尔文和他的后继者试图解释人类对原始动力、冲动和欲望的继承，即使这些冲动明显具有危险性，即使它们驱使我们做出暴力的、病态的、自我毁灭的行为，但它们仍被证明是极难克服的。这就好像我们的祖先通过某种隐秘的机制，把他们在最远古时代的一系列经验，以及适应和选择的技能传递给我们，尽管我们的环境已经发生了根本性的变化，但这些经验和技能却一直活跃在我们体内，从未丧失过。

我们继承的这份遗产很成问题，因为我们可能时而会意识

272　到一些极为有害的冲动，唯恐避之不及，但我们绝不可能每次都成功回避；在我们的一生里，肯定会有屈服的时候，也或许在很多情况下都会屈服。而我们所屈服的，在大多数情况下，并不是后天习得的行为，而是我们从出生那一刻就继承来的，早在我们居于独特的文化环境从而形成独特的人格，并在获得推理判断能力之前就已经形成的那些冲动。这些人格和环境与遗传相互作用，我们的理性可以与遗传中最具破坏性的冲动做斗争，但遗传的痕迹永远不会被轻易地抹除。我们不是自动的机器，我们必须对自己的行为负责，但与此同时，我们的自由受到极大限制，不得不妥协于遗传的制约。

《创世记》的阐释者们，尤其是奥古斯丁之后的阐释者们，把这一整个有问题的遗产解释为罪有应得，是人类祖先的原罪使然，是我们失去伊甸园的恶果。但是对达尔文来说，伊甸园根本就不存在。我们从远古祖先那里得到的并非神的惩罚，而是我们人类在数万年里成功适应世界环境变化的生活痕迹。因此，所有的一切：我们的性别分工、对糖和动物脂肪的渴望、使用火的技能、实施极端暴力的可能，还包括那些精细复杂的社会技能，比如制造工具以及使用语言、意象等的表达能力，都使得人类在严酷、危险的环境中得以生存和繁衍。

按照圣经所说，从早期人类翻掘泥土寻找植物块茎作为食物，到后来农业革命之后开始培养、种植和收获粮食，为了温饱无休止地辛苦劳作，这都是因原罪而遭遇的惩罚；可在达尔文看来，这一切都是发展的必然结果。如果人类女性分娩时所经历的痛苦对于《创世记》的作者来说是罪恶的夏娃理应遭受的诅咒之一，那么从进化生物学观点来看，它却是生物学上一场成功的交换，也就是说，为实现两足动物骨盆的最大尺寸和新生儿颅骨最小尺寸的结合——我们人类拥有异常大的大脑，分娩之痛是我们必须付出的代价。人类能够用两条腿直立行走，这使得其视线可以越过稀树草原的高草，看到更远处的食物，还能解放双手去投掷武器。尽管跟其他动物相比我们力量弱小，既没有锋利的牙齿，也没有厚实的毛皮，但是我们的大脑却使得我们能够开发出一系列技能，确保人类的生存和发展。对达尔文来说，这些人类特征并非因违背上帝而遭到的惩罚，而是随机突变和长时间积累技能所带来的基本的、具有生命意义的天赋。

至于进化过程到底需要经历多少代人，这个问题所对应的并不是记录在圣经里的那个微不足道的系谱，而是关于人类起源的一个古老的异教理论。[4]达尔文当然熟知这一理论，但他非常谨慎，在《人类的由来》中并未提及。他的祖父伊拉斯谟斯·达尔文（Erasmus Darwin）曾深受这一异教理论的影响，他认为人类一定不是突然诞生于一座专门建造的花园的，而是起源于原始的生存斗争。

《创世记》设想了优势物种的早期存在状态：既有序又轻松。即使是禁果，以其存在的方式看来，也是令人安心的，因为它标志着这个世界上法律和立法者的在场。与此恰恰相反，达尔文以大量的数据和包罗万象的理论最终证实的却是异教的直觉，那就是我们的祖先既没有得到神的指引，也没有得到人类这个物种能够生存下去的保证；没有神赐的法则，也没有天生的秩序感、道德感和正义感。我们所了解的社会生活，是一种由规则、协议和相互理解构成的密集网络支配的生活；它不是一种神赐的既定模式，而是在发展过程中逐渐取得的成就。

在《物性论》（On the Nature of Things）一书中，卢克莱

修对早期人类对严酷自然环境的适应表示钦佩，并且说，在适应环境的同时，人类已经开始改变自己的本性。他在书中写道，假使我们没有学会改变最原始的本能，开发自我保护的技术，并构建起社会联系，那么人类作为一个物种就不可能存在这么久。用动物毛皮缝制衣物、建筑小屋和掌握使用火等技能削弱了我们祖先的身体——"就在此时，人类第一次开始失去忍耐力：用火取暖使得他们颤抖的身体无法忍受大自然的寒冷天气"，并使他们开始住在一起，培养年轻人，保护群体中的弱势成员。正是在这种社会生活的形成阶段，一个至关重要的物种特征，即语言能力，开始发展起来。

274

这种能力与任何一个人物创造语言并将其强加于世界的能力无关。卢克莱修似乎曾经读过或至少听说过希伯来神话的某个版本，他非常坦率地写道："认为在人类早期阶段有某个人给事物命名，教人类说话，这种假设是荒谬的。"尽管这听起来不可思议，但是人类语言能力的产生与人类观察身边的无数动物并解读其声音的意义是分不开的。公马在渴望中的嘶叫与其在恐惧状态下的哀鸣是截然不同的；有些鸟会随着天气的变化而改变啼叫的音调；凶猛的看门狗发出威胁的咆哮，可是当它们用舌头温柔地舔舐幼崽，或者用爪子抓住幼崽，龇着牙按住它们，佯装要温柔地把它们吞下去时，那种边抚摸幼崽边发出的声音，就完全不同于它们独自守护房舍时发出的威胁性嚎叫。

卢克莱修对自然世界的观察，惊人地预见了达尔文以大量细节证明的自然选择理论：随机突变、为生存而进行的无止尽的斗争、无数生物的灭绝、动物的共同生活、缓慢的认知增长，以及在一个大到不可思议的时间维度内毫无目的地延伸着

17. 亚当是想阻止还是帮助夏娃伸手去够天使样子的蛇递过来的禁果？
提香·韦切利奥，《亚当和夏娃》（*Adam and Eve*），约1550年。

© Madrid, Museo Nacional del Prado.

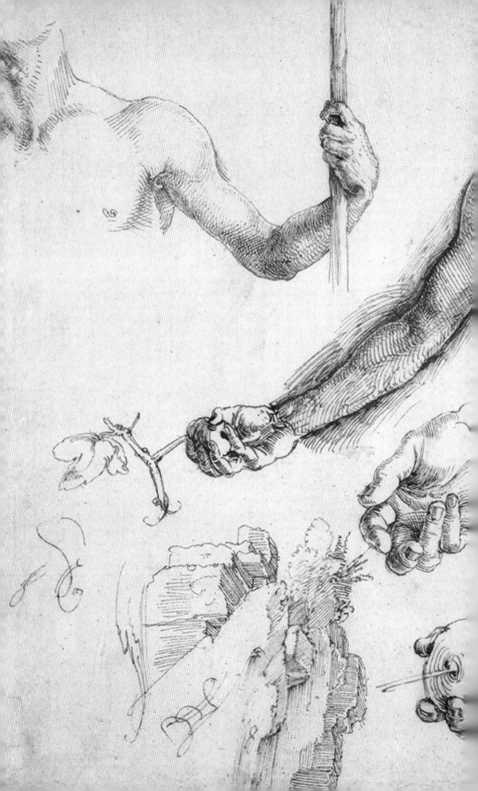

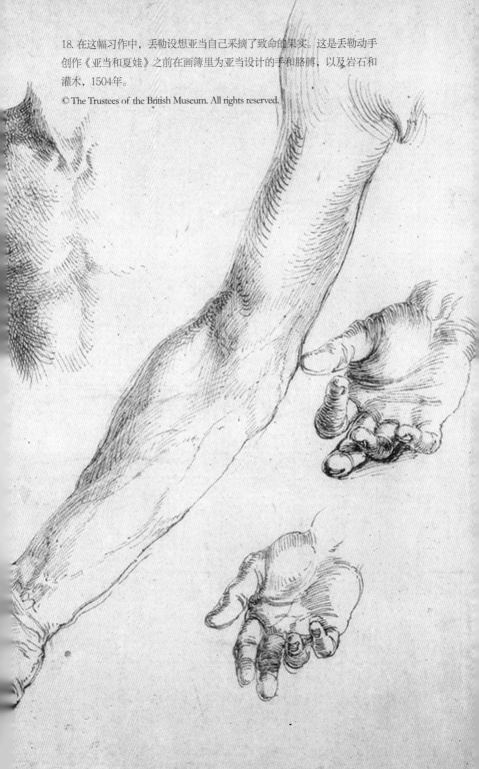

18. 在这幅习作中，丢勒设想亚当自己采摘了致命的果实。这是丢勒动手创作《亚当和夏娃》之前在画簿里为亚当设计的手和胳膊，以及岩石和灌木，1504年。

19. 丢勒对亚当和夏
娃裸体画像的兴趣延
伸到了他自己的身
体。

阿尔布雷希特·丢
勒，《裸体自画
像》（*Self-Portrait in the
Nude*），1505年。

20. 这幅画里的夏娃是一个狡猾的妇女，而亚当是一具腐烂的尸体。

汉斯·巴尔东·格里恩，《夏娃、蛇与死亡》（*Eve, the Serpent, and Death*），约1510～1515年。

21. 亚当想着夏娃出
了神，伊甸园中的生
物相互捕食。

希罗尼穆斯·博斯，
《人间乐园》（*The
Garden of Delights*）局
部，1504年。
© Madrid, Museo Nacional
del Prado.

22. 在一个美貌女子——也许是夏娃——的注视之下，生命的火花从上帝的指尖传递给亚当。米开朗琪罗，《创造亚当》（*The Creation of Adam*），1508～1512年。

23. 亚当因堕落而衰弱。

约翰·戈塞特，《亚当和夏娃》（*Adam and Eve*），约1520年。

© Devonshire Collection, Chatsworth.

24. 一脸困惑的亚当从夏娃手中接过吃了一半的苹果。

老卢卡斯·克拉纳赫，《亚当和夏娃》（*Adam and Eve*），1526年。

25. 圣母玛利亚和她的儿子一同用脚去踩那蛇。
米开朗琪罗·梅里西·达·卡拉瓦乔，《圣母玛利亚与车夫》
（*Madonna dei Palafrenieri*）局部，1605～1606年。

26. 伦勃朗以一种令人不安的坦率，描绘了亚当和夏娃日渐衰老、过于真人化的身体。
伦勃朗·凡·莱因（Rembrandt van Rijn），《亚当和夏娃》（*Adam and Eve*），1638年。

27. 莱利的亚当和夏娃的超写实形象是用蜡涂在真人骨骼上制成的。
埃尔科尔·莱利（Ercole Lelli），《亚当与夏娃的解剖蜡像》
（*Anatomical waxes of Adam and Eve*），18世纪。

28. 夏娃献给亚当的果实似乎是她的乳房。

马克斯·贝克曼（Max Beckman），《亚当与夏娃》（*Adam and Eve*），1917年。

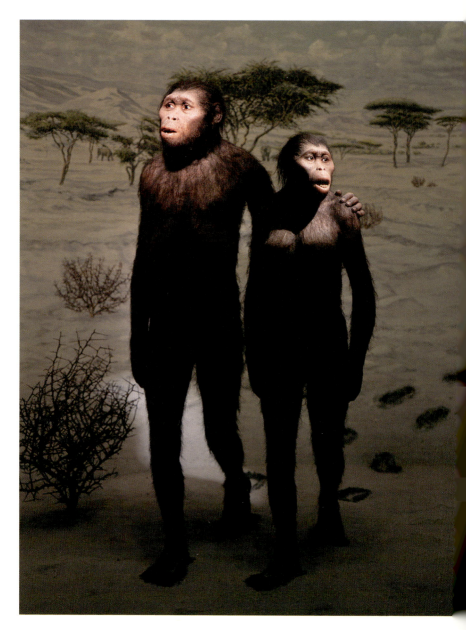

29. 从地上遗留的脚印来看，露西和她的伴侣这一想象场景似乎让
人们联想到了亚当和夏娃被逐出天堂。
《"露西"（南方古猿阿法种）和她的伴侣》["Lucy"（*anstralopithecus
afarensis*）*and her mate*]，由约翰·霍姆斯（John Holmes）在伊恩·塔特索
尔（Ian Tattersall）的指导下重构。

的历史。得益于达尔文和他的同盟者们孜孜不倦的研究，这些观点不再像是古老的哲学推测，它们开始具有了科学真理的地位。而与此同时，曾经是那么真实的，几乎触手可及的亚当和夏娃，却逐渐消失在人们最模糊的白日梦里。

　　有趣的是，在这段历史中扮演着重要角色的是白垩。因为　275
在卢克莱修由于提出与达尔文理论惊人相似的理论而被讥笑了数百年之后，地质科学的进步使人们对地球年龄有了新的认知，并因此接受了一个可允许无数进化实例发生的时间维度，达尔文此时提出的关于人类起源的理论看起来就完全可信了。对于查尔斯·莱尔（Charles Lyell）等英国地质学家来说，著名的多佛尔白色悬崖（White Cliffs of Dover）[5]就是一个最有力的证据，他们展示了人们熟悉的柔软的白色多孔岩石是由数千万年的沉积作用形成的。如果仔细研究一下这一带的地质构造，就会发现它的成分包括白垩、燧石和泥灰岩，还可能在其中发现化石，这样就会得出一个不可避免的、非常令人不安的结论：这一切的发生都是沉积、位移、隆起、断裂等地质作用的结果，这些地质事件大多发生在莱尔所说的始新世（Eocene Epoch），即5600万至3390万年前。

　　莱尔在19世纪30年代提出，在地球漫长的历史中，没有任何进步的痕迹，没有任何上天干预的迹象，也没有任何关于洪水摧毁所有生物，只留下那些在方舟上避难逃生的生物的记录。在最遥远的过去曾经发生的历史进程现在仍在继续。地质变化的总体速度不曾改变。

　　莱尔是一个虔诚的基督徒，尽管他看到的事实越来越明朗，但他仍旧努力坚持自己的信仰，而做到这一点极其不容易。对于要不要继续全盘相信六日创世和伊甸园的说法已经不存在疑问。毕竟，自 16 世纪以来的科学发现令世界越来越不安，要坚持相信圣经故事已经十分困难了。哥白尼把地球移出了宇宙中心；望远镜揭示了无数个未知世界的存在；医学解剖揭示了人体的内部构造；显微镜发现了物质中隐藏的秘密。这里提到的每一项科学发现都需要做出巨大的努力，才能与传统的信条达成和解。

276　　　但对于忠实的基督徒而言，地质学无疑是一场噩梦。在远离海洋的区域发现的贝壳等化石，[6]以及一些不属于任何已知生物的骨骼，一直以来都是难解之谜。曾有人试图从自然的"运动"中寻找答案，认为这些化石是因挪亚的洪水而沉积在山顶上和沙漠里的；也有人试图通过引用圣经所提及的那些早期在地球上游荡的巨人，甚至通过推测第一批人类的巨大体型来破解这一难题。出生于 16 世纪末的法国数学家德尼·昂里翁（Denis Henrion）[7]利用化石骨骼测算出亚当和夏娃的身高分别为 123 英尺 9 英寸和 118 英尺 9 英寸①。但是 18、19 世纪的地质学揭示的地质深层时间使这些推测显得极为荒谬。

　　　1857 年，杰出的英国博物学家菲利普·戈斯（Philip Gosse）建造了世上第一个海水水族馆，他还出版了一本名为《肚脐》（Omphalos，希腊语）的书。作为一名原教旨主义的兼职传教士和圣经老师，戈斯对查尔斯·莱尔的《地质学原理》（Principles of Geology）深感不安，因为它让圣经关于时间的概念显得幼稚可笑。通过假设《创世记》中的每一天都代表着一个更宽泛的时间范围，我们总可以用象征的方式来解释圣经的时间结构。但戈斯明白这条通向寓言的道路上存在危

———————————

　　① 分别合约 37.719 米和 36.195 米。——译注

险，他坚信最初奥古斯丁对经文进行字面解释的主张。直到今天，原教旨主义者仍然对此坚信不疑。

戈斯这部著作的副标题是"试论如何打开地质之结"（An Attempt to Untie the Geological Knot），意思是既承认地质具有记录的力量，同时又坚持他的信仰。他的解决办法很简单，或者说他自认为很巧妙。他观察到，所有的生物在自己身上都留下了成长发育的历史痕迹，无论是树木的年轮、碳酸钙沉积形成的贝壳，还是鱼身上重叠的鳞片，莫不如此。这些记忆符号甚至也能在最年幼的、刚孵化的幼崽身上观察到，当然也可以在人类身上找到。

接着，戈斯转向"我们第一代祖先——也是人类最初的领袖——的初创造型"[8]。为了正确地召唤他，并将他与所有灭亡的野兽区分开来，他引用了约翰·弥尔顿的话，就好像弥尔顿亲眼见证过似的：

> 他的身材要高贵得多，高大挺拔，
> 神一般挺拔，带着与生俱来的荣耀，
> 穿着赤裸的威严，万物之主唯他。

戈斯睁大眼睛仔细打量着这第一个人类，充满爱意地描述了他所看到的细节，汇编了一份他称之为"生理学家报告"的东西。

那人显然是一个精致标准的人类标本——五官端正、胡须浓密、声音低沉、喉结突出等，这些特征都指向一个二十五岁到三十岁之间的男性。但是，尽管我们必须从圣经中绝无谬误的可能性的话语中得出结论：上帝正是创造了一个处于这个年

龄段的亚当，而不是一个婴儿亚当。戈斯却还是注意到了一个
奇怪的现象："腹部中心这个奇怪的小坑和它中间波纹状的结
扣是什么东西？"然后他激动地回答说：那就是"肚脐"。

亚当肯定是有肚脐的，否则，他看上去就不可能是正确
的，更不用说完美了。在凡·艾克、米开朗琪罗、拉斐尔等所
有伟大画家的作品中，他都有肚脐。但是当然了，肚脐是过去
的标志，标志着与母亲的联系，尽管亚当并没有母亲。这意味
着上帝创造了亚当，在他身上留下了一个形式完美、科学可
信，但从未存在过的历史的痕迹。现在，如同一个律师知道自
己的论点已经得到证明了一般，戈斯宣布：我们终于可以解释
地质学家们研究的那些化石了。至于为什么地球上存在着那些
大量的沉积物、那些古代大灾难的痕迹，以及那些痛苦而缓慢
的冰川的转变，地质学家们的发现本身无懈可击；只不过他们
没搞明白，其实上帝早在创世的第一天就已经预留好了这
一切。

278　　　可怜的戈斯，他的书遭到了嘲笑和蔑视。这件事在他漫长
的一生中一直困扰着他。正如维多利亚时代的作家查尔斯·金
斯莱（Charles Kingsley）所言，他的同代人显然不愿意相信上
帝"在岩石上为全人类写下了一条巨大而无用的谎言"。戈斯
关于肚脐的言论，无法像戈斯所希望的那样，去挽救亚当和夏
娃正在被世人摒弃这一衰颓之势。

在《肚脐》遭遇惨败仅仅两年之后，查尔斯·达尔文成
功地出版了他的《物种起源》。当年达尔文已经五十岁了，但
这本书早已经在他的构想之中，至少从他二十六岁那年就已经
开始了。那一年，他作为一个博物学家在罗伯特·菲茨罗伊
（Robert FitzRoy）船长的指挥下，乘坐英国皇家海军"小猎犬"

（HMS Beagle）号，完成了为期五年的决定其命运的环球航行，并再次回到英国。在漫长的海上航行中，达尔文带上了许多他最喜欢的书，其中最重要的是《失乐园》。但对他影响最深远的却是莱尔的《地质学原理》，这是菲茨罗伊船长在起航前送给他的。达尔文多次看到莱尔的许多重要理论得到证实：首先是在佛得角群岛，然后是在南美洲的海岸及内陆。于是，他开始热情地收集化石和岩石样本作为支持其理论的证据。

令达尔文感到震惊的不仅仅是地球的超高年龄，还有地质变化竟然可能以难以想象的缓慢速度一直在发生这一事实；他还认识到，任何活着的物种都不能幸免于这种缓慢的变化过程。人们很难追踪这些转变：证据难以捉摸、支离破碎、神秘莫测。达尔文写道："按照莱尔的比喻，我把自然地质记录看作一部保存得不完整的世界史，而且是用一种不断变化的方言写成的。"在浩瀚的历史长河中，只有最后一卷得以幸存，而这最后一卷也只有"零星的几章得以保存，每一页只有寥寥数行可以辨认"。[9]然而，这一点点幸存下来的记录已经可以充分说明，地球上的所有物种并不是在一开始由上帝一次性创造出来的。

甚至在达尔文还没有踏上加拉帕戈斯群岛（Galápagos Islands），并遇到后来致使自然选择理论形成的证据之前，这场危机就已经到了紧要关头。"小猎犬"号当时正把三名人质带回火地岛，他们是在一年多前的一次探险航行中被捕获并带到英国去的。这三名人质被船员们分别称作杰米·巴顿（Jemmy Button）、富吉亚·巴斯克特（Fuegia Basket）和约克·敏斯特（York Minster），首先从名字上看，他们就已经被基督教化了。他们穿着英国服装，在海上的几个月里跟大家成

279

了相当熟悉的伙伴。想必当初我们年轻的博物学家每次想休息
一下眼睛，将视线从《地质学原理》移开的时候，一定是在
不断地抬头看向他们。杰米·巴顿是个矮个子，胖胖的，总是
很愉快的样子。闲谈中，他了解到三个人在英国受到接待的情
况。在英国，他们被当作名人对待，得到过国王威廉四世
（William IV）和他妻子阿德莱德王后（Queen Adlaide）的接
待。他们是最原始人类具有可塑性的有力证明。

因此，当年轻的达尔文看到被绑架带走的基督教皈依者戴
着手套，穿着擦得锃亮的鞋子回到雅甘人（Yaghan people）
身边时，他受到无比强烈的震撼。多年以后，回忆起来那情
景，他仍然不寒而栗：

> 第一次看到一群火地人（Fuegians）站在那片荒凉、
> 破烂的海岸上所带给我的震惊之感我永远都忘不了，因为
> 当时我脑海中闪现的一个想法是，这就是我们祖先的样
> 子！这些人一丝不挂，身上涂满了颜料，长头发乱糟糟
> 的，兴奋得嘴冒白沫，表情狂野、惊惧、怀疑。他们几乎
> 没有什么技艺，像野兽一样，捕到什么就吃什么；他们没
> 有政府，对自己小部落之外的人毫不留情。

"这就是我们祖先的样子了。"

被英国人掳走三年之后重新回到火地人部落的杰米·巴顿
一开始显得胆怯、迷茫，为自己的同胞感到羞耻。但是，几个
星期过去，在英国人探索岛屿、绘制地图和收集标本的时候，
他显然又回到他一度离开的世界里去了。在"小猎犬"号航
行之前，达尔文最后一次见到了他，并对其所见感到惊讶不

已。达尔文写道："我们一度让他变得结实、肥胖、干净、穿着考究"，但他现在看起来是个"瘦削、憔悴的野人，长着乱蓬蓬的头发，光着身子，腰间只围着一块小毯子"。菲茨罗伊船长看到这种情景感到十分痛心，于是便把他带到"小猎犬"号上，给了他一个回到英国的机会。想不到杰米拒绝了，这颇莫名其妙。然而到了晚上，达尔文等人恍然大悟，认定他拒绝的理由是：他在这里有个年轻漂亮的妻子。

多年来，达尔文从不曾在公开场合阐明这次邂逅的全部含义。《人类的由来》一书直到他目睹火地人四十年后才出版。但自从他见到他们的那一天起，那一幕在他的脑海里再也挥之不去，并且使他坚定信念要去追求进化论的含义，直至得出合乎逻辑的结论。而那种认为我们是猿类祖先后裔的结论，被广泛认为是对人类尊严的可耻侮辱。几千年来，人类一直告诉自己，他们是上帝创造的完美男人和女人的后代，这两人曾经和谐地生活在人间天堂里。当然，两人的堕落已经把罪恶和死亡引入了这个世界；尽管如此，我们仍可梦想终有一天会寻回失去的完美，为我们光荣的血统感到自豪。达尔文在巴塔哥尼亚（Patagonia）的亲眼所见，使他不再那么乐于固守这种血统的骄傲，也不再那么羞于承认自己真正先祖的来源了。他写道："如果一个人在自己的祖国看到过野蛮人，那么他即使被迫承认自己的血管里流着某种更卑微的血液，也不会感到多么羞耻。"

达尔文的批评者称他为"猿人"（Monkey Man），并严厉斥责他玷污了我们的祖先。但达尔文的立场非常坚定，他说：

　　就我个人而言，我的祖先可能是一只英勇的小猴子，281
他不畏强敌保护自己的主人；也可能是一只老狒狒，他下山来在一群虎视眈眈的恶犬的注视之下成功带走自己年轻的伙伴；我也可能是一个野人的后裔，他以虐待敌人为乐，为献祭屠宰生灵，残忍地杀戮婴儿，奴役自己的妻子，不知廉耻，野蛮迷信。

他的回答大胆地坚持人类是由灵长类动物进化而来，这一思想与在维多利亚时代早已根深蒂固的人类文化等级观念结合在了一起，从此成为进化论生物学家的梦魇。

至少是在整个科学界，"亚当和夏娃的失落"① 标志着人们对人类起源观念的转变，它对整体思想结构提出了质疑，而这个结构的建立是以生动的真实人物为蓝本，对《创世记》中的角色进行的集体设计。但是，坚持认为亚当和夏娃真实存在过，并不仅仅意味着人们本能地执着于一个不足信的故事。亚当和夏娃的故事经历了一个非常漫长而复杂的创造过程；几千年来，人们已经梳理出它的所有含义，而所有这些含义又都被认为是发人深省、引人瞩目和具有道德教育意义的。在梳理过程中，人们不断受到伟大的艺术家和思想家的启发，他们的作品热情地关注对想象中的人物的设计和创造。对于露西和其他原始祖先的描述都是新近的、模糊的，实际上也是原始的。从我们认为最科学的观点来看，这种关于人类起源的描述碰巧是正确的，但这本身并不能使我们更好地思考。相反，它的困难性、不确定性以及它对叙事连贯性的抵制，使它成为我们这

---

① "The Fall of Adam and Eve"，这里的 fall 是双关语，原来是指亚当和夏娃的堕落，这里是说他们的故事已经不足为信了。——译注

个时代的巨大挑战之一。

这种困难从一开始就很明显，以至于人们一再试图将这样或那样的情节强加给达尔文的理论。一些追随者认为，自然选择是迈向更高生命形式的必胜之举，当然这种最高形式的实现将发生在我们人类身上。只不过在《创世记》中是由上帝赐予人类的命定的统治权，现在则变成由进化赋予了。另一些人则将赫伯特·斯宾塞对自然选择的著名描述——适者生存——作为资本主义经济中自由市场竞争的缩写。还有一些人在达尔文的堂兄弗朗西斯·高尔顿（Francis Galton）的带领下，认为通过除掉"不满足条件的"个体来完善人类的优生学是合理的。罪恶阴险的优生学吸取了德国生物学家恩斯特·海克尔（Ernst Haeckel）关于种族和进化的观点，而这在纳粹主义者身上有过恶魔般的体现。

所有这些，以及与达尔文主义主题相关的每一种变体，都被证实是对达尔文的背叛，是对大量科学证据的致命扭曲，这些科学证据都是在达尔文产生创造性见解之后积累起来的。人类并未向更高的形式进化，也没有更趋于完美。进化论中所谓的"适应"这一概念就是从"适者生存"一语中派生出来的，它不需要与竞争发生任何联系，更不会与特定的经济体系或战争发生什么关联。遗传学并没有强调把"种族"观念作为进化的原则，而是恰恰相反，它弱化了这种观念。

人们之所以试图在进化论中找到一种叙事——不管这种叙事在多大程度上扭曲了证据，大部分原因是，达尔文的总体视野中缺乏一个情节、一种美学形式。这一点是令人不安的。达尔文年老后，也回顾了自己的经历。他在写给子女的简短自传中回忆道，到他三十岁，甚至三十岁以后：

283 　　各种各样的诗歌，比如弥尔顿、托马斯·格雷、拜伦、华兹华斯、柯勒律治、雪莱等人的作品，曾给予我极大的快乐，甚至早在学生时代，我就特别喜欢莎士比亚的作品，尤其是他的历史剧。

这些作家的作品，他从小就很熟悉，也是他乘坐"小猎犬"号环球航行时的主要陪伴。特别是弥尔顿，就像一个亲密伙伴，不曾与他分开，无论是在他告别杰米·巴顿和富吉亚·巴斯克特之后，还是他在南美石灰岩悬崖上挖掘、寻找化石的时候，抑或是他在测量加拉帕戈斯地雀的喙有多长的时候。

　　然而，尽管他的想象力可能是由《失乐园》和《亨利四世》塑造的，也可能是由他所喜爱的绘画和音乐塑造的，但当"小猎犬"号横渡太平洋时，一个惊人的理论在他的大脑中开始慢慢形成，并最终彻底颠覆了他的精神世界。他后来回忆道："这么多年以来，我连一行诗都读不下去了。最近我试着读莎士比亚的作品，发现枯燥得令人难以忍受、令我作呕。"

　　这种恶心并没有令达尔文感到自豪，也没有影响到他的孩子们。相反，他告诉子女："失去了这些品位，也就失去了幸福，而且这有可能对智力有害，更有可能对品德有害。"他非常诚实，没有试图掩盖这一点，并且努力想弄明白这到底是怎么一回事。他认为，这与他作为一个科学家的特定职业有关：数十年如一日地潜心工作；不断地积累证据并评估其重要性。他说："我的大脑似乎变成了一台机器，把大量的事实打磨成一般规律，可是为什么这竟然会引起主管高端品位的那部分大脑的萎缩，我实在是百思不得其解。"

284 　　我无法解答困扰达尔文的问题，但这个问题让我们再次回到亚当和夏娃的故事，及其一直顽强延续着的生命力中。对许多现代人来说，也包括我本人在内，这个故事是一个神话。从古老的推测到教条，从教条到字面，从字面到真实，从真实到凡人，从凡人到哄骗，这段漫长而纠结的历史终于在虚构中结束了。启蒙运动已经完成了它的使命，我们对人类起源的理解也不再受控于一度强大的错觉和幻想。长着奇怪树木的花园、那对赤身男女和会说话的蛇，这些形象重新又回到了它们最初出现于其中的想象维度中。但这种回归并没有摧毁它们的魅力，也没有使它们变得一文不值。如果没有它们，我们的存在实际上就会失去意义。它们仍然以一种强大的甚至不可或缺的方式，让我们思考什么是纯真、诱惑和道德选择，思考怎样才是对心爱伴侣的忠诚，思考应如何对待工作、性和死亡。它们同时是人类的责任和弱点的无法忘怀的体现。它们异常生动地传达了一种可能性，那就是在追求知识的过程中故意选择不服从最高权威；或者说，它们传达了另一种可能性，即面对诱惑做出愚蠢选择的灾难性后果会遗祸万代。它们以某种方式打开了一扇回归的梦想之门；总有一天，人类将重拾已经失去的幸福。它们具有了一种文学的生命——一种特别的、强烈的、神奇的现实。

尾声 在伊甸园的森林里

在 2 月一个湿热难耐的早晨，进化生物学家梅丽莎·埃默里·汤普森（Melissa Emery Thompson）、外勤助理约翰·森迪（John Sunday）和我一行三人已经在位于乌干达的巨大的基巴莱国家公园（Kibale National Park）走了将近一个小时，以寻找黑猩猩的踪迹。我所住的地方就是基巴莱黑猩猩项目的所在地，约翰向我保证，那里的野外科学站的研究人员昨晚就在附近看见过它们，我们一定能找到它们，而且马上就要见到它们了。当地的黑猩猩，以离我们最近的村庄名被命名为坎亚瓦拉（Kanyawara）群，它们不会像其他野猿一样躲避人类。由进化论生物学家理查德·兰厄姆（Richard Wrangham）带领的一支科学家团队，在此深入观察它们已有差不多三十年。兰厄姆告诉我，在最初的几周里，他根本就看不见它们，过了几个月之后他才开始试探性地给它们起名字，四年以后，它们才开始自由自在地在科学家附近活动。随着时间的推移，这些猿猴非常缓慢地习惯了人类的存在。

我往树梢上看，寻找它们可能在树枝顶端筑起的巢，但我却没有发现它们的踪迹。由于这些参天大树的密度和高度，我很难辨认出任何东西；加上汗水一直不停地渗入我的眼睛，我什么都看不清。无论如何，黑猩猩们没有固定的住所。无论是由于发现了新的食物来源，还是为了躲避捕食者的偷袭，或是为了与和它们永远处于战争状态的其他黑猩猩群保持距离，它们每晚都会在不同的地方住宿。这使得找到它们成为每天的挑战。

我们不断向森林深处前进，推开藤蔓和刺手的荆棘丛，穿过绞杀榕①那长长的空气根——那些从上面垂下来的奇怪的附生植物，它们先是缠绕住作为寄主的树木，然后将其杀死，使之变成自己的养料。我们小心翼翼地跨过一排正在行动的蚂蚁。一只和它坐于其上的树叶的颜色一模一样的小青蛙，嗖地一下跳走了。树皮似乎在半明半暗的光线下闪闪发光，经过仔细观察，我发现上面竟然覆盖着数百条毛毛虫。美得让人惊艳的蝴蝶在空中飞舞，仿佛有人从天空中扔下了一把花花绿绿的法国旧钞票。但还是没看到黑猩猩。

我的背部开始疼痛，我的信心正在逐渐减弱，这时约翰突然停了下来。他似乎听到了什么。他抬头，指着上方。"您没有看到什么吗？"他问。一开始我回答"什么也没有"。就像哈姆雷特的母亲看不见鬼魂的时候所说的："要是有什么东西在那边，我不会看不见的。"② 就在这时，在高高的树上，我开始看到两个黑色的轮廓，然后在相邻的树上又看见两个。这么大的动物，却是在在我看来非常纤细的树枝上放松休息，它们似乎对自己的栖木充满了诡异的自信，这令我想起马戏团里空中飞人表演者们对普通恐惧的免疫。它们中的一只随便地从一根树枝跳到另一根树枝上，我在刹那间瞥见了它粉红色的臀部。

---

① 又被称为"扼杀者无花果"。——译注

② 此处关于莎士比亚的译文参考了朱生豪译本：《莎士比亚全集（增订本）》（第5卷），南京，译林出版社，1998，第353~354页。——译注

我继续凝神观察着，隐约看见黑猩猩们正在有条不紊地从树上采摘某种果实。它们不紧不慢。其中一只稍微动了一下，我起初以为是它背上的一撮毛发，但实际上那是一个幼崽依偎在上面。在这里，没有更多事情发生；没有历史，没有事件，也没有冒险，除非懒惰地咀嚼果子可以被认为是一种冒险。我想这就是天堂应该有的样子吧：没有永恒的住处，没有疲惫的劳动，没有种植或耕作，在那令人眩晕的高处，没有敌人，亦没有恐惧。我似乎瞥见了那远古的梦想："园中各样树上的果子，你可以随意吃。"（《创世记》2：16）

我来乌干达就是为了追求这个梦想，或者说是为了寻找一些圣经故事的痕迹；在达尔文之后，现在这些类人猿被认为是我们人类物种的真正起源。此外，只要可能的话，我还想让我们现代的、科学的起源故事变得生动、真实。当然，我们并不直接就是黑猩猩的后裔。因为我们的血统在数百万年前就从进化生物学家所称的"最后的共同祖先"[1]那里分支进化了；它们不是我们的祖先，而是我们的近亲。然而，许多科学家认为，比起人类，黑猩猩在身体形态和社会存在形式上更接近最后那个共同祖先。部分原因是：它们继续生活在和我们的远祖生活于其中的同样的森林环境中，而这一环境由于人类的过度砍伐和人类的毁灭性力量正在悲剧性地不断缩小。

相比之下，我们人族（hominins）却离开了森林到大草原上觅食。在一次惊人的冒险性进化过程中，我们放弃了能让我们在令人眩晕的高处生活的神奇能力。数百万年来发生了很多次尝试，有些类人物种在出现后又灭绝了。在自然选择的缓慢进程中，我们逐渐失去了巨大的肌肉力量、四肢行走能力和尖利的牙齿。相反，我们发展了用双脚直立步行和跑步的能力；

我们把大脑的容量推到了极限，这也是女性骨盆的极限。随着时间的推移，我们掌握了火的使用方法，增强了我们相互的合作能力。更加令人难以置信的是，人类发明了语言。当然，这一系列如此惊人的变化是我们的胜利，但也使我们从我所目睹的悠闲的树梢生活中，坠落了下来。我们落到了地上，周围都是可怕的捕食者，于是，人类渐渐地用其卓越的智慧，开始统治其他物种，把自己从猎物变成了最伟大的捕食者。

288

现在，也是由于我们，黑猩猩已经成了濒临灭绝的物种。目前在野外还有大约 15 万只黑猩猩，如果不采取严厉的措施，其数量可能会进一步变少，直到它们只能存活在动物园或残酷的医学研究手术室里。但目前，在少数地方，仍有可能看到它们的生活踪影，这使我们想起我们在成为智人之前的那种生活。

基巴莱黑猩猩项目的科学家们给这里的每只猩猩取了名，他们几乎可以立刻认出每一只动物，就像我们一下子就能认出我们的叔叔和表妹一样。他们评估它们的性格，记录它们的健康状况，也追踪它们的命运。"那是埃斯洛姆（Eslom），"梅丽莎指着我们头顶上的一团阴影说，"那个有着粉红色臀部的是泡泡（Bubbles），她正抱着她的孩子巴苏塔（Basuta）。"黑猩猩们开始从高处荡下来。在有着强烈等级观念的黑猩猩社会中，二十岁出头的埃斯洛姆是现任"老大"①，它就是这群 50 多只成年黑猩猩及其后代的无可争议的头领。

野外助理向我解释说，埃斯洛姆的故事是一个非常成功的案例。它的母亲是个外来者，来自北部的一个邻近的黑猩猩群

————————

① alpha male，该词也有大男子主义者之意。——译注

落。在很大程度上，黑猩猩是父系动物，男方待在原地，而女方通常会冒风险，就像埃斯洛姆的母亲一样，迁移到一个新的群落。（不这样的话小群体将很快遭受过度近亲繁殖的遗传后果。）它的冒险成功了：它在对新来的黑猩猩的虐待和殴打中幸存了下来。这样的敌对行为通常是出自其他雌猩猩之手。也许刚到时它在发情，这种状况在这个物种中非常容易看出来：

289　其生殖器周围的皮肤会变得粉红且肿胀。而据研究人员推测，这种阴部的肿胀能对它起到一定的保护作用，可以诱惑一个或多个雄性对它实施保护措施。

多年来，它生了三个孩子，其中一个便是埃斯洛姆。但后来它死了，它的另外两个孩子也死了，留下了唯一的幸存者——一个年轻、没有保护、地位很低的孤儿。但埃斯洛姆后来证明，它在所有的重要技能方面都很擅长。它敏捷而警觉，是该群里最好的猎手。它擅长抢夺并杀死黑猩猩们都喜欢吃的红疣猴。它很快就了解了其社会制度的复杂性，以及与谁结盟、什么时候该改变盟友等。随着它日渐成熟，它成了所谓擅长"展示"的大师：它会直立起来，并前后摇摆双臂，隆起双肩，竖起毛发，让它看起来更魁梧高猛；它会用它有力的双臂把树枝折断或扔石头；然后它以惊人的速度冲向对手，使对方退下或打对方一个耳光。通过不断重复这样的策略，它的地位也逐渐上升了。

前任老大死后，出现了权力空档期。过了一段时间之后，族群里其他高级别的雄猩猩一个接着一个，都不得不承认埃斯洛姆的至高权威。最后，只剩下一个对手——兰乔（Lanjo）——还想来挑战它的地位。科学家们通过分析收集的尿液和粪便样本发现，这两只猩猩有着同一个父亲——约翰尼（Johnny）。但是约翰尼已经死了，无论如何，雄黑猩猩们没有办法知道它们的父亲是谁，这两个竞争对手当时也不知道它们其实是同父异母的兄弟。不过即便它们知道了，也无所谓。

兰乔在它母亲、它母亲的兄弟姐妹和其他盟友的支持下，似乎是更强大的候选人。但是当埃斯洛姆把大尖牙插进兰乔的脖子里，把兰乔逼着边跑上树边尖叫时，争夺统治地位的斗争终于结束了。该群里的所有黑猩猩，无论雌雄，都向埃斯洛姆发出呼噜呼噜的喘息声，这种喘息声是一种表示屈从的仪式，而埃斯洛姆则不向任何猩猩发出呼噜声。任何一只不服从的猩猩都有被愤怒的老大打耳光的危险，或者是由老大以前的最强对手来殴打，也就是现在的"老二"①。

290

但当黑猩猩停留在地上的时候，我所看到的不是权力的炫耀，而是互相安慰。这是一个集体在伊甸园里享受宁静的美好情景，仿佛第一批人类在他们被驱逐出伊甸园之前就已经能够繁殖后代了。它们懒洋洋地躺在那里，大约有八到十只成年雄猩猩和雌猩猩带着它们的孩子。它们开始结对，并仔细地为对方梳理毛发，它们的手指细心地梳过伙伴的皮毛以寻找寄生虫、泥土和伤口，或者在对方的耳朵里轻轻地抓挠和抚摸。基巴莱和其他一些地方的黑猩猩，已经发展出了一种令科学家们很是着迷的特殊梳理方法：一只黑猩猩会把一只长臂举到空中，另一只黑猩猩模仿这个动作，两者拍手或者触摸对方手腕，而同时用另一只手来梳理毛发。这个方法非常独特，从一代传到下一代，一些科学家声称，[2]这是黑猩猩拥有我们所称的

① beta male，beta 是希腊字母的第二位，这里就是二号雄猩猩的意思。——译注

文化的证据。

这群有文化的黑猩猩在那里待了很长时间，足以让我知道了它们中每一个的名字。三十多岁的奥坦巴（Outamba）是这些母亲中生育能力最强的，它有六个孩子和一个孙子，而且它现在又怀孕了。它的几个后代在那里轮流给它梳洗。斯黛拉（Stella）是该群里的另一位雌性的 18 个月大的女儿，很明显它有些多动，似乎一刻也停不下来，它不休息，即便是在梳洗时也动个不停。它总是爬到妈妈和其他所有猩猩的身上，然后像坐滑梯一样从它们身上滑下去；它往空中扔树叶，折断小树枝，肆无忌惮地四处摆动。我原以为它会被打，但成年猩猩们都令人吃惊地容忍了它疯狂的淘气。成年雄性巴德（Bud）在与敌人战斗时受了伤，正在那里疗伤。它算是很幸运的，也不知它是怎么逃出来的；如果它没能逃脱的话，敌人可能会把它的睾丸扯下来，再把它打死。大布朗（Big Brown）是一个比埃斯洛姆体型大得多的雄猩猩，它静静地在一旁坐着，嚼着嫩苗芽枝里的汁水。它已经五十多岁了，对于野外的黑猩猩来说这已经很老了。它已经降到了一个很低的级别，它几乎要向每一个它见到的成年雄黑猩猩呼噜一声。数年前，它也曾是群里的老大，但它那种以经常殴打雌猩猩为特点的统治已经结束了。埃斯洛姆有时也会打雌猩猩，这是雄性黑猩猩的生活方式，但每当它抓到猴子时，它总是先和雌猩猩们分享，这样它就慢慢赢得了它们的忠心。

埃斯洛姆比群里其他的猩猩更加警惕。它全神贯注于那个名叫泡泡的雌猩猩，在树上时其臀部的肿胀就已经看得见了，在地上则显得更是惊人。现在它有五十多岁了，比二十二岁的埃斯洛姆年龄大很多，但它正处在发情期。雌性黑猩猩一生中的大部分时间都在排卵，而雄性黑猩猩则尤其钟情于那些生育能力强的年长雌性。老大只想要泡泡属于自己，便从事着所谓的配偶守卫工作。每当另一个雄猩猩离泡泡太近时，埃斯洛姆的毛发就会令人惊惧地竖起来，然后，那些野心勃勃的追求者只能仓促撤退。黑猩猩交配的平均时间只有 6 秒钟，这与其说是欢愉，不如说就是为了繁殖：原则上老大的目标就是养育所有的后代。

对泡泡来说，它可能更乐意与尽量多的追求者进行交配，因为虽然垄断它是老大的意图，但雌性通常会寻求与尽可能多的雄性进行性交。（梅丽莎告诉我，雌性会特意与对它们最有攻击性的那只雄性交配。）科学家推测，滥交是一种生存策略，这不是为了雌性自己，而是为了后代。因为在通常情况下，黑猩猩的母亲要哺乳幼崽数年，只有哺乳结束后才会重新进入发情期，而更强大的雄性有时会杀害幼小的猩猩，以加快恢复它们的性生活。据推测，如果一个雌性与多个雄性交配，那么每个雄猩猩都可能认为新生儿是自己的，就不会倾向于对它们施暴了。

但至少今天，当我观察它们的时候，埃斯洛姆赶走了所有潜在的追求者。它下定决心要紧紧抓住它想要的伴侣并与之结合。"这样"，老大用它那肌肉发达的身体的全部力量摆布着泡泡，"这样"，泡泡环顾一下四周，然后顺从了。它转过身来，把它肿胀的臀部给埃斯洛姆欣赏。后者看了看，嗅了嗅，似乎很满意。

我并不是作为一个正统的自然科学家，而是作为一个对原始人类的圣经故事着迷的作家来观察这一幕的，我对自己的这种偷窥行为感到莫名的羞耻。当然，这种羞耻感本来就是这个故事中的一部分："他们二人的眼睛就明亮了，才知道自己是赤身露体，便拿无花果树的叶子，为自己编作裙子。"（《创世记》3：7）黑猩猩除了偶尔咀嚼之外，对叶子毫无兴趣。它们不知道自己是赤身裸体的，它们也完全不感到羞耻。尽管它们生活在一片偏远森林的阴暗之处，但它们的生活却非常开放且容易被观察。那些孜孜不倦地追踪它们、观察它们的一举一动，分析它们的尿液和粪便样本的科学家，能够用一种亲密的口气来描述它们，这种亲密的程度甚至远远超过了我们与最亲密的朋友、孩子或父母所能达到的程度。尽管有一些证据表明它们可以互相欺骗，但黑猩猩通常是无所保留的。它们抓挠、放屁、拉屎，在众目睽睽之下做一切事情。被挠痒痒的时候，它们会咧嘴笑；生气的时候，它们会咬牙切齿地吼叫；兴奋或受到威胁的时候，它们会跳上跳下地尖叫。[3] 雌性排卵时会将臀部生动地展示给所有人看；雄猩猩性兴奋的时候会张开双腿，向大家展示它的勃起。它们公开地交配，所有的猩猩都在看着它们，而且在这种时刻，它们的孩子也经常从它们身上爬过去。这也许就是无耻的意思，或者说这存在于一个不存在羞耻的世界中。

根据《创世记》的记载，第一批人类在偷吃禁果之前，正是存在于这样的一个世界中。当然，《创世记》的故事并没有详细描述这种存在，更不用说让他们看起来像我们的近亲黑猩猩的生活了。圣经里的文字只说："当时夫妻二人赤身露体并不羞耻。"（《创世记》2：25）大多数基督评论者都推测，他们的交配时间应该也很短，可能不超过猿类的 6 秒，而且是专门为了繁殖后代。圣奥古斯丁补充说，其性行为肯定会公开在其他人面前发生，包括他们的后代。但是，尽管他们充满了对圣经叙事中那些空白的狂热，神学家们却从未完全想象过，像我们这样生活，却没有丝毫的羞耻感是什么样的。

在他们违反神圣禁令之前，最初人类的生命还有一个重要特征：他们没有吃过能让人分辨善恶的知识树上的果实。圣经中所对比的，并不是一种由道德规范支配的生活和一种狂野而无法无天的生活。《创世记》中的对比在于：一种具有善恶知识的生活——可以假设，这是对不同的象征性范畴本身以及这些范畴之间的区别的一种意识——和一种不具有这种知识的生活之间的区别。圣经清清楚楚地期望读者知道善恶，因为我们都是从树上吃果子之人的后裔。但亚当和夏娃在偷吃该树上的果实之前是什么样子的，也就是说，没有善恶知识的人类是什么样子的，就不那么清楚了。当然，我们可以说，任何动物都可以作为模范：一只猫或一只龙虾都可以。不过，伊甸园里的亚当和夏娃并不是什么其他的动物，他们是我们的祖先。他们完全是无辜的，而我们不是，他们不可能和我们完全一样，但他们仍然与我们相似。

从古代到现在，几乎每个人都能意识到，猿类和我们不一样，但它们与我们非常相似。[4]这种相似性是令人吃惊的，然而它们却不知善恶。这并不意味着它们生活在 17 世纪哲学家托马斯·霍布斯所描述的"孤独、肮脏、野蛮、矮小"的自然状态中。黑猩猩既不孤独也不矮小，而且在旁观者的眼中也不是肮脏的。它们是复杂的社会生物；它们解决问题；它们使用工具；它们有着不同的个性；它们通常能活到按大多数动物标准来看算是成熟的老年。不过，据我们所知，它们的原始祖先从未吃过那棵致命之树上的果实。尽管它们在比如危险临近的时候，也会互相暗示，但它们并不知道善恶这类

294

象征性概念。黑猩猩既不是道德的，也不是不道德的，它们是与道德无关的。[5]一位灵长类动物学家在 20 世纪 80 年代早期写了一本著名的书，他把黑猩猩的行为，把它们不断变化的联盟、背叛、贿赂和惩罚比作马基雅维利的政治学说。[6]但是，马基雅维利在他的《君主论》里，假定政客们完全明白什么是好的什么是坏的；他们中的幸存者只是明白什么时候有必要违反他们的道德准则。"这样看来，仁慈、忠诚、人道、诚恳、虔诚是很好的，而且也的确要按这些准则行事；但在思想上一定要准备好，一旦情况需要，你有能力并知道要随时彻底违背这些原则。"（《君主论》，第 18 章）而黑猩猩在政治运作上似乎不需要对忠诚或背叛、统治或屈服有这种概念上的理解。

几个世纪以来，神学家们当然也都在不安地思索着上帝对夏娃的诅咒："你必恋慕你丈夫，你丈夫必管辖你。"（《创世记》3：16）他们问道，即使在堕落之前，丈夫不是也在乐园里管辖着妻子吗？是的，他们中的大多数人都这样安慰自己：男人总是会管辖女人的，因为那样本来就是事物的自然规律。但是在从善恶树上偷吃禁果之前，那女人并不知道善恶，也就不明白自己是被人管辖的。在她犯罪以后，她就明白了，甚至对此感到憎恨。黑猩猩的性别关系就像神学家们所想象的堕落之前的人类生活那样。雌性被支配，但她们缺乏任何被支配的概念。

雌性黑猩猩在挨打时会发出尖叫，但没有证据表明它们会想到事情或许有其他的选择。因此，年轻的雄性黑猩猩会组成突袭队，[7]杀死邻近群体中的黑猩猩，但它们缺乏谋杀的概念。如果它的一个孩子死了，那位黑猩猩母亲可能也会带着它到处走一段时间，就好像在哀悼一样。然而，黑猩猩对死亡并没有什么抽象的概念意识，就像它们在没有言语来表达爱和呵护的情况下，也照旧爱护和养育后代一样。这并不意味着它们所有的行为都是纯粹的本能。年轻的猩猩非常善于观察，它们通过观察成年猩猩来学习如何表现，它们甚至会练习自己应该扮演的角色。研究人员注意到，年轻的雄性猩猩会折断棍子，用棍子打成年的雌性，而年轻的雌性则更容易把棍子当作婴儿一样抱着。这些行为都不是概念性的或具有自我意识的，因为黑猩猩无法用语言来表达自己的想法，但是把这些行为看作自动机制则是荒谬的。

我们应该永远感激它们。它们使我们能够亲眼看到《创世记》这一起源故事——如果这个故事是真实的话。由于它们与我们人类非常相似，它们可以向我们展示，在不具备善恶知识的情况下，我们人类的生活应该是什么样子的：没有羞耻感，也不明白有一天注定要死去。它们还活在天堂里。

当然，很少有头脑正常的人会认为，生活在森林里的类人猿的生活是人类真正想要的天堂生活。但这是因为，我们的天堂观念是建立在我们对善恶有了认识的基础之上的。我们已经堕落了，而它们还没有。

中世纪思想家在反思了猿类与人类之间那惊人的相似性之后，却得出了一个相反的结论：他们认为类人猿也一定是堕落了，但在生存链上比我们地位还要低。在天堂乐园中，亚当和夏娃有着无与伦比的美丽和魁梧的体格。现在则由于原罪，我们不但失去了原初人类的伟岸体型，也失去了许多美。这种损失是渐进的：最早的男女族长还保留了第一代人类的部分光辉形象，但它现在几乎完全消失了。一位古代评论家悲伤地说：

296

"与撒拉①相比，现在最美丽的女人就像猿人一样。"评论家还说，与夏娃相比，撒拉也像猿猴。[8]当然，猿类是人类丑陋的黄金标准。

有一个传说是这样的：在亚当和夏娃被逐出乐园后的某个时刻，上帝造访了夏娃，问她有多少个孩子。事实上，她已经有很多孩子了，但她因为担心自己的后代数量太多表明她太喜欢做爱，所以她就撒了谎，只向上帝展示了其中的几个。上帝当然没有被她欺骗。为了惩罚她撒谎，他就把她隐藏的那些孩子变成了猿猴。因此在中世纪，猿猴不仅被广泛用作丑陋的象征，也成为肉欲的象征；它们以夸张的形式展示了导致我们堕落的罪恶。在中世纪的一些绘画作品里，亚当和夏娃站在善恶知识树旁时，通常会有一只猿猴也潜伏在附近的某处。[9]

直到 19 世纪，这种观点才决定性地改变了。1860 年，达尔文的朋友和拥护者托马斯·亨利·赫胥黎（Thomas Henry Huxley）在牛津大学与塞缪尔·威尔伯福斯主教（Bishop Samuel Wilberforce）进行了一场著名的辩论。主教在对进化论进行了一番讽刺性的反驳之后，转向他的对手并挖苦地问道："你声称自己是猿类的后裔，那么请问你指的是你祖父那边，还是祖母那边呢？"赫胥黎慢慢地站起来说道，他不会因猴子是自己的祖先而感到羞耻，但他会因与一个用伟大的天赋来掩盖真相的人发生关联而倍感羞耻。赫胥黎的声音没有传遍整个大房间，但每个人都明白，他话里的意思是："我宁愿是猿类的后裔，也不愿是主教的后裔。"[10]听众中有一个女人晕倒了。

①　Sarah，圣经《创世记》中亚伯拉罕的妻子，原名撒莱（Sarai），她九十岁以后生了儿子以撒。——译注

达尔文的立场最终在现代科学对人类起源的解释中占了上风。没有人再相信类人猿是人类的堕落版本，是作为对欲望或懒惰的惩罚而变来的。几十年来收集到的化石证据，以及至今仍在惊人的发现中不断浮现出来的证据，为人们提供了压倒性的证明：我们遥远的祖先确实是类人猿那样的生物，它们设法用两只脚走路。我们现在还不清楚，它们是如何幸存下来的，更不用说它们是如何繁衍生息、生养众多的了。但毋庸置疑，科学家们已经证明，它们并不是从一开始就注定要成为宇宙主人的一劳永逸的快乐产物。它们是一种在制品，其演变时间之长是难以想象的。一位生物学家写道，远在现代人类出现之前，一个关键性的进化发酵期是250万到200万年前。[11]他正试图缩小这个关键时期的范围，而且从某种程度上看，他也确实做到了。但他说人类的历史有50万年，而我们所能得到的有记录的人类历史却只有5000年左右。

在这段漫长的时间里，我们人类物种从吃水果、挖块茎、偶尔抓蜥蜴为食的瘦弱的、小脑袋的两足动物，进化成了我们现在的样子：就像弗里德里希·尼采所说的，我们是可以做出承诺的动物。在1887年出版的一本具有挑衅性的书中，这位德国哲学家认为，从无关道德的类人猿生物转变为道德人类的关键机制是痛苦——反反复复的痛苦、冷酷无情的痛苦。通过惩罚这种手段，主导性的雄性——尼采称之为"金发野兽"——身上的那种健康、旺盛、暴力的能量逐渐被驯服。在这个过程中，那些曾经被这个世界的统治者认为是好的东西——欲壑难填、狂妄自大、劫掠和施舍的鲁莽交织、想成为"老大"的无度的欲望等——被更名为邪恶。那些曾经被"金发猛兽"控制却还兴高采烈的大批弱男弱女，成功地宣称：

298

自我牺牲、自律自制和虔诚的敬畏是其新的价值观。尼采把这种转变称为"价值观的转换",而这实际上是一次成功的奴隶起义。他想,这一定是由极其聪明的充满怨恨的教士阶级领导的。他将这个阶级定位为犹太人,并宣称,他们的顶级发明就是耶稣——一个新的亚当,他们推崇的是一种病态的受难而非无关道德的健康。

这个阴险凶恶的哲学寓言[12]指向了一些未能解答的问题,人们还在疯狂地猜测其答案,这些问题是:黑猩猩(Pan troglodytes)和智人有着96%的相同基因,这到底是怎么发生的?是什么造就了人类这些极其复杂的特征,包括长腿、手指短小的手、无法抓住东西的脚、过长的儿童依赖期、如此大的脑容量、合作性社会存在模式、象征性思维能力,以及许多其他特征?我们是如何获得语言、宗教信仰和起源故事的?我们的道德良知从何而来?同为"最后的共同祖先"的后裔,我们们和黑猩猩之间还有哪些是共同继承下来的?

近年来,人们对倭黑猩猩(bonobos)产生了科学兴趣,倭黑猩猩只在中部非洲某个地区的野外生活。在相对较近的过去的某个时间点上——是根据进化时间来衡量的——一群黑猩猩在刚果河以南被孤立了,形成了它们自己的世界。随着时间的推移,虽然它们保留了普通黑猩猩的许多行为特征,但它们的社会生活开始发生变化。研究人员观察到,雄性之间继续互相竞争,但它们的攻击性现在很少转向雌性,因为雌性享有更高的等级和地位。雌性通过共同行动能够相互形成紧密的联系,一同来支配大多数雄性。性活动大幅度增多了。雌性在没有生育能力的时候也会表现出发情的迹象,所以这种交配不再只与繁殖有关。倭黑猩猩还会进行口交;还经常有同性猩猩之间的性行为。但也许最引人注目的是，与邻近猩猩群体的接触引发的不是暴力，而是性交。因此，如果有了某种隔离、合适的环境和足够的时间，构成黑猩猩特征的那些行为是有可能发生根本性改变的。

同样的东西可能也解释了，我们的物种是如何将黑猩猩和倭黑猩猩身上的特征[13]令人费解地结合起来，并将它们与全新的特征交织在一起的。在努力保持等级竞争、集体猎杀、仇外暴力和男性对于女性的强烈支配欲的同时，我们也发展出了普遍的非繁殖性性行为、友谊、合作，以及平等主义和和平接纳其他群体的潜力。除此之外，我们还发展出了复杂深奥的工具制作、艺术制作、语言和推理等能力。我们对这些能力的认识还处于初级阶段，但可以肯定地说，在今后几年里，这方面将有稳定的进展和引人注目的惊喜。

然而，我们目前的科学认识仍然缺乏——而且可能永远缺乏，甚至也不想要——对道德选择的关注，而这是亚当和夏娃的故事的核心。圣经记载中的第一批人类可以自由地遵守或违背神圣的禁令："于是，女人见那棵树的果子好作食物，也悦人的眼目，且是可喜爱的，能使人有智慧，就摘下果子来吃了；又给她丈夫，她丈夫也吃了。"（《创世记》3：6）正是这一越轨行为——一种故意的行为，而不是一种客观的、机械的随机性基因突变和自然选择——决定了我们的生活形态。亚当和夏娃的故事要强调的是，我们的命运，至少在一开始，是我们自己的责任。世界上数以百万计的人，包括许多掌握现代科学基本假设的人，仍然坚持信守着那个古老故事所能给予我们的特殊满足感。我本人即是如此。

* * *

300   当我到达乌干达西部的科学研究站时，我没有被允许立刻去观察黑猩猩。因为它们很容易受到人类疾病的感染，所以我需要度过一个隔离期来确定我没有传染病。由于有了这段空闲时间，我就去附近的波特尔堡（Fort Portal）参加了一个英国圣公会周日上午的礼拜。乌干达是一个以基督教为主的国家，其人口大约有一半是罗马天主教徒，另一半则是英国圣公会教徒，还有小部分日益壮大的五旬节派教徒（Pentecostal）。我在访问基巴莱黑猩猩项目的申请中，最初是这样写的：我渴望观察现代科学起源的故事，它已经取代了古老的圣经故事。但在那里工作的朋友告诉我，如果我用这些术语来表述的话，我的申请几乎肯定会被拒绝。乌干达当局并不认为研究黑猩猩是他们宗教信仰的替代品。

在恰巧被称为圣斯蒂芬（St. Stephen's）① 的教堂里，哈皮·山姆·阿拉利（Happy Sam Araali）牧师所做的布道就是以创造故事为中心来展开的。（他一定是被暗中告知我会来。）他说："我们可以挖井，但只有上帝才能创造湖泊和海洋。"这是上帝多么强大的一个标志啊，我们要尊重上帝，因为上帝能做比我们所能做的任何事情都更伟大、更困难的事情。创造人类也是如此。哈皮牧师对教堂会众说，我们可以在墙上画人物，赋予他们某种生动的形象，但只有上帝才能创造出第一批人类，并通过将生命的气息注入他们的鼻孔使他们活起来。

在回野外工作站的路上，我问陪同我的外勤助理他是否相信亚当和夏娃的故事是真实的。他很肯定地说：是的。他是个

---

① 碰巧本书作者格林布拉特的名就是斯蒂芬。——译注

虔诚的基督徒。那么，他是怎么看待我们与黑猩猩之间有密切关系的呢？他笑着说："这是一个非常难回答的问题。"然后我们就都沉默了。第二天，我们去森林的时候，观察到猩猩们就像是在伊甸园里一般，正在为彼此梳理毛发，埃斯洛姆在保护它的配偶。但我们并没有再去探讨这个话题。

301

　　第二天早上，我亲眼看见了一个场景，这让我更加强烈地想起了《创世记》。我们在营地吃早餐时，梅丽莎注意到大院入口附近有一个影子在晃动。起初她以为是一头大象，但她很快就意识到，这是一只黑猩猩。在所有科学家和外勤助理所具备的技能的帮助下，她立刻认出它就是"老二"——雄猩猩兰乔。我们急忙跑过来，想知道它为什么如此反常地要接近人类居住区。

　　它坐在一小块有树叶的草地上，看上去越来越不耐烦。它不时地用手脚啪啪地大声拍打地面。（我意识到我们那种在感到沮丧时莫名想跺脚的冲动是从哪里来的了。）然后，它把树叶揉皱，把一根棍子拖到地上，发出低沉的声音，又伸出手来狠狠地摇了摇藤蔓。最后，让它不耐烦的源头出现了：从茂密的灌木丛里出来了一只非常不安的雌猩猩——十九岁的莱昂娜（Leona），从它的肩膀上望过去，可以看到它还带着它的孩子莉莉（Lily）。外勤助理解释说，事情可能是这样的：兰乔一定是趁着埃斯洛姆正在保护其配偶（泡泡），就把莱昂娜拐走了。莱昂娜也展示出发情的迹象，虽然没有泡泡那么明显。它们溜之大吉，开始了科学家们所称的配偶之旅——一种远离群体的蜜月旅行，远离了掌权雄性的那嫉妒的目光。如果它们被抓住，它们就会挨打。因此，也许莱昂娜的焦虑和兰乔的狡猾让它们决定，来到人类定居点附近躲一躲，黑猩猩群体很少来这里冒险。

在这里，兰乔和莱昂娜终于享受到了黑猩猩之间的柔情蜜意：它们轻轻地抚摸着彼此的臀部。莉莉紧抱着莱昂娜的背，莱昂娜则弯下腰，让兰乔用手指查看它的外阴部位，然后兰乔又把手指头放到鼻子底下闻了闻。但这并不仅仅是为了它们的那 6 秒钟的交配。它们违背了最高统治者的意志，冒着受到惩罚的危险，成了一对夫妻。它们环顾四周，又迅速地瞥了我们一眼，然后决心要继续它们的爱情之旅，双双跳进了茂密的丛林；而我们则努力跟踪，决意要继续我们的间谍活动。整个世界当时就在它们眼前。

附录 1 阐释样本

几个世纪以来，对亚当和夏娃的故事的阐释不计其 303
数。本书中出现了许多很有影响力的阐释。但是，要把已
经积累起来并还在持续增多的大量史料的丰富性、多样
性、狡黠性，有时甚至还有狂野性全部表达出来，是不可
能的。以下是一些用现代习语来说明这些史料中某些片段
的尝试。大部分语言是笔者本人的，但是我已在注释中列
出了一种或多种原始资料，并将它们拼接在了一起。

当亚当违反禁令吃了禁果的时候，他并没有和夏娃在一
起，有人说他们做爱了，男人正在打盹；还有人说，亚当去视
察花园了。亚当发现事情不对的第一个迹象是，夏娃用无花果
树叶遮住了她的生殖器和臀部。起初，亚当甚至不能理解她的
所作所为，他以为树叶是偶然粘在她身上的。但是当他更仔细
地看时，他发现夏娃在叶子上打过小洞，并用植物纤维把叶子
串在了一起。

[Abba Halfon b. Koriah. Genesis Rabbah (fourth and fifth
centuries CE), 19：3; *The Book of Jubilees* 9c. 100 – 150 BCE
[?]), 3：22]

304　　　　人类的始祖非常美丽也非常有智慧，但是他们缺少堕落的人类最依赖的五种感官之一：视觉。亚当和夏娃在最初是完全失明的。他们没有必要去看，因为他们所处的世界是为了满足他们的一切需求而被设计的。如果他们想吃或喝什么，一切都近在咫尺。当上帝把动物带到亚当面前要他命名时，亚当只是伸出手去摸它们，一碰就立即知道该给它们起什么名字了。也许他们是幸福地失明。当然是幸福的，因为他们不知道自己看不见，而这有助于解释他们的过失——他们一定很难把禁果和所有其他的果实区分开，况且敌方一心想欺骗他们。他们的失明有助于解释为什么他们完全没有羞耻感——因为在他们堕落后，上帝才除去了蒙蔽他们眼睛的东西。复明后，他们就急忙遮掩自己，说："二人的眼睛就明亮了，才知道自己是赤身露体，便拿无花果树的叶子，为自己编作裙子。"

〔Clement of Alexandria（c. 150 – c. 215）〕

　　　　新造的人在身体上是成熟的，上帝赋予了他们二十多岁的形态和特征，他们的构造在许多方面令人赞叹。但他们也是新生儿，刚开始适应这个世界。正因如此，上帝命令他们不要吃那棵善恶树上的果子。那棵树的果子本身没有毒。相反，对于一个成年人来说是最好的营养品，上帝完全希望亚当和夏娃在
305 适当的时候吃掉它。不过就像我们吃的所有食物一样，有些适合婴儿的脾胃，有些则不适合。天堂里如果只有一种不适合人类吃的果子显然是不正常的。上帝就告诉新生的人类，他们可以吃其他树上的果子。但是夏娃和亚当被蛇骗了，变得急躁起来，试图在还不被允许吃那禁树上的果子之前，就吃掉它。这就像一个婴儿试图狼吞虎咽地吃下一块牛排一样。毫无疑问，

结果对他们来说是致命的。

[Theophilus of Antioch (fl. second century)]

夏娃拿的树枝上有一个成熟的红色果子，毫无疑问那是禁树上的果子。她对亚当说："拿去吃吧。"亚当听她讲话有些吃力，仿佛她的声音来自十分遥远的地方，又仿佛那说话的声音和语言都不完全是夏娃本人的。他感到困惑、疑惑，还昏昏欲睡。他当然记得，上帝特地告诫过他不要吃那棵树上的果子，但是他想不起来为什么。他意识到，由于他不知道"死"是什么意思，所以当时他并不真正理解上帝的意思。他几乎能领会上帝的命令——因为要生养众多、繁衍后代的命令与他对夏娃的渴望是相符的，可是不能做某件事的观念对他来说是毫无道理的。于是，他懒洋洋地伸出手来，拿着果子吃了。

[Cappadocian Fathers (fourth century CE)]

当夏娃在与蛇交谈时，亚当正在紧张地凝视着天空中灿烂的光芒。他日夜思索着上帝的荣耀，那种无边无际、不可思议、压倒一切的荣耀。他全神贯注地沉思着，甚至在他睡觉的那几个小时里，在他与妻子平静地性交时，在他简单地呼气吸气时都在想。上帝无处不在，上帝就是万事万物。在夏娃把上帝亲自警告他们不要吃的禁果拿给他时，亚当立刻就拿去吃了。为什么？"我累坏了，"他对自己说，"现在我想变回造我的黏土。我想死。"

[Gregory of Nyssa (c. 332 – 395)]

在黏土造的万物中没有任何适合与人做伴的生物，于是上

帝决定用骨头造一个。他以为人类会被整个过程吸引，所以他
让亚当看着他熟练地打开他的肋部，取出一块合适的骨头，再
闭合他的伤口。然后，他着手这项工程，不是像他创造第一个
人和其他动物时所做的那样，用泥土塑造全新的形象；而是像
建筑师那样建造它：一个由静脉、动脉和神经组成的庞大网
络；一系列能与环境相互作用、将食物转变为能量的极其复杂
的内部器官；能够与环境互动，将食物转化为能量，调节生物
机能以排泄废物的新陈代谢机制；一个其复杂的组织能以令人
夺目的速度进行计算的大脑；适合说话和唱歌的舌头、喉咙和
声带；最后是一个优雅的外表——与第一个人类的外表非常相
似，但变化也很大，足以激发人的兴趣，有利于繁衍后代。上
帝看着他自己所造的一切，觉得非常好。但是后来他发现他为
之做了这一切的男人脸上却带着厌恶的表情。亚当发现在这个
新生物的内部，血液、软组织和跳动的器官交织在一起，令人
作呕。和这个生物一起生活的这种想法令人难以忍受，更不用
说和它交配了。上帝不得不摧毁他所创造的一切，重新开始。

[R. Jose. Genesis Rabbah (fourth and fifth centuries CE) 17：7]

307　　吃完禁果后，亚当和夏娃意识到他们注定要死去，但是他
们所管理的动物还会像现在一样永远活着。他们知道时间不多
了，于是他们就手里拿着禁果，开始四处奔波，给每一只动物
喂食，这样所有的动物都会死去。他们能解释为何要如此匆忙
地毁灭所有生物吗？也许他们想起了上帝早先的命令，并感到
害怕。如果不能控制所有的动物，他们就会违反另一条命令。
也许他们不希望任何人，甚至是简单低等的牲畜，来享受他们
注定要失去的一切。无论如何，他们成功地找到并喂养了所有

的牛、野兽和鸟类，这真是惊人的壮举。只有一只鸟除外——那就是凤凰。它可以永远活着。

［R. Simlai（?）Genesis Rabbah 19：5（fourth and fifth centuries CE）］

人就说："你所赐给我的女人，她把树上的果子给了我，我就吃了。"耶和华神对女人说，你这是做了什么事呢？女人说："蛇欺骗了我，我就吃了。"主神就把蛇召来，蛇不安地往前走。耶和华神就用锋利的刀砍断了蛇的脚和腿。这就是为什么从那天起，蛇用它们的肚子爬行。

［George Syncellus（fl. eighth century）］

不服从神谕的直接反应就是，亚当第一次体会到一种叫犹豫的情绪。就在他吃果子的那一刻，所有的欢乐都消失了，忧郁凝结在他的血液里，就像蜡烛被吹灭，光芒消失，灯芯发亮，冒着烟，散发出臭味。还有一个惊人的现象：亚当曾经听过天使的歌曲，他自己的声音也非常悦耳。然而，在他犯罪之后，一股丑恶的风悄悄地进入了他的骨髓，现在的每个人的骨髓里都有这种丑恶的风。骨髓里的这阵风把他那悦耳的声音变成了难听的叽喳嘶鸣。在一阵剧烈的笑声之后，他的眼睛里会涌出泪水，就像精液的泡沫在肉体欢愉的激情中被排出一样。

［Hildegard of Bingen（1098－1179）］

在堕落之前，夏娃是没有月经的。是在犯罪之后，所有的女人才变成了有月经的动物，她们的经血可以被算作世界的厄运。因为与她们接触的种子不会发芽，树木会失去果实，铁会生锈，青铜会变黑。

[Alexander Neckam (1157 - 1217)]

　　亚当清楚地看到他的妻子被骗了，那条蛇把她诱进一个陷阱，导致她现在都无法逃脱。他想，她一定会死去，上帝会主动提出为我创造一个新的伴侣，要么再用我的一根肋骨，要么通过其他方式。但是我不想要一个新伴侣。我就想要这个，而且只想要这个。我只有一种方式可以和她在一起，那就是把我的命运与她的命运结合在一起。我们会一起活着，当时候到了的那天，我们也会一起腐烂。

[Duns Scotus (1266 - 1308)]

　　上帝赐福给他，上帝对他说："要生养众多，遍满地面，治
309　理这地。"人对上帝说："我怎么能生养众多呢？我是单一的生物，按照你的形象造的。一切动物，海里的鱼、天上的飞鸟、牛、野兽、地上的爬物，都是成对的，雌雄分明，彼此有别。我看到他们彼此交配，通过这种行为，他们可以生养众多。但我只是一个个体，既是男性又是女性。我怎样才能完成你的命令呢？"于是上帝就拿起一把刀，把人劈成两半，就像把苹果劈成两半一样。上帝用肉遮盖他造成的伤口，并在其肚皮上留下一个被称为肚脐的印记，以示他所做的一切。上帝说："现在你们可以繁衍后代，征服大地了。"被分割开了以后，那两半人彼此渴望着自己的另一半，渴望走到一起，互相拥抱。男人和女人生养众多，繁衍生息，征服了大地。但是，他们总能感到他们最初分裂的伤口，甚至在他们相互拥抱时，也不可能完全治愈那伤口。

[Judah Abravanel (c. 1464 - c. 1523)]

上帝无处不在也无所不是。更令人困惑的是，当夏娃把禁果递给亚当时，他就立即拿去吃了。为什么？他几乎无法用言语来表达；但如果被迫，他可能会说：这种情况下的永生是不能忍受的。我憎恨造我的那位的意图。我憎恨这份无法抗拒的人情债。我憎恨上帝。

［Martin Luther（1483 – 1546）］

上帝不仅知道亚当和夏娃会违反他的禁令，他还积极且故意地促使他们这样做。如果亚当在吃那致命的果子之前犹豫不决，如果他敢质问上帝在他体内所栽种的冲动，上帝就必用这话责备他：“人哪，你怎么这样回答上帝？你是谁？难道被造物应当对造物主说，你为什么这样造我？制陶人岂不是有能力用同一块泥造一个荣耀的器皿和一个耻辱的器皿吗？”

［John Calvin（1509 – 1564）］

310

第一个人是用黏土做的，但不是普通的黏土。他的身体比最上等的水晶还要纯净透明。光从他体内照出，照亮了他体内的血管，血管内装有各种颜色和形态的液体。这个彩虹色生物的体格比现在的人类要大。他的黑头发又短又卷，上嘴唇上留着黑胡子。他没有阴茎。在他应当有生殖器的地方，只有一个脸状的东西，散发出鲜香的气味。他的肚子里有一个培育卵子的器官，另一个器官盛有能使这些卵子受精的液体。当这个人因上帝的爱而感到热忱时，只要想到其他生物也会一同分享这份对上帝的崇拜，他的嫉妒心就会压垮他，以至于他体内的液体沸腾起来，然后洒在一个卵子上，使它及时孵化成另一个完美的人。所以上帝告诉人类要生养众多、繁衍后代，这是命中注定的。但这种事只发生过一次：那个被孵化的人就是弥赛亚，他把自己变成了胎儿，并等待时机进入玛利亚的子宫。当亚当和夏娃被逐出天堂后，所有其他的人类都是以另一种不同的方式出生的。他们被赶出圣地，身体变得粗糙，和我们的一样。他们失去了水晶般的透明，他们体内的光先是变暗，然后311 熄灭，他们体内的血管变成了视觉上难看的器官。那些曾经散发出奇妙香味的美丽面孔，如今却成了所有人都羞耻地遮盖着的丑陋的生殖器。

[Antoinette Bourignon (1616 - 1680)]

麦克阿瑟天才奖获得者黄生通 (Hunh Sanh Thông) 认为，最终蛇对语言的起源负有责任，因为母亲需要提醒自己的孩子防范蛇。蛇给非灵长类双足古人类的交流系统提供了进化上的推动力，让他们开始为社会利益交流，这使得语言的进化迈出了关键的一步，加上此后所有的推进，我们才成为今天的人类。

[Lynne A. Isbell, 2009]

附录2　起源故事的样本

几乎所有被研究过的人类文明中都至少有一个关于人类起 313
源的故事。以下是这类故事中的一小部分。

埃及

当我形成之时，存在（我本身）就产生了，在我形成之
后，所有的存在就都产生了。

我心中有计划，于是就形成了各种各样的生物、各种各样
的孩子，以及各种各样的孩子的孩子。我用拳头交配，用手自
慰，然后我再用自己的嘴射精。

他们把我的眼睛带来了。当我把我的成员聚集在一起之
后，我为他们哭泣。人类就是这样从我的眼泪中诞生的。

[Pritchard, *Ancient Near Eastern Texts*]

希腊

314

那时候，神是他们的牧羊人，他亲自牧养他们、治理他
们。就像人类与动物相比是神圣的存在，也统治着低等动物一
样。在神的统治下，没有任何形式的政府，也没有对妇女和儿
童的私人占有，因为所有的男人都是用黏土新造的，对过去没
有记忆。他们虽然对过去没有记忆，大地却给了他们丰盛的果
实。果实生长在树木和无人栽培的灌木上。他们赤身露体，主

要居住在户外，因为四季都足够温和；他们没有床，躺在长满了草的像软沙发一样的大地上。

［Plato, *Statesman*］

希腊

在古代，众神瓜分了地球，并且居住在他们自己所掌管的地区。当他们居住在那里时，他们照看我们就像照看他们的儿女和财产，又像牧羊人照看他们的羊群，只是他们不像牧羊人那样动手或使用武力，而是像船尾的驾驶员那样掌控我们，这是引导动物的简单方法，他们用说服之舵控制我们的灵魂，任由他们自己的喜好。

［Plato, *Critias*］

罗马

一种智力较高的、
更加高尚、更有能力的动物，能够统治万物：
这就是地球上仍然缺少的生物。
然后人类就诞生了。可算是一切的建筑师、
315　　宇宙的作者，
为了创造一个更美好的世界，
由神圣的种子——或其他——创造的人
普罗米修斯，伊阿珀托斯（Iapetus）的儿子，
把新造的泥土和新鲜的雨水混合在一起
创造了人类
（因为地球是最近才形成的，
远离天堂，大地依旧，
天空的种子——他们共同出生的遗迹）

当他塑造人的时候，他的模子使人想起

万物的主人，众神。而同时

所有其他动物都低着头，

凝视地面，凝视人类。

他摆出一张高高在上的脸；他使人

站得笔直，眼睛盯着星星。

大地也是如此。直到那时，它都

如此粗犷、模糊、变形：它打磨出

一种以前未知的东西——人类的外形。

〔Ovid，*Metamorphoses* 1〕

罗马

……他〔杰森（Jason）〕从铜盔上拔出蛇的牙齿，

撒在犁过的田地里作为种子。

这些牙齿最初浸泡在有剧毒的毒液中；

大地使它们软化，它们生长，呈现出新的形态。

就像胎儿逐渐长大一样，

在它母亲的子宫里，一个人的形象，

获得各方面的和谐，

只看到所有人分享的光。

当它完全成形时，人类的相似之处，便在这里，

在这孕育它的土地上变得完美无缺，

从泥土里跳出来；更不可思议的是，

每个人都被武装起来，并且

在出生时就被赋予了武器。

〔Ovid，*Metamorphoses* 7〕

316

罗马

> 终于，乘着龙的翅膀，
>
> 美狄亚（Medea）来到科林斯（Corinth）的圣泉。
>
> 这里，当世界诞生时，我们被
>
> 古代传说告知，凡人的身体
>
> 从雨后长出的蘑菇中而生。
>
> [Ovid，*Metamorphoses* 7]

北美（大平原）

　　有一天，老人决定要造一个女人和一个孩子，于是他就用泥造了两个人：一个女人和她的孩子。他把泥塑成人形后，对泥说："你一定是人类。"然后他把泥土包起来，就离开了。第二天早上，他又回到了那个地方，把盖子揭下来，发现泥土的形状有些变化。第三天早晨，变化更大。第四天则更多。第五天早晨，他来到那里，揭下盖子，看了看那些泥形，吩咐他们起来行走，他们就照样做了。他们和造物主一起走到河边，然后他告诉他们，他的名字叫拿皮（Na'pi），是老人的意思。

　　他们站在河边，女人对造物主说："怎么样？我们会一直活着吗？会没有尽头地活着吗？"他说："我从来没想过。我们这样来决定吧。我要把这块水牛粪扔进河里。如果它漂浮，人就会死去，但在四日之内他们将再次复活；他们只会死去四日。但如果它沉下去了，人的一生就会有尽头。"

　　他把水牛粪扔进河里，它浮了起来。女人转过身捡起一块石头，说："不，我要把这块石头扔到河里。如果它漂浮，我们就永远活着，如果它沉下去，人一定会死，这样他们就会永远为彼此感到难过。"女人把石头扔进河里，石头沉了下去。"瞧，"老人说，"你选好了。人的一生会有尽头。"

［George Bird Grinnell, *Blackfoot Lodge Tales*］

美拉尼西亚

第一个在那里的人在地上画了两个男性的形象，又划开了自己的皮肤，把血洒在画上。他摘下两片大叶子，盖住了那些画像，过了一会儿，这些画像就变成了两个男人。这些人的名字分别是"图·卡比纳纳"（To Kabinana）和"图·卡尔乌乌"（To Karvuvu）。

图·卡比纳纳一个人走了，爬上一棵有淡黄色果子的椰树，摘了两颗还没熟的椰子，扔到地上；椰果摔碎了，变成了两个英俊的女人。图·卡尔乌乌很欣赏这两个女人，并问他哥哥是怎么遇到她们的。"爬上一棵椰子树，"图·卡比纳纳说，"摘下两颗未成熟的椰果，把它们扔到地上。"但是图·卡尔乌乌却把椰子的尖头朝下往下扔，结果从这些椰果里出来的女人长着又扁又丑的鼻子。

［P. J. Meier, *Mythen und Erzählungen der Küstenbewohner der Gazelle-Halbinsel（Neu-Pommern）*, in Joseph Campbell, *The Hero with a Thousand Faces*］

西伯利亚

当造物主帕贾纳（Pajana）塑造出第一批人类时，他发现自己无法为他们制造出一种生命之灵。所以他去了天堂，从大神库代（Kudai）那里取得灵魂，同时留下一只裸体的狗看守

318

他的创造物。魔鬼埃尔利克（Erlik）趁他不在的时候来了。埃尔利克对狗说："你没有毛。如果你把这些没有灵魂的人交到我手里，我会给你金色的毛发。"这个提议令狗非常满意，它就把它看守的人交给了那试探它的魔鬼。埃尔利克用唾沫玷污了他们，但一看见上帝向他们逼近，埃尔利克就逃走了。神看见了魔鬼的所行，就把人的身体由内向外翻了过来。这就是为什么我们肠子里有痰和杂质。

[W. Radloff, *Proben der Volkslieratur der türkischen Stämme Süd-Siberien*, in Joseph Campbell, *The Hero with a Thousand Faces*]

津巴布韦

毛利（Maori，上帝）造了第一个人，叫他姆乌埃西（Mwuetsi，月亮）。上帝把他放在德西沃亚（Dsivoa，湖）的底部，并给了他一个装满尼古那（ngona）油的尼古那号角。姆乌埃西住在德西沃亚。

姆乌埃西对毛利说："我想去人间。"毛利说："你会后悔的。"姆乌埃西说："无论如何，我都想去人间。"毛利说："那就去吧。"毛利走出德西沃亚，来到了人间。

大地又冷又空。没有草，没有灌木，没有树，也没有动物。姆乌埃西哭着对毛利说："我要如何在这里生活？"毛利说："我警告过你。你已经踏上死亡之路了。但是我会给你一个同类。"毛利送给姆乌埃西一个名字的寓意是晨星的少女——马萨西（Massassi）。毛利说："马萨西会是你这两年的妻子。"毛利又给了马萨西一个生火器。

[Leo Frobenius and Douglas C. Fox, *African Genesis*]

多哥

乌纳姆波特（Unumbotte，上帝）制造了一个人，那个人是乌奈勒（Unele，男人）。接下来，乌纳姆波特制造了欧佩尔（Opel，羚羊……）。然后，乌纳姆波特造了乌寇乌（Ukow，蛇……），并将其命名为蛇。在制作这三样生物时，除了一棵布巴乌（Bubauw，油棕……）之外，没有别的树。那时，地球还没有被耕作（平整）……乌纳姆波特对这三位说："……你们必须耕作你们现在所坐之地。"乌纳姆波特给了他们各类种子，然后说："种下这些种子。"然后乌纳姆波特就走了。

乌纳姆波特回来后，他看到人们还没有耕地，但是已经播下了种子。其中一粒种子已经发芽生长，那是一棵长得很高而且正在结果子的树，果子是红色的……到此，每隔七天，乌纳姆波特就会回来摘一颗红色的果子。

一天，蛇说："我们也想吃这些果子。为什么我们一定要挨饿？"羚羊说："但是我们不知道这是什么果子。"然后男人和他的妻子（……起初不在那里……）就拿了一些果子吃了。然后，乌纳姆波特从天堂降临。乌纳姆波特问："谁吃了果子？"男人和女人回答："是我们吃的。"乌纳姆波特问："谁告诉你应该吃的？"男人和女人回答："蛇告诉我们的。"乌纳姆波特问："你为什么听蛇的？"男人和女人回答道："我们饿了。"

乌纳姆波特问羚羊："你也饿吗？"羚羊说："是的，我也饿了，我想吃草。"从那时起，羚羊就住在灌木丛里，吃着草。

然后乌纳姆波特把以第（Idi，高粱）给了人类……还有山药和……小米……从那时起，人们就开始耕地。但是乌纳姆波特给了蛇一种药（Njojo），这样蛇就会咬人了。

[E. J. Michael Witzel，*The Origins of the World's Mythologies*]

320 火地岛

肯诺斯（Kenós）在地球上独自一人。"天上的一位"——提摩克尔（Temaúkel）——派遣肯诺斯来凡间把一切安排妥当。提摩克尔是南方和天堂的儿子。他环游了世界，回到这里后，先环顾四周，然后来到一片沼泽地，挖出一块泥，上面混有乱糟糟的根和草丛。他用它做成一个雄性器官，然后把它放在地上。他又挖了一块泥，把水挤出来，做成一个雌性器官，放在第一个器官旁边，然后就走了。夜里，两块泥土连在了一起。从这里，一个像人的东西产生了：第一祖先。两个物体随后分开了，在接下来的晚上，又结合在一起。很快又有新长出来的人站了出来，而且长得很快。夜复一夜，每晚都有一个新的祖先诞生。因此，他们的数量稳步增加。

[Joseph Campbell，*Historical Atlas of World Mythology*]

致　谢

　　探索这一主题的部分乐趣，就是它激励我走出我通常的学　321
科轨道。在研究和写作的过程中，我对一群不同寻常的人和机
构心怀感激。我最感谢的机构首先是我任教的哈佛大学。在这
里，我受益于不同领域中的优秀同事和学生、哈佛大学图书馆
无与伦比的资源，及其工作人员的不懈协助；我也受益于哈佛
艺术博物馆中收藏的非凡珍宝，以及哈佛闪米特博物馆
（Harvard Semitic Museum）、哈佛自然历史博物馆（Harvard
Museum of Natural History）和皮博迪考古学与民族学博物馆中
的丰富收藏。人们认为，熟悉会使新奇感变得迟钝，但多年
来，我对这些伟大的高等学府的存在越来越感到惊讶，并且也
从学术界的慷慨中获益良多，这种慷慨是学术界的一个显著特
征，而且常常是未被认可的特征。

　　我也非常感谢另外两所非凡的研究机构的慷慨帮助。第一
所是柏林高等研究所（Wissenschaftskolleg zu Berlin），我与该
机构结下了多年不渝的友谊，并从中获得了能将人文科学与自
然科学融为一体的那种紧张的、持续性的交流。第二所是罗马　322
美国学院（American Academy in Rome），它坚持认为艺术创作
和学术研究能在同一探究空间共存。罗马拥有取之不尽的古
代、中世纪和文艺复兴时期的丰富资源，是研究亚当和夏娃的
理想工作场所。我在这座城市数不尽的教堂、墓穴、博物馆、

美术馆和图书馆内度过了许多快乐的时光。我特别感谢美国学院图书馆和梵蒂冈图书馆的工作人员，尤其要感谢美国学院图书馆馆长塞巴斯蒂安·希尔（Sebastian Hierl）、梵蒂冈负责基督教文物的馆长翁贝托·乌特罗（Umberto Utro）和在圣玛策林及圣伯多禄地下墓穴工作的安吉拉·迪·库尔齐奥。

在项目的进行过程中，我有机会在几个不同的地方展示过此研究的部分内容，并从听众的问题和评论中获益颇多。其中包括牛津大学的人文课程，柏林洪堡大学（Humboldt University）的摩西讲座（Mosse-Lecture），巴尔的摩（Baltimore）的马里兰洛约拉大学（Loyola University）的卡丹讲座（Cardin-Lecture），加利福尼亚大学伯克利分校为托马斯·拉科尔（Thomas Laqueur）举行的纪念会议，柏林高等研究所和柏林国立图书馆（Staatsbibliothek），北亚利桑那大学（Northern Arizona University），以及美国文艺复兴协会年度大会（Renaissance Society of America Annual Convention）。所有这些场合的安排都是由我的助理奥布里·埃弗里特（Aubrey Everett）完成的，我非常感谢她所做的这些以及其他许多帮助，她乐观开朗、富有才干、能力出众。

这项工程的一大乐趣同时也是使人气馁的挑战是：亚当和夏娃在多个世纪里出现在许多不同的国度里。我痛苦地意识到，在这漫长的历史中，我还有太多东西没弄明白；我也很高兴得到了那些使我能够弄清楚其中的一部分，并防止我的研究破裂成碎片的帮助，在此我对那些帮助过我的人表示感谢。像往常一样，我的经纪人吉尔·克尼里姆（Jill Kneerim）从项目的开始直到结束，都一直陪着我，并且一直赠予我她那无穷尽的专业帮助和个人智慧。这是我和诺顿（Norton）出版社杰出的编辑阿兰·梅森（Alane Mason）合作的第三本书。在每一次接触中，也许尤其是在写这本书的过程中，我被她的天赋所触动。这些天赋包括耐心、惊人的（有时是令人沮丧的）智力敏锐度、对细节的不懈关注，以及促使我进行反思、重组和重写的能力。这些都是人们少有的品质，我只能希望我在教学中也能做到这些，就像我在写作时从中受益一样。

我感谢沙宛·克纽（Shawon Kinew）在搜索并获得本书英文版中图像的许可权方面所给予的宝贵帮助。在许多帮助我的人中，我要还要感谢 Salar Abdolmohamadian、Lilly Ajarova 和恩甘巴黑猩猩保护区（Ngamba Chimpanzee Sanctuary）的工作人员们，以及：Suzanne Akbari、Danny Baror、Shaul Bassi、Uta Benner、Homi Bhabha、Kathrina Biegger、Robert Blechman、Mary Anne Boelcskevy、Will Bordell、Daniel Boyarin、Horst Bredekamp、Georgiana Brinkley、Terence Capellini、David Carrasco、Maria Luisa Catoni、Christopher Celenza、Grazie Christie、Shaye Cohen、Rebecca Cook、Rocco Coronato、Lorraine Daston、Zachary Davis、Jeremy DeSilva、Maria Devlin、François Dupuigrenet Desroussilles、Ruth Ezra、Noah Feldman、Steven Frank、Raghavendra Gadagkar、Luca Giuliani、Anthony Grafton、Margareth Hagen、Jay Harris、Galit Hasan-Rokem、Stephen Hequembourg、Walter Herbert、David Heyd、Elliott Horowitz、Bernhard Jussen、Henry Ansgar Kelly、Karen King、Adam Kirsch、Jeffrey Knapp、Jennifer Knust、Meg Koerner、Ivana Kvetanova、Bernhard Lang、Thomas Laqueur、Jill Lepore、Anthony Long、Avi Lifschitz、Zarin Machanda、Peter Machinist、Hussain Majeed、Louis Menand、Eric Nelson、Morton Ng、Emily

Tali 及其在坎亚瓦拉①的员工 Shekufeh Owlia、Elaine Pagels、Catalin Partenie、David Pilbeam、Lisbet Rausing、Meredith Ray、Robert Richards、Ingrid Rowland、Michal Ronnen Safdie、Moshe Safdie、Paul Schmid-Hempel、David Schorr、Charles Stang、Stephen Stearns、Alan Stone、Gordon Teskey、Michael Tomasello、Normandy Vincent、Elizabeth Weckhurst、Adam Wilkins、Nora Wilkinson、Edward O. Wilson 和 Richard Wrangham。除了感谢之外，我还要向大家赔礼：那些毫无疑问将会被发现的错误、疏漏和不足都由笔者本人负责。

同样的免责也适用于在本书中有着更为显著的存在的那些人。我要向罗伯特·平斯基（Robert Pinsky）、亚当·菲利普斯（Adam Phillips）和拉比爱德华·谢克特（Edward Schecter）致以最深的感谢，感谢他们多年来耐心的倾听、明智的忠告和坚定不移的友谊。梅雷迪思·赖希斯（Meredith Reiches）也慷慨相助，帮我绕开进化生物学里的种种困惑和疑难，并让我了解了她在关于冈比亚妇女问题的实地工作中所采用的复杂的能量消耗计算方法。本书探索了一个远离伊甸园梦想的世界，但它也为这些梦想提供了一道光。最近几年，我和杰出的艺术史学家约瑟夫·科尔纳在哈佛共同教授了关于亚当和夏娃的研究生和本科生课程。在这本书的许多章节里，都渗透着他的帮助，但我知道他对本书的帮助要远远超出这些。作为同一个教学团队的成员和好友的甜蜜危险就在于，一个人的思想与另一个人的思想之间的界限容易变得模糊不清。

感谢我的三个儿子，乔希（Josh）、亚伦（Aaron）和哈利

---

① 基巴莱黑猩猩项目所在地。——译注

（Harry），感谢他们耐心地忍受了无数关于灵长类动物的谈话，感谢他们的体贴、幽默和洞察力，以及他们无尽的爱。正如弥尔顿所理解的那样，爱的体验是亚当和夏娃的故事的核心。在写这本书的过程中，就像在其他许多方面一样，我应该向我的妻子拉米·塔尔戈夫（Ramie Targoff）表达我最深切的谢意。是她把我带到了此生我能涉足的、距离伊甸园最近的地方。

注　释

325　　　除非特别注明，本书中的圣经引文皆出自詹姆士王钦定本圣经
[KJV, *The English Bible: The Old Testament*, ed. Herbert Marks (New
York: W. W. Norton, 2012)] 和《英文圣经》[*The English Bible: The
New Testament and The Apocrypha*, ed. Gerald Hammond and Austin Busch
(New York: W. W. Norton, 2012)]。钦定本圣经是由一个委员会完成的
最伟大的文学成就之一；从 17 世纪早期开始，钦定本译本就决定性地
塑造了亚当和夏娃的故事在英语世界中的主要接受状况。读者（包括我
在内）如果缺乏希伯来原文的学术功底的话，至少可以从《新牛津注释
版圣经》[*The New Oxford Annotated Bible* (New Revised Standard Version)
4th ed., ed. Michael D. Coogan (Oxford: Oxford University Press, 2010)]
中获得一些关于关键性翻译问题的概念。我还发现罗伯特·阿尔特的
《摩西五经》译本 [*The Five Books of Moses* (New York: W. W. Norton,
2004)] 一直以来都颇具启发性。希伯来文本可以在网上看到，另外还
可以找到很多其他的译本，它们反映出各个不同教派的理念和多种不同
的兴趣；很容易将每一节经文拿来对比。

　　关于注释中所涉及的出版物细节，请参阅本书所附的"精选参考
书目"。

第一章　故事梗概

1. 拉比们很早就注意到有关人类起源的故事，以及《创世记》中描绘的
   "不服从"可能引发的一些思索，这些思索可能暗含着某种危险的倾
   向。根据《密西拿》（*Mishnah*），也就是犹太族口传律法的早期编纂

版本："'规避亲密关系'（这一主题）不能在三个人在场时阐述，'创造'这一主题不能在两个人在场时阐述，'双轮战车'这一主题不能在一个人在场时阐述，除非他是个圣人，掌握了足够的体认自身的知识。"（Hagigah 2：1［*Complete Babylonian Talmud*]）。《塔木德》将最后一条适用于三个禁令，也就是这三个特别危险的主题——关于乱伦的法律、《创世记》中有关创造的故事，以及以西结遮护上帝的双轮战车的故事，且这三者都只能向智者讲述。关于一个人可以被视作智者的精确年龄，一直存在很大的争议，从二十岁到二十五岁，甚至到四十岁的说法都有。

326

2. Muhammad ibn 'Abd Allah al-Kisa'i, *The Tales of the Prophets*（c. 1200 CE）in Kvam et al. , *Eve and Adam*, p. 192. 关于易卜劣斯，参见《古兰经》*Surah 7*：27, in *Eve and Adam*, pp. 181 – 182；参见 Marion Holmes Katz, "Muhammad in Ritual", *The Cambridge Companion to Muhammad*, ed. Jonathan E. Brockopp（New York：Cambridge University Press）, pp. 139 – 157；Asma Barlas, "Women's Readings of the Qur'an", in *The Cambridge Companion to the Qur'an*, pp. 255 – 272。

3. 不久之前，在哈佛大学的比较动物学博物馆里，杰出的生物学家威尔逊（E. O. Wilson）打开了一个贮藏橱，给我展示了他收集的大量蚂蚁正模标本，每一个独特的物种都被固定在别针上，上面贴着用近乎微小的字体做出的标注。

4. 读者如果想进一步了解这一领域，可以从阅读如下几本书开始：James L. Kugel, *Traditions of the Bible*；Louis Ginzberg, *Legends of the Jews*；Bialik et al. , *The Book of Legends：Sefer Ha-Aggadah*；Hermann Gunkel, *Genesis*；Claus Westermann, *Genesis：A Commentary*。

5. Philip C. Almond, *Adam and Eve in Seventeenth Century Thought*, p. 49.

6. Bernard A. Wood, "Welcome to the Family", *Scientific American*, September 2014, p. 46.

7. 尽管我们不是从这些生物进化而来，但是据估计，至少在 5000 年历史跨度的"短暂"历史时期，亦即在已知人类历史的时间跨度范围之内，我们都和这些生物共享着世界，而且在某些情况下还会杂交。

8. 《大米德拉什》（*Midrash Rabbah*），trans. H. Freedman，8：1。有关人类的巨型体格，参见 R. Tanhuma in the name of R. Banayah, R. Berekiah in the name of R. Leazar, and R. Joshua b. R. Nehemiah and R. Judah b. R. Simon in the name of R. Leazar（8：1）；关于尾巴的描述，参见 Judah B. Rabbi（14：10）。若想进一步思考、研究，参见 Ginzberg, *Legends of the Jews*，1：47 - 100 以及 Bialik, *The Book of Legends：Sefer Ha-Aggadah*, p. 12ff。

第二章　巴比伦河畔

1. 即便是在此处，也存在讲述上的含混之处，《禧年书》1：26 写道，是在场的天使写就了这本书，但在另一处（2：1）是摩西听从了上帝的旨意，将其写就。

2. 由罗伯特·阿尔特（Robert Alter）翻译，他在注释中指出，这里的亚伯兰/亚伯拉罕"成了一个独立的个体，并且创造了父权叙事"（第56 页）。

327　3. 出自《诗篇》第 137 篇，钦定本圣经（1611）；犹太版本［由塔纳赫（Tanakh）翻译］为：By the rivers of Babylon/ there we sat, / sat and wept, / as we thought of Zion。（Berlin et al., *The Jewish Study Bible*, p. 1435.）很难追溯这些诗篇成书的具体日期，但是编纂者们注意到，《诗篇》第 137 篇的第一段出现的"there"表明希伯来人曾身处他乡，而"there"这一说法或可假定他们当时已从被流放之地回到了故国。

4. 真正的空中花园更可能位于尼尼微（古代亚述的首都），而不是巴比伦（在巴比伦，考古学家们并没有找到任何空中花园的踪迹）。希腊的某些文本资料混淆了两座城市，也混淆了在两座城市上分别建立起来的帝国。请参阅 Stephanie Dalley，"Nineveh, Babylon and the Hanging

Gardens", pp. 45 – 58。

5. "上天、下界同样没有名称，远古的阿卜苏是他们的祖先，母神提亚
玛特将他们孕育，他们让水流交汇。"*From Distant Days: Myths,
Tales, and Poetry of Ancient Mesopotamia*, trans. Benjamin R. Foster, p.
11. 其他的翻译、评论和与美索不达米亚历史相关的文本材料，参见
Ancient Near Eastern Texts Relating to the Old Testament, ed. James B.
Pritchard; *The Harps That Once...: Sumerian Poetry in Translation*,
trans. Thorkild Jacobsen; *Myths from Mesopotamia: Creation, the Flood,
Gilgamesh, and Others*, trans. Stephanie Dalley。

6. 索尔基德·雅各布森（Thorkild Jacobsen）认为，巴比伦人意识到他
们的城市和文明是建立在他们的敌人，也就是苏美尔文明的基础之上
的。故事中杀死阿卜苏的情节也反映了这一点。（Jacobson, *The
Treasure of Darkness*, p. 186.）如果这是一种正确的解读方式，那么它
暗示了希伯来人拒绝接受这样一个有关原始杀戮行为的故事。他们不
愿意去承认，自己的起源故事是构建于其他文明的基础之上的。

7. 参见雅各布森："马尔杜克把风暴留给了自己。在下界，他在提亚玛
特的头骨上堆积起了一座山，并刺瞎了她的双眼，将之作为幼发拉底
河和底格里斯河的源头（阿卡德语中'眼睛'和'源头'是同一个
词——inu，而且阿卡德人很可能对'眼睛'和'源头'同等看待），
然后在她的乳房上堆积了多座山，他又将这些山刺穿，使从东部山地
而来的河流穿行而过，最终汇入底格里斯河。他又折弯她的尾部，使
之形成了天空中的银河系，他用她的胯部来支撑整个天空。"
（*Treasure of Darkness*, p. 179.）

8. "我将让一个人类站立，让'人'成为其名字那样……他们将承受上
帝赋予的重担，其他的将依附于其上。"（Trans. Foster, p. 38.）为了
最终实现他的设想，马尔杜克还需要血液。他询问谁应该为提亚玛特
的叛逆负主要责任，有人告诉他，是"庆古（Qingu）发动了战争，是
他挑唆了提亚玛特"。于是，庆古被绑了起来，带到了马尔杜克的父亲

328

埃亚（恩基）面前："他们让他受罚，让他流血。在他的血液中造就了人类，他承受了神之负担，其他的神获得了豁免。"这一材料可以说明，造就人类的神，因其反叛而被处以死刑，不过从文本本身来看，或者至少从其留存下来的方式来看，它并没有考虑这一源起是否影响了后面的结果。确实有一种可能是，人类内化了一种反抗的欲望，这一点 Paul Ricoeur 写过，很有新意，请参见 *The Symbolism of Evil*, p. 175ff。

9. Pritchard 解释称，野蛮人可能是一个异族名称，是鲁鲁的衍生物。"一些阿卡德人的文本把鲁鲁和一段遥远且昏暗的过去联系起来，我们可以从一些证据上看出端倪……还有一个事实也证明了这一点：经历了大洪水的舟楫在尼西尔山（Mount Nisir）着陆，而这座山就在鲁鲁国境内。"（Pritchard, *Ancient Near Eastern Texts*, p. 68, n. 86.）

10. 尽管巴比伦人赋予了他们的城市守护神一种绝对的权威，也让这个神扮演了创造人类的重要角色；但是在美索不达米亚，有关物种的起源还有其他的表述方式。在其中的一种表述中，人类不是由父神创造的，而是由母神——智慧的宁荷沙（Ninhursag）——创造的。她是"母体的子宫，创造了人类"（Pritchard, *Ancient Near Eastern Texts*, p. 99）。有一种咒语很明显是为了促进生育，宁荷沙造就了自身的子孙后代，并让其为诸神服务："让泥土塑造他，血液在他体内运转！"（同上）显然，有关这位母神，还有很多神话传说——在这些神话里，有一个叫迪尔穆恩（Dilmun）的美人，还有很多与性交相关的事情；但是对马尔杜克的膜拜吸收、内化了其他神话叙事，确立了其正统地位。

11. 这部作品中的引文出自 Foster, *From Distant Days*，可通过 Millard et al., *Atra-Hasis: The Babylon Story of the Flood*, pp. 1 – 30 来进一步了解。

12. 复仇的幻想象征性地回避了可能被同化的威胁。本族的文化有可能沦为胜利者的消遣，或者被胜利者奴役。这一幻想中的敌人不过是

"以东之子"，也就是雅各的兄长兼对手的以扫的后代。就这样，在古老的神话历史中，犹太人获得了一种身份认同。

13. Marc Van De Mieroop, *A History of the Ancient Near East*, p. 284.

14. 参观者们看到的实际上是几个世纪以后希律王的杰作：比原先更为恢宏。在公元 70 年的时候，大概距离第一次重建 500 年左右，这些砖石被撬开过，罗马士兵曾让其坍陷，这有关历史上的另一场灾难：罗马士兵曾让整座城市臣服。

15. 以西结宣称，上帝把他带到神庙的北门，女人们坐下"为搭模斯哭泣"（《以西结书》8：14－15）。耶利米预见了巴比伦人对耶路撒冷的摧毁，他们激动地说，正在逼近的这场灾难不是因为军事或者外交上的无能，而是因为上帝选民的不忠诚。他写道，在耶路撒冷："孩子捡柴，父亲烧火，妇女抟面作饼，献给天后，又向别神浇奠祭，惹我发怒。"（《耶利米书》7：18）。

329

这些仪式看起来非常吸引人，而且蕴含着家族感，因而若是远观，则很难理解其为何让人感到恐惧和愤怒。那个"天后"是谁？为她供奉的小蛋糕为何不可亵渎？（《耶利米书》中写道，人们以家庭为单位，为这位女神献上烘焙的蛋糕。——译注）尽管耶利米没有赋予她姓名，但享受如此荣耀的神显然是一位和金星有联系的女神，巴比伦人把她叫作伊什塔尔或者伊南娜（Inana），迦南人把她叫作阿施塔特（Astarte），希伯来人把她叫作阿瑟拉（Asherah）。考古学家在以色列和犹大王国都发现了为阿瑟拉建立的神殿。希伯来人可能还把她视作耶和华的配偶。

在巴比伦陷落的犹太人返还耶路撒冷之后，希伯来的牧师和先知们似乎把人们对耶和华伴侣的崇拜压制了下去。有些具有权威的人坚称，耶和华独自一人过着无性而荣耀的生活。然而也有证据表明，女神并非平静地离去。耶利米因为耶路撒冷人的偶像崇拜而斥责他们，然后他得到了这样的回应："那些住在埃及地巴忒罗知道自己妻子向别神烧香的，与旁边站立的众妇女，聚集成群，回答耶利米说：'论到你奉耶和华的名向我们所说的话，我们必不听从。'"
（《耶利米书》44：15 – 16）

    人们拒绝把先知的谴责当作上帝的表述。他们已经适应这种生活方式很久，为什么要停下来？关于"所有的献祭都应该是女人们的工作"这一观点，耶利米也记录下了妻子们充满愤怒的回应："妇女说：'我们向天后烧香、浇奠祭，作天后像的饼供奉她，向她浇奠祭，是外乎我们的丈夫吗?'"（《耶利米书》44：19）

16. William Rainey Harper, "The Jews in Babylon", in *The Biblical World*, pp. 104 – 111. 如果我们说整个主题都是复杂的、有争议的，那么这显然是一种保守的看法。想要快速了解一些信息，不妨关注亚当和夏娃的故事写成的时间，请参见 Jean-Louis Ska, "Genesis 2 – 3：Some Fundamental Questions", in *Beyond Eden：The Biblical Story of Paradise（Genesis 2 – 3）and Its Reception History*, ed. Konrad Schmid 1and Christoph Riedweg, pp. 1 – 27。

17. Moshe Halbertal, *People of the Book.*

18. 从 18 世纪早期就有对圣经文本多重线索的认知，德国新教牧师 Bernhard Witter（1683 ~ 1715）发表了一篇论文，关注了圣名"埃洛希姆"（Elohim）和"YHWH"的区别。因为在文本辨认时受到多方因素的限制，且不说公开承认多重线索的可能性，即便要探索这一主题都需要很多智慧和勇气。除了 Witter 之外，早期比较关键的人物有荷兰哲学家巴鲁赫·斯宾诺莎（1632 ~ 1677）和法国牧师理查德·西蒙（Richard Simon, 1638 ~ 1712）。为此做出杰出贡献的人中，有一个新教徒、一个犹太人和一个天主教徒。除了这些人以外，我们还应该了解 Jean Astruc 和他 1753 年匿名发表的作品 *Conjectures sur les mémoires originaux dont il paroit que Moyse s'est servi pour composer le livre de la Génèse*。如果想进一步了解这个有些复杂的话题，请参见 Richard Elliott Friedman 的书 *Who Wrote the Bible?*

19. 这个问题尤为复杂且争议不断。在《编辑版圣经：圣经批评中有关

"编辑"的奇特历史》（*The Edited Bible*：*The Curious History of the "Editor" in Biblical Criticism*）一书中，John Van Seters 有力地质疑了在圣经阐释方面，"编辑"和"编纂者"说法的合理性，他更主张用"作者"的说法。后来 Jean-Louis Ska 在"A Plea on Behalf of the Biblical Redactors"一文的第 4～18 页重新回顾并且挑战了这个观点。Ska 注意到，对于编写圣经的人，不管我们叫他们"编纂者"还是"传输者"还是"古老文本的守护者"，他们对自己接触的文本都怀着深深的崇敬感，而且不愿意让这些文本在文体上统一、逻辑上连贯。他们做出了一些微小的调整，把不同传统联系在一起。在这个层面上，他们所做的工作和重新综合材料写就新文本的做法是不同的，比如，这和《李尔王》的创作过程就是不同的。我们可以发现，莎士比亚虽然将不同来源的文本相互组合、拼接，并且能看出文本间相互矛盾的地方，但是莎士比亚让每一个文本都具有独特的艺术风格和情感。《创世记》前三章的创作过程就和莎翁的例子不同，更别说《摩西五经》整体了。尽管如此，几个世纪以来，亚当和夏娃的故事（还有《摩西五经》的全部）几乎贯穿我整本书所涉猎的历史阶段，被视作富有启发性的神圣文本，并且人们认为，或者摩西本人是作者，或者是他记录下了天使所说的话。"作者是谁"这个问题引发了人们的广泛探讨，它必然关乎一段文本接受史。一些文本上的矛盾和张力所引发的，并非有关编纂者的探讨，而是对整个文学传统的持续性反思、阐释和艺术再现。

第三章　巴比伦泥板

1. Henry Creswicke Rawlinson 是维多利亚时期的绅士，也是一名探险家，他声称自己发现了碑文，做出了很大贡献。他精力非常充沛，生活很有节奏，但是也极端利己。他是英国东印度公司的一名中尉，重新组建了伊朗国王的军队。他同时也展现出了一名马术师的卓越才能，探寻了库尔德斯坦和埃兰（位于今天伊朗的西南部）比较偏远的区域。

他能说一口流利的波斯语，可以用之研读远古时代留下的文本痕迹。
1836 年，他接触到了一种有趣的铭文——波斯国王大流士的碑文的一
331　部分，这一石碑位于贝希斯敦，在巴比伦和波斯之间的扎格罗斯山脉
中。从远处可以清晰地看见碑文，但是实际上却没有办法走近它，因
为它被雕刻在悬崖边一处窄窄的暗礁上，大约在谷底上方 300 英尺。
Rawlinson 非常勇敢，他和一个当地的男孩一起，攀登上了悬崖。像
故事中通常描绘的那样，他们尽管为此冒了生命危险，却没有得到相
应的金钱或者名誉作为回报。但是他们得到了铭文的复制版本。大
卫·达姆罗什在一本书中写就了这一段扣人心弦的历史，在《埋藏之
书：吉尔伽美什的遗失与发现》（ *The Buried Book： The Loss and
Rediscovery of the Great Epic of Gilgamesh* ）这本书中，他描绘了该书被
重新发现的过程以及其中的很多细节。我的很多观点都来自这本书。
想要了解这篇铭文，可以参见 De Mieroop, *A History of the Ancient Near
East* , p. 291。

2. 在圣经开篇，希伯来之神的名字还是一个复数——Elohim，这是有来
历的。而阿卜苏和提亚玛特源自何处，已然无法寻觅，但是我们发现
有 tohu v' bohu——混乱而无形的物质这种说法，还有 tehom，即深渊。
"起初，神创造天地。地是空虚混沌，渊面黑暗；神的灵运行在水面
上。神说：'要有光……'"（Robert Alter, trans., *The Five Books of
Moses.* ）要进一步了解这些表述，可参看：Howard N. Wallace, *The
Eden Narrative*；W. G. Lambert, "Old Testament Mythology in Its Ancient
Near Eastern Context"（ orig. pub. 1988 ）, in Lambert, *Ancient
Mesopotamian Religion and Mythology： Selected Essays* , pp. 215 – 228。

3. 参见注释 1 中达姆罗什的书，第 11 ~ 12 页。史密斯在整合这些片段
的时候，犯了几个关键的错误。他最后汇集、抄写、解读文本，其中
的大部分都是正确的，这的确是一个奇迹。在随后的世纪里，有很多
学者在研究中还有一些新的发现，但这些发现都大体上证实了他的第
一感觉是正确的。泥板已经成了碎片，人们直到 20 世纪 60 年代才将

其完全辨识出来。

4. 亚述学家们假设,《阿特拉哈西斯》史诗缺失的部分中写道, 众神同意让人类的生命以自然的方式终结。W. G. Lambert, "The Theology of Death"; Lambert, *Ancient Mesopotamian Religion and Mythology：Selected Essays*; Andrew George, *The Epic of Gilgamesh：A New Translation*, pp. xliv - xlv.

5. 《创世记》的故事并非没有宣扬道德价值。挪亚获得了拯救是因为他 "是个义人, 在当时的世代是个完全人", 而 "地上满了强暴"。(《创世记》6：9 - 10) 面对着世界上如此多的暴力, 神 "心中忧伤" (《创世记》6：6) 他决定不加区分地抹除掉所有生命的痕迹。6：5 - 8 的来源是 J (大多数学者认同的是这个观点), 而从 6：9 到这一章的最后, 来源都是 P。显然这里存在很多不同的神学观点：在 P 中, 埃洛希姆并没有感到后悔, 但是在 J 中, 耶和华为他创造了人类感到后悔。我的这一观点源自哈佛大学的 Jay Harris 教授。

6. 比较有启发性的是 Elaine Pagels 的两本书：《诺斯替教的福音》(*The Gnostic Gospels*) 和 《亚当、夏娃和蛇》(*Adam，Eve and the Serpent*)。

7. 除非另外注明,《吉尔伽美什》中的引文都出自 Benjamin J. Foster 的翻译版本。《吉尔伽美什》的文本历史非常复杂, 有很多版本, 但都不全面, 来源于不同的历史时期和地点。想了解区分这些版本的关键, 可以参考 Andrew George 的《巴比伦的〈吉尔伽美什〉史诗：介绍、文学批评和楔形文字》(*The Babylonian Gilgamesh Epic：Introduction，Critical Edition，and Cuneiform Texts*), 也可以参考他的《吉尔伽美什：巴比伦史诗和阿卡德语、苏美尔语的其他文本》(*Gilgamesh：The Babylonian Epic Poem and Other Texts in Akkadian and Sumerian*)；还有一个现代的翻译版本, 它并不像学术版本那样精确, 但是文字优美, 可以引发人们的联想, 这个版本的作者是 David Ferry。从 Stephen Mitchell 的翻译版本和 James B. Pritchard 的《古代近东文本》(*Ancient Near Eastern Texts*) 和 Stephanie Dalley 的《美索不达米亚神话》

332

（*Myths from Mesopotamia*）中，我也获得了很多灵感。

8. 这一创举改变了我们的生活轨迹。一系列重要的技术发展，包括书写技术的发明，都促成了城市的兴起。楔形字板记录了复杂的运算、重物的测量和校准、贸易往来、契约，还有法律，它们让城市生活成为可能，它们也同时成为城市生活的重要特征。但是这也代表人们渐渐认识到新的生存方式很重要。乌鲁克城便是浩渺宇宙中的一环，建造乌鲁克城的人相较于人类，身上具有更多的神性。请参阅 Nicola Crüesemann et al. , eds. , *Uruk：5000 Jahre Megacity*。

9. 请参阅 Pritchard, *Ancient Near Eastern Texts*, p. 74："阿露露洗了洗手，/取下手上一小块儿泥，扔在草地上（也可能她捏成了一个形状，或者向它吐了一口唾沫）。"

10. Bernard F. Batto, *Slaying the Dragon：Mythmaking in the Biblical Tradition*, p. 55. 苏美尔人的神话"母羊和小麦"："畜牧之神沙坎（Shakan）还没有抵达这片干旱的土地；/那些远古时期的人类，/丝毫不知道以衣蔽体/他们用嘴食草，就如绵羊/从小池塘中饮水。"同样，在另一篇苏美尔的文本《发掘乌尔》（*Ur Excavation Texts*）6. 61. i. 7'–10'中："那些遥远时期的人类，/沙坎还没有抵达这片干旱的土地/不知道如何以衣蔽体/人们赤身裸体地行走着。"

11. 《吉尔伽美什》是一部关于同性恋的史诗吗？很难说清。文中并没有明确地说明吉尔伽美什和恩奇都之间是否发生了性关系，对他们的关系也没有更为细致的描绘。我们所能了解到的只是，吉尔伽美什的母亲很有智慧，她说过，将会有一个男性伴侣和他分担风险，对他绝对忠诚。吉尔伽美什和恩奇是彼此生命中的爱恋。

12. 我们并不知道《创世记》的编纂者到底是让哪些人来书写这个全新的故事的，但是我们知道，他们的选择是明智的。如果说写第一章的人很可能读过很多早期神话中的描述，并且把它们运用在自己的宇宙观中，那么我们可以说，第二章和第三章的作者非常机智地把多重线索编织在一起，并且让其看起来合情合理。几个世纪以来，人们非常认真、细致地阅读文本，甚至痴迷于钻研文段的字里行间，试图弄明白有多少条彼此交织的线索。我们无从获得一个具体的数字，但是历史上确实有人做过这项工作，圣经阐释学上唯一的 J 来源将大量不同的希伯来口述传奇和文本都整合在了一起。

13. 至少在现代圣经阐释学、批评学兴起之前，几乎所有《创世记》的评论家们都假定，第二章中描绘的人类，身上延续着第一章中所描绘的特征。

14. 在希伯来语中，此处的一个双关是，巴别塔（balal）也有"混乱"之意。阿尔特通过《摩西五经》观察到："这个故事是一个极端的例子，说明圣经叙事带有文体学的倾向，发掘了文字内部的共通之处，并且巧用了一个带着刻意的局限意味的词。"（p. 59, n. 11: 3）

15. 若想进一步了解有关这个花园的细节，并且将之与近东其他带有宗教色彩的花园做一个区分，可以参见 Terje Stordale, *Echoes of Eden*。

16. 在《创世记》第一章，世界源起于一个淡水之地。上帝划分了水面，让天空下的水再次聚合："天下的水要聚在一处，使旱地露出来。"（1: 9）在第二章，似乎问题并不是水过多，而是相反，地表因干旱而荒芜，人们已经不再愿意耕作："野地还没有草木，田间的菜蔬还没有长起来，因为耶和华神还没有降雨在地上，也没有人耕地。"（2: 5 – 6）

17. 小说能带来一种快感，它可以违反自然规律，达成一种幻想。这里的幻想是，第一次出生并不是来自女性的身体，而是来自男性的身体。与此相伴随的还有一个幻想：男女间的情愫与爱恋也从身体中被提取出来了。这种塑造就像一场梦，就发生在男性的睡梦中。类似一次外科手术，他的身体被打开了，骨骼有所偏移，然后肌肤又重新聚合。随后男人同女人打了一声招呼，就好像他身体的一部分又复归了，这让他十分激动。作者运用表达狂喜之情的暗喻来描绘这件事，就好像这是神话中有关"身体"的真谛："我骨中的骨，肉中的肉。"尽管我们并不会认为，女性后来又复归到了男性的躯体

中，然后再一次成了一个独立的个体，不过正是这种身体上的幻想
让这个暗喻富有了生机和活力。

18. "Jubilant welcome"，这是 Johann Gottfried Herder（1744~1803）选
用的一个很有特色的词组。Claus Westermann 在 *Genesis 1 – 11* 第 231
页引用了这一说法。

19. 词 ishah 与 ish（显然在词源学上这两个词并不相关）的这个文字游
戏进一步描绘了男女 "成为一体" 之感，但与此同时，这也有关统
治和从属，也就是说，男人给女人命名，就像是他给其他生物命名
一样，存在等级阶序。并且，从此有了一个生物学上的 "事实"：男
人并不是诞生自女性身体，相反，女人由男人创造。《吉尔伽美什》
中也有统治和从属，却是通过身体上的交锋来实现的，而不是像
《创世记》中那样通过命名的形式。并且在《吉尔伽美什》中，恩
奇都和吉尔伽美什之间的关系并没有弥漫着 "我骨中的骨" 这种色
彩。

20. 想要了解在西方世界中这种家庭是如何通过 "松散的血脉联系" 建
立起来的，参见 Michael Mitterauer, *Why Europe : The Medieval Origins
of Its Special Path*, trans. Gerald Chapple, pp. 58 – 98。

第四章　亚当和夏娃的生活

1. 气氛已经足够诡异，紧接着又是更加诡异的转折。穆罕默德·阿里的
父亲，一位守夜人，在半年之前遭到谋杀，当他们得知行凶者的行踪
以后，长子和他的兄弟们要求复仇。他们在行凶者入睡且毫无防备之
时，用锋利的鹤嘴锄砍下其四肢，掏出其心脏吃了。得知凶杀案并急
于阻止血亲复仇的政府开始问讯村民。穆罕默德·阿里和他的兄弟们
被暂时批捕，又很快被放出。尽管应该许多人都知道到底发生了什
么，但每个人都保持沉默。正当警方在围着这个村庄搜查房屋寻找证
据时，穆罕默德·阿里担心那些他仍然希望从中赚取利润的旧书会被
发现并遭没收，便将其中一卷委托给一位基督教牧师。牧师的姐夫是

一位教会学校的教师，他意识到这个发现可能确实有些价值，便提议联系那些可能感兴趣的人。更多的细节请见：John Dart, *The Laughing Savior*；Jean Doresse, *The Discovery of the Nag Hammadi Texts*；Elaine Pagels, *The Gnostic Gospels*；James M. Robinson, *The Nag Hammadi Story*。

2. 埃及当局没能获得的唯一一卷莎草纸本最终到了美国，在那里，它通过荷兰学者被卖到了精神分析师卡尔·荣格在瑞士的研究所。慢慢地，针对这个手抄本的学术工作开始了，渐渐地，整个发现的重要性开始得到承认。

3. 在其中一个最引人注目的文本《约翰秘密启示录》（*The Secret Revelation of John*）中，"第一个人"是一个被称为芭碧萝（Barbelo）的女性形象："她成了所有人的子宫，因为她优先于他们，她是父 - 母、第一个人类、圣灵、三重男性、三重力量、雌雄同体的三性合一、无形之中的永恒，以及第一个出现的人。"（5：24 - 26）

4. Gary A. Anderson 等编著的《关于亚当和夏娃的书籍概览》（*A Synopsis of the Books of Adam and Eve*）使读者能够比较希腊语、拉丁语、亚美尼亚语、格鲁吉亚语和斯拉夫语版本。请参阅：Michael E. Stone, *A History of the Literature of Adam and Eve*，以及 *Literature on Adam and Eve：Collected Essays*, ed. Gary A. Anderson et al.。亚当和夏娃被驱逐后的生活故事在整个中世纪及其后都有着非常漫长而广泛的流传。见：Brian Murdoch, *Adam's Grace*；Murdoch, *The Medieval Popular Bible*。有关旧法语版本的转录和英文翻译，请参见 Esther C. Quinn and Micheline Dufau, *The Penitence of Adam：A Study of the Andrius Ms*。 335

5. 见 Freedman,《大米德拉什》，8：8。

6. 同上，8：4。

7. 请参阅：Neil Forsyth, *The Old Enemy：Satan and the Combat Myth*；Elaine Pagels, *The Origin of Satan*；Jeffrey Burton Russell, *The Devil：Perceptions of Evil from Antiquity to Primitive Christianity*。

8. 该文本在基督教经典以太文献辑中有英文翻译版（http：//www. newadvent. org/fathers/1006. htm），它名义上是基督徒的经典，但似乎也反映了犹太人当时提出的问题。请参阅 *Apocalypsis Sedrach*, ed. Otto Wahl, in *Pseudepigrapha Veteris Testamenti Graece*, 4 vols。（Leiden：Brill, 1977. ）

9. 请参见 Adolf von Harnack, *Marcion： The Gospel of the Alien God*。

10. 许多学者反思了为什么保罗在耶稣与亚当和夏娃的故事之间建立了至关重要的联系。这个联系显然与保罗在犹太世界的起源密切相关——保罗，用丹尼尔·博亚林（Daniel Boyarin）的话说，是个"激进的犹太人"。［请参见 Boyarin, *A Radical Jew： Paul and the Politics of Identity*（Berkeley：University of California Press, 1994）］。但是，正如我们所看到的那样，传统的犹太思想在其对邪恶起源的描述中，通常不会详述亚当和夏娃的故事；相反，它倾向于转向《创世记》第六章中所谓的"看守者"的故事，也就是说，堕落的"上帝的儿子"娶了"男人的女儿"为妻。从这一结合中涌现出邪恶的巨人。这一说法的问题在于，据说洪水可以杀死所有这些混血巨人，把原始问题原封不动地留给大洪水后的世界。从公元前 2 世纪末开始，伴随着《禧年书》，犹太教思想更多地转向为亚当的过错做出解释。请参见 John R. Levison, *Portraits of Adam and Early Judaism*。更复杂的神学方面的问题请参见 W. D. Davies, *Paul and Rabbinic Judaism*, esp. pp. 31－57。

11. 然后他更明确地说明了这一点："在亚当里众人都死了，照样，在基督里众人也都要复活。"（《哥林多前书》15：22）。再一次，在《罗马书》中，保罗将耶稣的义行同太初之事联系在一起："如此说来，因一次的过犯，众人都被定罪；照样，因一次的义行，众人也就被称义得生命了。因一人的悖逆，众人成为罪人；照样，因一人的顺从，众人也成为义了。"（《罗马书》5：18－19）Davies（*Pawl and Rabbinic Judaism*, p. 44）辩称保罗将基督的教义比作第二个亚当。其他人——包括 C. F. Burney（*The Aramaic Origin of the Fourth Gospel*, Oxford：Clarendon Press, 1922）——相信，至少《马太福音》中对此 也有所提及。无论如何，保罗把球开出来了，在他之后，大多数早期的基督教神父都感到不得不设法理解《创世记》的开篇章节。

12. 参见 Victorinus, "On the Creation of the World", in Coxe, *The Ante-Nicene Fathers*, vol. 7, *Fathers of the Third and Fourth Centuries*, p. 341。在圣巴西尔创立的东正教礼拜仪式中，正如在整个基督教世界中许多其他庄严的仪式话语中一样，总体架构被阐明，并被不断重复："因为通过人类的罪进入世界，并因罪恶死亡，使你的独生子高兴……生于律法之下，用肉体来谴责罪，使在亚当死的人可以在他里面生活，你的基督。"

13. 4 世纪的耶路撒冷主教圣西里尔提醒他的教众，亚当听到了这句话——"被诅咒是你工作的根本；荆棘和蓟属于你"——得出结论："基于这个原因，耶稣承担了荆棘，他可以取消这句话，因为这个原因也被他埋葬在地上，被诅咒的土地可能得到祝福而不是诅咒。"（Edwin Hamilton Gifford, D. D., ed., "The Catechetical Lectures of S. Cyril, Archbishop of Jerusalem" in *Nicene and Post-Nicene Fathers of the Christian Church*, Second Series, vol. 7, p. 87.）在亚当堕落之后，从地上崭露的荆棘相当锋利，但它们的全部意义——它们的命运如同亚当的堕落——在于暴露出来，同时废除荆棘王冠。关于预表法，特别见于埃里希·奥尔巴赫（Erich Auerbach）的 "Figura"，出自 *Scenes from the Drama of European Literature*（New York：Meridian, 1959），pp. 11 – 56，以及 Auerbach, "Typological Symbolism in Medieval Literature", in *Yale French Studies* 9（1952），pp. 3 – 10。

14. *Works of the Emperor Julian*, ed. Wilmer C. Wright（Cambridge：Harvard University Press, 1913 – 1923），1：325 – 329.

15. 请参见 Philo of Alexandria, *On the Creation of the Cosmos According to Moses*, esp. 84 – 89。虽然斐罗可能无法阅读希伯来语——他在许多

作品中都引用"七十士译本",但他表达了对摩西作为《妥拉》作者的最衷心的钦佩。斐罗写道,摩西并不是简单地宣布要遵守的法律,也不是像异教徒的牧师那样试图用捏造的小说和发明的神话来欺骗群众;相反,他开始讲述关于世界的创造的经文,暗示"宇宙与律法以及律法与宇宙都和谐共处"(第47页)。

16. 没有数字就没有秩序,"6是第一个完美数",它所有的真因子(即除了自身以外的约数)的和(即因子函数),恰好等于它本身,能被1、2、3整除,并且是1、2、3之和。可以说,它本质上也是男性和女性的产出形成的一个和谐的联合。对于现有的东西,奇数是男性,偶数是女性。第一个奇数是3,第一个偶数是2,两者的乘积是6。因此,宇宙作为已经存在的最完美的东西,按照完美数6来建造是正确的。(Philo of Alexandria,同上,第49页。)

17. "他以乐园为例,暗示灵魂的统治部分充满了无数的意见,就像植物一样,而生命之树则暗示,正是通过最重要的美德——敬畏上帝——灵魂得以永生,并且树以居于其间的内观洞察获知善恶,由此天性相悖的事物得以区分。"(Philo of Alexandria,同上,第88页。)

18. 这种解经技术在伟大的西班牙哲学家迈蒙尼德(Maimonides,1136~1204)那里达到了高潮。迈蒙尼德今天仍然居于正统犹太教的核心,他深刻研习,精确解释了《创世记》的经文,但他没有承诺把它们作为实际发生的事件的记录来阅读。相反,借用希腊哲学以及希伯来圣人的话语,他认为亚当和夏娃并不像是小说中的人物,而更像是形式和实质、理性和感性交织的人类个体的寓言。

为了阐明这一观点,迈蒙尼德引用了其中一篇米德拉什评论,这些评论可能对于一位老练的读者来说是错误的叙述的缩影。"这条蛇有一个骑手,"一位古老的圣人说道,"骑手像骆驼一样大,正是骑手诱惑夏娃,这位骑手是萨马尔。"迈蒙尼德承认,这段经文的"字面意义是最荒谬的";"但作为一个寓言,它包含了美妙的智慧,并且完全符合事实"。他解释说，萨马尔是撒旦的名字，这里的撒旦不是智力上的，而是欲望和想象上的，就是说，在寓言中，人类的部分叫作"夏娃"。这在字面意义上荒谬，但作为寓言却非常明智。（Moses Maimonides, *The Guide of the Perplexed*, pp. 154 – 156.）关于迈蒙尼德的智识方法和目标，见 Moshe Halbertal, *Maimonides: Life and Thought*。对亚当和夏娃的寓言解释不是宗教异议或怀疑主义的策略；相反，它引起了广泛的虔诚思想。如果说它影响了超级知识分子——高度理性的迈蒙尼德，它也激发了神秘的卡巴拉主义者神秘的奢望。在犹太神秘主义的基础性著作——13 世纪的《光明篇》（*Zohar*）和 16 世纪的 Lurianic Kabbalah 中，《创世记》第一章中的亚当被创造为类似 Adam *Kadmon*，即头部放射出光线的原始的或天上的亚当。这纯精神层次的更高级的亚当——与弥赛亚的传统有关——与较低的 Adam *Ha-rishon* 相区别。而 Adam *Ha-rishon* 是我们在圣经叙事中遇到的亚当，他身上包含所有未来的灵魂。两千年前斐罗提出的两个亚当的概念和预表法的持续发展可见于出版于 20 世纪 60 年代中期的约瑟夫·索洛维奇克（Joseph Soloveitchik）的《孤独的信仰者》（*Lonely Man of Faith*）一书。对于索洛维奇克来说，《创世记》第一章中的亚当是"雄伟的人"，他通过知识和技术统治宇宙；而第二章中的亚当是"圣约的人"，他陪伴和遵守上帝启示的律法，这把他从存在的孤独中解救出来。

338

19. 犹太人"把一些最令人难以置信和平淡无奇的故事编织在一起，即某个男人由上帝之手捏成，上帝向他吹了口气，他就活了；一个女人由他的肋骨制成；上帝发出了某些禁令，一条蛇跳出来反对，并且胜过了上帝的诫命。这些与某些老妇人的无稽之谈相关联，最不恭敬的描述是，在时间之初，上帝是弱者，并且甚至无法劝服任何一个他自己造的人"（Origen, *Contra Celsum* in *The Anti-Nicene Fathers*, 44: 36）。

20. 正如现代犹太教关于亚当和夏娃的思想反映了对斐罗思想的继承，

现代基督徒中也有许多人继承了 3 世纪由奥利金发明的寓意法。欧洲启蒙运动最伟大的哲学家伊曼努尔·康德对神学蒙昧主义或圣经字面主义没什么耐心。对于所有理解道德邪恶的起源，并通过我们整个物种的成员来表现其传播的方式，他写道："最不合适的当然是想象它是通过继承我们最初的父母而来到我们身边的。"我们不可能继承我们的罪恶："每当我们寻求邪恶行为的理性起源时，每一个邪恶的行为都必须被如此考虑，就像人类直接从无罪状态陷入其中一样。"康德认识到，问题在于，如果我们开始是处于无罪状态的，那么就没有办法解释道德上的邪恶是如何进入我们的。面对这种困境，他回过头来，以奥利金或许认可和批准的方式看待伊甸园和蛇的故事。"圣经，"康德写道，"在历史叙事中表达了这种不可理解性。"（Immanuel Kant, *Religion Within the Boundaries of Mere Reason*, p. 65.）圣经记载的不合理性是一个理性无法解决的哲学问题的精彩寓言。19 世纪和 20 世纪的杰出哲学家，包括新教徒和天主教徒——弗里德里希·施莱尔马赫（Friedrich Schleirmacher）、索伦·克尔凯郭尔（Soren Kierkegaard）、雷茵霍尔德·尼布尔（Reinhold Niebuhr）、汉斯·乌尔斯·冯·巴尔塔萨（Hans Urs von Balthasar），紧随其后。但是，与现代犹太教的情况不同，这些基督教寓言化的现代实例并不是不间断的思想的延续；相反，它们是在长时间被埋没之后得到复兴。

第五章　在公共浴室里

1. 这些至今未变的体验，多多少少都完整地延续至布达佩斯的 Rudas Baths、安曼的 Al Pasha 公共浴室、伊斯坦布尔的 Suleymaniye Hamami 公共浴室，甚至还有纽约第一大道上的 Russian and Turkish Baths。

2. Augustine, *Confessions*, trans. R. S. Pine, 2：3, p. 45. "me ille pater in balneis vidit pubescentem et inquieta adulescentia" 这句话可能意味着，父亲注意到的只是他儿子的阴毛，而不是勃起。然而，我倾向于

认为，"inquieta adulescentia" 不单单是指毛发。无论如何，勃起——尤其是无意识的勃起体验——对奥古斯丁解释亚当和夏娃的故事以及对人类堕落后状况的理解至关重要。所有《忏悔录》的英文引文都来自这个译本。拉丁语的引文来自 Augustine, *Confessions*, Loeb Classical Library。

3. 其兄弟纳维久斯（Navigius）在《忏悔录》中鲜被提及，他曾在奥斯提亚其母亲临终时的床边出现过。他希望他的母亲不是逝于一个陌生的地方，而是逝于自己的故国，在那里，她可以和她的丈夫葬在一起。"看他还怎么说话！"她或许会大声说，又或许会继续责备他的世俗思想，也许还会说她不在乎自己埋葬在哪里。在奥古斯丁的传记中，我主要依照的是彼得·布朗（Peter Brown）的《希波主教奥古斯丁》（*Augustine of Hippo*）和罗宾·莱恩·福克斯（Robin Lane Fox）的《奥古斯丁：忏悔的转变》（*Augustine: Conversions to Confessions*）。

4. "并不是喜欢我内心深处的痛苦——因为我不会心甘情愿地亲自经历所看到的那些苦难，而只是喜欢道听途说的、凭空捏造的、仿佛在骚弄我皮肤的痛苦。"（*Confessions*, 3：2，p. 57.）

5. 伊壁鸠鲁认为，我们所认识的宇宙是由原子的随机自发碰撞而形成的，诸神不仅对人类的行为漠不关心，而且对人类的祈愿也充耳不闻。

6. "文字通俗易懂以便人人均能理解，而同时又让不是'心浮气躁'的人能专心研究。"（*Confessions*, 6：5，p. 117.）

7. 名叫阿德奥达图斯，并且是同他的父亲和他父亲的朋友阿利比乌斯一同受洗的。奥古斯丁十分惊讶于他儿子的虔诚和智慧，因为这两者都是上帝的恩赐："我除了罪孽之外，什么都没有留给这个孩子。"（*Confessions*, 9：6，p. 190.）然而，阿德奥达图斯在十几岁的时候就去世了。

8. Rebecca West, *St. Augustine*, p. 91.

第六章　原始自由与原罪

1. 转引自 Augustine，"De Gratia Christi, Et De Peccato Originali"，*Augustin：Anti-Pelagian Writings*，p. 214。

2. 请参见 *On the Holy Trinity in Nicene and Post-Nicene Fathers of the Christian Church*，*First Series*，vol. 3，*St. Augustin：On the Holy Trinity*，*Doctrinal Treatises*，*Moral Treatises*，第 45 章。奥古斯丁约在完成《忏悔录》三年后的公元 400 年开始撰写《论三位一体》（*On the Holy Trinity* 或 *De trinitate*）。

3. "……这些罪的原因必定要么是上帝的不公正或无能，要么是对原初的、古老的罪恶的惩罚。因为上帝既是公正的又是强有力的，所以便只有一个你不得不承认的事实：如果不是起源方式首先引起了冒犯，那么加于亚当孩子们身上的沉重的桎梏，那自亚当孩子们从母亲子宫诞生之日直至他们被埋葬在万物母亲怀抱之时一直都有的桎梏，便不会存在了。"（Augustine，*Saint Augustine Against Julian*，p. 240.）

4. "任何有常识的评论家都会赞同这一事实，即当我还是个小男孩时，我玩球就应当受到惩罚，仅仅因为这样不利于我更快地学一些课程；而学了这些课程的我，在成年后，便能玩一些更为可耻的游戏？"（*Confessions*，1：9：15.）

5. "没有什么善与恶是与生俱来的——由于这些善与恶，我们要么值得被称赞，要么应当受到指责；相反，一切都取决于我们自己的行动，因为我们生来就有从二者中做选择的能力。"（转引自 "St. Augustine on Original Sin" in *St. Caesarius of Arles Sermons*，p. 442。）"在人类将其恰当意愿化为行动之前，那只存在于上帝造就的人心中。"（转引自 Benjamin B. Warfield，"Introductory Essay on Augustin and the Pelagian Controversy" in *St. Augustin：Anti-Pelagian Writings*，p. 15。）"因为我们并不是生来就有美德的，所以我们也不是生来就犯有罪行的。"

6. 转引自 John M. Rist，*Augustine：Ancient Thought Baptized*。这种伯拉纠

式的观点从一开始便受到了抨击，被认为是站不住脚的——"模仿"和"习惯"如何能解释现实中人类罪恶的普遍性？——现在它仍是被轻视的对象，或者至少是被贬低的对象。举个例子，请参见 "Augustine's Ethics" in *The Cambridge Companion to Augustine*, p. 223；Bonnie Kent 在其中轻蔑地评论道："伯拉纠及其追随者的作品宣称的那种暗示，除了从狭义上说亚当没有以身作则之外，亚当的罪给除了他自己之外的所有人都带来了损害的说法是极为荒谬的。"如果恰当地来理解，在何种意义上例子要从狭义上来解释？对于伯拉纠而言，"例子"实际上意味着人类文化中所有冰川的重量。

7. 这是早期伯拉纠式的教条；后期的伯拉纠主义者愿意让步，承认死亡源自亚当。

8. James Wetzel, "Predestination, Pelagianism, and Foreknowledge", in *The Cambridge Companion to Augustine*："正是伯拉纠的弟子——色勒斯丢（Caelestius），一个罗马贵族——引发了北非主教们的怒火。在迦太基时，色勒斯丢提出问题，质疑为婴儿洗礼这一行为，暗示这一行为无须诉诸玷污了每个人诞生的原罪便可以得到支撑（因为他确实支持这一行为）。对于非洲人来说，此举是在质疑一个来之不易的教义，因而他们在宗教会议中谴责色勒斯丢。当他在位于迪奥波利斯（Diospolis）的宗教会议中被澄清没有发表异端邪说时，伯拉纠通过协会的力量暂时逃脱了罪名。在公元 415 年 12 月，该宗教会议由一个来自巴勒斯坦的主教委员会掌管。但在伯拉纠被判决无罪之后的年岁里，由奥古斯丁领导的非洲人集中起力量，最终说服了教宗佐西（Pope Zosimus）去谴责伯拉纠的异端邪说。"

9. 朱利安曾声称："婴儿身上不可能带有冒犯，因为没有意志的话就不构成冒犯，而他们也不具有意志。"（*Saint Augustine Against Julian*, p. 216.）奥古斯丁反对道："对于个人之罪而言，这个论断可能是正确的，但对于由起源方式引起的原始之罪的蔓延而言，这是不足为信的。如果没有那样的罪，那么不被罪恶束缚的婴儿，在公正的上帝的 341

伟大力量之下，也不会遭受身体或心灵中罪恶的折磨了。"（同上，p. 116。）

10. "无论人做了什么善事，如果其目的同真正智慧的要求不一致的话，那么从功效上看它可能是善事，但由于其目的不正，它就是罪恶。"（*Saint Augustine Against Julian*, p. 187。）奥古斯丁引用保罗给希伯来人的书信中的话作为佐证——"若无信仰，取悦上帝是不可能的。"（同上，p. 195；Heb. 11：6。）愤怒的朱利安称奥古斯丁篡改了这些话的本意。

11. "你划分、定义、从临床角度论述淫欲的属、种、模式以及过度，声称：'它属于生命之火，是一种生殖活动，模式在于婚姻行为中，过度便是无节制的乱伦。'然而，尽管有这些自称精密、实则冗长的争辩，当我简短地、开诚布公地问你，为什么生命之火会在男人身上播撒下战争的种子，使得男人的肉体极度渴望其精神，也使得其精神不得不渴望肉体；为什么他会愿意为了生命之火而受致命一击时，我认为你书中的黑色墨迹一定会因羞愧而变成红色。"（*Saint Augustine Against Julian*, p. 130。）在同伯拉纠主义者的对抗中，奥古斯丁有一个优势：尽管伯拉纠已经结婚了，朱利安却阐明他现在仍然有着贞洁之身，因为伯拉纠本人曾是一个禁欲主义者。奥古斯丁揶揄地问道，如果性是无罪的话，那么选择贞洁还有什么意义呢？

12. 他写道："淫欲时而松散地、时而有力地活动着，它不停地促使婚姻非法化，即使在繁衍后代方面，婚姻可以利用淫欲的邪恶来发挥出好的作用。"（*Saint Augustine Against Julian*, p. 134.）

13. 是的，那种刺激是令人愉悦的；如我们所知，性交——正如奥古斯丁从他的情妇和其他人那里长期以来获得的经验——是"所有身体快感中最好的一种"。但是那种强烈的快感也正是危险的诱惑，如果可以没有这种甜美的毒药便能繁衍后代就更好了。"如果有可能的话，哪个充满智慧、渴求圣洁的愉悦的朋友……不会倾向于无须这种性欲便可繁衍后代的方式？"（Augustine, *The City of God* in *Nicene*

and Post-Nicene Fathers, First Series, vol. 2, St. Augustin: The City of God, and Christian Doctrine, pp. 275 – 276.）同样请参见："追求灵魂之善的情侣，他们结婚并不只为繁衍后代，难道他们不会更倾向于无需性欲或者无需巨大的冲动便可繁衍后代的方式吗?"（Saint Augustine Against Julian, p. 228.）

14. 根据 N. P. 威廉姆斯（N. P. Williams）的说法，奥古斯丁在其论文 "ad Simplicianum" 中提出了这个术语（请参见 Williams, The Ideas of the Fall and of Original Sin, a Historical and Critical Study。）我在从浩如烟海的有关原罪的文献中取样时，发现令人敬重的威廉姆斯的书最有帮助，同时还有更令人敬重的 H. Wheeler Robinson 的书 The Christian Doctrine of Man，以及 Frederick Robert Tennant 的书 The Sources of the Doctrines of the Fall and Original Sin。

15. 当然，它们的广阔性意味着人们很容易便能找出例外。此外，如果虔诚的犹太人和穆斯林无法接受一个广义上的原罪概念的话，那么由于自己的违抗，他们就不能很好地思索亚当和夏娃带给他们及其后代的污迹。"我们排泄出的废物源自我们从那棵树上继承的东西，"一个17世纪的穆斯林旅客向一个基督教徒对话者解释道，"它给身体带来了不洁净的东西，因此人类必须清洗身体中那些不洁净的部分。他洗手是因为我们的祖先亚当将手伸向了上帝禁止他吃的果子——愿他安息；他洗口腔是因为他吃了那个果子；他洗鼻子是因为他闻了那个果子的香味；他洗脸是因为他曾把头转向那个果子。" Ahmad bin Qasim, Kitab Nasir al-Din ala al-Qawm al-Kafirin (The Book of the Protector of Religion against the Unbelievers), in In the Land of the Christians: Arabic Travel Writing in the Seventeenth Century, pp. 26 – 27.

16. 请参阅奥古斯丁《忏悔录》第18章, On the Holy Trinity in On the Holy Trinity, Doctrinal Treatises, Moral Treatises："其他带有原罪的人也并非通过肉体交配而得以繁衍孕育；圣女是通过信仰而非通过性交怀孕——性欲完全缺席，这样一来，衍生于最初之人根系下的只是种族起源，而不是罪过。"

17. 关于他的阐释方法，奥古斯丁不仅使用了 allegoria 这样的词，也使用了 figura、aenigma、imago、similitudo、mysterium、sacramentum、signum、velum（veil）这样的词。（Augustine, *A Refutation of the Manachees* in *On Genesis：A Refutation of the Manachees, Unfinished Literal Commentary on Genesis, The Literal Meaning of Genesis*, p. 30.）关于"属灵的"，请参见 Augustine, *On Genesis*, p. 78。在 *A Refutation of the Manachees* 中，夏娃不在伊甸园中，"即是其字面意义，而不是指她感受不到伊甸园中的极乐"（Augustine, *On Genesis*, 2.41.20, p. 85）。（请参见 John M. Rist, *Augustine：Ancient Thought Baptized*, p. 98。）

18. 这里的强调是我自己加的。奥古斯丁并不否认可能存在对圣经中的话语进行字面理解的真理，但这种字面理解的真理并不是最重要的。"即使从历史角度说来，真实的、可见的女人是由上帝从第一个男人的身体里造就的，"他写道，"她被造就成那样绝对不是没有理由的——一定是为了揭示某些被掩盖的真相。"上帝"用肉把肋骨那个位置填满，用这个词是为了暗示我们应当满怀热忱地珍爱我们的灵魂"（*On Genesis*, 2.12.1, p. 83）。在一些情况中，字面意义可能伴随着精神意义而产生。因而"丰饶多子"的祝福起源于精神意义，之后，"在犯下罪恶后成为肉体繁殖力旺盛的祝福"（*On Genesis*, 1.19.30, p. 58）。关于亚当做苦工以期待基督向他伸出手，请参见 *On Genesis*, 2.22.34, p. 94。

19. 在 393 年，也就是在 *Refutation of the Manichees* 出版仅仅五年后，奥古斯丁就开始在一篇最终未完成的文稿中试图做出更具有字面意义的阐释，该阐释将《创世记》开篇的几个章节视作对历史人物和事件的刻画。同时，他并没有完全抛弃寓言式解读。为什么上帝在《创世记》1：28 中要求最初的人们"要生养众多，遍满地面"？毕竟，他并没有这样要求鱼、鸟和树，可能是因为他希望它们可以自由繁衍，不必有特定的秩序。因此，上帝对人的要求一定隐藏了一种特别的意义。"这些话有什么神秘之处呢？"奥古斯丁问上帝，"我找不到什么东西能够阻止我用这种隐喻意义来阐释您圣经中的话语。"（Augustine, *Confessions*, 13：24.）问题中的隐喻意义表明了上帝心中对人类生养众多的要求与有性繁殖无关："我认为的人类繁殖指的是我们头脑中产生的思想，因为理性是丰饶而多产的。"（同上）

20. 在上帝的帮助下，他坚信自己有能力完成任何头脑中想做到的事。请感受下《上帝之城》中一篇文章的语气："在解决了那些有关我们的世界和人类起源的棘手问题后，自然秩序要求我们现在来探讨一下最初的人（我们可以说最初的人）的堕落，以及人类死亡的缘起和蔓延。"（*The City of God*, in *St. Augustin: The City of God, and Christian Doctrine*, p. 245.）

21. "在他的作品中，几乎没有别的作品让他投入这么多的毅力、心力和谨慎。"（Augustine, *The Literal Meaning of Genesis* in *On Genesis*, p. 164.）有关拒绝"神秘莫测"，请参见 *The Literal Meaning of Genesis* in Augustine, *On Genesis*, p. 183。（Secundum proprietatem rerum gestarum, non secundum aenigmata futurarum.）关于朋友们的提议，请参阅自公元 415 年，奥古斯丁给他的同行牧师埃沃迪乌斯（Evodius）的信——Letter 38（Ep. CLIX），在其中，他暗指了朋友们"焦虑地期待着"看这本书。（*St. Augustine Select Letters*, p. 277.）

22. 在 *On Genesis*, 2.24.1, p. 167 中"有修订（删节）"。当他遇到了如上帝的声带这样的问题时，他便诉诸一个不得不重复的原则："如果……在上帝或者任何人的话语中带有预言性质的东西，如果从字面上来理解非常荒谬的话，那么毫无疑问应该从其隐喻来理解。"（同上，11.1.2, pp. 429 – 430。）

23. 奥古斯丁写道，如果你问他怎么能够知道"死亡"意味着什么，你应该提醒自己你凭直觉便知道了很多东西，而不必亲身去体验它们。

（请参见 *On Genesis*, 8.16.34。）

24. 奥古斯丁写道，我们也许相信，致命的树上结的苹果跟亚当和夏娃在其他无害的树上发现的苹果没有什么不同。我们知道真正的蛇是不会说话的，但是在伊甸园中，真正的蛇却不必说话："是魔鬼自己在大蛇体内说话，把大蛇当作一个器官。"（Augustine, *The Literal Meaning of Genesis* in Augustine, *On Genesis*, p. 449.）并不是所有用来建构字面意义解读的细节都必须在圣经中明确列出，但我们可以通过猜测来填补那些空白。并且，由于认为魔鬼具有自足的力量可使上帝的力量或最初的人的自由意志屈服的想法是错误的，我们就应该理解，如果不是夏娃自己已经有了一种"对自足力量的爱和一种自视过高的自信"，那么他的话对于夏娃而言是不会有任何作用的。（*On Genesis*, 11.30.39, p. 451.）

25. *The City of God* in St. Augustin: *The City of God, and Christian Doctrine*, p. 271. 奥古斯丁写道，亚当在推断上帝的宽容性方面也犯了错。他并没有被大蛇或者妻子欺骗，而是"在他的道歉会得到什么样的判决这个方面，他被骗了"。很可能他没有想到，在他看来属于轻罪的一个罪行会招致死刑。在《失乐园》中，弥尔顿有力地刻画了一个犯了同样错误的、心烦意乱的亚当。

26. Augustine, "A Letter Addressed to the Count Valerius, on Augustin's Forwarding to Him What He Calls his First Book 'On Marriage and Concupiscence'" in "Extract from Augustin's 'Refractions'", Book II, Chap. 53, on the Following Treatise, 'De Nuptiis et Concupiscenta'" in *St. Augustin: Anti-Pelagian Writings*, p. 258.

27. "由于它对自己的指挥官——上帝——的轻视，它失去了对自己身体部位的一切合理控制，这难道不会使羞耻的汹涌压倒人类意志的自由吗？"（Augustine, *On Marriage and Concupiscence*, in *St. Augustin: Anti-Pelagian Writings*, p. 266.）关于羞耻的增加，请参见 Kyle

Harper, *From Shame to Sin*；关于羞耻的心理和身体体验，请参见 Michael Lewis, *Shame: The Exposed Self*。

28. *On Marriage and Concupiscence*, p. 266. 有几次他也承认了女性的性体验可能是不一样的。比如说，他知道对于男性而言，释放精液是一件非常愉快的事，但是否"这样的快乐伴随着两性中的重要元素在子宫中的交融"？他写道："这是一个问题，它也许可以由女性根据她们内心深处的感觉来裁决；但是如果我们把一个无根据的好奇探究得太过深入的话，那便是不恰当的。"（*On Marriage and Concupiscence*, p. 293.）

29. *On Marriage and Concupiscence*, p. 266. 在《上帝之城》中，奥古斯丁评述了这种奇异兴奋的不可靠性："这种情感不仅没有依据合法欲望来繁衍后代，也拒绝服务于放纵的性欲；并且即使它经常集中全力来反对那些抗拒它的灵魂，有时它自己也是分裂的，但当它撼动灵魂时，身体却不为所动。"（*The City of God*, in *St. Augustin: The City of God, and Christian Doctrine*, p. 276.）

30. "且这种极端的快乐难道没有，"奥古斯丁继续写道，"导致一种心智自身的埋没，即使人们的出发点是好的，也就是说，为了繁衍子嗣；而这是由于在这种快乐发生时任何人都无法思考，我不是说充满智慧地思考，而是说其他的一切事情……"（*Saint Augustine Against Julian*, p. 228.）关于奥古斯丁正在努力解决的神学问题，请参阅 Peter Brown, *The Body and Society*。

345

31. 性繁殖并不是唯一的不同之处。伯拉纠主义者声称死亡是人之所以为人的一部分，死亡也自然会降临到亚当和夏娃身上。奥古斯丁强烈反对：最初的人们有可能凭借生命之树获得永生。如果亚当没有犯罪的话，他就不会变老，他"从树上各种各样的果子中获得抵抗衰老的给养，且从生命之树上获得青春永驻的保障"（Augustine, *A Treatise on the Merits and Forgiveness of Sins, and on the Baptism of Infants*, in *St. Augustin: Anti-Pelagian Writings*, p. 16）。如果他们没

有犯罪的话，他们就不会变得衰老，也就不会死亡了。尽管奥古
斯丁对此并不是很确定，他还是怀疑如果亚当和夏娃继续待在乐
园中，他们的子孙后代是否还要遭受如今所有婴儿都必须经历的
那种极端的无助。古往今来的自然科学家都认识到，漫长的婴儿
期是我们这一物种的标志。奥古斯丁相信这是具有惩罚性的。问
题不在于大小：他非常明白子宫的局限会要求婴儿长得很小。但
是如果最初的人们没有犯罪的话，他们的子孙后代可能会立刻具
备身体上和精神上的能力。毕竟，他发现，许多牲畜，它们刚出
生便能"跑来跑去，且能认出它们的母亲，它们想要吮吸时，不
需要外界的帮助或是关照，而是会非常轻松地自己找到母亲的胸
部"（同上，p. 43）。相反，一个人，"刚出生时既没有适于走路
的双脚，甚至也没有可以抓取东西的双手；且除非他们的嘴唇让
人给实实在在地放到母亲的胸部上，他们不会知道到哪去找它；
并且甚至当他们接近乳头时，尽管他们渴望食物，他们也更有可
能会大哭而不是吮吸"（同上，p. 43）。他推断，这种痛苦的状
态几乎一定是具有惩罚性的，是堕落的后果。

32. 关于伊甸园中的性，其著作《上帝之城》第 14 章中有详细描写。

33. 很明显，在男性体内没有处女膜的对等物，但正如奥古斯丁所设想
的那样，在女性体内一定有类似于男性阴茎勃起的对等现象物，所
以他继续设想，认为我们在进行性交时，人类（包括男人）身体的
完整性一定也会受到损害。

34. 在任何想要观看的人面前公开性交会是令人愉悦的吗？奥古斯丁对
此并不是非常确定。但他确定，那将会是没有"肉体淫欲"的，也
就是无意识性兴奋。（请参见 Augustine, *Marriage and Concupiscence*,
in *St. Augustin: Anti-Pelagian Writings*, p. 288："为什么父母的特别
行为甚至不能让自己的孩子看到？而没有这一事实，即没有可耻的
性欲，他们便不会参与到这一可敬的繁殖过程中来。正因如此，即
使他们是首先发现自己赤身裸体的人，他们也感到羞耻。之前他们

身体的这些部分并没有羞耻的暗示，而是值得赞美和颂扬的上帝的作品。当他们为自己感到羞耻时，他们穿上了遮蔽物；而在他们违背了造物主之后，当他们的身体部位违背他们时，他们也感到可耻。"）

346

第七章　对夏娃的谋杀

1. 《古兰经》并未提到夏娃在亚当之前吃苹果，也未提到亚当把责任推给夏娃。夏娃在阿拉伯语里写作"hawwa"，《古兰经》并未给出她的姓名，只称其为亚当的"配偶"，她与丈夫因违抗神意被逐出伊甸园，而共同获罪。Kvam et al. *Eve & Adam*, esp. pp. 179 – 202, 413 – 419, 464 – 476；Karel Steenbrink, "Created Anew: Muslim Interpretations of the Myth of Adam and Eve", in Bob Becking and Susan Hennecke, ed., *Out of Paradise: Eve and Adam and their Interpreters* (Sheffield, UK: Sheffield Phoenix Press, 2011)；*Concise Encyclopedia of Islam*, entries on Hawwa' and Adam. 《古兰经》之后的伊斯兰教传说反映了犹太教和基督教的许多传统。关于犹太传统，即便有些犹太人关注《创世记》中人类的罪过，他们也将之归咎于亚当而不是夏娃。参见 4 Ezra 7. 118："亚当，你做了什么？/虽是你犯了罪，/但堕落不只属于你，/也属于我们——你的后裔。"《以斯拉书》（*4 Ezra*），亦称为《以斯得拉书》（*2 Esdras*）或《以斯拉启示录》（*Apocalypse of Ezra*），是一部告诉读者该如何应对公元前 70 年犹太寺庙被毁后种种劫难的著作。

2. "恶女之德"：引文出自赫西俄德《〈工作与时日〉和〈忒奥格尼斯〉》（"*Works and Days*" and "*Theognis*"）。多拉与欧文·潘诺夫斯基（Erwin Panofsky）在《潘多拉的魔盒》（*Pandora's Box*）中对来世有较多讨论："奇怪的是，神父对潘多拉神话的传播和转化的作用比世俗作家更重要：他们试图用经典比喻来证实原罪的教义，以基督教真理反对异教徒的寓言，将她比作夏娃。"（11）另见史蒂芬·斯考利（Stephen Scully）的近著《赫西俄德的〈神谱〉》（*Hesiod's*

"Theogony")。

3. Tertullian, *De Cultu Feminarum*, trans. Sydney Thelwall, 1.1.14. 人们对妇女矫饰装扮的愤怒是极为常见的，例如德尔图良的同代人亚历山大的革利免（Clement of Alexandria）说："就像蛇欺骗了夏娃一样，黄金首饰使女人目眩发狂，从而走上歪门邪道：她们用蛇形作为诱饵，并通过灯罩和蛇形饰物来完成恶行。"（*Paedagogus*, in Clement of Alexandria, *The Anti-Nicene Fathers*, vol. 2, *Fathers of the Second Century: Hermas, Tatian, Athenagoras, Theophilus, and Clement of Alexandria*, 2.13.）

4. "To Marcella", in Jerome, *St. Jerome: Select Letters*, p. 163. 关于"禁树"与婚姻，见该著第 165 页。

5. "To Eustochium", in Jerome, *Select Letters*, p. 93. 或许是为了强调婚姻对女性的严酷，杰罗姆对《创世记》3：16 的译文做了重大调整。希伯来人说："你须渴求（希伯来原文为 teshukah）着你的男人，他将统治你。"（《摩西五经》）杰罗姆称："你将处于男人的威权之下，他将成为你的主人。"原文为 "sub viri potestate eris et ipse dominabitur tui"。杰罗姆翻译希伯来经文时缺乏语言基础，现代天主教版本纠正了这一点。

6. 见《提摩太前书》2：11－14（钦定本圣经 KJV）。杰罗姆引用这句话以反驳约维尼安。这些章句仅保留字面意思，如今备受争议。杰罗姆对以下引文不甚赞同："然而，女人若常存信心、爱心，又圣洁自守，就必在生产上得救。"（2：15）

7. 此处援引 Guido de Baysio 和 Raymond de Penaforte 的论断，原文出自 Gary Macy, *The Hidden History of Women's Ordination*, p. 123。

8. 关于夏娃和玛利亚的介绍，参见 Miri Rubin, *Mother of God*. esp. pp. 202－203, 311－312。一系列将夏娃和玛利亚关联起来的绘画作品参见 Ernst Guldan, *Eva und Maria* 这一德语作品。

9. 出自但丁·阿利吉耶里《神曲·天堂篇》的插图，1445 年。藏于大英图书馆 Yates Thompson MS 36, c. 1445。可能由画家乔瓦尼·迪·保罗（Giovanni di Paolo）创作。

10. Breslau. Stadtbibliothek Cod. M 1006 (3v); in Guldan, plate 156.

11. 卡拉瓦乔为教宗轿夫大公会（Archconfraternity of the Papal Grooms）的祭坛创作此画。这个图案并非其首创，它曾出现在 Lombard Ambrogio Figino 更早的一幅画中。但卡拉瓦乔给了它令人不安的强度和陌生感，以至于轿夫们在短暂的展示之后，就将它转卖给红衣主教 Cardinal Scipio Borghese。

12. Thomas Aquinas, *Summa Theologica*, 1a. q. 92 a. 1 ad 1. Harm Goris, "Is Woman Just a Mutilated Male? Adam and Eve in the Theology of Thomas Aquinas", in *Out of Paradise*.

13. 圣彼得·达米安，转引自 Gary Macy, *The Hidden History of Women's Ordination*, p. 113。

14. Gary Macy, *The Hidden History of Women's Ordination*, p. 114. 此为这位 12 世纪的圣典法学者的成熟观点，他曾为其著名导师 Gratian 的作品编写摘要。此观点是为了佐证"妇女在月经期或分娩后不应被允许去教堂"。教会的其他成员则强烈反对。

15. *The Hammer of Witches: A Complete Translation of the Malleus Maleficarum*, trans. Christopher S. Mackay, p. 164.

16. 对厌女论调的回击和对夏娃的豁免，请参见 Alcuin Blamires, *The Case for Women in Medieval Culture*, esp. pp. 96 – 125。

17. *Dialogue on the Equal of Unequal Sin of Adam and Eve* (Verona, 1451), in Isotta Nogarola, *Complete Writings: Letterbook, Dialogue on Adam and Eve, Orations*, pp. 151 – 152.

18. *The Book of the City of Ladies*, I. 9. 3.

19. Arcangela Tarabotti, *Paternal Tyranny*, p. 51.

348

第八章　身体的赋形

1. 有关安葬方式复杂演变的详细记载，请参见 Thomas Laqueur, *The Work*

of the Dead。

2. 我在这里找到了至少四处关于亚当和夏娃的画面。很感谢我的专业向导，艺术史家安吉拉·迪·库尔齐奥（Angela di Curzio）博士，以及允许我参观通常不向公众开放的部分地下墓穴的教廷神圣考古委员会（Ispettore della Pontificia Commissione di Archeologia Sacra）和拉菲拉·朱利安尼（Raffaella Giuliani）博士。

3. Elizabeth Struthers Malbon，*The Iconography of the Sarcophagus of Junius Bassus*。幸存的早期基督教石棺上大约有三十四个亚当和夏娃的形象。

4. William Tronzo，"The Hildesheim Doors"，*Zeitschrift für Kunstgeschichte*：347 – 366；Adam S. Cohen and Anne Derbes，"Bernward and Eve at Hildesheim"：19 – 38.

5. 有关图像的样本，参见 Sigrid Esche，*Adam und Eva：Sündenfall and Erlösung*。这是一个非常粗略的概括，在漫长、图像复杂的时期，可能会有例外。例如，著名的 6 世纪初的《维也纳创世记》（*Vienna Genesis*）描绘了赤身裸体、正直诚实的亚当和夏娃，但树枝巧妙地遮盖了他们的生殖器，而后当他们遭受驱逐时，他们因耻辱弯下了腰。参见 *Imaging the Early Medieval Bible*，ed. John Williams。对于吉斯勒贝尔的夏娃所展示的新颖、惊人的裸体表现方式，参见 Alastair Minnis，*From Eden to Eternity：Creations of Paradise in the Later Middle Ages*。

6. 对于这种观察结果以及其他我在讨论图画时论及的，都要感谢与约瑟夫·科尔纳的谈话。

7. 撇开端庄不谈，遮盖是有意义的，因为，正如我们在《创世记》中所读到的，最初的人类在堕落之后缝制无花果树的叶子，以回应他们刚刚体会到的羞耻，而上帝，在将他们逐出天堂之前给他们穿上兽皮。因此，从严格的文本角度来看，壁画中以无花果树的叶子蔽体的人物，反而稍显朴素。参见 James Clifton，"Gender and Shame in Masaccio's *Expulsion from the Garden of Eden*"，637 – 655。

8. 欧文·潘诺夫斯基,《丢勒的生平与艺术》(*The Life and Art of Albrecht Dürer*)。

9. William Martin Conaway, *Literary Remains of Albrecht Dürer*, p. 244.

10. Joseph Koerner, *The Moment of Self-Portraiture in German Renaissance Art*, p. 239 and n. 43.

11. 虽然丢勒有更大的进展,但潜在的想法是司空见惯的,参见 15 世纪 　349
意大利传教士吉罗拉莫·萨沃纳罗拉 (Girolamo Savonarola):"如谚
语所云,每个画家描绘的实际都是他自己。"(引自 Koerner, *The Moment of Self-Portraiture*, p. 484, n. 2。)

12. 当他试图阐明他和任何具有相似天赋的人应该做的事情时,他调用
了这种场景,这与伊甸园里的亚当和夏娃异常相似,丢勒写道:"人
类的面前摆着善与恶,因此,理应理智的人选择善。"(*Literary Remains of Albrecht Dürer*, p. 245.)

13. 这些人物的站姿被称为对立式平衡 (contrapposto),艺术史家潘诺夫
斯基做出如下描述:"身体的重量 (以完整的前视图呈现,头部或多
或少转向侧面) 由'站立腿'支撑,'自由腿'的那只脚仅以脚趾
接触地面,向外迈步;骨盆与胸腔平衡,使得'站立腿'的臀部略
微抬高,而相应的肩部稍微降低。"(*The Life and Art of Albrecht Dürer*, p. 86.)

14. 科尔纳已经观察到了这种可能性 (连同许多其他重要的细节):"与
手臂下侧相对抗时,丢勒的左侧腹与臀部的背光褶皱,类似于亚当
身体的这个区域。"(Koerner, *The Moment of Self-Portraiture*, p. 239.)

15. 关于精确的比例,请参见 Koerner, *The Moment of Self-Portraiture*, p. 195。这个比例是阿尔布雷希特·丢勒精心测算出的,见 Albrecht Dürer, *Vier Bücher von menschlicher Proportion (1528): mit einem Katalog der Holzschnitte*, ed. Berthold Hinz (Berlin: Akademie Verlag, 2011);也可参见 Christian Schoen, *Albrecht Dürer: Adam und Eva. Die Gemälde, ihre Geschichte und Rezeption bei Lucas Cranach d. Ä. und*

Hans Baldung Grien；Anne-Marie Bonnet，"*Akt*" *bei Dürer*。

第九章　贞洁与贞洁的不满

1. 弥尔顿在其早期的一部自传中称，资质平庸的弟弟经其父"打造"进
   入法律行业。在《教会政府存在的理由》 （*The Reason of Church
   Government*） 一文中，弥尔顿写道："按照父母和朋友的打算，我注定
   是要献身教会的。待我成年，意识到教会的专横——成为牧师便要接
   受奴役，于是决定……在神圣的演讲大厅最好保持无可指摘的沉默，
   并开始屈从与放弃。"（Milton，*The Reason of Church Government*，in
   Complete Prose Works of John Milton，p. 108.）

2. 他在写给朋友查尔斯·狄奥达蒂的拉丁语诗歌中宣称："这里常有成
   群的妙龄少女经过，星星喷射出诱人的火焰。啊，无数次我惊愕万
   分，只因那曼妙身姿，足以让朱庇特重复青春。"（"Elegia Prima ad
   Carolum Diodatum"，in *The Complete Poetry and Essential Prose of John
   Milton*，p. 174.）本书引用的弥尔顿诗歌均出自该作品。关于停学，
   可参见 Barbara Kiefer Lewalski，*The Life of John Milton：A Critical
   Biography*，pp. 21 - 22。弥尔顿返回基督学院，迈出了当时极不寻常
   的一步：更换了一位导师。

3. 转引自弥尔顿的 *An Apology for Smectymnuus*，1642，in *Milton on Himself：
   Milton's Utterances Upon Himself and His Works*，p. 73。

4. 几次口舌如剑的交锋似乎扭转了局势。他因讽刺演说声名鹊起（当然
   是拉丁文演说），甚至被同学们推选进行年度假期演讲。"基督学院的
   淑女"利用这次机会评价了与同学"新建的友谊" （Milton，"The
   Reason of Church Government"，in *Complete Prose Works of John
   Milton*） ——较之他所预想的"敌意与厌恶"，事情发生了意外的转
   变。他自问："为什么在他们眼里我不像个男人？"然后开始思考自己
   的绰号。"我想是因为我没有像职业拳击手那样一饮而尽，或者我不
   是七点农场工人，又或者我午休时没有肆无忌惮地舒展身体，也可能

我没有像逛妓院的人那样展露自己的男子气概。"（同上，第 284 页。）弥尔顿的一大特点便是仔细地保存着大学本科阶段的文学作品。四十多年后他将其出版，彼时，他似乎仍有兴致回击："但愿他们和我这个淑女一样，不再容易出洋相了。"（同上，第 284 页。）

5. 他在给狄奥达蒂的信中写道："要知道我情不自禁地喜欢你这样的人，虽然不知道上帝还赋予了我什么，但有一点是确定无疑的：他为我注入了对美丽事物强烈的爱。"（*The Complete Poetry and Essential Prose*, p. 774.）

6. 他想到"通过勤奋专注的学习（我将其视为自己的命运），加之强烈的天性，我或许会略蘸笔墨留给未来，未来也不会消亡"（Milton, *The Reason of Church Government*, in *Complete Prose Works of John Milton*, vol. 1, p. 11）。

7. 诗人并未直接现身，恰如《黎西达斯》一般，他担心自己像溺亡的朋友一样英年早逝。（*The Complete Poetry and Essential Prose*, pp. 100 – 110.）

8. 例如，这就是它在莎士比亚晚期戏剧中的运行方式。莎士比亚的晚期戏剧对于保持年轻女主人公的贞洁怀有强烈的兴趣——伊莫金（Innogen）、玛丽娜（Marina）、珀迪塔（Perdita）、米兰达（Miranda），但毫不关心向她们求爱（最终娶了她们）的年轻男子的贞洁。

9. Milton, *An Apology for Smectymnuus*, 1642, in *Milton on Himself: Milton's Utterances upon Himself and His Works*, p. 81; in Edward Le Comte, *Milton and Sex*, p. 18.

10. 弥尔顿写道，即使作为一位年轻读者，也要严格区分最欣赏的作品中所展示出的诗歌技巧与表现出的价值观。若有可能违反贞洁，他知道如何回答："我仍旧赞美其技艺，但谴责其为人。"（*Milton on Himself: Milton's Utterances upon Himself and His Works*, p. 78.）他最敬佩的爱情诗人——但丁和彼特拉克——从未因违反贞洁而深感愧

351

疾。当然，问题在于他们所致词的女士——比阿特丽斯（Beatrice）和劳拉（Laura）——均逝世于他们创作爱情诗歌期间。诗如人生，渴望生存是一件完全不同的事。

11. Milton, *Areopagitica*, in *The Complete Poetry and Essential Prose*, p. 950. 伽利略 1633 年遭定罪后便被囚禁。

12. 见 Helen Derbyshire, *The Early Lives of Milton*（London：Constable & Co., 1932），pp. 56 – 57 中的描述，被 Lewalski, *The Life of John Milton：A Critical Biography*, p. 91 引用。

13. 当然，弥尔顿可能另有性趣。他向查尔斯·狄奥达蒂的示爱中明显充满了强烈的情色之意，他宣称自己被狄奥达蒂的美貌所吸引。在佛罗伦萨期间，他立即和一位年仅十九岁的天赋异禀的科学家交上朋友，卡洛·达蒂（Carlo Dati）这个名字令他想起自己的英国朋友。意大利同样弥漫着性兴奋，不仅是在异性，即使是在同性之间，暧昧关系也唾手可得。即使是同性相伴，弥尔顿也从未停止担心"淫乱和放纵的罪行"会危及精神与创作生活。

14. 转引自 Lewalski, *The Life of John Milton：A Critical Biography*, p. 99。"他肆意质疑宗教，又随时喋喋不休，贬损罗马教宗。"海因修斯与一位路德教会牧师的女儿育有两名私生子，所以他有个人理由怨恨弥尔顿崇高的道德。

15. Milton, *Defensio Secunda*, in *Complete Prose Works of John Milton*, vol. 1, p. 609.

16. 于弥尔顿而言，这些教会贵族名义上是新教徒，热情支持国王，实则在神学思想和傲慢无礼方面与他在意大利所见的罗马天主教会的高级教士别无二致。

17. 据弥尔顿理解，这一意在嘲讽的名称蕴含着真理的精髓，因为实际上这些人决心要让英国回归圣经中描述的纯粹的基督教与配得上这一个神圣起源的教会。

18. 议会拒绝给国王拨款用以支持与苏格兰长老会教徒的战争，苏格兰长老会教徒反抗主教与英国国教的礼拜仪式。查尔斯试图未经议会同意便统治国家，他的首席顾问斯特拉福德伯爵（Earl of Strafford）被判叛国罪，并被处以死刑。国王厌恶和解，仍一意孤行地推行自己的计划，训练有素的苏格兰人，最终以寡敌多，彻底击败了训练欠佳、资金不足的英格兰军队。

19. *Animadversions upon the Remonstrants Defence, Against Smectymnuus*, in Milton, *Complete Prose Works of John Milton*, vol. 1, p. 655.

20. John Milton, *An Apology for Smectymnuus*, in *Complete Prose Works of John Milton*, vol. 1, p. 900.

352

21. 他在一篇句式复杂、曲折优美的散文中说道："美好的本性、诚实的傲慢、对自己曾经是谁或可能为谁的尊重（我称之为自尊），然后是谦逊，以及尽管不能署名，但也可以从事适合的职业的状况；这一切一齐助力，使我仍优于那些才智平庸之辈，他们必然灰心丧气，最终沦为低贱、违法的男妓。"（*Apology for Smectymnuus*, in *Complete Prose Works of John Milton*, vol 1, p. 890.）

22. 这个轻率的婚姻是如何发生的不得而知。消息主要来自爱德华·菲利普斯——弥尔顿的侄子，也是他在家中教导的学生之一。彼时，菲利普斯年仅十二岁；五十多年后他回忆起事情的惊人转变：大约在圣神降临周或之后不久，他去了乡下；周围无人知晓原因，也不知是否仅仅为了消遣；一个月后，他回来了，从单身汉变成了已婚男士。（Edward Phillips, "The Life of Milton", in *John Milton: Complete Poems and Major Prose*, ed. Merritt Y. Hughes, p. 1031.）

23. *Apology for Smectymnuus*, in John Milton: *Complete Poems and Major Prose*, ed. Merritt Y. Hughes, p. 695. 长久以来，《启示录》中的一幕令他忧虑重重，来自上天的声音"宛如海水咆哮，雷声轰鸣，竖琴艺人弹奏竖琴"回应荣耀之声，"他们高歌似为君王演唱新曲"。（14：2－3）弥尔顿渴望演唱这首救赎之歌，他朗诵道：唯有他们可以高唱此歌，因为他们"未被女性玷污，还是处男"（14：4）。那么已婚男士会被排除在合唱团之外吗？不，弥尔顿宣称凡思维正常的基督徒都不会做出这样的决定。

24. 英国国教结婚仪式宣称，婚姻是"荣耀的遗产，是上帝在人类的纯真时代制定的"（Brian Cummings, *The Book of Common Prayer*, p. 434）。

25. John Aubrey, *Brief Lives*, p. 20.

26. 弥尔顿的侄子写道，鲍威尔夫妇"开始后悔把长女嫁给了一个意见相左之人，认为若王室再度兴旺，这将成为他们铭牌上的污点"（Edward Phillips, "The Life of Milton", in *John Milton: Complete Poems and Major Prose*, p. 1031）。

27. 离战斗地点最近的是一个叫奇斯威克园区（Chiswick Park）的地铁站，而不是附近那个叫特恩汉姆格林的地铁站。

28. 结婚几周后遭妻子抛弃、受到妻子家人冷落的弥尔顿打算收拾残局。他扩大招生人数，实践新课程，并希望以此为基础改革英格兰的教育体制。与众不同的是，他的目标高远宏大，通过阐释，弥尔顿追溯到了亚当和夏娃。他在课程的宣传手册中写道，教育的终极目标"在于修复人类始祖留下的废墟"（*Of Education*, in *Complete Prose Works of John Milton*, 2：366）。

29. 他在回顾自己的鲁莽冒险之后写道："我最终决定推迟进入这个疯狂的、充满诽谤的世界。貌似上帝打算检验我是否敢于承担正义的事业，来反抗令人厌恶的世界；最终发现我敢。"（Milton, *Judgment of Martin Bucer, Concerning Divorce*, in Milton, *The Divorce Tracts of John Milton*, p. 203.）

30. 根据教会法，严格地说，凯瑟琳早前与已逝兄长亚瑟的婚姻使她与亨利八世的结合无效。

31. 拒绝或无力圆房可以成为婚姻无效的理由，但这一点弥尔顿只字未提，很明显问题不在于此。很可能如果是因为自己无能或因妻子斩钉截铁地拒绝的话，丈夫会缄默不语。但弥尔顿在论离婚的小册子

353

中描述了婚姻不幸、性生活不快乐——"遭受痛苦、卑屈交配的折磨"（*Doctrine and Discipline of Divorce*, in *The Divorce Tracts of John Milton*, p. 118），这很有可能表露了实情或他的感受。

32. 若配偶失踪七年以上，被抛弃的丈夫或妻子可以申请判定失踪配偶死亡，但这样做也存在风险：就算妻子已经再婚，失踪配偶回来后仍可延续婚姻关系。

33. 弥尔顿已经考虑过离婚，这暗藏在清教徒对友伴式婚姻的兴趣中。但他并未持续地严肃争辩。

34. *Doctrine and Discipline of Divorce*, in *The Divorce Tracts of John Milton*, p. 95. 弥尔顿写道，习俗"令伪装的学识无限膨胀"，最终威胁到轻信的男女。在他正确的思想中，无人应该温顺地屈从于"愚蠢邪恶的僧侣的专制统治"。弥尔顿还写道，僧侣们建立起专制体制，因为"曾轻率地发誓要过无法忍受的独身生活"，便"为婚姻生活制造新的枷锁，世界因此变得愈加风流，他们也不在乎因愈加开放而触犯戒律"。（*Judgment of Martin Bucer*, *Concerning Divorce*, in *The Divorce Tracts of John Milton*, p. 201.）因无法忍受独身的束缚，不满的牧师深知，若婚姻生活悲惨痛苦，他们将有更多的机会进行性冒险。

354

35. 法利赛人那时很自然地就问耶稣，他是如何理解《摩西五经》（见《申命记》24：1 或别处）中所说的允许离婚的。显而易见，救世主的回答是明确且坚定的："我告诉你们：凡休妻另娶的，若不是为淫乱的缘故，就是犯奸淫了。"（《马太福音》19：8－9）

36. "救世主的信条是，每项命令的目标和完成都是宽容。"（Milton, *Tetrachordon*, in *The Divorce Tracts of John Milton*, p. 291.）

37. *Tetrachordon*, p. 254.

38. 弥尔顿希望通过婚姻——如别人一样——找到所谓"亲密、善言的帮手，机敏、豁达的伙伴。他认为，这正是亚当堕落之前婚姻的意义，对于我们这些生于堕落之后的严酷、充满痛苦的世界，需要相互扶持与亲密关系的人而言，它更有意义。与错误的人缔结婚姻是一场

灾难。弥尔顿回顾了自己的亲身经历，然后写下："偶遇沉闷无音的
配偶，更感孤独。"（*Doctrine and Discipline of Divorce*, in *The Divorce
Tracts of John Milton*, pp. 113 – 114.）请参见 *Tetrachordon*, pp. 256 –
257：婚姻里，"如果伴侣难以相处、令人厌恶，那境况比单身一人
的孤独寂寞更加糟糕"。

39. 狄奥达蒂写给弥尔顿的两封关于交谈的希腊语书信得以保存下来。
狄奥达蒂在其中一封信中写道："我渴望你的陪伴，我梦想，我预
言，明日天气晴朗，诸事顺遂，你我畅谈，哲理飘荡，学识流淌，
心满意足。"他在另一封信中写道："我目前的生活无可抱怨，唯独
缺少一位善于交谈的高贵伴侣。"（*The Complete Poetry and Essential
Prose of John Milton*, p. 767.）

40. *Doctrine and Discipline of Divorce*, in *The Divorce Tracts of John Milton*,
p. 118.

41. 同上，第 77 页。关于弥尔顿在婚姻之中经历的仇恨而非交谈，见第
49 页；又参见第 115 页。

42. 最猛烈的攻击来自弥尔顿原本打算结盟的阵营，这些长老会成员和
独立的传教士注定是主教的敌人。在一次布道中，一位名叫 Herbert
Palmer 的传教士警告议会成员："海外流传着一本邪恶之书，未经审
查，应遭焚毁。"另有人攻击弥尔顿，因其写作的"论离婚的短文放
松了对过度欲望的约束"。（*The Divorce Tracts of John Milton*, pp. 52,
78.）见 Gordon Campbell and Thomas N. Corns, *John Milton：Life*,
Work, *and Thought*, pp. 165 – 167。他渴望人们颂扬自己是民众的恩
人的幻想到此为止。（*The Doctrine and Discipline of Divorce*, p. 42.）

355 43. *An Answer to a Book*, *Intituled*, *The Doctrine and Discipline of Divorce*,
in Milton, *The Divorce Tracts of John Milton*, p. 430.

44. 批评家发现，弥尔顿本应提前花时间和打算迎娶的妻子相互熟悉。
如果对她的交谈技巧不满意，可以出门找一个更合适的谈话对象，
甚至是另一个女人，"只要没有肉体上的瓜葛便是"（434）。但是，

他无法解除婚姻关系再娶，而显而易见，这样做的社会后果是灾难性的："谁看不见，每周成千上万的好色之徒离开妻子另娶他人，那么离婚之后应该由谁来照顾小孩，况且有些还尚未出世？"（引自 Gordon Campbell and Thomas N. Corns, *John Milton: Life, Work, and Thought*, p. 166。）反对离婚的人警告说，想想那些被迫寻求教区施舍的被抛弃的妻子和婴儿。

45. *Tetrachordon*, in *The Divorce Tracks of John Milton*, p. 255.

46. 所有这些骂人的话都出自 *Coalesterion*。

47. 他在一首未发表的十四行诗中写道："我仅仅提醒时代应推翻障碍。"当然，不止"时代"负重前行，动物也遭阻碍被防止逃离；弥尔顿本人不会重获自由，猫头鹰、布谷鸟、驴、猿和狗困住了他。

48. "写给 Leonard Philaris 的信"，1654 年 9 月 28 日，转引自 Lewalski, *The Life of John Milton: A Critical Biography*, p. 181。

49. 请参见 *The Reason of Church Government in Complete Prose Works of John Milton*, vol. 1, p. 784："若沉重的教义，或者根本没有教义，令人们灵魂麻木、糊涂、思维停滞、怠惰……为了避免教会分裂，他们（文书审查员）确实在避免意见分歧……有力的辩护或许是麻痹人的吹捧：我让你摆脱劳役与苦痛。"弥尔顿总结道，"无论怎样"，应该"摆脱教会的谴责，剥夺其司法权"。

50. *Areopagitica*, in *The Complete Poetry and Essential Prose of John Milton*, p. 930.

51. 这不仅关乎他的公开立场：弥尔顿决心不隐藏希望获得个人幸福的想法。他计划带着刚过八十岁的父亲搬去一栋更加宽敞的新房子，招收新学生。据他侄子回忆，弥尔顿开始在 Margaret Lee——一位机智幽默、心灵手巧的女士——的陪伴下度过漫漫长夜，他还曾赋诗对其进行赞扬。问题不是弥尔顿出轨；考虑到他的道德优越性，此事极不可能发生。他好像开始向自己证明他能够和一位合适的女士进行"愉快的交谈"，此前，好辩的对手曾说，只有在另一位女士的

356 陪伴下才可以。此外，他的侄子写道，弥尔顿此时还向"一位健美、风趣的贵妇人"求婚，但遭到了"拒绝"。这样的结局不足为奇：弥尔顿可能已经告诉自己（和她），自己能够自由地宣布他已离婚；但其他人认为他若再婚，便犯了重婚罪。

52. 在持续数月的攻击与反攻中，积累的愤怒爆发了。误入胜利者之手的保皇党军队被彻底击败。被俘的妻子和情妇用金钱和珠宝交换自由——据估算，被掠夺物相当于价值 10 万英镑的黄金，但国王营地 100 多名妓女和女仆被处死。（请参见 C. V. Wedgwood，*The King's War: 1641 – 1647*, pp. 427 – 428。）

53. 他的侄子，那时年仅十五岁，描述了当时的情景，不过他承认这仅仅是推测而已："刚开始可能有点拒绝，但很快就签署了'遗忘法案'（Act of Oblivion），结成了面向未来的'和平联盟'（League of Peace），部分是因为弥尔顿天生雅量，乐于和解，不执念于愤怒与复仇；部分是因为双方朋友的大力调解。"（Edward Phillips, in Hughes，*John Milton: Complete Poems and Major Prose*, p. 1032.）

54. 弥尔顿在其早期匿名出版的自传中说道，玛丽后来指控其母亲煽动她"鲁莽行事"（William Riley Parker，*Milton: A Biography*, 2: 864）。

55. "till death us depart"，出自 1559 年的《公祷书》。1662 年的《公祷书》将其修改为"till death us do part"。见 Cummings，*The Book of Common Prayer: The Texts of 1549, 1559, and 1662*。

56. Parker, 2: 1009. 按惯例应该记下出生的准确日期与时间——可能是因占卜需要记号而留存下来，甚至那些不相信占星术的人也是如此；但关系平淡就不会让悲痛的丈夫记录下妻子去世的确切日期吗？一位博学、令人钦佩的弥尔顿现代传记作家想要相信，在玛丽跪倒在他面前的那一刻，弥尔顿意识到自己仍然爱着她（Parker，*Milton: A Biography*, 1: 299）。我认为这极不可能，但更奇怪的事情发生了。也许在那种情况下，弥尔顿的粗略并非表示疏离，只是无论对于尘世故事业已终结的死者，还是必须继续前行的生者而言，精确都显得不那么重要。玛丽去世后不久，他们 15 个月大的儿子约翰也离开了，弥尔顿再次在圣经中粗略地写下："我的儿子在其母亲去世大约六周后，也走了。"（Parker，2：1014.）

第十章　天堂政治

1. "……奴役是由于人类不公正和邪恶的压迫而被引入的，它违背了上帝的旨意，如果上帝愿意创造农奴，那么在创世之初肯定会指定谁是农奴谁是主。"鲍尔的名言被他的贵族敌人 Thomas Walsingham 注意到。请参见 Albert Friedman，"'When Adam Delved . . .'：Contexts, of an Historic Proverb"，in Benson，*The Learned and the Lewd*，pp. 213 - 230；也请参见 Steven Justice，*Writing and Rebellion：England in 1381*。随着它的广泛传播，鲍尔对第一批人类的本质的提醒并不总是，而且不一定是反抗的呼唤，也可能只是对谦卑的呼吁。Owst 引用 Dominican Bromyard："他们都是同一个始祖的后代，都来自同一片尘土。因为，如果上帝用金造贵族，用泥造愚昧人，那么前者就会引以为傲……真正的荣耀不取决于任何事物的起源或起点，而取决于其自身的状况。"（转引自 G. R. Owst，*Literature and Pulpit in Medieval England*，p. 292。）

2. Robert Everard，*The Creation and Fall of Adam Reviewed*. 我为此以及对 George Fox 的引用感谢 Stephen Hequembourg 博士。

3. *The Journal of George Fox*.

4. Thomas Traherne，"Innocence"，in Thomas Traherne，*Centuries，Poems，and Thanksgiving*，ed. H. M. Margoliouth，2 vols.（Oxford：Clarendon Press，1958），2：18. 参见 *Centuries* 3：1："天堂里的亚当对这个世界不会比孩童时期的我有更多甜美的感受和好奇的领悟。"（1：110）

5. *Of Prelatical Episcopacy*，in *Complete Prose Works of John Milton*，1：625.

6. "第一个人吃的苹果，并不是一个被称为苹果或类似水果的果子；它

357

是被创造出来的物体。"（Gerrard Winstanley, *New Law of Righteousness*, in *The Works of Gerrard Winstanley*.）

7. Winstanley, *Fire in the Bush*, in *Works*, p. 220. 关于亚当在这一时期的广泛视野，请参见 Julia Ipgrave, *Adam in Seventeenth Century Political Writing in England and New England*, and Joanna Picciotto, *Labors of Innocence in Early Modern England*。

8. Winstanley, *New Law of Righteousness*, in *Works*, p. 184. 这种对伊甸园的"共产主义"解读源于约翰·鲍尔的激进主义，在 17 世纪的英国，有一种保守的解释引起了激烈的争论，认为亚当是第一个族长、地主和统治者。见 Robert Filmer, *"Patriarcha" and Other Political Works*, ed. Peter Laslett（New York：Garland, 1984）："亚当通过造物统治了整个世界，通过从他那里继承下来的权利，族长们确实享受到了这种统治，它和任何自造物以来的君主的绝对统治一样大、一样充分。"（58）

9. *The Reason of Church Government in Milton*, *Complete Poems and Major Prose*, ed. Hughes, p. 662.

358　10. 最令人憎恶的对象——奥利弗·克伦威尔——签署了死刑令，并成为随后的英联邦的主要支柱，但他在 1658 年的死亡在一定程度上限制了保皇党采取的报复。尽管如此，他们还是竭尽所能：将克伦威尔的经过防腐处理的尸体于被埋葬两年之后从威斯敏斯特教堂的坟墓中挖掘出来，他们用雪橇把克伦威尔的尸体脸朝下拖过伦敦的街道；还有约翰·布拉德肖（John Bradshaw）的腐烂尸体，他曾担任审判国王的法庭庭长；还有亨利·艾尔顿（Henry Ireton），他是克伦威尔的女婿、议会军队的将军。在国王被处决的周年纪念日，三名死者被拖上断头台，被施以绞刑。黄昏时分，两具尸体被斩首，扔进一个无名的坑里。他们的头被钉在威斯敏斯特大教堂的旗杆上，而国王曾在那里受审；作为一个可怕的警告，他们的头被挂在那里很多年。

11. 在这里，弥尔顿的重要朋友——诗人安德鲁·马维尔（Andrew Marvell）被认为是其前助手，他是赫尔（Hull）的议员。诗人兼剧作家威廉·达文南特（William Davenant）也声称曾经保护过弥尔顿。几年前，当保皇党人达文南特被指控叛国，并被囚禁在塔里时，当时掌权的弥尔顿介入并帮助挽救了他的生命。

12. 此处是根据乔纳森·理查德森（Jonathan Richardson）所言，请参见 Parker, *Milton：A Biography*, 1：577。

第十一章　成为现实

1. 关于故事背景发展的众多记载，参见 Neil Forsyth, *The Old Enemy：Satan and the Combat Myth*（Princeton：Princeton University Press, 1987），以及最近出版的 Dallas G. Denery II, *The Devil Wins*。

2. 这里是指那些不能被吸收，但必须通过系统被排泄出去的食物。除了坚持伊甸园的气味有多甜之外，弥尔顿没有直接对其结果进行推测，但路德（Luther）却这样做了，他指出："排泄物中没有臭味。"也就是说，伊甸园中的粪便是没有臭味的。（引自 Kurt Flasch, *Eva e Adamo：Metamorfosi di un mito*, p. 111, n. 27。）路德曾经说到过 "我所钟爱的《创世记》"，他一生中的大部分时间都致力于对它进行评论和阐释。参见 Theo M. M. A. C. Bell, "Humanity Is a Microcosm：Adam and Eve in Luther's Lectures on Genesis（1535－1545）", in *Out of Paradise：Eve and Adam and Their Interpreters*, ed. Bob Becking and Susanne Hennecke（Sheffield, UK：Sheffield Phoenix Press, 2011）。

3. *Yebamoth*, 63a. *Yebamoth* 作为 *Mishnah*（编于公元 1～2 世纪）的一部分，是一本关于家庭法的书，模仿的是一篇对《申命记》23：5 和 7－9 的评论。

4. 《创世记》2：23，摘自《摩西五经》，罗伯特·阿尔特译本。该译本比詹姆斯钦定本圣经更好地体现了对 "这一个" 的重视。

5. Alexander Ross, *An Exposition on the Fourteen First Chapters of Genesis，by*

Way of Question and Answer, p. 26.

359　6. 我屈身窥视，看见发光的水里出现一个和我面对面的形象，在屈身看
我。我一惊退，它也惊退；过一会儿，我高兴地再回头观看，同时，
它也回头看我，眉眼之间，似有回报我以同情和爱恋之意。（4：
460 – 465）

7. 至少有一个迹象——尽管仍然是一个模棱两可的迹象，表明弥尔顿可
能已经克服了痛苦，达成了一个新的和更深的情感纽带。也许他所写
过的最感人的抒情诗是一首关于一个梦的十四行诗，在梦中，他认为
他看到了死去的妻子——"圣洁的亡妻"——从坟墓里回到了他身边
（John Milton, "Sonnet XXIII", in Milton, *Complete Poems and Major
Prose*, p. 170）："因此，我也好像重新得到一度的光明，/毫无阻碍
地、清楚地看见她在天堂里，/全身的雪白衣裳，跟她的心地一样纯
洁，/她脸上罩着薄纱，但在我幻想的眼里，/她身上清晰地放射出
爱、善和娇媚，/再也没有别的脸，比这叫人更加喜悦。/可是，啊！
当她正要俯身抱我的时候，/我醒了，她逃走了，白昼又带回我的黑
夜。"长期以来，人们一直认为"圣洁的亡妻"是诗人的第二任妻子
凯瑟琳，但在 20 世纪中叶，弥尔顿的伟大传记作家威廉·莱利·帕
克（William Riley Parker）认为，这里所说的妻子一定是玛丽。帕克
指出，弥尔顿娶凯瑟琳时已经是瞎子了，因此他不可能"再一次"在
天堂里看到她，而他曾经高兴地看着玛丽的脸。不过，根据这一点来
构建起二人之间重新复原的爱情，是有点儿靠不住的。

第十二章　亚当之前的人类

1. 在《神学体系》（*A Theological System*, London, 1655）一书的序言里，
拉·佩雷尔重述了这种关于世界并不起源于亚当的"自然的怀疑"。
这种怀疑萌芽于旁人更早的记录，当然他也说，在他还是个孩子的时
候就有了这种想法，"当听到或读到《创世记》里该隐向前去，很可
能会被人发现的他像一个小偷一样机警行事，在野地里杀死兄弟时；

当他唯恐因为兄弟的死被降罚而逃走时；当他在远离先祖的地方娶妻筑城时"。

2. 这个群体包括布莱兹·帕斯卡、马林·梅森、皮埃·伽桑狄、胡果·格劳秀斯以及托马斯·霍布斯等伟大的知识分子。

3. 西班牙语原文为："Ellos andan todos desnudos como su madre los parió; y también las mugeres。" *The "Diario" of Christopher Columbus's First Voyage to America, 1492–1493*, pp. 64–65.

4. H. W. Janson, *Apes and Ape Lore in the Middle Ages and the Renaissance* (London：Warburg Institute, 1952).

5. Stephen Greenblatt, *Marvelous Possessions*, pp. 78–79.

6. Jean Delumeau, *History of Paradise*, pp. 156–157.

7. "不是极乐世界，如同异教徒的那些，"他写道，"是天主教徒的尘世天堂，就位于那里。"（no los Campos Elíseos, como los gentiles, sino, como católico, el paraiso terrenal.）Las Casas, *Historia de las Indias* II：50, in Santa Arias, "Bartolomé de las Casas's Sacred Place of History", in Arias et al., *Mapping Colonial Spanish America*, p. 127.

8. Las Casas, *A Short Account of the Destruction of the Indies*, p. 9. "我屡次见到那些西班牙信徒，他们被闪耀在那些土著居民身上天然的美好所震撼，我们常会听到他们呼喊'只要拥有皈依基督教的机会，这些土著会成为世上最受赐福的人'。"（pp. 10–11）

9. 参见 Woodrow Borah and Sherburne F. Cook, *Essays in Population History*。

10. "我认为相比人死后被吃掉，在人还活着的时候把他吃掉更没有人性，"蒙田在他的散文《论食人族》中写道，"通过折磨与拷打对一个有着切实知觉的人加以摧残，一点点把他烤熟，让他被疯狗与生猪撕咬啃食（我们不仅读到，我们还在鲜血淋漓的记忆中亲眼看到，那些不是发生在古代的仇敌之间，而是就发生在邻居之间或城市市民之间，更糟糕的是，这些都打着虔敬与信仰的幌子），这些都比人死后才把他烤熟吃掉更野蛮。"（Montaigne, "Of Cannibals", in Montaigne, *The Complete Essays of Montaigne*, p. 155. ）法国的宗教战争——蒙田提到的这些恐怖场景的出处——给蒙田以及他的很多同代人对宗教正统教条的信仰以极大的摧毁。很显然蒙田在这篇散文的结尾处就土人的赤裸状态开了一个反讽性的玩笑："这全然没那么糟糕——但又有何益呢？他们又不穿马裤。"（p. 159）

11. Matthew Hale, in Almond, *Adam and Eve in Seventeenth-Century Thought*, 49. 同样可参见 La Peyrère, *Two Essays Sent in a Letter from Oxford to a Nobleman in London*："西印度群岛，以及最近在南方（南美洲）新近发现的其他广大地区，充满了形形色色的栖居者与不知名的动物，这些动物我们在亚洲、非洲与欧洲算是闻所未闻，甚至见所未见，它们的起源也不像近期一些作家所假称的那样明确……它们与地球上其他所有物种的区别，包括行为模式、语言、习惯、宗教、饮食、艺术以及习俗上的，还有它们中的四足动物、鸟类、蛇与昆虫等，都让它们的演化显得十分不明确，也使其起源非常不清晰，尤其是在一般意义上；根据通俗的观点，地球上的万物都源自一个小点。"难怪这在当时只能匿名发表，即使是在 1695 年。

12. 他写道："圣经上指明，大洪水后的幸存者在五代人之内就建起了地球上的全部国家。但是他们真的能繁衍出占据中国、美洲、南国、格陵兰岛还有其他地方的后代吗？甚至其繁衍数量是否足以解释欧洲的人口数量？"（转引自 Richard Henry Popkin, *Isaac La Peyrère ［1596 – 1676］: His Life, Work, and Influence*, p. 51。）

13. Lucretius, *On the Nature of Things*, 5: 963 – 965.

14. Arthur O. Lovejoy and George Boas, *Primitivism and Related Ideas in Antiquity*, p. 149.

15. 来自伊利亚学派陌生人（eleatic strarger），in Plato's *Statesman*, in *Primitivism and Related Ideas in Antiquity*, pp. 121 – 122.

16. Herodotus, *The Histories*, trans. Aubrey de Sélincourt, rev. John

Marincola（London：Penguin，1972），2：142. 关于贝罗索斯请参见 Berossus，*The Babyloniaca of Berossus*（Malibu，CA：Undena Publications：1978）。

17. Richard Baines，"Baines Note"，in BL Harley MS. 6848 ff. 185 – 186.（http：//www. rey. myzen. co. uk/baines1. htm）

18. *Spaccio della Bestia trionfante*（1584），in *Dialoghi italiani：Dialoghi metafisici e dialoghi morali*，3rd ed. ，ed. Giovanni Aquilecchia，pp. 797 – 798；in Popkin，*Isaac La Peyrère*，p. 35.

19. Grotius，quoted in Popkin，*Isaac La Peyrère*，p. 6.

20. 英语译本是跟 *A Theological System* 装订在一起出版的。

21. "我知道不像发现的那样，即《摩西五经》是摩西自己的手稿。尽管如此宣称，大家却并不全然相信。这些理由让我相信这五本书不是摩西的原稿，而是被别人多次传抄过的，因此我们才能在《摩西五经》中读到摩西的死亡。他怎么可能在死后还写下自己死亡的事情呢？他们说约书亚把摩西之死写进了《申命记》，但又是谁把约书亚的死写进了那本说是如此的书里面呢？"（Popkin，*Isaac La Peyrère*，pp. 204 – 205.）不只拉·佩雷尔注意到了"直接传自摩西"的这种说法里面的问题。因为文本对摩西之死的囊括带来的"作者是谁"的问题早就被人关注，17 世纪法国新教徒学者 Louis Cappel 宣称："在流传到他的时代的诸多版本的希伯来圣经之中，共有八百种变体。"（同上，第 50 页。）

22. "当圣经被以一种更加整体化的方法加以解读时，反复阅读它就是一个很大的误区，因为本该以一种局部的特定的方式去理解它：亚当，那个摩西使之成为犹太人始祖的人，被我们夸张地放大为全人类的始祖了。"（引自 Popkin，*Isaac La Peyrère*，p. 119。）

23. 拉·佩雷尔十分艰难地创造出这一论点所需要的复杂神学理论体系。他写道，亚当的罪过"被归咎于亚当被创造出来之前的早期人类身上"（Popkin，*Isaac La Peyrère*，p. 46）。为什么呢？不是因为他们的

362

毁灭，而恰恰是因为他们的救赎。因为只有他们犯下罪孽，就像
（如他所述）亚当的违禁一样，他们才能参与到基督的荣耀与救赎之
中。"如果不是他们灭亡了，那么他们就灭亡了。"（47）他也声称，
在亚当和夏娃之后，没有人能像他们那样犯下那样的错误，因为人
们已经不可能再去吃善恶树上的果子了。亚当夏娃之后的所有罪过
都是"亚当犯禁的翻版"（37）。

24. 在此一个世纪之前，生于希腊的多米尼克教派的托钵修士 Jacob
Palaeologus 就因其言论在罗马被斩首，他提出，并非所有人类都起
源于亚当和夏娃，他还声称，犹太教义、基督教义与伊斯兰教义都
为人类的救赎提供了合法的途径。

25. 理查德·西蒙神父是从拉·佩雷尔那里听说这事的。（In Popkin, pp.
14 and 181, n. 61.）

26. 其实问题不是自亚当和夏娃的时代到今天这段时间里累积下了过多的
人口，恰恰相反，是人口过少了。Dominic Klyve, "Darwin, Malthus,
Süssmilch, and Euler: The Ultimate Origin of the Motivation for the Theory
of Natural Selection."

第十三章　消逝

1. Origen, quoted in Almond, *Adam and Eve in Seventeenth-Century Thought*,
p. 66.

2. Epiphanius, quoted in Nicholas Gibbons, *Questions and Disputations
Concerning the Holy Scripture*.

3. 皮埃尔·贝尔（1647～1706）的《历史批判辞典》被译为英文版时，
作者做了许多改动和订正，与法语原版是不同的。

4. "我没有让他们用这把刀，"贝尔想象一个统治者在犯罪已经完成之
后，为自己的行为狡辩，"相反，我甚至还告诉他们不要用。"但这
种辩护是没有意义的：统治者完全明白，如果把一个人放在这些情况
中，他是一定会犯下错误，并带来先前并未被告知的痛苦。统治者是

有能力阻止的，但他恰恰没有这么做。

5. 对于亚当和夏娃乃至他们的子嗣所应当承受的惩罚，贝尔写道："阻
止一名刺客刺杀一个人，怎么说都要比在他犯下罪后，多此一举地严
厉惩罚他要好。"（2488）如果来自基督教徒最高明的回答是"上帝
是想要借着最终拯救有罪的人类，来彰显自己的仁慈"的话，那么贝
尔相信，这种思想将会把他们带入更大的困境。像父亲一般的上帝，
竟然会允许他的孩子先弄断自己的腿而不加阻止——即使他完全有阻
止的能力，只是为了彰显自己的能力与仁德，那这是一个什么样的上
帝啊？

363

6. "La meilleure réponse qu'on puisse faire naturellement à la question,
Pourquoi Dieu a-t-il permis que l'homme péchât? est de dire : j'en sais
rien."（同上，第 504 页。）在另外一个脚注中，他解释了"自然地"
一词，他解释道，这个词的意思是"并没有翻阅启示录"。我认为无
法判断这里有没有讽刺成分。

7. Ezra Taft Benson, *The Teachings of Ezra Taft Benson*, pp. 587 – 588.

8. Ralph Waldo Emerson, journal entry for October 18, 1839, in *The Journals
and Miscellaneous Notebooks of Ralph Waldo Emerson*, p. 270.

9. Henry D. Thoreau, *Walden*（Boston：Ticknor & Fields, 1864）, chapter 9.

第十四章　达尔文的疑虑

1. 从严格意义上来讲，达尔文主义启发了关于生命起源的非神学的论
述，如 John Maynard Smith 和 Eörs Szathmáry 的 *The Origins of Life* 一书。
但这样的说法并没有瓦解人们对上帝的信仰，参见 Alvin Plantinga,
Where the Conflict Really Lies, and Berry et al., *Theology After Darwin*。

2. Merlin Donald, *Origins of the Modern Mind*："我们与黑猩猩共同拥有一
个祖先的年代距今大约只有 500 万年；最古老的人属物种距今不过
200 万年；最古老的完全现代的人类遗骸也只有 5 万到 10 万岁左右。"
（22）

3. Charles Darwin, *The Descent of Man*, *and Selection in Relation to Sex* (1871), in *From So Simple a Beginning*: *The Four Great Books of Charles Darwin*, p. 777. 关于达尔文思想对圣经创世论的影响，请参见 John C. Greene, *The Death of Adam*: *Evolution and Its Impact on Western Thought*。

4. Lucretius, *On the Nature of Things*, 5：932.

5. 19 世纪 30 年代，查尔斯·莱尔在描述英格兰东南部连绵起伏的山丘时写道："为了让读者了解威尔德山谷（Valley of the Weald）的物理结构，我们将假设他从伦敦盆地向南旅行。离开第三系地层时，他首先要爬上一个平缓的斜面，这个斜面是由白垩地层的上部坚硬部分构成的，然后他就会发现自己在一个斜坡的顶端……地质学家在这幅图上一定会看到与海崖十分相似的地方，如果他转过身来，朝相反的方向，或者向东朝着比奇角，他会看到同样的高度线延长了。甚至那些不习惯推测先前这里的表面发生过哪些变化的人，或许也会联想到，这里开阔平坦的平原像是退潮后被风吹干的沙滩，而那些突出的白垩岩层形态各异，就像把海湾切分成不同的区域的海角。"（Charles Lyell, *Principles of Geology*, *Being an Attempt to Explain the Former Changes of the Earth's Surface*, *by Reference to Causes Now in Operation*, 3 vols. [London：J. Murray, 1832], 3：289 – 290.）

6. Paolo Rossi, *The Dark Abyss of Time*.

7. 转引自 Andrew Dickson White, *A History of the Warfare of Science with Theology in Christianity*, p. 182。

8. Philip H. Gosse, *Omphalos*: *An Attempt to Untie the Geological Knot*, p. 274.

9. *On the Origin of Species*（1859）, in *From So Simple a Beginning*: *The Four Great Books of Charles Darwin*, p. 647.

尾声　在伊甸园的森林里

1. 黑猩猩与最后的共同祖先的相似之处主要在于它们惊人的形态学上的

相似性，大概是因为两者在与人类分成不同物种后都没有太大的改变。

2. Russell H. Tuttle 对此提出质疑，请参见 Russell H. Tuttle, *Apes and Human Evolution*, p. 576。

3. 它们有强烈的仇外心理，如果它们发现附近有外来的黑猩猩，它们的毛发会因痛苦和厌恶而竖立起来，它们也会呕吐或腹泻发作。我虽然没有亲自看到，但在许多科学记述中都有描述，包括 Toshisada Nishida, *Chimpanzees of the Lakeshore*, p. 246。

4. 古代的观点主要是基于对猴子和狒狒的观察，尽管可能也有对早期高等灵长类动物的少许参照。17 世纪伟大的旅行叙事收藏家塞缪尔·普恰斯（Samuel Purchas）出版了安德鲁·巴特尔（Andrew Battell）1607 年的关于他在非洲被俘的记述。巴特尔描述了一个被当地人称为"庞戈"（pongo）的怪物："这个庞戈在各方面都像一个人类男性，但他更像一个身材高大的巨人，而不是一个男人，因为他非常高；他长着一张男人的脸，眼睛凹陷，眼眉上长着长毛。"（"The Strange Adventures of Andrew Battell of Leigh in Essex, Sent by the Portugals Prisoner to Angola", in Samuel Purchas, *Hakluytus Posthumus, or Purchas His Pilgrimes*, 6：398.）请参见 Dale Peterson and Jane Goodall, *Visions of Caliban: On Chimpanzees and People*。直到现代，科学家才将黑猩猩和大猩猩确定为一个物种，并对之加以描述。

5. Tuttle, *Apes and Human Evolution*. 各方面都有充分的争论空间：一些研究人员会声称，黑猩猩确实有一种善与恶的感觉；其他人则会说，不管它们假装拥有多少善与恶，其实它们都缺乏这种感觉。

6. Frans de Waal, *Chimpanzee Politics: Power and Sex Among Apes*. Machiavelli, *The Prince*, chap. 18, in *The Prince and the Discourses*, trans. Christian Detmold（New York：Modern Library, 1950）, p. 65.

7. Richard Wrangham and Dale Peterson, *Demonic Males: Apes and the Origins of Human Violence*.

365

8. Louis Ginzberg, *Legends of the Jews*, 1：167.

9. 请参见 H. W. Janson, *Apes and Ape Lore in the Middle Ages and the Renaissance*。

10. 这不太可能是赫胥黎的原话，这个女人可能是因炎热或人多而晕倒的。对此故事可能有的传奇性的夸张批评，请参见 J. R. Lucas, "Wilberforce and Huxley：A Legendary Encounter"，但是，即使真实的文字并非完全如此，故事还是作为一个象征性的转折点流传开了。

11. Ian Tattersall, *Masters of the Planet*, p. 85.

12. Friedrich Nietzsche, *The Genealogy of Morals*.

13. 请参见 Richard Wrangham and David Pilbeam, "African Apes as Time Machines", in *All Apes Great and Small*, vol. 1：*African Apes*。

精选参考书目

（如果读者想参阅本书更完整的参考书目，请访问我的个人网站：stephengreenblatt. com）

Adam, a Religious Play of the Twelfth Century. Translated by Edward N. Stone. Seattle: University of Washington Press, 1928.

Adar, Zvi. *The Book of Genesis: An Introduction to the Biblical World*. Translated by Philip Cohen. Jerusalem: Magnes Press, 1990.

Allen, Don Cameron. *The Legend of Noah: Renaissance Rationalism in Art, Science, and Letters*. Urbana: University of Illinois Press, 1949.

Almond, Philip C. *Adam and Eve in Seventeenth-Century Thought*. Cambridge: University of Cambridge Press, 2008.

Alter, Robert. *The Art of Biblical Narrative*. Rev. & updated ed. New York: Basic Books, 2011.

———, trans. *The Book of Psalms: A Translation with Commentary*. 1st ed. New York: W. W. Norton, 2007.

———, trans. *Five Books of Moses*. New York: W. W. Norton, 2004.

———, and Frank Kermode, eds. *The Literary Guide to the Bible*. Cambridge: Harvard University Press, 1987.

Anderson, Gary A. *The Genesis of Perfection: Adam and Eve in Jewish and Christian Imagination*. Louisville, KY: Westminster John Knox Press, 2001.

———. *Sin: A History*. New Haven: Yale University Press, 2009.

———, and Michael E. Stone, eds. *A Synopsis of the Books of Adam and Eve*. 2nd rev. ed. Atlanta: Scholars Press, 1999.

Andrewes, Lancelot. "A Lecture on Genesis 2:18," *Apospasmata Sacra, or A Collection of Posthumous and Orphan Lectures*. London, 1657.

Arendt, Hannah. *Love and Saint Augustine*. Edited by Judith Chelius Stark and Joanna Vecchiarelli Scott. Chicago: University of Chicago Press, 1996.

Arias, Santa. "Bartolomé De Las Casas's Sacred Place of History." In *Mapping Colonial Spanish America: Places and Commonplaces of Identity, Culture, and Experience*. Edited by Santa Arias and Mariselle Melé. Lewisburg, PA: Bucknell University Press, 2002.

Aubrey, John. *Brief Lives*. London: Penguin Books, 2000.

Auerbach, Erich. *Time, History, and Literature: Selected Essays of Erich Auerbach*. Edited by James I. Porter and Jane O. Newman. Princeton: Princeton University Press, 2014.

Augustine. *"The City of God." St. Augustin: The City of God, and Christian Doctrine*. Edited by Philip Schaff. Vol. 2. Grand Rapids: Wm. B. Eerdmans Publishing Co., 1956.

———. *Confessions*. Latin text with commentary by James J. O'Donnell. 3 vols. Oxford: Clarendon Press, 1992.

———. *Confessions*. (Latin) Loeb Classical Library, with English translation by William Watts (1631). 2 vols. Cambridge: Harvard University Press, 1912.

———. *Confessions*. Translated by Gary Wills. New York: Penguin, 2006.

———. *Confessions*. Translated by R. S. Pine-Coffin. Baltimore: Penguin, 1961.

———. *Concerning the City of God Against the Pagans*. Translated by Henry Bettenson. New York: Penguin, 1984.

———. *"De Gratia Christi, Et De Peccato Originali." In St. Augustin: Anti-Pelagian Writings*. Edited by Philip Schaff. Vol. 5. Grand Rapids: Wm. B. Eerdmans Publishing Co., 1955.

———. *De Haeresibus*. Translated by Liguori G. Mueller. Washington, DC: Catholic University of America Press, 1956.

———. "Letter Addressed to the Count Valerius, on Augustin's Forwarding to Him What He Calls His First Book 'On Marriage and Concupiscence' in 'Extract from Augustin's Refractions,' Book II. Chap 53, on the Following Treatise, *De Nuptiis Et Concupiscenta." St. Augustin: Anti-Pelagian Writings*. Edited by Philip Schaff. Vol. 5. Grand Rapids: Wm. B. Eerdmans Publishing Co., 1955.

———. *On Christian Doctrine*. Edited by D. W. Robertson. New York, 1958.

———. *On Genesis: A Refutation of the Manachees, Unfinished Literal Commentary on Genesis, the Literal Meaning of Genesis*. Translated by Edmund Hill. Hyde Park, NY: New City Press, 2012.

———. *"On the Holy Trinity." In St. Augustin: On the Holy Trinity, Doctrinal Treatises, Moral Treatises*. Edited by Philip Schaff. Vol. 3. Grand Rapids: Wm. B. Eerdmans Publishing Co., 1956.

———. *"On Marriage and Concupiscence." In St. Augustin: Anti-Pelagian Writings* Ed. Philip Schaff. Vol. 5. Grand Rapids: Wm. B. Eerdmans Publishing Co., 1955.

———. *"On Original Sin." In St. Caesarius of Arles Sermons, Volume 2 (81–86)*. Translated by Sister Mary Magdalene Mueller, O.S.F. Washington, DC: Catholic University of America Press, 1981.

———. *Saint Augustine Against Julian*. Translated by Matthew A. Schumacher. New York: Fathers of the Church, 1957.

————. *St. Augustine on the Psalms.* Edited by Dame Scholastica Hegbin and Dame Felicitas Corrigan. Vols. I and II. London: Longmans, Green & Co, 1960, 1961.

————. *St. Augustine Select Letters.* Translated by James Houston Baxter. New York: G. P. Putnam's Sons, 1930.

————. "A Treatise on the Merits and Forgiveness of Sins, and on the Baptism of Infants." In *St. Augustin: Anti-Pelagian Writings.* Edited by Philip Schaff. Vol. 5. Grand Rapids: Wm. B. Eerdmans Publishing Co., 1955.

Austin, William. *Haec homo: Wherein the Excellency of the Creation of Woman is Described, by Way of an Essay.* London: Richard Olton for Ralph Mabb . . . , 1637.

Avril, Henry, ed. *Biblia Pauperum, a Facsimile and Edition.* Ithaca: Cornell University Press, 1987.

Bailey, Derrick. *The Man-Woman Relation in Christian Thought.* London: Longmans, Green & Co., 1959.

Bal, Mieke. "Sexuality, Sin, and Sorrow: The Emergence of Female Character (A Reading of Genesis 1–3)." In *The Female Body in Western Culture: Contemporary Perspectives.* Edited by Susan Rubin Suleiman. Cambridge: Harvard University Press, 1986.

Barasch, Moshe. *Gestures of Despair in Medieval and Early Renaissance Art.* New York: New York University Press, 1976.

Barr, James. *The Garden of Eden and the Hope of Immortality: The Read-Tuckwell Lectures for 1990.* London: SCM Press, 1992.

Barr, Jane. "The Influence of St. Jerome on Medieval Attitudes to Women." In *After Eve: Women in the Theology of the Christian Tradition.* Edited by Janet Martin Soskice. New York: Marshall Pickering, 1990, pp. 89–102.

Batto, Bernard F. *Slaying the Dragon: Mythmaking in the Biblical Tradition.* Louisville, KY: Westminster John Knox Press, 1992.

Baudet, Henri. *Paradise on Earth: Some Thoughts on European Images of Non-European Man.* Translated by Elizabeth Wentholt. New Haven: Yale University Press, 1965.

Bayle, Pierre. *An Historical and Critical Dictionary. By Monsieur Bayle. Translated into English, with Many Additions and Corrections, Made by the Author Himself, That Are Not in the French Editions.* . . . *A-B.* London: MDCCX, 1710.

Bayless, Martha. *Sin and Filth in Medieval Culture.* New York: Routledge, 2011.

Beck, Jonathan. "Genesis, Sexual Antagonism, and the Defective Couple of the Twelfth-Century Jeu d'Adam." *Representations,* no. 29 (1990), pp.124–44.

BeDuhn, Jason. *Augustine's Manichaean Dilemma.* 2 vols. 1st ed. Philadelphia: University of Pennsylvania Press, 2013.

Beer, Gillian. *Darwin's Plots: Evolutionary Narrative in Darwin, George Eliot, and Nineteenth-Century Fiction.* 3rd ed. Cambridge: Cambridge University Press, 2009.

Bellah, Robert N. *Religion in Human Evolution: From the Paleolithic to the Axial Age.* Cambridge: Harvard University Press, 2011.

Benson, Ezra Taft. *The Teachings of Ezra Taft Benson.* Salt Lake City: Bookcraft, 1988.

Berlin, Adele, and Marc Zvi Brettler, eds. *The Jewish Study Bible.* New York: Oxford University Press, 2004.

Berry, R.J., and Michael S. Northcott, eds. *Theology After Darwin.* Milton Keynes: Paternoster, 2009.

Bertoli, Bruno. *Medieval Misogyny and the Invention of Western Romantic Love*. Chicago: University of Chicago Press, 1991.

Bettenson, Henry Scowcroft and Chris Maunder, eds. *Documents of the Christian Church*. 4th ed. Oxford: Oxford University Press, 2011.

Bevington, David, ed. *Medieval Drama*. Boston: Houghton Mifflin, 1975.

Biale, David. *Not in the Heavens: The Tradition of Jewish Secular Thought*. Princeton: Princeton University Press, 2011.

Bialik, Hayim Nahman, and Yehoshua Hana Ravnitzky, *The Book of Legends: Sefer Ha-Aggadah*. Translated by William G. Braude. New York: Schocken, 1992.

Blamires, Alcuin. *The Case for Women in Medieval Culture*. Oxford: Clarendon Press, 1997.

Bloom, Harold, and David Rosenberg. *The Book of J*. Translated by David Rosenberg. New York: Grove Weidenfeld, 1990.

Blum, Pamela Z. "The Cryptic Creation Cycle in Ms. Junius xi." *Gesta* 15, no. 1/2 (1976), pp. 211–26.

Boehm, Christopher. *Hierarchy in the Forest: The Evolution of Egalitarian Behavior*. Cambridge: Harvard University Press, 1999.

———. *Moral Origins: The Evolution of Virtue, Altruism, and Shame*. New York: Basic Books, 2012.

Boehme, Jacob. *Mysterium Magnum*. Translated by J. Sparrow. London, 1654.

Bonnet, Anne-Marie. *"Akt" Bei Dürer*. Cologne: Walther König, 2001.

Bottero, Jean. *Everyday Life in Ancient Mesopotamia*. Translated by Antonio Nevill. Edinburgh: Edinburgh University Press, 2001.

———. *Mesopotamia: Writing, Reasoning, and the Gods*. Translated by Marc Van De Mieroop and Zainab Bahrani. Chicago: University of Chicago Press, 1992.

———. *Religion in Ancient Mesopotamia*. Translated by Teresa Lavender Fagan. Chicago: University of Chicago Press, 2001.

Braude, William G., trans. *The Book of Legends: Sefer Ha-Aggadah*. New York: Schocken, 1992.

Brenner, Athalya. *The Intercourse of Knowledge: On Gendering Desire and Sexuality in the Hebrew Bible*. Bible Interpretation. Edited by R. Alan Culpepper and Rolf Rendtorff. Leiden: Brill, 1997.

Breymann, Arnold. *Adam und Eva in der Kunst des Christlichen Alterthums*. Wolfenbüttel: Otto Wollermann, 1893.

Brockopp, Jonathan E., ed. *The Cambridge Companion to Muhammad*. New York: Cambridge University Press, 2010.

Brodie, Thomas L. *Genesis as Dialogue: A Literary, Historical & Theological Commentary*. Oxford: Oxford University Press, 2001.

Brown, Peter. *Augustine of Hippo: A Biography*. New ed., with epilogue. Berkeley: University of California Press, 2000.

———. *The Body and Society: Men, Women, and Sexual Renunciation in Early Christianity*. New York: Columbia University Press, 2008.

———. *The Ransom of the Soul: Afterlife and Wealth in Early Western Christianity*. Cambridge: Harvard University Press, 2015.

———. *Through the Eye of a Needle: Wealth, the Fall of Rome, and the Making of Christianity in the West, 350–550 A.D.* Princeton: Princeton University Press, 2012.

Browne, E. J. *Charles Darwin.* Princeton: Princeton University Press, 2002.

Browne, Thomas. *Pseudodoxia Epidimica: or Enquires into Many Received Tenants and Commonly Presumed Truths.* London: Edward Dod, 1646.

———. *Religio Medici.* London: Crooke & Cooke, 1643.

Bruno, Giordano. *The Expulsion of the Triumphant Beast.* London: John Charlewood, 1584.

Bryce, Trevor. *Atlas of the Ancient Near East: From Prehistoric Times to the Roman Imperial Period.* New York: Routledge, 2016.

Burnet, Thomas. *The Sacred Theory of the Earth: Containing an Account of the Original of the Earth, and of All the General Changes Which It Hath Already Undergone, or Is to Undergo. . . .* London: J. Hooke . . . , 1726.

Cadden, Joan. *Meanings of Sex Difference in the Middle Ages: Medicine, Science, and Culture.* Cambridge: Cambridge University Press, 1993.

Cahill, Lisa Sowle. *Sex, Gender, and Christian Ethics.* Cambridge: Cambridge University Press, 1996.

Calvin, John. *Institutes and Commentary on Genesis.* Translated by Thomas Tymme. London: John Harison and George Bishop, 1578.

———. *Institutes of the Christian Religion.* Translated by John Allen. Vol. 1. Philadelphia: Presbyterian Board of Christian Education, 1936, II: chap. 1.

Camille, Michael. *The Gothic Idol: Ideology and Image-Making in Medieval Art.* Cambridge: Cambridge University Press, 1989.

———. "Visual Signs of the Sacred Page: Books in the 'Bible moralisée.'" *Word and Image* 5, no. 1 (1989), pp. 111–30.

Campbell, Joseph. *The Hero with a Thousand Faces.* New York: Meridian, 1956.

———. *The Way of the Animal Powers. Part 2: Mythologies of the Great Hunt.* Edited by Robert Walter. Vol. 1. New York: Harper & Row, 1988.

Carver, Marmaduke. *A Discourse on the Terrestrial Paradise, Aiming at a More Probable Discovery of the True Situation of That Happy Place of our First Parents Habitation.* London: James Flesher . . . , 1666.

Cassuto, U. *A Commentary on the Book of Genesis. Part 1: From Adam and Noah.* Translated by Israel Abrahams. Jerusalem: Magnes Press, 1978.

Caxton, William. *The Golden Legend or Lives of the Saints as Englished by William Caxton.* London: J. M. Dent and Co., 1922.

Cecil, Thomas and Joseph Fletcher. *The Historie of the Perfect-Cursed-Blessed Man: Setting Forth Mans Excellency by His Generation, Miserie [by his] Degeneration, Felicitie [by his] Regeneration. By I.F. Master of Arts, Preacher of Gods Word, and Rector of Wilbie in Suff.* London: Nathanael Fozbrook . . . , 1629.

Chadwick, Henry. *Augustine of Hippo.* New York: Oxford University Press, 2009.

Charles, R. H., ed. *The Apocrypha and Pseudepigrapha of the Old Testament in English.* 2 vols. Oxford: Clarendon Press, 1913.

Charlesworth, James. H., ed. *The Old Testament Pseudepigrapha.* Garden City, NY: Doubleday, 1983 and 1985.

Charleton, Walter. *The Darkness of Atheism Dispelled by the Light of Nature.* London: William Lee . . . , 1652.

Christine de Pizan, *The Book of the City of Ladies* [1405]. Translated by Earl Jeffrey Richards. New York: Persea Books, 1982.

Clarkson, Lawrence. *The Lost Sheep Found: or, The Prodigal Returned to his Fathers House, After Many a Sad and Weary Journey Through Many Religious Countreys.* London, 1660.

Clement of Alexandria. "Paedagogus." In *Fathers of the Second Century: Hermas, Tatian, Athenagoras, Theophilus, and Clement of Alexandria.* Edited by A. Cleveland Coxe. Vol. 2. Grand Rapids: Wm. B. Eerdmans Publishing Co., 1995.

Cohen, Adam S., and Anne Derbes. "Bernward and Eve at Hildesheim," *Gesta* 40, no. 1 (2001), pp. 19–38.

———. *The Mosaics of San Marco in Venice.* 2 vols. Chicago: University of Chicago Press, 1984.

Cohen, Jeremy. *Be Fertile and Increase, Fill the Earth and Master It: The Ancient and Medieval Career of a Biblical Text.* Ithaca: Cornell University Press, 1989.

Coles, William. *Adam in Eden, or, Natures Paradise: The History of Plants, Fruits, Herbs and Flowers* . . . London: Nathaniel Brooke . . . , 1657.

Columbus, Christopher. *The "Diario" of Christopher Columbus' First Voyage to America, 1492–1493.* Translated by Oliver Dunn and James E. Kelley, Jr. Norman: University of Oklahoma Press, 1989.

Conaway, Sir William Martin. *Literary Remains of Albrecht Dürer.* Cambridge: Cambridge University Press, 1899.

Concise Encyclopedia of Islam. Edited by H. A. R. Gibb and J. H. Kramers. Boston: Brill, 2001.

Coogan, Michael D., ed. *The New Oxford Annotated Bible.* 4th ed. New York: Oxford University, 2010.

———, and Mark S. Smith. *Stories from Ancient Canaan,* 2nd ed. Louisville, KY: Westminster John Knox Press, 2012.

Cook, Sherburne F., and Woodrow Wilson Borah. *Essays in Population History: Mexico and the Caribbean.* Berkeley: University of California Press, 1971.

Corns, Thomas N., and Gordon Campbell. *John Milton: Life, Work, and Thought.* Oxford: Oxford University Press, 2008.

———, et al., eds. *The Complete Works of Gerrard Winstanley.* 2 vols. Oxford: Oxford University Press, 2009.

Crooke, Helkiah, Ambroise Paré, et al. *Mikrokosmographia: A Description of the Body of Man. Together with the Controversies Thereto Belonging* . . . London: Thomas and Richard Cotes . . . , 1631.

Crüsemann, Nicola, et al., eds. *Uruk: 5000 Jahre Megacity.* Petersberg: Michael Imhof Verlag, 2013.

Cummings, Brian, ed. *The Book of Common Prayer: The Texts of 1549, 1555, and 1662.* New York: Oxford University Press, 2001.

Cyril of Jerusalem. "The Catechetical Lectures of S. Cyril, Archbishop of Jerusalem." In *Cyril of Jerusalem, Gregory Nazianzen.* Edited by Edwin Gifford. Vol. 7. Grand Rapids: Wm. B. Eerdmans Publishing Co., 1955.

Dalley, Stephanie, trans. *Myths from Mesopotamia: Creation, the Flood, Gilgamesh, and Others.* New York: Oxford University Press, 1989.

Damrosch, David. *The Buried Book: The Loss and Rediscovery of the Great Epic of Gilgamesh.* New York: Henry Holt & Co., 2006.

Danielson, Dennis. *Milton's Good God: A Study in Literary Theodicy.* Cambridge: Cambridge University Press, 1982.

———. "Through the Lens of Typology: What Adam Should Have Done," *Milton Quarterly* 23 (1989), pp. 121–27.

Dart, John. *The Laughing Savior: The Discovery and Significance of the Nag Hammadi Gnostic Library.* New York: Harper & Row, 1976.

Darwin, Charles. *From So Simple a Beginning: The Four Great Books of Charles Darwin.* Edited by Edward O. Wilson. New York: W. W. Norton, 2006.

Davies, W. D. *Paul and Rabbinic Judaism: Some Rabbinic Elements in Pauline Theology.* 2nd ed. London: SPCK, 1955.

Dawkins, Richard. *The Selfish Gene.* 30th anniversary ed. Oxford: Oxford University Press, 2006.

De Foigny, Gabriel. *A New Discovery of Terra Incognita Australis, or, The Southern World, by James Sadeur, a French-man, Who Being Cast There by a Shipwrack, Lived 35 Years in That Country . . .* London: John Dunton, 1693.

Delumeau, Jean. *History of Paradise: The Garden of Eden in Myth and Tradition.* Translated by Matthew O'Connell. Urbana: University of Illinois Press, 2000.

Denery, Dallas G. *The Devil Wins: A History of Lying from the Garden of Eden to the Enlightenment.* Princeton: Princeton University Press, 2015.

Desmond, Adrian. *Huxley: The Devil's Disciple.* London: Michael Joseph, 1994.

———. *Huxley: Evolution's High Priest.* London: Michael Joseph, 1997.

Donald, Merlin. *Origins of the Modern Mind: Three Stages in the Evolution of Culture and Cognition.* Cambridge: Harvard University Press, 1991.

Doresse, Jean. *The Discovery of the Nag Hammadi Texts: A Firsthand Account of the Expedition That Shook the Foundations of Christianity.* Rochester, VT: Inner Traditions, orig. French, 1958; U.S. ed., 1986.

Doria, Gino. *Storia di una Capitale. Napoli dalle Origini al 1860.* 5. edizione riveduta. Milan and Naples: R. Ricciardi, 1968.

Doron, Pinchas. *The Mystery of Creation According to Rashi: A New Translation and Interpretation of Rashi on Genesis I–VI.* New York: Maznaim, 1982.

Dryden, John. *John Dryden (1631–1700): His Politics, His Plays, and His Poets.* Edited by Claude Rawson and Aaron Santesso. Newark: University of Delaware Press, 2003.

Du Bartas, Guillaume de Saluste. *The Divine Weeks and Works.* Edited by Susan Snyder. 2 vols. Oxford: Oxford University Press, 1979.

Dubin, Nathaniel, trans. *The Fabliaux: A New Verse Translation.* New York: W. W. Norton, 2013.

Duncan, Joseph. *Milton's Earthly Paradise: A Historical Study of Eden.* Minneapolis: University of Minnesota Press, 1972.

Ebreo, Leone. *Dialogues of Love.* Translated by Cosmos Damian Bacich and Rossella Pescatori. Toronto: University of Toronto Press, 2009.

Eco, Umberto. *The Search for the Perfect Language.* Translated by James Fentress. Edited by Jacques Le Goff. Oxford: Blackwell, 1995 (orig. 1993).

Edwards, Thomas. *Gangraena.* London: Printed for Ralph Smith . . . , 1646.

Eisenberg, Evan. *The Ecology of Eden.* New York: Knopf, 1998.

Ellingson, Terry Jay. *The Myth of the Noble Savage.* Berkeley: University of California Press, 2001.

Elm, Susanna, et al., eds. *Faithful Narratives: Historians, Religion, and the Challenge of Objectivity.* Ithaca: Cornell University Press, 2014.

Emerson, Ralph Waldo. *The Journals and Miscellaneous Notebooks of Ralph Waldo Emerson.* Vol. 7. Cambridge: Harvard University Press, 1969.

Empson, William. *Milton's God.* Norfolk, CT: New Directions, 1961.

Essick, Robert N. *William Blake and the Language of Adam.* Oxford: Clarendon Press, 1989.

Eppacher, Franz. "La Collegiata Di San Candido: Arte, Simbologia, Fede." Translated by Carlo Milesi. San Candido: Parocchia San Michele Arcangelo, 2011.

Esche, Sigrid. *Adam und Eva: Sündenfall und Erlösung.* Düsseldorf: Verlag L. Schwann, 1957.

Evelyn, John. *Acetaria.* London: Printed for B. Tooke . . . , 1699.

Everard, Robert. *The Creation and Fall of Adam Reviewed.* London, 1649.

Fallon, Stephen. "The Metaphysics of Milton's Divorce Tracts." In *Politics, Poetics, and Hermeneutics in Milton's Prose.* Edited by James Grantham Turner and David Loewenstein. Cambridge: Cambridge University Press, 1990.

Fermor, Sharon. *Piero Di Cosimo: Fiction, Invention, and Fantasia.* London: Reaktion Books, 1993.

Ferry, David, trans. *Gilgamesh: A New Rendering in English Verse.* 1st ed. New York: Farrar, Straus & Giroux, 1992.

Filmer, Robert. *Patriarcha and Other Writings.* Edited by Johann P. Sommerville. Cambridge: Cambridge University Press, 1991.

Fish, Stanley. *How Milton Works.* Cambridge: Harvard University Press, 2001.

———. *Surprised by Sin: The Reader in Paradise Lost.* London: Macmillan, 1967.

Flasch, Kurt. *Eva e Adamo: Metamorfosi di un mito.* Bologna: Il Mulino, 2007. Orig. *Eva und Adam: Wandlungen eines Mythos.* München: C. H. Beck, 2004.

Flood, John. *Representations of Eve in Antiquity and the English Middle Ages.* New York: Routledge, 2011.

Fluck, Cäcilia, Gisela Helmecke, and Elisabeth R. O'Connell, eds. *Ein Gott: Abrahams Erbemn am Nil. Juden, Christen und Muslime in Ägypten von der Antike Bis Zum Mittelalter.* Petersberg: Michael Imhof Verlag, 2015.

Foster, Benjamin R., ed. *Before the Muses: An Anthology of Akkadian Literature.* 2 vols. Bethesda, MD: CDL Press, 1993.

———, ed. *From Distant Days: Myths, Tales, and Poetry of Ancient Mesopotamia.* Bethesda, MD: CDL Press, 1995.

———, trans. *Gilgamesh: A New Translation, Analogues, Criticism.* New York: W. W. Norton, 2001.

Fox, Everett, trans. *The Five Books of Moses: Genesis, Exodus, Leviticus, Numbers, Deuteronomy.* New York: Schocken, 1995.

Fox, George. *The Journal of George Fox.* London: n.p., 1649.

Franck, Sebastian. *The Forbidden Fruit: or, a Treatise of the Tree of Knowledge of Good or Evill.* Translated by John Everard. London, 1642.

Frankfort, Henri, et al. *The Intellectual Adventure of Ancient Man.* Chicago: University of Chicago Press, 1946.

Franxman, Thomas W. *Genesis and the "Jewish Antiquities" of Flavius Josephus.* Biblica Et Orientalia. Rome: Biblical Institute Press, 1979.

Freedman, H., trans. *Midrash Rabbah.* 2 vols. London: Soncino, 1983.

Friedman, Albert. "'When Adam Delved . . .': Contexts, of an Historic Proverb." In *The Learned and the Lewd: Studies in Chaucer and Medieval Literature.* Edited by Larry D. Benson. Cambridge: Harvard University Press, 1974.

Friedman, Matti. *The Aleppo Codex: In Pursuit of One of the World's Most Coveted, Sacred, and Mysterious Books.* Chapel Hill, NC: Algonquin Books, 2013.

Friedman, Richard Elliott. *Who Wrote the Bible?* New York: Summit Books, 1987.

Frobenius, Leo, and Douglas C. Fox. *African Genesis: Folk Tales and Myths of Africa.* Mineola, NY: Dover Publications, 1999.

Furstenberg, Yair. "The Rabbinic Ban on *Ma'aseh Bereshit*: Sources, Contexts and Concerns." In *Jewish and Christian Cosmogony.* Edited by Lance Jenott and Saris Kattan Gribetz (Tübigen: Mohr Siebeck, 2013).

Gell, Alfred. *Art and Agency: An Anthropological Theory.* Oxford: Clarendon Press, 1998.

Geller, Markham J., and Mineke Schipper, eds. *Imagining Creation.* Boston: Brill, 2008.

George, Andrew, ed. and trans. *The Babylonian Gilgamesh Epic: Introduction, Critical Edition, and Cuneiform Texts.* Oxford: Oxford University Press, 2003.

———, trans. *Gilgamesh: The Babylonian Epic Poem and Other Texts in Akkadian and Sumerian.* London: Allen Lane, 1999.

Ghiglieri, Michael Patrick. *The Chimpanzees of Kibale Forest: A Field Study of Ecology and Social Structure.* New York: Columbia University Press, 1984.

Gibbons, Nicholas. *Questions and Disputations Concerning the Holy Scripture.* London: Felix Kyngston, 1602.

Gibson, J. C. L. *Canaanite Myths and Legends.* New York: T&T Clark International, 1977.

Ginzberg, Louis. *Legends of the Jews.* Translated by William G. Braude. 2 vols. Philadelphia: Jewish Publication Society, 2003.

Giuliani, Raffaella. "The Catacombs of SS. Marcellino and Pietro." Translated by Raffaella Bucolo. Edited by Pontifica Commissione di Archaeologia Sacra. Vatican City: 2015.

Givens, Terryl L. *When Souls Had Wings: Pre-Mortal Existence in Western Thought.* New York: Oxford University Press, 2010.

Glanvill, Joseph. *The Vanity of Dogmatizing: The Three Versions.* Edited by Stephen Medcalf. Brighton, UK: Harvester Press, 1970.

———, and Henry More. *Saducismus Triumphatus: or, Full and Plain Evidence Concern-*

ing Witches and Apparitions . . . Translated by Anthony Horneck. London: J. Collins . . . , and S. Lowndes . . . , 1681.

Gliozzi, Giuliano. *Adamo e il nuovo mondo: La nascita dell'antropologia come ideologia coloniale, dalle genealogie bibliche alle teorie razziali (1500–1700)*. Translated by Arlette Estève and Pascal Gabellone, Venice: La Nuova Italia, 1977.

Gmirkin, Russell. *Berossus and Genesis, Manetho and Exodus: Hellenistic Histories and the Date of the Pentateuch*. New York: T&T Clark International, 2006.

Godden, Malcolm and Michael Lapidge, eds. *The Cambridge Companion to Old English Literature*. Cambridge: Cambridge University Press, 2013.

Gollancz, Israel, ed. *The Caedmon Manuscript of Anglo-Saxon Biblical Poetry: Junius Xi in the Bodleian Library*. Oxford: British Academy, 1927.

Goodman, Godfrey. *The Fall of Man: or, the Corruption of Nature* . . . London: Felix Kyngston . . . , 1616.

Gordon, Cyrus H. *Ugaritic Literature: A Comprehensive Translation of the Poetic and Prose Texts*. Rome: Pontificium Institutum Biblicum, 1949.

———, and Gary Rendsburg. *The Bible and the Ancient Near East*. 4th ed. New York: W. W. Norton, 1997.

Goris, Harm. "Is Woman Just a Mutilated Male? Adam and Eve in the Theology of Thomas Aquinas." *Out of Paradise: Eve and Adam and Their Interpreters*. Edited by Susan Hennecke and Bob Becking. Sheffield: Sheffield Phoenix Press, 2011.

Gosse, Philip Henry. *Omphalos: An Attempt to Untie the Geological Knot*. London: John Van Voorst, 1857 (reprint 1998).

Gott, Samuel. *The Divine History of the Genesis of the World Explicated & Illustrated*. London: E.C. & A.C., 1670.

Gould, Stephen J., and Richard C. Lewontin. "The Spandrels of San Marco and the Panglossian Paradigm: A Critique of the Adaptationist Programme." *Proceedings of the Royal Society of London* 205 (1979): 581–98.

Grabar, André. *Christian Iconography, a Study of Its Origins* (The A. W. Mellon Lectures in the Fine Arts, 1961). Princeton: Princeton University Press, 1968.

Graves, Robert. *Wife to Mr. Milton: The Story of Marie Powell*. New York: Creative Age Press, 1944.

———, and Raphael Patai. *Hebrew Myths: The Book of Genesis*. New York: Greenwich House, 1963.

Green, Anthony, and Jeremy Black. *Gods, Demons, and Symbols of Ancient Mesopotamia*. London: British Museum Press, 1992.

Greenblatt, Stephen. *Marvelous Posessions: The Wonder of the New World*. Chicago: University of Chicago Press, 1991.

———. *The Swerve: How the World Became Modern*. New York: W. W. Norton, 2011.

Greene, John C. *The Death of Adam: Evolution and Its Impact on Western Thought*. Ames: Iowa State University Press, 1959.

Gribetz, Sarit Kattan, et al., eds. *Jewish and Christian Cosmogony in Late Antiquity*. Tübingen: Mohr Siebeck, 2013.

Grinnell, George Bird. *Blackfoot Lodge Tales: The Story of a Prairie People*. Williamstown, MA: Corner House, 1972 (orig. 1892).

Grotius, Hugo. *Adamus Exul*. Hagae Comitum, 1601.

Guillory, John. "From the Superfluous to the Supernumerary: Reading Gender into Paradise Lost." In *Soliciting Interpretation: Literary Theory and Seventeenth-Century English Poetry*. Edited by E. D. Harvey and Katharine E. Maus. Chicago: University of Chicago Press, 1990.

Guldan, Ernst. *Eva und Maria: Eine Antithese als Bildmotiv*. Graz-Cologne: Verlag Hermann Böhlaus Nachf., 1966.

Gunkel, Hermann. *Genesis*. Translated by Mark E. Biddle. Macon, GA: Mercer University Press, 1997.

Hailperin, Herman. *Rashi and the Christian Scholars*. Pittsburgh: University of Pittburgh Press, 1963.

Hakewill, George. *An Apologie or Declaration of the Power and Providence of God in the Government of the World*. London, 1635.

Halbertal, Moshe. *Maimonides: Life and Thought*. Edited by Joel A. Linsider. Princeton: Princeton University Press, 2014.

———. *People of the Book: Canon, Meaning, and Authority*. Cambridge: Harvard University Press, 1997.

Hale, Sir Matthew. *The Primitive Origination of Mankind, Considered and Examined According to the Light of Nature*. London: William Godbid, 1677.

Halkett, John G. *Milton and the Idea of Matrimony: A Study of the Divorce Tracts and Paradise Lost*. New Haven: Yale University Press, 1970.

Haller, John S. "The Species Problem: Nineteenth-Century Concepts of Racial Inferiority in the Origin of Man Controversy." *American Anthropologist* 72.6 (1970): 1319–29.

Hammond, Gerald, and Austin Busch, eds.*The English Bible: The New Testament and the Apocrypha*. New York: W. W. Norton, 2012.

Harari, Yuval N. *Sapiens: A Brief History of Humankind*. Edited by John Purcell, Haim Watzman, and Neil Gower. 1st U.S. ed. New York: Harper, 2015.

Hardison, O. B. *Christian Rite and Christian Drama in the Middle Ages*. Baltimore: Johns Hopkins University Press, 1965.

Harnack, Adolf von. *Marcion: The Gospel of the Alien God*. Translated by John E. Steely and Lyle D. Bierma. Eugene, OR: Wipf & Stock, 1990 (orig. 1920).

Harper, Kyle. *From Shame to Sin: The Christian Transformation of Sexual Morality in Late Antiquity*. Cambridge: Harvard University Press, 2013.

Harper, William Rainey. *The Biblical World*. Chicago: University of Chicago Press, 1899.

Harris, Olvier J. T., and John Robb, eds. *The Body in History: Europe from the Palaeolithic to the Future*. Cambridge: Cambridge University Press, 2013.

Harrison, Robert Pogue. *Juvenescence: A Cultural History of Our Age*. Chicago: University of Chicago Press, 2014.

Heger, Paul. *Women in the Bible, Qumran, and Early Rabbinic Literature: Their Status and Roles*. Boston: Brill, 2014.

Heidel, Alexander. *The Babylonian Genesis: The Story of the Creation*. 2d ed. Chicago: University of Chicago Press, 1951.

———. *The Gilgamesh Epic and Old Testament Parallels*. Chicago: University of Chicago Press, 1946.

Hendel, Ronald S., ed. *Reading Genesis: Ten Methods.* Edited by Ronald S. Hendel, Cambridge: Cambridge University Press, 2010.

Hesiod. *"Works and Days" and "Theognis."* Translated by Dorothea Wender. Middlesex, UK: Penguin, 1973.

Heyd, David. "Divine Creation and Human Procreation: Reflections on Genesis in the Light of *Genesis*." In *Contingent Future Persons: On the Ethics of Deciding Who Will Live, or Not, in the Future.* Edited by Nick Fotion and Jan C. Heller. Dordrecht: Kluwer Academic Publishers, 1997, pp. 57–70.

Hiltner, Ken, ed. *Renaissance Ecology: Imagining Eden in Milton's England.* Pittsburgh: Duquesne University Press, 2008.

Hobbes, Thomas. *Leviathan.* Edited by Richard Tuck. Cambridge: Cambridge University Press, 1996, chap. 4, pp. 24–25.

Hollingworth, Miles. *Saint Augustine of Hippo: An Intellectual Biography.* New York: Oxford University Press, 2013.

Holloway, Julia Bolton, Constance S. Wright, and Joan Bechtold, eds. *Equally in God's Image.* New York: Peter Lang Publishing, 1990.

Hooke, Robert. *Micrographia: or, Some physiological descriptions of minute bodies made by magnifying glasses . . .* London: Jo. Martyn and Ja. Allestry, 1665.

Hrdy, Sarah Blaffer. *Mothers and Others: The Evolutionary Origins of Mutual Understanding.* Cambridge, MA: The Belknap Press, 2009.

Huet, Pierre Daniel. *A Treatise of the Situation of the Terrestrial Paradise*, trans. Thomas Gale. London: James Knapton, 1694.

Hutchinson, Lucy. *Order and Disorder: or, The World Made and Undone . . .* London: Margaret White for Henry Mortlock, 1679.

Huxley, T. H. *Evidence as to Man's Place in Nature.* London: Williams & Norgate, 1863.

———. *Science and the Hebrew Tradition.* London: Macmillan, 1993.

In the Land of the Christians: Arabic Travel Writing in the Seventeenth Century. Edited and translated by Nabil Matar. New York: Routledge, 2003.

Innocent III. *On the Misery of the Human Condition: De miseria humanae conditionis.* Edited by Donald R. Howard, translated by Margaret M. Dietz. Indianapolis, IN: Bobbs-Merrill 1969.

Isbell, Lynne A. *The Fruit, the Tree, and the Serpent: Why We See So Well.* Cambridge: Harvard University Press, 2009.

Jacobsen, Thorkild, ed. *The Harps That Once . . . : Sumerian Poetry in Translation.* New Haven: Yale University Press, 1987.

———. *The Treasures of Darkness: A History of Mesopotamian Religion.* New Haven: Yale University Press, 1976.

Janson, H. W. *Apes and Ape Lore in the Middle Ages and the Renaissance.* London: Warburg Institute, 1952.

Jerome. *Saint Jerome's Hebrew Questions on Genesis.* Translated by C. T. R. Hayward. Oxford: Clarendon Press, 1995.

———. *Select Letters.* Translated by F. A. Wright. Cambridge: Harvard University Press, 1933.

Jonas, Hans. *The Gnostic Religion.* Boston: Beacon Press, 1972.

Jospe, Raphael. "Biblical Exegesis as a Philosophic Literary Genre: Abraham Ibn Exa and Moses Mendelssohn." *Jewish Philosophy and the Academy.* Edited by Raphael Jospe and Emil L. Fackenheim. Madison, NJ: Fairleigh Dickinson University Press, 1986.

Judovits, Mordechai. *Sages of the Talmud: The Lives, Sayings, and Stories of 400 Rabbinic Masters.* Jerusalem: Urim Publications, 2009.

Justice, Steven. *Writing and Rebellion: England in 1381.* Berkeley: University of California Press, 1994.

Jütte, Daniel. *The Strait Gate: Thresholds and Power in Western History.* New Haven: Yale University Press, 2015.

Kahn, Paul W. *Out of Eden: Adam and Eve and the Problem of Evil.* Princeton: Princeton University Press, 2007.

Kahn, Victoria. "Embodiment," in *Wayward Contracts: The Crisis of Political Obligation in England, 1640–1674.* Princeton: Princeton University Press, 2004, pp. 196–222.

Kant, Immanuel. *Religion Within the Boundaries of Mere Reason.* Translated by Allen Wood. Cambridge: Cambridge University Press, 1998.

Kapelrud, Arvid Schou. "The Mythological Features in Gen 1 and the Author's Inentions." *Vetus Testamentum* 24 (1974): 178–86.

Kass, Leon R. *The Beginning of Wisdom: Reading Genesis.* New York: Free Press, 2003.

Kauffman, Stuart A. *Reinventing the Sacred: A New View of Science, Reason, and Religion.* New York: Basic Books, 2008.

Kauffmann, C. M. *Biblical Imagery in Medieval England, 700–1550.* London: Harvey Miller, 2003.

Kee, Howard Clark, et al. *The Cambridge Companion to the Bible.* Cambridge: Cambridge University Press, 1997.

Kelly, Henry Ansgar. "Hic Homo Formatur: The Genesis Frontispieces of the Carolingian Bibles." *Art Bulletin* 53, no. 2 (1971), pp. 143–60.

———. "The Metamorphoses of the Eden Serpent during the Middle Ages and Renaissance." *Viator* 2, no. 1, (1971), pp. 301–27.

———. "Reading Ancient and Medieval Art." *Word and Image* 5, no. 1 (1989), p. 1.

Kent, Bonnie. "Augustine's Ethics." *The Cambridge Companion to Augustine.* Edited by Norman Kretzmann and Eleonore Stump. Cambridge: Cambridge University Press, 2001.

Kerenyi, C. *Prometheus: Archetypal Image of Human Existence.* Translated by Ralph Manheim. New York: Pantheon, 1963.

Kierkegaard, Søren. *Eighteen Upbuilding Discourses.* Edited by Howard V. Hong and Edna H. Hong. Princeton: Princeton University Press, 1990.

King, Karen L. *The Secret Revelation of John.* Cambridge: Harvard University Press, 2006.

Kirchner, Josef. *Die Darstellung des Ersten Menschenpaares in der Bildenden Kunst von der Ältesten Zeit bis auf Unsere Tage.* Stuttgart: F. Enke, 1903.

Kirkconnell, Watson. *The Celestial Cycle: The Theme of Paradise Lost in World Literature, with Translations of the Major Analogues.* Toronto: University of Toronto Press, 1952.

Kitcher, Philip. *Living with Darwin: Evolution, Design, and the Future of Faith.* Oxford: Oxford University Press, 2006.

Klyve, Dominic. "Darwin, Malthus, Süssmilch, and Euler: The Ultimate Origin of the Motivation for the Theory of Natural Selection." *Journal of the History of Biology* 47 (2014), pp. 189–212.

Koerner, Joseph Leo. *Bosch & Bruegel: From Enemy Painting to Everyday Life.* Princeton: Princeton University Press, 2016.

————. *The Moment of Self-Portraiture in German Renaissance Art.* Chicago: University of Chicago Press, 1997.

Konowitz, Ellen. "The Program of the Carrand Diptych." *Art Bulletin* 66.3 (1984): 484–88.

Kramer, Samuel Noah. *The Sumerians: Their History, Culture, and Character.* Chicago: University of Chicago Press, 1963.

Kreitzer, Larry. *Prometheus and Adam: Enduring Symbols of the Human Situation.* New York: Lanham, 1994.

Kristeva, Julia. *This Incredible Need to Believe.* New York: Columbia University Press, 2009.

Kugel, James L. *Traditions of the Bible: A Guide to the Bible as It Was at the Start of the Common Era.* 2nd ed. Cambridge: Harvard University Press, 1998.

Kuper, Adam. *The Reinvention of Primitive Society: Transformations of a Myth.* New York: Routledge, 1988.

Kvam, Kristen E., Linda S. Schearing, and Valerie H. Ziegler, eds. *Eve & Adam: Jewish, Christian, and Muslim Readings on Genesis and Gender.* Bloomington: Indiana University Press, 1999.

La Peyrère, Isaac. *Du Rappel Des Juifs, 1643.* Translated by Mathilde Anqueth-Aulette. Edited by Fausto Parente. Paris: Honoré Champion, 2012.

————. *Men Before Adam, or, A Discourse upon the Twelfth, Thirteenth, and Fourteenth Verses of the Fifth Chapter of the Epistle of the Apostle Paul to the Romans, by Which Are Prov'd that the First Men Were Created Before Adam.* London, 1656.

————. *A Theological System.* London, 1655.

————. *Two Essays Sent in a Letter from Oxford to a Nobleman in London: The First Concerning Some Errors About the Creation, General Flood, and the Peopling of The World: In Two Parts: The Second Concerning the Rise, Progress, and Destruction of Fables and Romances, with the State of Learning.* London: R. Baldwin, 1695.

Lambert, W. G. *Ancient Mesopotamian Religion and Mythology: Selected Essays.* Edited by A. R. George and Takayoshi Oshima. Tübingen: Mohr Siebeck, 2016.

Lane Fox, Robin. *Augustine: Conversions to Confessions.* New York: Basic Books, 2015.

Lanyer, Aemelia. *Salve Deus Rex Judaeorum.* London: Valentine Simmes for Richard Bonian, 1611.

Laqueur, Thomas. *The Work of the Dead: A Cultural History of Mortal Remains.* Princeton: Princeton University Press, 2015.

Las Casas, Bartolomé de. *A Short Account of the Destruction of the Indies.* Translated by Nigel Griffen. London: Penguin, 1992.

Le Comte, Edward. *Milton and Sex.* New York: Columbia University Press, 1978.

Leibniz, G. W. *Theodicy: Essays on the Goodness of Go , the Freedom of Man, and the Origin of Evil.* Translated by E. M Huggard. London: Routledge & Kegan Paul, 1951.

Leonard, John. *Naming in Paradise: Milton and the Language of Adam and Eve.* Oxford: Clarendon Press, 1990.

Lerner, Anne Lapidus. *Eternally Eve: Images of Eve in the Hebrew Bible, Midrash, and Modern Jewish Poetry.* Waltham, MA: Brandeis University Press, 2007.

Levao, Ronald. "'Among Equals What Society': *Paradise Lost* and the Forms of Intimacy," *Modern Language Quarterly* 61.1 (2000), pp. 77–107.

Levison, John R. *Portraits of Adam in Early Judaism: From Sirach to 2 Baruch.* Sheffield, UK: JSOT, 1988.

———. *Texts in Transition: The Greek Life of Adam and Eve.* Atlanta: Society of Biblical Literature, 2000.

Lewalski, Barbara Kiefer. *The Life of John Milton: A Critical Biography.* Oxford: Blackwell Publishers, 2000.

Lewis, Michael. *Shame: The Exposed Self.* New York: Free Press, 1992.

Lewis, R. W. B. *The American Adam: Innocence, Tragedy, and Tradition in the Nineteenth Century.* Chicago: University of Chicago Press, 1955.

Liere, Frans van. *An Introduction to the Medieval Bible.* Cambridge: Cambridge University Press, 2014.

Lin, Yii-Jan. *The Erotic Life of Manuscripts: New Testament Textual Criticism and the Biological Sciences.* Oxford: Oxford University Press, 2016.

Lombard, Peter. *The Sentences.* Edited by Giulio Silano. Toronto: Pontifical Institute of Mediaeval Studies, 2007.

Loredano, Giovanni Francesco. *The Life of Adam.* Translated by J. S. London: Printed for Humphrey Moseley . . . , 1659.

———. *The Life of Adam (1640).* Edited by Roy C. Flannagan and John Arthos. Gainesville, FL: Scholars' Facsimiles & Reprints, 1967.

Lovejoy, Arthur O., and George Boas. *Primitivism and Related Ideas in Antiquity.* Baltimore: Johns Hopkins University Press, 1935.

Lowden, John. "Concerning the Cotton Genesis and Other Illustrated Manuscripts of Genesis." *Gesta* 31, no. 1 (1992), pp. 40–53.

Lowie, Robert Harry. *Primitive Society.* New York: Boni & Liveright, 1920.

Lucas, J. R. "Wilberforce and Huxley: A Legendary Encounter." *Historical Journal* 22.2 (1979): 313–30.

Lucretius. *On the Nature of Things.* Translated by Martin Ferguson. Indianapolis: Hackett, 2001.

Luther, Martin. *Commentary on Genesis.* Translated by J. Theodore Mueller. 2 vols. Grand Rapids: Zondervan, 1958.

Mackay, Christopher S., trans. *The Hammer of Witches: A Complete Translation of the Malleus Maleficarum.* Cambridge: Cambridge University Press, 2009.

Maclean, Ian. *The Renaissance Notion of Woman: A Study in the Fortunes of Scholasticism and Medical Science in European Intellectual Life.* Cambridge: Cambridge University Press, 1980.

Macy, Gary. *The Hidden History of Women's Ordination: Female Clergy in the Medieval West.* Oxford: Oxford University Press, 2007.

Maimonides, Moses. *The Guide of the Perplexed*. Edited by M. Friedländer. London: Trübner, 1885.

Maimonides, Moses. *The Guide of the Perplexed*. Edited by Shlomo Pines and Leo Strauss. Chicago: University of Chicago Press, 1963.

Malan, Solomon Caesar, ed. *The Book of Adam and Eve: Also Called the Conflict of Adam and Eve with Satan, a Book of the Early Eastern Church*. London: Williams & Norgate, 1882.

Malbon, Elizabeth Struthers. *The Iconography of the Sarcophagus of Junius Bassus*. Princeton: Princeton University Press, 1990.

Mâle, Emile. *The Gothic Image: Religious Art in France of the Thirteenth Century*. New York: Harper, 1958.

Malebranche, Nicolas. *Father Malebranche His Treatise Concerning the Search After Truth . . .* Translated by Thomas Taylor. London: Printed by W. Bowyer for Thomas Bennet . . . , 1700.

Margalit, Baruch. *The Ugaritic Poem of AQHT: Text, Translation, Commentary*. Berlin: De Gruyter, 1989.

Marks, Herbert, ed. *The English Bible: The Old Testament*, New York: W. W. Norton, 2012.

Marrow, James H. "Symbol and Meaning in Northern European Art of the Late Middle Ages and Early Renaissance." *Simiolus* 16, no. 2/3 (1986), 150–69.

Marsden, Richard, et al., eds. *The New Cambridge History of the Bible*. Cambridge: Cambridge University Press, 2012.

Martz, Louis. *The Paradise Within: Studies in Vaughan, Traherne, and Milton*. New Haven: Yale University Press, 1964.

Matt, Daniel C., trans. *The Zohar, Pritzker Edition*. Vol I. Stanford, CA: Stanford University Press, 2004.

McAuliffe, Jane Dammen, ed. *The Cambridge Companion to the Qur'ān*. Cambridge: Cambridge University Press, 2006.

McCalman, Iain. *Darwin's Armada: Four Voyages and the Battle for the Theory of Evolution*. New York: W. W. Norton, 2009.

McColley, Diane. *A Gust for Paradise: Milton's Eden and the Visual Arts*. Urbana: University of Illinois Press, 1993.

Meeks, Wayne A., and John T. Fitzgerald, eds. *The Writings of St. Paul: Annotated Texts, Reception and Criticism*. 2nd ed. New York: W. W. Norton, 2007.

Merchant, Carolyn. *Reinventing Eden: The Fate of Nature in Western Culture*. New York: Routledge, 2003.

Mettinger, T. N. D. *The Eden Narrative: A Literary and Religio-Historical Study of Genesis 2-3*. Winona Lake, IN: Eisenbrauns, 2007.

Meyers, Carol. *Discovering Eve: Ancient Israelite Women in Context*. New York: Oxford University Press, 1988.

Mieroop, Marc Van De. *A History of the Ancient Near East Ca. 3000–324 B.C.* Malden, MA: Blackwell Publishing, 2007.

Miles, Jack. *God: A Biography*. New York: Knopf, 1995.

Miles, Margaret Ruth. *Carnal Knowing: Female Nakedness and Religious Meaning in the Christian West*. Boston: Beacon Press, 1989.

Millard, A. R., and W. G. Lambert, eds. *Atra-Hasis: The Babylonian Story of the Flood.* Oxford: Clarendon Press, 1969.

Miller, Kenneth R. *Finding Darwin's God.* New York: HarperCollins, 2009.

Milton, John. *The Complete Poetry and Essential Prose of John Milton.* Edited by William Kerrigan, John Rumrich, and Stephen M. Fallon. New York: Modern Library, 2007.

———. *The Complete Prose Works of John Milton.* Edited by Don Marion Wolfe. New Haven: Yale University Press, 1953.

———. *The Divorce Tracts of John Milton: Texts and Contexts.* Edited by Sara J. van den Berg and W. Scott Howard. Pittsburgh: Duquesne University Press, 2010

———. *John Milton: Complete Poems and Major Prose.* Edited by Merritt Y. Hughes. New York: Odyssey Press, 1957.

———. *Milton on Himself: Milton's Utterances upon Himself and His Works.* Edited by J. S. Diekhoff. New York: Oxford University Press, 1939.

———. *Paradise Lost.* London: Printed, and are to be sold by Peter Parker . . . , 1668.

———. *Paradise Lost.* Edited by William Zunder. New York: St. Martin's Press, 1999.

———. *The Poems of John Milton.* Edited by John Carey and Alastair Fowler. Harlow, UK: Longman, 1968.

Minnis, Alastair. *From Eden to Eternity: Creations of Paradise in the Later Middle Ages.* The Middle Ages. Edited by Ruth Mazo Karras. Philadelphia: University of Pennsylvania Press, 2016.

Mitchell, Stephen, trans. *Genesis.* New York: HarperCollins, 1996.

———, trans. *Gilgamesh: A New English Version.* New York: Free Press, 2004.

Montaigne. *The Complete Essays of Montaigne.* Translated by Donald M. Frame. Stanford, CA: Stanford University Press, 1958.

Moore, James, and Adrian Desmond. *Darwin's Sacred Cause: Race, Slavery, and the Quest for Human Origins.* London: Allen Lane, 2009.

Morey, James H. "Peter Comestor, Biblical Paraphrase, and the Medieval Popular Bible." *Speculum* 68, no. 1 (1993), pp. 6–35.

Moser, Stephanie. *Ancestral Images: The Iconography of Human Origins.* Ithaca: Cornell University Press, 1998.

Murdoch, Brian. *Adam's Grace: Fall and Redemption in Medieval Literature.* Cambridge, UK: D. S. Brewer, 2000.

———. *The Medieval Popular Bible: Expansions of Genesis in the Middle Ages.* Cambridge, UK: D. S. Brewer, 2003.

Myers, Carol. *Discovering Eve: Ancient Israelite Women in Context.* Oxford: Oxford University Press, 1988.

Nagel, Alexander. *Medieval Modern: Art out of Time.* New York: Thames & Hudson, 2012.

Nemet-Nejat, Karen Rhea. *Daily Life in Ancient Mesopotamia.* Westport, CT: Greenwood Press, 1998.

Nietzsche, Friedrich. *The Genealogy of Morals.* Translated by Francis Golffing. Garden City, NY: Doubleday, 1956 (orig. 1887).

Nishida, Toshisada. *Chimpanzees of the Lakeshore: Natural History and Culture at Mahale.* Cambridge: Cambridge University Press, 2012.

Nogarola, Isotta. *Complete Writings: Letterbook, Dialogue on Adam and Eve, Orations.* Translated by Diana Robin and Margaret L. King. Edited by Margaret L. King and Albert Rabil, Jr. Chicago: University of Chicago Press, 2004.

Norton, David. *A History of the Bible as Literature. Volume 1, From Antiquity to 1700.* Cambridge: Cambridge University Press, 1993.

Numbers, Ronald. *The Creationists: From Scientific Creationism to Intelligent Design.* New York: Knopf, 1992.

Nyquist, Mary. "The Genesis of Gendered Subjectivity in the Divorce Tracts and *Paradise Lost.*" In Christopher Kendrick, ed., *Critical Essays on John Milton.* New York: G. K. Hall, 1995, pp. 165–93.

Olender, Maurice. *The Languages of Paradise: Race, Religion, and Philology in the Nineteenth Century.* Translated by Arthur Goldhammer. Cambridge: Harvard University Press, 1992.

Oppenheim, A. Leo. *Ancient Mesopotamia: Portrait of a Dead Civilization.* Chicago: University of Chicago Press, 1964.

Origen. "Contra Celsum." *Tertullian, Part Fourth; Minucius Felix; Commodian; Origen, Part First and Second.* Edited by A. Cleveland Coxe. Vol. 4. Grand Rapids: Wm. B. Eerdmans Publishing Co., 1974. The Anti-Nicene Fathers.

Ostovich, Helen, Elizabeth Sauer, and Melissa Smith, eds. *Reading Early Modern Women: An Anthology of Texts in Manuscript and Print, 1550–1700.* New York: Routledge, 2004.

Overton, Richard. *Man's Mortality.* Amsterdam: Printed by John Canne, 1644.

Owst, G. R. *Literature and Pulpit in Medieval England.* Oxford: Clarendon Press, 1961.

Pächt, Otto, and J. J. G. Alexander, eds. *Illuminated Manuscripts in the Bodleian Library, Oxford.* Oxford: Clarendon Press, 1966.

Pagels, Elaine. *The Gnostic Gospels.* 1st ed. New York: Random House, 1979.

Paleologus, Jacobus. *An omnes ab uno Adamo descenderit* (1570).

Panofsky, Dora, and Erwin Panofsky. *Pandora's Box: The Changing Aspects of a Mythical Symbol.* New York: Pantheon, 1956.

Panofsky, Erwin. *The Life and Art of Albrecht Dürer.* Princeton: Princeton University Press, 2005.

Pardes, Ilana. *Countertraditions in the Bible: A Feminist Approach.* Cambridge: Harvard University Press, 1992.

Parker, William Riley. *Milton: A Biography.* 2 vols. Oxford: Clarendon Press, 1996.

Patrides, C. A. *Milton and the Christian Tradition.* Oxford: Clarendon Press, 1966.

Patterson, Annabel. "No Meer Amatorious Novel?" In *Politics, Poetics, and Hermeneutics in Milton's Prose.* Edited by David Loewenstein and James Grantham Turner. Cambridge: Cambridge University Press, 1990, 85–102.

Peterson, Dale, and Jane Goodall. *Visions of Caliban: On Chimpanzees and People.* Athens: University of Georgia Press, 1993.

Pettus, Sir John. *Volatiles from the History of Adam and Eve: Containing Many Unquestioned Truths and Allowable Notions of Several Natures.* London: T. Bassett . . . , 1674.

Phillips, Adam. *Darwin's Worms.* London: Faber & Faber, 1999.

Phillips, Edward. "The Life of Milton." In *John Milton: Complete Poems and Major Prose.* Edited by Merritt Y. Hughes. New York: Odyssey Press, 1957.

Phillips, John. *Eve: The History of an Idea.* New York: HarperCollins, 1984.

Philo. *On the Creation.* Edited by F. H. Colson, Vol. 1. Cambridge: Harvard University Press, 1958.

———. *On the Creation of the Cosmos According to Moses.* Edited by David T. Runia. Boston: Brill, 2001.

Picciotto, Joanna. *Labors of Innocence in Early Modern England.* Cambridge: Harvard University Press, 2010.

Pilbeam, David, and Richard Wrangham. *All Apes Great and Small, Vol. 1: African Apes.* New York: Kluwer Academic Publishers, 2001.

Plantinga, Alvin. *Where the Conflict Really Lies.* New York: Oxford University Press, 2011.

Platt, Rutherford Hayes, ed. *The Lost Books of the Bible and the Forgotten Books of Eden.* Cleveland: World Publishing Co., 1950.

Pollmann, Karla, ed. *The Oxford Guide to the Historical Reception of Augustine.* Vols. 2 and 3. Oxford: Oxford University Press, 2013.

Pongratz-Leisten, Beate, and Peter Machinist, eds. *Reconsidering the Concept of Revolutionary Monotheism.* Winona Lake, IN.: Eisenbrauns, 2011.

Poole, Kristen. *Radical Religion from Shakespeare to Milton: Figures of Nonconformity in Early Modern England.* Cambridge: Cambridge University Press, 2000.

Poole, William. *Milton and the Idea of the Fall.* Cambridge: Cambridge University Press, 2005.

Popkin, Richard H. *Isaac La Peyrère: His Life, Work, and Influence.* Leiden: Brill, 1987.

Pordage, Samuel. *Mundorum Explicatio: or, The Explanation of an Hieroglyphical Figure: Wherein Are Couched the Mysteries of the External, Internal, and Eternal Worlds . . .* London: Printed by T.R. for Lodowick Lloyd . . . , 1661.

Price, David. *Albrecht Dürer's Renaissance: Humanism, Reformation, and the Art of Faith.* Ann Arbor: University of Michigan Press, 2003.

Pritchard, James B., ed. *Ancient Near Eastern Texts Relating to the Old Testament.* 3rd ed. Princeton: Princeton University Press, 1970.

Purchas, Samuel. *Hakluytus Posthumus, or Purchas His Pilgrimes.* Glasgow: James MacLehose, 1905 (orig. 1625).

Quenby, John, and John MacDonald Smith, eds. *Intelligent Faith: A Celebration of 150 Years of Darwinian Evolution.* Winchester, UK: O Books, 2009.

Quinn, Esther Casier, and Micheline Dufau, eds. *The Penitence of Adam: A Study of the Andrius Ms.* University, MS: Romance Monographs, 1980.

Ralegh, Walter. *History of the World.* London: Printed by William Stansby for Walter Burre, 1614.

Reeve, John, and Lodowick Muggleton. *A Transcendent Spiritual Treatise upon Several Heavenly Doctrines . . .* London: 1652.

Richardson, Sarah S. *Sex Itself: The Search for Male and Female in the Human Genome.* Chicago: University of Chicago Press, 2013.

Richter, Virginia. "The Best Story of the World: Theology, Geology, and Philip Henry Gosse's Omphalos." In *The Making of the Humanities.* Edited by Rens Bod, Jaap

Maat, and Thijs Weststeijn. Vol. 3: *The Modern Humanities*. Amsterdam: Amsterdam University Press, 2010, pp. 65–77.

Ricoeur, Paul. *The Symbolism of Evil*. Edited by Emerson Buchanan. Boston: Beacon Press, 1969.

Rist, John M. *Augustine: Ancient Thought Baptized*. Cambridge: Cambridge University Press, 1994.

Robbins, Frank Egleston. *The Hexaemeral Literature: A Study of the Greek and Latin Commentaries on Genesis*. Chicago: University of Chicago Press, 1912.

Robinson, James M., ed. *The Nag Hammadi Library in English*. Translated by Members of the Copic Gnostic Library Project. New York: Harper & Row, 1977.

Robinson, John A. T. *The Body: A Study in Pauline Theology*. Philadelphia: Westminster Press, 1952.

Rogers, John. "Transported Touch: The Fruit of Marriage in *Paradise Lost*." In C. G. Martin, ed., *Milton and Gender*. Cambridge: Cambridge University Press, 2004, pp. 115–32.

Rosenblatt, Jason P. *Torah and Law in Paradise Lost*. Princeton: Princeton University Press, 1994.

Ross, Alexander. *An Exposition on the Fourteen First Chapters of Genesis, by Way of Question and Answer*. London, 1626.

Rossi, Paolo. *The Dark Abyss of Time: The History of Earth and the History of Nations from Hooke to Vico*. Translated by Lydia G. Cochrane. Chicago: University of Chicago Press, 1984 (orig. 1979).

Rubin, Miri. *Mother of God: A History of the Virgin Mary*. New Haven: Yale University Press, 2009.

Rudwick, Martin J. S. *Bursting the Limits of Time: The Reconstruction of Geohistory in the Age of Revolution*. Chicago: University of Chicago Press, 2005.

———. *Worlds Before Adam: The Reconstruction of Geohistory in the Age of Reform*. Chicago: University of Chicago Press, 2008.

Russell, Helen Diane. *Eva/Ave: Woman in Renaissance and Baroque Prints*. New York: Talman Company, 1990.

Russell, Jeffrey B. *The Devil: Perceptions of Evil from Antiquity to Primitive Christianity*. Ithaca: Cornell University Press, 1977.

———. *Lucifer, The Devil in the Middle Ages*. Ithaca: Cornell University Press, 1984.

———. *Satan: The Early Christian Tradition*. Ithaca: Cornell University Press, 1981.

Sabine, George H., ed. *The Works of Gerrard Winstanley, with an Appendix of Documents Relating to the Digger Movement*. Ithaca: Cornell University Press, 1941.

Salkeld, J. *A Treatise of Paradise. And the Principall Contents Thereof: Especially of the Greatnesse, Situation, Beautie, and Other Properties of That Place . . .* London: Edward Griffin for Nathaniel Butter, 1617.

Saurat, Denis. *Milton: Man and Thinker*. New York: Dial Press, 1925.

Scafi, Alessandro. *Mapping Paradise: A History of Heaven on Earth*. Chicago: University of Chicago Press, 2006.

Schiebinger, Londa. *Nature's Body: Gender in the Making of Modern Science*. New Brunswick: Rutgers University Press, 1993.

Schiller, Gertrude. *Iconography of Christian Art.* 2 vols. Translated by Janet Seligman. Greenwich, CT: New York Graphic Society, 1971.

Schnapp, Alain. "The Preadamites: An Abortive Attempt to Invent Pre-History in the Seventeenth Century?" In *History of Scholarship.* Edited by Christopher Ligota and Jean-Louis Quantin. Oxford: Oxford University Press, 2006, pp. 399–412.

Schneidau, Herbert N. *Sacred Discontent: The Bible and Western Tradition.* Berkeley: University of California Press, 1976.

Schoen, Christian. *Albrecht Dürer: Adam und Eva. Die Gemälde, ihre Geschichte und Rezeption bei Lucas Cranach d. Ä. und Hans Baldung Grien.* Berlin: Reimer, 2001.

Schoenfeldt, Michael. "'Commotion Strange': Passion in *Paradise Lost.*" In Gail Kern Paster, Katherine Rowe and Mary Floyd-Wilson, eds., *Reading the Early Modern Passions: Essays in the Cultural History of Emotion.* Philadelphia: University of Pennsylvania Press, 2004.

Scholem, Gershom, ed. *Zohar: The Book of Splendor: Basic Readings from the Kabbalah.* New York: Schocken, 1963.

Schroeder, Joy A., ed. *The Book of Genesis.* Grand Rapids: Wm. P. Erdmans Publishing Co., 2015.

Schwartz, Jeffrey, and Ian Tattersall. *Extinct Humans.* New York: Westview Press, 2000.

Schwartz, Stuart B. *All Can Be Saved: Religious Tolerance and Salvation in the Iberian Atlantic World.* New Haven: Yale University Press, 2008.

Schwartzbach, Bertram Eugene. *Voltaire's Old Testament Criticism.* Geneva: Librairie Droz, 1971.

Scroggs, Robin. *The Last Adam: A Study in Pauline Anthropology.* Oxford: Basil Blackwell, 1966.

Scully, Stephen. *Hesiod's "Theogony": From Near Eastern Creation Myths to "Paradise Lost."* Oxford: Oxford University Press, 2015.

Senault, J. F. *Man Become Guilty: or, The Corruption of Nature by Sinne, According to St. Augustines Sense.* Translated by Henry Carey, Earl of Monmouth. London: Printed for William Leake . . . , 1650.

Sennert, Daniel. *Hypomnemata Physica.* Frankfurt: Clement Schlechius, 1636.

Shakespeare, William. *The Norton Shakespeare.* Edited by Stephen Greenblatt et al. 3rd edition. New York: W. W. Norton, 2016.

Shapiro, Robert. *Origins: A Skeptic's Guide to the Creation of Life on Earth.* New York: Summit, 1986.

Shelton, Kathleen. "Roman Aristocrats, Christian Commission: The Carrand Diptych." *Jahrbuch für Antike und Christentum* 29 (1986): 166–80.

Silver, Larry, and Susan Smith. "Carnal Knowledge: The Late Engravings of Lucas van Leyden." *Nederlands Kunsthistorisch Jaarboek* 29, no. 1 (1978), pp. 239–98.

Silvestris, Bernardus. *Cosmographia.* Translated by Winthrop Wetherbee. New York: Columbia University Press, 1973.

Ska, Jean-Louis. "A Plea on Behalf of the Biblical Redactors." *Studia Theologica—Nordic Journal of Theology* 59.1 (2005): 4–18.

Skinner, John. *A Critical and Exegetical Commentary on Genesis.* 2nd ed. Edinburgh: T. & T. Clark, 1930.

Slotkin, James Sydney. *Readings in Early Anthropology*. Chicago: Aldine Publishing Co., 1965.

Smith, George. *Assyrian Discoveries; an Account of Explorations and Discoveries on the Site of Nineveh, During 1873 and 1874*. London: Chiswick Press, 1875.

———. "The Chaldean Account of the Deluge." *Transactions of the Society of Biblical Archaeology* 2 (1873).

Sober, Elliott. *Evidence and Evolution: The Logic of the Science*. Cambridge: Cambridge University Press, 2008.

Soloveitchik, Joseph Dov. *The Lonely Man of Faith*. Northvale, N.J.: Jason Aronson, 1997.

Stanton, Elizabeth Cady. *The Woman's Bible: A Classic Feminist Perspective*. Mineola, NY: Dover, 2002.

Steinberg, Justin. *Dante and the Limits of the Law*. Chicago: University of Chicago Press, 2013.

Steinberg, Leo. "Eve's Idle Hand." *Art Journal* 35, no. 2 (1975–1976), pp. 130–35.

Stordalen, Terje. *Echoes of Eden: Genesis 2-3 and Symbolism of the Eden Garden in Biblical Hebrew Literature*. Leuven: Peeters, 2000.

Stott, Rebecca. *Darwin's Ghosts: The Secret History of Evolution*. New York: Spiegel & Grau, 2012.

Sulloway, Frank. *Freud, Biologist of the Mind: Beyond the Psychoanalytic Legend*. New York: Basic Books, 1979.

Szathmáry, Eörs, and John Maynard Smith. *The Origins of Life: From the Birth of Life to the Origin of Language*. Oxford: Oxford University Press, 1999.

Tarabotti, Arcangela. *Paternal Tyranny* (1654). Translated by Letizia Panizza. Edited by Margaret L. King and Albert Rabil, Jr. Chicago: University of Chicago Press, 2004.

Tasso, Torquato. *Creation of the World*. Translated by Joseph Tusiani. Binghamton, NY: Medieval and Renaissance Texts and Studies, 1982.

Tattersall, Ian. *Becoming Human: Evolution and Human Uniqueness*. New York: Harcourt Brace & Co., 1998.

———. *Masters of the Planet: The Search for Our Human Origins*. New York: Palgrave Macmillan, 2012.

Taylor, Jeremy. *Deus Justificatus. Two Discourses of Original Sin Contained in Two Letters to Persons of Honour, Wherein the Question Is Rightly Stated . . .* London: Printed for Richard Royston, 1656.

Tertullian. *The Ante-Nicene Christian Library*. 24 vols. Edited by Alexander Roberts and James Donaldson. Edinburgh: Kessinger, 1868–1872.

———. *De Cultu Feminarum*. Translated by Sydney Thelwall. In *The Ante-Nicene Christian Library*. 24 vols. Edited by Alexander Roberts and James Donaldson. Vol. 4: *Fathers of the Third Century*. Edinburgh: Kessinger, 1868–1872.

Thompson, Bard, ed. *Liturgies of the Western Church*. 1st Fortress Press ed. Philadelphia, 1980.

Thoreau, Henry D. *Walden*. Boston: Ticknor & Fields, 1864.

Traherne, Thomas. *Centuries of Meditations*. London: The Editor, 1906.

———. "Innocence." *The Poetical Works*. Edited by Bertram Dobell. London: The Editor, 1906.

Trible, Phyllis. *God and the Rhetoric of Sexuality*. Minneapolis, MN: Fortress Press, 1978.

Tronzo, William. "The Hildesheim Doors: An Iconographic Source and Its Implications." *Zeitschrift für Kunstgeschichte* 46:4 (1983), pp. 357–66.

Turner, James G. *One Flesh: Paradisal Marriage and Sexual Relations in the Age of Milton*. Oxford: Clarendon Press, 1987.

Tuttle, Russell H. *Apes and Human Evolution*. Cambridge: Harvard University Press, 2014.

Twain, Mark. *The Bible According to Mark Twain: Writings on Heaven, Eden, and the Flood*. Edited by Howard G. Baetzhold and Joseph B. McCullough. Athens: University of Georgia Press, 1995.

Ulrich, Eugene. "The Old Testament Text and Its Transmission." In *From the Beginnings to 600*. Edited by Joachim Schaper and James Carleton Paget. Vol. 1. Cambridge: Cambridge University Press, 2013.

Upton, Bridget Gilfillan. "Feminist Theology as Biblical Hermeneutics." In *Cambridge Companion to Feminist Theology*. Edited by Susan Frank Parsons. Cambridge: Cambridge University Press, 2002.

Van Helmont, Franciscus Mercurius. *Some Premeditate and Considerate Thoughts, on the Early Chapters of the Book of Genesis*. London: S. Clark . . . , 1701.

Van Reybrouck, David. *From Primitives to Primates: A History of Ethnographic and Primatological Analogies in the Study of Prehistory*. Leiden: Sidestone Press, 2012.

Van Seters, John. *The Edited Bible: The Curious History of the "Editor" in Biblical Criticism*. Winona Lake, IN: Eisenbrauns, 2006.

Velleman, David J. "The Genesis of Shame," *Philosophy and Public Affairs* 30 (2001), pp. 27–52.

Vermès, Géza, ed. *The Complete Dead Sea Scrolls in English*. New York: Penguin, 2004.

Veyne, Paul. *When Our World Became Christian, 312–394*. Edited by Janet Lloyd. Malden, MA: Polity, 2010.

Victorinus. "On the Creation of the World." In *Fathers of the Third and Fourth Centuries* Edited by A. Cleveland Coxe. Vol. 7. Grand Rapids: Wm. B. Eerdmans Publishing Co., 1951.

Voltaire. *Philosophical Dictionary*. Edited by Peter Gay. New York: Basic Books, 1962.

Voss, Julia. *Darwins Jim Knopf*. Frankfurt am Main: S. Fischer, 2009.

Waal, Frans de. *Chimpanzee Politics: Power and Sex Among Apes*. Baltimore: Johns Hopkins University Press, 1982.

Wallace, Howard N. *The Eden Narrative*. Edited by Frank Moore Cross. Atlanta: Scholars Press, 1985.

Wallace, William. *The Logic of Hegel*. Oxford: Clarendon Press, 1892.

Waltzer, Michael. *In God's Shadow: Politics in the Hebrew Bible*. New Haven: Yale University Press, 2012.

Warburg, Aby. *The Renewal of Pagan Antiquity: Contributions to the Cultural History of the European Renaissance*. Edited by Kurt Walter Forster. Los Angeles: Getty Research Institute for the History of Art and the Humanities, 1999.

Warfield, Benjamin B. "Introductory Essay on Augustin and the Pelagian Controversy." In *St. Augustin: Anti-Pelagian Writings*. Edited by Philip Schaff. Vol. 5. Grand Rapids: W. B. Eerdmans Publishing Co., 1955.

Webster, Charles. *The Great Instauration: Science, Medicine, and Reform 1626–1660*. London: Duckworth, 1975.

Wedgwood, C. V. *The King's War: 1641–1647*. London: Collins, 1958.

Weiner, Joshua. *From the Book of Giants*. Chicago: University of Chicago Press, 2006.

Weitzmann, Kurt, and Herbert Kessler. *The Cotton Genesis: British Library, Codex Cotton Otho B VI*. Princeton: Princeton University Press, 1986.

Werckmeister, Otto-Karl. "The Lintel Fragment Representing Eve from Saint-Lazare, Autun." *Journal of the Warburg and Courtauld Institutes* 35 (1972), pp. 1–30.

West, Rebecca. *St. Augustine*. London: Peter Davies, 1933.

Westermann, Claus. *Genesis: A Commentary*. 3 vols. Minneapolis: Augsburg Publishing House, 1984–86.

Wetzel, James. "Predestination, Pelagianism, and Foreknowledge." In *The Cambridge Companion to Augustine*. Edited by Norman Kretzman and Eleonore Stump. Cambridge: Cambridge University Press, 2001.

White, Andrew Dickson. *A History of the Warfare of Science with Theology in Christianity*. 2 vols. New York: D. Appleton & Co., 1896.

Whitehead, Alfred North. *Science and the Modern World: Lowell Lectures, 1925*. New York: Macmillan, 1925.

Willet, Andrew. *Hexapla, That Is, A Six-Fold Commentarie vpon the Most Diuine Epistle of the Holy Apostle S. Pavl to the Romanes . . .* London: Printed for Leonard Greene, 1620.

Williams, Arnold. *The Common Expositor: An Account of the Commentaries on Genesis, 1527–1633*. Chapel Hill: University of North Carolina Press, 1948.

Williams, Bernard. "The Makropulos Case: Reflections on the Tedium of Immortality." In *Problems of the Self*. Cambridge: Cambridge University Press, 1973.

Williams, George H. *The Radical Reformation*. Philadelphia: Westminster Press, 1962.

Williams, John, ed. *Imaging the Early Medieval Bible*. University Park: Pennsylvania State University Press, 1999.

Williams, Norman Powell. *The Ideas of the Fall and of Original Sin*. London: Longmans, Green & Co., 1927.

Williams, Patricia A. *Doing Without Adam and Eve: Sociobiology and Original Sin*. Minneapolis, MN: Fortress Press, 2001.

Wills, Gary. *Saint Augustine*. New York: Viking, 1999.

Wilson, Edward O. *The Social Conquest of Earth*. New York: Liveright, 2012.

Witzel, E. J. Michael. *The Origins of the World's Mythologies*. Oxford: Oxford University Press, 2012.

Wrangham, Richard W. *Catching Fire: How Cooking Made Us Human*. New York: Basic Books, 2009.

———, and Dale Peterson. *Demonic Males: Apes and the Origins of Human Violence*. Boston: Mariner Books, 1996.

The York Cycle of Mystery Plays: A Complete Version. Edited by J. S. Purvis. London: S.P.C.K., 1957.

Zevit, Ziony. *What Really Happened in the Garden of Eden*. New Haven: Yale University Press, 2013.

Zornberg, Avivah Gottlieb. *The Murmuring Deep: Reflections on the Biblical Unconscious*. New York: Schocken, 2009.

Zuberbühler, Klaus. "Experimental Field Studies with Non-Human Primates." *Current Opinion in Neurobiology* 28 (2014): 150–56.

插图来源

1. *Adam and Eve,* third century CE, fresco, Catacombe SS. Pietro and Marcellino, Rome, photo © Pontifical Commission for Sacred Archaeology, Vatican.
2. *Sarcophagus of Junius Bassus* (detail), c. 359 CE, marble, Museo Storico del Tesoro della Basilica di San Pietro, Vatican (Scala/Art Resource, NY).
3. *Adam in the Garden of Eden,* fifth century, ivory, Florence, Museo Nazionale del Bargello.
4. Bernward Doors, c. 1015, bronze, courtesy of the Dom-Museum Hildesheim.
5. *The Creation of Eve* (detail from the Bernward Doors), photo by Frank Tomio, courtesy of the Dom-Museum Hildesheim.
6. *The Judgment of Adam and Eve by God* (detail from the Bernward Doors), photo by Frank Tomio, courtesy of the Dom-Museum Hildesheim.
7. Gislebertus, *The Temptation of Eve,* c. 1130, stone, Musée Rolin, Autun, © Ville d'Autun, Musée Rolin.
8. St. Albans Psalter, HS St. God. 1, p. 18, twelfth century, property of the Basilica of St. Godehard, Hildesheim © Dombibliothek Hildesheim.
9. *Crucifix,* c. 1200, wood, Collegiata di San Candido, photo courtesy of the Parrocchia di San Michele Arcangelo in San Candido.
10. Vat. Lat. 5697 fol. 16r (detail of God creating Eve from Adam's rib), fifteenth century © 2017 Biblioteca Apostolica Vaticana.
11. *Mors per Evam, vita per Mariam,* c. 1420, University Library of Wrocław, Manuscript M. 1006, fol. 3v.
12. Giovanni di Paolo, *The Mystery of Redemption* from *Paradiso Canto VII,* c. 1450, © The British Library Board, Yates Thompson 36, f. 141.
13. Masaccio, *The Expulsion* (from a photograph taken c. 1980, before its restoration), 1424–1428, fresco, Cappella Brancacci, Santa Maria del Carmine, Florence (Alinari Archives, Florence).

14. Masaccio, *The Expulsion*, 1424–1428, fresco, Cappella Brancacci, Santa Maria del Carmine, Florence (Raffaello Bencini/Alinari Archives, Florence).

15. (Left) Jan and Hubert van Eyck, *Adam and the Offerings of Cain and Abel* (interior of the left wing of the Ghent Altarpiece), 1432, oil on panel, Saint Bavo Cathedral, Ghent (Maeyaert/Iberfoto/Alinari Archives). (Right) Jan and Hubert van Eyck, *Eve and Murder of Abel by Cain* (interior of right wing of the Ghent Altarpiece), 1432, oil on panel, Saint Bavo Cathedral, Ghent (Maeyaert/Iberfoto/ Alinari Archives).

16. Albrecht Dürer, *Adam and Eve*, 1504, engraving, Los Angeles County Museum of Art, Los Angeles, Art Museum Council Fund, M.66.33, © Museum Associates/ LACMA.

17. Titian, *Adam and Eve,* c. 1550, oil on canvas, Museo Nacionsl del Prado, Madrid, P00429, © Museo Nacional del Prado.

18. Albrecht Dürer, sheet of studies for the hand and arm of Adam and for rocks and bushes for the engraving of *Adam and Eve*, 1504, pen and brown and black ink, British Museum, London, SL, 5218.181, © The Trustees of the British Museum. All rights reserved.

19. Albrecht Dürer, *Self-Portrait in the Nude*, 1505, pen and brush, black ink with white lead on green prepared paper, Klassik Stiftung Weimar.

20. Hans Baldung Grien, *Eve, the Serpent, and Death,* c. 1510–1515, oil on wood, likely linden, National Gallery of Canada, Ottawa, photo © National Gallery of Canada.

21. Hieronymus Bosch, *The Garden of Delights* (detail), 1504, oil on oak panel, Museo Nacional del Prado, Madrid, P02823, © Madrid, Museo Nacional del Prado.

22. Michelangelo, *The Creation of Adam*, 1508–1512, Sistine Chapel, Vatican, photo © Vatican Museums. All rights reserved.

23. Jan Gossart, *Adam and Eve,* c. 1520, pen and ink, brush and ink, and white gouache, on blue-gray prepared paper, © Devonshire Collection, Chatsworth. Reproduced by permission of Chatsworth Settlement Trustees.

24. Lucas Cranach the Elder, *Adam and Eve,* 1526, oil on panel, The Samuel Courtauld Trust, The Courtauld Gallery, London.

25. Caravaggio, *Madonna dei Palafrenieri* (detail), 1605–1606, oil on canvas, Galleria Borghese, Rome (Scala/Art Resource, NY).

26. Rembrandt van Rijn, *Adam and Eve*, 1638, etching, Rijksmuseum, Amsterdam.

27. Ercole Lelli, *Anatomical waxes of Adam and Eve*, eighteenth century, photo provided by the Museo di Palazzo Poggi, Sistema Museale di Ateneo—Alma Mater Studiorum Università di Bologna.

28. Max Beckmann, *Adam and Eve,* 1917, oil on canvas, Nationalgalerie, Staatliche Museen zu Berlin, © bpk Bildagentur/Nationalgalerie, SMB/Jörg P. Anders/ Art Resource, NY.

29. *'Lucy' (australopithecus afarensis) and her mate*, reconstruction by John Holmes under the direction of Ian Tattersall, photo by J. Beckett and C. Chesek, © American Museum of Natural History.

索　引

Haeckel, Ernst, 282
Hale, Matthew, 237
Hanina, Rabbi, 71
Harrison, William, *Historical Description of the Island of Britain,* 37
Hawaii, volcanoes in, 21
Hebrews, *see* Jews; Judaism
Helen of Troy, artistic depiction of, 158
Henrion, Denis, 276
Henry VIII, king of England, 178
heretics:
    and Hebrew scripture, 70, 74–75
    and Jerome, 124–25
    and La Peyrère, 242, 246–48, 250
    Marcion, 74, 75
    Origen, 77–78
    Pelagius, 106
    punishment of, 106, 240, 250, 253, 260
    in Renaissance, 240, 250
    and Voltaire, 260
Herodotus, 240
Herod the Great, 328
Herrera, Antonio de, 235
Hesiod, 79, 121, 239
heterodoxy, persecution of, 65
Higgins, John, *Mirror for Magistrates,* 37
Hildegard of Bingen, 308
Hildesheim:
    doors at, 128, 145–46, 154
    St. Albans Psalter in, 148–49
Hobbes, Thomas, 294, 359
Holinshed, Raphael, *Chronicles,* 37
holotypes, 10–12, 79
Holstein, Lucas, 207
Homer, 51, 191, 203, 208, 210
hominids, 270, 281
hominins, 12, 13–14, 287
Homo sapiens:
    evolution of, 12–14, 15, 270–72
    genes shared with chimpanzees, 298
    and Last Common Ancestor, 14, 249, 287, 298
    and Lucy, 12, 13, 281

    type specimen of, 10
    see also humans
hope, 122, 141
Hugh of St. Victor, 205
humanism, 9, 207–8, 238
humans:
    ability to speak, 274
    Adam and Eve as progenitors of, 237, 253, 277
    before the creation, 232
    "be fruitful and multiply," 14, 47, 60, 107, 110–11, 180, 253, 308–9, 343
    changes in origin beliefs of, 281–82
    in childhood, 191
    common ancestor of, 14, 249, 287, 298
    companionship of, 60–61
    creation of, 23, 44, 45, 207, 238, 239
    cultural hierarchy among, 281
    and death, 106, 227–28, 345
    decisions made by, 16, 17, 48, 57, 60, 105, 109, 114, 224–25, 284, 299
    distinct qualities of, 270
    diversity of, 237
    dominance over other species, 8, 14–15, 57, 193, 248, 282
    evolution of, 12–14, 15, 238–39, 248–49, 270–72, 276, 281, 284, 287, 297
    extinct types of, 270, 274
    first, alternative theories about, 241–42, 253, 256–57
    freedom of, 230
    in God's image, 8, 57, 70, 110, 157, 218
    history of, 16
    independent thinking of, 225
    inherited traits and behaviors of, 272
    intelligence of, 15
    language abilities of, 15, 270, 274, 298
    moral responsibilities of, 48, 49–50, 270, 298, 299
    Platonic idea of, 76
    polygenesis of, 248–49
    punishment of, 99, 101, 229, 272
    reality of, 9, 213, 219
    reasoning abilities of, 270

译后记

英文版的《亚当夏娃浮沉录》是笔者在清华大学为人文学院的博硕士研究生所开设的"西方文论"课所使用的参考教材之一。因该书风格活泼、文字灵动，兼跨西方文学、艺术与宗教等多个领域，对我们理解新历史主义以及格林布拉特的文化批评和文化诗学大有裨益，故我组织参课学生对此书进行了翻译。参与本书初译的博硕士研究生和青年教师包括：王楚童（第一、二、三章）、张芃爽（第四章）、佟承川（第五章）、郭丽斌（第六章）、李若珊（第七章）、刘甜（第八、九章）、裔文军（第十、十一章）、吴楠（第十二章）、云子尧（第十三章）、王琪（第十四章）、刘芝安（尾声、附录），其余部分由笔者翻译。我在拿到初译稿后又花费了半年多时间，对全书进行了细致的校对、补译和修订，甚至对部分章节做了重译，直至我和编辑都满意。

我们在此由衷地感谢社会科学文献出版社甲骨文分社的编辑认真踏实的工作态度和一丝不苟的专业精神，感谢我们翻译团队各位同学的辛勤付出，同时也感谢原书作者、我的老朋友格林布拉特先生慨然应允为本书的中译本作序。

生安锋

2020 年 9 月于清华园

图书在版编目（CIP）数据

亚当夏娃浮沉录 /（美）斯蒂芬·格林布拉特
（Stephen Greenblatt）著；生安锋等译 . -- 北京：社
会科学文献出版社，2021.1
　　书名原文：The Rise and Fall of Adam and Eve
　　ISBN 978 - 7 - 5201 - 7339 - 1

　　Ⅰ . ①亚…　Ⅱ . ①斯…　②生…　Ⅲ . ①神话 - 文学研
究 - 世界　Ⅳ . ①I106.7

　　中国版本图书馆 CIP 数据核字（2020）第 180483 号

亚当夏娃浮沉录

著　　者 /〔美〕斯蒂芬·格林布拉特（Stephen Greenblatt）
译　　者 / 生安锋 等

出 版 人 / 王利民
组稿编辑 / 董风云
责任编辑 / 刘　娟
文稿编辑 / 张冬锐

出　　版 / 社会科学文献出版社·甲骨文工作室（分社）（010）59366527
　　　　　　地址：北京市北三环中路甲 29 号院华龙大厦　邮编：100029
　　　　　　网址：www. ssap. com. cn
发　　行 / 市场营销中心（010）59367081　59367083
印　　装 / 北京盛通印刷股份有限公司

规　　格 / 开　本：889mm×1194mm　1/32
　　　　　　印　张：15.5　插　页：1　字　数：348 千字
版　　次 / 2021 年 1 月第 1 版　2021 年 1 月第 1 次印刷
书　　号 / ISBN 978 - 7 - 5201 - 7339 - 1
著作权合同
登 记 号 / 图字 01 - 2017 - 7596 号
定　　价 / 89.00 元